LE SYMBOLE PERDU

www.lesymboleperdu-danbrown.com

Dan Brown

LE SYMBOLE PERDU

Roman

Traduit de l'anglais (États-Unis)
par Dominique Defert et Alexandre Boldrini

Éditions de Noyelles

Titre de l'édition originale
THE LOST SYMBOL
publiée aux États-Unis par Doubleday, un département de Random
House, Inc., New York.

Éditions de Noyelles
123, boulevard de Grenelle, Paris
www.franceloisirs.com
Une édition du Club France Loisirs, Paris
réalisée avec l'autorisation des Éditions JC Lattès

Pour Blythe

« Vivre dans le monde sans en explorer
le sens est comme errer dans une grande
bibliothèque sans toucher les livres. »

The Secret Teachings of All Ages,
MANLY P. HALL.

Les faits

En 1991, un document secret fut enfermé dans le coffre-fort du directeur de la CIA, où il se trouve encore aujourd'hui. Ce texte mystérieux fait référence à une porte ancienne et à un lieu souterrain inconnu. Il contient également cette phrase énigmatique : « Il est enterré quelque part. »

Toutes les organisations et institutions citées dans ce roman existent réellement : la franc-maçonnerie, le Collège invisible, le Bureau de la sécurité de la CIA, le Smithsonian Museum Support Center (SMSC) et l'Institut des sciences noétiques.

Tous les rituels, éléments scientifiques, monuments et œuvres d'art décrits dans cet ouvrage sont authentiques.

Prologue

Maison du Temple
20 h 33

L'important, ce n'est pas la mort... mais le chemin.
C'était le secret, depuis la nuit des temps.

L'initié, un homme de trente-quatre ans, baissa les yeux sur le crâne humain qu'il tenait entre les mains. Tel un calice, le crâne était creux, rempli d'un vin rouge sang.

Bois, se dit-il. Tu n'as rien à craindre.

Ainsi que l'exigeait la tradition, il avait entamé son voyage initiatique vêtu de la tenue rituelle d'un hérétique que l'on menait à l'échafaud ; la chemise flottante ouverte sur son torse pâle, la manche droite retroussée jusqu'au coude, la jambe gauche du pantalon remontée au-dessus du genou. Un gros nœud coulant pendait à son cou – la corde du Récipiendaire, comme l'appelait la confrérie. Mais, ce soir-là, à l'instar de ses frères qui assistaient à la cérémonie, il portait la tenue des maîtres.

Les frères réunis en cercle arboraient les plus riches insignes de l'ordre – tabliers en peau d'agneau, cordons, gants blancs et bijoux de cérémonie qui scintillaient autour de leur cou tels autant d'yeux fantomatiques dans la lumière tamisée. Nombre de ces hommes faisaient partie des puissants, mais l'initié savait que leurs titres éphémères ne signifiaient rien entre ces murs. Ici, ils étaient tous égaux – des frères qui partageaient un lien mystique

L'initié promena son regard sur ces prestigieux témoins... personne, en dehors de la confrérie, n'aurait imaginé que ces hommes puissent se réunir en un même endroit – en particulier ici, dans cette salle étrange qui ressemblait à un sanctuaire sacré de l'ancien monde.

Mais la vérité était plus étrange encore...

Nous nous trouvons à quelques rues seulement de la Maison Blanche !

Situé au numéro 1733 de la 16ᵉ Rue Nord-Ouest, à Washington, l'édifice colossal était la réplique d'un temple antique : le temple du roi Mausole, premier de tous les mausolées. Un lieu où l'on se rendait après la mort. Devant l'entrée principale, deux sphinx de dix-sept tonnes gardaient les portes en bronze. L'intérieur, richement décoré, était un labyrinthe de couloirs, de chambres de cérémonie, de caveaux, de bibliothèques ; il y avait même une cache dans un mur creux renfermant deux dépouilles humaines. On racontait que chaque pièce du temple recelait un secret, mais l'initié savait qu'aucune n'abritait de mystères plus grands que cette immense salle dans laquelle il se trouvait à présent, à genoux, un crâne entre les mains.

La salle du Temple.

L'espace formait un carré parfait et ressemblait à une grande caverne. Le plafond, supporté par des colonnes de granit vert, s'élevait à une hauteur impressionnante de trente mètres. Tout autour, des gradins accueillaient des sièges en noyer de Russie, capitonnés de cuir. Le mur ouest était occupé par un trône monumental, sur le côté est, on trouvait un grand orgue dissimulé dans une alcôve. Un kaléidoscope de symboles anciens couvrait les parois. Égyptiens, hébraïques, astronomiques, alchimiques et d'autres encore inconnus.

Ce soir-là, la salle du Temple était éclairée par un ensemble de bougies soigneusement ordonnées. À leur faible lueur s'ajoutait l'éclat discret de la lune, un pâle faisceau qui tombait de la grande verrière au plafond et enveloppait l'élément le plus étonnant de la salle : un autel imposant taillé dans un bloc massif de marbre noir, situé en plein centre de la loge.

L'important, ce n'est pas la mort... mais le chemin.

— L'heure est venue, murmura une voix.

L'initié leva les yeux sur l'élégante silhouette drapée de blanc qui se dressait devant lui : le « Grand Commandeur » du Suprême conseil. Véritable légende vivante à presque soixante ans, l'homme était un personnage célèbre, aimé de tous et incroyablement riche. Ses cheveux autrefois noirs grisonnaient, ses traits reflétaient une vie entière de pouvoir et une intelligence hors norme.

— Il est temps de prêter serment, dit-il d'une voix légère comme la neige qui tombe. Ton parcours s'achève ici.

À l'instar de tous les voyages de ce type, celui de l'initié avait commencé par le premier grade. Au cours d'un rituel semblable à celui-ci, le vénérable maître lui avait bandé les yeux avec un ruban de velours et, appuyant une dague de cérémonie contre son torse dénudé, lui avait demandé :

— Déclares-tu sur l'honneur ton désir sincère, dénué de toute motivation mercenaire ou autrement indigne, de proposer librement et volontairement ta candidature aux mystères et aux privilèges de cette confrérie ?

— Oui, avait menti l'initié.

— Que cette promesse aiguillonne ta conscience, l'avait prévenu le maître, et t'apporte une mort subite si jamais tu trahis les secrets qui te seront impartis.

L'initié ne s'était pas laissé intimider, persuadé qu'ils ne découvriraient jamais ses véritables intentions.

Or, le présage solennel qui semblait à présent flotter dans la salle du Temple fit resurgir dans son esprit tous les avertissements sévères qui avaient émaillé son parcours, les punitions funestes qui s'abattraient sur lui s'il violait les secrets anciens qu'il allait apprendre. La gorge coupée d'une oreille à l'autre... la langue tranchée à la racine... les tripes déchiquetées, brûlées, éparpillées aux quatre vents... le cœur arraché, jeté en pâture aux animaux sauvages...

— Frère, reprit le Grand Commandeur aux yeux gris en posant une main sur l'épaule de l'initié. Prononce le serment final.

S'armant de courage pour franchir le dernier pas de son voyage, l'initié s'inclina, courbant son corps robuste, et reporta son attention sur le crâne. À la lueur des bougies, le vin grenat semblait presque noir. Dans le silence de mort qui régnait dans la loge, il sentait le regard des témoins posé sur lui ; tous attendaient qu'il prête l'ultime serment pour l'accueillir dans les rangs de l'élite.

Ce soir, entre ces murs, songea l'initié, il se passe quelque chose qui n'est jamais arrivé dans toute l'histoire de votre fraternité.

Ce serait l'étincelle... l'étincelle qui lui accorderait un pouvoir sans limites. Investi d'une énergie nouvelle, il inspira profondément avant de réciter les mots que des générations d'hommes, partout dans le monde, avaient prononcés avant lui :

— Puisse ce vin que je bois maintenant se muer en poison mortel si jamais je trahis sciemment et volontairement mon serment de loyauté.

Sa voix résonna dans la grande salle.

Puis le silence se fit.

D'un geste assuré, il porta le crâne à sa bouche, sentit l'os desséché entrer en contact avec ses lèvres. Il ferma les yeux et, inclinant le récipient, avala de longues gorgées de vin. L'ayant vidé jusqu'à la dernière goutte, il reposa le calice.

Aussitôt, il eut l'impression que ses poumons rétrécissaient, son cœur se mit à tambouriner dans sa poitrine.

Ils m'ont démasqué !

Mais la sensation disparut aussi subitement qu'elle était venue.

Une tiédeur agréable se diffusa dans ses veines. L initié soupira, souriant intérieurement tandis qu'il levait de nouveau la tête vers l'homme qui l'avait naïvement accueilli dans le plus haut rang de sa confrérie.

Bientôt, tu perdras tout ce qui t'est cher !

1.

L'ascenseur Otis du pilier sud de la tour Eiffel était plein à craquer. Dans la cabine bondée de touristes, un homme à l'air sévère baissa les yeux sur le garçon à ses côtés.

— Tu as l'air pâle, fiston. Tu aurais mieux fait de rester en bas.

— Non, ça va, répondit l'enfant, qui peinait à contenir son anxiété. Mais je descendrai à l'étage suivant.

Je n'arrive plus à respirer !

L'homme se pencha vers lui.

— Je croyais que tu avais vaincu ta phobie, dit-il en lui caressant affectueusement la joue.

Le garçon s'en voulait de décevoir son père, mais le sifflement dans ses oreilles devenait insupportable et occultait toutes ses pensées.

Je ne peux plus respirer... il faut que je sorte de là !

Le liftier racontait quelque chose de rassurant sur les pistons articulés et la structure en fer puddlé. Loin en contrebas, les rues de Paris s'étendaient dans toutes les directions.

On y est presque ! songea le garçon en levant la tête vers la plateforme panoramique qui approchait. *Encore un peu de courage !*

Sur la dernière portion du trajet, le puits de l'ascenseur se redressait brutalement pour former un étroit tunnel vertical.

— Papa, je ne crois pas que...

Soudain, une série de craquements résonnèrent au-dessus de leurs têtes. Une secousse agita la cabine, qui oscilla de manière peu rassurante. Des câbles déchirés fouettèrent l'air tels des serpents furieux. Le garçon tendit la main vers son père.

— Papa !

Ils échangèrent un regard terrifié qui ne dura qu'une seconde.

Et ce fut la chute.

Robert Langdon se réveilla en sursaut. Ébranlé par ce cauchemar, il se redressa sur son siège en cuir. Il était le seul passager à bord du Falcon 2000EX, un avion d'affaires spacieux qui était en train de traverser une zone de turbulences ; les deux réacteurs Pratt & Whitney ronronnaient à l'extérieur. Tout allait bien...

— Monsieur Langdon ? grésilla une voix dans l'interphone. Nous amorçons notre descente.

Se redressant, Langdon rangea ses notes dans son sac en cuir. Il était plongé dans le texte de sa conférence sur les symboles maçonniques quand son esprit s'était doucement mis à dériver. S'il avait rêvé de son père décédé, c'était sûrement à cause de l'invitation inattendue qu'il avait reçue le matin même de la part de Peter Solomon, son mentor de longue date.

La seconde personne au monde que je ne voudrais pas décevoir...

Le philanthrope, historien et scientifique de cinquante-huit ans, avait pris Langdon sous son aile près de trente ans auparavant, comblant à plus d'un titre le vide laissé par la mort de son père. Langdon avait trouvé chez Peter Solomon une humilité et une bienveillance qui ne s'étaient jamais démenties malgré son immense fortune et le pouvoir considérable de sa famille.

Par le hublot, Langdon vit que le soleil s'était couché. Il parvint néanmoins à distinguer la silhouette effilée du plus grand obélisque du monde, qui se dressait sur l'horizon telle l'aiguille d'un cadran solaire antique. Le monument en marbre de 170 mètres de hauteur était édifié au cœur même de la nation, au centre d'une géométrie méticuleuse de rues et de bâtiments historiques.

Même depuis les airs, Washington était auréolé d'une puissance presque mystique.

Langdon adorait cette ville. À l'instant où les roues touchèrent la piste, il se sentit euphorique à l'idée de ce qui l'attendait. L'avion roula jusqu'à une zone de stationnement privée de l'aéroport international de Washington-Dulles.

Après avoir rassemblé ses affaires et remercié les pilotes, Langdon émergea de la cabine luxueuse et descendit les marches escamotables. L'air froid de janvier le calma aussitôt.

Respire, Robert ! pensa-t-il en se réjouissant de retrouver l'air libre et les grands espaces.

La nappe de brouillard qui recouvrait le tarmac donnait à la piste des airs de marécage.

Une voix chantante perça la brume.

— Bonjour ! Professeur Langdon !

Levant la tête, il aperçut une femme d'une quarantaine d'années, munie d'un badge et d'un bloc-notes, qui s'approchait d'un pas vif en agitant joyeusement le bras. Ses cheveux blonds bouclés dépassaient d'un bonnet en laine.

— Bienvenue à Washington, professeur !

— Merci, fit Langdon en souriant.

— Je suis Pam, du service passager de la compagnie, déclara-t-elle avec une exubérance presque dérangeante. Si vous voulez bien me suivre, une voiture vous attend.

Tous deux se dirigèrent vers le terminal Signature, qui était cerné de jets privés scintillants.

Une borne de taxi pour gens riches et célèbres ! songea Langdon.

— Pardon de vous importuner, hasarda la femme timidement, mais vous êtes bien le Robert Langdon qui écrit des livres sur les symboles et la religion ?

Après un instant d'hésitation, il hocha la tête.

— J'en étais sûre ! Dans mon club de lecture, nous avons lu votre livre sur le féminin sacré et l'Église. Vous avez provoqué un de ces scandales ! C'était absolument merveilleux ! Vous aimez donner des coups de pied dans la fourmilière, vous !

— Ce n'était pas vraiment mon intention.

La femme sentit que Langdon n'était guère enclin à discuter de son travail.

— Je suis désolée. Toujours en train de jacasser. Vous devez en avoir assez que les gens vous reconnaissent. Mais c'est de votre faute, dit-elle en désignant ses vêtements d'un geste taquin. Votre uniforme vous trahit.

Mon uniforme ?

Langdon baissa les yeux : il portait l'un de ses habituels cols roulés gris anthracite, une veste Harris Tweed, un pantalon de toile et des mocassins en cuir. Sa tenue standard pour les cours, les conférences, les photos officielles et autres sorties en société.

— Vos pulls sont complètement démodés, expliqua la femme en gloussant. Vous auriez l'air beaucoup plus chic avec une cravate.

Pas question, je n'aime pas les nœuds coulants !

À l'époque où Langdon fréquentait la Phillips Exeter Academy, il était obligé de porter des cravates six jours sur sept. Le directeur de l'université avait beau attribuer à la cravate l'origine romantique de la *fascalia* en soie que les orateurs romains portaient pour se réchauffer les cordes vocales, Langdon savait que le mot *cravat* était dérivé étymologiquement d'une bande de mercenaires « croates » sans pitié qui partaient au combat avec un foulard noué autour du cou. Des siècles plus tard, cet accessoire était devenu l'attribut des guerriers modernes qui menaient leurs batailles dans des salles de réunion, avec la même volonté d'intimider l'ennemi.

— Merci pour le conseil, répondit Langdon avec un petit rire. J'y penserai à l'avenir.

Par bonheur, un homme en costume sombre sortit à ce moment-là d'une luxueuse Lincoln noire et lui fit signe.

— Monsieur Langdon ? Beltway Limousine. Charles, à votre service, fit-il en ouvrant une portière. Bonsoir et bienvenue à Washington, monsieur.

Langdon laissa un pourboire à Pam pour son accueil chaleureux, avant de s'installer dans l'habitacle somptueux de la voiture. Le chauffeur lui indiqua les commandes de la climatisation et lui proposa de l'eau minérale et un panier de muffins chauds. Quelques secondes plus tard, la Lincoln quittait l'aéroport par une voie privée.

C'est donc ça le quotidien des riches ?

Tout en accélérant sur Windsock Drive, le chauffeur consulta sa feuille de route et passa un coup de fil.

— Ici Beltway Limousine, déclara-t-il avec une concision toute professionnelle. Comme vous l'avez demandé, j'appelle pour confirmer la prise en charge de mon passager. Oui, monsieur, ajouta-t-il après un silence, votre invité, le professeur Langdon, est bien arrivé. Je le déposerai au Capitole pour 19 heures.

Il raccrocha.

Langdon ne put s'empêcher de sourire.

Toujours aussi méticuleux...

Le souci du détail était l'une des grandes qualités de Peter Solomon ; c'était ainsi qu'il gérait son immense pouvoir avec une aisance déconcertante.

Avoir quelques milliards de dollars sur un compte en banque facilitait également bien des choses...

Langdon s'enfonça avec délice dans la banquette moelleuse et ferma les yeux tandis que les bruits de l'aéroport s'estompaient derrière lui. Le Capitole était à une demi-heure de route, ce qui lui laissait quelques instants de répit pour mettre de l'ordre dans ses pensées. Les événements de la journée s'étaient succédé à une telle vitesse qu'il n'avait pas eu le loisir de réfléchir sérieusement à l'incroyable soirée qui s'annonçait.

*

À une quinzaine de kilomètres du Capitole, un personnage solitaire attendait avec impatience l'arrivée de Robert Langdon.

2.

L'homme, qui s'était baptisé Mal'akh, appuya la pointe de l'aiguille contre son crâne rasé ; les piqûres répétées de l'outil acéré dans sa chair lui procuraient des frissons de plaisir. Le ronronnement du dermographe avait un effet narcotique, tout comme la morsure de l'aiguille qui s'enfonçait profondément jusqu'au derme pour y déposer les pigments.

Je suis un chef-d'œuvre !

L'art du tatouage ne visait jamais la beauté. Son but c'était le changement. Des prêtres nubiens scarifiés du deuxième millénaire avant Jésus-Christ aux Maoris d'aujourd'hui et leur art du *moko*, en passant par les adeptes du culte de Cybèle dans la Rome antique, les hommes usaient du tatouage comme d'une forme de sacrifice corporel, supportant le supplice de l'aiguille, pour en sortir transformés.

Malgré la condamnation sévère figurant dans le *Lévitique* 19-28, qui proscrivait le marquage du corps, l'art du tatouage était devenu un rite de passage que des milliers de gens observaient en ces temps modernes – adolescents bien sages, drogués impénitents, mères de famille modèles.

Se tatouer était devenu une affirmation de son pouvoir de transformation, une déclaration à la face du monde : j'ai le contrôle absolu de mon corps. Chaque altération physique procurait une sensation de maîtrise tellement enivrante que des millions de gens y étaient devenus accro : chirurgie esthétique, piercing, culturisme, stéroïdes... et même la boulimie ou le transsexualisme.

L'esprit humain ne désire rien de plus que le contrôle de son enveloppe charnelle.

La grande horloge sonna chez Mal'akh. 18 h 30. Il posa ses outils, enveloppa son corps nu d'un mètre quatre-vingt-dix dans une robe de chambre en soie de Kyriu et traversa le couloir à grands pas. L'odeur des pigments et des bougies à la cire d'abeille, qu'il utilisait pour stériliser son matériel, embaumait toute la maison. En passant, il contempla ses antiquités italiennes d'une valeur inestimable – une gravure de Piranesi, un fauteuil Savonarole, une lampe à huile Bugarini en argent.

Sans s'arrêter, il jeta un coup d'œil par l'une des hautes fenêtres du salon et admira la ville qui scintillait dans la nuit. Au loin, le dôme éclairé du Capitole se dressait sur le fond noir du ciel hivernal.

C'est là qu'il est caché... il est enterré quelque part...

Rares étaient ceux qui connaissaient l'existence de ce secret... et plus rares encore ceux qui connaissaient son incroyable pouvoir et l'ingéniosité avec laquelle il avait été dissimulé. C'était à ce jour le plus grand trésor du pays. Les quelques personnes qui savaient la vérité la masquaient derrière un voile de symboles, de légendes et d'allégories.

Et maintenant, ils m'ont ouvert leurs portes...

Trois semaines auparavant, au cours d'un rituel obscur auquel avaient assisté certaines des personnalités les plus influentes des États-Unis, Mal'akh avait accédé au trente-troisième degré, l'échelon suprême de la plus vieille fraternité du monde. En dépit de ce nouveau rang, ses frères ne lui avaient rien révélé. Et ils ne le feraient pas de sitôt. Les règles du jeu étaient complexes : il y avait des cercles internes à chaque cercle, des confréries au sein de la confrérie. Mal'akh pourrait patienter pendant des années sans jamais être sûr de gagner leur confiance.

Heureusement, il n'en avait pas besoin pour obtenir leur secret le plus précieux.

Mon initiation a fait son office.

Dynamisé par le travail qui l'attendait, il se dirigea vers sa chambre. Un réseau d'enceintes diffusait à travers toute la maison le *Requiem* de Verdi – un enregistrement rarissime du *Lux æterna* chanté par un castrat. Cette mélopée lugubre lui rappelait sa vie d'antan... Appuyant sur la télécommande, Mal'akh lança le *Dies iræ*. Porté par l'éclat des timbales et les quintes parallèles, il bondit dans l'escalier en marbre, sa robe de chambre flottant autour de ses mollets nerveux.

Entre deux enjambées, son estomac émit un grondement de protestation. Mal'akh jeûnait depuis deux
jours, n'avalant que de l'eau afin de préparer son corps
selon l'antique tradition.

L'aube calmera ta faim, ainsi que ta douleur.

Arrivé enfin au sanctuaire que constituait sa chambre, il entra solennellement et ferma la porte à clé derrière lui. Se dirigeant vers le dressing, il se sentit attiré
par l'énorme miroir doré. Incapable de résister, il se
tourna face à son reflet. Lentement, comme s'il débal-
lait un cadeau hors de prix, il écarta les pans de sa
robe. La vue de son corps nu le ravit.

Je suis un chef-d'œuvre.

Son corps musclé était parfaitement imberbe. Son
regard tomba en premier sur ses pieds, tatoués de serres
d'aigle. Les motifs sur ses jambes évoquaient les colonnes du temple de Jérusalem – une spirale autour de la
jambe gauche, des striures verticales sur la droite. Boaz
et Jakin. L'aine et l'abdomen formaient une arche décorée au-dessus de laquelle son torse puissant arborait un
phœnix à deux têtes – chacune de profil, leurs yeux coïn-
cidant avec les mamelons de Mal'akh. Les épaules, le cou
et le visage, ainsi que le crâne rasé s'ornaient d'un entrelacs complexe de symboles et de sceaux antiques.

Je suis un artéfact... une icône en évolution
constante.

Dix-huit heures auparavant, un mortel avait vu
Mal'akh nu.

— Mon Dieu, vous êtes un démon ! avait-il crié
avec effroi.

— Si c'est ce que vous pensez, qu'il en soit ainsi...,
avait répondu Mal'akh.

À l'instar des Anciens, il savait que les anges et les
démons étaient des archétypes interchangeables se
résumant à une question de polarité : l'ange gardien qui
annihilait votre ennemi au combat était perçu par
celui-ci comme un démon destructeur.

Mal'akh inclina la tête pour obtenir une vue oblique
du sommet de son crâne – là-haut, telle une couronne,
restait un petit cercle de peau claire, non tatouée. Ce cane-

vas soigneusement conservé était son dernier morceau de peau vierge. Il avait patiemment attendu l'heure de le remplir – et ce soir, il allait enfin le faire. Bien que Mal'akh ne possédât pas encore l'objet nécessaire pour compléter son chef-d'œuvre, le moment approchait à grands pas.

Puisant la force de son corps sculpté, il sentait déjà son pouvoir monter en lui. Il referma sa robe de chambre et s'approcha de la fenêtre pour contempler la ville mystérieuse qui s'étendait sous ses yeux.

Il est enterré quelque part…

Mais il devait se concentrer sur sa tâche immédiate. Il s'assit devant la coiffeuse, où il appliqua méticuleusement une couche de fond de teint sur son visage, son crâne et son cou, jusqu'à la disparition de ses tatouages. Il revêtit ensuite le déguisement et les accessoires qu'il avait préparés pour cette occasion. Une fois habillé, il se regarda dans le miroir. Satisfait, il passa la main sur son crâne lisse et sourit.

Le secret est là, quelque part. Et l'homme qui va m'aider à le trouver est enfin arrivé…

Il sortit de la maison, se préparant mentalement pour l'événement qui allait bientôt semer la panique au Capitole. Il n'avait reculé devant rien pour s'assurer que toutes les conditions seraient réunies ce soir.

Et maintenant, enfin, le dernier pion venait de faire son entrée sur l'échiquier.

3.

Robert Langdon était plongé dans ses notes quand le roulement des pneus de la Lincoln sur la route changea distinctement de sonorité.

Le Memorial Bridge, déjà ?

Il posa ses papiers pour regarder les eaux calmes du Potomac qui coulait en contrebas, sa surface recouverte d'un épais brouillard. Il avait toujours pensé que cet endroit, appelé Fond Brumeux par les Amérindiens, était un drôle de lieu pour établir la capitale du pays. De tous les sites magnifiques du Nouveau Monde, c'était un marécage boueux au bord d'un fleuve que les pères fondateurs avaient choisi pour ériger la pierre angulaire de leur société utopique.

De l'autre côté du Tidal Basin, Langdon distingua la silhouette harmonieuse du Jefferson Memorial, que certains appelaient le Panthéon des États-Unis. Droit devant se dressait le profil austère du Lincoln Memorial, dont les lignes orthogonales rappelaient le Parthénon grec. Mais c'est en regardant plus loin encore que Langdon repéra la pièce maîtresse de la ville, la flèche qu'il avait aperçue depuis les airs. Son inspiration architecturale remontait bien plus loin que les Romains ou les Grecs.

L'obélisque égyptien de l'Amérique !

Éclairé sur toute sa hauteur, le Washington Monument s'élevait dans le ciel nocturne tel le mât d'un voilier magistral. Du point de vue oblique de Langdon, l'obélisque paraissait déséquilibré, tanguant sur le fond nuageux comme s'il flottait sur une mer déchaînée. Langdon lui-même se sentait encore un peu déséquilibré – cette visite à Washington était totalement imprévue.

Je me suis réveillé avec l'intention de passer un dimanche tranquille à la maison... et me voilà bientôt au Capitole !

À 4 h 45 ce matin-là, il avait plongé dans la piscine déserte d'Harvard, entamant la journée comme à son habitude par une cinquantaine de longueurs. Il ne possédait plus le physique de ses années d'université, quand il comptait parmi les meilleurs joueurs de water-polo du pays, mais il avait su rester mince et relativement musclé pour un homme de quarante-six ans ; la seule différence par rapport à sa jeunesse, c'était la quantité d'efforts qu'il devait fournir.

De retour chez lui vers 6 heures, il avait commencé son rituel matinal qui consistait à moudre du café de

Sumatra à la main, savourant l'arôme exotique qui emplissait alors sa cuisine. Cependant, le témoin rouge qui clignotait sur son répondeur avait très vite attiré son attention.

Qui peut téléphoner dès potron-minet un dimanche ?

Il appuya sur le bouton pour écouter le message.

— Bonjour, professeur Langdon. Je suis terriblement navré de vous appeler si tôt, disait une voix polie et hésitante, avec un léger accent du Sud. Je suis Anthony Jelbart, l'assistant de Peter Solomon. Il m'a dit que vous étiez un lève-tôt... Il a essayé de vous joindre ce matin pour une question urgente. Pourriez-vous le rappeler dès que vous aurez ce message ? Vous connaissez sûrement son nouveau numéro privé, mais au cas où, c'est le 202-329-5746.

Langdon s'inquiéta pour son vieil ami. Peter était d'une courtoisie et d'un savoir-vivre irréprochables : pas du genre à téléphoner un dimanche à l'aube, à moins d'avoir un sérieux problème.

Abandonnant son café à moitié prêt, Langdon se hâta de rejoindre son bureau.

J'espère qu'il ne lui est rien arrivé.

Dès leur première rencontre à Princeton, Peter Solomon était devenu un ami, un mentor et, malgré une différence d'âge de seulement douze ans, une figure paternelle. L'université avait invité le jeune et célèbre historien-philanthrope pour donner une conférence à laquelle Langdon, étudiant de deuxième année, avait dû assister. Animé par un enthousiasme contagieux, Solomon avait exposé une vision brillante de la sémiotique et de l'Histoire archétypale. Il avait fait naître chez Langdon une passion pour les symboles qui ne l'avait jamais quitté. Or, ce n'était pas l'incroyable intelligence de Solomon qui l'avait incité à lui écrire une lettre de remerciement, mais l'humilité de son regard gris. Il n'aurait jamais imaginé que Peter Solomon, l'un des intellectuels les plus riches et fascinants des États-Unis, allait lui répondre. C'est pourtant ce qu'il avait fait. Ainsi s'était nouée une solide amitié.

Universitaire réputé aux manières discrètes, Peter appartenait à l'éminente famille Solomon, dont le nom apparaissait sur d'innombrables bâtiments et universités du pays. Comparables aux Rothschild en Europe, les Solomon avaient toujours alimenté la légende des grandes dynasties américaines. Peter avait hérité de la couronne à un très jeune âge, après la mort de son père. À cinquante-huit ans, il avait déjà occupé les postes les plus importants. Il dirigeait à présent l'Institut Smithsonian, immense fondation dédiée à la diffusion du savoir. En digne diplômé d'Harvard, Langdon taquinait parfois Peter en lui disant que la seule tache sur son brillant pedigree était son diplôme d'une université de seconde zone – Yale.

Dans son bureau, Langdon fut surpris de constater que Peter lui avait également envoyé un fax.

Peter Solomon
Secrétariat général
Institut Smithsonian

Bonjour Robert,

J'ai besoin de vous parler dès que possible.
Appelez-moi s'il vous plaît au 202-329-5746, c'est très urgent.

Peter

Langdon composa le numéro sans tarder. Il s'assit à sa table de travail en attendant que l'appel aboutisse.

— Bonjour, ici le bureau de Peter Solomon, répondit la voix familière de son assistant. Anthony à votre service...

— Bonjour, c'est Robert Langdon. Vous m'avez laissé un message tout à...

— Oui, professeur Langdon ! s'exclama l'assistant, soulagé. Merci d'avoir rappelé si vite. M. Solomon a hâte de vous parler. Donnez-moi un instant, je vais l'avertir. Puis-je vous demander de patienter ?

— Bien sûr.

Langdon baissa les yeux sur le papier à en-tête du Smithsonian et ne put retenir un sourire.

Le clan Solomon ne produit pas beaucoup de oisifs !

L'arbre généalogique de Peter comprenait une multitude de magnats des affaires, d'hommes politiques influents et de scientifiques illustres, dont certains appartenaient même à la Société royale de Londres. Le dernier membre de la famille de Peter, sa sœur cadette Katherine, avait apparemment hérité du gène scientifique, car elle était l'une des principales représentantes d'une nouvelle discipline à la pointe du progrès, la noétique.

C'est du chinois pour moi, songea Langdon en repensant au jour où, lors d'une fête chez Peter l'année précédente, Katherine Solomon avait vainement tenté de lui expliquer les principes de la noétique. Après l'avoir écoutée attentivement, il avait commenté :

— Cela ressemble davantage à de la magie qu'à de la science.

— Entre les deux, la frontière est mince, avait répondu Katherine avec un clin d'œil.

Ses réminiscences furent interrompues par l'assistant de Peter, de retour au téléphone.

— Je suis désolé, M. Solomon est en pleine téléconférence, il essaie de se libérer. C'est un peu la panique, ce matin.

— Aucun problème. Je peux rappeler plus tard.

— En fait, il m'a demandé de vous expliquer pourquoi il cherchait à vous joindre, si ça ne vous dérange pas.

— Bien sûr que non.

L'assistant inspira profondément.

— Vous n'ignorez pas que le conseil du Smithsonian organise chaque année à Washington un gala privé pour remercier nos plus généreux donateurs. Une grande partie de l'élite culturelle du pays y est conviée.

Langdon savait que son compte en banque manquait singulièrement de zéros pour faire de lui un membre de

« l'élite culturelle », mais peut-être Solomon avait-il décidé de l'inviter malgré tout.

— Comme le veut la coutume, reprit l'assistant, le dîner sera précédé par un discours d'ouverture. Nous avons eu la chance cette année de pouvoir réserver le National Statuary Hall.

Le Hall des statues du Capitole ! La meilleure salle de tout Washington, pensa Langdon en se rappelant une conférence politique à laquelle il avait assisté dans le superbe espace semi-circulaire. Difficile d'oublier cinq cents chaises pliantes disposées en parfait éventail, entourées de trente-huit statues grandeur nature, dans le lieu même où se réunissait jadis la Chambre des Représentants des États-Unis.

— Le problème, c'est que notre oratrice est tombée malade. Elle vient de nous informer qu'elle ne sera pas en état d'assurer sa présentation. (Silence gêné.) Nous sommes très embarrassés. M. Solomon espérait que vous accepteriez de la remplacer au pied levé.

Langdon n'en crut pas ses oreilles.

— Moi ? Je suis sûr que Peter pourrait trouver un bien meilleur candidat.

— Vous êtes son premier choix, professeur, et vous êtes beaucoup trop modeste. Les invités du Smithsonian seront ravis de vous écouter. M. Solomon a pensé que vous pourriez réutiliser la présentation que vous avez donnée sur Bookspan TV, il y a quelques années. Cela vous éviterait d'avoir à préparer une intervention. Il a dit que votre discours explorait le symbolisme dans l'architecture de notre capitale : ce sera parfait pour le lieu que nous avons choisi.

Langdon hésita.

— Si mes souvenirs sont exacts, ma présentation concernait plus l'histoire maçonnique du bâtiment que...

— Absolument ! Comme vous le savez, M. Solomon est franc-maçon, de même que plusieurs de ses invités. Je suis persuadé qu'ils adoreraient vous écouter sur le sujet.

C'est vrai que ce serait facile, songea Langdon, qui conservait les notes de tous ses discours.

— J'imagine que c'est envisageable, oui. À quelle date ?

L'assistant s'éclaircit la gorge, mal à l'aise.

— Eh bien... voyez-vous, c'est ce soir, monsieur.

— Ce soir ?

— Comme je vous le disais, c'est la panique ici. Nous nous trouvons dans une situation particulièrement fâcheuse. (Son débit s'accéléra :) M. Solomon est prêt à envoyer un jet privé à Boston. Le vol ne dure qu'une heure, vous pourriez être de retour chez vous pour minuit. Connaissez-vous le terminal privé de l'aéroport Logan ?

— Oui, répondit Langdon à contrecœur.

Pas étonnant que Peter obtienne toujours ce qu'il veut.

— Parfait ! Vous serait-il possible de vous y présenter à... disons, 17 heures ?

— Vous ne me laissez pas vraiment le choix, plaisanta Langdon.

— J'essaie juste de satisfaire M. Solomon, professeur.

Tout le monde avait envie de se mettre en quatre pour Peter... Langdon prit son temps pour réfléchir, sans trouver la moindre échappatoire.

— D'accord, j'accepte.

— Magnifique ! se réjouit l'assistant, soulagé, avant de lui communiquer le numéro de l'avion et d'autres informations utiles.

Après avoir raccroché, Langdon se demanda si Peter Solomon avait déjà essuyé un refus dans sa vie.

Il reprit la préparation de son café et ajouta quelques grains dans le moulin.

Une petite dose supplémentaire de caféine – la journée promettait d'être longue.

4.

Le Capitole se dresse majestueusement à l'extrémité est du National Mall, sur un plateau surélevé que l'urbaniste Pierre Charles L'Enfant décrivait autrefois comme « un piédestal en attente d'un monument ». Les fondations massives du Capitole mesurent près de 230 mètres de longueur et plus de 100 mètres de profondeur. Comprenant environ 65 000 mètres carrés de surface habitable, le bâtiment contient la bagatelle de 541 chambres. Son architecture néoclassique a été précisément étudiée pour rappeler la grandeur de la Rome antique, dont les idéaux ont inspiré les pères de la nation lorsqu'ils établirent les lois et la culture de leur jeune république.

Le nouveau poste de sécurité pour les visiteurs était situé dans les profondeurs d'un centre d'accueil souterrain qui venait d'être inauguré. Sous le plafond en verre qui offrait une vue magnifique sur le dôme du Capitole, l'agent Alfonso Nuñez, récemment embauché, étudia de la tête aux pieds l'homme qui marchait vers lui. Celui-ci avait traîné dans le hall pendant quelques instants, le temps de terminer une conversation téléphonique, avant d'entrer dans le centre. Le bras droit en écharpe, il boitait légèrement. Sûrement un ex-militaire, à en croire son crâne rasé et son long manteau élimé de l'US Navy. Les vétérans des forces armées américaines représentaient une bonne partie des visiteurs à Washington.

— Bonsoir, monsieur, le salua Nuñez, appliquant le protocole de sécurité qui consistait à nouer la conversation avec les hommes seuls.

— Bonsoir, répondit le visiteur en balayant du regard l'esplanade presque déserte. Soirée tranquille, on dirait.

— C'est soir de match... Tout le monde est en train de regarder les Redskins.

Nuñez aurait bien aimé suivre la rencontre, lui aussi, mais c'était son premier mois de travail, ce qui signifiait qu'il perdait d'office à la courte paille.

— Veuillez placer vos objets métalliques dans le panier, s'il vous plaît.

Pendant que l'homme tâtonnait pour vider les poches de son pardessus avec sa main valide, Nuñez l'examina scrupuleusement. L'instinct humain se montrait naturellement moins méfiant avec les blessés et les handicapés, mais Nuñez avait été entraîné à ne pas baisser la garde.

Pièces de monnaie, clés, deux téléphones portables – les objets habituels.

— Entorse ? demanda Nuñez en regardant la main du visiteur, qui était enveloppée dans plusieurs épaisseurs de bandage élastique.

— Une mauvaise glissade sur le verglas la semaine dernière. Ça fait encore un mal de chien.

— Pas de chance. Avancez, je vous prie.

L'homme claudiqua sous le détecteur de métaux, qui émit un signal d'avertissement.

— C'est ce que je craignais, se renfrogna-t-il. Je porte une bague sous ces bandes. Mon doigt était trop enflé pour l'enlever, les médecins ont posé le pansement par-dessus.

— Pas de problème, je vais utiliser l'appareil portable.

Comme Nuñez s'y attendait, il ne détecta rien d'autre qu'un morceau de métal au niveau de l'annulaire. Il passa méticuleusement le détecteur sur chaque millimètre de la main et de l'écharpe. Son superviseur était probablement en train de le surveiller à travers les caméras en circuit fermé du centre de sécurité ; Nuñez ne pouvait pas se permettre de perdre ce boulot. Mieux valait en faire trop que pas assez. Il inséra prudemment l'appareil à l'intérieur de l'écharpe. L'homme grimaça de douleur.

— Désolé.

— Ce n'est rien. On n'est jamais trop prudent ces temps-ci.

— Ça, vous pouvez le dire.

Nuñez aimait bien ce type, ce qui était plus important qu'on ne l'imaginait. L'instinct était la première ligne de défense de l'Amérique contre le terrorisme. Il était prouvé qu'aucune machine ne pouvait rivaliser avec l'intuition humaine quand il s'agissait de percevoir le danger – l'un des manuels d'entraînement appelait cela « le don de la peur ».

Dans le cas présent, Nuñez ne sentait rien qui suscitât chez lui la moindre crainte. Le seul détail curieux, maintenant qu'il voyait le visiteur de près, c'était que, malgré ses dehors de militaire endurci, il avait appliqué une sorte d'autobronzant ou de fond de teint sur son visage.

Pourquoi pas ? Personne n'aime être blafard en hiver.

— C'est bon, dit-il en rangeant le détecteur après avoir terminé son examen.

— Merci.

Alors que le visiteur ramassait ses affaires sur le plateau, Nuñez s'aperçut que les deux doigts qui dépassaient du bandage étaient tatoués : sur la pointe de l'index, une couronne ; sur le pouce, une étoile.

Ces jours-ci, on dirait que tout le monde a des tatouages.

L'extrémité des doigts semblait néanmoins être un endroit particulièrement douloureux.

— Ils ont dû faire mal, vos tatouages.

L'homme jeta un coup d'œil à sa main avec un petit rire.

— Pas autant que vous l'imaginez.

— Quelle chance. Moi, j'en ai bien bavé. Une sirène sur le dos quand j'étais au camp d'entraînement.

— Une sirène ?

— Ouais, avoua l'agent, penaud. Qu'est-ce qu'on peut faire comme bêtises quand on est jeune.

— Et comment ! Moi aussi, j'ai fait une grosse bêtise quand j'étais jeune. Et maintenant, je me réveille à côté d'elle tous les matins.

Ils s'esclaffèrent de concert tandis que l'homme s'éloignait.

*

Un jeu d'enfant, songea Mal'akh en tournant le dos à Nuñez pour se diriger vers l'escalator qui grimpait vers le Capitole. Il avait eu moins de difficultés que prévu pour entrer. Sa posture voûtée et le rembourrage sur son estomac avaient camouflé son véritable gabarit, le maquillage cachant les tatouages qui recouvraient son corps. Son coup de génie, cela dit, c'était l'écharpe, qui dissimulait le puissant artéfact que Mal'akh voulait introduire dans le Capitole.

Un cadeau pour le seul homme sur Terre qui peut m'aider à obtenir ce que je cherche.

5.

Le musée le plus grand et le plus avancé technologiquement du monde est également l'un des plus mystérieux. Il accueille plus d'objets que l'Hermitage, le musée du Vatican et le Metropolitan de New York réunis. Et pourtant, malgré les magnifiques collections qu'il abrite, le grand public n'est pas autorisé à pénétrer entre ses murs étroitement gardés.

Situé au 4210 Silver Hill Road, aux portes de Washington, les réserves du Smithsonian sont un gigantesque édifice en zigzag constitué de cinq structures communicantes, chacune plus grande qu'un terrain de football. Rien sur les murs extérieurs en métal bleuté ne permet de deviner les curiosités qu'ils renfermaient : un monde étrange de 56 000 mètres carrés qui contient une « zone morte », un « Cocon » et vingt kilomètres d'armoires de rangement.

Ce soir-là, la chercheuse Katherine Solomon n'avait pas l'esprit serein lorsqu'elle arrêta sa Volvo blanche devant le portail du complexe.

— Vous n'êtes pas fan de football, madame Solomon ? demanda le garde en souriant.

Il baissa le volume du téléviseur portable, qui diffusait le spectacle d'avant-match en attendant l'entrée en scène des Redskins.

— C'est dimanche soir, répondit Katherine en se forçant à sourire.

— Ah oui, le rendez-vous hebdomadaire.

— Il est déjà arrivé ? demanda-t-elle, nerveuse.

— Je ne vois son nom nulle part, répliqua le garde en consultant son registre.

— Je suis en avance.

Katherine le salua avant de s'engager sur la route sinueuse qui menait à sa place habituelle, au niveau inférieur d'un petit parking à deux étages. Elle commença à rassembler ses affaires et se regarda au passage dans le rétroviseur – plus par habitude que par vanité.

Katherine Solomon avait eu la chance d'hériter des origines méditerranéennes de ses ancêtres ; à cinquante ans, sa peau hâlée restait lisse et ferme. Elle ne se maquillait quasiment pas et laissait son épaisse chevelure noire tomber en désordre sur ses épaules. Comme son frère aîné, elle avait les yeux gris et une élégance svelte et patricienne.

Les gens leur disaient souvent qu'ils auraient pu passer pour des jumeaux.

Leur père était mort d'un cancer quand elle avait sept ans et Katherine conservait peu de souvenirs de lui. Peter, qui avait quinze ans à l'époque, avait dû entamer beaucoup plus tôt que prévu son parcours pour devenir le prochain patriarche du clan Solomon. Comme on pouvait s'y attendre, il avait grandi rapidement pour remplir ce rôle avec le courage et la dignité propres à cette famille. À ce jour, il se montrait toujours aussi protecteur vis-à-vis de Katherine que lorsqu'ils étaient enfants.

Malgré de nombreux soupirants, elle ne s'était jamais mariée. La science était devenue sa compagne pour la vie, son travail s'étant révélé plus excitant et épanouissant qu'aucun homme aurait jamais pu espérer l'être. Elle ne regrettait rien.

Sa discipline de prédilection, la noétique, était un domaine très confidentiel quand elle en avait entendu parler pour la première fois. Mais, depuis quelques années, cette science avait ouvert de nouvelles fenêtres sur la compréhension de l'esprit humain et de son potentiel.

Un potentiel inexploité réellement stupéfiant.

Si les deux ouvrages de Katherine sur la noétique avaient consolidé son statut d'experte, ses récentes découvertes promettaient, une fois publiées, de propulser ce domaine encore obscur sur le devant de la scène internationale.

Ce soir, toutefois, ses recherches étaient le cadet de ses soucis. Plus tôt dans la journée, elle avait reçu des informations extrêmement troublantes au sujet de son frère.

Je n'arrive toujours pas à croire que c'est vrai, se répétait-elle.

Tout l'après-midi, elle n'avait pensé à rien d'autre.

Une pluie légère crépitait sur le pare-brise. Katherine s'apprêtait à ouvrir la portière quand son téléphone sonna.

Elle regarda le numéro qui s'affichait et prit une profonde inspiration. Ramenant ses cheveux derrière son oreille, elle s'enfonça dans son siège avant de répondre.

*

À une dizaine de kilomètres de là, Mal'akh traversait les couloirs du Capitole, un portable collé à l'oreille. Il attendit patiemment que l'on décroche.

Une voix féminine finit par répondre.

— Allô ?

— J'ai besoin de vous revoir, dit Mal'akh.

Il y eut un long silence.

— Il y a un problème ? demanda la femme.

— J'ai d'autres informations.

— Je vous écoute.

— Cette chose que votre frère croit enfouie à Washington...

— Oui ?

— Je sais comment la trouver.

Katherine Solomon resta pétrifiée.

— Vous voulez dire que... ce n'est pas une légende ?

Mal'akh sourit.

— Parfois, lorsqu'une légende perdure pendant des siècles, il y a une bonne raison.

6.

— Vous ne pouvez pas vous approcher un peu plus ?

Tandis que le chauffeur garait la berline sur la 1ʳᵉ Rue, à quatre cents mètres du Capitole, Robert Langdon sentit un frisson d'anxiété le parcourir.

— Je crains que non. Ce sont les directives du Département de la sécurité intérieure : interdiction de se garer près des bâtiments historiques. Je suis navré, monsieur.

Langdon consulta sa montre : il était déjà 18 h 50. Un chantier de construction aux abords du National Mall les avait ralentis et son discours devait commencer dans dix minutes.

— Le vent tourne, fit remarquer le chauffeur en descendant de voiture pour ouvrir la portière de Langdon. Vous feriez mieux de vous dépêcher. (Il refusa d'un geste le pourboire que son passager lui proposait.) Votre hôte a déjà ajouté une prime très généreuse.

Peter tout craché !

— Je vous remercie, dit Langdon en prenant ses affaires.

Les premières gouttes de pluie commençaient à tomber lorsque Langdon atteignit le sommet de la rampe

élégamment incurvée qui redescendait vers l'entrée souterraine du nouveau Centre d'accueil des visiteurs.

Le Centre avait été un projet coûteux et contro-
versé. Présenté comme une ville engloutie qui rivalisait
avec certaines parties de Disney World, il couvrait,
disait-on, plus de 54 000 mètres carrés d'espace pour
expositions, restaurants et salles de conférences.

Langdon s'était réjoui à l'avance de le découvrir,
même s'il n'avait pas prévu de marcher autant pour y
arriver. Les nuages menaçaient de crever d'une seconde
à l'autre ; Langdon s'élança à petites foulées malgré ses
mocassins qui n'offraient aucune adhérence sur le béton
humide. *Je me suis habillé pour une réception, pas pour
un deux cents mètres sous la pluie !* s'amusa-t-il.

Il arriva au bas de la rampe hors d'haleine. Après
avoir franchi la porte à tambour, il s'arrêta un instant
pour reprendre son souffle et secouer ses vêtements
humides. Ce faisant, il leva les yeux sur l'atrium flam-
bant neuf qui s'ouvrait devant lui.

Impressionnant, en effet, se dit-il.

Le Centre d'accueil du Capitole n'avait rien à voir
avec ce qu'il avait imaginé. L'endroit étant situé sous terre,
Langdon éprouvait quelque appréhension à l'idée de s'y
enfoncer. Enfant, il avait passé toute une nuit au fond
d'un puits dans lequel il était tombé par accident ; depuis,
sa phobie des espaces clos ne le lâchait plus. Or, cette salle
était en quelque sorte... aérée. Claire. Spacieuse.

Le plafond, constitué d'une énorme plaque de
verre, était mis en valeur par un éclairage savant.

En temps normal, Langdon aurait admiré l'architecture, mais il ne lui restait plus que cinq minutes ; il
rentra les épaules et traversa d'un pas vif le hall en
direction du poste de sécurité.

Allons, Peter sait que tu n'es plus très loin, se rassura-
t-il. *Ils ne vont pas commencer sans toi !*

Le jeune agent hispanique bavarda avec lui pendant qu'il vidait ses poches et ôtait sa vieille montre.

— Une montre Mickey ? observa le garde avec
amusement.

Habitué à ce genre de commentaire, Langdon hocha la tête. C'était un cadeau de ses parents pour son neuvième anniversaire.

— Elle me rappelle qu'il faut savoir lever le pied et ne pas prendre la vie trop au sérieux.

— Ce n'est pas très efficace, alors, parce que vous avez l'air drôlement pressé.

Langdon lui rendit son sourire et posa son sac de voyage sur le tapis du scanner.

— Le Hall des statues, c'est de quel côté ?

Le garde désigna les escalators.

— Vous n'avez qu'à suivre les panneaux.

— Merci.

Langdon attrapa son sac et s'éloigna rapidement. Il profita du court voyage en escalier roulant pour respirer calmement et reprendre ses esprits. Levant la tête vers la verrière mouchetée de pluie, il aperçut la forme massive du dôme du Capitole. C'était un édifice incomparable. À son sommet, quatre-vingt-dix mètres au-dessus du sol, une sculpture en bronze représentant la Liberté émergeait de l'obscurité bruineuse telle une sentinelle fantomatique. Ironie suprême, les ouvriers qui avaient hissé chaque bloc de la statue de six mètres jusqu'à son piédestal étaient des esclaves – et cette information figurait rarement dans les manuels d'Histoire.

Le bâtiment tout entier était en fait une étrange caverne d'Ali Baba remplie d'objets plus bizarres les uns que les autres – une « baignoire tueuse » coupable du meurtre par pneumonie du vice-président Henry Wilson, une marche d'escalier avec une tache de sang indélébile sur laquelle trébuchaient grand nombre d'invités, ou encore une pièce scellée au sous-sol dans laquelle les employés avaient découvert, en 1930, le cheval empaillé depuis plusieurs décennies du général John Alexander Logan.

La plus tenace de toutes ces légendes était celle qui prétendait le Capitole hanté par treize fantômes. On racontait que l'esprit de l'urbaniste Pierre L'Enfant errait souvent dans les couloirs, exigeant que l'on paye sa facture avec deux siècles d'arriérés. Certains avaient vu le fantôme d'un ouvrier tombé du dôme pendant sa construction se promener avec ses outils. Sans oublier la plus célèbre de ces apparitions, rapportée maintes fois : un chat noir qui rôdait dans le dédale sombre et étroit du sous-sol.

Arrivé en haut de l'escalator, Langdon consulta sa montre à nouveau. Plus que trois minutes. Tout en se récitant l'introduction de son discours, il emprunta un large couloir et suivit les panneaux qui indiquaient la direction du Hall des statues. L'assistant de Peter avait raison : c'était le sujet idéal pour une soirée organisée à Washington par un franc-maçon de haut grade.

Ce n'était un secret pour personne que la capitale américaine recelait une riche tradition maçonnique. La pierre angulaire du Capitole lui-même avait été posée selon le rite maçonnique par George Washington. La ville avait été conçue et bâtie par des maîtres maçons – Washington, Franklin et L'Enfant –, des esprits brillants qui l'avaient émaillée d'emblèmes et de symboles.

Et bien sûr, un tel édifice ne pouvait que piquer l'imagination des gens !

Les adeptes de la théorie du complot par exemple prétendaient que les pères fondateurs d'obédience maçonnique avaient disséminé de terribles secrets à travers Washington, ainsi que de mystérieux messages dans le découpage des rues. Langdon n'y prêtait jamais attention. La désinformation au sujet des francs-maçons était monnaie courante, au point que même ses étudiants faisaient parfois état de préjugés totalement fantaisistes sur cette confrérie.

L'année précédente, un élève de première année avait surgi dans la salle de classe de Langdon avec une carte trouvée sur Internet. Il s'agissait d'un plan de Washington sur lequel certaines rues avaient été colorées pour faire ressortir diverses formes – pentacles sataniques, équerre et compas maçonniques, tête de Baphomet –, preuves, d'après le garçon, que les maçons qui avaient bâti la capitale étaient impliqués dans une obscure conspiration.

— Distrayant, mais pas très convaincant, avait répondu Langdon. Tracez suffisamment de lignes sur n'importe quelle carte et, tôt ou tard, vous obtiendrez le même résultat.

— Mais ça ne peut pas être une coïncidence !

Langdon lui avait patiemment démontré que les mêmes figures pouvaient apparaître sur une carte de Detroit.

L'étudiant n'avait pu cacher sa déception.

— Ne perdez pas le moral. Washington regorge de secrets incroyables. C'est juste qu'ils ne se trouvent pas sur cette carte.

Le garçon avait dressé l'oreille.

— Des secrets ? Comme quoi ?

— Tous les printemps, je donne un cours qui s'appelle Symboles occultes. J'y parle beaucoup de Washington. Vous devriez vous inscrire.

— « Occultes » dites-vous ! Alors il y a bel et bien des symboles sataniques !

Langdon avait souri.

— Désolé, mais ce terme, malgré les fantasmes qu'il suscite, signifie simplement « caché », « secret ». Sous l'oppression religieuse, tout savoir en contradiction avec la doctrine devait rester caché, ou « occulte ». Se sentant menacée, l'Église a alors tenu pour mauvais tout ce qui était « occulte », et ce préjugé a perduré jusqu'à aujourd'hui.

— Ah, avait murmuré l'étudiant, dépité.

Cependant, au printemps, Langdon le repéra au premier rang alors que cinq cents élèves prenaient place sur les bancs en bois du vieil amphithéâtre Sanders.

— Bonjour et bienvenue à tous, entonna Langdon, debout sur la grande estrade. (Il alluma un projecteur de diapositives, une photo se matérialisa derrière lui.) Pendant que vous vous installez, combien d'entre vous reconnaissent ce bâtiment ?

— Le Capitole ! s'écrièrent des dizaines de voix à l'unisson. Washington !

— Exact. Il y a quatre mille tonnes de métal dans ce dôme. Un triomphe d'ingéniosité architecturale inégalé à l'époque.

— Ça déchire ! lança quelqu'un.

Langdon leva les yeux au ciel – si seulement quelqu'un pouvait interdire cette expression...

— Bon, et combien d'entre vous sont déjà allés à Washington ?

Quelques mains se levèrent çà et là.

— Si peu ? réagit Langdon, feignant la surprise. Et combien à Rome, Paris, Madrid ou Londres ?

Cette fois, presque toutes les mains se dressèrent. Comme d'habitude !

L'un des rites de passage de l'étudiant américain était de sillonner l'Europe en été avec un pass Eurail avant que la dure réalité de la vie adulte ne le rattrape.

— Vous êtes donc plus nombreux à avoir visité l'Europe que votre propre capitale. Pourquoi, d'après vous ?

— On peut boire à n'importe quel âge en Europe ! hurla quelqu'un du fond de l'amphithéâtre.

— Comme si la limite d'âge vous empêchait de boire ici, plaisanta Langdon, provoquant l'hilarité générale.

C'était le premier cours du trimestre. Les étudiants s'agitaient encore sur leurs bancs, prenant le temps de s'installer. Langdon aimait enseigner dans cette salle car il pouvait mesurer le niveau d'attention des élèves aux craquements de leurs sièges.

— Washington accueille quelques-unes des plus grandes merveilles architecturales et artistiques du monde. Pourquoi aller à l'étranger avant **même** d'avoir visité sa propre capitale ?

— Les trucs anciens, c'est plus cool.

— Et par « trucs anciens », poursuivit Langdon, j'imagine que vous voulez parler des châteaux, cryptes et autres temples.

Plusieurs élèves hochèrent la tête.

— D'accord. Et si je vous disais que Washington possède toutes ces choses-là ? Châteaux, cryptes, temples... tout.

Les grincements diminuèrent.

— Mes amis, continua-t-il d'une voix plus basse, en s'avançant sur l'estrade, au cours de l'heure qui va suivre, vous allez découvrir que notre nation déborde de secrets et d'histoires occultes. Et, comme en Europe, les meilleurs secrets se cachent en pleine lumière.

Les vieux bancs se turent enfin.

Gagné !

Langdon éteignit les lumières avant de passer à la diapositive suivante.

— Qui peut me dire ce que George Washington est en train de faire ici ?

La célèbre peinture murale représentait Washington en grande tenue maçonnique, debout devant un étrange appareil – un immense trépied en bois supportant une poulie avec une corde, au bout de laquelle pendait un bloc de pierre massif. Un groupe de spectateurs bien habillés l'entourait.

— Il est en train de soulever ce gros bloc ? tenta quelqu'un.

Langdon garda le silence, préférant si possible qu'un autre étudiant le corrigeât.

— Je crois plutôt qu'il est en train de le poser. Il porte une tenue maçonnique. J'ai déjà vu d'autres images de francs-maçons en train de poser des pierres angulaires, et ils utilisent toujours cette espèce de trépied pendant la cérémonie.

— Excellent ! fit Langdon. Cette peinture murale représente le père de la nation utilisant un trépied et une poulie pour poser la pierre angulaire du Capitole des États-Unis, le 18 septembre 1793 entre 11 h 15 et 12 h 30. (Langdon balaya la salle du regard.) Quelqu'un connaît la signification de cette date et de cette heure ?

Silence.

— Et si je vous disais qu'elles furent soigneusement choisies par George Washington, Benjamin Franklin et Pierre L'Enfant, tous trois francs-maçons ?

Silence, encore.

— Si la pierre a été posée à ce moment-là, c'est entre autres choses parce que Caput Draconis était dans la maison de la Vierge.

Les étudiants échangèrent des regards interloqués.

— Attendez, vous nous parlez de... d'astrologie ?

— Oui. Mais une approche de l'astrologie très différente de celle que nous connaissons aujourd'hui.

— Vous essayez de nous dire que les pères fonda-teurs croyaient en l'astrologie ? demanda un étudiant.

Langdon eut un large sourire.

— Et comment ! La ville de Washington compte plus de symboles astrologiques dans son architecture que n'importe quelle autre ville au monde. Signes du Zodiaque, constellations, constructions entamées à des instants bien précis... Plus de la moitié des auteurs de notre Constitution étaient des francs-maçons, convain-cus que les étoiles et le destin étaient inextricablement liés, des hommes qui prêtaient une attention particu-lière à l'architecture des cieux pendant qu'ils compo-saient celle de leur nouveau monde.

— Mais cette histoire sur la pierre angulaire et Caput Draconis en Vierge, qu'est-ce qu'elle signifie ? Si ça se trouve, c'est juste une coïncidence.

— Une coïncidence incroyable si l'on considère que les pierres angulaires des trois structures qui forment le Triangle fédéral – Capitole, Maison Blanche et Washing-ton Monument – furent posées en des années différentes, mais toujours sous les mêmes configurations astrolo-giques.

Dans l'amphithéâtre tous les regards convergeaient sur Langdon. Quelques étudiants baissèrent la tête pour commencer à prendre des notes.

— Pourquoi ont-ils fait ça ?

— La réponse à votre question va nous occuper pendant tout le trimestre. Les plus curieux d'entre vous peuvent s'inscrire à mon cours sur le mysticisme. Mais, honnêtement, je ne crois pas que vous soyez prêts à entendre la réponse.

— Quoi ? Allez, dites-nous !

Langdon fit mine de réfléchir, secoua la tête, jouant avec les nerfs de ses étudiants.

— Désolé, c'est impossible. Certains d'entre vous sont encore en première année. Vous risquez de ne pas vous en remettre.

— Allez ! protestèrent les élèves en chœur.

Langdon haussa les épaules.

— Peut-être devriez-vous chercher vos informations à la source ? Rejoignez les francs-maçons ou l'Ordre de l'Étoile orientale.

— On ne peut pas, objecta un jeune homme. La franc-maçonnerie, c'est une société super-secrète.

— Super-secrète ? Vraiment ? s'étonna Langdon en pensant à la chevalière que son ami Peter Solomon arborait fièrement à la main droite. Dans ce cas, comment expliquez-vous les anneaux, badges et épingles à cravate que portent les maçons ? Comment expliquez-vous que les horaires des réunions soient publiés dans le journal ?

Il sourit aux visages perplexes de l'assistance.

— Chers amis, la franc-maçonnerie n'est pas une société secrète ; c'est une société avec des secrets.

— C'est pareil, marmonna quelqu'un.

— Vraiment ? Considéreriez-vous Coca-Cola comme une société secrète ?

— Bien sûr que non.

— Que se passerait-il si vous alliez taper à la porte de leur siège social en demandant la recette du Coca-Cola ?

— Ils ne nous la donneraient pas.

— Exactement. Avant de connaître le secret le plus précieux de Coca-Cola, il vous faudrait travailler pour l'entreprise pendant des années, prouver votre loyauté et gravir les échelons jusqu'à atteindre un degré suffisamment élevé pour avoir accès à cette fameuse recette. Et seulement après avoir juré le secret.

— Si je comprends bien, la franc-maçonnerie, c'est comme une entreprise ?

— Uniquement dans le sens où elle obéit à une stricte hiérarchie et attache une grande importance à la confidentialité.

— Mon oncle est maçon, intervint une jeune femme. Ma tante déteste ça parce qu'il refuse d'en parler avec elle. Elle dit que c'est une sorte de religion bizarre.

— Une erreur courante.

— Ce n'est pas une religion ?

— Combien d'entre vous suivent le cours de religion comparée du professeur Witherspoon ? (Plusieurs mains se levèrent.) Bien. Et quelles sont les trois conditions *sine qua non* pour qu'une idéologie soit considérée comme une religion ?

— Promettre, croire, convertir, avança une étudiante.

— Exact. Les religions promettent le salut, elles croient en une théologie précise, et convertissent les non-croyants. (Il fit une courte pause.) Résultat ? Religion : 3, franc-maçonnerie : 0. Les maçons ne vous garantissent pas le salut, n'adhèrent à aucune théologie et se moquent éperdument de vous convertir. Sachez qu'il est même interdit de parler de religion dans les loges maçonniques.

— Alors, quoi... la maçonnerie est athée ?

— Bien au contraire. Pour devenir franc-maçon, il est indispensable de croire en un pouvoir suprême. La différence avec la religion organisée est que les maçons n'imposent ni nom, ni définition spécifique pour ce pouvoir suprême. Plutôt que des entités théologiques précises telles que Dieu, Allah, Bouddha ou Jésus, ils se réfèrent à des notions plus abstraites comme le Principe Supérieur ou le Grand Architecte de l'Univers. Cela permet de réunir des membres de religions différentes.

— C'est un peu délirant, non ?

— Délire, ou ouverture d'esprit rafraîchissante ? À une époque où l'on s'entretue au nom de divergences religieuses, on pourrait considérer que la tradition maçonnique de tolérance présente un modèle louable. (Langdon se mit à arpenter l'estrade.) J'ajouterai que la maçonnerie accepte les hommes de toutes origines, credo et couleurs de peau, sans aucune discrimination.

— Aucune discrimination ?! s'exclama une étudiante du comité des femmes de Harvard en se levant. Combien de femmes ont-elles été acceptées dans leurs rangs, professeur Langdon ?

— C'est juste, admit Langdon. La franc-maçonnerie trouvant ses racines dans les guildes d'ouvriers maçons

du Moyen Âge en Europe, c'était une organisation strictement masculine. Une branche féminine fut fondée il y a
plusieurs siècles – dès 1703, d'après certains. L'Ordre de
l'Étoile orientale compte plus d'un million de membres.

— Admettons. Toujours est-il que la franc-maçonnerie
est une puissante organisation dont les femmes sont
exclues.

Langdon n'était pas certain qu'elle fût encore si
puissante que cela, mais il n'allait pas se laisser entraîner dans ce débat. D'aucuns percevaient les maçons
modernes comme un groupe de vieillards inoffensifs
qui aimaient se déguiser ; d'autres, comme une cabale
clandestine réunissant les éminences grises qui diri-
geaient le monde. La vérité se trouvait sans doute quelque part entre les deux.

— Professeur Langdon ! l'interpella un garçon aux
cheveux frisés, au dernier rang. Si la franc-maçonnerie
n'est ni une société secrète, ni une entreprise, ni une
religion, qu'est-ce que c'est ?

— Si vous posiez la question à un maçon, il vous
répondrait probablement que c'est un système moral
qui s'incarne dans les allégories et s'illustre de symboles.

— Ça sonne comme un euphémisme pour « secte
tordue ».

— Tordue, dites-vous ?

— Carrément ! s'exclama l'étudiant. On m'a raconté
ce qu'ils font dans leurs planques secrètes ! Des cérémo-
nies louches avec des bougies, des cercueils et des
nœuds de pendu, des crânes remplis de vin. Moi,
j'appelle ça tordu !

Langdon observa le reste de la classe.

— Vous êtes tous d'accord avec lui ?

Les élèves répondirent « oui » à l'unisson. Langdon
soupira, feignant la tristesse.

— Dommage. Si ça, c'est trop tordu pour vous, je
ne réussirai jamais à vous recruter dans la mienne, de
secte.

Le silence se fit. L'étudiante du comité des femmes
paraissait mal à l'aise.

— Vous appartenez à une secte, vous ?

Langdon hocha la tête et murmura sur le ton de la conspiration :

— Ne le répétez à personne, mais quand arrive le jour païen dédié au dieu soleil Râ, je me prosterne au pied d'un instrument de torture ancien, où j'avale la chair et le sang ritualisés.

Les élèves hésitaient entre perplexité et dégoût. Langdon haussa les épaules.

— Et si vous souhaitez vous joindre à moi, vous n'avez qu'à venir à la chapelle d'Harvard dimanche prochain, vous agenouiller devant la Croix et recevoir l'eucharistie.

Le silence des élèves se prolongea.

— Ouvrez votre esprit, chers amis, dit-il avec un clin d'œil. Nous craignons toujours ce que nous ne comprenons pas.

*

Le son d'une cloche résonna dans les couloirs du Capitole.

19 heures.

Robert Langdon filait au pas de course. Une chose est sûre : je vais faire une entrée remarquée, pensa-t-il. En remontant le couloir qui connectait les deux ailes du bâtiment, il repéra enfin la salle des statues.

Avant d'atteindre la porte, il se composa une allure plus détendue et prit de grandes inspirations. Il boutonna sa veste, puis, soulevant imperceptiblement le menton, pivota face à la porte à l'instant où retentissait le dernier son de cloche.

Que le spectacle commence !

Le professeur Robert Langdon entra à grands pas dans le Hall des statues, le sourire aux lèvres – un sourire qui s'évapora presque instantanément.

Quelque chose ne tournait pas rond.

7.

Katherine Solomon se hâta de traverser le parking. La pluie froide lui fit regretter de n'avoir enfilé qu'un jean et un pull en cachemire. Le vrombissement des énormes purificateurs d'air s'intensifiait à mesure qu'elle approchait de l'accès principal, mais elle les entendait à peine : ses oreilles bourdonnaient encore après cette conversation téléphonique.

Cette chose que votre frère croit enfouie à Washington... Je sais comment la trouver.

Cela semblait presque impossible. Trop de questions restaient sans réponse entre Katherine et son interlocuteur ; ils s'étaient donné rendez-vous plus tard dans la soirée.

Elle ressentit l'exaltation coutumière qui la saisissait toujours au moment de pénétrer dans l'édifice colossal. Personne ne connaissait cet endroit.

Le panneau sur la porte annonçait :

SMITHSONIAN MUSEUM SUPPORT CENTER
(SMSC)

Bien qu'il comptât une douzaine de musées sur le National Mall, le Smithsonian possédait une collection tellement gigantesque que seuls 2 pour cent des objets pouvaient être exposés à la fois. Il fallait bien stocker les 98 pour cent restants quelque part. Et ce « quelque part », c'était ici.

Comme on pouvait s'y attendre, les réserves du Smithsonian accueillaient un éventail d'articles d'une extravagante diversité – bouddhas géants, manuscrits anciens, fléchettes empoisonnées de Nouvelle-Guinée, poignards incrustés de pierres précieuses, ou encore un kayak fabriqué à partir de fanons de baleine. Les richesses naturelles qu'il recelait étaient tout aussi stupéfiantes : des squelettes de plésiosaures, une collection inestimable de météorites, un calmar géant et même une série de crânes d'éléphants rapportés d'un safari en Afrique par Theodore Roosevelt.

Ce n'était pourtant pas pour ces trésors que le secrétaire du Smithsonian, Peter Solomon, avait introduit sa sœur au SMSC trois ans auparavant. Il ne l'avait pas amenée là pour admirer ces merveilles scientifiques, mais bien pour en créer de nouvelles. Et c'était exactement ce que Katherine avait fait.

Dans les entrailles du complexe, dans ses recoins les plus sombres et reculés, se trouvait un petit laboratoire unique au monde. Les découvertes fondamentales de Katherine dans le domaine de la noétique allaient avoir des répercussions dans toutes les disciplines – physique, histoire, philosophie, religion.

Bientôt, tout va changer, se dit-elle.

En voyant Katherine, le garde dans le hall d'entrée s'empressa de cacher sa radio et d'arracher ses écouteurs.

— Madame Solomon ! fit-il avec un grand sourire.

— Combien pour les Redskins ?

L'homme rougit, penaud.

— Le match va commencer.

— Je ne dirai rien à personne, promis, dit-elle avec un clin d'œil.

Elle s'arrêta devant le détecteur de métaux et vida ses poches. Ôter la montre en or Cartier de son poignet s'accompagna comme souvent d'une pointe de tristesse. Sa mère la lui avait offerte pour son dix-huitième anniversaire. Dix années s'étaient écoulées depuis sa mort violente... dans les bras de Katherine.

— Alors, madame Solomon, quand allez-vous nous dire ce que vous mijotez là-derrière ? demanda le garde avec des airs de conspirateur.

— Un de ces jours, Kyle, mais pas ce soir.

— Allez, renchérit-il. Un labo secret dans un musée secret ? Ça doit être vraiment cool.

Bien mieux que cool, pensa Katherine en ramassant ses effets personnels. Ses recherches étaient tellement avancées que ça ne ressemblait même plus à de la science.

8.

Sur le pas de la porte, Robert Langdon examina le spectacle déroutant qui s'offrait à lui. Le Hall des statues était le même que dans son souvenir : une salle semi-circulaire qui rappelait les amphithéâtres grecs. Tout le long des belles parois courbes en grès et en stuc italien se dressaient des colonnes en brèche, entre lesquelles étaient exposées les statues grandeur nature de trente-huit figures éminentes de l'Histoire américaine. Une mosaïque saisissante de dalles en marbre noires et blanches recouvrait le sol.

Oui, rien n'avait changé depuis qu'il avait assisté à cette conférence.

À un détail près.

Ce soir, la salle était vide.

Pas de chaises. Pas d'invités. Pas de Peter Solomon. Juste une poignée de touristes en train de flâner qui n'avaient même pas remarqué son arrivée.

Peter a-t-il confondu avec la Rotonde ?

Langdon jeta un coup d'œil au couloir sud, qui menait à la grande coupole : là aussi, quelques touristes qui baguenaudaient.

Les derniers échos de la cloche s'étaient dissipés. Il était officiellement en retard.

Il s'empressa de rebrousser chemin et tomba sur un guide.

— Excusez-moi, je cherche la réception du Smithsonian. Savez-vous où ça se passe ?

— Je ne sais pas trop, monsieur, répondit l'homme, hésitant. Ça commence quand ?

— Maintenant !

Le guide secoua la tête.

— À ma connaissance, il n'y a aucune réception ce soir – pas ici, en tout cas.

Décontenancé, Langdon revint dans la salle des statues et se planta au milieu de la pièce, examinant les alentours.

Une plaisanterie de Peter ? Ça ne lui ressemblait pas.

Il sortit son portable ainsi que le fax qu'il avait reçu ce matin-là et composa le numéro de son ami.

À cause de la taille du bâtiment, il fallut quelques secondes pour que le téléphone réussisse à se connecter. La ligne se mit enfin à sonner.

Une voix à l'accent du Sud familier répondit.

— Bonjour, ici le bureau de Peter Solomon. Anthony, à votre service…

— Anthony ! fit Langdon avec soulagement. Heureusement que vous êtes encore là. C'est Robert Langdon. Je crois qu'il y a eu un malentendu au sujet de la réception. Je me trouve dans le Hall des statues, mais il n'y a personne. Le lieu a-t-il changé ?

— Pas que je sache, monsieur. Laissez-moi vérifier. (Au bout de quelques secondes, Anthony reprit :) Avezvous confirmé le rendez-vous directement avec M. Solomon ?

— Non, fit Langdon, perplexe. Je l'ai confirmé avec vous ce matin même !

— Oui, je m'en souviens. (Il marqua une nouvelle pause.) Plutôt imprudent de votre part, vous ne trouvez pas ?

Langdon se mit aussitôt sur ses gardes.

— Je vous demande pardon ?

— Voyons… Vous recevez un fax vous priant de rappeler un certain numéro. Vous vous exécutez. Un parfait inconnu qui prétend être l'assistant de Peter Solomon vous répond. Ensuite, vous vous envolez pour Washington en jet privé sans vous poser de questions et, à destination, vous sautez dans une voiture qui vous attend. Est-ce exact ?

Langdon sentit un frisson glacé lui parcourir l'échine.

— Qui êtes-vous, bon sang ? Où est Peter ?

— J'ai bien peur que M. Solomon ne soit pas au courant de votre présence à Washington. (L'accent du Sud disparut, remplacé par un murmure rauque et sifflant.) Si vous êtes ici, c'est par ma volonté, monsieur Langdon.

9.

Le téléphone collé contre l'oreille, fermement serré dans son poing, Langdon tournait en rond, nerveux.

— Mais enfin, qui êtes-vous ?

— Ne vous inquiétez pas, répondit l'étrange voix rauque. Je vous ai convoqué pour une raison bien précise.

— Convoqué ? s'étrangla Langdon. Kidnappé, oui !

— N'exagérons rien, rétorqua l'autre avec un calme déconcertant. Si je l'avais voulu, vous ne seriez pas sorti vivant de la Lincoln. Je vous assure que je suis animé des plus nobles intentions. Je désire simplement vous inviter quelque part.

Non merci, se dit Langdon.

Ses dernières péripéties en Europe lui avaient procuré une notoriété dont il se serait bien dispensé, lui attirant toutes sortes de cinglés – et celui-ci venait de dépasser les bornes.

— Écoutez, je n'ai pas la moindre idée de ce qui se trame ici, mais je vais raccrocher.

— Ce ne serait guère judicieux. Le temps vous est compté si vous voulez sauver l'âme de Peter Solomon.

Langdon retint son souffle.

— Qu'est-ce que vous avez dit ?

— Vous avez très bien entendu.

La manière dont l'homme avait prononcé le nom de Peter avait glacé les sangs de Langdon.

— Qu'est-ce que vous savez sur Peter ?

— Au point où nous en sommes, je connais ses secrets les plus intimes. M. Solomon est mon **invité** d'honneur et je sais me montrer très convaincant.

Non, ce n'est pas possible.

— Vous mentez.

— J'ai répondu sur sa ligne privée. Cela devrait vous donner à réfléchir.

— J'appelle la police.

— Inutile, elle sera là bientôt.

Mais qu'est-ce qu'il raconte ?

— Si vous détenez Peter, laissez-moi lui parler, ordonna Langdon d'une voix glaciale.

— Je ne peux pas. M. Solomon est enfermé dans un lieu funeste.

Il se tut un instant avant d'ajouter :

— Il se trouve dans l'Araf.

— Où ça ?

Langdon se rendit compte qu'il agrippait son portable si fort que ses doigts étaient en train de s'ankyloser.

— El-Araf. L'Hamêstagan. Le lieu auquel Dante a dédié le deuxième chant de la *Divine Comédie*, juste après l'Enfer.

Ces références religieuses et littéraires ne firent que confirmer les soupçons de Langdon : il avait bien affaire à un illuminé. Le deuxième chant. Il le connaissait par cœur : personne ne s'échappait de la Phillips Exeter Academy sans avoir lu Dante.

— Dois-je comprendre que Peter Solomon est... au purgatoire ?

— C'est un terme vulgaire cher à vous autres chrétiens, mais oui, M. Solomon se trouve dans l'entredeux.

— Vous voulez dire que... qu'il est mort ?

— Non, pas exactement.

— Pas exactement ? hurla Langdon.

Sa voix tonna dans la salle, lui attirant les regards d'une famille de touristes. Il leur tourna le dos et poursuivit à voix basse.

— La mort, en général, c'est tout ou rien !

— Vous me décevez, professeur. Je m'attendais de votre part à une meilleure compréhension des mystères de la vie et de la mort. Il y a bel et bien un monde entre les deux – un monde dans lequel Peter Solomon erre en ce moment. Peut-être reviendra-t-il dans votre monde, peut-être continuera-t-il sa route vers le prochain. Cela dépend de vous.

Langdon ne savait pas comment interpréter les paroles de son interlocuteur.

— Qu'attendez-vous de moi ?

— C'est simple. Vous avez accès à quelque chose de très ancien. Et ce soir, vous allez partager ses secrets avec moi.

— Je n'ai aucune idée de ce dont vous parlez.

— Non ? Vous prétendez ne pas comprendre les mystères qui vous ont été confiés ?

Langdon devina soudain de quoi il s'agissait. Son estomac se noua. Les mystères. Bien qu'il n'eût pas dit un mot à quiconque sur son aventure à Paris plusieurs années auparavant, les obsédés du Graal avaient suivi de près la couverture médiatique des événements. Certains d'entre eux s'étaient fourré dans le crâne que Langdon possédait quelque information secrète sur le Saint Calice – peut-être même son emplacement.

— Écoutez, si c'est à propos du Graal, je vous jure que je n'en sais pas plus que...

— Ne soyez pas insultant, monsieur Langdon ! s'emporta son interlocuteur. Je me moque éperdument des quêtes frivoles comme votre Graal et de vos débats pathétiques sur la juste version de l'Histoire. Les sempiternelles discussions sur la sémantique de la foi ne présentent aucun intérêt à mes yeux. Seule la mort répondra à ces questions.

Sa diatribe laissa Langdon encore plus perplexe.

— Mais alors, qu'est-ce que vous voulez !

Au bout de quelques secondes, l'homme avait recouvré son calme.

— Vous savez peut-être qu'il existe dans cette ville une ancienne porte.

Une ancienne porte ?

— Et ce soir, professeur, vous allez l'ouvrir pour moi. Vous devriez vous sentir honoré d'avoir été désigné : rares sont ceux qui reçoivent une telle invitation. Je n'ai contacté personne d'autre.

Et vous êtes fou à lier !

— Je crains que vous n'ayez choisi la mauvaise personne. C'est la première fois que j'entends parler d'une quelconque porte.

— Vous ne comprenez pas. Ce n'est pas moi qui vous ai désigné, c'est Peter Solomon.

— Quoi ? souffla Langdon.

— M. Solomon m'a expliqué comment trouver cette porte, avant de confesser qu'une seule personne au monde était capable de l'ouvrir. Et, d'après lui, cet homme c'est vous.

— S'il a vraiment dit cela, il s'est trompé. Ou il vous a menti.

— J'en doute. Vu son état d'épuisement extrême à ce moment-là, je suis certain qu'il m'a dit la vérité.

— Je vous préviens, gronda Langdon, bouillonnant de colère, si vous faites du mal à Peter...

— Vous arrivez beaucoup trop tard, rétorqua l'homme, amusé. Peter Solomon m'a déjà donné tout ce dont j'avais besoin. Et, pour son bien, je vous suggère de suivre son exemple. Le temps vous est compté. À tous les deux. Trouvez la porte et ouvrez-la. Peter vous montrera la voie.

Peter ?

— Je croyais qu'il était au purgatoire.

— Ce qui est en haut est en bas.

Il s'agissait d'un vieil adage proclamant la croyance, véhiculée par l'hermétisme, en une connexion physique entre l'enfer et le paradis. Ce qui est en haut est en bas ? Le regard perdu dans la grande salle, Langdon se demanda comment les choses avaient pu dérailler à ce point.

— Écoutez, je ne saurais même pas où commencer à la chercher, votre porte. J'appelle la police.

— Vous n'avez toujours pas compris pourquoi vous avez été choisi, n'est-ce pas ?

— Non.

— Tout va s'éclairer bientôt, ricana l'homme. Très bientôt.

Et il raccrocha.

Langdon resta pétrifié sur place pendant quelques instants, s'efforçant d'enregistrer ce qui venait de se passer.

Soudain, un bruit inattendu perça le silence.

Cela venait de la Rotonde.

Quelqu'un hurlait.

10.

Robert Langdon était plusieurs fois entré dans la Rotonde du Capitole, mais jamais en courant. Faisant irruption par la porte nord, il repéra aussitôt une grappe de touristes agglutinés au centre de la salle. Un jeune garçon poussait de grands cris tandis que ses parents essayaient de le calmer. D'autres se pressaient autour d'eux alors que des gardes tentaient de rétablir l'ordre.

— Il l'a sortie de son écharpe, expliquait quelqu'un précipitamment, et il l'a déposée là !

S'approchant, Langdon aperçut la source de toute cette agitation. La présence de cet objet à l'intérieur du Capitole était certes plutôt étrange, mais il n'y avait pas de quoi pousser des hurlements.

Ce n'était pas la première fois qu'il voyait ce genre d'accessoire. Le département artistique d'Harvard en possédait des dizaines : des mains en plastique utilisées par les peintres et les sculpteurs pour les aider à reproduire la partie la plus complexe du corps humain, qui, étonnamment, n'était pas le visage, mais les doigts.

Les artistes pouvaient placer ces modèles articulés dans toutes les positions, suivant leur humeur – pour les étudiants de deuxième année d'Harvard, c'était généralement avec le majeur dressé. Or, celui-ci avait l'index tendu, pointé vers le plafond.

Langdon progressa encore de quelques pas et remarqua que la main avait une apparence inhabituelle. Au lieu d'être lisse, elle était couverte d'une texture marbrée et légèrement ridée, presque comme...

Comme de la vraie peau.

Langdon s'arrêta.

C'est alors qu'il vit le sang.

Oh, Seigneur !

Le poignet sectionné avait été empalé sur une base en bois pour garder la main à la verticale. La nausée lui retourna les entrailles. Retenant son souffle, il s'avança lentement et aperçut au bout du pouce et de l'index de minuscules tatouages. Mais un autre détail attira son attention : la chevalière en or, reconnaissable entre mille.

Non !

Langdon tituba. Alors que le monde tourbillonnait autour de lui, il comprit qu'il était en train de regarder la main droite de Peter Solomon.

11.

Pourquoi Peter ne répond-il pas au téléphone ? se demanda Katherine en raccrochant. Où est-il passé ?

Depuis trois ans, Peter Solomon arrivait toujours le premier à leur rendez-vous hebdomadaire – 19 heures tous les dimanches. C'était devenu leur rituel à eux, une manière de rester en contact avant le début de la semaine et, pour Peter, de se tenir au courant des progrès de sa sœur au laboratoire.

Il n'est jamais en retard et il répond toujours au téléphone, songeait-elle.

Pour compliquer encore les choses, Katherine ne savait même pas ce qu'elle allait lui dire quand il arriverait.

Avec tout ce que j'ai appris aujourd'hui, comment suis-je censée aborder le sujet ? se demanda-t-elle.

Le bruit régulier de ses pas résonnait dans le couloir en béton qui traversait les entrepôts du Smithsonian comme une colonne vertébrale. Surnommé « l'Avenue », il reliait les cinq unités de stockage. À dix mètres au-dessus de sa tête, les conduits de ventilation orange palpitaient telles des artères au rythme des centaines de mètres cubes d'air filtré qui circulaient à l'intérieur.

En temps normal, lorsqu'elle parcourait les quatre cents mètres qui la séparaient de son laboratoire, la respiration de cet antre exerçait un effet relaxant sur Katherine. Ce soir, les pulsations ne faisaient qu'ajouter à sa nervosité. Ce qu'elle avait découvert à propos de son frère aurait troublé n'importe qui, mais ce qui la perturbait le plus, c'était l'idée qu'il puisse lui cacher des choses – Peter, son unique famille.

À sa connaissance, le seul secret qu'il eût jamais gardé se trouvait au bout de ce corridor. Un secret merveilleux qu'il lui avait révélé trois ans auparavant, quand il lui avait fait faire le tour du propriétaire, en lui montrant fièrement les objets les plus étonnants du musée : la météorite martienne ALH-84001, le journal pictographique de Sitting Bull, une collection de bocaux scellés à la cire qui contenaient des spécimens prélevés par Charles Darwin.

Ils étaient passés devant une lourde porte percée d'une lucarne. Jetant un coup d'œil à l'intérieur, Katherine en était restée bouche bée.

— Qu'est-ce que c'est que ça ?

Son frère eut un petit rire et continua à marcher.

— Unité 3, également appelée le Cocon. Étonnant, n'est-ce pas ?

Je dirais plutôt terrifiant ! pensa-t-elle.

Katherine allongea le pas pour le rattraper. Elle avait l'impression d'avoir atterri sur une autre planète.

— Si je t'ai fait venir, c'est surtout pour te montrer l'Unité 5, déclara Peter en poursuivant son chemin dans le couloir sans fin. Notre nouvelle annexe. Elle a été construite pour accueillir des pièces actuellement stockées au sous-sol du Musée d'histoire naturelle. Le transfert n'étant pas prévu avant cinq ans, l'entrepôt est complètement vide pour l'instant.

Katherine lui lança un regard interrogateur.

— Vide ? Et tu veux absolument me le montrer parce que...

Un éclair espiègle traversa les yeux gris de Peter.

— Parce que j'ai pensé qu'il serait dommage de gâcher tout cet espace quand ma sœur pourrait en faire bon usage.

— Moi ?

— Oui. Que dirais-tu d'un laboratoire spécialisé où réaliser toutes les expériences théoriques que tu développes depuis des années ?

Katherine le regarda, éberluée.

— Mais justement, ce n'est que de la théorie, Peter ! La mettre en pratique relève de l'impossible.

— Rien n'est impossible. Et ce bâtiment serait parfait pour toi : cet endroit est beaucoup plus qu'une caverne d'Ali Baba. C'est également l'un des instituts de recherche les plus modernes du monde. Nous n'arrêtons pas de sortir des pièces de nos réserves pour les examiner avec des outils à la pointe de la technologie. Tu aurais à portée de la main tout le matériel dont tu peux rêver.

— Peter, l'équipement nécessaire pour mener ces expériences est...

— Déjà en place, l'interrompit-il avec un grand sourire. Le laboratoire est prêt.

Katherine s'arrêta net. Son frère fit un geste vers le bout du couloir.

— Il n'attend plus que toi.

— Tu... tu m'as construit un labo ? articula-t-elle.

— C'est mon boulot. Le Smithsonian a pour mission de promouvoir le progrès scientifique. En tant que secrétaire, je prends cela très au sérieux. J'ai l'intime conviction que ton travail a le potentiel de faire avancer la science en territoire inconnu. (Il la regarda droit dans les yeux.) Même si tu n'étais pas ma sœur, je me sentirais obligé de t'apporter mon soutien. Tes idées sont brillantes. Le monde mérite de savoir où elles peuvent nous mener.

— Peter, je ne peux pas accepter...

— Pas de panique, je n'ai pas dépensé l'argent du musée, seulement le mien. Personne n'utilise l'Unité 5 en ce moment ; quand tu auras terminé tes expériences, tu t'en iras. Et puis, cet endroit possède des propriétés uniques qui le rendent idéal pour ton travail.

Katherine avait du mal à imaginer ce que cet immense espace de stockage vide recelait de tellement spécial, mais elle sentait qu'elle n'allait pas tarder à le découvrir. Ils arrivèrent à ce moment-là devant une porte en acier sur laquelle on pouvait lire en grosses lettres noires :

Unité 5

Peter glissa une carte dans un lecteur magnétique, et le pavé numérique s'éclaira. Avant de composer le code, il s'arrêta, le doigt en suspens au-dessus des touches, arquant les sourcils avec ce même air malicieux qu'il avait étant enfant.

— Tu es sûre que tu es prête ?

Elle acquiesça.

Mon frère et son goût de la mise en scène..., se dit-elle en souriant.

— Recule.

Il tapota sur le clavier, la porte s'ouvrit avec un gros sifflement pneumatique.

À l'intérieur régnait une obscurité béante. Le néant total. Un gémissement grave sembla remonter des profondeurs des ténèbres et un souffle d'air froid frappa Katherine. Elle avait l'impression de contempler le Grand Canyon par une nuit noire.

— Imagine un hangar vide qui attend une flotte d'Airbus, dit son frère. C'est à peu près ça.

Malgré elle, Katherine fit un pas en arrière.

— L'unité elle-même est trop volumineuse pour être chauffée, mais ton laboratoire se situe dans une pièce cubique en béton thermo-isolée, tout au fond du hangar pour un confinement maximal.

Katherine essaya de se représenter la chose.

Une boîte dans une autre boîte...

Elle scruta l'obscurité sans parvenir à distinguer quoi que ce fût.

— C'est loin ?

— Relativement. L'entrepôt est assez vaste pour accueillir un terrain de football. Je dois t'avertir : tu risques de trouver cela un peu perturbant de marcher dans le noir total.

Katherine hasarda un coup d'œil sur les murs proches de l'entrée.

— Pas de lumière ?

— L'entrepôt n'est pas encore alimenté en électricité.

— Et le laboratoire, il fonctionne comment ?

Peter lui lança un clin d'œil.

— Pile à combustible. Hydrogène.

— Tu plaisantes ! fit Katherine, abasourdie.

— Une énergie propre en quantité suffisante pour alimenter une petite ville. En plus de ça, ton laboratoire est protégé par un bouclier magnétique contre toutes les ondes radio qui circulent dans le reste du bâtiment. Et pour finir, toutes nos unités sont recouvertes à l'extérieur d'une membrane isolante qui protège nos pièces des radiations solaires. En résumé, il s'agit d'un environnement hermétique et autonome en énergie.

Katherine commençait à comprendre les avantages de l'Unité 5. Étant donné qu'une partie considérable de ses recherches consistait à quantifier des champs énergétiques jusque-là inconnus, elle avait besoin de travailler à l'abri de toute radiation exogène, ou « bruit blanc ». Cela incluait des interférences aussi subtiles que les « rayonnements cérébraux » – les émissions de pensées générées par les gens alentour. C'était pour cette raison qu'un campus universitaire ou un hôpital ne convenaient pas. Et que ce hangar désert était absolument parfait.

— Allons y jeter un coup d'œil. Tu n'as qu'à me suivre.

Le sourire aux lèvres, Peter fit un pas en avant. Katherine resta en retrait, hésitante. Cent mètres à l'aveugle ? Elle allait suggérer de prendre une lampe torche, mais son frère avait déjà disparu dans l'abysse.

— Peter ?

— Le saut de la foi, petite sœur ! (Sa voix s'estompait.) Tu trouveras ton chemin, fais-moi confiance.

Il se moque de moi, c'est ça ?

Son cœur battait à tout rompre quand elle franchit le seuil, scrutant le néant devant elle

Je n'y vois rien !

Soudain, la porte se referma en claquant derrière elle, plongeant Katherine dans une mer d'encre. Pas le moindre rayon de lumière.

— Peter ?

Silence.

Tu trouveras ton chemin, fais-moi confiance, avait-il dit.

Elle avança à petits pas timides. Le saut de la foi ? Elle ne voyait même pas sa propre main à quelques centimètres de son visage. Elle continua de marcher, mais, au bout de quelques secondes, elle se sentait irrémédiablement perdue.

Trois ans avaient passé depuis ce jour-là.

Debout devant la même porte en acier, Katherine mesurait le travail accompli. Son labo, surnommé le Cube, était devenu sa maison, un sanctuaire caché dans les profondeurs de l'Unité 5. Comme l'avait prédit son frère, elle avait trouvé son chemin cette nuit-là et toutes celles qui suivirent, grâce à un système de guidage d'une simplicité lumineuse.

Son autre prédiction – beaucoup plus importante, celle-là – s'était également accomplie : les expériences de Katherine avaient donné des résultats sensationnels, surtout au cours des six derniers mois. Ces avancées allaient bouleverser des paradigmes de pensée tout entiers. Katherine et son frère s'étaient accordés sur la nécessité de garder le secret sur les résultats tant qu'ils n'en comprendraient pas pleinement les implications. Mais le jour approchait où Katherine allait publier des révélations scientifiques parmi les plus révolutionnaires de l'Histoire humaine.

Un laboratoire secret dans un musée secret, songeait-elle en insérant sa carte dans la serrure électronique.

Elle tapa son code sur le clavier rétro-éclairé. La porte s'ouvrit en chuintant.

Katherine fut accueillie par le gémissement grave et la bouffée d'air froid qu'elle connaissait désormais si bien. Et, comme toujours, son rythme cardiaque qui augmentait.

Métro, boulot, dodo. Ou presque !

S'armant pour le trajet, elle jeta un dernier coup d'œil par-dessus son épaule. Ce soir, une pensée désagréable la suivit dans les ténèbres.

Où était Peter ?

12.

Cela faisait douze ans que l'officier Trent Anderson était le chef de la police du Capitole. C'était un homme costaud et large d'épaules au visage buriné, auquel des cheveux roux coupés ras conféraient un air d'autorité militaire. Il portait son arme de service bien en vue afin de dissuader quiconque de discuter ses ordres.

Anderson passait l'essentiel de son temps à coordonner son bataillon de policiers depuis un centre de surveillance high-tech situé au sous-sol. Il supervisait une équipe de techniciens qui scrutaient les moniteurs et autres affichages numériques, ainsi qu'un central téléphonique qui le maintenait en contact avec l'ensemble du personnel.

La soirée avait été étonnamment tranquille, au grand bonheur d'Anderson, qui comptait là-dessus pour regarder quelques minutes du match des Redskins dans son bureau. L'arbitre venait de donner le coup d'envoi quand l'interphone sonna.

— Chef ?

Anderson poussa un grognement de protestation. Sans quitter la télévision des yeux, il appuya sur le bouton de communication.

— Oui.

— Il y a un problème dans la Rotonde. J'ai appelé des renforts, mais vous feriez bien de descendre.

— Entendu.

Anderson entra dans le centre névralgique de la sécurité du Capitole, une pièce compacte de style néo-contemporain bourrée d'ordinateurs.

— Montrez-moi.

Un technicien était en train de caler une vidéo sur son moniteur.

— Rotonde, balcon est, il y a vingt secondes.

Il lança l'enregistrement. Anderson se pencha par-dessus son épaule.

Hormis une poignée de touristes, la Rotonde était presque déserte. Le regard aguerri d'Anderson se fixa instantanément sur la seule personne qui se tenait à l'écart et qui marchait plus vite que les autres. Crâne rasé. Manteau provenant d'un surplus de l'armée. Bras en écharpe. Légère claudication. Posture avachie. Portable à l'oreille.

L'enregistrement restituait le bruit sec de ses pas, jusqu'à ce qu'il s'arrête au centre de la pièce circulaire. Après avoir mis fin à sa conversation téléphonique, il s'accroupit comme pour refaire ses lacets. Il fouilla dans son écharpe. Ensuite, il se releva et s'éloigna rapidement vers la sortie est en boitillant.

Anderson se concentra sur l'objet biscornu que l'inconnu avait abandonné par terre. Qu'est-ce que... ? Disposé verticalement, il mesurait une vingtaine de centimètres. Anderson se rapprocha de l'écran, les yeux plissés.

Non, c'est impossible ! se dit-il.

À l'instant où l'individu louche disparaissait sous un portique, un petit garçon attira l'attention de sa mère.

— Maman ! Le monsieur, il a perdu quelque chose.

L'enfant s'approcha de l'objet avant de stopper brusquement. Au bout d'un long moment, il poussa un cri strident.

Aussitôt, Anderson pivota sur lui-même et fonça vers la porte en aboyant ses ordres :

— Appel à toutes les unités ! Trouvez-moi l'éclopé au crâne rasé et arrêtez-le ! Et que ça saute !

Il bondit dans les escaliers, gravissant les marches usées trois par trois. Le suspect avait quitté la Rotonde du côté est. Le chemin le plus court vers la sortie du bâtiment passait par le couloir est-ouest, droit devant.

Je peux encore lui couper la route, songea-t-il.

Arrivé en haut des marches, il balaya du regard le couloir silencieux. Au loin, un couple de personnes âgées se promenait main dans la main. Plus près, un touriste blond vêtu d'un blazer bleu étudiait une mosaï-que au plafond à l'aide d'un guide.

— Monsieur ! cria Anderson en courant vers lui. Est-ce que vous avez vu un homme chauve avec le bras en écharpe passer par ici ?

Interloqué, l'homme leva les yeux de son livre.

— Un homme chauve avec le bras en écharpe ! répéta Anderson avec insistance. Est-ce que vous l'avez vu ?

Après un instant d'hésitation, le touriste se tourna nerveusement vers l'extrémité est du couloir.

— Euh, oui, je crois qu'il vient de passer en cou-rant... vers l'escalier, là-bas.

Anderson s'empara de sa radio.

— À toutes les unités : le suspect se dirige vers l'accès sud-est. Convergez sur la zone !

Il dégaina son pistolet avant de se ruer vers la sortie.

*

Trente secondes plus tard, le touriste blond émer-gea dans la ruelle tranquille qui bordait l'aile est du Capitole. Il sourit, savourant la fraîcheur humide de l'air nocturne.

Métamorphose.

Un jeu d'enfant.

À peine une minute plus tôt, il s'éclipsait de la Rotonde en boitant, tout voûté et affublé d'un gros par-dessus militaire. Dans la pénombre d'une alcôve, il s'était débarrassé du manteau pour révéler la veste bleue qu'il portait dessous. Il avait ensuite coiffé une perruque blonde qui lui allait parfaitement, s'était redressé de toute sa hauteur et avait tiré un petit guide touristique de la poche de son blazer, avant de sortir de l'alcôve d'une démarche élégante et débonnaire.

La métamorphose, tel est mon don.

Les jambes humaines de Mal'akh le portèrent vers la limousine qui l'attendait. Le dos droit, le torse bombé, il inspira profondément et sentit les ailes du phœnix se déployer sur sa poitrine.

Si seulement ils connaissaient mon pouvoir, pensa-t-il en embrassant la ville du regard. Ce soir, ma transformation s'achève.

Dans le Capitole, Mal'akh avait joué ses cartes à la perfection, selon un rituel ancien. L'invitation ancestrale avait été lancée. Si Langdon n'avait pas encore compris son rôle pour cette nuit, cela n'allait pas tarder.

13.

Langdon connaissait bien la Rotonde du Capitole, et pourtant, comme avec la Basilique Saint-Pierre à Rome, il était chaque fois surpris et impressionné par les dimensions du lieu. Il avait beau savoir que la Statue de la Liberté aurait pu y tenir à l'aise, la coupole lui paraissait toujours plus vaste et auguste que dans ses souvenirs, comme si des âmes vénérables flottaient dans l'air. Ce soir-là, toutefois, seul flottait le chaos.

Les policiers s'employaient à bloquer les entrées de la Rotonde tout en éloignant les touristes bouleversés. Le petit garçon continuait de **pleurer**. Il y eut un flash de lumière quand un touriste **prit une** photo de la main, pour être aussitôt neutralisé **par** plusieurs gardes qui lui arrachèrent son appareil et l'escortèrent vers la sortie. Au milieu de ce remue-ménage, Langdon avança lentement à travers la foule, presque malgré lui, comme hypnotisé.

La main droite de Peter Solomon était empalée sur un petit socle de bois, à la base du poignet. Trois doigts repliés sur la paume, l'index et le pouce tendus vers la coupole.

— Que tout le monde recule ! ordonna un policier.

Langdon était assez près à présent pour voir le sang séché qui s'était écoulé du poignet et avait coagulé sur le socle.

Les blessures *post mortem* ne saignent pas, se dit-il, Peter est vivant.

Devait-il se sentir soulagé ou écœuré ? *Mon ami a été amputé !* Langdon sentit la bile lui remonter dans la gorge. Il se souvint de toutes les fois où Peter lui avait tendu cette main pour serrer la sienne dans une étreinte chaleureuse.

Les pensées de Langdon se vidèrent complètement pendant quelques secondes, tel l'écran d'une télévision déréglée n'affichant que de la neige.

La première image nette qui lui apparut fut pour le moins inattendue.

Une couronne... et une étoile.

Il s'accroupit pour examiner l'extrémité des doigts de Solomon. Des tatouages ? Pour Dieu sait quelle raison, le monstre responsable de cette atrocité avait tatoué ces signes minuscules.

Une couronne sur le pouce... une étoile sur l'index.

C'est impossible. Les deux symboles firent immédiatement tilt dans le cerveau de Langdon, élevant l'horreur de la scène à un niveau presque mystique. Maintes fois ces symboles étaient apparus au fil des siècles, toujours ensemble et toujours au même endroit – sur le bout des doigts. Il s'agissait de l'une des icônes les plus occultes et convoitées de l'Ancien Monde.

La Main des mystères.

Bien qu'elle fût tombée dans l'oubli, elle avait symbolisé au cours de l'Histoire un puissant cri de ralliement. Langdon avait du mal à s'expliquer la raison de cette mise en scène macabre. Quelqu'un aurait amputé Peter pour fabriquer une Main des mystères ? Absurde, se dit-il. La main était traditionnellement sculptée dans la pierre ou le bois, voire représentée par un simple dessin. Il n'avait jamais entendu parler d'une Main des mystères en chair humaine. Le concept même était révoltant.

— Monsieur ? Veuillez reculer, s'il vous plaît.

Langdon entendit à peine le policier. Il y a d'autres tatouages, songea-t-il. Même sans voir le bout des trois autres doigts, il était persuadé qu'on les avait marqués de manière bien spécifique. Ainsi le voulait la coutume. Cinq symboles au total. Ils étaient restés les mêmes malgré le passage des millénaires – et leur signification aussi.

La Main symbolise une invitation.

Soudain, Langdon se rappela en frissonnant les paroles de l'homme qui l'avait fait venir à Washington. « Rares sont ceux qui reçoivent une telle invitation. » Dans les temps anciens, la Main des mystères figurait l'invitation la plus convoitée qui fût. Elle ouvrait les portes d'une élite suprême, qui rassemblait, disait-on, les gardiens du plus grand savoir de tous les temps. En plus d'être un immense honneur, cette convocation sacrée signifiait qu'un maître avait jugé le récipiendaire digne d'accueillir ce secret.

La main du maître tendue à l'initié.

— Monsieur, s'impatienta le policier en attrapant fermement l'épaule de Langdon. Je dois vous demander de reculer immédiatement.

— Je sais ce que ça signifie, réussit-il à articuler. Je peux vous aider.

— Tout de suite !

— Mon ami est en danger. Il faut...

Des bras puissants le soulevèrent pour l'entraîner loin de la main. Il se laissa faire, trop bouleversé pour protester.

Il venait de recevoir une invitation officielle. Quelqu'un l'avait convoqué pour ouvrir une porte ancestrale censée révéler un monde de mystères et de connaissance enfouis.

Mais tout cela n'était que pure folie.

Les délires d'un fanatique.

14.

Devant le Capitole, la limousine de Mal'akh s'écarta du trottoir pour s'engager sur Independence Avenue, direction l'est de la ville. Un jeune couple essaya de regarder à travers la vitre teintée arrière dans l'espoir d'apercevoir une célébrité.

Raté, je suis au volant ! pensa-t-il en souriant.

Il adorait la sensation de puissance que lui procurait la conduite de cette grosse berline. De ses cinq autres voitures, aucune ne lui garantissait ce dont il avait besoin ce soir : l'anonymat total. À Washington, les limousines bénéficiaient d'une sorte d'immunité tacite, telles des ambassades roulantes. Ne sachant jamais sur quel personnage influent ils risquaient de tomber s'ils arrêtaient l'un de ces véhicules, les policiers qui travaillaient à proximité du Capitole préféraient généralement ne pas prendre le risque.

Alors qu'il traversait la rivière Anacostia pour entrer dans l'État du Maryland, il sentait Katherine Solomon de plus en plus proche, le destin l'attirait irrémédiablement vers elle.

Je suis appelé à m'acquitter d'une autre tâche ce soir... une tâche que je n'avais pas prévue.

La veille, quand Peter Solomon lui avait livré son ultime secret, Mal'akh avait appris l'existence d'un laboratoire caché dans lequel sa sœur accomplissait des miracles, des avancées éblouissantes qui pourraient changer la face du monde si elles étaient rendues publiques.

Son travail pouvait révéler la nature profonde de toute chose.

Pendant des siècles, les esprits savants avaient méprisé les sciences ancestrales, les reléguant au statut de superstitions, s'abritant derrière un scepticisme dédaigneux et des techniques qui n'étaient que poudre aux yeux – des outils qui les éloignaient de la vérité.

Les progrès de chaque génération étaient démentis par la technologie de la génération suivante.

Ainsi en était-il depuis toujours. Plus les hommes accumulaient de connaissances, plus ils prenaient la mesure de leur ignorance.

Pendant des millénaires, l'humanité avait erré dans les ténèbres... mais l'heure du changement tant attendu était enfin arrivée. Après avoir dérivé sans but à travers l'Histoire, l'humanité s'apprêtait à prendre un tournant décisif. Ce moment fatidique avait été prédit par les textes anciens, les calendriers primitifs, les étoiles elles-mêmes. La date était précise, sa réalisation imminente. Le changement serait précédé d'une flamboyante explosion de savoir, une éruption de clarté qui allait illuminer le néant et offrir à l'espèce humaine une dernière chance de se détourner de l'abîme et emprunter la voie de la sagesse.

Et moi, je suis venu pour éteindre cette lumière, songea Mal'akh. Tel est mon rôle.

Sa destinée était liée à celle des Solomon. Les recherches de cette femme menaçaient d'ouvrir la porte à de nouveaux modes de pensée, d'inaugurer une nouvelle Renaissance. Ses révélations risquaient d'agir tel un catalyseur qui propulserait l'humanité à la redécouverte de son savoir perdu, lui conférant un pouvoir inimaginable.

Le destin de Katherine Solomon est d'allumer cette flamme.

Le mien, c'est de l'étouffer.

15.

Katherine tâtonna dans l'obscurité pour trouver la porte du laboratoire. La sentant sous ses doigts, elle poussa le battant doublé de plomb et se dépêcha d'entrer dans le petit vestibule. Bien que le trajet dans le noir n'eût pas pris plus d'une minute et demie, son cœur cognait dans sa poitrine.

Au bout de trois ans, je devrais pourtant commencer à m'y habituer, songea-t-elle.

Elle éprouvait toujours un grand soulagement quand elle émergeait des ténèbres de l'entrepôt pour retrouver son labo propre et bien éclairé.

Le Cube était une grande boîte sans fenêtres. Les parois internes étaient entièrement recouvertes d'une grille rigide – fibre de plomb à revêtement de titane – qui donnait l'impression d'être dans une cage bâtie dans une enceinte en béton. Des cloisons en Plexiglas dépoli découpaient le Cube en plusieurs pièces reliées par un couloir : le poste de contrôle, la salle d'alimentation, la salle de bains, une bibliothèque modeste et le laboratoire proprement dit, vers lequel Katherine se dirigea.

L'espace de travail, blanc et stérile, était rempli d'appareils de mesure ultrasophistiqués : électroencéphalographes, peignes femtoseconde, piège magnéto-optique, Générateurs d'événements aléatoires, ou GEA.

Malgré l'utilisation de techniques de pointe, les découvertes de la noétique étaient beaucoup plus métaphysiques que les machines froides et complexes qui les rendaient possibles. Tant de choses qui appartenaient jusqu'à présent au domaine des mythes et de la magie se rapprochaient de plus en plus de la réalité, à mesure qu'un déluge de résultats incroyables venait valider la quête fondamentale de la noétique – le potentiel inexploré de l'esprit humain.

Le postulat général était simple : nous avons à peine égratigné la surface de nos capacités mentales et spirituelles.

Les expériences menées dans des endroits tels que l'Institut des sciences noétiques en Californie ou le laboratoire Princeton Engineering Anomalies Research – le PEAR – avaient prouvé de façon catégorique que l'esprit humain, lorsqu'il était correctement canalisé, était capable d'affecter et de modifier la matière physique. Il ne s'agissait pas de tordre des cuillers par la force de la pensée ou autres tours d'illusionniste, mais bien de recherches rigoureusement vérifiées qui menaient toutes à la même conclusion : que nous en soyons conscients ou pas, nos pensées interagissaient avec le monde physique et leur effet se faisait sentir jusqu'au niveau subatomique.

Le pouvoir de l'esprit sur la matière.

En 2001, dans les heures qui avaient suivi les événements tragiques du 11 septembre, la science noétique avait fait un bond en avant phénoménal. Quatre chercheurs avaient constaté qu'au moment où un deuil commun avait rassemblé les nations terrifiées du monde entier, les données produites par trente-sept Générateurs d'événements aléatoires distincts étaient soudain devenues beaucoup moins aléatoires – comme si le sentiment d'unité causé par ce chagrin partagé, la convergence de millions d'esprits, avait affecté la randomisation des machines, organisant leurs résultats et générant de l'ordre à partir du chaos.

Cet incroyable constat rappelait l'ancienne croyance en une « conscience cosmique », vaste manifestation de la volonté humaine capable d'agir sur la matière. Récemment, des études sur la méditation et la prière de masse avaient produit des résultats semblables avec les GEA. Cela avait nourri la théorie selon laquelle la conscience humaine était, telle que la décrivait l'auteur de noétique Lynne McTaggart, une substance extracorporelle. Katherine avait été fascinée par son ouvrage, *La Science de l'intention*, et par son initiative sur Internet, theintentionexperiment.com. Une poignée d'autres textes avant-gardistes avaient également piqué sa curiosité.

En partant de ces bases, ses recherches avaient accompli des pas de géant. Elle avait réussi à prouver que la « pensée focalisée » pouvait tout affecter – la croissance des plantes, la direction dans laquelle les poissons nageaient dans un bocal, la synchronisation de systèmes mécaniques indépendants, les réactions chimiques de son propre corps, et jusqu'à la structure cristalline d'un solide en cours de formation. En concentrant des pensées positives sur un verre d'eau en train de se congeler, Katherine avait créé des cristaux de glace merveilleusement symétriques. Inversement, les cristaux adoptaient une structure chaotique et fragmentée quand elle les bombardait de pensées négatives.

Des expériences de plus en plus ambitieuses avaient produit des résultats toujours plus probants. Ses travaux prouvaient sans l'ombre d'un doute que « l'esprit est plus fort que la matière » n'était pas qu'un mantra New Age. L'esprit pouvait non seulement altérer la matière, mais il pouvait bel et bien orienter le monde physique dans une direction spécifique.

Nous sommes les maîtres de notre univers.

Katherine avait également démontré qu'au niveau subatomique les particules elles-mêmes apparaissaient ou disparaissaient en fonction de sa seule *volonté* de les observer ou pas. C'était en quelque sorte son désir de les voir qui les faisait se manifester. Plusieurs décennies auparavant, Heisenberg déjà avait effleuré cette vérité qui constituait à présent l'un des principes fondamentaux de la noétique. Comme l'écrivait Lynne McTaggart : « La conscience vivante est, d'une manière ou d'une autre, l'influence qui transforme le possible en réel. L'ingrédient essentiel pour façonner notre univers, c'est la conscience qui l'observe. »

L'aspect le plus saisissant des recherches de Katherine avait été la découverte qu'elle pouvait, en s'entraînant, développer cette capacité à modeler le réel. La volonté était un talent acquis. L'étendue de son pouvoir ne s'apprivoisait qu'à travers la pratique. Plus important encore, certaines personnes étaient naturellement plus douées que d'autres. Et à travers les siècles, quelques individus étaient devenus de véritables maîtres.

Le chaînon manquant entre la science moderne et le mysticisme des Anciens !

C'était son frère qui lui avait appris cela. Ses pensées se tournèrent vers lui et son inquiétude grandit. Elle alla jeter un coup d'œil dans la bibliothèque. Personne.

La pièce de lecture aux dimensions réduites accueillait deux fauteuils Morris, un bureau en bois, deux lampes sur pied, et des étagères en acajou qui recouvraient toute une paroi et contenaient environ cinq cents livres. Katherine et Peter y avaient réuni leurs textes préférés, des ouvrages traitant aussi bien du mysticisme antique que de la physique des particules. Leur collection éclectique se situait à la confluence de l'ancien et du moderne – chez Katherine on trouvait des titres comme *Conscience quantique*, *La Physique nouvelle*, *Principes des neurosciences*. Chez Peter des écrits plus ésotériques tels que le *Kybalion*, le *Sefer Ha Zohar*, *Le Siège de l'âme* ou une traduction de tablettes sumériennes par le British Museum.

— La clé de notre futur scientifique est cachée dans notre passé, répétait-il souvent.

Peter Solomon, qui avait sa vie durant étudié l'Histoire, les sciences et le mysticisme, avait été le premier à encourager sa sœur à compléter son éducation scientifique par l'exploration de la philosophie hermétique. Elle n'avait que dix-neuf ans quand il avait éveillé en elle cette passion.

— Dis-moi, Kate, qu'est-ce que vous lisez à Yale ces temps-ci en physique théorique ?

Debout dans la bibliothèque familiale, Katherine, rentrée pour les vacances pendant sa première année, énuméra toute une série de textes très pointus.

— Impressionnant. Einstein, Bohr et Hawking sont des génies de l'ère moderne. Mais vous ne lisez rien de plus vieux ?

— Comme quoi ? Newton ? demanda Katherine en se grattant le crâne.

— Non, encore plus vieux.

À vingt-sept ans, Peter s'était déjà fait un nom dans la sphère universitaire. Katherine et lui avaient pris goût à ce genre de joute intellectuelle.

Plus vieux que Newton ? Des personnages antiques comme Ptolémée, Pythagore et Hermès Trismégiste lui vinrent à l'esprit. Non, personne ne lit plus ces trucs-là, songea-t-elle.

Son frère fit courir son doigt sur une longue rangée de volumes poussiéreux aux dos craquelés.

— Ne sous-estime pas le savoir des Anciens. La physique moderne commence à peine à s'en approcher.

— Peter, tu m'as déjà dit que les Égyptiens ont étudié le principe des leviers et des poulies bien avant Newton et que les premiers alchimistes menaient des expériences comparables à celles de la chimie moderne... La belle affaire ! La physique *moderne* traite de concepts que les Anciens n'imaginaient même pas.

— Par exemple ?

— Au hasard, l'intrication quantique ! (La recherche au niveau subatomique avait prouvé que toute matière était interconnectée, intriquée dans une maille unifiée.) Tu ne vas pas me dire que les Anciens se retrouvaient autour d'un verre pour discuter d'intrication ?

— Absolument ! rétorqua Peter en écartant d'un geste la longue frange noire qui lui cachait les yeux. Le concept d'intrication est au cœur des croyances primitives. Il porte des noms aussi vieux que l'Histoire elle-même : Dharmakāya, Tao, Brahman. Le décryptage de notre enchevêtrement avec le monde est la plus ancienne de toutes les quêtes spirituelles. L'homme a toujours rêvé de « ne faire qu'un » avec l'univers, d'atteindre une forme de communion avec le Tout. Or, contrairement à ce que l'on pense, le mot « communion » ne vient pas du latin *communio*, « union avec ». Il vient en réalité de *com munus*, « la responsabilité mutuelle », « l'œuvre commune ». À ce jour, quand juifs et chrétiens célèbrent l'idée d'une communion avec Dieu, ils célèbrent sans le savoir l'intrication de chacun dans le Tout...

Katherine poussa un long soupir, se rappelant combien il était difficile de débattre avec l'historien chevronné qu'était son frère.

— D'accord, mais ce ne sont que des généralités. Je te parle de physique concrète.

— Commence par être toi-même concrète, alors.

Son regard perçant lui lançait un défi.

— Très bien. Prenons une chose aussi simple que la polarité : l'équilibre entre le positif et le négatif au niveau subatomique. Les Anciens n'avaient aucune idée...

— Pas si vite, l'interrompit Peter en sortant un gros volume qu'il laissa bruyamment tomber sur la table dans un nuage de poussière. La polarité moderne n'est qu'une évolution du concept de « dualité du monde » décrit par Krishna il y a plus de deux mille ans dans la *Bhagavad-Gîtâ*. Il y a une douzaine d'autres livres sur ces étagères – notamment le *Kybalion* – qui évoquent des systèmes binaires et des forces opposées dans la nature.

— Admettons, fit Katherine sans se départir de son scepticisme, mais si on s'intéresse aux découvertes réalisées autour de l'atome – le principe d'incertitude d'Heisenberg, par exemple...

— Alors je t'orienterai vers ceci, dit son frère en allant chercher un autre livre qu'il posa sur le premier. Les Upanishads, des écrits védiques sacrés. Heisenberg et Schrödinger eux-mêmes ont étudié ces textes, qui de leur propre aveu les ont aidés à formuler certaines de leurs théories.

La joute se poursuivit ainsi pendant quelques minutes, la pile de vieux livres se fit de plus en plus haute, jusqu'à ce que Katherine finisse par lever les mains au ciel en signe de capitulation.

— OK, tu as gagné ! Mais j'ai la ferme intention d'étudier la physique théorique d'aujourd'hui. L'avenir de la science ! Je doute fort que Krishna ou Vyāsa aient grand-chose à dire sur la théorie des supercordes et les modèles cosmologiques multidimensionnels.

— Krishna et Vyāsa, non, tu as raison, dit-il avec un petit sourire. Par contre, si tu regardes dans ce livre-ci... XIIIe siècle, traduit de l'araméen médiéval.

— Les supercordes au XIIIe siècle ? Tu te moques de moi !

La théorie dont parlait Katherine était une tentative ultrarécente de modélisation de l'univers. Fondée sur des observations scientifiques de pointe, elle suggérait que l'univers était constitué non pas de trois dimensions, mais de dix, qui interagissaient telles des cordes parcourues de vibrations, qui entraient en résonance à la manière des cordes d'un violon.

Katherine patienta pendant que son frère consultait la table des matières ornée d'enluminures. Il feuilleta le livre jusqu'à un passage proche du début.

— Lis ça, dit-il en lui indiquant une page où le texte s'accompagnait de diagrammes.

Katherine l'étudia attentivement. Malgré la traduction en vieil anglais qui ne facilitait pas la lecture, elle constata à son grand étonnement que le passage décrivait clairement un univers absolument identique à celui présenté par la théorie des supercordes : dix dimensions qui vibraient comme des cordes. Poursuivant sa lecture, elle poussa soudain un petit cri.

— Ça décrit même comment six de ces dimensions sont entremêlées et agissent comme une seule ! (Elle s'écarta de la table, presque effrayée.) C'est quoi, ce livre ?

Son frère sourit.

— Quelque chose que tu liras un jour, j'espère.

Il le referma pour lui montrer la couverture gravée et richement décorée. Trois mots y figuraient :

Sefer Ha Zohar.

Même sans l'avoir lu, Katherine savait que le *Zohar* était un texte fondamental du mysticisme hébreu des origines. On le croyait autrefois si puissant que seuls les rabbins les plus érudits étaient autorisés à le lire.

— Tu veux dire qu'ils savaient que leur univers comptait dix dimensions ?

— Oui, dit Peter en désignant les dix cercles entrelacés sur la couverture, qui représentaient les Séphiroth. Bien sûr, ils emploient une nomenclature ésotérique, mais leurs connaissances scientifiques sont très avancées.

Katherine était perdue.

— Mais… Pourquoi n'y a-t-il pas plus de gens qui étudient ces textes ?

— Oh, ça va venir, répondit Peter, sibyllin.

— Comment ça ?

— Katherine, nous vivons une époque exceptionnelle. Un grand changement se profile à l'horizon. L'humanité se trouve à l'orée d'une nouvelle ère, elle va bientôt se retourner et reporter son attention sur la nature, sur la voie des Anciens. Sur les idées contenues dans des livres comme le *Zohar*, issus de toutes les cultures. La vérité exerce une force d'attraction puissante qui, tôt ou tard, ramène les gens vers elle. Le jour viendra où la science moderne se concentrera sur le savoir des Anciens. Et ce jour-là, l'humanité commencera à obtenir les réponses aux énigmes fondamentales qui lui échappent encore.

Katherine le soir même s'était plongée avec ferveur dans les ouvrages de son frère et avait rapidement compris qu'il avait raison. La science moderne ne « découvrait » rien, elle ne faisait que redécouvrir. L'être humain avait jadis entrevu la nature profonde de l'univers... avant d'abandonner. Et d'oublier.

La physique moderne peut nous le rappeler ! s'était-elle dit.

Katherine en avait fait sa mission : se servir des dernières technologies pour exhumer ce savoir perdu. Sa motivation dépassait largement le cadre de la recherche fondamentale. Elle était persuadée que le monde avait désespérément besoin de cette connaissance – maintenant plus que jamais.

Katherine Solomon vit la blouse blanche de son frère, accrochée à côté de la sienne au fond du laboratoire. Par réflexe, elle sortit son téléphone pour voir si elle avait des messages. Rien. « Cette chose que votre frère croit enfouie à Washington... Je sais comment la trouver. Parfois, lorsqu'une légende perdure pendant des siècles, il y a une bonne raison. »

— Non, dit-elle à voix haute. C'est impossible.

Parfois, une légende n'est rien d'autre que cela : une légende.

16.

Furieux, le chef de la police du Capitole repartit comme une tornade en direction de la Rotonde, fulminant contre l'échec de son équipe de sécurité. L'un de ses hommes venait de trouver une écharpe et un manteau de l'armée dans une alcôve près du portique est.

— Ce salaud est sorti tranquillement, les mains dans les poches !

Anderson avait déjà formé des équipes chargées de visionner les enregistrements des caméras extérieures, mais le suspect allait disparaître bien avant qu'ils trouvent quoi que ce soit.

En entrant dans la Rotonde pour évaluer les dégâts, il vit que ses hommes avaient géré au mieux la situation ; ils avaient bloqué les quatre accès de la manière la plus discrète à leur disposition : avec des cordons de velours, des panneaux « Salle temporairement fermée pour nettoyage » et un garde posté devant chaque entrée pour s'excuser auprès des touristes. Ils avaient rassemblé la dizaine de témoins sur le périmètre est de la Rotonde, et récupéraient téléphones et appareils photo ; la dernière chose dont Anderson avait besoin, c'était qu'un rigolo envoie une photo à CNN.

L'un des témoins, un homme de grande taille aux cheveux bruns avec une veste en tweed, semblait vouloir à tout prix s'éloigner du groupe et parler avec le chef. Il était en grande discussion avec l'un des policiers.

— Je m'occupe de lui dans une minute ! lança Anderson à ses hommes. Pour l'instant, emmenez-les tous dans le hall principal. Personne ne sort tant qu'on n'aura pas éclairci la situation.

Anderson porta son attention sur la main amputée, toujours au garde-à-vous au milieu de la salle. Pour l'amour du Ciel… En quinze ans de service au Capitole, il en avait vu de belles, mais rien de comparable à cela.

La police scientifique a intérêt à se remuer et à virer cette horreur d'ici.

En s'approchant, il vit que la main était plantée sur un socle en bois.

De la chair, des os et du bois : invisibles aux détecteurs de métaux.

Il y avait bien une chevalière en or, mais Anderson supposa que le suspect l'avait montrée au garde à son arrivée ou laissée sur la main sectionnée en faisant croire qu'il s'agissait de ses propres doigts.

Anderson s'accroupit pour examiner le membre amputé. Il appartenait probablement à un homme d'une soixantaine d'années. La bague s'ornait d'un sceau représentant un oiseau bicéphale et le numéro 33. Cela ne lui disait rien. En revanche, les petits tatouages sur la pointe du pouce et de l'index attirèrent son attention.

C'est quoi ce cirque ? se dit-il.

— Chef ?

L'un des gardes le rejoignit en toute hâte et lui tendit un téléphone.

— Un appel pour vous, ça vient du PC.

Anderson le regarda comme s'il avait perdu la raison.

— Vous ne voyez pas que je suis occupé ? gronda-t-il

Le garde blêmit. Il couvrit le combiné d'une main et murmura :

— C'est la CIA.

Anderson marqua un temps d'arrêt. La CIA est déjà prévenue ?

— C'est leur Bureau de la sécurité, chef.

Anderson se raidit. Et merde ! Il jeta un coup d'œil hésitant au portable.

Dans le vaste océan des services de renseignements basés à Washington, le Bureau de la sécurité de la CIA était l'équivalent du triangle des Bermudes – une zone dangereuse et mystérieuse que ceux qui la connaissaient évitaient à tout prix. Investi d'un mandat en apparence autodestructeur, le Bureau avait été créé pour remplir une mission paradoxale : espionner la CIA elle-même. Telle une police des polices omnisciente, le Bureau surveillait tous les employés de la CIA à la recherche d'activités illicites : détournements de fonds, fuites d'informations, vols de technologies, recours à des méthodes de torture illégales – pour ne citer que quelques exemples.

Ils espionnent nos espions.

Ses agents avaient carte blanche pour toutes les questions relatives à la sécurité nationale ; son autorité connaissait peu de limites. Anderson ne comprenait pas pourquoi ils s'intéressaient à cette main, et encore moins comment ils avaient été au courant, si vite... Après tout, on racontait qu'ils avaient des yeux partout, qu'ils recevaient les images des caméras du Capitole en direct. Bien que ce type d'incident n'entre absolument pas dans leurs compétences, la coïncidence était trop grande pour que leur appel ne concerne pas cette main amputée.

— Chef ? répéta le policier en lui tendant le téléphone comme une patate brûlante. Vous devriez répondre immédiatement. C'est...

Il se tut et articula deux syllabes : SA-TO.

Anderson le dévisagea en plissant les yeux. C'est une blague ? Ses paumes devinrent moites.

Sato s'en occupe personnellement ?

Autorité suprême du Bureau de la sécurité, Sato était une légende dans la communauté du renseignement, en raison d'un caractère en acier trempé forgé en partie sur son lieu de naissance : le camp d'internement de Manzanar, en Californie, construit après Pearl Harbor pour y détenir les Japonais et les Américains d'origine japonaise. Sato n'avait jamais oublié les horreurs de la guerre, ni les dangers qu'engendraient des services de renseignements déficients ; ces souvenirs l'accompagnèrent tout au long de son ascension jusqu'à l'un des postes les plus secrets et influents dans son domaine. Sato se distinguait par un patriotisme intransigeant et une férocité terrifiante pour ceux qui se mettaient en travers de son chemin. Personnage de l'ombre rarement croisé mais universellement redouté, Sato hantait les eaux troubles de la CIA tel un Léviathan qui n'émergeait à la surface que pour dévorer sa proie.

Anderson se remémorait très précisément leur unique face-à-face. Se rappelant son regard noir et glacial, il s'estima heureux d'avoir cette conversation au téléphone.

Il s'empara du portable et le colla à son oreille.

— Ici le chef Anderson, annonça-t-il d'un ton qu'il voulut cordial. Que puis-je...

— J'ai besoin de parler immédiatement à un homme qui se trouve dans votre bâtiment.

Reconnaissable entre mille, la voix de Sato écorchait les tympans comme du gravier sur une ardoise. C'était une opération du cancer de la gorge qui lui avait donné ce timbre râpeux assorti à la cicatrice hideuse sur son cou.

— Trouvez-le-moi immédiatement !

C'est tout ? se dit-il. Sato veut juste que j'appelle quelqu'un ?

Optimiste, Anderson songea qu'il s'agissait peut-être après tout d'une pure coïncidence.

— Qui cherchez-vous ?

— Il s'appelle Robert Langdon. Il devrait se trouver dans le Capitole en ce moment même.

Langdon ? Ce nom lui disait vaguement quelque chose... Il se demanda si Sato avait entendu parler de la main.

— Je suis dans la Rotonde avec un groupe de touristes. Attendez un instant, dit-il en se tournant vers les témoins. Excusez-moi, y a-t-il un dénommé Langdon parmi vous ?

Après un bref silence, une voix grave répondit :

— Oui, c'est moi.

Anderson tendit le cou pour voir celui qui s'était manifesté.

C'était l'homme qui insistait pour lui parler quelques minutes auparavant. Il paraissait angoissé. À nouveau, Anderson eut la sensation de le connaître.

— Oui, M. Langdon est bien ici.

— Passez-le-moi ! ordonna Sato d'un ton cassant.

Anderson soupira. *Désolé pour toi, mon pote !*

— Tout de suite.

Il fit signe à Langdon d'approcher. En le voyant de plus près, il sut enfin à qui il avait affaire.

Il venait de lire un article sur ce type.

Qu'est-ce qu'il fiche ici ? se demanda-t-il.

Malgré sa grande taille et sa corpulence athlétique, Langdon ne ressemblait pas du tout à l'homme froid et aguerri qu'Anderson avait imaginé, sachant qu'il avait survécu à une explosion au Vatican et une chasse à l'homme à Paris. Ce type a échappé à la police française... en mocassins ? Il avait plutôt une tête à lire du Dostoïevski au coin du feu ou dans la bibliothèque d'une grande université.

— Monsieur Langdon ? dit-il en allant à sa rencontre. Trent Anderson, responsable de la sécurité. J'ai un appel pour vous.

— Pour moi ? s'étonna-t-il, l'air anxieux.

Anderson lui tendit l'appareil.

— C'est le Bureau de la sécurité de la CIA.

— Jamais entendu parler.

— Eh bien, eux, ils ont entendu parler de vous, rétorqua Anderson avec un sourire de mauvais augure.

Langdon prit le téléphone.

— Allô ?

— Robert Langdon ?

La voix rêche de Sato jaillit suffisamment fort du petit haut-parleur pour arriver aux oreilles d'Anderson.

— Oui ?

Le policier fit un pas en avant pour suivre la conversation.

— Je m'appelle Inoue Sato. J'ai un problème sur les bras et je crois que vous détenez des informations susceptibles de m'aider.

— Est-ce au sujet de Peter Solomon ? répondit Langdon plein d'espoir. Savez-vous où il est ?

Peter Solomon ? se demanda Anderson, interloqué.

— Professeur, c'est moi qui pose les questions.

— Peter Solomon est en danger ! s'écria Langdon. Un fou furieux vient de...

— Je n'ai pas fini, l'interrompit Sato.

Anderson serra les dents. Mauvaise idée, mon gars. Couper la parole à un officier supérieur de la CIA était le genre d'erreur que seul un civil aurait pu commettre. *Et moi qui le croyais malin !*

— Écoutez-moi attentivement, continua Sato. À l'heure où je vous parle, une grave menace pèse sur notre pays. On m'a affirmé que vous déteniez des informations qui peuvent m'aider à la déjouer. Je ne vais pas vous le demander deux fois : que savez-vous ?

Langdon semblait perdu.

— Je n'ai pas la moindre idée de ce que vous racontez, monsieur. La seule chose qui m'intéresse, c'est retrouver Peter et...

— Pas la moindre idée, vous en êtes sûr ?

Langdon se hérissa. Son ton devint plus agressif.

— Nom de Dieu, puisque je vous le dis !

Anderson grimaça. De pire en pire. Ce genre d'animosité risquait de lui coûter très cher.

L'instant d'après, il comprit qu'il était trop tard. Inoue Sato en personne apparut de l'autre côté de la Rotonde et se dirigea d'un pas décidé vers Langdon, qui lui tournait le dos.

Attention, contact imminent ! Anderson retint son souffle et se prépara pour l'impact. Langdon va le regretter.

Téléphone à l'oreille, la forme noire s'approchait, ses yeux sombres rivés tels deux missiles sur le dos du professeur.

*

Le portable serré dans la main, Langdon sentit l'exaspération le gagner alors que son interlocuteur le harcelait.

— Je suis désolé, monsieur, dit-il sèchement, mais je ne sais pas lire dans les pensées. Qu'attendez-vous au juste de moi ?

— Ce que j'attends de vous ? répéta la voix graillonneuse, aussi rauque que celle d'un vieillard agonisant.

Ces mots s'accompagnèrent d'un tapotement sur l'épaule ; Langdon se retourna et se retrouva devant une toute petite femme japonaise. Il baissa les yeux vers elle. Le visage de son interlocutrice arborait une expression hostile que n'arrangeaient pas sa peau mouchetée, ses cheveux clairsemés, ses dents noircies par le tabac et une vilaine cicatrice blanche en travers de son cou. Elle tenait un téléphone entre ses doigts racornis et, quand elle remua les lèvres, le raclement familier de sa voix sortit de l'écouteur de Langdon.

— Ce que j'attends de vous, professeur ? répéta-t-elle en refermant calmement le clapet de son portable. Pour commencer, que vous arrêtiez de m'appeler « monsieur ».

Langdon la dévisagea, mortifié.

— Madame, je... toutes mes excuses. La ligne était mauvaise et...

— La ligne était parfaitement claire, professeur, et je perds très vite patience quand on me raconte des conneries.

17.

La responsable du Bureau de la sécurité de la CIA était une créature effrayante – un ouragan d'un mètre cinquante, doté de la parole. D'une maigreur squeletti- que, elle avait les traits découpés à la serpe et souffrait d'une maladie dermatologique connue sous le nom de vitiligo, qui donnait à sa peau l'aspect tacheté d'un bloc de granit brut couvert de lichen. Son tailleur-pantalon bleu froissé tombait comme un sac sur son corps décharné ; le col ouvert de son chemisier laissait sa cicatrice bien en vue. Il se murmurait parmi les collè- gues de Sato que sa seule coquetterie était d'épiler une ostensible moustache.

Elle dirigeait le service d'une main de fer depuis plus de dix ans. Armée d'un QI hors du commun et d'un instinct infaillible, elle tirait de cette combinaison une assurance qui la rendait terrifiante aux yeux de quicon- que se montrait incapable de réaliser l'impossible. Pas même un cancer de la gorge virulent en phase termi- nale n'était parvenu à la faire tomber de son piédestal. Après un combat contre la tumeur qui lui avait coûté un mois de travail, la moitié de ses cordes vocales et un tiers de sa masse corporelle, elle était repartie au front comme si de rien n'était. Inoue Sato était indestructible.

Robert Langdon soupçonnait fort qu'il n'était pas le premier à la prendre pour un homme au téléphone, mais, à en juger par la colère noire qui frémissait dans ses yeux, cela ne l'absolvait en rien.

— Je suis sincèrement désolé, madame. J'ai les idées un peu confuses en ce moment. L'homme qui prétend avoir enlevé Peter Solomon m'a manipulé pour m'attirer à Washington ce soir, dit-il en sortant le fax de sa veste. Il m'a envoyé ça ce matin. J'ai noté le numéro de l'avion qu'il a affrété, peut-être que si vous appelez la direction de l'aviation civile, vous...

La main griffue de Sato lui arracha la feuille de papier, qu'elle enfonça dans sa poche sans même la déplier.

— Professeur, c'est moi qui dirige cette enquête. Lorsque vous vous déciderez à me dire ce que j'ai envie d'entendre, vous pourrez parler. En attendant, je vous suggère de la fermer. (Elle se tourna vers le chef de la sécurité.) Officier Anderson, dit-elle en envahissant son espace personnel, ses petits yeux noirs vissés sur lui. Auriez-vous l'amabilité de m'expliquer ce bordel ? L'un de vos gardes m'a parlé d'une main trouvée par terre. C'est vrai ?

Anderson fit un pas de côté pour lui montrer le sinistre trophée posé sur le sol.

— Oui, madame, il y a quelques minutes.

Elle regarda la main comme si c'était un vulgaire chiffon.

— Et vous n'avez pas jugé bon de m'en parler au téléphone ?

— Je... je croyais que vous étiez au courant.

— N'essayez pas de me mentir. Jamais !

Anderson rétrécit sous son regard perçant, mais sa voix resta ferme.

— Madame, nous contrôlons la situation.

— J'en doute fort, rétorqua Sato avec la même fermeté

— La police scientifique ne va pas tarder. Il se peut que le suspect ait laissé des empreintes digitales.

Sato ne cacha pas son scepticisme.

— Je pense qu'un individu assez intelligent pour introduire une main amputée dans le Capitole sera assez finaud pour ne pas laisser d'empreintes.

— Peut-être bien, mais j'ai le devoir d'enquêter.

— À ce sujet... vous êtes relevé de vos fonctions. C'est moi qui prends la direction des opérations.

Anderson se raidit.

— Ce n'est pas tout à fait le domaine du Bureau de la sécurité, non ?

— Si. La sécurité nationale est en jeu.

La main de Peter... une question de sécurité nationale ? se demanda Langdon, qui assistait à l'échange, étourdi. Quelque chose lui disait que sa priorité à lui – retrouver Peter – n'était pas celle de Sato. Ils n'étaient décidément pas sur la même longueur d'onde.

Anderson semblait perdu, lui aussi.

— La sécurité du pays ? Sauf votre respect, madame...

— Pour autant que je sache, l'interrompit-elle, mon autorité dépasse largement la vôtre. Je vous conseille donc d'obéir sans poser de questions.

Anderson déglutit en hochant la tête.

— Ne devrions-nous pas au moins prélever les empreintes de la main pour confirmer qu'elle appartient bien à Peter Solomon ?

— Je peux vous le confirmer, moi, intervint Langdon. Je reconnais la bague... et la main. (Il marqua une pause.) Les tatouages, en revanche, c'est nouveau. Quelqu'un a fait ça récemment.

— Comment ? fit Sato, l'air surpris pour la première fois depuis son arrivée. La main est tatouée ?

Langdon acquiesça.

— Une couronne sur le pouce, une étoile sur l'index, ajouta-t-il.

Sato chaussa une paire de lunettes et s'approcha de la main, tournant autour comme un requin.

— En outre, bien que les trois autres doigts soient cachés, je peux vous garantir qu'ils ont subi le même traitement.

Intriguée par son commentaire, Sato fit un geste à Anderson.

— Allez jeter un coup d'œil, s'il vous plaît !

Anderson s'agenouilla à côté de la main en prenant garde à ne pas la toucher. La joue frôlant le sol, il regarda sous les doigts repliés.

— Il a raison, madame. Ils sont tous tatoués, même si je n'arrive pas bien à voir ce que...

— Un soleil, une lanterne et une clé, énonça Langdon d'une voix atone.

L'évaluant de ses petits yeux noirs, Sato lui accordait soudain son entière attention.

— Et comment savez-vous cela, au juste ?

Langdon soutint son regard.

— L'image d'une main marquée de cette façon est un symbole très ancien. On l'appelle la Main des mystères.

Anderson se releva d'un bond.

— Ce truc a même un nom ?

— Oui. C'est l'une des icônes les plus secrètes de l'Ancien Monde.

Sato pencha la tête de côté.

— Dans ce cas, pouvez-vous m'expliquer ce qu'elle fout au milieu du Capitole ?

Langdon aurait donné n'importe quoi pour se réveiller de ce cauchemar.

— Traditionnellement, madame, elle faisait office d'invitation.

— Une invitation à quoi ?

— La Main des mystères a été utilisée pendant des siècles comme convocation mystique. C'est une invitation à recevoir des connaissances secrètes, une sagesse accessible uniquement à une certaine élite.

Inoue Sato croisa les bras.

— Dites-moi, professeur, pour quelqu'un qui prétend ne pas savoir ce qu'il fait là, vous en connaissez, des choses.

18.

Katherine Solomon enfila sa blouse et entama ses vérifications préliminaires habituelles – sa ronde, comme l'appelait son frère.

Telle une mère anxieuse qui veillait sur son bébé endormi, elle passa la tête à l'intérieur de la salle d'alimentation. La pile à combustible fonctionnait normalement, les cellules de secours étaient bien blotties dans leurs compartiments.

Katherine se dirigea ensuite vers la pièce de stockage des données. Les deux unités de sauvegarde holographiques ronronnaient dans une chambre forte à température contrôlée. L'intégralité de mes recherches, songea Katherine en regardant les appareils derrière la vitre blindée de huit centimètres d'épaisseur. Contrairement à leurs ancêtres gros comme des réfrigérateurs, ces unités aux lignes pures, chacune perchée sur une colonne, ressemblaient aux éléments d'une chaîne hi-fi.

Les disques holographiques identiques étaient synchronisés, ce qui permettait d'enregistrer simultanément deux copies de son travail. Si les protocoles de sauvegarde conseillaient généralement d'établir une station secondaire hors-site (en cas de vol, séisme ou incendie), Katherine et Peter s'étaient entendus sur la nécessité de garder un secret absolu. Dès l'instant où les données quittaient le bâtiment pour aller sur un serveur externe, il existait toujours un risque de fuite.

Constatant avec satisfaction que tout fonctionnait à merveille, elle rebroussa chemin. En sortant, elle vit une lueur diffuse se refléter sur ses appareils. Elle s'empressa d'en chercher la source : la lumière émanait de la cloison en Plexiglas du poste de contrôle.

Il est arrivé !

Katherine traversa le labo en courant et poussa la lourde porte.

— Peter ! s'écria-t-elle en faisant irruption à l'intérieur.

La femme potelée assise au terminal de contrôle sursauta.

— Oh, mon Dieu, Katherine ! Vous m'avez fichu une de ces trouilles !

Trish Dunne, la seule autre personne autorisée à entrer dans le Cube, était l'analyste méta-système de Katherine. Elle travaillait rarement le dimanche. Véritable génie de la modélisation, la jeune femme rousse de vingt-six ans avait signé un accord de confidentialité digne du KGB. Ce soir-là, elle était apparemment en train d'analyser des données affichées sur un écran plasma géant qui recouvrait une paroi entière et semblait tout droit sorti de la salle de contrôle de la NASA.

— Désolée, fit Trish, je ne savais pas que vous étiez là. Je voulais terminer avant que vous arriviez, votre frère et vous.

— Vous lui avez parlé ? Il est en retard et je n'arrive pas à le joindre.

Trish secoua la tête.

— Je parie qu'il n'a toujours pas compris comment utiliser l'iPhone que vous lui avez offert !

Katherine aimait la bonne humeur de Trish, et sa présence venait de lui donner une idée.

— En fait, je suis contente de vous trouver là. J'aurais besoin de votre aide, si ça ne vous ennuie pas.

— Tout ce que vous voudrez. Ce sera sûrement plus intéressant que le foot.

Katherine inspira profondément pour remettre de l'ordre dans ses idées.

— Je ne sais pas trop comment vous expliquer, mais on m'a raconté tout à l'heure une histoire surprenante...

*

Trish Dunne n'avait pas besoin de connaître les détails pour voir que Katherine avait les nerfs à fleur de peau. Ses yeux gris habituellement calmes trahissaient une grande anxiété, et elle avait ramené ses cheveux derrière l'oreille trois fois depuis qu'elle était entrée dans la pièce – un tic que Trish avait repéré depuis longtemps.

Brillante scientifique, mais lamentable joueuse de poker ! songea-t-elle.

— J'ai toujours cru, commença Katherine, que cette histoire n'était que fiction. Une vieille légende. Et pourtant...

Elle s'arrêta, se recoiffant une fois de plus.

— Et pourtant ?

Katherine soupira.

— J'ai appris aujourd'hui d'une source fiable que la légende est vraie.

— D'accord..., fit Trish en se demandant où Katherine voulait en venir.

— J'ai l'intention d'en discuter avec mon frère, mais avant, j'ai pensé que vous pourriez m'aider à clarifier cette affaire. J'aimerais savoir s'il existe des références historiques qui pourraient corroborer tout ça.

— Historiques... en général ?

— Oui. N'importe où dans le monde, dans n'importe quelle langue, à n'importe quelle époque.

Drôle de requête, pensa Trish, mais c'est certainement faisable. Dix ans plus tôt, cela aurait été une tâche impossible. À présent, grâce à Internet et à la numérisation croissante du contenu des plus grands musées et bibliothèques du monde, il suffisait d'entrer les bons mots clés dans un moteur de recherche rudimentaire équipé de modules de traduction.

— Aucun problème.

Une partie des ouvrages qu'ils utilisaient dans leurs recherches contenaient des passages aussi obscurs qu'anciens. Trish était souvent amenée à programmer des modules de traduction à reconnaissance optique des caractères pour des langues spécifiques. Elle se demandait parfois combien d'autres analystes méta-systèmes se frottaient quotidiennement au frison antique, au maek ou à l'acadien.

Les modules avaient leur importance, mais le truc pour créer un bon moteur d'indexation, c'était de définir les bons termes de recherche. Suffisamment précis sans être trop restrictifs.

Katherine était déjà en train de noter des termes possibles sur un bout de papier, s'arrêtant au milieu de la liste pour réfléchir quelques instants avant d'ajouter deux dernières expressions.

— Voilà, dit-elle en tendant la feuille à Trish.

En prenant connaissance de la liste, Trish ouvrit de grands yeux étonnés.

Quelle sorte de légende bizarre est-ce donc ? se demanda Trish.

— Vous voulez trouver tous ces mots clés ?

Il y en avait un qu'elle ne comprenait même pas. Était-ce seulement de l'anglais ?

— Vous croyez vraiment que nous allons les trouver tous dans un seul endroit ? Verbatim ?

— On ne perd rien à essayer.

Trish faillit dire « impossible », mais ce mot était proscrit dans le laboratoire ; il reflétait d'après Katherine un état d'esprit inacceptable dans un domaine qui transformait si souvent les erreurs apparentes en vérités avérées. Toujours est-il que Trish Dunne doutait fortement que cette recherche contredise son instinct de départ.

— Il vous faudra combien de temps ?

— Quelques minutes pour rédiger le code et le lancer. Après, je dirais un quart d'heure avant que le moteur termine sa course.

— Si peu ?

Les moteurs traditionnels prenaient jusqu'à vingt-quatre heures pour fouiller le web tout entier à la recherche de nouveaux contenus, avant de les digérer et les indexer dans leur base de données. Le moteur de Trish fonctionnait différemment.

— Je vais lancer ce qu'on appelle un méta-moteur. Pas très catholique, mais efficace. Pour simplifier, c'est un programme qui ordonne aux autres moteurs de faire le travail à sa place. La plupart des bases de données ont un système de recherche intégré, que ce soit dans les bibliothèques, les musées, les universités, les agences gouvernementales... Mon bébé va identifier ces systèmes et leur transmettre notre requête. Ainsi, nous avons des milliers de machines qui travaillent pour nous à l'unisson.

— Calcul parallèle, fit Katherine, l'air impressionné.

Un exemple de méta-système.

— Je vous appelle dès que j'ai quelque chose.

— Je vous remercie, Trish. Je serai dans la bibliothèque.

Trish se mit au travail. Composer ce genre de code était une tâche banale indigne de son niveau de compétence, mais elle s'en moquait. Elle aurait fait n'importe quoi pour Katherine Solomon. Elle n'en revenait toujours pas d'avoir eu autant de chance.

T'en as fait du chemin, ma chérie, songea-t-elle.

Elle avait quitté son job précédent un peu plus d'un an auparavant : analyste dans l'un de ces immenses bureaux ouverts où chaque employé avait son petit box déprimant. Elle avait profité de son temps libre pour travailler en free-lance et lancer un blog technique – « Applications futures de l'analyse méta-systèmes computationnelle » – que personne ne lisait. Un soir, le téléphone avait sonné.

— Trish Dunne ? demanda poliment une voix de femme.

— Oui, c'est moi. Qui êtes-vous ?

— Je m'appelle Katherine Solomon.

Trish se sentit défaillir. Katherine Solomon !

— Je viens de terminer votre livre, s'exclama-t-elle, *La Science noétique : sagesse ancienne, passerelle d'avenir*. J'en ai même parlé sur mon blog !

— Oui, je sais, répondit la femme gentiment. Ce n'est pas un hasard si je vous appelle.

Évidemment, qu'est-ce que je suis bête..., se dit-elle. Même les grands scientifiques cherchent leur nom sur Google.

— Votre blog m'intrigue, je n'imaginais pas que la modélisation de méta-systèmes avait fait de tels bonds en avant.

— Oui, madame, balbutia Trish telle une groupie devant son idole. C'est une technologie en pleine expansion aux applications presque illimitées.

Les deux femmes avaient discuté pendant plusieurs minutes du travail de Trish, de son expérience dans l'analyse, la modélisation et la prévision des flux au sein de champs de données brutes.

— J'avoue que votre livre m'est passé par moments au-dessus de la tête, mais je l'ai compris suffisamment bien pour trouver des points communs avec mon domaine.

— Oui, vous allez jusqu'à affirmer que la modélisation en méta-systèmes peut révolutionner l'étude de la noétique.

— Absolument. Elle pourrait transformer la noétique en une vraie science.

— Une « vraie » science ? fit Katherine d'un ton plus froid. Mais encore… ?

— Euh, non, ce n'est pas ce que je voulais dire, c'est juste que la noétique est un peu, disons, ésotérique.

Katherine éclata de rire.

— Détendez-vous, je plaisante. Ce n'est pas la première fois que j'entends cette remarque.

Pas étonnant, se dit Trish. Même l'Institut des sciences noétiques en Californie utilisait des termes énigmatiques et abscons pour décrire cette discipline, la présentant comme l'étude de « l'accès direct et immédiat à une connaissance située au-delà des perceptions sensorielles et du champ de la raison ».

Le mot « noétique » dérivait du grec *noûs*, qui signifiait approximativement « savoir intérieur » ou « conscience intuitive ».

— Votre travail m'intéresse, continua Katherine, surtout pour son application possible à un projet cher à mon cœur. Seriez-vous disposée à me rencontrer ? J'ai besoin de vos lumières.

Katherine Solomon ? Besoin de mes lumières ?

C'était comme si Maria Sharapova était venue lui demander des cours de tennis.

Le lendemain, une Volvo blanche se garait dans l'allée devant son domicile. Une femme svelte et avenante en sortit. Trish se sentit soudain minuscule. Génial, grogna-t-elle. Intelligente, riche et mince – et on veut me faire croire que Dieu est juste et bon ? Heureusement, la modestie naturelle de Katherine la mit immédiatement à l'aise.

Elles s'installèrent sur la terrasse à l'arrière de la maison, qui donnait sur un immense jardin.

— Vous avez une propriété magnifique, déclara Katherine.

— Merci. Quand j'étais encore à l'université, j'ai eu la chance de vendre une grosse licence sur un logiciel que j'avais développé.

— Ça concernait déjà les méta-systèmes ?

— C'était plutôt un précurseur. Après le 11 septembre, le gouvernement s'est mis à intercepter des quantités énormes de données – e-mails, téléphone, fax, documents, sites web – pour repérer des termes suspects associés au terrorisme. J'ai écrit un programme qui abordait l'interprétation des données sous un angle différent, leur procurant à l'arrivée un outil de renseignement supplémentaire, dit-elle en souriant. En gros, mon logiciel leur permettait de prendre la température de l'Amérique.

— Pardon ?

— Oui, je sais, fit Trish en riant, ça a l'air dingue. L'idée, c'est que mon programme quantifiait l'état émotionnel du pays. Une sorte de baromètre de l'inconscient collectif, si vous voulez.

Elle expliqua comment, en partant du champ de données des communications nationales, on pouvait évaluer l'humeur du pays à l'aide de la fréquence d'apparition de certains mots clés et autres indicateurs émotionnels. Les périodes prospères se distinguaient par un langage joyeux, celles d'anxiété, par un langage plus tendu. En cas d'attaque terroriste, par exemple, les autorités pouvaient utiliser ce prisme pour mesurer les fluctuations de la psyché américaine, et ainsi mieux conseiller le Président en fonction de l'impact émotionnel des événements.

— C'est fascinant, commenta Katherine en se caressant le menton. En fait, vous examinez une population d'individus comme s'ils formaient un organisme unique.

— Exactement. Un méta-système. Une seule entité définie par la somme de ses parties. Prenons le corps humain : il est constitué de millions de cellules individuelles, chacune dotée d'un rôle et d'attributs spécifiques ; et pourtant, il fonctionne comme un tout.

Katherine hocha la tête avec enthousiasme.

— Comme un vol d'oiseaux ou un banc de poissons qui se déplace en bloc. Nous appelons cela la convergence ou l'intrication.

Trish sentit que son illustre hôte commençait à entrevoir le potentiel des méta-systèmes dans le domaine de la noétique.

— Mon logiciel, reprit-elle, a été conçu pour aider les agences gouvernementales à mieux évaluer les crises à grande échelle – pandémies, tragédies nationales, terrorisme, ce genre de choses. (Elle marqua une pause.) Bien sûr, il y a toujours le risque que la technologie soit détournée... En prenant une photo de la conscience nationale à l'instant « t », par exemple, pour influencer une élection ou prédire les cours de la Bourse à son ouverture.

— Un outil très puissant...

Trish désigna la grande maison d'un geste.

— Le gouvernement en était convaincu, en tout cas.

Katherine reporta son attention sur la jeune femme.

— Trish, puis-je savoir ce que vous pensez des dilemmes éthiques que présente votre travail ?

— C'est-à-dire ?

— Vous avez conçu un logiciel qui peut facilement mener à des abus. Ceux qui le possèdent ont accès à des informations précieuses qui ne sont disponibles nulle part ailleurs. Vous n'avez jamais eu d'hésitation en le créant ?

— À aucun moment, répondit Trish sans ciller. Il n'y a aucune différence entre mon logiciel et, disons, un simulateur de vol. Certaines personnes s'en serviront pour préparer des missions humanitaires dans le Tiers-Monde. D'autres, pour crasher des avions de ligne dans des immeubles. Le savoir est un outil, et comme tous les outils, son utilisation est entre les mains de l'utilisateur.

Impressionnée, Katherine se recula sur sa chaise.

— J'aimerais vous présenter une situation hypothé-tique.

Trish eut soudain la sensation que leur conversation venait de se transformer en entretien d'embauche.

Katherine Solomon se pencha pour ramasser un grain de sable sur le plancher, qu'elle porta à hauteur des yeux de Trish.

— Sauf erreur de ma part, votre expertise des méta-systèmes vous permet de calculer le poids de la plage entière... en pesant un seul grain.

— Oui, c'est plus ou moins ça.

— Ce minuscule grain possède une masse. Une masse imperceptible, mais réelle.

Trish hocha la tête.

— Et parce que ce grain possède une masse, il génère une certaine force de gravité. Là encore, imperceptible, mais réelle.

— C'est juste.

— Maintenant, si nous prenons des milliards de grains et que nous les laissions s'attirer les uns les autres jusqu'à ce qu'ils forment... disons, la lune, alors leur gravité combinée sera suffisante pour agir sur les océans, pour faire monter et descendre la marée sur toute la planète.

Trish ignorait où elle voulait en venir, mais l'approche était passionnante.

— Revenons-en à ma situation hypothétique, continua Katherine en soufflant sur le grain de sable. Et si je vous disais que chaque pensée, que la moindre idée qui se forme dans votre esprit possède elle aussi une masse ? Que nos pensées sont des objets, des entités observables dotées d'une masse observable ? Imperceptible, certes, mais réelle. Quelles seraient alors les implications ?

— Hypothétiquement ? L'implication la plus évidente serait que les pensées peuvent générer une force gravitationnelle et donc attirer des choses vers elles.

Katherine sourit.

— Excellent. Et maintenant, poussons le raisonnement un peu plus loin. Que se passe-t-il si un grand nombre de personnes se concentrent sur la même pensée ? Toutes ces pensées individuelles commencent à fusionner, leur masse cumulée augmente. Et avec elle, leur force de gravité.

— D'accord.

— Cela signifie que si suffisamment de personnes se mettent à penser la même chose au même moment, la force gravitationnelle de cette pensée devient tangible... et exerce un effet observable. (Avec un clin d'œil, Katherine conclut :) Elle peut donc affecter la réalité physique de notre monde.

19.

Les bras croisés, Inoue Sato médita ce que Langdon venait de dire sans cesser de le regarder d'un air soupçonneux.

— Il veut que vous ouvriez une ancienne porte ? Et qu'est-ce que je suis censée faire de ça, professeur ?

Langdon haussa faiblement les épaules. Il se sentait nauséeux et s'efforçait de ne pas regarder la main tranchée de son ami.

— C'est ce qu'il m'a dit mot pour mot. Une porte ancienne. Cachée dans le Capitole. J'ai répondu que je n'en avais jamais entendu parler.

— Pourquoi est-il persuadé que vous, en particulier, pouvez l'ouvrir ?

— Parce qu'il est fou, ça me paraît évident.

Il a dit que Peter m'indiquerait le chemin, songea Langdon en baissant les yeux sur l'index tendu, dégoûté par l'ironie sadique du kidnappeur.

Peter vous montrera la voie.

Il avait déjà suivi du regard le doigt qui pointait le dôme. Une porte ? Là-haut ? Absurde !

— À part l'homme qui m'a fait venir, dit-il à Sato, personne ne savait que je serais au Capitole ce soir. J'ignore comment vous est parvenue cette information, mais ça venait forcément de lui. Je vous suggère donc de...

— La provenance de mes informations ne vous concerne pas ! Pour l'instant, ma priorité est de coopérer avec cet homme et j'ai de bonnes raisons de penser que vous êtes le seul à pouvoir lui donner ce qu'il veut.

— Et ma priorité à moi, c'est de retrouver mon ami !

Sato inspira profondément ; Langdon mettait sa patience à rude épreuve.

— Si nous voulons récupérer M. Solomon, nous n'avons pas le choix, professeur : nous devons coopérer avec la seule personne qui sait où il se trouve. Le temps nous est compté, dit-elle en consultant sa montre. Croyez-moi, il est impératif que nous accédions au plus vite à ses demandes.

— Comment ? s'exaspéra Langdon. En localisant et en ouvrant une porte magique ? Il n'y a pas de porte ! Ce type est cinglé.

Inoue Sato s'approcha à quelques centimètres de Langdon.

— Je vous ferais remarquer que votre « cinglé » n'a eu aucun mal à manipuler deux personnes qui sont tout sauf idiotes. (Elle regarda bien Langdon, puis jeta un coup d'œil à Anderson.) Dans mon domaine, on apprend vite que la frontière est très mince entre la folie et le génie. Il serait sage d'accorder un peu de respect à notre suspect.

— Il a amputé la main d'un homme !

— Oui, justement. Quelle meilleure preuve de sa détermination, de son assurance ? Le plus important en ce moment, c'est qu'il est persuadé que vous pouvez l'aider. Il n'a pas ménagé ses efforts pour vous attirer à Washington : il a forcément ses raisons.

— La seule raison pour laquelle il m'a fait venir, rétorqua Langdon, c'est que, d'après lui, Peter lui aurait confié que je pouvais ouvrir sa « porte ».

— Pourquoi Solomon aurait-il déclaré cela si ce n'était pas vrai ?

— Je suis sûr qu'il n'a rien dit du **tout**. Et même si c'était le cas, il a parlé sous la contrainte. Il devait être terrifié.

— Oui, ça s'appelle un interrogatoire sous la torture ! C'est très efficace – raison de plus pour croire que votre ami a dit la vérité. (Elle semblait parler d'expérience.) Vous a-t-il expliqué pourquoi Peter Solomon pense que vous pouvez ouvrir cette porte ?

Langdon secoua la tête.

— Si j'en crois votre réputation, M. Solomon et vous partagez un intérêt commun pour ce genre de choses – énigmes, ésotérisme, mysticisme… Dans toutes vos conversations avec lui, il n'a jamais mentionné une porte qui serait cachée en plein Washington ?

Langdon n'en revenait pas d'entendre une question pareille de la bouche d'une haute responsable de la CIA.

— Je vous assure que non. Nos discussions touchent parfois des sujets assez obscurs, mais, croyez-moi, je l'aurais envoyé consulter un psychiatre s'il m'avait parlé d'une porte magique cachée Dieu sait où. Surtout une porte censée conduire aux **Mystères** anciens.

— Pardon ? fit Sato en levant la tête. Le suspect vous a dit spécifiquement où menait cette porte ?

— Oui, même si c'était superflu. La Main des mystères, expliqua-t-il en désignant le trophée macabre, est une invitation à franchir un portail mystique pour acquérir un savoir ancien – connu sous le nom de Mystères anciens. La grande sagesse perdue.

— Ah, vous en avez entendu parler, alors.

— Oui, comme beaucoup d'historiens.

— Dans ce cas, comment pouvez-vous affirmer que cette porte n'existe pas ?

— Sans vouloir vous offenser, madame, nous avons tous « entendu parler » de la fontaine de Jouvence et de Shangri-La. Cela ne signifie pas qu'ils existent.

La radio d'Anderson grésilla, interrompant leur échange.

— Chef !

— Oui, ici Anderson.

— Nous avons fouillé tout le complexe. Il n'y a personne ici qui corresponde à la description du suspect. Quels sont vos ordres ?

Anderson jeta un coup d'œil rapide vers Sato, s'attendant à une réprimande, mais elle n'écoutait même pas. Il s'éloigna discrètement et continua de parler à voix basse.

Inoue Sato, elle, restait focalisée sur Langdon.

— Donc, d'après vous, ce grand secret n'est que pure fiction ?

Langdon opina.

— Un très vieux mythe – plus vieux encore que le christianisme. Des milliers d'années.

— Et il circule toujours aujourd'hui ?

— Avec d'autres légendes tout aussi improbables, oui.

Langdon rappelait souvent à ses élèves que la plupart des religions modernes étaient truffées d'histoires qui s'effondraient devant un examen scientifique – de Moïse ouvrant les flots de la mer Rouge à Joseph Smith utilisant des lunettes magiques pour traduire une série de plaques en or enfouies sur une colline dans l'État de New York, et en tirer le Livre de Mormon.

L'acceptation populaire d'une idée ne prouvait en aucun cas sa validité.

— Je comprends, dit Sato. Ces Mystères anciens, c'est quoi exactement ?

Langdon laissa échapper un soupir.

— Pour faire court, ils font référence à un corpus de connaissances amassées il y a fort longtemps. L'un des aspects intrigants de ces secrets est qu'ils sont censés permettre à leurs adeptes de débloquer d'extraordinaires capacités latentes dans l'esprit humain. Les maîtres éclairés qui possédaient ce savoir jurèrent de le conserver à l'écart des masses, le considérant trop puissant et donc dangereux pour les non-initiés.

— Dangereux ? Pour quelle raison ?

— La même raison qui nous pousse à interdire aux enfants de jouer avec des allumettes. Entre de bonnes mains, le feu apporte la lumière... entre de mauvaises mains, c'est une force dévastatrice.

Retirant ses lunettes, Sato étudia le visage de Langdon.

— Dites-moi, professeur, croyez-vous qu'un tel savoir puisse exister ?

Il resta silencieux. Les Mystères anciens constituaient le plus grand paradoxe de sa carrière. Quasiment toutes les traditions mystiques de l'Histoire reposaient sur le postulat d'un savoir occulte capable d'insuffler des pouvoirs spirituels, presque divins, au commun des mortels : les tarots et le *Yi-King* permettaient aux hommes de prédire l'avenir ; l'alchimie leur promettait l'immortalité à travers la pierre philosophale ; la Wicca ouvrait à ses disciples les plus érudits les portes de la magie. La liste était longue.

En tant qu'universitaire, Langdon ne pouvait nier la légitimité historique de ces croyances. Quantité de documents, d'artéfacts et d'œuvres d'art prêtaient indubitablement à croire que les Anciens possédaient une sagesse supérieure transmise par le biais d'allégories, de mythes et de symboles, garantissant ainsi que seuls les initiés auraient accès à son pouvoir. Cependant, son pragmatisme naturel le laissait dubitatif.

— Disons que je suis sceptique, répondit-il enfin. Je n'ai encore vu aucune preuve tangible que ces Mystères sont autre chose qu'une collection de légendes – un archétype mythologique récurrent. S'il était possible pour l'être humain d'acquérir des pouvoirs miraculeux, nous en aurions des traces. Or, à ce jour, l'Histoire n'a toujours pas révélé de surhommes.

Sato leva les sourcils.

— Ce n'est pas tout à fait exact.

Langdon hésita, se rendant compte que la plupart des croyants estimaient qu'il existait bel et bien des précédents, parmi lesquels Jésus.

— Je reconnais que beaucoup de gens très instruits croient en cette forme de sagesse. Personnellement, je n'en fais pas partie.

— Et Peter Solomon ?

Le regard de Sato glissa sur la main amputée ; Langdon, lui, se détourna.

— Peter est issu d'une lignée qui a toujours été passionnée par l'ésotérisme.

— Ça veut dire oui ?

— Écoutez, en admettant que Peter croie en l'existence des Mystères anciens, il ne croit sûrement pas qu'on peut y accéder par une porte située à Washington. Il comprend la notion de symbolisme métaphorique, ce qui n'est apparemment pas le cas de son ravisseur.

Inoue Sato hocha la tête.

— Cette porte serait donc une métaphore ?

— Bien sûr. C'est une image classique : le passage que l'on doit emprunter pour trouver la lumière. Portes et passerelles sont des éléments allégoriques fréquents dans les rites d'initiation et de transfiguration. Chercher une porte physique ici serait aussi productif que de chercher dans le ciel les portes du paradis.

Sato réfléchit quelques secondes.

— On dirait pourtant que le ravisseur prend les choses au sens littéral.

— Il ne serait pas le premier fanatique à confondre mythe et réalité.

Les premiers alchimistes s'étaient longtemps acharnés à essayer de changer le plomb en or, sans jamais comprendre que cette transmutation n'était qu'une métaphore du potentiel humain – l'idée que même un esprit pauvre et limité pouvait se développer et devenir un intellect brillant.

— S'il voulait vraiment que vous trouviez cette porte, il aurait pu simplement vous dire où chercher. Pourquoi tout ce cinéma ? Pourquoi la main tatouée ?

Langdon s'était lui-même posé la question ; la réponse n'était guère rassurante.

— Il semble qu'en plus d'être mentalement déséquilibré, notre homme soit hautement cultivé. Sa façon de procéder montre qu'il connaît bien les Mystères et les codes qui les entourent. Sans oublier l'histoire de cette salle.

— Comment ça ?

— Tout ce qu'il a fait ce soir s'inscrit dans des protocoles anciens. La Main des mystères étant une invitation sacrée, elle doit impérativement être présentée dans un lieu sacré.

Sato plissa les yeux.

— Nous sommes dans la Rotonde du Capitole, professeur, pas dans un vieux temple érigé par quelque ordre mystique.

— Je connais beaucoup d'historiens qui pensent le contraire, madame.

*

Pendant ce temps, à l'autre bout de la ville, Trish Dunne apportait la touche finale à son programme. Assise devant le grand écran mural du Cube, elle entra les cinq expressions clés de Katherine.

C'est parti !

Sans grand optimisme, elle exécuta son programme d'indexation, qui se lança dans une version planétaire du jeu des sept familles. Les expressions furent transmises à une vitesse incroyable aux bases de données du monde entier, à la recherche d'une correspondance exacte.

Trish se demanda à quoi cela rimait, mais, en travaillant pour les Solomon, elle s'était résignée depuis longtemps à ne jamais connaître le fin mot de l'histoire.

20.

Robert Langdon jeta un coup d'œil nerveux à sa montre. 19 h 58. Le visage souriant de Mickey ne lui remonta guère le moral.

Je dois retrouver Peter, se dit-il. *Nous avons assez perdu de temps !*

Sato, qui s'était éloignée pour répondre au téléphone, revint vers lui.

— Vous avez rendez-vous quelque part, professeur ?

— Non, répondit Langdon en cachant sa montre dans la manche de sa veste. Je suis très inquiet pour Peter, c'est tout.

— Je compatis, mais je vous assure que la meilleure chose que vous puissiez faire pour votre ami, c'est de m'aider à comprendre les motivations de son ravisseur.

Langdon en doutait fortement, mais Sato n'allait pas le laisser partir tant qu'elle n'aurait pas obtenu ce qu'elle souhaitait.

— Il y a une minute, vous sous-entendiez que la Rotonde était un lieu sacré, poursuivit-elle.

— Oui.

— Expliquez-moi cela.

Langdon allait devoir choisir avec soin ses arguments. Il avait consacré des cours entiers à la symbolique de Washington. Le seul Capitole contenait une quantité vertigineuse de références mystiques.

L'Amérique a un passé caché, songea-t-il.

Chaque fois qu'il enseignait la symbologie des États-Unis, ses étudiants tombaient des nues en apprenant que les véritables intentions des pères fondateurs n'avaient strictement rien à voir avec celles que leur prêtaient les politiciens modernes.

Le destin originel de l'Amérique s'est perdu dans le cours de l'Histoire.

Quand les pères de la nation construisirent la capitale, ils la baptisèrent d'abord Rome, et sa rivière, Tiber Creek – le Tibre. Ils bâtirent une cité classique avec temples et panthéons ornés des effigies des grandes divinités de l'Antiquité – Apollon, Minerve, Vénus, Hélios, Vulcain, Jupiter. En son centre, ils érigèrent un obélisque égyptien en l'honneur des Anciens. Encore plus imposant que ceux du Caire ou d'Alexandrie, l'obélisque se dressait à cent soixante-dix mètres de hauteur, soit plus de trente étages – une offrande en signe de gratitude et de respect pour le fondateur démiurge dont la ville adopta ensuite le nom.

Washington.

Des siècles plus tard, dans une Amérique qui avait opéré la séparation de l'Église et de l'État, le fourmillement de symboles religieux anciens sur la Rotonde témoignait encore du passé. Plus d'une douzaine de dieux y étaient représentés – davantage que dans le Panthéon de Rome. Contrairement au Panthéon romain qui fut converti en église chrétienne en 609, celui-ci échappa à toute transformation, et arborait les vestiges de son histoire à la vue de tous.

— Comme vous le savez peut-être, la Rotonde s'inspire de l'un des sanctuaires les plus vénérés de Rome, le temple de Vesta.

— Vesta comme les vestales ?

Inoue Sato avait manifestement du mal à relier les vierges gardiennes de la flamme au Capitole.

— Le temple de Vesta est circulaire, avec un trou béant en son centre à travers lequel les vestales entretenaient le feu sacré de la connaissance. Elles étaient chargées de veiller à ce qu'il ne s'éteigne jamais.

Sato haussa les épaules.

— D'accord, la Rotonde est circulaire, mais je ne vois aucun trou béant.

— Plus aujourd'hui, non. Autrefois, il y avait une grande ouverture au milieu de la salle, exactement là où se trouve la main de Peter. D'ailleurs, on voit encore les traces de la rambarde qui empêchait les gens de tomber.

— Quoi ? fit Sato en scrutant le dallage. C'est la première fois que j'entends parler de ça.

— Il a raison, intervint Anderson en indiquant un cercle formé par des marques au sol, là où se trouvaient les montants de la balustrade. Je me suis toujours demandé ce que c'était.

Vous n'êtes pas le seul, songea Langdon en imaginant les milliers de gens, y compris des législateurs célèbres, qui foulaient la Rotonde quotidiennement sans savoir que, jadis, ils seraient tombés au niveau inférieur, dans la crypte du Capitole.

— Le trou est resté là pendant pas mal d'années avant d'être bouché. Ceux qui visitaient la Rotonde pouvaient voir le feu qui brûlait en dessous.

Sato se tourna vers lui.

— Du feu ? Dans le Capitole ?

— Une grande torche, en fait. Une flamme éternelle qui brûlait dans la crypte, juste sous nos pieds. Cette salle avait tout d'une version moderne du temple de Vesta. Le Capitole avait même sa « vestale » : le Gardien de la crypte, un employé fédéral, était chargé d'entretenir la flamme. Celle-ci a brûlé pendant cinquante ans, jusqu'à ce que la politique, la religion et les dégâts dus à la fumée éteignent l'idée.

Anderson et Sato affichaient le même air étonné.

Désormais, la seule chose qui rappelait l'existence de cette flamme était la rose des vents enchâssée dans les dalles de la crypte, symbole de la lumière éternelle des États-Unis, qui resplendissait jadis aux quatre points cardinaux du Nouveau Monde.

— Et d'après vous, dit Sato, notre suspect connaît cette histoire ?

— C'est évident. Et pas uniquement celle-là. Cette salle est pleine de symboles qui témoignent d'une croyance aux Mystères anciens.

— La sagesse cachée, fit Sato d'un ton ouvertement sarcastique. Le savoir qui donne aux hommes des pouvoirs divins ?

— Oui.

— Difficile à concilier avec les racines chrétiennes de ce pays.

— En effet. Et pourtant cette symbolique est bel et bien là. Cette transformation de l'homme en dieu s'appelle l'apothéose. À votre insu, cette notion de transfiguration est le thème central du symbolisme de la Rotonde.

Anderson se retourna vivement, comme s'il venait d'avoir une révélation.

— L'apothéose ?

— Oui.

Bien sûr, pensa Langdon. Anderson travaille ici, il connaît les lieux.

— Le terme « apothéose » signifie littéralement déification. Il est dérivé du grec *apo*, devenir, et *theos*, dieu.

— Apothéose, ça veut dire « devenir Dieu » ? répéta Anderson, stupéfait. Je n'aurais jamais imaginé ça.

— J'ai raté quelque chose ? demanda Inoue Sato.

— La plus grande peinture du Capitole s'appelle *L'Apothéose de Washington*. Elle représente très clairement l'ascension divine de George Washington

Sato paraissait dubitative.

— Je n'ai jamais rien vu de tel.

— Et moi, je vous parie que si, dit-il en désignant le plafond. C'est juste au-dessus de votre tête.

21.

L'Apothéose de Washington, une fresque de plus de 400 mètres carrés qui recouvrait le dôme surplombant la Rotonde, avait été achevée en 1865 par Constantino Brumidi.

Surnommé « le Michel-Ange du Capitole », Brumidi s'appropria la Rotonde de la même manière dont Michel-Ange s'était approprié la chapelle Sixtine : en composant une fresque sur l'espace le plus majestueux qui fût, la coupole. À l'instar du maître toscan, Brumidi avait réalisé nombre de ses œuvres les plus significatives à l'intérieur du Vatican. Or, en 1852, il décida d'émigrer aux États-Unis, abandonnant le Saint-Siège pour un autre lieu saint, le Capitole des États-Unis, dont les murs foisonnaient à présent de nombreux exemples de son talent – des frises dans le bureau du Vice-Président aux trompe-l'œil des couloirs. C'était néanmoins la grande fresque dominant la Rotonde que la plupart des historiens retenaient comme son chef-d'œuvre absolu.

La tête en arrière, Robert Langdon contemplait la superbe coupole. D'habitude, il se régalait des réactions ébahies de ses étudiants devant les représentations surprenantes de l'artiste. Mais là, c'était lui qui ne comprenait pas, piégé dans un cauchemar qui lui échappait.

Inoue Sato se tenait à côté de lui, les mains sur les hanches, le visage renfrogné. Elle éprouvait certainement le même sentiment que tous ceux qui s'arrêtaient et examinaient pour la première fois cette peinture située dans le saint des saints de leur nation.

La confusion totale.

Vous n'êtes pas la seule, songea Langdon. Pour la majorité des gens, plus ils regardaient *L'Apothéose de Washington*, plus elle leur paraissait bizarre.

— Là, c'est George Washington, expliqua Langdon en indiquant le centre du dôme, cinquante-cinq mètres plus haut. Habillé en violet, entouré de treize vierges, assis sur un nuage qui l'élève au-dessus de l'homme mortel. C'est le moment de son apothéose, le moment où il devient dieu.

Sato et Anderson ne pipaient mot.

— Tout autour, Brumidi a composé d'étranges mises en scène anachroniques où les dieux de l'Antiquité offrent à nos pères fondateurs le savoir et la science. Voici Minerve apportant l'inspiration technologique à nos plus grands inventeurs – Benjamin Franklin, Robert Fulton, Samuel Morse. (Langdon les désigna les uns après les autres.) Et là, nous avons Vulcain qui nous aide à construire une machine à vapeur. À côté, Neptune nous montre comment poser un câble de télécommunications transatlantique. En bas à droite, Cérès, déesse de l'agriculture dont le nom a donné le mot « céréale », est assise sur une moissonneuse McCormick, l'invention qui a permis à notre pays de devenir le premier producteur mondial de nourriture. La fresque montre très clairement nos plus illustres ancêtres en train de recevoir la sagesse des dieux. (Il posa le regard sur Sato.) La connaissance, c'est le pouvoir qui permet à l'homme d'accomplir des miracles.

Sato interrompit sa contemplation et se massa le cou.

— Poser un câble au fond de l'océan, ce n'est pas ce que j'appelle un acte divin.

— Pour un homme moderne, peut-être pas, mais si George Washington nous voyait communiquer d'un continent à un autre, voler à la vitesse du son ou marcher sur la lune, ne penserait-il pas que nous sommes devenus des dieux ? (Il marqua une pause.) Pour citer Arthur C. Clarke, « toute technologie suffisamment avancée est indiscernable de la magie ».

Les lèvres pincées, Sato était plongée dans ses pensées. Son regard glissa sur la main de Peter Solomon, puis dans la direction qu'indiquait l'index tendu vers le dôme.

— Professeur, le suspect vous a dit : « Peter vous montrera la voie. » C'est bien ça ?

— Oui, madame, mais...

— Anderson ! fit Sato en se détournant de Langdon. Pouvez-vous nous emmener plus près du plafond ?

— Il y a une passerelle qui longe la base de la coupole, indiqua le chef de la sécurité.

Langdon leva les yeux – très haut, trop haut – vers la minuscule rambarde qui dépassait juste en dessous de la peinture. Son corps se raidit involontairement.

— Nul besoin d'aller là-haut.

Invité par un sénateur et son épouse, il avait eu l'occasion de se rendre sur ce balcon rarement utilisé ; entre la hauteur vertigineuse et l'exiguïté de la passerelle, il avait frôlé l'évanouissement.

— Pardon ? le reprit Sato. Professeur, nous avons un suspect persuadé que cette salle cache une porte qui a le pouvoir de le transformer en dieu ; nous avons une fresque qui représente précisément cette transformation ; et nous avons enfin une main qui nous indique ladite fresque. Tout nous incite à monter.

— Vous savez, intervint Anderson les yeux levés, très peu de gens sont au courant, mais il y a un caisson hexagonal dans le plafond qui s'ouvre comme une porte. On peut regarder à l'intérieur et...

— Pas de précipitation ! l'interrompit Langdon. Vous oubliez l'essentiel. Cet homme cherche une porte allégorique, un passage qui n'existe pas. Lorsqu'il m'a dit que Peter m'indiquerait le chemin, c'était une métaphore. Cette main, avec le pouce et l'index dépliés, est un symbole bien connu des Mystères anciens qui apparaît dans des œuvres d'art à travers le monde entier. Cette position de la main figure notamment dans trois des œuvres codées les plus célèbres de Léonard de Vinci : *La Cène*, *L'Adoration des mages* et *Saint Jean-Baptiste*. Elle symbolise le lien mystique entre Dieu et l'homme.

« Ce qui est en haut est en bas. » La phrase du ravisseur commençait à prendre tout son sens.

— Je ne l'avais jamais vue avant.

Vous devriez regarder plus de sport à la télé, pensa Langdon, qui trouvait toujours amusant de voir des athlètes professionnels lever un doigt au ciel pour remercier Dieu après avoir réussi un essai ou un *home run*.

Combien parmi eux savaient qu'ils perpétuaient la tradition préchrétienne de rendre grâces à la puissance supérieure qui, l'espace d'un instant, les avait transformés en dieux capables d'accomplir des miracles ?

— En outre, la main de Peter n'est pas la première Main des mystères à faire son apparition dans la Rotonde.

Sato ouvrit de grands yeux.

— Je vous demande pardon ?

— Cherchez « George Washington » et « Zeus » sur Google, dit-il en désignant le BlackBerry de Sato.

L'air méfiant, elle s'exécuta. Anderson se rapprocha discrètement pour regarder par-dessus son épaule.

— La Rotonde était autrefois dominée par une sculpture massive de George Washington représenté en dieu. La pose imitait celle de Zeus au Panthéon : torse nu, une épée dans la main gauche, la main droite levée avec le pouce et l'index tendus.

Sato avait apparemment trouvé une photo sur Internet car Anderson fixait l'écran avec stupéfaction.

— Attendez, *ça*, c'est George Washington ?

— Oui. Zeus personnifié.

— Regardez sa main, observa Anderson. C'est le même geste que celle de Peter Solomon.

Je vous avais bien dit que ce n'était pas la première fois qu'elle apparaissait sur la Rotonde, songea Langdon. À l'inauguration de la statue réalisée par Horatio Greenough, beaucoup raillèrent que George Washington, la poitrine découverte, tendait la main au ciel parce qu'il cherchait désespérément de quoi se couvrir. Avec l'évolution des idéaux religieux américains, ces critiques gentiment moqueuses firent place à une controverse qui aboutit au retrait de la statue, exilée dans une remise du jardin est. Elle était actuellement conservée au Musée national d'histoire américaine du Smithsonian, et aucun de ceux qui la contemplaient ne se doutait qu'il s'agissait là d'un des derniers vestiges d'une époque où le père de la nation veillait sur le Capitole tel un dieu – tel Zeus sur son Olympe.

Sato composa un numéro sur son BlackBerry, jugeant apparemment que c'était le bon moment pour demander un rapport à son équipe.

— Où en sommes-nous ? (Elle écouta patiemment.) Je vois... (Un coup d'œil à Langdon, puis à la main.) Vous en êtes sûr ? D'accord, merci.

Elle raccrocha et s'adressa à Langdon :

— Mon staff a fait des recherches sur votre Main des mystères. Ils ont corroboré tout ce que vous m'avez dit : les cinq tatouages sur les doigts – étoile, soleil, clé, couronne, lanterne –, ainsi que sa fonction... soit une invitation à découvrir un savoir ancien.

— Vous m'en voyez ravi.

— Ne vous réjouissez pas trop vite. Nous sommes dans une impasse et nous n'en sortirons pas tant que vous persisterez à me cacher des choses.

— Pardon ?

Sato avança vers lui.

— Nous voilà de retour au point de départ, professeur. Vous ne m'avez rien appris que mes assistants n'auraient pu trouver par eux-mêmes. Je vous le demande encore une fois : pourquoi vous a-t-on fait venir ici ce soir ? Qu'est-ce qui vous rend si exceptionnel ? Que possédez-vous que les autres n'ont pas ?

— Nous avons déjà eu cette conversation, rétorqua Langdon. J'ignore pourquoi ce détraqué pense que je peux l'aider !

Langdon fut brièvement tenté de lui demander comment diable elle avait su, elle, qu'il se trouvait au Capitole – mais cette conversation-là aussi, ils l'avaient déjà eue. Sato ne lui dirait rien.

— Si je connaissais la prochaine étape, je vous en informerais. Mais je ne sais pas quoi faire. Traditionnellement, la Main des mystères se transmet du maître à l'élève. Peu après cet échange, le novice reçoit des instructions – un lieu où il doit se rendre, le nom de la personne qui va l'initier, quelque chose... ! Tout ce que cet homme nous a laissé, c'est une série de cinq tatouages. Pas franchement de quoi nous...

Il s'interrompit brusquement.

— Qu'y a-t-il ? s'enquit Sato.

Le regard de Langdon se tourna brusquement vers la main. Cinq tatouages. Il se rendit compte qu'il avait peut-être tiré des conclusions hâtives.

— Professeur ? insista Sato.

Il s'approcha prudemment du répugnant trophée.

Peter vous montrera la voie...

— Je me demandais tout à l'heure si le ravisseur n'avait pas laissé un objet sous les doigts repliés de Peter – une carte, une lettre, des instructions.

— Non, répondit Anderson. Ça se verrait, les doigts ne sont pas serrés.

— Certes, mais je me demande maintenant si... (Il s'agenouilla pour essayer de regarder sous les doigts, sur la partie cachée de la paume.) Peut-être que le message n'est pas écrit sur papier ?

— Un autre tatouage ?

Langdon acquiesça.

— Alors ? Vous voyez quelque chose ? le pressa Sato.

Il se plaqua au sol, joue contre terre.

— Sous cet angle, c'est impossible. Je...

— Oh, pour l'amour du Ciel, grommela Sato en se dirigeant vers Langdon. **Qu'est-ce** que vous attendez pour l'ouvrir !

Anderson s'interposa.

— Madame, il ne faut rien toucher avant l'arrivée des...

— Je veux des réponses, décréta Sato en forçant le passage.

Elle s'accroupit devant la main, poussant Langdon sur le côté.

Ce dernier se releva et la regarda faire d'un air incrédule. Sato sortit un stylo de sa poche et le glissa délicatement sous les doigts serrés, qu'elle déplia un par un jusqu'à ce que la paume soit entièrement visible.

Elle leva les yeux vers Langdon, un mince sourire aux lèvres.

— Encore gagné, professeur !

22.

Katherine Solomon faisait les cent pas dans la bibliothèque du Cube. Remontant la manche de sa blouse, elle jeta un coup d'œil à sa montre. Sa vie entière semblait être en suspens, ce qui était difficile à supporter pour une femme aussi peu habituée à attendre. Attendre les résultats de la recherche de Trish, attendre que son frère se manifeste, attendre que l'homme responsable de cette situation troublante la rappelle.

J'aurais préféré ne rien savoir ! songea-t-elle.

Katherine se montrait généralement très prudente avec les inconnus ; cet homme, qu'elle avait rencontré pour la première fois quelques heures plus tôt, avait instantanément gagné sa confiance. Sa confiance totale.

Elle avait reçu son coup de fil alors qu'elle s'adonnait à son plaisir traditionnel du dimanche après-midi : parcourir les revues scientifiques de la semaine.

— Madame Solomon ? avait commencé une voix presque vaporeuse. Je suis le docteur Christopher Abaddon. Auriez-vous une minute à m'accorder ? C'est au sujet de votre frère.

— Pardon, mais qui êtes-vous au juste ?

Comment a-t-il obtenu mon numéro de portable ? se demanda-t-elle, surprise.

— Docteur Christopher Abaddon.

Ce nom ne lui disait rien.

L'homme s'éclaircit la gorge, comme si la situation le mettait soudain mal à l'aise.

— Toutes mes excuses, madame Solomon. Je croyais que votre frère vous avait parlé de moi. Je suis son médecin. Il m'a donné votre nom comme étant la personne à contacter en cas d'urgence.

Le cœur de Katherine bondit dans sa poitrine. En cas d'urgence ?

— Il lui est arrivé quelque chose ?

— Non... Enfin, je ne crois pas. Votre frère a raté son rendez-vous ce matin et je ne parviens pas à le joindre. Étant donné qu'il ne manque jamais une séance sans prévenir, je me suis un peu inquiété, c'est tout. J'ai hésité à vous déranger, mais...

— Non, non, vous avez bien fait, répliqua Katherine qui fouillait ses souvenirs à la recherche d'une mention de ce docteur. Je n'ai pas parlé à mon frère depuis hier matin. À mon avis, il a juste oublié d'allumer son portable.

Il n'avait pas encore appris à utiliser l'iPhone qu'elle lui avait récemment offert.

— Vous dites que vous êtes son médecin ?

Peter était-il malade ? Lui cachait-il quelque chose ?

Il y eut un long silence sur la ligne.

— Je suis horriblement confus, finit par répondre le docteur. Je crains d'avoir commis une erreur professionnelle en vous téléphonant. Votre frère m'a dit que vous étiez au courant de nos rendez-vous, mais je vois maintenant que ce n'est pas le cas.

Peter a menti à son médecin ? L'inquiétude de Katherine s'accrut.

— Est-ce qu'il est malade ?

— Je suis navré, madame Solomon, l'état de santé de votre frère est confidentiel. J'en ai déjà trop dit en révélant qu'il était mon patient. Je dois raccrocher, mais s'il vous contacte, demandez-lui de m'appeler, j'aimerais être sûr que tout va bien.

— Un instant ! S'il vous plaît, dites-moi ce qui se passe.

Le docteur Abaddon poussa un soupir ; il semblait s'en vouloir pour sa maladresse.

— J'entends bien que vous vous inquiétez, c'est compréhensible. Je suis sûr que tout va bien. Hier encore, votre frère était ici, à mon cabinet.

— Hier ? Et il avait une autre consultation aujourd'hui ? Y a-t-il une urgence ?

— Patientons encore un peu avant de...

— Donnez-moi votre adresse, je viens immédiatement ! décida Katherine en se dirigeant vers la porte.

Silence.

— « Dr Christopher Abaddon. » Je peux trouver votre adresse moi-même, ou vous pouvez me l'indiquer... Dans tous les cas, je serai chez vous dans quelques minutes.

Le médecin prit un instant avant de répondre.

— Si j'accepte de vous rencontrer, auriez-vous la courtoisie de ne rien dire à votre frère avant que j'aie l'occasion de m'expliquer personnellement auprès de lui ?

— Certainement.

— Merci. Mon cabinet se situe à Kalorama Heights.

Il lui donna l'adresse.

Vingt minutes plus tard, Katherine Solomon arrivait dans ce quartier huppé sur les hauteurs de Washington. Elle avait appelé tous les numéros de Peter en vain. Si le fait de ne pas savoir où il se trouvait ne l'inquiétait pas franchement, ses visites secrètes chez le médecin étaient en revanche beaucoup plus... troublantes.

Quand elle parvint enfin à destination, elle crut d'abord s'être trompée. Ça, c'est un cabinet médical ?

Une demeure opulente entourée d'un grand parc se dressait derrière une grille en fer forgé surmontée de caméras. Lorsque Katherine ralentit pour vérifier l'adresse, l'une des caméras pivota lentement pour la filmer en gros plan. Le portail s'ouvrit. Katherine remonta l'allée et gara sa Volvo près d'un garage à six places et d'une limousine.

De quel genre de docteur s'agissait-il donc ?

Elle venait de couper le contact quand une silhouette élégante émergea sur le porche. Très grand et plutôt séduisant, l'homme était plus jeune qu'elle ne l'avait imaginé. Il avait néanmoins l'allure et le raffinement d'un homme plus âgé. Il portait un costume sombre impeccable avec une cravate, et ses cheveux blonds étaient parfaitement disciplinés.

— Madame Solomon, je suis le docteur Abaddon, dit-il de sa voix aussi légère qu'un murmure.

Ils échangèrent une poignée de main. Sa peau était douce au toucher.

— Enchantée, répondit-elle en s'efforçant de ne pas regarder son visage, qui semblait artificiellement lisse et bronzé.

Il se maquille ? se demanda-t-elle.

Le trouble de Katherine s'accentua quand elle entra dans le hall magnifiquement agencé. De la musique classique passait en sourdine, un parfum d'encens flottait dans l'air.

— Charmante maison, même si j'avoue que je m'attendais plutôt à... un bureau.

— J'ai la chance de travailler à domicile, dit-il en l'entraînant dans le séjour où crépitait un feu de cheminée. Je vous en prie, mettez-vous à l'aise. J'ai du thé qui infuse, laissez-moi aller le chercher et nous discuterons ensuite.

Il disparut dans la cuisine.

Katherine resta debout. L'intuition féminine était un instinct précieux qu'elle avait appris à écouter : quelque chose dans cette pièce lui donnait la chair de poule. Décoré d'antiquités, le séjour n'avait rien d'un cabinet médical. Les murs étaient couverts d'œuvres classiques, en majorité des tableaux à la thématique mystique étrange. Katherine s'arrêta devant une grande toile représentant les Trois Grâces, dont les corps dénudés étaient superbement mis en valeur par des couleurs vives.

— C'est une huile originale de Michael Parkes.

Abaddon apparut au côté de Katherine, muni d'un plateau de thé fumant.

— Asseyons-nous devant la cheminée. Vous n'avez aucune raison d'être nerveuse.

— Je ne suis pas nerveuse, répliqua-t-elle trop vite.

Le médecin lui adressa un sourire rassurant.

— C'est mon métier de savoir quand les gens sont nerveux.

— Comment ça ?

— Je suis psychiatre, madame Solomon. Cela fait presque un an que votre frère est en thérapie avec moi.

Surprise, Katherine ne savait trop comment réagir.

— Mes patients préfèrent souvent que leur thérapie reste un secret. J'ai commis une erreur en vous appelant... même si, pour ma défense, votre frère m'a laissé croire que vous étiez au courant.

— Je... non, je n'en savais rien.

— Désolé de vous mettre mal à l'aise, poursuivit-il, gêné. J'ai remarqué que vous examiniez mon visage tout à l'heure. Eh oui, je me maquille, fit-il en se touchant timidement la joue. Je souffre d'une maladie de peau que je préfère cacher. C'est d'ordinaire ma femme qui applique le maquillage, mais quand elle s'absente, je dois m'en remettre à mes piètres talents.

Katherine hocha la tête, trop embarrassée pour parler.

— Et cette belle crinière, continua-t-il en caressant ses cheveux blonds, n'est rien de plus qu'une perruque. La maladie a également affecté les follicules pileux, tous mes cheveux ont quitté le navire, déclara-t-il en haussant les épaules. Je crains que la coquetterie soit mon plus grand péché.

— Apparemment, l'impolitesse est le mien.

— Pas du tout, assura l'homme avec un sourire désarmant. Et si nous recommencions à zéro ? Autour d'une tasse de thé, peut-être ?

Une fois qu'ils se furent installés devant la cheminée, Abaddon fit le service.

— Le thé est devenu une coutume depuis que votre frère vient me voir. Il m'a dit que les Solomon en étaient amateurs.

— Tradition familiale, confirma Katherine. Pas de lait, merci.

Ils sirotèrent leur thé en bavardant pendant quelques minutes, mais il tardait à Katherine d'en apprendre plus sur Peter.

— Pourquoi mon frère est-il venu vous voir ? finit-elle par demander.

Et pourquoi le lui avait-il caché ?

Certes, Peter avait connu son lot de tragédies – il avait perdu son père très tôt, puis, en l'espace de cinq ans, enterré son fils unique et sa mère. Cependant, il avait toujours su faire face.

Le docteur avala une gorgée de thé.

— Il s'est adressé à moi parce qu'il me fait confiance. Notre rapport ne se limite pas à celui entre un psychiatre et son patient.

Il indiqua à Katherine un document encadré à côté de la cheminée. Elle crut d'abord qu'il s'agissait d'un diplôme, jusqu'à ce qu'elle remarque le phœnix à deux têtes.

— Vous êtes maçon ?

Le degré le plus élevé, rien que ça !

— Peter et moi sommes frères, d'une certaine manière.

— Vous avez dû accomplir quelque chose d'important pour avoir été reçu au trente-troisième degré.

— Pas vraiment. Ma famille m'a laissé de l'argent, j'en ai donné beaucoup à des organisations caritatives maçonniques.

Katherine comprit soudain pourquoi son frère se fiait à ce jeune médecin. Un franc-maçon avec une fortune familiale qui s'intéressait à la philanthropie et à la mythologie antique ? Il avait plus de points communs avec Peter qu'elle ne l'aurait cru au premier abord.

— Quand je vous ai demandé pourquoi mon frère était venu vous voir, je ne voulais pas dire : pourquoi vous a-t-il choisi, vous. Je voulais savoir pourquoi il a eu recours aux services d'un psychiatre.

Abaddon sourit.

— Oui, j'avais bien saisi. J'essayais d'esquiver la question poliment. C'est un sujet dont je ne peux discuter avec vous. (Il fit une pause.) J'avoue cependant que je ne comprends pas pourquoi Peter ne vous a rien dit, car nos conversations concernent très directement vos recherches.

— Mes recherches ? répéta Katherine, prise au dépourvu.

Peter parle de mes recherches ?

— Votre frère a sollicité mon opinion professionnelle sur les implications psychologiques des découvertes que vous réalisez dans votre laboratoire.

Katherine faillit s'étrangler avec son thé.

— Vraiment ? C'est... surprenant.

Qu'est-ce qui avait bien pu lui passer par la tête ?
Pourquoi avait-il parlé des recherches de Katherine à
son psy ? Leur protocole de sécurité leur interdisait
d'en discuter avec qui que ce soit. C'était Peter lui-
même qui avait instauré cette règle.

— Vous n'êtes pas sans savoir, madame Solomon,
que votre frère se soucie des conséquences inévitables
que la publication de vos travaux entraînera. Il sait
qu'un grand bouleversement des mentalités se profile à
l'horizon ; il a souhaité en explorer avec moi les implications psychologiques.

— Je vois.

La tasse de thé tremblait légèrement dans sa main

— Nous abordons des questions d'une complexité
abyssale : qu'advient-il de la condition humaine si les
grands mystères de l'existence sont enfin révélés ? Que
se passe-t-il quand des croyances purement fondées sur
la foi trouvent soudain confirmation dans les faits ? Ou,
au contraire, se voient condamnées au statut de mythes ?
D'aucuns considèrent qu'il vaut mieux laisser certaines
questions sans réponse.

Katherine n'en croyait pas ses oreilles. Elle s'efforça
néanmoins de contenir ses émotions.

— J'espère que vous ne m'en voudrez pas, docteur,
mais je préfère ne pas parler de mes recherches. Le jour
où je les dévoilerai au public est encore loin. Pour le
moment, elles restent soigneusement enfermées dans
mon labo.

— Sage précaution, fit l'homme en s'enfonçant dans
son fauteuil, plongé dans ses pensées. Quoi qu'il en soit,
j'ai demandé à Peter de repasser aujourd'hui parce qu'il
a traversé une légère crise lors de notre dernière séance
Dans ces cas-là, j'aime que mes patients...

— Une crise ? l'interrompit Katherine, le cœur battant. Quel genre de crise ?

Elle n'arrivait pas à imaginer son frère « en crise », quelle qu'en fût la cause.

— Je vois bien que je vous ai fait peur, j'en suis désolé, répliqua Abaddon avec douceur. Et vu l'étrangeté des circonstances, je comprends que vous cherchiez des réponses.

— Mon frère est la seule famille qu'il me reste. Personne ne le connaît mieux que moi, alors si vous vous décidez à me dire ce qui s'est passé, je pourrai peut-être vous aider. Nous voulons tous les deux la même chose : le bien de Peter.

Abaddon réfléchit un long moment, puis se mit à hocher lentement la tête, comme s'il se rangeait graduellement à l'avis de Katherine.

— Que ce soit clair, dit-il enfin, si je choisis de partager ces informations avec vous, c'est uniquement parce que je pense que votre regard peut m'aider à traiter votre frère.

— Cela va de soi.

Abaddon se pencha vers elle, les coudes appuyés sur les genoux.

— Madame Solomon, depuis le jour où votre frère est devenu mon patient, j'ai toujours senti qu'il se débattait contre un profond sentiment de culpabilité. Je ne l'ai jamais interrogé à ce sujet car ce n'était pas pour cela qu'il venait ici. Hier, pour diverses raisons, j'ai finalement abordé la question. Votre frère s'est ouvert à moi de manière assez inattendue et intense. Il m'a raconté des choses que je n'aurais jamais imaginées – notamment ce qui s'est passé la nuit où votre mère est morte.

La veille de Noël, il y a dix ans, songea-t-elle. Elle est morte dans mes bras.

— Votre mère a été tuée au cours d'un cambriolage qui a mal tourné, c'est bien cela ? Un homme a pénétré chez vous pour voler un objet – un objet que votre frère, croyait-il, gardait caché ?

— C'est exact.

— Peter lui a tiré dessus avec un pistolet et l'a tué, n'est-ce pas ? demanda le psychiatre en examinant les réactions de Katherine.

— Oui.

Abaddon se frotta le menton.

— Vous rappelez-vous ce que cherchait le cambrioleur ?

Depuis dix ans, Katherine essayait d'effacer le souvenir de cette nuit-là.

— Oui, il savait très précisément ce qu'il voulait. Malheureusement, il était bien le seul. Nous n'avons jamais compris de quoi il parlait.

— Votre frère le savait.

— Quoi ?

Katherine se redressa.

— C'est en tout cas ce qu'il m'a dit hier. Peter savait très bien ce que cherchait le cambrioleur. Il a prétendu ne pas comprendre car il ne voulait pas le lui donner.

— C'est impossible, Peter ne pouvait pas savoir. Le cambrioleur divaguait, ses paroles n'avaient strictement aucun sens.

— Intéressant, fit le psychiatre en prenant quelques notes. Peter m'a dit hier qu'il savait très bien de quoi parlait le cambrioleur. Et votre frère est persuadé que, s'il avait coopéré, votre mère serait encore vivante aujourd'hui. Cette décision est la source de sa culpabilité.

— C'est absurde, fit Katherine en secouant la tête.

Abaddon, troublé, s'enfonça davantage dans son fauteuil.

— Madame Solomon, votre point de vue m'est très utile. Comme je le craignais, il semble que votre frère soit en rupture avec la réalité. J'avoue que je m'y attendais un peu : c'est la raison pour laquelle je lui ai demandé de revenir aujourd'hui. Ce genre d'épisode délirant n'est pas si rare quand le patient est hanté par une expérience traumatisante.

— Peter est tout sauf délirant, docteur, déclara Katherine en secouant la tête.

— C'est ce que je pensais moi aussi, sauf que...

— Oui ?

— Sauf que son récit de cette nuit tragique n'était que le début... qu'une petite partie de l'histoire à dormir debout qu'il m'a racontée ensuite.

Katherine glissa sur le bord de son fauteuil.

— Quelle histoire ?

— Laissez-moi vous poser une question, dit Abaddon avec un sourire triste. Votre frère a-t-il déjà discuté avec vous d'une chose qu'il croit enfouie ici, à Washington ? Ou du rôle qu'il est persuadé de devoir jouer pour protéger un immense trésor ? Un savoir ancien perdu depuis la nuit des temps ?

Katherine tombait des nues.

— De quoi diable parlez-vous ?

Le psychiatre poussa un long soupir.

— Ce que je m'apprête à vous raconter risque d'être difficile à entendre, madame Solomon. (Il s'arrêta et plongea son regard dans celui de Katherine.) Mais tout ce que vous pourrez me dire à ce sujet sera immensément utile.

Il tendit la main vers sa tasse.

— Encore un peu de thé ?

23.

Un autre tatouage.

Anxieux, Langdon s'accroupit devant la paume ouverte de Peter afin d'examiner les sept petits symboles qui se cachaient derrière les doigts.

— On dirait des chiffres, dit Langdon. Mais je ne les reconnais pas.

— Les premiers sont des chiffres romains, remarqua Anderson.

— Cela m'étonnerait, le corrigea Langdon. Le chiffre romain I-I-I-X n'existe pas. Ce devrait être V-I-I.

— Et le reste ? demanda Sato.

— Je ne suis pas sûr. On dirait huit-huit-cinq en chiffres arabes.

— Arabes ? fit Anderson. Ça ressemble à des chiffres normaux.

— Les chiffres « normaux » sont arabes.

Il avait dû clarifier ce point tellement souvent avec ses étudiants qu'il avait préparé un cours entier dédié aux avancées scientifiques réalisées pendant l'âge d'or de la civilisation arabo-musulmane. L'une de ces contributions majeures était notre système numérique moderne, qui avait pour avantage par rapport au système romain la notation positionnelle et l'invention du zéro. Langdon prenait toujours soin de terminer son cours en rappelant aux étudiants que la culture arabe avait également donné à l'humanité le mot *al kohol*, la substance préférée des élèves de première année d'Harvard : l'alcool.

Langdon étudiait le tatouage d'un air perplexe.

— Et même pour le huit-huit-cinq, j'ai des doutes. Les traits sont trop droits.

— Si ce n'est pas un nombre, qu'est-ce que c'est ? s'enquit Sato.

— Bonne question. Le tatouage dans son ensemble a un aspect quasi… runique.

— C'est-à-dire ?

— Les alphabets runiques sont uniquement composés de lignes droites car les runes étaient souvent utilisées pour écrire dans la pierre. Les courbes étaient trop difficiles à ciseler.

— En admettant que ce soit des runes, que signifient-elles ?

Langdon secoua la tête. Son expertise se limitait au plus rudimentaire des alphabets runiques, le vieux *futhark*, un système teutonique datant du IIIe siècle.

— Pour être honnête, je ne sais même pas s'il s'agit réellement de runes. Il faudrait s'adresser à un spécialiste. Il existe des dizaines de formes différentes : la séquence d'Hälsinge, les runes de Manx, le *Stungnar runir* ou « runes pointées »...

— Peter Solomon est un franc-maçon, n'est-ce pas ?

Langdon marqua un temps d'arrêt.

— Oui, mais quel est le rapport ?

Il se releva, dominant la petite femme de sa grande taille.

— À vous de me le dire, répliqua Sato. Vous venez de mentionner que les runes étaient souvent gravées dans la pierre ; à l'origine, la franc-maçonnerie était une confrérie de tailleurs de pierre, si je ne m'abuse. J'ai demandé à mon équipe de chercher des connexions possibles entre la Main des mystères et Peter Solomon, et ils en ont trouvé une en particulier. (Elle observa une pause, comme pour accentuer l'importance de sa découverte.) La franc-maçonnerie !

Langdon poussa un soupir agacé – il brûlait de lui rétorquer ce qu'il répétait constamment à ses étudiants : « Google » n'est pas synonyme de « vérité ». En ces temps de recherches par mots clés à grande échelle, il ne fallait pas grand-chose pour relier tout et n'importe quoi. Le monde était en train de se fondre en un gigantesque enchevêtrement d'informations qui devenait chaque jour de plus en plus inextricable.

Langdon parvint à conserver un ton patient.

— Cela n'a rien d'étonnant. La maçonnerie est un lien évident entre Peter et toutes sortes de sujets ésotériques.

— Oui, raison de plus pour trouver suspect que vous ne l'ayez pas mentionné jusqu'à présent. Après tout, vous ne cessez de parler de sagesse ancienne protégée par une élite d'initiés. Très maçonnique, non ?

— Oui... et aussi très rosicrucien, kabbalistique... on trouve ça également chez les Alumbrados d'Espagne et bien d'autres groupes ésotériques...

— Toujours est-il que Peter Solomon est un maçon, et très haut placé, qui plus est. Ne croyez-vous pas que ce détail aurait eu son importance dans votre dissertation sur les secrets ? Dieu sait que les francs-maçons affectionnent les leurs.

Elle ne s'efforçait même pas de cacher sa méfiance. Langdon en avait par-dessus la tête.

— Si vous voulez en savoir davantage sur la maçonnerie, vous n'avez qu'à interroger l'un de ses membres.

— Non, je préfère interroger des gens dignes de confiance.

Le commentaire de Sato trahissait autant son ignorance que sa rouerie.

— Pour votre information, madame, la philosophie maçonnique est fondée sur l'honnêteté et l'intégrité. Les maçons comptent parmi les hommes les plus dignes de confiance que vous puissiez rencontrer.

— J'ai vu des preuves plus que convaincantes du contraire.

Langdon la trouvait décidément insupportable. Il avait passé des années à étudier la tradition iconographique et symbolique des francs-maçons dans toute sa richesse ; leur organisation était l'une des plus méconnues et injustement critiquées au monde. Régulièrement accusés de toutes sortes de maux – satanisme, conspiration pour gouverner l'univers –, les maçons avaient pour règle de ne pas répondre à ces attaques, ce qui faisait d'eux une cible facile.

— Quoi qu'il en soit, trancha Sato, nous sommes à nouveau dans une impasse, professeur. Soit il y a quelque chose qui vous échappe… soit vous me cachez quelque chose. Le ravisseur prétend que Peter Solomon vous a choisi. Je crois qu'il est temps de poursuivre cette conversation au quartier général de la CIA. Qui sait ? Peut-être que le changement d'air vous fera du bien.

Langdon entendit à peine la menace de Sato. Il s'était arrêté sur les mots qu'elle avait prononcés juste avant. « Peter Solomon vous a choisi. » Cette phrase, combinée avec la mention des francs-maçons, l'avait frappé. Il regarda la bague maçonnique de Peter, qui appartenait à sa famille depuis des générations. Ornée d'un phœnix à deux têtes, l'emblème ultime du savoir maçonnique, c'était son objet le plus cher. Il contemplait le scintillement de l'or sous la lumière quand un souvenir inattendu lui revint à l'esprit.

Le souffle coupé, il se rappela le sombre murmure du ravisseur : « Vous n'avez toujours pas compris pourquoi vous avez été choisi ? »

Soudain, en un éclair terrifiant, les pensées de Langdon retrouvèrent toute leur acuité et le brouillard se dissipa.

Son rôle lui apparut brusquement, d'une limpidité absolue.

*

À une quinzaine de kilomètres de là, roulant vers le sud sur Suitland Parkway, Mal'akh entendit une vibration caractéristique sur le siège passager. C'était l'iPhone de Peter Solomon, qui s'était révélé être un outil très précieux. L'écran affichait la photo du correspondant, une femme séduisante aux longs cheveux noirs.

Katherine Solomon.

Mal'akh sourit et ignora l'appel. *Le destin me rapproche du but.*

Plus tôt dans la journée, il avait attiré Katherine Solomon chez lui pour une seule raison : déterminer si elle possédait des informations exploitables – peut-être un secret de famille susceptible de l'aider à localiser ce qu'il cherchait. Or, Peter Solomon ne lui avait manifestement pas parlé de l'objet qu'il gardait depuis des années.

Sa rencontre avec Katherine lui avait cependant apporté un renseignement important. Assez important pour la laisser en vie quelques heures de plus. Mal'akh avait obtenu la confirmation qu'elle conservait toutes ses données au même endroit, à l'abri dans son laboratoire.

Je dois tout détruire.

Les travaux de la sœur de Peter Solomon promettaient d'ouvrir la voie vers une nouvelle compréhension du monde – une voie dans laquelle d'autres ne tarderaient pas à s'engouffrer. Ce ne serait ensuite qu'une question de temps avant que tout ne soit bouleversé. Je ne le permettrai pas. Le monde doit rester tel qu'il est… à la dérive dans les ténèbres de l'ignorance.

Un bip lui signala l'arrivée d'un message. Mal'akh l'écouta.

« Peter, c'est encore moi, disait la voix inquiète de Katherine. Où es-tu passé ? Je n'arrête pas de repenser à ma conversation avec le docteur Abaddon ; je me fais du souci pour toi. Est-ce que tout va bien ? Appelle-moi, je t'en prie. Je t'attends au labo. »

Mal'akh sourit à part lui. Katherine ne devrait pas tant s'inquiéter pour son frère que pour elle-même. Il quitta Suitland Parkway pour emprunter Silver Hill Road. Un kilomètre plus loin environ, il aperçut la silhouette des entrepôts du Smithsonian qui se fondait dans l'obscurité, nichée entre les arbres à droite de l'autoroute. Un haut grillage de fils barbelés entourait le complexe.

Un bâtiment sécurisé ? s'esclaffa intérieurement Mal'akh. Je connais quelqu'un qui va m'ouvrir la porte.

24.

La révélation submergea Langdon telle une vague déferlante.

Je sais pourquoi je suis ici !

Debout au milieu de la Rotonde, il éprouva soudain une envie irrésistible de tourner les talons et de s'enfuir… loin de la main de Peter, loin de la chevalière en or, loin des regards soupçonneux d'Anderson et de

Sato. Au lieu de quoi il resta sur place, immobile, agrippant la sacoche en cuir qu'il portait en bandoulière.

Je dois sortir d'ici.

Il serra involontairement les mâchoires face au souvenir d'un matin froid à Cambridge, des années auparavant. 6 heures du matin. Après sa séance de natation coutumière dans la piscine d'Harvard, il avait regagné sa salle de classe, où il fut accueilli par la touffeur du chauffage central et l'odeur familière de la poussière de craie. Il avait fait deux pas vers le bureau avant de s'arrêter net.

Quelqu'un l'attendait – un homme élégant au visage aquilin et aux yeux gris pleins de noblesse.

— Peter ? fit Langdon, interdit.

Solomon lui lança un sourire éclatant dans la pénombre.

— Bonjour, Robert. Surpris de me voir ?

Une voix douce mais empreinte d'autorité.

Langdon s'empressa de serrer chaleureusement la main de son ami.

— Que vient faire un sang bleu de Yale chez les rouges d'Harvard à une heure pareille ?

— Mission de reconnaissance derrière les lignes ennemies, répondit Solomon en riant. Je vois que la natation porte ses fruits, vous êtes en forme.

— J'essaie juste de vous donner un coup de vieux, plaisanta Langdon. Que me vaut le plaisir de votre visite ?

— Un voyage d'affaires éclair, dit Peter en parcourant la salle déserte du regard. Désolé de débarquer sans prévenir, mais je suis extrêmement pressé. J'avais une faveur à vous demander...

C'était une première. Quel service un humble professeur d'université pouvait-il rendre à un homme qui possédait déjà tout ?

— Tout ce que vous voulez.

Il était ravi de pouvoir aider celui qui lui avait tant donné, surtout que l'existence aisée de Peter avait été marquée par de nombreuses tragédies.

Solomon baissa la voix.

— Je voudrais que vous gardiez quelque chose pour moi.

— Pas Hercule, j'espère ! fit Langdon en reculant.

Il avait déjà accepté une fois de s'occuper d'Hercule, le mastiff de Solomon, lors d'un voyage de ce dernier. Privé de son jouet en cuir préféré, le monstre de soixante-dix kilos avait apparemment trouvé un substitut idéal dans le bureau de Langdon : une Bible du XVIIe siècle en vélin, enluminée et calligraphiée à la main. Pour quelque étrange raison, l'expression « méchant chien » lui avait paru un peu faiblarde.

— J'espère toujours vous en dénicher un autre exemplaire, vous savez..., répondit Solomon d'un air penaud.

— Laissez tomber, je suis content qu'Hercule ait goûté à la religion.

Peter eut un petit rire, mais il semblait préoccupé.

— Robert, je suis venu vous voir pour vous confier un objet auquel j'accorde une valeur particulière. J'en ai hérité il y a longtemps, mais je ne suis pas rassuré à l'idée de le conserver chez moi ou à mon bureau.

Langdon se sentit immédiatement **mal** à l'aise. Dans le monde de Peter, un objet d'une « valeur particulière » devait coûter une véritable fortune.

— Pourquoi ne pas le mettre dans un coffre à la banque ?

Les Solomon ne possèdent-ils pas des actions dans la moitié des institutions financières du pays ?

— Trop de formulaires et d'employés indiscrets. Je préférerais un ami digne de confiance. Je sais que vous êtes capable de garder un secret.

Solomon plongea la main dans une poche et en retira un petit paquet qu'il tendit à Langdon.

Après ce lourd préambule, Langdon s'attendait à quelque chose de plus impressionnant qu'un cube de sept ou huit centimètres de côté, emballé dans du papier kraft attaché avec une ficelle. À en juger par la taille et le poids considérable de l'objet, il s'agissait probablement d'un bloc de pierre ou de métal. C'est tout ? pensa Langdon en le retournant entre ses mains. Il remarqua que la ficelle était fixée à l'une des faces par un sceau à la cire, tel un édit ancien. Le sceau représentait un phœnix à deux têtes avec le numéro 33 sur la gorge – le symbole du plus haut degré de la franc-maçonnerie.

— Sérieusement, Peter, dit Langdon avec un sourire en coin, vous êtes le Vénérable d'une loge maçonnique, pas le pape. Vous avez vraiment besoin de sceller des paquets avec votre bague ?

Solomon regarda sa chevalière en riant.

— Ce n'est pas moi qui ai déposé ce sceau, c'est mon arrière-grand-père. Il y a presque cent ans de cela.

Langdon redressa la tête d'un coup.

— Quoi ?

— Cette bague lui appartenait, expliqua Peter Solomon en levant l'annulaire. Et après lui, elle est passée à mon grand-père, puis à mon père... et maintenant à moi.

— Votre arrière-grand-père a emballé ça il y a un siècle et personne ne l'a ouvert ?

— Exact.

— Pourquoi ?

— Parce que l'heure n'est pas venue.

Langdon fronça les sourcils.

— L'heure de quoi ?

— Robert, au risque d'être énigmatique, moins vous en saurez, mieux ça vaudra. S'il vous plaît, rangez-le dans un endroit sûr et n'en parlez à personne.

Langdon examina les yeux de son ami à la recherche d'un signe. Plaisantait-il ? Vu la propension de Solomon aux mises en scène théâtrales, il se demanda si son mentor n'était pas en train de lui jouer un tour.

— Peter, dites-moi que ce n'est pas une ruse savante pour me faire croire que vous m'avez confié quelque antique secret maçonnique et m'inciter à rejoindre l'ordre ?

— Les maçons ne recrutent pas, vous le savez très bien. Et puis, vous m'avez déjà dit que vous préfériez garder votre indépendance.

C'était la vérité. Malgré son profond respect pour la philosophie et le symbolisme de l'ordre, Langdon avait décidé de ne jamais se laisser initier : l'obligation de jurer le secret lui aurait interdit d'en parler avec ses étudiants. Il s'inspirait en cela de Socrate, qui avait toujours refusé de participer formellement aux mystères d'Éleusis.

Tandis qu'il observait le petit cube et son sceau, une question s'imposait :

— Pourquoi ne pas le confier à l'un de vos frères ?

— Mon intuition me dit qu'il sera plus en sécurité à l'extérieur de la confrérie. Ne vous fiez pas à la taille du paquet : si ce que mon père a raconté est vrai, il contient un objet au pouvoir non négligeable. Une sorte de talisman, ajouta-t-il après un court silence.

Langdon avait-il bien entendu ? Par définition, les talismans possédaient des pouvoirs magiques. Ils étaient traditionnellement utilisés pour apporter la chance, repousser les mauvais esprits ou accomplir des rituels anciens.

— Peter, vous vous rendez compte que les talismans sont passés de mode après le Moyen Âge, n'est-ce pas ?

Solomon posa une main patiente sur l'épaule de son ami.

— Je sais ce que vous pensez, Robert. Je vous connais depuis longtemps, votre scepticisme est l'une de vos grandes qualités en tant qu'enseignant. C'est également votre plus grande faiblesse. Je ne souhaite pas que vous m'accordiez votre foi, seulement votre confiance. Je vous demande de me faire confiance quand j'affirme que ce talisman est très puissant. On raconte qu'il peut conférer à son possesseur la faculté de restaurer l'ordre à partir du chaos.

Langdon resta muet. Cette idée « d'ordre à partir du chaos » était l'un des principaux axiomes maçonniques. *Ordo ab chao.* Cela ne changeait rien au fait qu'un talisman puisse avoir un quelconque pouvoir – et sûrement pas celui de faire naître l'ordre au sein du chaos.

— Entre de mauvaises mains, enchaîna Peter, c'est un outil très dangereux. J'ai malheureusement toutes les raisons de croire que des gens très puissants veulent me le dérober.

Langdon ne l'avait jamais vu aussi sérieux.

— J'aimerais que vous le gardiez pendant quelque temps. Vous voulez bien accepter cette mission ?

Le soir, assis à la table de sa cuisine, il tenta d'imaginer ce que le paquet posé devant lui pouvait bien contenir. Il finit par mettre toute cette histoire sur le compte de l'excentricité de Peter et rangea le cube dans le coffre-fort mural de sa bibliothèque, oubliant jusqu'à son existence.

Jusqu'à ce matin-là.

Jusqu'au coup de fil de l'homme à l'accent du Sud.

— Oh, professeur, j'ai failli oublier ! avait dit l'assistant avant de lui donner les détails de son voyage à Washington. M. Solomon a spécifié une dernière chose.

— Oui ?

L'esprit de Langdon était déjà tout occupé à préparer sa conférence.

— Il m'a laissé un mot. (L'assistant avait commencé à lire de manière saccadée, comme s'il peinait à déchiffrer l'écriture de Peter.) « Demandez à Robert... d'apporter le... le petit paquet scellé que je lui ai... confié il y a des années. » Vous comprenez de quoi il parle ?

Langdon avait été surpris de se rappeler la boîte, qui n'avait pas bougé de son coffre pendant tout ce temps.

— Contre toute attente, oui, je comprends.

— Et vous pourrez l'apporter ?

— Sans problème. Transmettez le message à Peter.

— Parfait ! déclara l'homme. Profitez bien de votre soirée. Bon voyage.

Avant de quitter la maison, Robert avait récupéré la boîte pour la glisser dans son sac de voyage.

Et maintenant, debout sous la Rotonde du Capitole, il était sûr d'une chose : Peter Solomon serait consterné de voir à quel point Langdon avait été indigne de sa mission.

25.

Seigneur, Katherine avait raison. Comme d'habitude, songea Trish Dunne en contemplant avec stupéfaction les résultats de sa recherche à mesure qu'ils s'affichaient sur l'écran géant. Alors qu'elle pensait ne rien obtenir, le moteur avait déjà recueilli une douzaine de réponses – et elles continuaient d'arriver.

L'une d'entre elles semblait particulièrement prometteuse.

Trish se retourna et cria en direction de la bibliothèque :

— Katherine ? Venez voir, ça devrait vous intéresser !

La dernière fois qu'elle avait lancé ce genre de programme, c'était environ deux ans plus tôt. Il y a quelques années, pensa Trish, cette recherche n'aurait débouché nulle part. À présent, la quantité de matériel numérique accessible dans le monde avait explosé au point que l'on pouvait trouver absolument n'importe quoi. L'un des termes de Katherine était un mot que Trish n'avait jamais entendu auparavant – et son moteur l'avait trouvé !

Katherine fit irruption dans la pièce.

— Vous avez quelque chose ?

— Une bonne grappe de candidats, répondit Trish en désignant le mur. Chacun de ces fichiers contient toutes vos expressions à l'identique.

Katherine ramena une mèche de cheveux derrière son oreille tout en parcourant la liste du regard.

— Ne vous réjouissez pas trop vite, la prévint Trish. La plupart ne correspondent pas à ce que vous recherchez. Ça s'appelle des trous noirs. Regardez les tailles des fichiers. Ils sont gigantesques – probablement des archives contenant des millions d'e-mails compressés, des encyclopédies intégrales, des forums qui n'ont pas été nettoyés depuis des années, et ainsi de suite. Vu leur poids et la diversité de leurs contenus, ces fichiers renferment tellement de mots clés potentiels qu'ils harponnent tous les moteurs de recherche qui ont le malheur de passer dans le coin.

Katherine indiqua l'un des résultats près du sommet de la liste.

— Et celui-ci ?

Trish sourit. Katherine apprenait vite : elle avait identifié le seul fichier qui avait une taille raisonnable.

— Bien vu. Oui, c'est notre seul candidat crédible pour le moment. Il est tellement petit qu'il ne doit pas faire plus d'une ou deux pages.

— Ouvrez-le, dit Katherine avec empressement.

Trish avait du mal à croire qu'un texte d'une page puisse contenir tous les mots clés de Katherine. Or, quand elle cliqua dessus, ils étaient tous là, bien en évidence et faciles à repérer.

Katherine se rapprocha du mur, les yeux collés sur l'écran.

— Le texte est... tronqué ?

Trish hocha la tête.

— Bienvenue dans le merveilleux monde du numérique.

C'était une pratique standard chez les fournisseurs de textes numérisés. Le serveur autorisait l'internaute à charger l'intégralité du document, mais n'en révélait ensuite qu'une petite portion – une sorte de bande-annonce composée en général des mots qui précédaient et suivaient immédiatement les termes recherchés. En caviardant ainsi la majorité du texte, les fournisseurs de contenus se mettaient à l'abri des lois sur la violation du droit d'auteur tout en envoyant un message aguicheur à l'utilisateur : j'ai l'information, mais si vous voulez la totalité, il va falloir payer.

— Comme vous le voyez, dit Trish en faisant défiler la page grossièrement caviardée, ce fichier contient toutes vos expressions.

Katherine regardait en silence les barres noires qui remplissaient l'écran.

Trish remonta au début du document. Les termes de Katherine apparaissaient en majuscules soulignées, accompagnés des quelques mots qui les encadraient – un mince échantillon de la version complète.

████████████████████████████████████

████████████████████████████████████

██████████ lieu secret <u>SOUTERRAIN</u> où le █████

██████████████████ ... ████████

████████████ quelque part à <u>WASHINGTON</u>, les
coordonnées ████████████████████████

██████████████ ... ██████████████

████████████████████████████████

██████████ découvert une <u>ANCIENNE PORTE</u> qui menait

████████████████████████████████████

████████████████████████████████████

████ ... ████████████████████████████

████ prévenant que la <u>PYRAMIDE</u> possède un dangereux ███

████████████ ... ████████████████

████████████████████ déchiffrer ce <u>SYMBOLON</u>
<u>GRAVÉ</u> pour révéler ████████

████████████████████████████████████

████████████████████████████████████

████████████████████████████████████

Trish était incapable de deviner à quoi le document faisait référence. Et d'abord, c'est quoi un « symbolon » ? se demanda-t-elle.

Katherine était presque le nez sur l'écran.

— D'où vient ce texte ? Qui l'a écrit ?

— Donnez-moi une seconde, j'essaie de remonter à la source.

— J'ai besoin de savoir qui l'a écrit, répéta Katherine, fébrile. J'ai besoin de voir le reste !

— Un peu de patience, protesta Trish, désarçonnée par la rudesse du ton de Katherine.

Bizarrement, le chemin d'accès du fichier n'apparaissait pas comme une adresse Internet traditionnelle, mais sous ses coordonnées IP numériques.

— Je n'arrive pas à démasquer l'IP, impossible d'obtenir le nom de domaine. Attendez, je vais lancer un *traceroute*.

Trish tapa une séquence de commandes pour effectuer un ping sur tous les routeurs intermédiaires entre sa machine et celle où était stocké le document.

— Traçage en cours, déclara-t-elle en appuyant sur Entrée.

Le script se lança à une vitesse inouïe ; une longue liste d'appareils réseau s'afficha presque instantanément sur l'écran. Trish scrutait les lignes qui défilaient... défilaient... à travers un dédale de routeurs et passerelles qui connectaient son ordinateur à...

Nom d'un chien ! Son *traceroute* s'était interrompu avant d'atteindre le serveur d'origine. Pour une raison qui lui échappait, son ping avait atteint une machine qui, au lieu de le renvoyer, l'avait avalé.

— On dirait que mon *traceroute* a été bloqué, j'ignorais même que c'était possible.

— Recommencez.

Trish relança la procédure et parvint au même résultat.

— Raté. C'est une impasse. Le document est hébergé sur un serveur apparemment impossible à localiser. (Elle regarda les dernières redirections avant la fin.) Ce que je peux vous dire, c'est que le point d'origine se trouve quelque part autour de Washington.

— Vous voulez rire ?

— Logique. Ce type de moteur travaille en spirale, les premiers résultats sont toujours les plus proches géographiquement. Sans oublier que l'une des expressions clés était « Washington ».

— Pourquoi ne pas lancer une recherche *whois* ? suggéra Katherine. Ça ne vous permettrait pas de découvrir à qui appartient le serveur ?

Un peu bas de plafond, mais ce n'était pas une mauvaise idée. Trish accéda au registre Internet régional et lança un *whois* sur l'adresse IP, espérant obtenir le nom de domaine qui correspondait aux coordonnées numériques. La curiosité atténuait quelque peu sa frustration. Qui possédait donc ce fichier ? Le résultat du *whois* ne tarda pas : aucune réponse. Découragée, Trish leva les mains au ciel.

— C'est comme si cette adresse IP n'existait pas. Impossible de trouver la moindre bribe d'information.

— Pourtant, elle existe bien, puisque nous y avons pêché ce document.

Oui, pensa Trish, et la personne qui détient ce fichier tient manifestement à conserver l'anonymat.

— Je ne sais pas quoi vous dire. Les scripts de traçage, ce n'est pas vraiment ma spécialité. À moins d'appeler quelqu'un capable de pirater le serveur, il n'y a plus rien à faire.

— Un candidat possible ?

Trish se tourna vers son employeuse.

— Je plaisantais, dit-elle. Ce n'est vraiment pas une bonne idée.

— Mais c'est faisable ? insista Katherine en consultant sa montre.

— Euh, oui, j'imagine. Techniquement, c'est assez simple.

— Vous pourriez contacter cette personne ?

Trish rit nerveusement avant de répondre :

— Oui, la moitié de mes anciens collègues.

— Y en a-t-il un en qui vous ayez confiance ?

Était-elle sérieuse ? En la regardant, Trish vit que oui – Katherine ne plaisantait pas.

— Oui, je connais un type qui pourrait nous aider. C'était notre expert en sécurité informatique – le *geek* ultime. Il voulait sortir avec moi, ce qui craignait un peu, mais à part ça, chouette garçon, digne de confiance. Et il travaille en free-lance.

— Puis-je compter sur sa discrétion ?

— Bien sûr, c'est un hacker. Être discret, c'est son boulot. Mais il vous demandera au moins mille dollars rien que pour...

— Appelez-le ! Proposez-lui le double s'il s'en occupe immédiatement.

Trish ne savait pas ce qui la mettait le plus mal à l'aise : aider Katherine Solomon à engager un pirate informatique... ou téléphoner à un type qui n'arrivait toujours pas à croire qu'une analyste rousse et potelée puisse repousser ses avances.

— Vous êtes vraiment sûre ?

— Utilisez le téléphone de la bibliothèque, le numéro est bloqué. Et, bien sûr, ne lui donnez pas mon nom.

— D'accord.

Trish se dirigea vers la porte mais s'arrêta quand l'iPhone de Katherine se manifesta. Un SMS. Peut-être contenait-il des informations qui allaient dispenser Trish de la tâche peu engageante qui l'attendait. Elle attendit que Katherine sorte le portable de sa blouse.

*

En lisant le nom sur l'écran, Katherine Solomon fut envahie par un immense soulagement.

Enfin !

Peter Solomon

— C'est un message de mon frère.

— On pourrait peut-être le consulter avant d'embaucher un hacker ? proposa Trish, pleine d'espoir.

Katherine jeta un coup d'œil au document caviardé sur l'écran géant. La voix du docteur Abaddon retentit dans sa tête : « Cette chose que votre frère croit enfouie à Washington... je sais comment la trouver. » À ce stade, elle se sentait perdue, et ce fichier contenait des informations sur les idées délirantes dont Peter était apparemment obsédé.

Elle secoua la tête.

— Je veux savoir qui a écrit ce texte et où il se cache. Allez-y ! Appelez votre ami.

Trish se rembrunit et quitta la pièce.

Que le document puisse expliquer ou pas l'étrange confession de son frère chez Abaddon, un autre mystère avait pris fin ce soir-là...

— Et alertez les médias ! lança Katherine à Trish. L'illustre Peter Solomon sait enfin envoyer un texto !

*

Mal'akh se tenait à côté de sa limousine, qu'il avait garée sur le parking d'un centre commercial situé en bordure de route. De l'autre côté, les réserves du Smithsonian. Il se dégourdissait les jambes en attendant un appel qui n'allait sûrement pas tarder. La pluie s'était arrêtée, la lune hivernale perçait la couche de nuages. La même lune qui brillait à travers la verrière de la Maison du Temple, lors de son initiation trois mois auparavant.

Le monde paraît si différent, ce soir.

Son estomac gronda tandis que l'attente se prolongeait. Bien que désagréables, les deux journées de jeûne étaient indispensables à sa préparation, comme l'exigeaient les voies ancestrales. Bientôt, l'inconfort physique serait sans importance.

Dans la fraîcheur nocturne, Mal'akh ne put retenir un sourire en voyant que le destin, grand maître de l'ironie, l'avait conduit devant une petite chapelle. Niché entre une clinique dentaire et une supérette, s'élevait un sanctuaire.

Maison du Seigneur miséricordieux.

Un extrait de la déclaration doctrinale de l'église était affiché derrière la vitre : Nous croyons en Jésus-Christ, conçu du Saint-Esprit, né de la Vierge Marie, vrai Dieu et vrai homme.

Mal'akh sourit. Oui, Jésus est les deux à la fois, se dit-il, homme et Dieu, mais l'immaculée conception n'est pas le pré-requis de la divinité. Ça ne fonctionne pas comme ça.

La sonnerie du téléphone retentit et le pouls de Mal'akh s'accéléra. C'était son portable à lui qui sonnait – un appareil jetable qu'il avait acheté la veille. L'identifiant était bien celui qu'il attendait.

Appel local, songea Mal'akh en promenant son regard de l'autre côté de Silver Hill Road, sur les toits en zigzag éclairés par la lune qui se profilaient par-dessus les arbres. Il décrocha.

— Docteur Abaddon, annonça-t-il en adoptant une intonation plus grave.

— C'est Katherine. J'ai enfin eu des nouvelles de mon frère.

— Ah, tant mieux. Comment va-t-il ?

— Il est en route pour le laboratoire. En fait, il a même suggéré que vous vous joigniez à nous.

— Pardon ? répondit Mal'akh d'une voix hésitante. À votre... laboratoire ?

— Vous avez vraiment dû mériter sa confiance, il n'invite jamais personne ici.

— Il pense sûrement qu'une telle visite pourrait faire avancer nos discussions, mais je ne voudrais pas m'imposer.

— Si mon frère me dit que vous pouvez venir, vous êtes le bienvenu. En outre, il nous doit pas mal d'explications et j'ai bien l'intention de démêler toute cette histoire.

— Entendu. Où se trouve votre laboratoire ?

— Au Smithsonian Museum Support Center. Vous savez où c'est ?

— Non, répondit Mal'akh, les yeux toujours fixés sur le complexe. Je suis dans ma voiture en ce moment, j'ai un GPS. Quelle est l'adresse exacte ?

— 4210 Silver Hill Road.

— Un instant, je tape... (Il laissa passer dix secondes avant de reprendre :) Ah, bonne nouvelle, on dirait que je ne suis pas loin. Durée estimée du trajet : dix minutes.

— Parfait. Je vais avertir le garde à l'entrée pour qu'il vous laisse passer.

— Merci.

— À tout de suite.

Mal'akh rangea le téléphone dans sa poche. C'est très impoli de s'inviter comme ça ! Toujours le sourire aux lèvres, il prit l'iPhone de Peter Solomon pour relire le SMS qu'il avait envoyé à Katherine quelques minutes plus tôt.

> J'ai eu tes messages. Tout va bien. Rude journée. J'ai oublié le RDV avec Abaddon. Désolé de ne pas t'en avoir parlé. Longue histoire. En route pour le labo.

Demande au docteur de venir s'il est libre. Je lui fais entièrement confiance, beaucoup de choses à vous dire à tous les deux. Peter.

Sans surprise, un autre message arriva à ce moment-là : la réponse de Katherine.

Peter, félicitations pour ton 1er texto ! contente de savoir que tu vas bien. j'ai eu Dr. A, il nous rejoint au labo. à tout de suite ! K.

Mal'akh s'accroupit devant la limousine et coinça l'iPhone entre le pneu et l'asphalte. Ce téléphone lui avait été bien utile, mais il était temps de s'assurer que personne ne puisse remonter jusqu'à lui. Après s'être installé au volant, il enclencha la première et roula très lentement jusqu'à entendre le craquement du plastique sous la roue.

Il repassa au point mort et contempla les réserves du Smithsonian. Dix minutes. Les immenses entrepôts de Peter Solomon abritaient plus de trente millions de trésors ; Mal'akh était venu ce soir en détruire deux – les plus précieux.

Les travaux de Katherine Solomon.

Et Katherine Solomon elle-même.

26.

— Professeur Langdon ? demanda Inoue Sato. On dirait que vous avez vu un fantôme. Tout va bien ?

Langdon réajusta la bandoulière sur son épaule et posa la main sur son sac de voyage, comme pour mieux cacher le paquet qu'il contenait. Pas besoin de miroir pour deviner qu'il était livide.

— Je... je m'inquiète pour Peter, c'est tout.

La tête penchée sur le côté, Sato le regarda de travers.

Un horrible soupçon s'empara soudain de Langdon : peut-être l'implication de Sato dans les événements de la soirée était-elle directement liée au paquet que Solomon lui avait confié. Peter l'avait prévenu : « Des gens très puissants veulent me le dérober. Entre de mauvaises mains, c'est un outil très dangereux. » Il s'efforça d'imaginer pourquoi la CIA voudrait s'emparer d'une petite boîte avec un talisman – un talisman dont la nature lui était d'ailleurs inconnue. *Ordo ab chao ?*

Sato s'approcha, ses yeux noirs fixés sur lui.

— J'ai comme l'impression que vous venez de comprendre quelque chose.

— Non, pas exactement, répondit Langdon, qui commençait à transpirer.

— Qu'est-ce qui vous tracasse ?

— C'est juste...

Il hésita, laissant la phrase en suspens. Il n'avait aucune intention de montrer à Inoue Sato le contenu de son sac, mais si elle l'embarquait à la CIA, ils allaient sûrement le fouiller à l'entrée.

— En fait, commença-t-il, je viens d'avoir une idée au sujet du tatouage sur la paume.

Sato demeura impassible.

— Une idée ?

Elle jeta un coup d'œil en direction d'Anderson. Il revenait vers eux après avoir accueilli les experts de la police scientifique qui étaient enfin arrivés.

Langdon déglutit avec difficulté. Il s'accroupit devant la main de Peter en se demandant ce qu'il allait bien pouvoir leur dire. *Tu es prof, Robert, improvise !* Il étudia une dernière fois les sept petits caractères, en quête d'inspiration.

Rien. Le vide total.

S'en remettant à sa mémoire eidétique pour passer en revue l'encyclopédie de symboles stockée dans sa tête, il ne voyait qu'une seule hypothèse à fouiller. Cette idée l'avait déjà effleuré mais il l'avait écartée, la jugeant trop improbable. Cependant, vu sa situation actuelle, il devait gagner du temps par tous les moyens.

— Eh bien, lorsqu'on essaie de déchiffrer un code ou un symbole, le premier signe que l'on est sur la mauvaise voie, c'est quand on commence à associer des langages symboliques différents. Quand je vous ai dit que nous avions des chiffres romains et arabes, par exemple, j'ai commis une erreur d'analyse en associant deux systèmes distincts. Idem quand j'ai mélangé les runes et les chiffres romains.

Sato croisa les bras et haussa les sourcils, l'air de dire : « Mais encore ? »

— En règle générale, on communique dans une seule langue, pas plusieurs. La première tâche d'un spécialiste des symboles est d'identifier un système unique qui puisse s'appliquer à tout le texte.

— Et vous en voyez un, maintenant ?

— Oui et non.

La symétrie rotationnelle des ambigrammes lui avait appris que certains symboles pouvaient être lus sous des angles multiples. Dans le cas présent, il était bel et bien possible de faire apparaître les sept caractères dans une seule et même langue.

— En bougeant légèrement la main, nous pouvons mettre en évidence un système unique.

Il comprit alors qu'en prononçant l'ancien adage hermétique le ravisseur de Peter lui suggérait précisément la manipulation qu'il s'apprêtait à effectuer. Ce qui est en haut est en bas.

Un frisson lui parcourut l'échine quand il tendit le bras pour saisir le socle en bois sur lequel était empalée la main de son ami. Il la retourna précautionneusement de manière à ce que les doigts de Peter se retrouvent pointés

vers le bas. Les symboles sur la paume se transformèrent aussitôt.

— Sous cet angle, reprit Langdon, X-I-I-I devient un chiffre romain valable : treize. Et le reste des caractères appartient à l'alphabet romain : SBB.

Au lieu des haussements d'épaules interrogateurs qu'il s'attendait à susciter, sa démonstration déclencha une réaction immédiate chez Anderson.

— SBB ? répéta le chef de la police du Capitole.

Sato se tourna vers lui.

— Sauf erreur de ma part, dit-elle, cela ressemble au système de numérotation utilisé ici, au Capitole.

Anderson blêmit.

— En effet.

Un mauvais sourire aux lèvres, Sato fit un signe de tête à Anderson.

— Officier Anderson, suivez-moi. J'aimerais discuter avec vous en privé.

Elle entraîna Anderson hors de portée de voix, laissant Langdon seul avec sa confusion. *Que se passe-t-il ici ? Et à quoi correspond ce SBB XIII ?*

*

Trent Anderson pensa qu'à ce stade rien ne pouvait rendre cette nuit plus bizarre qu'elle ne l'était déjà. *La main dit SBB13 ?* Il n'en revenait pas que quelqu'un de l'extérieur ait pu en entendre parler. L'index de Peter Solomon, au final, ne pointait pas vers le haut comme ils l'avaient d'abord cru. C'était tout le contraire.

Anderson suivit Inoue Sato jusqu'à un coin isolé près de la statue en bronze de Thomas Jefferson.

— J'imagine que vous savez où se trouve le SBB13.

— Évidemment.

— Et savez-vous ce qu'il y a à l'intérieur ?

— Non, pas sans l'ouvrir. À ma connaissance, cela fait des décennies que personne n'y est entré.

— Eh bien, ce soir, on va aller y jeter un coup d'œil.

Anderson n'aimait pas qu'on lui donne des ordres dans sa propre maison.

— Madame, cela risque d'être problématique. Il faut d'abord que je vérifie le registre des affectations. Comme vous le savez, les niveaux inférieurs sont pour la plupart occupés par des bureaux privés ou des espaces de stockage, et le protocole de sécurité concernant...

— Vous allez ouvrir le SBB13, sinon j'appelle mon équipe et je leur dis d'apporter un bélier.

Anderson l'observa longuement avant de céder et d'empoigner sa radio.

— Ici Anderson. Envoyez-moi quelqu'un pour ouvrir le SBB. J'arrive dans cinq minutes.

Une voix hésitante répondit :

— Demande confirmation, chef. Vous avez bien dit le SBB ?

— Correct. Envoyez immédiatement quelqu'un là-bas. Et qu'on m'apporte une lampe torche.

Son cœur se mit à cogner plus fort quand Sato s'avança d'un pas et baissa encore la voix :

— Officier Anderson, l'heure tourne, murmura-t-elle. Je veux accéder au SBB13 le plus rapidement possible.

— Oui, madame.

— Et vous allez faire une dernière chose pour moi.

En plus de pénétrer par effraction dans une zone à usage réservé ? Bien qu'il ne fût pas en position de remettre les ordres de Sato en question, cela ne lui avait pas échappé qu'elle était arrivée dans la Rotonde quelques minutes à peine après la découverte de la main. À présent, elle utilisait la situation comme prétexte pour accéder à la partie privée du Capitole. Elle n'avait pas simplement une longueur d'avance : c'était elle qui décidait du tracé de la course.

Sato fit un geste vers le milieu de la salle, où se tenait le professeur Langdon.

— Le sac sur son épaule.

— Oui ?

— J'imagine que vous l'avez passé aux rayons X à l'entrée.

— Bien sûr, comme tous les sacs.

— Je veux voir la photo. Je veux savoir ce qu'il y cache.

Anderson jeta un coup d'œil au sac dont Langdon ne s'était pas séparé de toute la soirée.

— Pourquoi ne pas lui demander, tout simplement ?

— Je ne me souviens pas avoir sollicité votre avis.

Anderson transmit la requête à ses hommes par radio. Elle lui donna l'adresse de son BlackBerry, exigeant qu'on lui envoie une copie de la photo dès que possible. Il s'exécuta de mauvaise grâce.

La police scientifique était en train de prélever la main de Peter pour l'emmener au poste du Capitole, mais Sato leur ordonna de l'envoyer à son équipe à Langley. Anderson était trop fatigué pour protester. Il s'était fait écraser par un rouleau compresseur japonais miniature.

— Donnez-moi cette bague ! cria-t-elle à l'un des techniciens.

Le responsable était sur le point d'objecter quand il se ravisa. Il ôta la chevalière de l'annulaire de Peter, avant de la mettre dans un sachet en plastique transparent qu'il tendit à Sato. Celle-ci la glissa dans la poche de sa veste. Elle se tourna vers Langdon.

— Nous partons, professeur. Prenez vos affaires.

— Où allons-nous ?

— Contentez-vous de suivre l'officier Anderson.

Oui, pensa ce dernier, vous avez intérêt à me suivre de près. Rares étaient ceux qui descendaient au SBB. Pour l'atteindre, ils allaient traverser un vaste labyrinthe d'espaces exigus et de couloirs étroits creusés sous la crypte. Le plus jeune fils d'Abraham Lincoln, Tad, s'y était perdu et avait failli ne pas en réchapper. Anderson commençait à croire que, si Sato arrivait à ses fins, Robert Langdon risquait de connaître un destin similaire.

27.

Mark Zoubianis était fier d'avoir un cerveau « multi-tâches ». Il était assis sur son futon avec la télécommande de la télévision, un téléphone sans fil, son ordinateur portable, un PDA et un grand tube de Pringles. Un œil sur le match des Redskins – le son coupé – l'autre sur son PC, Zoubianis était en train de converser, par son oreillette Bluetooth, avec une femme dont il n'avait aucune nouvelle depuis plus d'un an.

Il n'y avait que Trish Dunne pour se manifester pile les soirs de championnat !

Confirmant une fois de plus son inaptitude sociale, son ancienne collègue avait choisi le match des Redskins pour téléphoner et lui demander un service ! Après un échange de banalités sur le bon vieux temps et combien elle adorait ses blagues, Trish arriva enfin à la raison de son appel : elle essayait de démasquer une adresse IP cachée qui appartenait probablement à un serveur sécurisé dans la région de Washington. Trish voulait accéder à un petit document stocké sur ledit serveur, ou au moins savoir qui en était le propriétaire.

Lorsqu'il lui répondit qu'elle avait appelé la bonne personne mais au mauvais moment, Trish se lança dans un grand numéro de flatterie « spéciale *geek* » – en grande partie justifiée. L'instant d'après, Zoubianis était en train de taper une adresse IP étrange sur son portable.

Dès le premier coup d'œil à la série de chiffres, il sentit que quelque chose clochait.

— Trish, cette IP utilise un format bizarre, un protocole qui n'a pas encore été rendu public. C'est probablement le gouvernement ou l'armée.

— L'armée ? s'esclaffa Trish. Crois-moi, j'ai sorti un document partiel de ce serveur et une chose est sûre : ce n'est pas un truc militaire.

Mark ouvrit une fenêtre pour tenter un *traceroute*.

— Tu dis que ton *trace* a foiré ?

— Oui, deux fois. Toujours au même endroit.

— Moi aussi, dit-il en exécutant un outil de diagnostic. Qu'est-ce qu'elle a de tellement intéressant, cette adresse IP ?

— J'ai lancé un programme d'indexation qui a accroché un moteur de recherche sur cette IP. C'est comme ça que j'ai récupéré un fichier tronqué ; j'ai besoin de voir le reste. Je ne demande qu'à l'acheter, ce document, mais je n'arrive même pas à savoir qui détient l'IP ou comment y accéder !

Zoubianis fronça les sourcils.

— Tu es sûre de ce que tu fais ? D'après mon outil de diagnostic, leur pare-feu est plutôt... balèze.

— C'est pour ça qu'on te paie à prix d'or.

Mark réfléchit : Trish venait de lui proposer une fortune pour un travail enfantin.

— Juste une question : pourquoi y tiens-tu tellement ?

— C'est pour rendre service à quelqu'un, répondit Trish après un court instant.

— Ce quelqu'un doit être drôlement spécial.

— Oui, elle l'est.

« Elle » ? Zoubianis rit à part lui et se mordit la langue. J'en étais sûr !

— Bon, écoute, s'impatienta Trish. Tu me la démasques, cette IP ? C'est dans tes cordes ou pas ?

— Oui, c'est dans mes cordes. Et sache que je te laisse me manipuler tout à fait volontairement.

— Tu en as pour longtemps ?

— Non, dit-il en pianotant sur le clavier. Donne-moi dix minutes et j'aurai infiltré une machine sur leur réseau. Une fois à l'intérieur, j'aurai une meilleure idée de ce qui m'attend. Je te rappelle à ce moment-là.

— Merci. Et sinon, ça va ?

— T'es incroyable, Trish. Tu m'appelles en plein match et, maintenant, tu veux tailler une bavette ? Tu veux que je la chope ton adresse IP ou pas ?

— Merci, Mark, c'est vraiment sympa. J'attends ton coup de fil.

— Un quart d'heure.

Zoubianis raccrocha, attrapa ses Pringles et remit le volume de la télé en marche.

Ah, les femmes !

28.

Où allons-nous ?

Langdon marchait rapidement derrière Anderson et Sato dans les entrailles du Capitole, le cœur battant un peu plus fort à chaque pas. Ils avaient quitté la Rotonde par le portique ouest, avant de descendre un escalier en marbre et de faire demi-tour à travers un large passage pour rejoindre la célèbre salle située juste en dessous de la Rotonde.

La crypte du Capitole.

L'atmosphère y était plus lourde et déjà Langdon sentait monter sa claustrophobie. Le bas plafond et les lustres qui l'éclairaient d'une lueur diffuse accentuaient la robustesse des quarante colonnes doriques nécessaires pour supporter le poids de l'étage supérieur. *Calme-toi, Robert,* se tança-t-il.

— Par ici, fit Anderson en se dirigeant sans ralentir vers la gauche de la vaste pièce circulaire.

Cette crypte-là n'accueillait heureusement aucune dépouille mais seulement plusieurs statues, un modèle réduit du Capitole et le catafalque en bois sur lequel on exposait les cercueils lors de funérailles d'État. Anderson et les autres traversèrent la crypte sans même accorder un regard à la rose des vents en marbre au milieu du sol, là où brûlait jadis la flamme éternelle.

Anderson semblait pressé et Sato, pour changer, était plongée dans la consultation de son BlackBerry. Langdon avait lu que la réception réseau pour les portables était amplifiée et relayée aux quatre coins du

Capitole, afin de supporter les milliers de communications qui y circulaient quotidiennement.

Le trio déboucha sur un vestibule faiblement éclairé et s'enfonça aussitôt dans un dédale de couloirs et de culs-de-sac. Ils longèrent une succession de portes numérotées. Langdon lisait les numéros tout en suivant les méandres du chemin.

S154... S153... S152...

S'il ne savait pas ce qui se cachait derrière ces portes, une chose au moins lui paraissait claire à présent : la signification du tatouage sur la paume de Peter. SBB13 faisait référence à une salle quelque part dans les profondeurs du Capitole.

— C'est quoi, toutes ces portes ? demanda Langdon en serrant étroitement son sac contre lui, curieux de savoir quel rapport il pouvait y avoir entre le paquet de Peter et une porte numérotée.

— Bureaux et réserves, répondit Anderson. Bureaux et réserves « privés », précisa-t-il à l'intention de Sato, qui ne leva même pas les yeux de son BlackBerry.

— Ils ont l'air minuscule.

— Ce sont de grands placards, ce qui ne les empêche pas de compter parmi les biens immobiliers les plus convoités à Washington. Nous sommes au cœur du Capitole original, avant son agrandissement. L'ancienne chambre du Sénat se trouve deux étages au-dessus de nos têtes.

— Et SBB13 ? Ça appartient à qui ?

— Personne. Ça fait partie d'une zone de stockage réservée. J'avoue que je ne comprends pas comment...

— Officier Anderson, l'interrompit Sato sans lever les yeux de son portable. Contentez-vous de nous montrer le chemin, s'il vous plaît.

Le policier serra les dents et continua de les guider en silence à travers ce qui ressemblait à un espace hybride entre garde-meubles et labyrinthe épique. Les murs étaient couverts de panneaux indicateurs qui pointaient dans toutes les directions, orientant les visiteurs vers tel ou tel secteur dans l'écheveau de couloirs.

S142 à S152.

ST1 à ST70.

H1 à H166 & HT1 à HT67.

Langdon n'aurait probablement pas réussi à trouver la sortie tout seul. Un véritable dédale. Tous les identifiants qu'il avait vus jusqu'à présent commençaient par S ou H, selon que les bureaux se trouvaient dans l'aile du Sénat ou celle de la House of Representatives – la Chambre des Représentants. Les zones ST et HT correspondaient à un étage qu'Anderson appelait la Terrasse.

Pas de SBB en vue.

Ils s'arrêtèrent enfin devant une grosse porte blindée munie d'un lecteur de cartes.

Niveau SB

Ils n'étaient plus très loin.

Anderson s'apprêtait à sortir sa carte quand il hésita, visiblement réticent à exécuter les ordres de Sato.

— Allez, on n'a pas la nuit devant nous !

À contrecœur, il inséra la piste magnétique dans la fente et la serrure se déverrouilla. Anderson poussa la porte en acier et tous trois entrèrent. Le battant épais se referma derrière eux avec un petit clac.

Je ne sais pas ce que j'espérais, songea Langdon, mais sûrement pas ça. Devant lui, se trouvait une cage d'escalier.

— Il faut encore descendre ? dit-il en s'arrêtant sur place. Il y a un niveau supplémentaire sous la crypte ?

— Oui, fit Anderson. SB signifie Senate Basement, le sous-sol du Sénat.

Langdon gémit.

Magnifique.

29.

Les phares d'une voiture remontaient la route d'accès qui serpentait entre les arbres – premier signe d'activité depuis une heure pour le garde des réserves du Smithsonian. Il s'empressa de baisser le volume de son téléviseur portable et de ranger ses chips sous le bureau. Mauvais timing. Les Redskins étaient en train de dérouler leur première séquence d'attaque, il ne voulait pas rater la fin.

La voiture n'était plus très loin. Le garde vérifia le nom sur son bloc-notes.

Docteur Christopher Abaddon.

Katherine Solomon venait d'appeler le centre de sécurité pour les prévenir d'une arrivée imminente. Le garde ne savait pas qui était ce médecin, mais, vu sa limousine, il devait être sacrément doué dans son domaine. Le long véhicule noir ralentit et s'arrêta devant le poste. La vitre du côté conducteur descendit en silence.

— Bonsoir, fit le chauffeur en ôtant sa casquette.

C'était un type costaud au crâne rasé. Il était en train d'écouter le match à la radio.

— Docteur Christopher Abaddon. Il a rendez-vous avec Mme Katherine Solomon.

Le garde hocha la tête.

— Pièce d'identité, s'il vous plaît.

Le chauffeur parut surpris.

— Pardon ? Mme Solomon ne vous a pas averti ?

— Si, fit le garde en jetant un coup d'œil en biais sur le match, mais je dois quand même contrôler et enregistrer chaque visiteur. Désolé, c'est la règle. Pouvez-vous demander une pièce d'identité au docteur ?

— Aucun problème.

Le chauffeur se retourna sur son siège et chuchota quelque chose à travers la cloison de séparation. Le garde en profita pour essayer de regarder le match. Les Redskins couraient se mettre en formation après avoir choisi leur tactique – pourvu qu'il se débarrasse de la limousine avant la prochaine phase de jeu.

Le médecin avait dû entre-temps donner ses papiers au chauffeur car ce dernier lui tendait une carte.

C'était un permis de conduire appartenant à un dénommé Christopher Abaddon, résident de Kalorama Heights. Le garde scanna rapidement le document. Blond et séduisant, l'homme sur la photo portait un blazer bleu avec cravate et une pochette en satin. Quelle idée de s'habiller comme ça pour aller au service des immatriculations !

Une clameur étouffée monta de la télévision. Le garde pivota juste à temps pour voir un joueur des Redskins en train de danser dans la zone d'en-but.

— Merde, je l'ai raté ! grommela-t-il en regagnant la fenêtre. C'est bon, vous pouvez y aller.

Il rendit le permis au chauffeur. Tandis que la voiture démarrait, il s'en retourna au match en espérant voir un ralenti.

*

Mal'akh remonta l'avenue, un sourire satisfait aux lèvres. Pénétrer dans l'antre de Peter Solomon avait été d'une simplicité enfantine. C'était la seconde fois en vingt-quatre heures que Mal'akh s'introduisait dans l'une des propriétés privées de Solomon. La veille au soir, il s'était pareillement rendu au domicile du philanthrope.

Bien que celui-ci possédât une somptueuse villa à Potomac, il passait une grande partie de son temps dans un appartement avec terrasse à Washington, au dernier étage du Dorchester Arms. L'immeuble, comme tous ceux destinés exclusivement aux gens très riches, était une véritable forteresse. Haut mur d'enceinte. Gardes à l'entrée. Registre d'invités. Parking souterrain sécurisé.

Au volant de sa limousine, il avait roulé jusqu'au poste de garde, ôté sa casquette et annoncé :

— J'ai à l'arrière le docteur Christopher Abaddon. Il rend visite à M. Peter Solomon, avait-il déclaré d'un ton solennel comme s'il proclamait l'arrivée du prince de Galles.

Après avoir consulté sa liste, le garde avait vérifié la carte d'identité.

— Oui, je vois que M. Solomon l'attend. (Il appuya sur le bouton d'ouverture du portail.) M. Solomon habite au dernier étage. Dites au docteur d'utiliser le dernier ascenseur sur la droite, c'est le seul qui monte jusqu'en haut.

— Merci.

Mal'akh salua l'homme et repartit.

En s'enfonçant dans le garage, il scruta les alentours à la recherche de caméras de vidéosurveillance. Rien. Elles n'étaient probablement pas nécessaires dans un immeuble qui ne devait pas compter beaucoup de voleurs de voiture parmi ses résidents.

Mal'akh se gara dans un coin sombre près des ascenseurs. Il baissa la cloison de séparation entre les deux compartiments de la limousine et se glissa à l'arrière, où il se débarrassa de sa casquette au profit d'une perruque blonde. Après avoir ajusté sa veste et sa cravate, il s'assura dans le rétroviseur que son maquillage était toujours impeccable. Il ne voulait pas courir le moindre risque. Pas ce soir.

Cela faisait trop longtemps qu'il attendait.

Quelques secondes plus tard, il entra dans la cabine de l'ascenseur. La montée fut rapide et silencieuse. Au sommet, la porte s'ouvrit sur un élégant vestibule privé. Son hôte était là pour l'accueillir.

— Soyez le bienvenu, docteur.

Lorsque Mal'akh croisa son regard gris, son rythme cardiaque s'accéléra.

— Merci de me recevoir, monsieur Solomon.

— Je vous en prie, appelez-moi Peter.

Ils échangèrent une poignée de main cordiale. Les yeux de Mal'akh se posèrent sur la chevalière maçonnique en or, sur cette main qui avait autrefois pointé un pistolet contre lui. Un murmure s'éleva des souvenirs de Mal'akh : « Si vous pressez la détente, je vous hanterai à tout jamais. »

— Entrez, s'il vous plaît.

Solomon le conduisit dans le séjour, une pièce élégante dont la baie vitrée offrait une vue époustouflante sur la ville.

— Est-ce un parfum de thé qui flotte dans l'air ? demanda Mal'akh.

Son hôte sembla content qu'il l'ait remarqué.

— Mes parents accueillaient toujours leurs invités avec du thé. Je perpétue la tradition, dit-il en s'approchant du service dressé devant la cheminée. Du lait. du sucre ?

— Nature, merci.

— Un puriste, commenta Solomon, favorablement surpris, avant de remplir deux tasses de thé noir. Vous avez mentionné un sujet sensible dont vous souhaitiez m'entretenir en privé.

— Oui, merci de me consacrer un peu de votre temps.

— J'ai toujours du temps pour mes frères maçons. Un lien particulier nous unit. Que puis-je faire pour vous ?

— Avant tout, je voulais vous remercier pour l'honneur qui m'a été accordé il y a quelques mois – le trente-troisième degré. Cela compte énormément pour moi.

— Tant mieux, mais sachez que je ne suis pas le seul à voter. La décision appartient au Suprême conseil.

— Bien sûr.

Mal'akh soupçonnait d'ailleurs Solomon d'avoir voté contre lui, mais le pouvoir de l'argent s'exerçait chez les maçons comme ailleurs. Après avoir atteint le trente-deuxième degré dans sa propre loge, Mal'akh n'avait patienté qu'un mois avant d'effectuer une donation de plusieurs millions de dollars à une organisation caritative, au nom de la Grande Loge maçonnique. Comme il l'avait auguré, cet acte d'altruisme non sollicité lui avait rapidement valu une invitation à joindre l'élite du trente-troisième degré – le Suprême conseil.

Et malgré cela, je n'ai pas encore appris le moindre secret.

Contrairement à ce qui se murmurait souvent – « Tout est révélé au trente-troisième degré » –, on ne lui avait rien confié de nouveau, rien d'utile à sa quête. De toute façon, il ne comptait pas là-dessus. Le cercle supérieur de la franc-maçonnerie contenait en son sein des cercles encore plus restreints que Mal'akh n'intégrerait pas avant des années – voire jamais. Peu lui importait. Son initiation avait eu l'effet désiré. Il s'était passé quelque chose d'unique dans la salle du Temple – quelque chose qui avait donné à Mal'akh le pouvoir de les dominer tous.

Je ne joue plus suivant vos règles !

— Vous savez, dit-il entre deux gorgées de thé, nous nous sommes rencontrés il y a longtemps.

— Vraiment ? s'étonna Solomon. Je ne m'en souviens pas.

— Cela remonte à des années.

Et Christopher Abaddon n'est pas mon véritable nom, ajouta-t-il pour lui-même.

— Je suis désolé, mon esprit aussi commence à vieillir. Pouvez-vous me rafraîchir la mémoire ?

Mal'akh sourit une dernière fois à l'homme qu'il haïssait plus que tout autre.

— Il est vraiment regrettable que vous ayez oublié.

D'un geste vif, Mal'akh sortit un petit appareil de sa poche et le plaqua sur la poitrine de Solomon. Dans un éclair grésillant de lumière bleue, le Taser déchargea un million de volts dans le corps de Peter Solomon, qui poussa un cri de douleur avant de s'affaisser sur sa chaise, les pupilles dilatées. Mal'akh se dressa au-dessus de lui, salivant tel un lion sur le point de dévorer une proie blessée.

Solomon ahanait.

En voyant la peur dans les yeux de sa victime, Mal'akh se demanda combien de gens avaient vu le grand Peter Solomon trembler comme une feuille. Il savoura la scène pendant de longues secondes, sirotant son thé en attendant que sa victime reprenne son souffle.

Agité de spasmes, Solomon essayait de parler.

— P-Pourquoi ? parvint-il à articuler.

— D'après vous ?

Solomon était manifestement déconcerté.

— L'argent ?

De l'argent ? Mal'akh éclata de rire. Il prit une autre gorgée de thé.

— J'ai donné des millions de dollars aux maçons. Je n'ai nul besoin de liquidités.

Je viens chercher la sagesse et il m'offre la richesse !

— Alors... quoi ?

— Votre secret. Ce soir, vous allez me le révéler.

Solomon lutta pour relever le menton afin de regarder son agresseur dans les yeux.

— Je ne... comprends pas.

— Assez de mensonges ! hurla Mal'akh en s'avançant à quelques centimètres de l'homme paralysé. Je sais ce qui est caché ici, à Washington.

Solomon lui lança un regard de défi.

— J'ignore de quoi vous parlez !

Après une dernière gorgée de thé, Mal'akh reposa la tasse sur sa coupelle.

— C'est exactement ce que vous m'avez dit il y a dix ans, la nuit où votre mère est morte.

Solomon écarquilla les yeux.

— Vous...

— Si vous m'aviez donné ce que je voulais, elle serait encore vivante.

Et soudain, Peter Solomon le reconnut. Son visage se tordit en un masque d'horreur et d'incrédulité.

— Je vous avais prévenu que, si vous pressiez la détente, je vous hanterais à tout jamais.

— Mais vous êtes...

Mal'akh bondit et enfonça une nouvelle fois son Taser dans le torse de Solomon. Un autre flash bleu et Peter s'effondra complètement.

Mal'akh rangea son arme, avant de terminer calmement sa tasse de thé. Il s'essuya les lèvres avec une serviette en lin monogrammée.

— Prêt ? fit-il en regardant sa victime.

Les muscles de Peter avaient beau être paralysés, ses yeux étaient grands ouverts et attentifs.

Mal'akh se pencha pour chuchoter à son oreille.

— Je vais vous emmener dans un endroit où seule la vérité a droit de cité.

Sans ajouter un mot, il mit la serviette en boule et l'enfonça dans la bouche de Solomon. Après avoir hissé le corps inerte sur son épaule, il se dirigea vers l'ascenseur privé, en attrapant au passage l'iPhone et les clés posées sur une table dans le couloir.

Ce soir, vous allez me raconter tous vos secrets, se répéta Mal'akh. Vous me direz pourquoi vous m'avez laissé pour mort il y a toutes ces années.

30.

Niveau SB.

Le sous-sol du Sénat.

La claustrophobie de Robert Langdon l'oppressait davantage à chaque pas. À mesure qu'il s'enfonçait plus profondément dans les fondations originelles du bâtiment, l'air se densifiait et la ventilation semblait inexistante. Les murs se fondaient en un mélange irrégulier de pierre et de brique jaune.

Tout en marchant, Inoue Sato continuait de pianoter sur son BlackBerry. Langdon sentait sa suspicion – et ce sentiment devenait réciproque. Sato ne lui avait toujours pas dit comment elle avait su qu'il était au Capitole ce soir-là. « Question de sécurité nationale » ? Il avait du mal à comprendre le rapport entre mysticisme et sécurité nationale – tout comme il avait du mal à comprendre quoi que ce soit dans cette affaire.

Peter Solomon m'a confié un talisman... un détraqué m'a manipulé pour que je l'apporte jusqu'au Capitole... il veut que je m'en serve pour ouvrir une porte mystique... qui se trouve peut-être dans une pièce identifiée par « SBB13 ».

Un tableau plutôt complexe.

Langdon s'efforçait de chasser de son esprit l'horrible souvenir de la main tatouée de Peter transformée en Main des mystères. L'image macabre était accompagnée par la voix de Peter : « Les Mystères anciens ont donné naissance à de nombreux mythes, Robert, mais cela ne signifie pas qu'ils sont eux-mêmes fictifs. »

Malgré une carrière passée à étudier les symboles et l'histoire du mysticisme, Langdon s'était toujours débattu avec l'idée des Mystères anciens et leur prodigieuse promesse d'apothéose.

Il existait des preuves historiques irréfutables démontrant que cette sagesse secrète avait été transmise à travers les âges. Son origine remontait vraisemblablement aux cultes de l'Égypte ancienne. Ce savoir entra en clandestinité pour refaire surface dans l'Europe de la Renaissance où, d'après de multiples récits, il trouva un nouvel essor auprès de l'élite scientifique de la Société royale de Londres, le cercle de réflexion le plus prestigieux de l'époque, surnommé de manière énigmatique le Collège invisible.

Bientôt, ce « collège » devint un groupe de pensée rassemblant les esprits les plus éclairés du monde : Isaac Newton, Francis Bacon, Robert Boyle et même **Benjamin Franklin**. Au XXᵉ siècle, la liste de ses membres n'était pas moins impressionnante, avec Einstein, Hawking, Bohr... Chacun de ces grands personnages était à l'origine d'énormes progrès dans la compréhension humaine, des progrès dont certains prétendaient qu'ils étaient le fruit de leur contact avec un savoir ancien conservé au sein du Collège invisible. Langdon n'y croyait pas, même s'il ne pouvait nier qu'il y avait eu une quantité non négligeable « d'études mystiques » entre les murs de l'institution.

En 1936, la découverte des documents secrets d'Isaac Newton, qui révélaient sa passion dévorante pour l'alchimie et la sagesse mystique, stupéfia le monde entier. Ces papiers contenaient notamment une lettre manuscrite à Robert Boyle dans laquelle il l'exhortait à garder le silence au sujet du savoir qu'ils avaient acquis. « Il ne saurait être communiqué, écrivait Newton, sans immense préjudice pour le monde. »

Le sens de cet étrange avertissement faisait toujours débat.

La voix d'Inoue Sato le tira de ses pensées.

— Professeur, dit-elle en levant les yeux de son portable, bien que vous prétendiez n'avoir aucune idée de la raison de votre présence ici ce soir, peut-être pourriez-vous m'expliquer ce que représente la bague de Peter Solomon.

— Je peux essayer, répondit Langdon en se concentrant.

Elle sortit le sachet plastique de sa poche et le lui tendit.

— Que signifie cette effigie ?

Langdon examina l'objet tandis qu'ils poursuivaient leur chemin dans les couloirs déserts. Le phœnix à deux têtes, le nombre 33 gravé sur la poitrine, la bannière qui proclamait *ordo ab chao*...

— Ce phœnix avec le nombre 33 symbolise le degré maçonnique le plus élevé.

Techniquement, ce grade prestigieux n'existait que dans le rite écossais, mais Langdon n'avait aucune intention de se lancer dans une exégèse des divers rites et hiérarchies maçonniques.

— Le trente-troisième degré est un honneur suprême réservé à un groupe restreint de maçons accomplis. Les degrés inférieurs peuvent être obtenus en complétant avec succès le degré précédent, mais l'accès au trente-troisième n'est possible que sur invitation.

— Donc, vous saviez que Peter Solomon faisait partie de cette élite.

— Bien sûr. L'appartenance à la maçonnerie n'est pas un secret.

— Et M. Solomon en est le membre le plus haut placé ?

— À l'heure actuelle, oui. Il dirige le Suprême conseil du trente-troisième degré, l'instance gouvernante du rite écossais aux États-Unis.

Langdon adorait visiter leur siège, la Maison du Temple, un chef-d'œuvre d'architecture classique dont les ornements symboliques rivalisaient avec ceux de la chapelle de Rosslyn en Écosse.

— Professeur, avez-vous remarqué l'inscription sur le pourtour de l'anneau ? « Tout est révélé au trente-troisième degré. »

Langdon hocha la tête.

— C'est un thème courant dans la tradition maçonnique.

— Si je comprends bien, cela signifie que, lorsqu'un franc-maçon atteint le dernier degré, quelque chose de spécial lui est révélé.

— D'après la tradition, oui. Dans la réalité, probablement pas. À écouter les adeptes de la théorie du complot, l'élite maçonnique aurait accès à quelque extraordinaire secret mystique. La vérité, j'en ai peur, est beaucoup moins spectaculaire que cela.

Peter Solomon faisait souvent des allusions ambiguës à l'existence d'un secret inestimable, ce que Langdon prenait comme une ruse amusante pour le convaincre de rejoindre la fraternité. Malheureusement, les événements de la soirée avaient été tout sauf amusants, et il n'y avait aucune ruse dans l'attitude de Peter quand il l'avait prié de protéger le paquet de son arrière-grand-père.

Langdon posa un regard attristé sur la pochette qui contenait le bijou en or.

— Madame, cela vous dérange si je le garde ?

— Pourquoi ?

— Peter y tient énormément, j'aimerais le lui rendre quand nous le retrouverons.

— Espérons que vous en aurez l'occasion, dit-elle d'un air dubitatif.

— Merci, répondit-il en empochant la chevalière.

— Autre chose, continua Sato tandis qu'ils pressaient le pas. En faisant une recherche croisée sur les concepts de « trente-troisième degré » et de « porte ancienne » avec la franc-maçonnerie, mon équipe a obtenu plusieurs centaines de références à une pyramide...

— Pas étonnant. Les bâtisseurs de pyramides en Égypte furent les premiers tailleurs de pierre de l'Histoire. La pyramide, entre autres thèmes égyptiens, est un symbole maçonnique courant.

— Un symbole de quoi ?

— Des Lumières. C'est une figure architecturale emblématique qui matérialise la capacité de l'homme à se libérer de ses attaches terrestres pour monter vers les Cieux, vers le soleil, vers l'illumination suprême.

Sato attendit la suite.

— Rien d'autre ?

Comment ça, *rien d'autre* ! Langdon venait de lui décrire l'un des symboles les plus élégants de l'Histoire. La structure à travers laquelle l'homme s'élevait jusqu'au royaume des dieux.

— D'après mon équipe, il y a un rapport beaucoup plus direct avec ce qui se passe ce soir : une légende sur une pyramide bien précise située ici, à Washington. Elle serait liée aux francs-maçons et aux Mystères anciens.

Comprenant à quoi elle se référait, Langdon tenta aussitôt de dissiper un mythe qui n'était rien de plus qu'une légende urbaine.

— Je connais cette rumeur, madame, mais elle est dénuée de fondement. Cette fameuse Pyramide maçonnique est l'un des mythes les plus tenaces de Washington ; il trouve probablement son origine dans la pyramide sur le Grand Sceau des États-Unis.

— Vous auriez pu en parler plus tôt.

— Ce ne sont que des affabulations, répliqua Langdon en haussant les épaules. Je vous répète que c'est un mythe – un parmi tant d'autres associés aux maçons.

— Peut-être, mais celui-ci est directement lié aux Mystères anciens.

— Oui, comme beaucoup d'autres. Les Mystères anciens ont engendré d'innombrables légendes qui ont survécu à travers l'Histoire – un pouvoir occulte protégé par des sociétés secrètes comme les Templiers, les Rosi-cruciens, les Illuminati, les Alumbrados. La liste est longue. Toutes ces histoires sont fondées sur les Mystères anciens, la Pyramide maçonnique n'en est qu'un exemple.

— Je vois. Et que raconte cette histoire, au juste ?

Langdon réfléchit quelques secondes avant de répondre :

— Je ne suis pas spécialiste, mais la plupart des récits rapportent à peu près ceci : les Mystères anciens, sagesse perdue du temps jadis, sont depuis longtemps considérés comme le trésor le plus précieux de l'espèce humaine. En tant que tels, ils ont été soigneusement préservés. Les sages qui comprenaient leur véritable pouvoir apprirent à craindre leur potentiel destructeur. Si ce savoir secret tombait aux mains des non-initiés, le résultat pourrait être dévastateur ; tout pouvoir peut être utilisé pour le bien comme pour le mal. C'est pourquoi, afin de protéger les Mystères et, par là même, l'humanité, ils formèrent des fraternités secrètes. Ils partageaient leur savoir uniquement avec ceux qui avaient été convenablement initiés, d'un sage à un autre. Certains considèrent que les légendes de sorciers, magiciens et guérisseurs sont des traces historiques de ceux qui ont maîtrisé les Mystères.

— Et la Pyramide maçonnique ? Qu'est-ce qu'elle vient faire là-dedans ?

Langdon allongea le pas pour tenir le rythme d'Anderson et Sato.

— Eh bien, c'est là que la frontière entre mythe et réalité devient floue. D'après certains récits, au XVIe siècle en Europe quasiment toutes ces sociétés secrètes avaient disparu, leurs membres exterminés par une vague de persécutions religieuses. On raconte que les francs-maçons devinrent les derniers gardiens des Mystères anciens. Naturellement, ils craignaient que, si leur confrérie venait à disparaître un jour, les Mystères ne soient perdus à tout jamais.

— La pyramide, professeur, la pyramide.

— Oui, j'y arrive. La légende est relativement simple : afin de s'acquitter de leur responsabilité – préserver ce grand savoir pour les générations futures –, les maçons décidèrent de le cacher. (Langdon essaya de ras sembler ses souvenirs de l'histoire.) Mais je vous le répète : ce n'est que pure fiction. Toujours est-il que les maçons, dit-on, transportèrent ce trésor de l'Ancien Monde au Nouveau Monde – ici, en Amérique, dans une terre qu'ils espéraient libre de toute tyrannie religieuse. Ils construisirent alors une forteresse impénétrable – une pyramide cachée – conçue pour protéger les Mystères jusqu'au jour où l'humanité tout entière serait prête à recevoir leur immense pouvoir. D'après le mythe, les maçons posèrent au sommet de leur grande pyramide une pierre de faîte en or massif, symbole du trésor conservé à l'intérieur. Un trésor capable d'élever l'être humain à son véritable potentiel. L'apothéose.

— Sacrée histoire.

— Oui, la maçonnerie a toujours suscité ce genre d'affabulations.

— De toute évidence, vous ne croyez pas à l'existence de cette pyramide.

— Bien sûr que non. Il n'y a strictement aucune preuve suggérant que les pères fondateurs maçonniques aient construit pareil monument aux États-Unis, et encore moins en plein Washington. Ce n'est pas très discret, une pyramide – surtout une assez grande pour contenir toute la sagesse perdue de l'Histoire.

Si ses souvenirs étaient bons, la légende ne précisait pas exactement ce que la pyramide était censée contenir – textes anciens, manuscrits occultes, révélations scientifiques ou quelque chose de beaucoup plus mystérieux. Ce qu'elle précisait, en revanche, c'était que les informations étaient cryptées avec ingéniosité, afin que seuls les esprits les plus éclairés puissent les déchiffrer.

— Ce genre d'histoire est ce qu'on appelle en symbologie un « hybride archétypal ». Un amalgame de légendes classiques qui emprunte tellement d'éléments à la mythologie populaire qu'il s'agit forcément d'une invention, pas d'un fait historique.

Quand il enseignait ce concept à ses étudiants, il utilisait l'exemple des contes de fées, répétés d'une génération à l'autre, exagérés à travers les siècles, s'influençant tellement les uns les autres qu'ils s'étaient mués en une leçon de moralité homogène, dotée des mêmes éléments emblématiques : damoiselles virginales, princes charmants, châteaux impénétrables et puissants magiciens. Par le biais de ces contes, cette idée d'une guerre ancestrale entre le bien et le mal nous était inculquée dès l'enfance : Merlin contre Morgane, saint Georges et le dragon, David et Goliath, Blanche-Neige et la méchante reine, ou même Luke Skywalker contre Dark Vador.

Sato se gratta la tête en tournant à l'angle du couloir, avant de descendre une volée de marches à la suite d'Anderson.

— Dites-moi une chose, reprit-elle. Les pyramides d'Égypte étaient considérées comme des portes à travers lesquelles les pharaons décédés accédaient à la divinité, c'est bien ça ?

— Oui.

Sato s'arrêta et agrippa le bras de Langdon, le regardant avec un air de soupçon et d'incrédulité mêlés.

— Le ravisseur de Peter Solomon vous a demandé de trouver une porte cachée, et ça ne vous a pas traversé l'esprit que, peut-être, il voulait parler de la Pyramide maçonnique ?

— Je vous répète que cette pyramide est une légende. Un conte de fées.

Sato s'approcha si près que Langdon sentit l'odeur de tabac de son haleine.

— J'ai bien noté votre position sur le sujet, professeur, mais dans le cadre de mon enquête, le rapport est difficile à ignorer. Une porte donnant accès à un savoir caché ? N'est-ce pas exactement ce que recherche notre suspect ? Porte que, d'après lui, vous êtes le seul à pouvoir ouvrir ?

— Oh, je ne crois pas que...

— Ce que vous croyez n'a aucune importance. Quelle que soit votre opinion personnelle, vous ne pouvez nier que le ravisseur, lui, semble croire dur comme fer à l'existence de la Pyramide maçonnique.

— Évidemment, c'est un cinglé ! Il ne faut pas s'étonner s'il croit que le SBB13 est l'entrée d'une pyramide souterraine gigantesque qui renferme la sagesse perdue des Anciens !

Sato ne bougeait pas, ses yeux brillaient de colère.

— La crise à laquelle je suis confrontée ce soir est bien réelle, professeur. Croyez-moi, ce n'est pas un conte de fées.

Un silence glacé s'installa entre eux.

— Madame ? finit par dire Anderson en indiquant une porte blindée à quelques mètres de là. Si vous voulez bien me suivre, nous y sommes presque.

Sato détourna enfin le regard et fit signe à Anderson de repartir.

La porte blindée s'ouvrait sur un couloir étroit. Langdon regarda autour de lui.

C'était le plus long couloir qu'il eût jamais vu.

31.

Abandonnant la lumière éclatante du Cube pour s'enfoncer dans les ténèbres de l'Unité 5, Trish Dunne sentit une poussée d'adrénaline familière. Le garde à l'entrée venait d'appeler pour les avertir que l'invité de Katherine, un certain docteur Abaddon, était arrivé et avait besoin d'une escorte. Trish s'était portée volontaire, intriguée par ce visiteur dont Katherine ne lui avait presque rien dit. Peter Solomon avait vraisemblablement une confiance absolue en lui, car nul n'était jamais invité à pénétrer dans le Cube. C'était une première.

J'espère qu'il ne va pas s'affoler pendant le trajet, songea Trish en marchant dans l'obscurité froide. La dernière chose dont elle avait besoin, c'était que le VIP de Katherine se mette à paniquer en voyant le trou noir qu'il fallait franchir pour rejoindre le labo. La première traversée est toujours la plus difficile.

Pour Trish, cela remontait à environ un an plus tôt. Après avoir accepté la proposition de Katherine et signé un accord de confidentialité, elle était venue visiter le laboratoire. Les deux femmes avaient remonté l'« Avenue » jusqu'à l'entrée de l'« Unité 5 ». Bien que Katherine eût tenté de la préparer en lui décrivant l'emplacement très particulier du Cube, Trish n'était pas prête pour ce qui l'attendait quand la porte du hangar s'ouvrit.

Le néant !

Katherine franchit le seuil et avança de quelques pas, faisant signe à Trish de la suivre.

— Ayez confiance, vous n'allez pas vous perdre.

Trish s'imagina en train d'errer à l'aveugle dans un entrepôt aussi grand qu'un stade, noir comme de l'encre. Cette seule pensée lui donna des sueurs froides.

— Nous avons un système de guidage pour garder le bon cap, la rassura Katherine en indiquant le sol. Un système tout simple.

Trish plissa les yeux pour observer le sol en béton à peine visible. Une fois ses yeux habitués à l'obscurité, elle aperçut un chemin de couloir qui partait en ligne droite. Le tapis faisait office de chaussée.

— Regardez avec vos pieds ! lança Katherine avant de se retourner et de s'éloigner. Vous n'avez qu'à marcher derrière moi.

Tandis que sa nouvelle employeuse s'enfonçait dans les ténèbres, Trish ravala sa peur et la suivit. C'était dingue ! Elle avait à peine fait deux ou trois mètres que la porte de l'Unité 5 claqua derrière elle, coupant les derniers rayons de lumière. Le cœur battant, Trish concentra toute son attention sur la texture du tapis sous ses pieds. Au bout de quelques pas, sa semelle droite toucha le béton. Elle sursauta et corrigea instinctivement sa direction pour ramener les deux pieds sur le guide.

La voix de Katherine émergea de l'obscurité, ses paroles étaient presque absorbées par l'acoustique du néant.

— Le corps humain est incroyable. Privez-le d'un sens et les autres prennent le relais quasi instantanément. En ce moment, les nerfs de vos pieds sont en train de se « régler » pour devenir plus sensibles.

Heureusement, pensa Trish en infléchissant à nouveau sa course.

Elles marchèrent en silence pendant un long moment – beaucoup trop long.

— C'est encore loin ? finit par demander Trish.

— Nous sommes à peu près à la moitié.

La voix de Katherine paraissait venir de plus loin.

Trish accéléra, s'efforçant de garder son sang-froid malgré l'épaisseur des ténèbres qui menaçaient de l'engloutir. Elle n'y voyait pas à un millimètre !

— Katherine, comment sait-on quand arrêter de marcher ?

— Vous allez voir bientôt.

Il s'était passé un an depuis ce jour-là. Ce soir, Trish traversait le néant dans l'autre sens, vers l'entrée du musée, à la rencontre de l'invité de Katherine. La texture du tapis changea sous ses pieds, l'avertissant qu'elle était à trois mètres de la sortie. La « piste d'avertissement », comme l'appelait Peter Solomon, grand amateur de baseball. Trish s'arrêta, sortit sa carte magnétique et tâtonna jusqu'à trouver le lecteur.

La porte s'ouvrit dans un chuintement.

Trish fut momentanément éblouie par la lumière du long corridor.

J'ai réussi... encore, se dit-elle.

En remontant les couloirs déserts, Trish se surprit à penser à l'étrange document qu'elles avaient trouvé. Une porte ancienne ? Un lieu secret souterrain ? Elle se demanda si Mark Zoubianis était parvenu à la source du mystérieux fichier.

*

Dans la salle de contrôle, Katherine baignait dans la lueur de l'écran mural, le regard fixé sur les fragments de texte. Maintenant qu'elle avait isolé et rapproché les parties visibles, elle était de plus en plus sûre que le document parlait de la même légende insensée que son frère avait racontée au docteur Abaddon.

lieu secret <u>SOUTERRAIN</u> où le...
quelque part à <u>WASHINGTON</u>, les coordonnées...

découvert une <u>ANCIENNE PORTE</u> qui menait...
prévenant que la <u>PYRAMIDE</u> possède un dangereux...
déchiffrer ce <u>SYMBOLON GRAVÉ</u> pour révéler...

Il faut que je lise le reste.

Katherine demeura encore une minute sans bouger, puis appuya sur l'interrupteur du moniteur géant. Vu la consommation élevée du plasma, elle l'éteignait toujours afin d'économiser les réserves d'hydrogène liquide de la pile à combustible.

Les mots clés s'effacèrent sous ses yeux, bientôt réduits à un petit point blanc qui flotta au centre de l'écran avant de disparaître tout à fait.

Elle quitta la pièce et se dirigea vers son bureau. Le docteur Abaddon n'allait pas tarder à arriver, elle tenait à bien l'accueillir.

32.

— Nous y sommes presque, fit Anderson en guidant Langdon et Sato dans le couloir sans fin qui courait sous la partie est du Capitole. Du temps de Lincoln, le sol n'était même pas pavé et c'était infesté de rats.

Langdon se réjouit d'avoir au moins du carrelage sous les pieds – il ne débordait pas d'affection pour les rongeurs. Le bruit de pas du trio résonnait de façon inquiétante et irrégulière dans le long couloir. Sur les côtés, plusieurs pièces semblaient abandonnées. Langdon remarqua que les numéros sur les portes allaient décroissant et s'approchaient rapidement de zéro.

SB4... SB3... SB2... SB1...

Ils passèrent devant une porte non identifiée, mais Anderson ne s'arrêta que lorsqu'il vit les numéros augmenter de nouveau.

HB1... HB2...

— Désolé, on l'a ratée, expliqua Anderson. Je descends rarement aussi loin.

Ils rebroussèrent chemin sur quelques mètres, jusqu'à une vieille porte en fer qui, comprit alors Langdon, était située au milieu du couloir – le point médian qui séparait les sous-sols du Sénat, Senate Basement et de ceux de la Chambre des représentants, House Basement. En y regardant de plus près, Langdon vit qu'il y avait bien quelque chose de gravé sur la porte ; les lettres étaient tellement effacées qu'il réussit à peine à les déchiffrer.

S B B

— Nous y voilà ! annonça Anderson. Les clés vont arriver d'une minute à l'autre.

Sato fronça les sourcils et consulta sa montre.

Un œil sur les lettres, Langdon demanda à Anderson :

— Pourquoi cet endroit est-il associé au Sénat alors qu'il est pile au milieu ?

— Que voulez-vous dire ? répondit Anderson, perplexe.

— Il y a écrit SBB, ça commence par S comme Sénat.

Anderson secoua la tête.

— Le S de SBB ne signifie pas Sénat. Il...

— Chef ! appela un garde qui s'approchait en courant, une clé à la main. Désolé, ça m'a pris un moment. On n'a pas retrouvé la clé principale. Mais on a déniché un double dans une réserve.

— Il vous manque l'originale ? s'étonna Anderson.

— Sûrement perdue, dit le garde en les rejoignant, à bout de souffle. Ça fait une éternité que personne n'est venu ici.

Anderson prit la clé.

— C'est tout ? Pas de clé pour la SBB13 ?

— Désolé, toutes les clés du niveau SBB ont disparu. MacDonald est en train de les chercher. (L'homme prit sa radio.) Bob ? Je suis avec le chef. Des nouvelles à propos de la clé de la 13 ?

Une voix sortit du haut-parleur grésillant.

— Oui. C'est bizarre, ça ne figure pas dans l'ordinateur, mais les registres papiers indiquent que toutes les pièces du SBB ont été vidées et abandonnées il y a plus de vingt ans. Elles sont toutes listées comme « espace non utilisé »... Enfin, toutes sauf la 13 !

Anderson s'empara du talkie-walkie.

— Ici Anderson. Qu'est-ce que ça veut dire, toutes sauf la 13 ?

— Eh bien, j'ai trouvé une note manuscrite qui qualifie la SBB13 d'« espace privé ». C'est très vieux, mais ça a été écrit et paraphé par l'Architecte lui-même.

Langdon savait que le terme Architecte ne faisait pas référence à l'homme qui avait dessiné le Capitole, mais à celui qui le gérait. Pareille à un syndic de copropriété, la personne nommée au poste d'Architecte du Capitole était chargée de tout ce qui touchait à la maintenance, la restauration, la sécurité, la gestion du personnel et l'attribution des bureaux.

— Le truc bizarre, continua la voix, c'est que la note de l'Architecte précise que cet « espace privé » est réservé à Peter Solomon.

Langdon, Sato et Anderson s'échangèrent des regards étonnés.

— À mon avis, chef, c'est ce M. Solomon qui a notre clé d'accès au SBB, ainsi que toutes les autres du niveau.

Langdon n'en croyait pas ses oreilles. Peter possède une pièce privée dans le sous-sol du Capitole ? Que Solomon eût des secrets, ce n'était pas nouveau, mais celui-ci était surprenant, même pour Langdon.

— Entendu, fit Anderson, visiblement mécontent. Nous avons besoin d'accéder à la SBB13, alors continuez à chercher un double.

— Oui, chef... Au fait, on est en train de bosser sur l'image que vous avez demandée et...

— Merci, l'interrompit Anderson. Ce sera tout. Envoyez l'image sur le BlackBerry de Mme Sato dès que vous l'aurez.

— À vos ordres.

La radio se tut. Anderson la rendit au garde. Celui-ci sortit une photocopie des plans du Capitole, qu'il donna à son supérieur.

— La partie grisée, c'est le SBB. Nous avons marqué la SBB13 d'une croix. Vous ne devriez pas avoir de mal à la trouver. La zone n'est pas très grande.

Anderson le remercia, puis se concentra sur le plan alors que le garde repartait à petites foulées. Langdon jeta un coup d'œil au document, stupéfait de voir le nombre incroyable de pièces que renfermait le sous-sol labyrinthique du Capitole.

Après avoir étudié le schéma, Anderson hocha la tête et le rangea dans sa poche. Se retournant face à la porte du SBB, il approcha la clé de la serrure mais hésita, visiblement réticent à l'idée de l'ouvrir. Langdon partageait ce sentiment ; même s'il ignorait ce qui les attendait derrière, une chose était sûre : quoi que Peter ait caché dans la SBB13, il voulait être sûr que personne ne le trouve. Jamais.

Sato se racla la gorge, Anderson comprit le message. Inspirant profondément, il enfonça la clé dans la serrure et essaya de la tourner. Bloquée ! L'espace d'une seconde, Langdon espéra qu'il s'agissait de la mauvaise clé. Mais à la seconde tentative, le verrou céda et Anderson poussa la grosse porte.

Alors que le battant s'ouvrait en grinçant, une bouffée d'air froid et humide leur cingla le visage.

Langdon scruta l'obscurité sans réussir à voir quoi que ce soit.

— Professeur, dit Anderson en regardant Langdon alors qu'il tâtonnait pour trouver l'interrupteur. Pour répondre à votre question, le « S » de SBB n'a rien à voir avec le Sénat.

— Ah bon ?

Anderson acquiesça avec un sourire en coin et alluma enfin la lumière. Une ampoule solitaire éclaira un escalier pentu qui s'enfonçait dans une obscurité impénétrable.

— SBB, ça signifie « SuB-Basement ».

Un sous-sol sous le sous-sol !

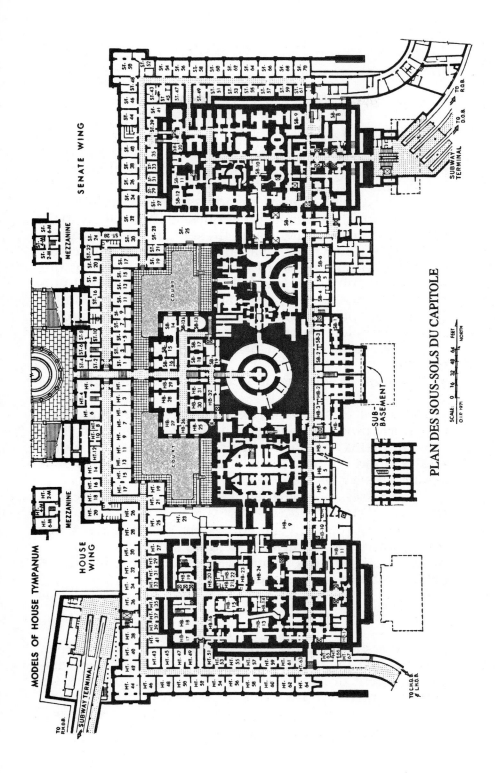

PLAN DES SOUS-SOLS DU CAPITOLE

SCALE: 0 16 32 48 64 FEET
O.I.P. 1971   NORTH

33.

Mark Zoubianis s'enfonçait inexorablement dans son futon à la vue des informations qui s'affichaient sur son écran.

— C'est quoi ce bordel d'adresse IP ? pesta-t-il.

Ses outils les plus sophistiqués se montraient incapables d'extirper le document du serveur ou de localiser l'IP mystère de Trish. Cela faisait dix minutes que son programme butait contre les pare-feux du réseau, qui ne semblaient pas près de faiblir. *Je comprends maintenant pourquoi ils me paient aussi cher.* Il s'apprêtait à changer de logiciel pour tenter une approche différente quand son téléphone sonna.

Trish, nom de Dieu, je t'ai dit que je te rappellerais !

Il coupa le volume de la télévision et répondit.

— Allô ?

— Vous êtes bien Mark Zoubianis ? demanda une voix masculine. 357 Kingston Drive à Washington ?

Zoubianis entendit plusieurs conversations étouffées en fond sonore. *Du télémarketing en plein match des Redskins ? Ils sont cinglés ou quoi ?*

— Laissez-moi deviner, j'ai gagné des vacances à Hawaï.

— Non, répondit la voix sans la moindre trace d'humour. Ici la Sécurité réseau de la CIA. Nous aimerions savoir pourquoi vous essayez de vous introduire dans nos bases de données.

*

Trois étages au-dessus du sous-sol du Capitole, dans le hall gigantesque du Centre d'accueil des visiteurs, l'agent de sécurité Alfonso Nuñez verrouillait les portes d'entrée comme tous les soirs à la même heure. En faisant demi-tour sur le sol en marbre, il songea à l'homme tatoué qui portait un manteau de l'armée.

Je l'ai laissé passer, songeait-il. Autant commencer à chercher un autre boulot !

Il se dirigeait vers l'escalator quand un martèlement répété sur les portes derrière lui le fit se retourner. Le cou tendu vers l'entrée, il aperçut un homme noir d'âge mûr en train de taper sur la vitre avec la paume.

Nuñez tapota sur sa montre en secouant la tête.

L'homme frappa à nouveau et se déplaça sous un plafonnier. Il portait un costume bleu impeccable et avait des cheveux gris coupés court. Nuñez faillit avoir une attaque. Oh, merde ! Même à cette distance, il reconnut le visiteur. Il s'empressa d'aller ouvrir les portes.

— Toutes mes excuses, monsieur. Je vous en prie, entrez.

Warren Bellamy, l'Architecte du Capitole, s'avança dans le hall en remerciant Nuñez d'un hochement de tête poli. C'était un homme svelte et agile dont la posture droite et le regard perçant révélaient l'assurance d'un individu qui contrôlait parfaitement son environnement. Cela faisait vingt-cinq ans qu'il supervisait le Capitole.

— Puis-je vous aider, monsieur ?

— Oui, je vous remercie.

Bellamy parlait avec clarté et précision. Diplômé de l'une des grandes universités du Nord-Est, sa diction était tellement exigeante qu'elle lui donnait presque un accent anglais.

— Je viens d'apprendre qu'il s'est produit un incident dans la Rotonde, dit-il, profondément troublé.

— Oui, monsieur. C'est...

— Où est le chef Anderson ?

— Au sous-sol avec la directrice du Bureau de la sécurité de la CIA.

— La CIA est ici ? demanda Bellamy, alarmé.

— Oui, Mme Sato est arrivée presque immédiatement après l'incident.

— Comment ça se fait ?

Nuñez haussa les épaules. Comme s'il allait demander...

Bellamy se dirigea droit vers les escalators.

— Où sont-ils ?

— Dans les sous-sols, répondit Nuñez en lui emboîtant le pas.

Bellamy lui lança un regard inquiet par-dessus l'épaule.

— Ils sont descendus ? Pourquoi ?

— Je ne sais pas, je l'ai juste entendu sur ma radio.

Bellamy allongea le pas.

— Conduisez-moi immédiatement jusqu'à eux !

— Oui, monsieur.

Pendant que les deux hommes traversaient le hall, Nuñez remarqua la grosse bague en or de Bellamy.

— Je vais prévenir le chef que vous arrivez, reprit-il en empoignant sa radio.

— Non, l'arrêta l'Architecte, une lueur mauvaise dans les yeux. Je préfère éviter les comités d'accueil.

Nuñez avait déjà commis de graves erreurs ce soir-là ; omettre de rapporter la présence de Bellamy à son chef serait sa dernière.

— Monsieur ? hasarda-t-il. Je crois que le chef Anderson voudrait...

— Vous êtes conscient du fait que c'est moi qui emploie M. Anderson, n'est-ce pas ?

Nuñez acquiesça.

— Dans ce cas, vous feriez probablement mieux de m'obéir.

34.

Trish Dunne eut du mal à cacher sa surprise. Le médecin qui l'attendait dans le hall ne ressemblait en rien à ces rats de bibliothèque débraillés qui hantaient habituellement les réserves du Smithsonian – docteurs en anthropologie, en océanographie, en géologie et autres domaines scientifiques. Avec son costume taillé sur mesure, Christopher Abaddon affichait un raffinement presque aristocratique. Grand, large d'épaules, bronzé, avec des cheveux blonds soigneusement coiffés, il semblait plus habitué au luxe qu'aux laboratoires.

— Docteur Abaddon, je présume ? dit-elle en lui tendant la main.

Il parut hésiter avant de serrer la main replète de la jeune femme.

— Oui, c'est moi. Et vous êtes ?

— Trish Dunne, l'assistante de Katherine. Elle m'a demandé de vous escorter jusqu'au labo.

— Oh, je vois. Enchanté de faire votre connaissance, Trish. Je vous prie d'excuser mon étonnement, je croyais que Katherine était seule, ce soir. Je suis à vous, montrez-moi le chemin, dit-il en désignant le couloir.

Bien qu'il se fût rattrapé rapidement, l'éclair de déception dans ses yeux n'avait pas échappé à Trish. Cela pouvait expliquer la discrétion de Katherine au sujet d'Abaddon. Une romance naissante, peut-être ? Katherine ne discutait jamais de sa vie privée, mais avec son aspect soigné et son air séduisant, cet invité appartenait de toute évidence au même monde qu'elle. Quoi qu'ait pu imaginer le docteur Abaddon pour son rendez-vous avec Katherine, la présence de Trish n'en faisait pas partie.

Au poste de sécurité, un garde solitaire arracha vivement ses écouteurs, d'où s'échappèrent les commentaires du match. Il effectua ensuite les contrôles et opérations standard : détecteur de métaux et badge d'accès temporaire.

— Qui gagne ? demanda Abaddon en ôtant un téléphone, des clés et un briquet de ses poches.

— Les Redskins mènent de trois points, répondit le garde, impatient d'y retourner. Sacré match !

— M. Solomon ne devrait pas tarder, le prévint Trish. Pouvez-vous lui dire de venir directement au labo ?

— Ça marche, répondit-il avec un clin d'œil. Merci pour l'avertissement, je ferai en sorte de paraître occupé.

Le commentaire de Trish n'était pas exclusivement adressé au garde, mais également au médecin pour lui rappeler que Trish ne serait pas la seule à parasiter son tête-à-tête avec Katherine.

— Alors, comment avez-vous connu Katherine ? s'enquit Trish en levant les yeux vers l'énigmatique invité.

Abaddon rit doucement.

— Oh, c'est une longue histoire. Nous avons un projet en commun.

Reçu cinq sur cinq, je ne m'en mêle pas ! se dit la jeune femme.

— Cet endroit est époustouflant, commenta le visiteur tandis qu'ils remontaient le large couloir. C'est la première fois que je viens ici.

Sa voix légère devenait de plus en plus joviale à chaque pas. Trish remarqua qu'il observait les lieux avec intérêt. Sous la lumière crue des plafonniers, elle nota aussi que son bronzage semblait artificiel. Curieux. Trish profita du trajet pour lui décrire la mission et les fonctions du complexe, les différentes réserves et leurs contenus.

Il paraissait très impressionné.

— Cet endroit est une véritable île au trésor. On s'attendrait à voir des gardes postés devant chaque porte.

— Inutile, répondit Trish en indiquant la rangée de caméras installées au plafond. La sécurité est automatisée. Chaque centimètre de ce couloir est surveillé vingt-quatre heures sur vingt-quatre, sept jours sur sept. C'est l'épine dorsale du bâtiment. Toutes ces zones de stockage sont inaccessibles sans carte et sans code.

— Bonne utilisation de la vidéosurveillance.

— Nous n'avons jamais eu de vol... Touchons du bois ! Il faut dire que ce n'est pas le genre de musée qui attire les voleurs : la demande est plutôt faible sur le marché noir pour les spécimens de fleurs disparues, les kayaks inuit ou les carcasses de calmar géant.

— Oui, c'est l'évidence même, dit Abaddon en riant.

— Nos pires ennemis sont les rongeurs et les insectes.

Trish expliqua comment le complexe empêchait les infestations d'insectes en congelant toutes les ordures qu'il produisait. Il était également protégé par une particularité architecturale appelée « zone morte », un espace hostile entre deux murs qui entourait tout le bâtiment telle une armure.

— Incroyable, dit Abaddon. Et le laboratoire de Katherine et Peter se trouve où ?

— Unité 5, tout au bout de ce couloir.

Abaddon s'arrêta brusquement devant une petite fenêtre.

— C'est quoi ça !

Trish éclata de rire.

— Là, c'est l'Unité 3, le Cocon.

— Le Cocon ? fit Abaddon, le nez collé à la vitre.

— Il y a plus de onze mille litres d'éthanol liquide là-dedans. Vous vous rappelez la carcasse de calmar géant dont j'ai parlé tout à l'heure ?

— Ça, c'est un calmar ? s'exclama-t-il en se retournant rapidement, les yeux écarquillés. Il est énorme !

— C'est un *architeuthis* femelle. Elle mesure plus de 12 mètres.

Apparemment hypnotisé par l'énorme céphalopode, Abaddon semblait incapable de s'arracher à sa contemplation. Trish sourit : cet homme lui évoquait un petit garçon devant la vitrine d'une animalerie. Cinq secondes plus tard, il n'avait toujours pas bougé d'un pouce.

— Bon, d'accord ! lança Trish en riant, avant d'insérer sa carte dans le lecteur et de taper son code. Venez avec moi, je vais vous montrer le calmar géant.

*

Aussitôt entré dans l'univers faiblement éclairé de l'Unité 3, Mal'akh examina les murs à la recherche de caméras de sécurité. La petite assistante grassouillette de Katherine se mit à caqueter au sujet des spécimens qui les entouraient. Mal'akh ne l'entendait même pas. Il se moquait éperdument de ces monstres marins. La seule chose qui l'intéressait, c'était d'utiliser cet espace sombre pour régler un problème inattendu.

35.

Les marches en bois qui menaient au second sous-sol du Capitole étaient les plus raides et étroites que Langdon eût jamais empruntées. Ses poumons étaient comprimés, sa respiration s'accélérait. L'air froid et humide lui rappela un escalier qu'il avait descendu des années auparavant, dans la Nécropole du Vatican. La cité des morts.

Devant lui, Anderson éclairait la voie avec sa lampe torche. Derrière, Sato le suivait de près, appuyant de temps en temps ses petites mains contre son dos. *Du calme, j'avance aussi vite que possible !* Il respira profondément, s'efforçant d'ignorer les murs oppressants de part et d'autre. La cage d'escalier était à peine plus large que ses épaules, son sac frottait contre le mur.

— Vous devriez peut-être laisser votre bagage en haut, suggéra Sato.

— Non, ça va.

Il n'avait aucune intention de s'en séparer. Il pensa au paquet de Peter en réfléchissant au rapport entre la petite boîte et le sous-sol du Capitole des États-Unis.

— Plus que quelques marches, annonça Anderson. Nous y sommes presque.

Ils avançaient maintenant dans l'obscurité, loin de l'ampoule qui éclairait le palier. Après la dernière marche, Langdon posa les pieds dans la poussière.

Voyage au centre de la terre !

Anderson promena le faisceau de la lampe sur les murs. Le second sous-sol n'était en fait qu'un couloir particulièrement exigu perpendiculaire aux escaliers. Anderson pointa la lampe à droite, à gauche, et Langdon vit que le passage ne mesurait pas plus d'une quinzaine de mètres. Il était percé de petites portes en bois si rapprochées les unes des autres que les salles ne pouvaient pas faire plus de trois mètres de large.

Un garde-meubles version catacombes de Domitilla, songea Langdon pendant que le policier consultait sa carte. Sur le rectangle minuscule qui représentait le second sous-sol, l'emplacement de la SBB13 était marqué d'une croix. La disposition des lieux, remarqua Langdon, était identique à celle d'un mausolée de quatorze tombes – deux rangées de sept face à face, moins une pour accueillir les escaliers. Treize en tout.

Nul doute que les adeptes du chiffre « treize » auraient adoré savoir qu'il y avait exactement treize caves sous le Capitole. Ils étaient nombreux à trouver suspect que le Grand Sceau des États-Unis comportât treize étoiles, treize flèches, une pyramide à treize marches, treize bandes verticales sur le bouclier, treize feuilles d'olivier, treize olives, treize lettres dans la devise *annuit coeptis*, treize lettres également dans *e pluribus unum*, et ainsi de suite.

— Ça, pour avoir l'air abandonné…, remarqua Anderson en pointant la torche sur la cave qui lui faisait face.

La porte en bois était grande ouverte. Le cône de lumière révéla un espace confiné aux murs de pierre, trois mètres de large sur dix de profondeur – un corridor ne menant nulle part. Il ne contenait rien sinon deux ou trois caisses en bois détruites et du papier d'emballage.

Anderson éclaira la plaque en cuivre sur la porte. Malgré le vert-de-gris qui la recouvrait, la vieille inscription restait lisible :

SBB IV

— SBB4, lut Anderson.

— Où est la 13 ? demanda Sato.

De fines volutes de buée s'échappèrent de ses lèvres dans l'air glacé du souterrain.

Anderson dirigea le faisceau lumineux côté sud.

— Par ici.

L'étroitesse du passage était oppressante. Malgré la faible température, Langdon se sentit tout moite.

En remontant le corridor, il remarqua que les caves étaient toutes dans le même état – portes béantes, abandonnées depuis longtemps. Au bout du couloir, Anderson tourna sur la droite et dirigea la lampe devant lui pour éclairer l'intérieur de la SBB13. Or, la lumière tomba sur une surface en bois.

Contrairement à toutes les autres, la porte de la SBB13 était fermée.

Elle avait exactement le même aspect que les autres : lourdes charnières, poignée en fer, plaque en cuivre couverte de vert-de-gris. Les sept caractères sur la plaque étaient bien les mêmes que sur la paume de Peter.

SBB XIII

Pitié, faites que cette porte reste fermée ! implora Langdon.

— Essayez d'ouvrir ! ordonna Sato.

Mal à l'aise, le chef de la sécurité saisit néanmoins la grosse poignée et l'actionna. Elle ne bougea pas d'un millimètre. Anderson l'examina de plus près avec sa lampe : une grosse serrure à l'ancienne.

— Essayez la clé générale.

Anderson sortit la clé qui ouvrait la porte d'entrée au niveau supérieur, mais la taille ne coïncidait pas.

— Dites-moi si je me trompe, déclara Sato d'un ton sarcastique, mais la police du Capitole n'est-elle pas censée avoir accès à tous les recoins du bâtiment en cas d'urgence ?

Anderson soupira et se tourna vers elle.

— Madame, mes hommes sont en train de chercher un double, et...

— Sortez votre arme et tirez sur la serrure, ordonna-t-elle avec un signe du menton vers la porte.

Le cœur de Langdon bondit.

De plus en plus gêné, Anderson s'éclaircit la gorge.

— Madame, j'attends des nouvelles pour le double. Je n'aime pas vraiment l'idée de faire sauter le verrou...

— Peut-être préférez-vous l'idée d'aller en prison pour obstruction à une enquête de la CIA ?

Anderson était abasourdi. Après un long moment, il confia la lampe torche à Sato et empoigna la crosse de son arme de fonction.

— Attendez ! s'interposa Langdon, incapable de rester sans réagir. Réfléchissez un instant. Peter a sacrifié sa main plutôt que de révéler ce qu'il y a derrière cette porte. Vous êtes vraiment sûrs de vouloir faire ça ? Défoncer cette porte revient à obéir aux exigences d'un terroriste.

— Vous voulez sauver Peter Solomon, ou non ? fit Sato.

— Bien sûr, mais...

— Alors je vous suggère de faire exactement ce que son ravisseur demande.

— Ouvrir une vieille porte ? Vous croyez que c'est *cette* porte ?

Sato pointa la lumière dans les yeux de Langdon.

— Professeur, je ne sais pas ce que c'est. Que ce soit un vulgaire placard ou l'entrée secrète d'une pyramide, j'ai la ferme intention de l'ouvrir. Me suis-je bien fait comprendre ?

Langdon plissa les yeux et, après quelques secondes, finit par hocher la tête.

Sato ramena la lumière sur la serrure.

— Allez-y, Anderson !

Toujours aussi hésitant, le policier sortit son pistolet avec une lenteur extrême, regardant l'arme d'un air soucieux.

— Oh, pour l'amour du Ciel ! s'exclama Sato.

Sa petite main jaillit, s'empara du pistolet et jeta la lampe torche dans les bras du policier.

— Éclairez-moi cette foutue serrure !

Avec l'efficacité d'une professionnelle entraînée au maniement des armes, elle baissa le cran de sûreté, arma le chien du semi-automatique et pointa le canon sur la serrure.

— Stop ! hurla Langdon.

Trop tard.

Le pistolet rugit trois fois.

Langdon eut l'impression que ses tympans avaient explosé. Elle est complètement malade ! se dit-il. Dans l'espace confiné, les détonations avaient été assourdissantes.

Même Anderson paraissait secoué ; sa main tremblait tandis qu'il éclairait le battant criblé de balles.

La serrure était détruite, le bois tout autour, pulvérisé. La porte était à présent entrebâillée.

Sato posa la gueule de l'arme contre le battant et poussa d'un coup pour l'ouvrir en grand. Derrière, le noir total.

Langdon fouilla l'obscurité du regard sans parvenir à distinguer quoi que ce soit. Quelle est donc cette odeur ? Une puanteur insolite imprégnait l'atmosphère.

Anderson entra le premier, la torche dirigée vers le bas. La pièce ressemblait aux autres : profonde, étroite. Les murs en pierre brute lui donnaient l'aspect d'une cellule de prison ancienne. Mais cette odeur...

— C'est vide, déclara Anderson en éclairant le sol en terre.

Quand le faisceau atteignit le pied du mur au fond de la cave, Anderson le fit remonter sur la paroi.

— Nom de Dieu ! s'écria-t-il.

Tous trois sursautèrent – ils avaient tous vu la même chose.

Langdon, horrifié, scrutait la pénombre.

Quelque chose le regardait.

36.

— Qu'est-ce que...

Anderson recula d'un pas sur le seuil de la SBB13 et faillit lâcher la torche.

Langdon eut lui aussi un mouvement de recul, de même que Sato, qui, pour la première fois de la soirée, semblait prise au dépourvu.

Le pistolet en joue, elle ordonna à Anderson d'éclairer le fond. Il s'exécuta. Malgré sa faible intensité, le faisceau était suffisant pour leur permettre de discerner une face macabre qui les observait à travers des orbites vides.

Un crâne humain !

Il était posé sur un bureau en bois branlant adossé à la paroi. Deux fémurs étaient placés à côté, ainsi que plusieurs autres objets méticuleusement arrangés comme pour composer un autel : un sablier ancien, une flasque en cristal, une bougie, deux coupelles remplies de poudre et une feuille de papier. Appuyée contre le mur près du bureau se découpait la silhouette lugubre d'une faux, dont la longue lame incurvée rappelait celle de la Grande Faucheuse.

Inoue Sato s'avança dans la pièce.

— Voyez-vous ça... On dirait que Peter Solomon garde plus de secrets que je ne l'imaginais.

Anderson hocha la tête et avança à son tour.

— C'est ce que j'appelle avoir un squelette dans le placard, dit-il en balayant le reste de la pièce avec sa lampe. Et cette odeur ! ajouta-t-il en retroussant le nez. Ça vient d'où ?

— C'est du soufre, répondit Langdon derrière eux. Il devrait y avoir deux coupelles sur cette table. Celle de droite contient du sel, celle de gauche, du soufre.

Sato se retourna d'un coup, interloquée.

— Comment vous savez ça ?

— Parce qu'il y a des chambres identiques à celle-ci partout dans le monde.

*

À l'étage supérieur, le garde Alfonso Nuñez escortait Warren Bellamy à travers l'interminable couloir qui parcourait le sous-sol côté est. Il aurait juré avoir entendu trois coups de feu étouffés en provenance du niveau inférieur. Non, impossible, s'était-il dit.

— La porte du second sous-sol est ouverte, constata Bellamy en l'apercevant de loin.

Drôle de soirée, pensa Nuñez. D'habitude, personne ne descend jamais au SBB.

— Je peux demander ce qui se passe, proposa-t-il en faisant mine de prendre sa radio.

— Non, regagnez votre poste. Je vais continuer tout seul.

Nuñez hésita.

— Vous en êtes sûr ?

L'Architecte du Capitole s'arrêta et posa une main ferme sur l'épaule du garde.

— Je travaille ici depuis un quart de siècle, fiston. Je ne risque pas de me perdre.

37.

Mal'akh avait vu bon nombre de lieux étranges, mais rares étaient ceux qui pouvaient rivaliser avec l'univers surréaliste du Cocon. On aurait dit qu'un scientifique fou avait investi un hypermarché pour remplir toutes les allées et les rayons de bocaux contenant des spécimens de toutes tailles. Éclairée comme une chambre noire, la salle gigantesque baignait dans la lueur rougeâtre de l'éclairage inactinique qui montait de derrière les étagères, illuminant les bocaux pleins d'éthanol. L'odeur clinique des agents conservateurs était écœurante.

— Cette unité abrite plus de vingt mille espèces, expliqua la jeune femme. Poissons, rongeurs, mammifères, reptiles.

— Tous morts, j'espère, dit Mal'akh en feignant la nervosité.

La fille s'esclaffa.

— Oui, oui, morts de chez morts. Je vous avouerai qu'il m'a fallu six mois avant d'oser entrer ici.

Mal'akh comprenait pourquoi. Où qu'il se tournât, son regard tombait sur une créature morte dans un bocal : salamandres, méduses, rats, insectes, oiseaux et quantité d'autres choses non identifiables. Comme si la collection en elle-même n'était pas assez intimidante, l'éclairage rouge qui protégeait ces spécimens photosensibles de toute exposition prolongée à la lumière donnait au visiteur l'impression d'être dans un aquarium géant, où des créatures sans vie se rassemblaient pour l'observer depuis la pénombre.

— Ça, c'est un cœlacanthe ! précisa la fille en indiquant un grand récipient en Plexiglas qui contenait le poisson le plus repoussant que Mal'akh eût jamais vu. On croyait que l'espèce avait disparu avec les dinosaures, mais celui-ci a été pêché en Afrique, il y a quelques années, et cédé au Smithsonian.

Vous en avez de la chance, pensa Mal'akh, qui n'écoutait que d'une oreille, occupé à étudier les murs à la recherche des caméras de sécurité. Il n'en avait vu qu'une jusque-là, pointée sur la porte d'entrée – logique quand on considérait qu'il n'y avait pas d'autre accès.

— Et là, voici ce qui vous intéressait, dit-elle en arrivant devant l'énorme réservoir que Mal'akh avait aperçu par la lucarne. Notre plus grand spécimen, l'*architeuthis*.

La jeune femme étendit le bras pour désigner la créature immonde d'un geste large, telle une présentatrice de jeu télévisé qui dévoile une voiture.

Le réservoir ressemblait à une immense cabine téléphonique allongée sur le flanc. Une chose flasque et répugnante flottait dans le long cercueil en Plexiglas. Mal'akh regarda le crâne bulbeux et les yeux de la taille d'un ballon de basket.

— Comparé à ça, votre cœlacanthe est presque beau.

— Attendez de le voir éclairé.

Trish souleva le couvercle du réservoir. Des vapeurs d'éthanol s'en échappèrent tandis qu'elle plongeait la main à l'intérieur pour actionner un interrupteur situé juste au-dessus de la surface du liquide. Un chapelet de lampes fluorescentes s'alluma tout le long de la base du réservoir. L'*architeuthis* resplendissait dans toute sa gloire : une tête colossale attachée à une masse ondulante de tentacules en décomposition et de ventouses redoutables.

Elle commença à raconter que les calmars géants étaient assez forts pour tuer des cachalots.

Mal'akh n'entendait que des babillages.

Le moment était venu.

*

Trish Dunne ne s'était jamais sentie particulièrement à l'aise dans l'Unité 3, mais le frisson qui venait de la parcourir était différent.

Primal. Viscéral.

Elle tenta vainement d'ignorer la sensation de danger grandissante qui avait planté ses griffes en elle. Si elle ne parvenait pas à identifier la source de son anxiété, son instinct la pressait de partir ; et vite.

— Enfin voilà, c'est tout pour le calmar, dit-elle en éteignant l'éclairage du réservoir. Nous devrions probablement rejoindre Katherine mainte...

Une main s'abattit soudain sur sa bouche et tira violemment sa tête en arrière. Un bras puissant se referma sur elle, l'immobilisant contre le torse de son agresseur. L'espace d'une seconde, elle fut étourdie par le choc.

Puis vint la terreur.

L'homme tâtonna sur la poitrine de Trish jusqu'à trouver la carte magnétique et tira dessus violemment. Le cordon écorcha sa nuque avant de se casser, la carte tomba par terre. Trish eut beau se débattre et essayer de se dégager, elle était incapable d'affronter un homme aussi grand et fort. La paume fermement collée sur sa bouche l'empêchait de crier. L'homme se pencha pour lui murmurer à l'oreille :

— Je vais enlever ma main. Tu n'as pas intérêt à crier, c'est compris ?

Les poumons en feu, Trish hocha vigoureusement la tête.

Quand l'homme retira sa main, elle avala une grande goulée d'air.

— Lâchez-moi ! articula-t-elle, à bout de souffle. Qu'est-ce qui vous prend ?

— Donne-moi ton code.

Trish se sentait complètement impuissante. *Katherine ! Au secours ! Qui était cet homme ?*

— Les gardes peuvent vous voir ! mentit-elle en sachant pertinemment qu'ils étaient trop loin des caméras et que, de toute façon, ils ne regardaient pas.

— Ton code ! répéta l'homme.

Une peur glaçante saisit Trish aux entrailles. Elle réussit à libérer un bras en remuant furieusement, puis se retourna et tenta de griffer les yeux de son agresseur. Ses ongles trouvèrent son visage et glissèrent sur la joue, dessinant quatre traînées noires sur la peau. Elle vit rapidement que ce n'était pas des plaies : l'homme était maquillé ; en le griffant, elle avait simplement révélé les tatouages sombres couverts de fond de teint.

D'où sort ce monstre ?

Avec une force surhumaine, il la fit virevolter comme une toupie et la hissa sur le rebord du grand réservoir rempli d'éthanol. Les vapeurs attaquèrent ses narines.

— Ton code.

Ses yeux brûlaient, elle voyait à peine la chair blanchâtre du calmar à quelques centimètres de sa figure.

— Parle ! fit l'homme en la poussant plus près de la surface. Ton code.

La brûlure acide se propagea dans sa gorge.

— Zéro, quatre, zéro, huit ! hoqueta-t-elle. Lâchez-moi ! C'est zéro, quatre, zéro, huit !

— Si tu mens...

Il augmenta encore la pression jusqu'à ce que les cheveux de Trish baignent dans l'éthanol.

— C'est la vérité ! cria-t-elle en toussant. Le 4 août ! C'est mon anniversaire !

— Merci beaucoup, Trish.

Ses doigts puissants se refermèrent sur la nuque de la jeune femme. Une force implacable plongea son visage dans le réservoir, une douleur ardente jaillit dans ses yeux. Avec une dernière poussée vigoureuse, l'homme enfonça complètement sa tête sous l'éthanol, contre la chair flasque du calmar.

Puisant jusqu'à la dernière once d'énergie au fond d'elle-même, Trish se cambra en arrière pour essayer d'émerger. Malheureusement, les mains de son agresseur ne frémirent même pas.

Il faut que je respire !

Complètement submergée, elle s'évertuait à ne pas ouvrir les yeux ni la bouche. Ses poumons étaient sur le point d'exploser tandis qu'elle luttait contre le besoin impérieux de respirer. Non ! Non ! Mais son réflexe respiratoire finit par prendre le dessus.

Sa bouche s'ouvrit en grand et ses poumons se dilatèrent d'un coup pour avaler l'oxygène dont son corps avait désespérément besoin. Dans une déferlante acide, des litres d'éthanol s'engouffrèrent dans sa gorge. La substance chimique envahit sa trachée, lui remplit les poumons. Trish n'avait jamais ressenti, jamais imaginé, une douleur aussi insupportable. Heureusement pour elle, sa souffrance fut de courte durée, et la nuit éternelle tomba sur son monde.

*

Debout à côté du réservoir, Mal'akh reprenait son souffle en évaluant les dégâts.

Le corps sans vie de l'assistante était avachi sur le rebord, la tête encore plongée dans l'éthanol. En la regardant, Mal'akh repensa à la seule autre femme qu'il avait tuée.

Isabel Solomon.

Il y a si longtemps. Dans une vie antérieure.

Mal'akh contempla la forme inerte. Il empoigna ses hanches charnues et, prenant appui sur ses jambes, poussa le cadavre dans le bassin. Le buste de Trish sombra en premier dans le liquide de conservation, puis le reste de son corps suivit naturellement. Les remous s'apaisèrent, laissant la jeune femme flotter au-dessus du monstre marin. Bientôt, ses vêtements trempés la firent couler lentement et son corps grassouillet vint se coucher sur la créature colossale.

Mal'akh s'essuya les mains et referma le couvercle en Plexiglas.

Le Cocon a un nouveau spécimen ce soir.

Il ramassa la carte magnétique et la glissa dans sa poche. Code : 0408.

Quand Trish Dunne était venue l'accueillir dans le hall, Mal'akh l'avait d'abord considérée comme un obstacle. Ensuite, il avait compris que la carte et le mot de passe garantissaient sa victoire. Si la pièce de stockage des données était aussi sécurisée que le prétendait Peter Solomon, Mal'akh aurait eu quelque difficulté à obtenir la coopération de Katherine. Maintenant, j'ai ma propre clé. Je n'ai plus besoin de perdre du temps à plier Katherine à ma volonté.

En se redressant, il vit son reflet dans une vitre et constata que son maquillage était irrémédiablement abîmé. Tant pis. Le temps que Katherine comprenne la situation, il serait déjà trop tard.

38.

— C'est une salle maçonnique ? s'enquit Sato en se détournant du crâne humain pour observer Langdon dans la pénombre.

Celui-ci hocha calmement la tête.

— On appelle cela un cabinet de réflexion. Un endroit froid et austère où le maçon peut réfléchir à sa propre mortalité. En méditant sur l'inéluctabilité de la mort, il acquiert de nouvelles perspectives sur le caractère éphémère de l'existence.

Guère convaincue, Sato étudia l'environnement étrange où ils se trouvaient.

— C'est censé être une salle de méditation ?

— En quelque sorte, oui. Ces pièces contiennent toujours les mêmes symboles : le crâne et les os croisés, la faux, le sablier, le soufre et le sel, du papier vierge, une bougie. Ces symboles de mort incitent les maçons à mieux vivre leurs vies pendant leur passage sur Terre.

— On dirait une chambre mortuaire, dit Anderson.

Ce n'est pas un hasard, songea Langdon.

— La plupart de mes étudiants en symbologie ont la même réaction, renchérit-il.

Langdon leur faisait souvent lire *Symboles des francs-maçons*, de Beresniak, qui contenait de superbes photos de cabinets de réflexion.

— Et vos étudiants ne trouvent pas bizarre que les maçons méditent avec des crânes et des faux ? demanda Sato.

— Pas plus que les chrétiens priant à genoux devant un homme crucifié, ou que des hindous psalmodiant devant un éléphant à quatre bras nommé Ganesh. L'ignorance des symboles culturels d'autrui est toujours source de préjugés.

Sato se détourna – elle n'était apparemment pas d'humeur pour une leçon de morale. Elle s'approcha de la table et de sa collection d'objets rituels. Anderson voulut les éclairer, mais la lampe commençait à perdre de la puissance. Il tapota sur le capuchon pour en tirer un peu plus d'énergie.

Le trio avança vers le mur du fond. L'odeur nauséabonde emplit les narines de Langdon. L'humidité de l'air activait le soufre dans la coupelle. Sato examina le crâne et les accessoires qui l'accompagnaient. Anderson se joignit à elle, faisant de son mieux pour éclairer le bureau de sa lumière vacillante.

Une fois son inspection terminée, Sato posa les mains sur ses hanches et poussa un soupir.

— Qu'est-ce que c'est que cette camelote ?

Langdon, lui, savait que chaque objet avait été soigneusement choisi et positionné.

— Ce sont des symboles de transformation, expliqua-t-il, se sentant à l'étroit quand il rejoignit Sato et Anderson devant la table. Le crâne, ou *caput mortuum*, représente la dernière transformation de l'homme au cours de la décomposition ; il nous rappelle que nous allons tous quitter notre enveloppe charnelle un jour ou l'autre. Le soufre et le sel sont des catalyseurs alchimiques qui facilitent la transmutation. Et le sablier représente le pouvoir de transformation du temps. (Il indiqua la bougie éteinte.) Et ça, c'est le feu primitif, le feu initiatique, l'homme qui se réveille du sommeil de l'ignorance – la métamorphose par l'illumination.

— Et ce machin-là ? s'enquit Sato en tendant le bras.

Suivant son geste, Anderson éclaira la grande faux en équilibre contre le mur.

— Contrairement à ce que pensent la plupart des gens, ce n'est pas un symbole de mort. La faux représente la transformation à travers le pouvoir nourricier de la nature – la moisson de ses fruits.

Sato et Anderson se turent, tâchant sans doute d'assimiler les explications de Langdon sur les bizarreries qui les entouraient.

Langdon, lui, voulait seulement sortir de là.

— Je comprends que cette pièce vous paraisse étrange, mais il n'y a rien d'anormal. Beaucoup de loges maçonniques ont des chambres pareilles à celle-ci.

— Mais nous ne sommes pas dans une loge maçonnique ! objecta Anderson. Nous sommes dans le Capitole des États-Unis et j'aimerais bien savoir ce que fiche un endroit pareil dans mon bâtiment.

— Il arrive que les maçons aménagent ces pièces sur leur lieu de travail ou chez eux. Ce n'est pas inhabituel.

Langdon connaissait un cardiologue à Boston qui avait converti un placard, à l'hôpital, en cabinet de réflexion afin de méditer sur le principe de mortalité avant d'entrer au bloc opératoire.

Sato semblait perplexe.

— Vous voulez dire que Peter Solomon descendait ici pour réfléchir à la mort ?

— Je l'ignore, répondit Langdon avec sincérité. Peut-être a-t-il créé cette chambre pour ses frères maçons qui travaillent dans le Capitole, afin de leur procurer un sanctuaire spirituel à l'écart du chaos du monde matériel. Un endroit où un sénateur, par exemple, pourrait se recueillir avant de prendre une décision capitale.

— C'est très touchant, fit Sato, sarcastique, mais je ne pense pas que les Américains seraient enchantés à l'idée que leurs dirigeants s'enferment dans des placards pour prier avec des crânes et des faux.

Eh bien, ça ne devrait pas les gêner, pensa Langdon en imaginant combien le monde serait différent si les puissants prenaient le temps de considérer l'irrévocabilité de la mort avant de lancer leur pays dans une guerre.

Les lèvres pincées, Sato examina attentivement les quatre coins de la cave.

— Il y a forcément autre chose ici à part des ossements humains et des tas de poudre. Quelqu'un vous a arraché à votre maison de Cambridge pour vous conduire dans cette pièce bien précise.

Langdon resserra son étreinte sur son sac de voyage, ne comprenant toujours pas quelle utilité le paquet de Solomon pouvait avoir.

— Je suis navré, madame, mais je ne vois rien qui sorte de l'ordinaire.

Allaient-ils enfin s'intéresser au sort de Peter ?

La lampe d'Anderson clignota à nouveau. Sato se tourna vers lui avec agacement.

— Bon sang, il faut tout faire soi-même ici !

Elle extirpa un briquet de sa poche. Après l'avoir allumé, elle rapprocha la flamme de la bougie sur le bureau. La mèche crachota un peu avant de prendre, projetant une lueur pâle sur l'espace confiné. Des ombres allongées dansèrent sur les murs en pierre. Quand la lumière fut stabilisée, un tableau inattendu s'offrit à eux.

— Regardez ! s'écria Anderson, le bras tendu.

Au-dessus de la bougie, ils aperçurent un graffiti estompé : sept lettres majuscules griffonnées sur la paroi du fond.

VITRIOL

— Il y a plus gai comme mot ! observa Sato alors que la bougie projetait l'ombre sinistre du crâne sur les lettres.

— C'est un acronyme, rectifia Langdon. On le trouve dans la plupart des cabinets de réflexion. C'est un mantra pour guider la méditation : *Visita interiora terrae, rectificando invenies occultum lapidem.*

Sato le regarda avec une expression presque admirative.

— Ce qui veut dire ?

— Visite l'intérieur de la terre, et, en rectifiant, tu trouveras la pierre cachée.

Un éclair traversa les yeux de Sato.

— La pierre cachée a-t-elle un rapport avec la pyramide ?

Préférant ne pas encourager le parallèle, Langdon haussa les épaules.

— Ceux qui aiment nourrir des fantasmes de pyramides occultes en plein Washington vous diraient sans doute que *occultum lapidem* renvoie à la pyramide de pierre. D'autres prétendront que ces mots évoquent la Pierre philosophale, dont les alchimistes croyaient qu'elle avait le pouvoir de donner la vie éternelle ou de transmuter le plomb en or. D'autres encore affirmeront que c'est une référence au Saint des Saints, une chambre de pierre cachée au cœur du Grand Temple maçonnique. Et d'autres enfin y verront un rappel chrétien des enseignements cachés de saint Pierre. Chaque tradition ésotérique interprète le mot « pierre » à sa manière, mais l'*occultum lapidem* est invariablement source de pouvoir et d'illumination.

Anderson s'éclaircit la gorge avant de parler :

— Est-il possible que Solomon ait menti à son ravisseur ? Pour l'envoyer sur une fausse piste, par exemple.

Langdon se posait la même question.

Soudain, la flamme vacilla comme si un courant d'air avait soufflé dessus. Elle faiblit un instant avant de se stabiliser.

— Bizarre, fit Anderson. J'espère que personne n'a fermé la porte à l'étage. (Il sortit dans le couloir plongé dans l'obscurité.) Il y a quelqu'un ?

Langdon remarqua à peine son départ. Il avait les yeux fixés sur le mur. *J'ai la berlue ou quoi ?*

— Vous avez vu ça ? demanda Sato, regardant elle aussi le mur d'un air intrigué.

Langdon acquiesça. Son pouls s'accéléra.

L'instant d'avant, la paroi avait semblé scintiller, comme si une onde d'énergie avait parcouru sa surface.

Anderson revint vers eux.

— Il n'y a personne. (Juste à ce moment-là, la paroi scintilla de nouveau.) Oh, putain ! s'exclama-t-il en faisant un bond en arrière.

Comme envoûtés par le mur, tous trois restèrent muets pendant un long moment. Un frisson parcourut Langdon, quand il comprit l'origine du phénomène. Il tendit la main prudemment jusqu'à toucher la surface grise du bout des doigts.

— Ce n'est pas un mur.

Anderson et Sato s'approchèrent.

— C'est une toile.

— Elle a ondulé, dit Sato.

Oui, d'une façon bizarre. Langdon l'examina de plus près. Si le lustre du canevas avait reflété la lueur de la bougie de manière étrange, c'était parce que la toile avait ondulé vers l'intérieur... Au lieu de se soulever vers eux, elle s'était enfoncée dans le mur.

Langdon appuya délicatement sur le canevas. Surpris, il retira vivement la main. Une ouverture ?

— Écartez ça ! lui intima Sato.

Le cœur battant à tout rompre, Langdon repéra la bordure du canevas et la tira doucement sur le côté. Lorsqu'il vit ce qui se cachait derrière, il n'en crut pas ses yeux.

Mon Dieu...

Anderson et Sato, pantois, contemplèrent la niche dans le mur.

Sato brisa le silence.

— On dirait que nous avons trouvé notre pyramide

39.

Robert Langdon observa la cavité parfaitement carrée qui était creusée dans le mur. Dissimulée derrière la toile en trompe-l'œil, elle mesurait environ un mètre de côté. Quelqu'un avait délogé les briques pour ménager cette ouverture. Dans la pénombre, Langdon crut d'abord qu'il s'agissait d'une fenêtre donnant sur une autre pièce.

Il comprit vite qu'il se trompait.

Le renfoncement ne faisait que quelques centimètres de profondeur. Tel un écrin grossièrement taillé, il ressemblait à une alcôve destinée à recevoir une statuette. Et, comme il convenait, il y avait justement une sculpture à l'intérieur.

C'était un bloc de granite sculpté d'une vingtaine de centimètres de hauteur. L'objet lisse, aux lignes élégantes, comportait quatre faces polies qui brillaient à la lueur de la bougie.

Une pyramide ?

Langdon se demanda ce qu'elle faisait là.

— À en juger par votre air étonné, dit Sato d'un ton suffisant, j'en déduis que cet objet n'est pas courant dans les cabinets de réflexion.

Langdon secoua la tête.

— Dans ce cas, peut-être souhaitez-vous réviser votre position sur le mythe de la Pyramide maçonnique cachée à Washington ?

— Madame Sato, répondit sèchement Langdon, cette petite sculpture n'est assurément pas la Pyramide maçonnique.

— C'est donc une coïncidence que nous l'ayons trouvée au cœur du Capitole dans une pièce qui appartient à un franc-maçon de haut grade.

Langdon se frotta les yeux, s'efforçant de mettre de l'ordre dans ses pensées.

— Cette pyramide ne cadre absolument pas avec la légende. La Pyramide maçonnique est censée être gigantesque et posséder un sommet en or massif.

Cette sculpture-là avait le sommet aplati : ce n'était même pas une pyramide complète. Sans la pointe, elle représentait un tout autre symbole, connu sous le nom de Pyramide inachevée, qui rappelait à l'homme que la réalisation de son potentiel passait par un travail constant. Peu de gens savaient que ce symbole était le plus reproduit au monde : plus de vingt milliards d'exemplaires imprimés. Ornant chaque billet de un dollar en circulation, la Pyramide inachevée attendait patiemment sa coiffe rayonnante, qui flottait au-dessus du sommet tronqué pour rappeler à l'Amérique son destin encore inaccompli, le travail restant à faire – aussi bien pour la nation elle-même que pour les individus qui la composaient.

— Descendez-la, dit Sato à Anderson. Je veux la voir de plus près.

Elle fit de la place sur le bureau en balayant le crâne et les ossements d'un revers de la main, sans la moindre considération.

Langdon avait l'impression d'être en compagnie de pilleurs de tombes venus profaner un sanctuaire.

Écartant Langdon, le policier glissa les deux mains dans l'alcôve et referma ses larges paumes de part et d'autre de la pyramide. Il eut du mal à la soulever à cause de sa position inconfortable et la tira maladroitement à lui. Craignant qu'elle ne lui glisse entre les mains, il la posa brutalement sur la table. À entendre l'impact sur le bois, l'objet était lourd Anderson recula pour laisser la place à Sato.

Celle-ci approcha la bougie de la pyramide afin d'en étudier la surface. Elle l'effleura lentement de ses doigts menus, examinant chaque millimètre du sommet tronqué, puis des côtés. Elle passa les mains derrière pour toucher la dernière face. Elle fronça les sourcils et soupira.

— Professeur, vous avez dit tout à l'heure que la Pyramide maçonnique a été construite pour protéger des informations secrètes.

— D'après la légende, oui.

— Donc, hypothétiquement parlant, si le ravisseur de Peter Solomon croit que cette sculpture est la Pyramide maçonnique, il croit également qu'elle contient des secrets puissants.

Langdon hocha la tête, exaspéré.

— Oui, mais même s'il se procurait ces informations, il ne pourrait probablement pas les lire. D'après la légende, le contenu de la pyramide est codé et ne révélera ses secrets qu'à ceux qui en seront dignes.

— Pardon ?

Malgré son impatience, Langdon parvint à répondre d'un ton égal.

— Les trésors mythologiques sont toujours protégés par des épreuves de bravoure. Dans la légende d'Excalibur, par exemple, le rocher refuse de libérer la lame pour tout autre qu'Arthur, le seul qui soit prêt spirituellement à se servir de l'incroyable pouvoir de l'épée. La Pyramide maçonnique respecte cette tradition : il est dit que le trésor qu'elle renferme – les secrets, donc – est rédigé dans un langage codé, une langue mystique disparue que seuls les plus méritants sauront lire.

Un demi-sourire courut sur les lèvres de Sato.

— Voilà qui pourrait expliquer votre présence ici ce soir.

— Que voulez-vous dire ?

Calmement, Sato fit pivoter la pyramide de 180 degrés, de manière à éclairer le quatrième côté.

Robert Langdon écarquilla les yeux.

— Il semblerait que quelqu'un vous trouve digne de cette mission.

40.

Qu'est-ce qu'elle fabrique ?

Katherine Solomon consulta à nouveau sa montre. Certes, elle avait oublié de prévenir le psychiatre du trajet assez particulier qui l'attendait pour rejoindre le laboratoire, mais elle ne pouvait pas croire que l'obscurité les ait ralentis autant. Ils auraient déjà dû être là.

Elle marcha jusqu'à l'entrée et ouvrit la porte doublée de plomb. Avançant la tête à l'extérieur, elle tendit l'oreille quelques secondes sans rien entendre.

— Trish ? appela-t-elle.

Silence.

Pensive, elle referma la porte et sortit son téléphone pour appeler le garde à l'entrée.

— Ici Katherine. Trish est encore chez vous ?

— Non, madame. Elle est partie avec votre invité il y a une dizaine de minutes.

— Vraiment ? Je crois qu'ils ne sont même pas encore dans l'Unité 5.

— Un instant, je vais vérifier. Non, en effet. D'après le registre, la carte de Miss Dunne n'a pas été utilisée pour accéder à l'Unité 5. Sa dernière utilisation remonte à huit minutes. Unité 3. On dirait qu'elle a offert une petite visite guidée à votre invité.

Katherine se renfrogna. On dirait, oui. C'était assez surprenant, mais au moins Trish n'allait pas s'éterniser dans le Cocon : l'odeur y était insoutenable.

— Et mon frère ?

— Il n'est pas encore arrivé.

— Merci.

Lorsqu'elle raccrocha, un sentiment d'appréhension inattendu envahit Katherine. Elle s'arrêta, inquiète, mais cela ne dura que quelques secondes. Elle avait éprouvé le même malaise en pénétrant dans la maison d'Abaddon, quand son intuition féminine l'avait trompée de façon embarrassante.

Non, ce n'est rien.

41.

C'est impossible, songea Robert Langdon en étudiant la pyramide de granite.

— Alors, ça vous convient comme langue ancienne codée ? demanda Sato, les yeux rivés sur le bloc de pierre.

Sur la quatrième face de la sculpture, était finement gravée une série de seize caractères.

La stupéfaction de Langdon avait gagné Anderson, qui contemplait bouche bée la pyramide comme s'il se trouvait devant un OVNI.

— Professeur ? l'interpella Sato. Je présume que vous pouvez comprendre ça.

— Et pourquoi donc ?

— Parce qu'on vous a attiré ici. Vous avez été choisi. Cette inscription est manifestement un code et, vu votre réputation, il me paraît évident que vous êtes ici pour le déchiffrer.

Langdon ne pouvait nier qu'après ses aventures à Rome et à Paris il avait reçu quantité d'invitations à déchiffrer les codes les plus hermétiques de l'Histoire : le disque de Phaistos, le chiffre de Dorabella, le mystérieux manuscrit de Voynich.

Sato effleura les caractères.

— Que signifient ces symboles ?

Ce n'étaient pas des symboles, mais des signes. Il avait aussitôt reconnu la langue : un code crypté du XVIIe siècle. Il savait exactement comment procéder pour le déchiffrer.

— Madame, reprit Langdon en hésitant, cette pyramide appartient à Peter. C'est privé.

— Privé ou pas, si ce code est bien la raison pour laquelle on vous a fait venir à Washington, je me moque de votre avis. Je veux savoir ce qu'il y a d'écrit !

Le BlackBerry émit un bip sonore. Sato le sortit d'un geste brusque et étudia le message pendant un bon moment. Langdon n'en revenait pas qu'il y eût encore du réseau à cette profondeur.

Inoue Sato haussa les sourcils en maugréant avant de lancer à Langdon un regard torve.

— Officier Anderson ? J'aimerais vous parler en privé, s'il vous plaît.

Ils disparurent dans l'obscurité du couloir, laissant Langdon seul dans la lueur tremblotante qui éclairait le cabinet de réflexion de son ami.

*

Anderson se demanda si cette soirée finirait jamais. *Une main amputée dans ma Rotonde ! Un autel funéraire dans mon sous-sol ! Des inscriptions bizarroïdes sur une pyramide !* Étrangement, le match des Redskins ne lui paraissait plus aussi important.

En suivant Sato dans le couloir, il ralluma sa lampe torche. Les piles étaient presque à plat, mais c'était mieux que rien. Sato s'éloigna de quelques mètres afin d'être hors de portée de voix de Langdon.

— Jetez un coup d'œil là-dessus, murmura-t-elle en lui montrant son BlackBerry.

Anderson prit l'appareil et regarda l'image en noir et blanc sur l'écran. C'était la photo aux rayons X du sac de Langdon que Sato avait demandée. Les objets apparaissaient en blanc. Parmi les affaires du professeur, un objet brillait plus que tous les autres. D'une densité extrême, il scintillait tel un diamant. Sa forme ne laissait aucun doute.

Il avait ça sur lui depuis le début ? se demanda Anderson déconcerté. Il leva les yeux vers Sato.

— Pourquoi n'a-t-il rien dit ?

— Bonne question, chuchota cette dernière.

— Cette forme... ça ne peut pas être une coïncidence.

— Non, gronda Sato, furieuse. Non, ça m'étonnerait beaucoup.

Un bruissement dans le couloir attira l'attention d'Anderson, qui pointa la lampe vers les escaliers. Le faisceau agonisant ne révéla rien d'autre qu'un passage vide bordé de portes ouvertes.

— Ohé ! Il y a quelqu'un ?

Silence.

Sato, qui n'avait apparemment rien entendu, lui lança un drôle de regard.

Le policier tendit l'oreille quelques secondes, puis secoua la tête.

Il faut vraiment que je me tire d'ici ! songea-t-il.

*

Seul devant la table en bois, Langdon fit courir ses doigts sur les bords ciselés de la gravure. Malgré sa curiosité, il répugnait à violer davantage la vie privée de Peter Solomon. Et pourquoi son ravisseur s'intéresserait-il à cette petite pyramide ?

— Nous avons un problème, professeur, déclara la voix forte de Sato derrière lui. Je viens de recevoir de nouvelles informations ; j'en ai plus qu'assez de vos mensonges !

Langdon se retourna et vit la petite femme s'approcher d'un pas martial, BlackBerry à la main. Surpris, Langdon lança un regard interrogateur à Anderson, qui ne lui témoignait à présent plus aucune sympathie. Sato brandit son portable sous le nez de Langdon.

Il examina l'écran, sur lequel s'affichait une photo en noir et blanc, semblable à un négatif. On y voyait un amas d'objet divers, dont l'un brillait particulièrement.

Bien qu'il fût de travers et décentré, il s'agissait clairement d'un petit tétraèdre.

Une pyramide miniature ? Langdon baissa les yeux
sur Sato.

— Qu'est-ce que c'est ?

Sa question ne fit qu'excéder Sato encore plus.

— Vous vous moquez de moi ?

Langdon perdit son calme le premier.

— Non, je ne me moque pas de vous ! Je n'ai jamais
vu cette chose !

— Foutaises ! tempêta Sato. Vous l'avez dans votre
sac depuis le début de la soirée !

— Je...

Langdon s'interrompit et porta lentement son attention sur sa sacoche avant de la ramener sur le BlackBerry.
Oh, Seigneur, le paquet... Il examina la photo plus attentivement. Cette fois, c'était évident. Un cube diaphane
entourait la pyramide. Il comprit avec stupeur qu'il était
en train de regarder une image aux rayons X de son propre sac – et du mystérieux paquet de Peter. Le cube était
une boîte qui renfermait une petite pyramide.

Il ouvrit la bouche pour parler, mais les mots restèrent bloqués dans sa gorge. Et, soudain, ses poumons se
vidèrent ; une autre révélation le frappa de plein fouet.

Simple. Pure. Bouleversante.

Non...

La pyramide tronquée en granite. Sur le bureau. Le
sommet plat formait un petit carré, un espace vierge qui
attendait l'élément final... celui qui transformerait la
Pyramide inachevée en Pyramide véritable.

Dans son sac se trouvait la pierre de faîte ! Et en
cet instant précis, il comprit pourquoi lui seul pouvait
résoudre les mystères de cette pyramide.

Je possède la dernière pièce.

Et cette pièce, c'était bel et bien... un talisman.

Quand Peter lui avait parlé de talisman, Langdon
s'était moqué de lui. Il voyait à présent que son ami avait
raison. Ce minuscule objet était bien un talisman, même
s'il n'avait rien de magique. Bien avant d'acquérir une
connotation merveilleuse, le mot « talisman » signifiait

« achèvement ». Dérivé du grec *telesma*, « complet », le terme désignait tout objet ou idée qui en complétait un autre, qui l'achevait. L'élément final. D'un point de vue symbolique, la pierre de faîte était le talisman qui transformait la Pyramide inachevée en un parangon de perfection.

Langdon se trouvait au centre d'événements funestes l'obligeant à admettre une vérité inconfortable : exception faite de sa taille, la pyramide de granite se transformait progressivement en quelque chose qui pouvait ressembler à la Pyramide maçonnique légendaire.

À en juger par son éclat sous les rayons X, l'objet était sûrement en métal – un métal très dense. Impossible de savoir si c'était de l'or ou pas, et il n'allait sûrement pas s'abandonner aux spéculations. Cette pyramide est trop petite pour être celle de la légende. Le code est trop facile à déchiffrer. Et puis .. ce n'était qu'un mythe, bon sang !

Sato le dévisageait.

— Pour un homme de votre intelligence, professeur, vous avez fait des choix vraiment stupides ce soir. Mentir à un officier supérieur de la CIA ? Faire obstruction à mon enquête ?

— Je peux tout expliquer, si vous voulez bien m'écouter.

— Vous vous expliquerez au quartier général de la CIA. Vous êtes en état d'arrestation.

Langdon se raidit.

— Vous plaisantez !

— Est-ce que j'en ai l'air ? Je vous ai dit et répété que les enjeux étaient de taille. Vous avez choisi de ne pas coopérer. Je vous suggère fortement de commencer à réfléchir au décryptage de cette inscription, parce que le temps que nous arrivions à Langley... (Elle prit une photo de la gravure en gros plan avec son smartphone.) Mes analystes auront une longueur d'avance sur vous.

Langdon ouvrit la bouche pour protester mais Sato lui tournait déjà le dos.

— Officier Anderson ! Mettez la pyramide dans le sac, c'est vous qui la garderez. Je m'occupe de M. Langdon jusqu'au centre de détention. Votre arme, s'il vous plaît.

Le visage de marbre, Anderson décrocha l'agrafe de son holster et donna son pistolet à Sato, qui mit aussitôt Langdon en joue.

Ce dernier assistait à la scène comme dans un rêve.

Anderson s'approcha de lui pour s'emparer du sac qu'il portait à l'épaule. Il le posa sur une chaise à côté de la table et, après avoir ouvert la fermeture Éclair, en écarta les pans pour y ranger la lourde pyramide avec les notes de Langdon et le petit paquet.

Il y eut soudain un mouvement dans le couloir. Une silhouette noire se matérialisa dans l'embrasure de la porte et fondit sur Anderson à une vitesse incroyable. Dos tourné, le policier ne sentit même pas venir son agresseur. L'épaule en avant, l'inconnu percuta Anderson en plein entre les omoplates. Sous le choc, le policier fut projeté en l'air et se cogna violemment la tête contre le rebord de l'alcôve ; il s'effondra comme une masse sur le bureau, envoyant les objets rituels voler dans tous les sens. Le sablier explosa contre le sol, la bougie tomba par terre sans s'éteindre.

Surprise, Sato eut un instant d'hésitation et, le temps qu'elle brandisse son arme, l'intrus avait empoigné un fémur pour le lui assener sur l'épaule. Sato tituba avec un cri de douleur, laissant échapper le pistolet. L'inconnu éloigna l'arme d'un coup de pied avant de se tourner vers Langdon. C'était un homme noir élégant, grand et mince.

— Prenez la pyramide ! aboya-t-il. Et suivez-moi !

42.

Il ne faisait aucun doute que le sauveur de Langdon, qui le guidait à travers le labyrinthe souterrain du Capitole, était un personnage haut placé. Indépendamment

de sa connaissance intime des tours et détours du bâtiment, l'étranger possédait un trousseau de clés auquel
nulle serrure ne résistait.

Langdon le talonnait dans des escaliers qu'il ne reconnaissait pas. À chaque nouvelle marche, la lanière de son
sac lui creusait un peu plus l'épaule. Langdon craignait
qu'elle ne cède sous le poids de la pyramide de granite.

Les minutes qui venaient de s'écouler défiaient toute
logique. Désormais, Langdon se fiait purement à son instinct, qui lui soufflait de faire confiance à cet homme. En
plus d'avoir arraché Langdon des griffes de Sato, il avait
pris des risques considérables pour protéger la pyramide
de Peter Solomon – quoi qu'elle représentât. Même si ses
motivations demeuraient un mystère, Langdon avait
remarqué sur sa main l'étincelle dorée d'une bague identique à celle de Solomon – le phœnix et le nombre 33. Peter
et cet homme étaient plus que de bons amis. Ils étaient
frères maçonniques du plus haut grade.

Langdon le suivit jusqu'au sommet des escaliers, dans
un autre passage, puis vers une petite porte qui donnait
sur un couloir réservé à l'entretien. Ils coururent en évi-
tant les caisses de fournitures et les sacs poubelle, puis
tournèrent brusquement pour ouvrir une porte de service
qui les amena dans un monde totalement inattendu : une
luxueuse salle de projection. L'inconnu remonta l'allée et
franchit les doubles portes. Ils émergèrent dans la lumière
d'un vaste atrium. Langdon reconnut le Centre d'accueil
des visiteurs par lequel il était entré.

Malheureusement, un garde les attendait de pied
ferme.

Langdon et son bienfaiteur arrivèrent face au policier et les trois hommes se dévisagèrent. Langdon
reconnut le jeune Hispanique qui travaillait au poste de
sécurité.

— Agent Nuñez, fit l'étranger. Pas un mot. Suivez-moi.

Le garde semblait mal à l'aise, ce qui ne l'empêcha
pas d'obéir sans discuter.

Qui est donc cet homme ?

Le trio se dirigea hâtivement vers le coin sud-est du
Centre d'accueil, jusqu'à un petit foyer où se trouvaient

de lourdes portes. Une barrière de cônes orange en interdisait l'accès et du ruban adhésif avait été posé tout autour des battants – sans doute pour empêcher la poussière des travaux de l'autre côté d'envahir le hall. Après avoir arraché le scotch, l'homme se mit à chercher la bonne clé dans son trousseau tout en parlant au garde.

— Notre ami le chef Anderson est au second sous-sol, peut-être blessé. Je vous conseille de vous rendre sur place.

— Oui, monsieur, fit Nuñez, aussi alarmé que dérouté.

— Et, surtout, pas un mot. Vous ne nous avez pas vus.

Ayant trouvé la clé, il la détacha de l'anneau et déverrouilla la grosse serrure. Il poussa la porte en acier, puis remit la clé au garde.

— Refermez derrière nous et replacez le scotch le mieux possible. Gardez la clé et ne dites rien à personne. À personne, c'est compris ? Pas même au chef Anderson. Est-ce bien clair, Nuñez ?

Le jeune homme contemplait la clé comme si on venait de lui confier un trésor.

— Très clair, monsieur.

L'étranger s'engouffra ensuite dans le passage avec Langdon qui le suivait comme une ombre, tandis que le garde refermait la porte derrière eux et s'affairait à recoller le ruban adhésif.

— Professeur Langdon, dit enfin l'homme tandis qu'ils marchaient à grandes enjambées dans un couloir moderne encore en travaux. Je m'appelle Warren Bellamy. Peter Solomon est un ami très cher.

Langdon lui lança un regard étonné. Warren Bellamy ? S'il n'avait jamais rencontré l'Architecte du Capitole, son nom, en revanche, ne lui était pas inconnu.

— Peter a beaucoup d'estime pour vous, continua Bellamy. Je suis désolé que notre rencontre se passe en de si funestes circonstances.

— Peter est en grand danger. Sa main...

— Je sais, fit Bellamy, lugubre. Et ce n'est que le début, je le crains.

Ils atteignirent le bout de la portion éclairée du couloir, où le passage prenait un virage abrupt à gauche. Le reste du chemin était plongé dans l'obscurité.

— Un instant.

Bellamy disparut dans un local technique d'où sortait une tresse de rallonges électriques orange qui s'en allaient en serpentant vers la zone plongée dans le noir. Langdon patienta pendant qu'il fouillait à l'intérieur. L'Architecte avait dû trouver l'interrupteur qui alimentait les rallonges, car le couloir s'éclaira brusquement.

Langdon ne cacha pas son étonnement.

À l'image de Rome, Washington était sillonnée de passages secrets et de tunnels souterrains. Celui qui s'ouvrait devant lui rappela à Langdon le *passetto* qui reliait le Vatican au Château Saint-Ange. Long. Sombre. Étroit. Toutefois, contrairement à ce dernier, ce tunnel-là était moderne et encore inachevé. Il était si long et exigu qu'il semblait se perdre dans le néant. Les guirlandes d'ampoules qui éclairaient le couloir ne faisaient qu'accentuer cet effet.

Bellamy était déjà en train de s'enfoncer dans le passage.

— Suivez-moi. Faites attention à l'endroit où vous posez les pieds.

Langdon lui emboîta le pas, en se demandant où ce couloir pouvait bien mener.

*

Au même moment, dans les réserves du Smithonian, Mal'akh émergeait du Cocon et remontait à pas vifs l'« Avenue » déserte en direction de l'Unité 5. La carte magnétique de Trish à la main, il répétait à mi-voix : « Zéro, quatre, zéro, huit. »

Une autre pensée le tourmentait. Il venait de recevoir un message du Capitole. Son contact avait rencontré des difficultés inattendues. Les nouvelles restaient néanmoins encourageantes : Robert Langdon était désormais en possession des deux morceaux de la pyramide – la base tronquée et la coiffe ! Malgré des événements imprévisibles, les pièces les plus importantes du puzzle étaient en train de se mettre en place. À croire que le destin lui-même avait planifié cette soirée, rendant le triomphe de Mal'akh inévitable.

43.

Langdon calait son pas sur celui de Warren Bellamy, qui le guidait sans un mot le long du tunnel. L'Architecte du Capitole semblait beaucoup plus déterminé à emporter la pyramide loin de Sato qu'à expliquer la situation à Langdon. Ce dernier soupçonnait fort qu'elle était beaucoup plus compliquée qu'il ne l'imaginait.

La CIA ? L'Architecte du Capitole ? Deux maçons du trente-troisième degré ?

La sonnerie stridente du portable de Langdon perça le silence. Prenant son téléphone dans la poche de sa veste, il hésita brièvement avant de répondre :

— Allô ?

Il reconnut aussitôt la voix sinistre à l'autre bout du fil.

— Professeur, vous avez eu de la compagnie, à ce qu'il paraît.

Ce souffle rauque lui faisait froid dans le dos.

— Où est Peter ? s'énerva Langdon.

Sa voix résonna dans le tunnel. Warren Bellamy tourna la tête vers lui, l'air inquiet, en lui faisant signe malgré tout de ne pas ralentir.

— Ne vous inquiétez pas. Je vous l'ai dit, votre Peter est en sécurité.

— Vous lui avez coupé la main, nom de Dieu ! Il a besoin d'un médecin !

— Non, il a besoin d'un prêtre. Mais vous pouvez encore le sauver. Si vous suivez mes instructions à la lettre, vous avez ma parole que Peter Solomon ne mourra pas.

— La parole d'un fou n'a aucune valeur.

— Un fou ? Je n'ai fait que suivre de façon scrupuleuse les protocoles ancestraux. Ce détail ne vous a pas échappé, j'en suis certain. La Main des mystères vous a conduit à une porte – la pyramide qui promet de révéler le savoir secret des Anciens. Et je sais qu'à présent vous l'avez entre vos mains.

— Vous croyez que *ça*, c'est la Pyramide maçonnique ? C'est juste un bloc de pierre.

— Monsieur Langdon, reprit l'inconnu après un silence, jouer les idiots ne vous va pas. Vous savez très bien ce que vous avez découvert ce soir. Une pyramide en pierre... cachée au cœur de Washington... par un puissant franc-maçon.

— Vous chassez un mythe ! Quoi que vous ait dit Peter, c'était sa peur qui parlait. La légende de la Pyramide maçonnique n'est qu'une chimère. Les maçons n'ont jamais construit de pyramide pour protéger un savoir ancien. Et même si c'était le cas, celle-ci est beaucoup trop petite pour faire l'affaire.

L'homme ricana.

— Je vois que Peter ne vous a pas dit grand-chose. Peu importe. Que vous acceptiez ou non la nature de cet objet, vous allez m'obéir. Il y a une inscription gravée sur la pyramide. Vous allez la déchiffrer pour moi. Après cela, et seulement après, je vous rendrai Peter Solomon.

— Quoi que vous attendiez de cette inscription, elle ne vous révélera pas les Mystères anciens.

— Bien sûr que non, les Mystères sont beaucoup trop vastes pour être consignés sur la face d'une petite pyramide de pierre.

La réponse prit Langdon au dépourvu.

— Mais... si cette gravure n'a rien à voir avec les Mystères, alors cet objet n'est pas la Pyramide maçonnique. La légende spécifie clairement qu'elle a été construite pour protéger les Mystères anciens.

— C'est effectivement son rôle, oui, mais avec une subtilité supplémentaire qui, semble-t-il, vous a échappé.

Peter Solomon ne vous a rien dit ? Le pouvoir de la Pyramide maçonnique n'est pas de révéler les Mystères eux-mêmes, mais leur emplacement géographique. Le lieu où ils sont enterrés.

Langdon resta muet de surprise.

— Déchiffrez l'inscription, répéta la voix. Elle vous donnera l'emplacement du plus grand trésor de l'humanité. (Il s'esclaffa.) Vous croyiez vraiment que Peter Solomon vous avait confié le trésor proprement dit ?

Langdon s'arrêta brusquement au milieu du tunnel.

— Attendez. Vous prétendez que la pyramide est... une carte ?

Bellamy s'arrêta lui aussi et le regarda avec une expression d'inquiétude et de stupéfaction mêlées. Le ravisseur de Peter avait visiblement touché un nerf sensible.

La pyramide est une carte !

— Cette carte – pyramide, porte, appelez-la comme vous voudrez – fut créée il y a longtemps pour garantir que la cache des Mystères anciens ne serait jamais oubliée. Pour empêcher sa disparition dans le flot de l'Histoire.

— Une grille de seize symboles, ça ne ressemble guère à une carte.

— Les apparences sont trompeuses, professeur. Dans tous les cas, vous êtes le seul capable de déchiffrer cette inscription.

— Vous faites erreur, rétorqua Langdon en se rappelant le code rudimentaire. N'importe qui pourrait la décrypter. C'est un jeu d'enfant.

— Je doute que ce soit aussi simple que ça en a l'air. Et, de toute façon, c'est vous qui possédez la pierre de faîte.

La petite boîte de Peter. L'ordre à partir du chaos ? Il ne savait plus que croire. Dans son sac, la pyramide de granite pesait de plus en plus lourd.

*

Mal'akh pressa le téléphone contre son oreille pour écouter la douce musique de la respiration angoissée de Langdon.

— Dans l'immédiat, j'ai une affaire pressante à régler, professeur. Et vous aussi. Rappelez-moi dès que vous aurez déchiffré la carte. Nous nous retrouverons à l'emplacement désigné, où nous procéderons à l'échange : la vie de Peter Solomon... contre le savoir des temps anciens.

— Hors de question, surtout si je n'ai aucune preuve que Peter soit toujours vivant !

— Je vous déconseille de me provoquer. Vous n'êtes qu'un minuscule rouage dans une très grande machine. Si vous n'obéissez pas, Solomon mourra. J'en fais le serment.

— Qu'est-ce qui me dit que Peter n'est pas déjà mort ?

— Oh, il est vivant, mais il a désespérément besoin de votre aide.

— Qu'est-ce que vous voulez, à la fin ! cria Langdon.

Mal'akh réfléchit avant de répondre.

— De nombreuses personnes ont cherché les Mystères, imaginé leur pouvoir. Ce soir, j'entends prouver leur existence.

Langdon resta muet.

— Vous feriez mieux de vous mettre au travail immédiatement. J'ai besoin de cette information aujourd'hui, à minuit.

— À minuit ? Il est déjà 21 heures passées.

— Raison de plus. *Tempus fugit*, monsieur Langdon.

44.

À New York, l'éditeur Jonas Faukman venait d'éteindre la lumière dans son bureau de Manhattan quand le téléphone sonna. Vu l'heure tardive, il n'avait aucune intention de répondre, mais il changea d'avis en découvrant l'identité de l'appelant. Enfin ! Ce n'est pas trop tôt ! pensa-t-il en décrochant.

— Je commençais à croire que vous aviez changé de maison d'édition, lança-t-il, pince-sans-rire.

— Jonas ! Dieu merci, vous êtes encore là. J'ai besoin de votre aide !

— Vous avez des pages à me faire lire, Robert ? Enfin ? se réjouit Faukman.

— Non, j'ai besoin d'un renseignement. L'année dernière, je vous ai mis en contact avec une scientifique nommée Katherine Solomon, la sœur de Peter Solomon.

Faukman grimaça : *pas de pages*.

— Elle cherchait un éditeur pour un livre sur la science noétique. Vous vous souvenez ?

— Et comment, dit Faukman en levant les yeux au ciel. Merci pour le plan foireux, d'ailleurs. Non seulement elle a refusé de me faire lire les résultats de ses recherches, mais elle ne voulait rien publier jusqu'à une date mystérieuse et hypothétique.

— Jonas, écoutez-moi bien, le temps presse. J'ai besoin du numéro de téléphone de Katherine sur-le-champ. Vous l'avez ?

— Si je peux me permettre, Robert, vous me semblez bien agité. Katherine est très belle, d'accord, mais si vous voulez l'impressionner...

— L'heure n'est pas aux plaisanteries, Jonas, c'est très urgent.

— OK, une seconde.

Faukman connaissait Langdon depuis assez longtemps pour savoir qu'il était sérieux. Il lança une recherche pour le nom Katherine Solomon.

— Ça vient. Un conseil : ne l'appelez pas de la piscine d'Harvard, l'acoustique est pourrie. Ça résonne à mort.

— Je ne suis pas à la piscine. Je suis dans un tunnel sous le Capitole.

Là encore, Faukman sentit que Langdon était sérieux. Complètement irrécupérable...

— Robert, ça ne vous arrive jamais de rester chez vous et d'écrire ? (L'ordinateur émit un avertissement sonore.) Ah, voilà. Trouvé... Je n'ai que son portable.

— Ça ira.

Faukman lui dicta le numéro.

— Merci, Jonas, fit Langdon avec gratitude. Je vous dois une fière chandelle.

— Oubliez la chandelle, Robert, c'est un manuscrit que vous me devez. Dans combien de temps pensez-vous...

Il avait déjà raccroché.

Faukman contempla le combiné en secouant la tête. Le monde de l'édition serait tellement moins compliqué sans les auteurs.

45.

Katherine Solomon y regarda à deux fois lorsqu'elle vit le nom qui s'affichait sur son portable. Elle s'attendait à ce que ce soit Trish, appelant pour lui expliquer pourquoi elle et le docteur Abaddon tardaient tant. Mais ce n'était pas elle.

Loin de là.

Elle rosit légèrement, le sourire aux lèvres.

Cette soirée n'en finit pas de me réserver des surprises !

— Laissez-moi deviner, dit-elle d'un ton badin. Universitaire esseulé cherche spécialiste en noétique ?

— Katherine ! fit la voix grave de Robert Langdon. Dieu merci, vous allez bien.

— Évidemment, répondit-elle, interloquée. Enfin, à part le fait que vous ne m'ayez jamais téléphoné après la fête chez Peter l'été dernier.

— Écoutez-moi. Il est arrivé quelque chose de grave, reprit-il sèchement. Je suis désolé de vous le dire aussi brutalement, mais Peter est en danger.

Le sourire de Katherine s'évapora.

— De quoi parlez-vous ?

— Peter..., hésita Langdon. Je ne sais pas comment vous le dire, mais il a... disparu. J'ignore qui a fait ça et comment, mais...

— Disparu ? Robert, vous me faites peur. Disparu où ça ?

— Quelqu'un l'a enlevé, Katherine. (Sa voix se brisa sous le coup de l'émotion.) Aujourd'hui, plus tôt dans la journée, ou peut-être hier.

— Si c'est une plaisanterie, elle n'est pas drôle ! Mon frère va bien, je lui ai parlé il y a un quart d'heure !

— Vraiment ? fit Langdon, étonné.

— Oui ! Il m'a envoyé un SMS pour me dire qu'il allait bientôt me rejoindre ici, au labo.

— Un SMS ? Vous n'avez pas entendu sa voix, alors ?

— Non, mais...

— Écoutez-moi, Katherine. Ce n'est pas Peter qui vous a envoyé ce message. Quelqu'un d'autre a utilisé son téléphone. Un homme très dangereux – le même individu qui m'a manipulé pour me faire venir à Washington ce soir.

— Manipulé ? Je ne comprends rien !

— Oui, vous avez raison, je suis désolé... Katherine, je crains que vous ne soyez, vous aussi, en danger.

Elle savait que Langdon n'aurait jamais plaisanté avec une chose pareille, et pourtant ses propos n'avaient aucun sens.

— Tout va bien, je suis enfermée dans un bâtiment ultra-sécurisé.

— Lisez-moi le message que vous avez reçu de Peter. Je vous en prie !

Décontenancée, Katherine ouvrit le SMS et le lut à voix haute. Elle tressaillit en arrivant à la partie sur le docteur Abaddon. « Demande au docteur de venir s'il est libre. Je lui fais entièrement confiance. »

— Oh, non ! souffla Langdon. Vous avez invité cet homme dans le musée ?

— Oui ! Mon assistante est allée le chercher à l'entrée. Ils auraient déjà dû...

— Katherine, sortez de là ! hurla Langdon. Tout de suite !

*

Le téléphone sonna dans le poste de sécurité à l'autre bout des réserves, couvrant les commentaires du match. Le garde ôta ses écouteurs en marmonnant et décrocha.

— Allô, ici Kyle.

— Kyle, c'est Katherine Solomon !

Sa voix était angoissée.

— Madame, votre frère n'est pas...

— Où est Trish ? demanda-t-elle d'un ton pressant. Est-ce que vous la voyez sur les moniteurs ?

Le garde fit rouler sa chaise jusqu'aux écrans de contrôle.

— Elle n'est toujours pas revenue au Cube ?

— Non ! s'étrangla Katherine.

Le garde comprit qu'elle était à bout de souffle, comme si elle était en train de courir.

Que se passe-t-il là-bas ?

À l'aide du joystick de contrôle vidéo, il remonta l'enregistrement des caméras en accéléré.

— Donnez-moi une seconde, je reviens en arrière, et... Ça y est, je vois Trish en train de quitter le hall avec votre invité. Ils descendent l'Avenue... Petite avance rapide... Là, ils s'arrêtent devant le Cocon, Trish ouvre la porte avec sa carte, ils entrent... On repart... Ah, j'ai avancé trop vite, ils sont ressortis il y a tout juste une minute, les voilà dans le couloir et... Non, attendez. (Il ralentit la vidéo et se pencha en avant.) C'est bizarre, ça...

— Quoi ?

— L'homme est sorti tout seul.

— Trish est restée à l'intérieur ?

— On dirait, oui. Là, je ne vois que votre invité. Il est seul dans le couloir.

— Où est Trish ? demanda Katherine, sur le point de perdre son sang-froid.

— Je ne la vois plus, répondit le garde, alarmé.

En étudiant l'écran où apparaissait le médecin, il remarqua que les manches de son costume étaient mouillées jusqu'aux coudes. *Qu'est-ce qu'il a foutu dans le Cocon ?* L'homme marchait à grands pas en direction de l'Unité 5. Dans sa main droite, il tenait un objet qui ressemblait à... une carte magnétique !

Les cheveux de Kyle se dressèrent sur sa tête.

— Madame Solomon, nous avons un sérieux problème.

*

C'était la soirée des nouveautés pour Katherine.

En deux ans, elle n'avait jamais traversé le trou noir de l'Unité 5 en téléphonant – et encore moins en piquant un sprint. Pourtant, elle était en train de courir à l'aveugle sur le long tapis invisible, le portable collé à l'oreille. Chaque fois qu'un pied tombait à côté du tapis, elle corrigeait sa trajectoire dans l'obscurité sans ralentir.

— Où est-il maintenant ? demanda-t-elle en pantelant.

— Attendez, j'avance. OK, le voici. Toujours dans l'Avenue... il vient vers vous.

Katherine courait en espérant atteindre la sortie avant de se retrouver emprisonnée dans l'entrepôt.

— Combien de temps avant qu'il n'arrive ?

Le garde eut un instant d'hésitation.

— Madame, vous ne comprenez pas. Je suis encore en train d'avancer dans l'enregistrement. Tout ce que je vous décris s'est déjà passé... Attendez, laissez-moi consulter le moniteur d'événements. (Après un court silence, il murmura :) Madame, la carte de Trish Dunne a été utilisée sur la porte de l'Unité 5 il y a environ une minute.

Katherine ralentit et s'arrêta brusquement au milieu du néant.

— Il a déjà ouvert la porte ? chuchota-t-elle au téléphone.

Le garde tapait frénétiquement sur son clavier.

— Oui, il est entré il y a... quatre-vingt-dix secondes.

Katherine se raidit, retenant sa respiration. Tout autour d'elle, les ténèbres étaient devenues vivantes.

Il est ici !

Elle prit soudain conscience que la seule source lumineuse de l'entrepôt était l'écran de son portable qui éclairait sa joue.

— Envoyez de l'aide ! murmura-t-elle. Et portez secours à Trish dans le Cocon.

Puis elle referma son téléphone.

Une obscurité totale l'enveloppa.

Elle demeura complètement immobile, respirant aussi discrètement que possible. Quelques secondes plus tard, une odeur âcre d'éthanol lui parvint aux narines, s'intensifiant peu à peu. Elle perçut une présence à quelques mètres seulement, sur le tapis. Dans le silence absolu, les battements de son cœur lui semblaient assez bruyants pour trahir sa position. Elle se déchaussa prudemment, puis se décala sur la gauche à petits pas ; elle voulait s'écarter du tapis. D'abord le pied gauche, le béton froid sous la peau nue. Puis le pied droit.

L'un de ses orteils craqua.

Dans l'immobilité parfaite de l'air, le bruit retentit comme un coup de feu.

Soudain, elle entendit un froissement de tissu qui s'approchait à grande vitesse. Elle s'esquiva un millième de seconde trop tard pour échapper au bras puissant qui l'intercepta, aux mains qui, tâtonnant dans le noir, cherchaient à l'agripper. Dans un sursaut, elle pivota sur elle-même alors que les doigts de l'agresseur se refermaient telle une serre sur sa blouse, la tirant vers lui d'un coup sec pour l'empêcher de s'enfuir.

Katherine tendit les bras en arrière pour s'extraire de la blouse. Libre. Désorientée, sans savoir où était la sortie, Katherine s'élança tête baissée dans un abîme sans fond.

46.

Même si la bibliothèque du Congrès abrite la « plus belle salle du monde » aux dires de beaucoup de gens, l'édifice est moins connu pour sa splendeur architecturale que pour la richesse de ses collections. Avec plus de huit cents kilomètres de rayonnages – assez pour couvrir la distance de Washington à Boston –, elle remporte aisément le titre de plus grande bibliothèque de la planète. Et pourtant, elle continue encore et toujours à se développer, au rythme de dix mille nouveaux documents par jour.

Recevant peu après sa fondation les milliers d'ouvrages de science, littérature et philosophie qui composaient la collection personnelle de Thomas Jefferson, elle symbolisait l'engagement de l'Amérique pour la transmission du savoir. Elle avait été l'un des premiers édifices de Washington à être raccordés à l'électricité, ce qui l'avait transformée en un flambeau éclairant les ténèbres du Nouveau Monde.

Comme son nom l'indique, la Bibliothèque du Congrès fut créée pour servir le Congrès, dont les membres travaillaient de l'autre côté de la rue, au Capitole. Ce lien séculaire fut récemment renforcé par la construction d'une connexion physique, un long tunnel sous Independence Avenue reliant les deux bâtiments.

Et c'était dans ce tunnel faiblement éclairé, encore en chantier, que Langdon suivait Warren Bellamy en s'efforçant de calmer son inquiétude croissante pour Katherine. Pourquoi le ravisseur de Peter se trouvait-il au labo ? Langdon ne voulait même pas y penser. Quand il avait appelé Katherine pour la prévenir, ils s'étaient fixé un rendez-vous. Ce maudit tunnel ne finira-t-il donc jamais ? Un flot de pensées confuses tourbillonnait dans son crâne migraineux : Katherine, Peter, les francs-maçons, Bellamy, les pyramides, l'ancienne prophétie... et maintenant une carte !

Langdon secoua la tête et se concentra sur ses pas. Bellamy m'a promis des réponses, se dit-il.

Lorsque les deux hommes atteignirent enfin l'extrémité du tunnel, Bellamy précéda Langdon à travers des doubles portes encore en construction. N'ayant aucun moyen de bloquer l'accès, l'Architecte improvisa et installa une échelle de chantier en équilibre précaire contre les battants. Ensuite, il plaça un seau en fer au sommet. Si quelqu'un ouvrait les portes, le seau tomberait avec fracas.

C'était ça, leur système d'alarme ? En regardant le seau perché sur l'échelle, Langdon espéra que Bellamy avait un dispositif plus convaincant pour assurer leur sécurité. Les événements s'étaient déroulés si vite que Langdon commençait à peine à mesurer les conséquences de son geste. *Je suis un fugitif recherché par la CIA !*

Contournant un mur, il suivit l'Architecte vers un large escalier dont l'accès était interdit. Le sac de Langdon pesait lourdement sur son épaule.

— La pyramide en granite, dit-il. Je ne comprends toujours...

— Pas ici, l'interrompit Bellamy en enjambant la barrière. Nous l'examinerons à la lumière. Je connais un lieu sûr.

Langdon doutait qu'aucun lieu soit réellement sûr pour quelqu'un qui venait d'attaquer physiquement la directrice du Bureau de la sécurité de la CIA.

Au sommet des marches, ils débouchèrent dans une grande galerie en marbre italien, stuc et dorures, ornée de seize statues représentant la déesse Minerve. Bellamy continua sans ralentir vers l'est, en direction d'une arche qui s'ouvrait sur un espace encore plus majestueux.

Malgré l'éclairage réduit, le grand hall de la bibliothèque du Congrès conservait la magnificence d'un palais. Plus de vingt mètres au-dessus de leurs têtes, les vitraux du plafond étaient encadrés par des poutres lambrissées décorées à la feuille d'aluminium – un métal autrefois considéré plus précieux que l'or. Des paires de colonnes majestueuses bordaient le balcon du premier étage, auquel on accédait par deux magnifiques escaliers dont les pilastres supportaient des statues en bronze de femmes brandissant la torche de la connaissance.

Dans une curieuse tentative de se conformer au thème du savoir et de la modernité, tout en restant dans le registre architectural de la Renaissance, les rampes étaient décorées de *putti* affublés d'habits de scientifiques modernes. Un angelot électricien qui tient un téléphone ? Un chérubin entomologiste avec sa boîte de spécimens ? Langdon se demanda ce qu'en aurait pensé Le Bernin.

— Par là ! lança Bellamy. Nous pourrons discuter tranquillement.

En suivant l'Architecte du Capitole, Langdon jeta un coup d'œil aux vitrines pare-balles qui abritaient les deux livres les plus précieux de la Bibliothèque : la Bible géante de Mayence, copiée à la main dans les années 1450, et un exemplaire sur vélin de la Bible de Gutenberg, dont il n'existait que trois pièces au monde en parfait état. Au plafond, la voûte accueillait le polyptique de John White Alexander, *L'Évolution du Livre*.

Bellamy se dirigea vers une double porte aux lignes élégantes qui s'ouvrait dans le mur au fond. Connaissant la pièce qui se trouvait derrière, Langdon jugea que l'endroit était étrange pour y avoir une conversation. La salle ne correspondait pas à l'idée qu'il se faisait d'un « lieu sûr ». Située en plein centre du plan en forme de croix de la Bibliothèque, elle constituait le cœur de l'édifice. Se cacher là-dedans revenait à se cacher devant l'autel d'une cathédrale.

Bellamy ouvrit néanmoins les portes et disparut dans la pénombre. Lorsqu'il actionna l'interrupteur, l'un des plus grands chefs-d'œuvre architecturaux des États-Unis se matérialisa sous leurs yeux.

La célèbre salle de lecture était une splendeur. Dans sa partie centrale, un octogone gigantesque s'élevait à près de cinquante mètres. Trois variétés de marbre recouvraient les murs : marron du Tennessee, crème de Sienne et rouge d'Algérie. L'éclairage, provenant de huit angles différents, éliminait les ombres et donnait l'impression que la pièce étincelait.

— Certains disent que c'est la plus belle salle de Washington, dit Bellamy en faisant entrer Langdon.

Voire du monde entier, pensa ce dernier. Comme toujours, son regard remonta le long de l'impressionnante colonne jusqu'au plafond, où les caissons de style arabe descendaient du dôme vers le balcon supérieur. Sur son pourtour, seize statues en bronze surveillaient la pièce par-dessus la balustrade. Sous leurs pieds, une galerie d'arches magnifiques formait le balcon inférieur. Au niveau du sol, enfin, trois cercles concentriques de tables en bois vernis se déployaient à partir de l'îlot massif que constituait le bureau des prêts.

Langdon ramena son attention sur Bellamy, qui était occupé à bloquer les portes en position grande ouverte.

— Je croyais que nous étions censés nous cacher, hasarda Langdon.

— Si quelqu'un entre dans la Bibliothèque, je veux l'entendre arriver.

— Mais on nous trouvera immédiatement si nous restons ici.

— Ils nous trouveront quelle que soit notre cachette. Croyez-moi, s'ils nous attaquent ici, vous me remercierez d'avoir choisi cette salle.

Langdon ne comprenait pas, mais Bellamy ne semblait pas disposé à s'expliquer. Il marchait déjà vers le centre de la pièce et s'arrêta devant une table de lecture. Il alluma la lampe, approcha deux chaises et fit un geste vers le sac de Langdon.

— Bien, professeur, jetons-y un coup d'œil.

Pour éviter de rayer la surface en bois poli avec le bloc de granite brut, Langdon posa la sacoche sur la table, ouvrit la fermeture Éclair et écarta les pans pour dégager la pyramide. Warren Bellamy ajusta la lampe et se mit à étudier attentivement l'objet. Il caressa l'inscription gravée.

— Je présume que vous reconnaissez ce langage ?

— Bien entendu, répondit Langdon en observant les seize symboles.

Connu sous le nom de « chiffre des francs-maçons »,
cet alphabet était utilisé aux origines de la maçonnerie
pour les communications privées entre frères. Cette
méthode de cryptage avait été abandonnée depuis
longtemps pour une raison élémentaire : elle était trop
facile à déchiffrer. La plupart de ses étudiants de dernière année auraient été capables d'en percer le code
en cinq minutes. Avec un crayon et une feuille de
papier, Langdon y arriverait en moins de soixante
secondes.

La simplicité notoire de ce code remontant au
XVIIe siècle était, dans la situation présente, source de
paradoxes. D'une part, affirmer que Langdon était le seul
à pouvoir le déchiffrer était ridicule. D'autre part, prétendre comme l'avait fait Sato qu'un code maçonnique
puisse être d'une importance critique pour la sécurité du
pays revenait à prétendre que les codes nucléaires
étaient écrits à l'encre sympathique. Langdon ne savait
que penser. Cette pyramide était une carte ? Qui indiquait l'emplacement d'un savoir ancien ?

— Robert, poursuivit Bellamy avec gravité, Sato vous
a-t-elle expliqué son intérêt pour cet objet ?

Langdon secoua la tête.

— Pas vraiment. Elle n'arrêtait pas de répéter que
c'était une question de sécurité nationale. Sûrement un
mensonge.

— Peut-être.

Bellamy se frotta la nuque pensivement. Quelque
chose semblait le tracasser.

— Mais il y a une possibilité infiniment plus inquiétante, dit-il en regardant Langdon droit dans les yeux. Peut-être que Sato a découvert le véritable potentiel de la pyramide.

47.

Katherine Solomon était plongée dans un océan de ténèbres.

Privée du contact rassurant du tapis, elle avançait à l'aveugle, les bras tendus devant elle, sans rencontrer aucun obstacle, et s'enfonçait en titubant dans les profondeurs du néant. À travers ses collants, elle sentait le béton froid tel un lac gelé aux confins invisibles, un environnement hostile dont elle devait à tout prix s'enfuir.

Ne percevant plus l'odeur d'éthanol, elle s'arrêta et attendit en silence. Parfaitement immobile, elle tendit l'oreille en implorant son cœur de cesser de tambouriner contre sa poitrine. Les pas lourds qui la suivaient s'étaient tus. *L'ai-je semé ?* Les paupières closes, elle tenta de se situer dans l'entrepôt. *Dans quelle direction ai-je couru ? Où est la porte ?* Inutile. Elle était tellement désorientée que l'issue pouvait être n'importe où.

La peur, disait-on, agissait comme un stimulant, aiguisait l'esprit et les capacités intellectuelles. En ce moment, sa peur avait transformé ses pensées en un magma de panique et de confusion. *Même si je trouve la porte, je ne pourrai pas sortir.* En laissant sa blouse, elle avait également abandonné sa carte magnétique. Seul point positif, elle était désormais une aiguille dans une botte de foin – une botte de près de 3000 mètres carrés. Malgré une irrésistible envie de s'enfuir, son esprit analytique lui soufflait que la seule chose logique à faire était de ne pas bouger. *Du tout. Pas un geste.*

Pas un son. L'agent de sécurité allait bientôt arriver, et son agresseur, pour quelque mystérieuse raison, empestait l'éthanol.

S'il approche, je le sentirai.

Elle repensa à sa conversation avec Robert Langdon. « Peter a... disparu. » Une perle de sueur glacée se matérialisa sur son bras et coula vers sa main qui empoignait encore le téléphone. Un danger potentiel qu'elle avait complètement oublié. Si quelqu'un l'appelait, la sonnerie trahirait sa position, et elle ne pouvait pas l'éteindre sans l'ouvrir et déclencher l'éclairage.

Pose le téléphone par terre... et éloigne-toi, se dit-elle.

Trop tard. L'odeur d'éthanol se rapprochait sur sa droite. De plus en plus forte. Elle lutta pour garder son sang-froid, lutta contre l'impulsion de partir en courant. Lentement, prudemment, elle fit un pas vers la gauche. Apparemment, son agresseur n'attendait que le bruissement imperceptible de ses vêtements pour attaquer. Elle l'entendit plonger vers elle, l'odeur d'éthanol envahit ses narines tandis qu'une main puissante lui agrippait l'épaule. Elle se dégagea, poussée par une terreur pure qui chassa toute rationalité de son cerveau : elle détala à toutes jambes. Elle vira abruptement à gauche pour semer son poursuivant, fila à travers l'obscurité sans réfléchir.

Le mur surgit de nulle part.

Ses poumons se vidèrent sous la violence du choc. La douleur enflamma son bras et son épaule mais elle réussit à garder l'équilibre. Bien que l'angle de sa course lui eût épargné la force brute d'une collision frontale, il n'y avait pas de quoi se réjouir. L'espace vide agissait comme une caisse de résonance. Maintenant, il sait où je suis, songea t-elle. Pliée en deux de douleur, elle leva soudain la tête et scruta les ténèbres, percevant son regard posé sur elle.

Ne reste pas là, bouge ! s'ordonna-t-elle.

À bout de souffle, elle se déplaça le long du mur en faisant courir sa main gauche sur les rivets plantés dans la paroi. Continue à suivre le mur. Passe sans te faire remarquer avant qu'il te coince. Elle serrait toujours son téléphone dans la main droite, prête à s'en servir comme projectile le cas échéant.

Katherine n'était absolument pas préparée pour le bruit qu'elle entendit ensuite – un froissement de vêtements droit devant elle. Elle s'arrêta net, retint sa respiration. *Comment a-t-il fait pour être déjà là ?* Une légère bouffée d'éthanol flotta jusqu'à elle. *Il est en train de suivre le mur dans ma direction !*

Elle recula de plusieurs pas. Faisant demi-tour en silence, elle rebroussa rapidement chemin, toujours le long de la paroi. Et, quelques mètres plus loin, l'impossible arriva. À nouveau, directement face à elle, elle entendit un frottement, accompagné par l'odeur fétide de l'éthanol. Katherine s'immobilisa.

Seigneur, il est partout !

*

Torse nu, Mal'akh fouillait les ténèbres du regard.

L'odeur d'éthanol sur ses manches s'était révélée être un sérieux handicap qu'il avait réussi à transformer en avantage, ôtant la veste et la chemise pour s'en servir contre sa proie. En lançant sa veste contre le mur sur sa droite, il avait entendu Katherine s'arrêter et faire demi-tour. En jetant la chemise sur la gauche, il lui avait coupé la route, la prenant au piège entre deux points qu'elle n'oserait pas dépasser.

Et maintenant, il se tenait aux aguets. *Il ne lui reste qu'une direction : droit vers moi.* Pourtant, Mal'akh ne percevait pas le moindre son. Soit Katherine était paralysée de peur, soit elle avait décidé d'attendre que les secours fassent irruption dans l'entrepôt. *Quel que fût son plan, elle avait déjà perdu.* Mal'akh avait endommagé le lecteur magnétique de l'autre côté de la porte afin d'empêcher toute intrusion. Il avait employé une technique peu sophistiquée mais très efficace, en enfonçant – après avoir débloqué la porte avec la carte de Trish – une pièce de monnaie si profondément dans la fente que personne ne pourrait utiliser l'appareil sans le démonter d'abord.

Nous sommes seuls, Katherine... Rien que toi et moi... Aussi longtemps que nécessaire.

Il avança de quelques centimètres, à l'affût du moindre mouvement. Katherine Solomon allait mourir ce soir, dans les ténèbres du musée de son frère. Une fin appropriée. Il lui tardait d'annoncer sa mort à Peter Solomon. Dans le désarroi du vieil homme, Mal'akh trouverait enfin sa vengeance.

Soudain, à sa grande surprise, un point blanc s'alluma dans le noir. Katherine venait de commettre la dernière erreur de sa vie. Elle appelle à l'aide ? La lueur de l'écran flottait à hauteur de taille, une vingtaine de mètres plus loin, telle une balise éclatante sur un vaste océan d'encre. La longue traque qu'il avait anticipée n'aurait finalement pas lieu.

Il bondit en avant vers la lumière, conscient qu'il devait atteindre Katherine avant qu'elle joigne quelqu'un à l'extérieur. Il ne lui fallut que quelques secondes pour couvrir la distance. Il plongea sur sa proie, les bras tendus, prêt à la broyer.

Il faillit se briser tous les os de la main quand ses doigts s'écrasèrent contre le mur et se retournèrent. Il s'encastra contre une poutre en acier la tête la première et s'effondra au sol en hurlant de douleur. Jurant entre ses dents, il se remit péniblement debout, en s'aidant de la traverse horizontale sur laquelle Katherine Solomon avait intelligemment posé son téléphone ouvert.

*

Katherine courait sans se soucier du bruit que faisait sa main en rebondissant sur les gros rivets émaillant à intervalles réguliers le mur de l'Unité 5. *Fonce !* Si elle continuait à le longer, elle arriverait tôt ou tard à la sortie.

Que fichait le gardien ?

Main gauche sur le mur et main droite devant elle pour se protéger, elle se demanda combien de mètres la séparaient encore de l'angle. Le mur semblait ne jamais finir, jusqu'à ce que la chaîne de rivets s'interrompe brusquement. Sa main gauche perdit le contact avec la paroi pendant plusieurs foulées, puis elle retrouva la surface familière. Elle fit aussitôt demi-tour et, à tâtons, découvrit une portion parfaitement lisse. Pourquoi est-ce qu'il n'y a rien, ici ? se demanda-t-elle.

Au loin, le prédateur s'était relevé et titubait pesamment dans sa direction, se guidant lui aussi à l'aide du mur. Ce fut pourtant un autre bruit qui l'effraya le plus : un martèlement incessant – sûrement l'agent de sécurité sur la porte de l'Unité 5.

Le garde n'arrivait pas à entrer ?

Malgré cette pensée terrifiante, l'origine des coups – en diagonale sur sa droite – lui permit instantanément de s'orienter. Elle savait exactement où elle se trouvait. Cette révélation en entraîna une autre : elle comprit ce qu'était le panneau lisse.

Chaque unité était équipée d'un quai de déchargement, une gigantesque paroi coulissante qui permettait de transférer les spécimens de très grande taille. Comme les portes d'un hangar à avions, celle-ci était colossale ; Katherine n'aurait jamais imaginé un jour devoir s'en servir. Or, à ce moment-là, c'était peut-être sa seule chance de survie.

Pouvait-on l'ouvrir manuellement ?

Katherine tâtonna dans le noir jusqu'à trouver une grosse poignée en métal. La saisissant à deux mains, elle s'arc-bouta de tout son poids. Sans résultat. Elle persévéra, mais la porte refusait de bouger.

Malheureusement, ses efforts aidèrent son agresseur à la localiser. Il accélérait l'allure. Il doit y avoir un verrou ! se dit-elle. Prise de panique, elle fit glisser ses doigts sur toute la surface de la porte, à la recherche d'un loquet ou d'un quelconque levier. Sa main se referma soudain sur une barre de fer verticale qu'elle suivit jusqu'au sol. À genoux par terre, elle sentit que la tige métallique s'enfonçait dans un orifice creusé dans le béton. Une crémone ! C'était elle qui bloquait la porte. Elle se releva, l'empoigna fermement et, en poussant sur ses jambes, la sortit du trou.

Il n'est plus très loin, dépêche-toi !

Elle retrouva rapidement la poignée et, à nouveau, tira dessus de toutes ses forces. Même si le panneau

massif sembla à peine bouger d'un millimètre, un
mince rayon de lune s'était infiltré dans l'entrepôt.
Katherine tira encore. Le rayon se transforma en éventail. Encore un peu ! Elle mobilisa ses dernières forces,
certaine que le prédateur ne se trouvait plus qu'à quelques mètres.

Se précipitant enfin vers la lumière, Katherine se tortilla pour passer de profil dans l'ouverture. Une main
émergea des ténèbres et tenta de l'agripper pour la ramener à l'intérieur, mais elle parvint à s'extirper du bon côté,
poursuivie par un bras aux muscles couverts d'écailles
tatouées. Le bras fouettait l'air tel un cobra à l'attaque.

Katherine pivota et s'enfuit le long du mur extérieur.
Le lit de cailloux qui recouvrait les abords du complexe lui
déchirait la plante des pieds ; elle serra les dents et continua
en direction de l'entrée principale. Il faisait nuit noire, mais
ses pupilles étaient tellement dilatées après son séjour dans
l'Unité 5 qu'elle y voyait parfaitement, presque comme en
plein jour. Elle entendit dans son dos le grondement de la
porte qui s'ouvrait et les pas lourds de l'homme qui se lançait à ses trousses. Il courait à une vitesse incroyable.

Jamais je n'arriverai jusqu'à l'entrée ! Sa Volvo
n'était pas loin, mais la distance restait trop grande. *Il
va me rattraper.*

Elle n'avait plus qu'une dernière chance.

À quelques mètres du coin de l'entrepôt, elle sentit
que l'agresseur la talonnait. C'est maintenant ou jamais.
Au lieu de contourner l'angle, elle piqua dans la direction
opposée s'éloignant du bâtiment pour s'élancer vers le
gazon. Elle ferma les yeux et se couvrit le visage à deux
mains, courant à l'aveugle sur l'herbe.

Activé par des détecteurs de mouvement, l'éclairage
de sécurité qui entourait le bâtiment transforma la nuit
en jour. Un mugissement de douleur retentit derrière
Katherine quand les projecteurs brûlèrent les pupilles
hyper-dilatées de son assaillant avec une intensité lumineuse de vingt-cinq millions de candelas. Elle l'entendit
trébucher sur les cailloux.

Katherine garda les paupières fermées en s'en
remettant à son instinct. Lorsqu'elle eut l'impression

d'être assez loin des projecteurs, elle rouvrit les yeux et corrigea sa course en direction du parking.

La clé de la Volvo était exactement là où elle la laissait toujours, dans le vide-poche entre les deux sièges. Hors d'haleine, elle s'en empara rapidement de ses doigts tremblants et l'enfonça dans le contact. Quand le moteur démarra en ronronnant, les phares projetèrent leur lumière sur un spectacle terrifiant.

Une forme hideuse se ruait sur elle.

Le sang de Katherine se figea.

La créature, un animal glabre, se dressait torse nu, la peau recouverte d'écailles, de textes et de symboles tatoués. Frappé par les faisceaux lumineux, il rugit et leva les mains devant ses yeux tel un troglodyte voyant le soleil pour la première fois. Katherine tendit la main vers le levier de vitesse mais le monstre était déjà sur elle, faisant exploser la vitre d'un coup de coude qui envoya une cascade de verre sur ses genoux.

Le bras reptilien s'engouffra par la fenêtre, les doigts se refermèrent sur le cou de Katherine. Elle réussit à enclencher la marche arrière malgré son agresseur qui lui comprimait la trachée avec une force inouïe. Tournant la tête pour essayer d'échapper à sa prise, elle se trouva soudain nez à nez avec lui. Quatre griffures sombres lui striaient la joue, quatre coups d'ongle qui avaient mis à nu les tatouages sous le maquillage. L'homme avait un regard de dément.

— J'aurais dû te tuer il y a dix ans, gronda-t-il. La nuit où j'ai tué ta mère.

Frappée de plein fouet par ces paroles, Katherine fut assaillie par un souvenir effroyable : la lueur démoniaque dans ses yeux... ce n'était pas la première fois qu'elle la voyait. C'était lui ! Elle aurait hurlé si l'étau qui lui broyait la gorge lui en avait laissé la possibilité.

Elle écrasa l'accélérateur, la voiture bondit en arrière en entraînant l'homme avec elle, ce qui manqua de lui briser le cou. La Volvo continua sa course folle en montant sur un terre-plein et, au moment où Katherine crut que ses vertèbres cervicales allaient céder, des branches d'arbre raclèrent contre les flancs du véhicule, fouettèrent les vitres, et le poids sur son cou disparut.

La voiture traversa la haie et se retrouva sur le niveau supérieur du parking, où Katherine écrasa la pédale des freins. Plus bas, l'homme à moitié nu se redressa, les yeux fixés sur elle. Avec un calme glacial, il leva le bras d'un air menaçant et pointa l'index sur sa proie.

Le sang de Katherine bouillonnait de haine et de frayeur. Elle tourna le volant et appuya sur l'accélérateur. Quelques secondes plus tard, elle rejoignait Silver Hill Road dans un crissement de pneus assourdissant.

48.

Dans le feu de l'action, l'agent de sécurité Alfonso Nuñez avait aidé l'Architecte du Capitole et Robert Langdon à s'enfuir car cela semblait être la seule chose à faire. Maintenant qu'il était de retour au QG, l'orage grondait.

Le chef Anderson tenait une poche de glace appuyée sur son front pendant qu'un autre officier soignait les contusions de Sato. Debout devant les écrans de vidéosurveillance, ils visionnaient les enregistrements des caméras dans l'espoir de localiser le professeur et Bellamy.

— Vérifiez les bandes pour tous les couloirs et toutes les sorties ! ordonna Sato aux techniciens. Je veux savoir par où ils sont partis.

Nuñez avait mal au ventre. *Ils ne vont pas tarder à trouver le bon enregistrement et apprendre la vérité* se disait-il.

Cerise sur le gâteau, quatre agents de terrain de la CIA fraîchement débarqués étaient en train de se préparer pour se lancer aux trousses des fugitifs. Ils étaient d'une tout autre trempe que les policiers du Capitole. Ces types étaient des soldats aguerris – camouflage noir, lunettes de vision nocturne, pistolets futuristes.

Le stress lui donnait envie de vomir. Finalement, il se décida et interpella Anderson d'un geste discret.

— Je peux vous parler, chef ?

— Qu'y a-t-il ?

Anderson suivit son subordonné dans le couloir.

— J'ai commis une grave erreur, dit Nuñez, la sueur perlant sur le front. Je vous présente mes excuses et je démissionne.

De toute façon, vous allez me virer dans quelques secondes, pensa-t-il.

— Qu'est-ce qui vous prend, Nuñez ?

Le jeune homme déglutit.

— Tout à l'heure, j'ai vu Langdon et l'Architecte Bellamy dans le Centre d'accueil des visiteurs, juste avant qu'ils sortent du bâtıment.

— Quoi ? s'exclama Anderson. Vous ne pouviez pas le dire plus tôt ?

— L'Architecte m'a demandé de n en parler à personne.

— C'est pour moi que vous travaillez, pas pour lui ! hurla Anderson. Bellamy m'a fracassé le crâne contre le mur, bordel !

Nuñez tendit à son supérieur la clé que Bellamy lui avait confiée.

— Qu'est-ce que c'est ?

— La clé du nouveau tunnel sous Independence Avenue. C'est l'Architecte qui me l'a donnée. Ils se sont enfuis par là.

Anderson la contempla. Les mots lui manquaient.

Au même moment, Sato avança la tête dans le couloir, le regard inquisiteur.

— Que se passe-t-il ici ?

Nuñez blêmit. Anderson tenait la clé à la main, ce qui n'avait pas échappé à Sato. Alors que la petite femme hideuse s'approchait, Nuñez improvisa de son mieux en espérant protéger son chef.

— J'ai trouvé cette clé par terre au second sous-sol. J'étais en train de demander au chef Anderson si ça lui disait quelque chose.

Sato jeta un coup d'œil.

— Et alors ? Ça lui dit quelque chose ?

Nuñez leva les yeux vers Anderson, qui semblait passer en revue ses options avant d'ouvrir la bouche.

— Là, tout de suite, non, dit-il finalement en secouant la tête. Il faudrait que je vérifie...

— Pas la peine, le coupa Sato. C'est la clé d'un tunnel qui part du Centre des visiteurs.

— Vraiment ? Comment le savez-vous ?

— Je viens de voir la bande. Votre officier a laissé Langdon et Bellamy s'enfuir, avant de refermer la porte du tunnel derrière eux. C'est Bellamy qui lui a personnellement donné cette clé.

Anderson se tourna vers son agent en feignant la colère.

— C'est vrai ?

Nuñez hocha vigoureusement la tête, faisant de son mieux pour corroborer l'histoire.

— Je suis désolé, chef. L'Architecte m'a ordonné de ne rien dire à personne.

— Je m'en contrefous ! J'exige...

— Oh, bouclez-la, Anderson, cracha Sato Vous êtes tous les deux de pitoyables menteurs. Économisez votre salive pour les gars qui vont vous cuisiner à Langley ! (Elle arracha la clé des mains d'Anderson.) Vous êtes finis.

49.

Langdon raccrocha, de plus en plus inquiet. Pourquoi Katherine ne répondait-elle pas au téléphone ?

Elle avait promis de l'appeler dès qu'elle serait en sécurité hors du labo mais ne s'était toujours pas manifestée.

Assis à côté de lui à la table de lecture, Bellamy avait lui aussi essayé de téléphoner à quelqu'un – un homme qui, d'après lui, leur porterait assistance et leur offrirait refuge. Malheureusement, le téléphone avait sonné dans le vide. Bellamy avait laissé un message urgent en demandant à son ami de rappeler le numéro de Langdon au plus vite.

— Je réessaierai plus tard mais, pour l'instant, nous ne pouvons compter que sur nous-mêmes. Nous devons décider quoi faire avec cette pyramide.

La pyramide. Langdon était devenu aveugle aux merveilles de la salle de lecture. Désormais, seul existait pour lui son environnement immédiat : le bloc de granite, la boîte scellée contenant la pierre de faîte et l'homme noir distingué qui était sorti de nulle part pour le tirer des griffes de la CIA.

Langdon avait espéré trouver au moins une bribe de bon sens chez l'Architecte du Capitole, mais il se rendait compte à présent que Warren Bellamy n'était guère plus rationnel que le détraqué qui affirmait que Peter était au purgatoire. Bellamy croyait dur comme fer que la sculpture était bel et bien la légendaire Pyramide maçonnique.

— Monsieur Bellamy, commença Langdon poliment, cette idée d'un savoir ancien qui confère à l'homme d'immenses pouvoirs... Je n'arrive pas à la prendre au sérieux.

La déception qui traversa les yeux de Bellamy ne tempéra pas sa ferveur, ce qui rendit la situation encore plus embarrassante pour Langdon.

— C'est ce que je craignais, professeur, mais ça n'a rien de surprenant. Vous n'êtes qu'un observateur extérieur. Certaines vérités vous apparaissent comme des mythes car vous n'avez pas été initié et préparé pour les comprendre.

Langdon avait la désagréable impression d'être traité avec condescendance. *Je n'appartenais pas à* l'équipage d'Ulysse, songea-t-il, et pourtant je sais que le Cyclope est un mythe.

— Monsieur Bellamy, même si la légende est vraie, cette pyramide ne peut pas être la Pyramide maçonnique.

— Ah, non ? répliqua l'Architecte en passant le doigt sur l'inscription codée. Je trouve au contraire qu'elle correspond parfaitement à la description : une pyramide en pierre avec un sommet en métal scintillant – ce qui, d'après le cliché aux rayons X de Sato, est exactement ce que Peter vous a confié.

Bellamy prit le paquet cubique et le soupesa.

— Cette pyramide mesure moins de trente centimètres de hauteur, insista Langdon. Toutes les versions de l'histoire évoquent une pyramide monumentale.

L'Architecte s'attendait visiblement à cette réfutation.

— Comme vous le savez, la légende parle d'une pyramide qui s'élève si haut que Dieu lui-même peut tendre la main et la toucher.

— Précisément.

— Je comprends votre objection, professeur. Or, tant les Mystères anciens que la philosophie maçonnique célèbrent l'existence potentielle du divin en chacun d'entre nous. D'un point de vue symbolique, on pourrait considérer que tout ce qui est à portée de l'homme éclairé est à portée de Dieu.

Ce n'était pas en jouant sur les mots qu'il allait convaincre Langdon.

— Même la Bible le confirme, reprit Bellamy. Si nous acceptons que, comme l'affirme la Genèse, Dieu a créé l'homme à Son image, nous devons par conséquent accepter ce que cela implique : que l'humanité n'a pas été créée inférieure à Dieu. « Le royaume de Dieu est au-dedans de vous. » *Évangile selon saint Luc*, 17-21.

— Vous m'excuserez mais je n'ai jamais rencontré de chrétien qui se considérait l'égal de Dieu.

— Bien sûr que non ! rétorqua Bellamy avec une pointe de nervosité, parce que la plupart des chrétiens veulent une foi sans complications : ils préfèrent déclarer fièrement qu'ils croient en la Bible, tout en ignorant les parties trop complexes ou incommodantes.

Langdon ne répondit rien.

— Quoi qu'il en soit, poursuivit Bellamy, cette description de la pyramide : « assez grande pour être touchée par Dieu » a toujours entraîné des erreurs d'interprétation quant à sa taille. L'avantage, c'est que les universitaires demeurent convaincus qu'il s'agit d'une vulgaire légende et que personne ne la cherche.

Langdon regarda le bloc sculpté.

— Je suis désolé si je vous exaspère, dit-il, mais vous devez comprendre que j'ai toujours considéré que la Pyramide maçonnique était une légende.

— N'est-il pas parfaitement approprié qu'une carte créée par les maçons soit gravée dans la pierre ? Au fil de l'Histoire, nos points de repère les plus importants ont été consignés de cette manière. Exemple, les tables de la Loi que Moïse a reçues de Dieu – dix commandements pour guider l'existence humaine.

— Soit, mais on parle de « légende de la Pyramide maçonnique ». C'est l'expression consacrée.

— Ah, oui, la légende…, fit Bellamy avec un petit rire. J'ai bien peur que vous souffriez du même problème que Moïse.

— Pardon ?

Amusé, Bellamy pivota sur sa chaise et leva les yeux vers le balcon supérieur, où seize statues surplombaient la salle.

— Vous voyez Moïse ?

Langdon regarda la célèbre statue.

— Oui.

— Il a des cornes.

— Je sais.

— Savez-vous pourquoi ?

Les enseignants n'aimaient pas qu'on leur fasse la leçon, et Langdon ne dérogeait pas à la règle. Cette statue n'était qu'une parmi des milliers de représentations chrétiennes où Moïse était affublé de cornes, tout cela à cause d'une erreur de traduction de l'Exode. Le texte hébreu original disait de Moïse : « *Karan 'ohr panav.* »

Soit : « La peau de son visage rayonnait. » Lorsque l'Église romaine catholique avait créé la traduction latine officielle de la Bible, le traducteur avait, par erreur, traduit cette expression par : « *cornuta esset facies sua* », ce qui signifiait « son visage était cornu ». Dès lors, artistes et sculpteurs avaient commencé à représenter Moïse avec des cornes, redoutant des repré-sailles s'ils ne respectaient pas la Vulgate.

— À cause d'une erreur, répondit Langdon. Une tra-duction ratée de saint Jérôme aux alentours de l'an 400.

Bellamy parut impressionné.

— Exactement. Une erreur de traduction. Et le résultat, c'est que le pauvre Moïse restera disgracié pour l'éternité.

Délicieux euphémisme que ce « disgracié ». Enfant, Langdon avait été traumatisé par l'aspect diabolique du « Moïse cornu » de Michel-Ange, joyau de la basilique Saint-Pierre-aux-Liens de Rome.

— Si je mentionne cela, continua l'Architecte, c'est pour illustrer la manière dont un simple mot mal inter-prété peut réécrire l'Histoire.

Vous prêchez un converti, songea Langdon, qui avait personnellement été témoin de cela à Paris quel-ques années auparavant. SanGreal : Saint Graal. Sang-Real : Sang Royal.

— Dans le cas de cette pyramide, reprit Bellamy, on disait, sous le manteau, qu'il s'agissait d'une « légende ». Le mot est resté et, avec lui, l'idée que tout cela n'était qu'un mythe. Or, le mot « légende » faisait référence à autre chose. Comme le mot « talisman », il fut mal interprété. Le langage a parfois une capacité surprenante à occulter la vérité.

— C'est vrai… mais j'ai du mal à vous suivre.

— Robert, la Pyramide maçonnique est une carte. Et comme toutes les cartes, elle est accompagnée d'une « légende » – la clé qui vous permet de la lire. (Bellamy souleva le paquet de Solomon à hauteur des yeux.) Ne comprenez-vous donc pas ? La légende de la Pyramide, c'est cette pierre de faîte. La clé permettant de déchif-frer le document le plus précieux de la Terre : une carte indiquant l'emplacement d'un trésor inestimable – le savoir perdu des temps anciens.

Langdon resta muet.

— Je soutiens que votre colossale Pyramide maçonnique n'est rien de plus que ceci : un modeste bloc de pierre dont le pinacle en or s'élève assez haut pour être à la portée de Dieu. Assez haut pour qu'un homme éclairé puisse la toucher en se penchant.

Quelques secondes de silence s'écoulèrent.

Voyant soudain la pyramide sous un jour nouveau, Langdon sentit un frisson d'excitation inattendu le parcourir. Ses yeux glissèrent sur l'inscription.

— Ce code semble pourtant si...

— Simple ?

Langdon hocha la tête.

— N'importe qui, ou presque, pourrait le déchiffrer.

Bellamy sourit, avant de lui présenter du papier et un crayon.

— Dans ce cas, vous devriez peut-être nous éclairer sur sa signification.

Langdon n'aimait pas tellement l'idée de déchiffrer le code, même si, vu les circonstances, ce ne serait qu'une trahison mineure de la confiance de Peter. En outre, quoi que dise l'inscription, il ne croyait pas une seule seconde qu'elle leur révélerait la moindre cachette – et sûrement pas celle de l'un des grands trésors de l'Histoire.

Langdon prit le crayon de Bellamy et se mit à tapoter avec sur son menton pendant qu'il se concentrait sur le message. Le code était tellement élémentaire qu'il aurait pu le déchiffrer dans sa tête. Voulant s'assurer de ne pas commettre d'erreur, il prit néanmoins la feuille de papier et y recopia la clé de cryptage la plus courante pour le chiffre des francs-maçons. Elle se composait de quatre grilles contenant les lettres de l'alphabet dans l'ordre, deux sans rien de plus et deux avec des petits points. Chaque compartiment avait un aspect unique et accueillait une seule lettre. La forme de l'enclos devenait le symbole pour cette lettre.

Le système était d'une transparence presque enfantine.

A	B	C
D	E	F
G	H	I

J.	K̇	L.
M·	Ṅ	·O
P	Q̇	R

S / T X U / V

W X ·X· Y / Z

Langdon vérifia son travail. Certain de l'exactitude de sa clé, il reporta son attention vers le code inscrit sur la pyramide. Pour le déchiffrer, il lui suffisait de repérer la case qui correspondait à chaque signe et de noter la lettre qui se trouvait à l'intérieur.

Le premier signe ressemblait à une flèche qui pointait vers le bas, ou à un calice. Langdon trouva rapidement le calice sur la grille de décryptage : situé dans le quadrant inférieur gauche, il accueillait la lettre S.

Le symbole suivant était un carré auquel il manquait le côté droit, marqué d'un point. Sur la grille, cela correspondait à la lettre O.

Le troisième, un carré normal, renfermait la lettre E.

S O E

Il continua ainsi jusqu'à avoir converti les seize signes en lettres. En contemplant la traduction complète, il ne put que pousser un soupir perplexe. *Ce n'est pas ce que j'appellerais une révélation*, songea-t-il.

Le visage de Bellamy trahissait un soupçon d'amusement.

— Comme vous le savez, professeur, les Mystères anciens sont réservés aux seuls hommes éclairés.

— Oui, marmonna Langdon.

Apparemment, je n'en fais pas partie.

50.

À Langley, dans une pièce au sous-sol du bâtiment de la CIA, la même inscription maçonnique de seize caractères flottait sur l'écran haute résolution de Nola Kaye, l'analyste en chef du Bureau de la sécurité. Assise seule à sa table de travail, elle était en train d'examiner la photo que lui avait envoyée sa supérieure par e-mail.

C'était une blague ou quoi ? Nola savait que non, bien sûr – sa patronne, Inoue Sato, ne se distinguait pas par son sens de l'humour, et les événements de la soirée étaient tout sauf une plaisanterie. Le niveau d'autorisation de Nola au sein de la CIA lui avait ouvert les yeux depuis longtemps sur les sphères occultes du pouvoir. Malgré cela, les dernières vingt-quatre heures avaient changé à jamais sa vision des puissants – et des secrets qu'ils cachaient.

— Oui, madame, dit-elle au téléphone, le combiné calé entre la joue et l'épaule. Il s'agit effectivement d'un code maçonnique. Je l'ai déchiffré, mais ça ne signifie strictement rien. On dirait juste une série de lettres disposées au hasard.

Elle regarda à nouveau la grille.

S	O	E	U
A	T	U	N
C	S	A	S
V	U	N	J

— Ça veut forcément dire quelque chose, insista Sato.

— À moins qu'il n'y ait une seconde couche de cryptage que j'ignore...

— Une idée ?

— Vu que c'est une grille, je peux la passer aux filtres habituels – Vigenère, treillis, matrices, etc. –, mais je ne **vous promets rien**. Surtout si c'est un code à utilisation **unique**.

— Faites **au mieux**, mais faites-le vite ! Et les rayons X ?

Nola fit pivoter la chaise pour passer à son deuxième poste, qui affichait une photo classique d'un portail de sécurité – un sac vu aux rayons X. Sato lui avait demandé d'examiner l'élément de forme pyramidale contenu dans une petite boîte. En temps normal, pour qu'un objet de cinq centimètres de haut inquiète la sécurité nationale, il fallait que ce soit du plutonium enrichi – ce qui n'était pas le cas ici. Non, la pyramide était faite d'une matière presque aussi surprenante.

— L'analyse de densité de l'image donne 19,3 grammes par centimètre cube. De l'or pur.

— Autre chose ?

— Oui. Le scan a détecté des aspérités mineures sur la surface de la pyramide. Figurez-vous qu'il y a une inscription dessus.

— Ah, oui ? fit Sato, optimiste. Qu'est-ce que ça dit ?

— Je ne sais pas encore. Les lettres sont à peine visibles. Je suis en train de jouer avec des filtres pour essayer de nettoyer l'image, mais la résolution d'origine n'est pas géniale.

— D'accord, continuez. Appelez-moi dès que vous aurez du nouveau.

— Oui, madame.

— Et... Nola ? reprit Sato d'un ton grave. Comme pour tout ce que vous avez appris au cours des dernières vingt-quatre heures, les photos de ces deux pyramides sont classées top secret. Ne consultez personne et communiquez uniquement avec moi. Je tiens à ce que ce soit bien clair.

— Très clair, madame.

— Bien. Tenez-moi au courant.

Elle raccrocha. Nola se frotta les yeux avant de ramener son regard trouble sur les écrans. Cela faisait plus de trente-six heures qu'elle n'avait pas dormi et elle savait pertinemment qu'elle ne fermerait pas l'œil jusqu'au dénouement de la crise.

Quel que soit ce dénouement.

*

Pendant ce temps, dans le Centre des visiteurs du Capitole, quatre agents de la CIA tout de noir vêtus se tenaient sur le seuil du tunnel, scrutant le passage mal éclairé telle une meute de chiens devant un terrier.

Après avoir raccroché, Sato se dirigea vers eux, la clé de l'Architecte à la main.

— Messieurs, dit-elle, vous avez bien compris les objectifs de la mission ?

— Affirmatif, répondit le chef de l'escouade. Nous avons deux cibles. Numéro un : pyramide en pierre gravée, trente centimètres de hauteur environ. Numéro deux : petit paquet de forme cubique, cinq centimètres environ. Vues pour la dernière fois dans le sac de voyage du professeur Robert Langdon.

— Exact. Nous avons besoin de ces objets intacts et au plus vite. Des questions ?

— Consignes pour le recours à la force ?

L'épaule de Sato l'élançait toujours à l'endroit où Bellamy l'avait frappée avec un os.

— Je vous l'ai dit : il est impératif que nous récupérions ces objets.

— Compris.

Les agents se retournèrent et s'enfoncèrent dans le tunnel.

Sato alluma une cigarette et suivit ses hommes du regard jusqu'à ce qu'ils disparaissent.

51.

Renonçant à sa prudence habituelle au volant, Katherine roulait à plus de cent quarante kilomètres heure sur Suitland Parkway. Son pied tremblant était resté collé sur l'accélérateur pendant deux bons kilomètres avant que sa panique ne retombe. Elle comprit alors que ses frissons incontrôlables n'étaient plus seulement un symptôme de sa peur.

Elle était frigorifiée.

L'air glacé de la nuit qui s'engouffrait par la vitre brisée fouettait son corps transi. Les pieds engourdis dans ses collants déchirés, elle se pencha pour prendre la paire de chaussures qu'elle gardait sous le siège passager. Le mouvement provoqua un accès de douleur intense dans son cou, là où l'agresseur avait planté ses doigts puissants.

Le démon qui avait fait irruption dans l'habitacle ne ressemblait en rien à l'homme blond que Katherine connaissait sous le nom de Christopher Abaddon. Ses cheveux lisses et épais, sa peau hâlée avaient disparu, remplacés par une fresque de tatouages terrifiants qui couraient sur son crâne, son torse nu et son visage.

Elle entendit sa voix – un murmure dans le vent qui sifflait à ses oreilles. « J'aurais dû te tuer il y a dix ans. La nuit où j'ai tué ta mère. »

Elle tressaillit, animée d'une certitude glaciale. C'était lui. Elle n'avait jamais oublié la violence démoniaque dans ses yeux, pas plus qu'elle n'avait oublié la détonation du pistolet quand Peter avait tiré – une balle, une seule, qui avait tué l'agresseur, et l'avait fait basculer dans le ravin, au fond de la rivière gelée. Il était passé au travers de la glace et n'était jamais remonté à la surface. La police avait cherché son cadavre pendant des semaines sans rien trouver, concluant au final que le courant avait dû l'emporter vers la baie de Chesapeake.

Katherine savait à présent qu'ils s'étaient trompés. Il était encore vivant.

Et il était de retour.

En proie à un sentiment d'angoisse croissant, Katherine se laissa envahir par les souvenirs. C'était dix ans plus tôt, presque jour pour jour. Le 25 décembre. Katherine, Peter et leur mère – la famille au complet. Tous les trois réunis dans leur immense villa à Potomac, située au cœur d'une propriété boisée de quatre-vingts hectares traversée par une rivière.

Comme chaque année, leur mère s'affairait dans la cuisine, heureuse de préparer un repas de fête pour ses deux enfants. À soixante-quinze ans, Isabel Solomon n'avait rien perdu de son adresse aux fourneaux. Ce soir-là, l'odeur appétissante du rôti de chevreuil, du jus de panais et de la purée de pommes de terre à l'ail flottait dans la maison. Pendant que leur mère cuisinait, Peter et sa sœur se délassaient dans le jardin d'hiver en discutant du dernier sujet de fascination de Katherine : la science noétique, un nouveau domaine d'étude. Fusion improbable de la physique des particules et du mysticisme ancien, la noétique avait suscité un engouement sans précédent chez elle.

La rencontre de la physique et de la philosophie.

Pendant qu'elle décrivait à son frère les expériences qu'elle rêvait de faire, elle voyait dans ses yeux qu'il était intrigué. Katherine était contente de lui apporter un sujet de réflexion positif pour s'occuper l'esprit, car Noël restait pour son frère synonyme de tragédie.

Zachary.

Le vingt et unième anniversaire du fils de Peter avait été son dernier. Après le cauchemar que toute la famille avait traversé, Peter semblait tout juste reprendre goût à la vie.

Zachary n'avait jamais été un enfant précoce ; frêle et gauche, c'était un adolescent rebelle et irascible. Malgré son enfance privilégiée et l'amour de ses parents, il paraissait déterminé à se détacher du carcan Solomon. Renvoyé des classes préparatoires aux grandes universités, il faisait la fête jusqu'à l'aube avec les VIP et ignorait les recommandations de ses parents qui tentaient de le guider avec fermeté et compassion.

Il avait brisé le cœur de Peter.

Peu avant le dix-huitième anniversaire de Zachary, Katherine avait assisté à une conversation entre Peter et leur mère au sujet de l'héritage du jeune homme. Inquiets devant son manque de maturité, ils hésitaient à le lui verser. Depuis toujours, la tradition familiale voulait que chaque enfant Solomon reçoive à l'occasion de ses dix-huit ans une portion extrêmement généreuse de la fortune du clan. Le raisonnement était simple : l'argent était plus utile au début de la vie adulte qu'à la fin. En nourrissant l'ambition des jeunes héritiers, cette pratique avait eu un impact positif sur le patrimoine des Solomon.

Dans le cas de Zachary, la mère de Katherine estimait qu'il serait imprudent de donner un trop gros capital à un garçon aussi perturbé. Peter n'était pas d'accord.

— Cette tradition familiale ne saurait être interrompue. Cet argent sera peut-être le déclic qui poussera Zachary à se montrer plus responsable.

Malheureusement, sa mère avait raison.

À peine Zachary avait-il reçu son héritage qu'il coupa les ponts avec sa famille et disparut. Il refit surface quelques mois plus tard dans les tabloïds : « RICHE HÉRITIER JOUE LES PLAYBOYS EN EUROPE. »

La presse à scandale prenait un malin plaisir à suivre la vie de débauche de Zachary, l'enfant gâté. Comme si les photos de ses fêtes débridées sur des yachts et de ses soirées arrosées en discothèque n'étaient pas assez douloureuses pour sa famille, la situation vira du tragique au cauchemardesque lorsque les journaux rapportèrent que Zachary avait été arrêté à la frontière turque pour trafic de cocaïne : « MILLIONNAIRE AMÉRICAIN EMPRISONNÉ EN TURQUIE. »

La prison de Soganlik était un centre de détention de classe F situé dans le district de Kartal, aux portes d'Istanbul. Craignant pour la santé de son fils, Peter Solomon s'était aussitôt rendu en Turquie pour le récupérer. Il était revenu bredouille aux États-Unis, sans même avoir pu le voir. Le seul point encourageant était que les contacts de Solomon dans la diplomatie américaine travaillaient d'arrache-pied pour obtenir l'extradition.

Or, deux jours plus tard, Peter avait reçu un coup de téléphone épouvantable. Le lendemain, la nouvelle avait fait la une de tous les journaux : « L'HÉRITIER DES SOLOMON ASSASSINÉ EN PRISON. »

Les photos du meurtre étaient atroces. Des médias sans scrupules diffusèrent l'intégralité des clichés, même longtemps après les funérailles. L'épouse de Peter ne lui pardonna pas de n'avoir pu sauver leur fils ; le mariage sombra six mois plus tard. Depuis ce jour, Peter était resté seul.

Les années avaient passé, et il s'apprêtait désormais à fêter Noël discrètement avec sa mère et sa sœur. Si la douleur du deuil persistait, elle s'était malgré tout estompée avec le temps.

Le bruit joyeux des poêles et des casseroles résonnait dans la cuisine. Dans le jardin d'hiver, Katherine et Peter discutaient tranquillement tout en dégustant du fromage français.

C'est alors qu'une voix inconnue s'était élevée derrière eux.

— Salut, les Solomon ! lança l'intrus d'une voix sourde.

Ils se retournèrent pour voir une figure massive et puissante entrer dans la véranda. Sa cagoule noire cachait son visage à l'exception de la bouche et des yeux, qui brillaient d'une cruauté bestiale.

Peter bondit sur ses pieds.

— Qui êtes-vous ? Comment êtes-vous entré ici ?

— Votre petit Zachary et moi étions bons amis. En prison. Il m'a dit où trouver un double, expliqua l'homme en brandissant une vieille clé, un sourire animal sur les lèvres. C'était juste avant que je le bastonne à mort.

La bouche de Peter s'assécha d'un coup.

Un pistolet apparut dans la main de l'intrus.

— Assis !

Peter se laissa tomber sur sa chaise.

Katherine était pétrifiée. L'homme fit quelques pas en avant. Derrière son masque, ses yeux étincelaient comme ceux d'un chien enragé.

— Laissez-nous tranquilles ! s'écria Peter, sans doute pour avertir sa mère dans la cuisine. Prenez ce que vous voulez et allez-vous-en !

L'autre pointa le canon de son arme sur la poitrine de Peter.

— Et d'après vous, qu'est-ce que je veux ?

— Votre prix sera le mien. Nous n'avons pas d'argent à la maison, mais je peux…

L'intrus se mit à rire.

— Vous m'insultez. Je ne suis pas ici pour l'argent. Je suis là pour le reste de l'héritage de Zachary. Il m'a parlé de la pyramide.

Quelle pyramide ? se demanda Katherine, aussi perdue que terrifiée.

Son frère adopta une posture de défi.

— Je ne sais pas de quoi vous parlez.

— Ne jouez pas les imbéciles ! Zachary m'a certifié que vous la conserviez dans le coffre de votre bureau. Donnez-la-moi immédiatement.

— J'ignore ce que vous a dit mon fils, mais il était très tourmenté, dit Peter. Je ne vois pas ce que vous voulez !

— Ah, non ? répliqua l'homme en pointant le pistolet sur la tête de Katherine. Et maintenant, c'est plus clair ?

Peter se figea.

— Vous devez me croire ! supplia-t-il. Je ne sais pas de quoi vous parlez !

— Essayez de me mentir encore une fois, menaça l'assaillant en visant toujours Katherine, et vous pouvez dire adieu à votre chère petite sœur. (Un sourire cruel lui tordit les lèvres.) Et à en croire Zachary, elle est plus importante à vos yeux que toute votre...

— Que se passe-t-il ici ?

Isabel Solomon fit irruption dans la véranda, armée du fusil de chasse de Peter. L'homme esquissa un mouvement et la septuagénaire pugnace n'hésita pas une seconde. Avec une détonation assourdissante, le fusil cracha une décharge de plombs sur l'intrus qui, titubant en arrière, tira dans toutes les directions. Il perdit l'équilibre et passa à travers la porte de la véranda dans une explosion de verre, laissant tomber son arme dans sa chute.

Vif comme l'éclair, Peter plongea sur le pistolet. Isabel se précipita vers Katherine, qui était tombée, et s'agenouilla à côté d'elle.

— Ma chérie, tu es blessée ?

En état de choc, Katherine secoua la tête. Dehors, l'homme masqué s'était relevé tant bien que mal et s'enfuyait en courant vers la forêt, les mains pressées sur le flanc. Après un coup d'œil rapide par-dessus son épaule pour s'assurer que sa mère et sa sœur allaient bien, Peter se lança à la poursuite de l'agresseur, l'arme au poing.

Isabel serrait sa fille en tremblant.

— Dieu merci, tu n'as rien.

Soudain, elle recula, terrifiée.

— Katherine ? Tu saignes ! Il y a du sang partout !

Katherine vit le sang. Beaucoup de sang. Elle en était couverte, et pourtant, elle ne sentait pas la douleur.

Paniquée, sa mère examina son corps à la recherche d'une blessure.

— Où est-ce que tu as mal ?

— Je ne sais pas, maman, je ne sens rien !

L'instant d'après, Katherine se raidit en voyant d'où provenait le liquide rouge et épais.

— Maman, ce n'est pas moi...

Elle montra du doigt un petit trou dans la blouse en satin blanc de sa mère où le sang coulait à flots. Isabel baissa les yeux, perplexe. Elle grimaça et se recroquevilla, comme si la douleur venait seulement de la frapper.

— Katherine ? fit-elle d'une voix calme, sur laquelle pesait cependant tout le poids de ses soixante-quinze ans. Je vais avoir besoin d'une ambulance.

Katherine courut vers le téléphone le plus proche et appela la police. Quand elle revint dans la véranda, sa mère gisait inerte dans une mare de sang. Elle se jeta à genoux à côté d'elle mais ne put qu'étreindre doucement son corps entre ses bras.

Katherine n'aurait pas su dire combien de temps s'était écoulé quand elle entendit un coup de feu au loin, dans les bois. Un moment plus tard, son frère essoufflé apparut sur le pas de la porte, pistolet à la main, le regard affolé. Lorsqu'il vit Katherine en train de sangloter, tenant le corps sans vie de leur mère dans les bras, un désespoir sans nom lui tordit les entrailles. Katherine n'oublierait jamais le hurlement qui résonna entre les vitres du jardin d'hiver.

52.

Mal'akh sentait les tatouages onduler dans son dos tandis qu'il courait en direction de la lourde porte de l'Unité 5.

Le labo, il faut que j'entre dans le labo.

La fuite inattendue de Katherine représentait un problème. Non seulement elle connaissait son adresse et son visage, mais elle savait maintenant que c'était lui qui avait tué sa mère.

Mal'akh lui aussi se souvenait parfaitement de cette nuit-là, dix ans auparavant. Il était arrivé si près du but – la pyramide – quand le destin s'était opposé à lui. *Je n'étais pas prêt alors, mais je le suis aujourd'hui,* songea-t-il. *Je suis plus puissant. Mon pouvoir est plus grand.* Après avoir enduré des épreuves inimaginables pour se préparer à son retour, il était enfin sur le point d'accomplir sa destinée. Il avait la certitude absolue qu'avant l'aube il allait contempler le regard agonisant de Katherine Solomon.

Arrivé à la porte de l'entrepôt, il se rassura en se disant que sa proie ne lui avait pas réellement échappé ; elle n'avait fait que retarder l'inévitable. Il se glissa par l'ouverture de la paroi et marcha avec confiance dans l'obscurité jusqu'à trouver le tapis Pivotant sur la droite, il se dirigea vers le Cube. Les martèlements sur la porte de l'Unité 5 s'étaient tus. Le garde était sûrement en train de se battre contre la pièce de monnaie que Mal'akh avait enfoncée dans le lecteur.

Atteignant l'entrée du laboratoire, il trouva le système d'ouverture et utilisa la carte de Trish. Le panneau de commande s'illumina. Mal'akh composa le code, qui lui ouvrit enfin l'accès au Cube. Une lumière éblouissante éclairait l'intérieur. En se déplaçant dans l'espace stérile, il écarquilla les yeux devant l'étalage de technologie qui s'offrait à lui. Le pouvoir de ces appareils ne lui était pas étranger ; lui aussi menait ses propres expériences dans le sous-sol de sa maison. La veille, ses efforts avaient été couronnés de succès ; il avait récolté le fruit de son travail – son plus beau fruit.

La Vérité.

Peter Solomon, prisonnier entre la vie et la mort, lui avait livré tous ses secrets. Je peux lire dans son âme à livre ouvert, se dit-il avec un sourire. En plus des secrets qu'il avait anticipés, Mal'akh en avait appris d'autres inattendus, notamment sur le laboratoire de Katherine et ses découvertes incroyables.

La science se rapproche... Et je ne la laisserai pas éclairer le chemin des indignes.

Dans ses recherches, Katherine avait recours à la science moderne pour répondre à des questions philosophiques ancestrales. Est-ce que quelqu'un entend nos prières ? Y a-t-il une vie après la mort ? Les humains ont-ils une âme ? Aussi incroyable que cela puisse paraître, Katherine avait répondu à toutes ces interrogations. De manière scientifique, concluante. En utilisant des méthodes irréfutables. Même les plus grands sceptiques devraient se rendre à l'évidence. Si ses résultats étaient publiés, diffusés, cela marquerait le début d'une nouvelle évolution de la conscience humaine. Les hommes trouveraient bientôt leur voie. Ce soir, la dernière tâche de Mal'akh avant sa métamorphose était d'empêcher que cela ne se produise.

Mal'akh repéra la pièce de stockage des données dont lui avait parlé Peter. À travers la vitre épaisse, il vit les deux unités de sauvegarde holographiques. Il avait du mal à concevoir que le contenu de ces petites boîtes puisse changer le cours du développement humain, mais la Vérité avait toujours été le plus puissant des catalyseurs.

Gardant un œil sur les lecteurs holographiques, il sortit la carte de Trish et l'inséra dans la serrure électronique. À sa grande surprise, le panneau resta éteint. Apparemment, l'accès à cette pièce était une marque de confiance que Trish Dunne n'avait pas encore méritée. Il se munit de l'autre carte, celle qu'il avait trouvée dans la blouse de Katherine. Cette fois, le panneau s'alluma.

Mais il ignorait son code. Il essaya sans succès celui de Trish. Se frottant le menton, il recula pour examiner la paroi en Plexiglas de huit centimètres d'épaisseur. S'il voulait s'ouvrir un passage jusqu'aux disques qu'il était venu détruire, il lui faudrait quelque chose de nettement plus puissant qu'une hache.

Mal'akh avait prévu cette éventualité.

Conformément aux informations qu'il avait soutirées à son prisonnier, il trouva dans la salle d'alimentation un râtelier qui accueillait des cylindres métalliques semblables à de grosses bouteilles de plongée. Les cylindres portaient l'inscription LH2, ainsi que le symbole universel pour les substances inflammables. L'un d'entre eux était connecté à la pile à combustible qui alimentait le Cube.

Mal'akh hissa précautionneusement l'une des bouteilles de rechange sur un chariot qu'il poussa ensuite à travers le laboratoire, jusqu'à la vitre en Plexiglas. Une explosion à cet endroit-là aurait sûrement été suffisante pour pulvériser le serveur, mais il avait remarqué un point faible dans la structure : un interstice entre le bas de la porte et le sol.

Il posa délicatement le cylindre à l'horizontale et glissa sous la porte le tuyau en caoutchouc qui y était relié. Il lui fallut quelques instants pour ôter les protections de la valve d'ouverture, avant de la tourner très doucement. De l'autre côté de la vitre, le tube commença à crachoter un liquide clair et bouillonnant dans la salle de sauvegarde. La flaque grandit et s'épancha tout en s'évaporant. L'hydrogène ne conservait sa forme liquide que lorsqu'il était froid ; en se réchauffant, il se mettait à bouillir. Le gaz qui en résultait était encore plus inflammable que le liquide.

Comme nous l'a montré l'*Hindenburg*.

Mal'akh s'empressa d'aller chercher un petit bidon qui contenait un combustible pour brûleurs : une huile visqueuse, hautement inflammable mais très stable. Il regagna la salle des serveurs, constatant avec plaisir que le cylindre continuait de se vider. Les supports des lecteurs holographiques baignaient dans la flaque d'hydrogène qui recouvrait désormais tout le sol. Une brume blanchâtre flottait au-dessus, signe que le liquide se transformait en gaz et remplissait peu à peu l'espace confiné.

Mal'akh versa une quantité généreuse d'huile sur le cylindre, sur le tube et dans l'interstice sous la porte. Ensuite, il recula prudemment vers la sortie du labo, laissant une traînée ininterrompue sur son passage.

*

Ce soir-là, le central téléphonique des urgences avait reçu un volume d'appels hors du commun. Football, bière et pleine lune, pensa l'opératrice tandis qu'un énième numéro s'affichait sur son écran. Il appartenait à un téléphone public dans une station-service sur Suitland Parkway, à Anacostia. Probablement un accident de voiture.

— Ici les urgences, à votre service.

— Je viens d'être agressée au Smithsonian Museum Support Center, répondit une voix de femme paniquée.

Envoyez la police, je vous en prie ! L'adresse est
4210 Silver Hill Road.

— Attendez, du calme. Expliquez-moi...

— Il faut envoyer aussi une patrouille à Kalorama
Heights, je crois que mon frère est séquestré là-bas !

L'opératrice soupira. Pleine lune.

53.

— C'est ce que j'essayais de vous dire, professeur
Langdon. Cette pyramide est plus complexe qu'il n'y
paraît.

Ça, c'est certain, se dit Langdon. Il ne pouvait nier
que la pyramide posée sur la table de lecture semblait
soudain beaucoup plus mystérieuse. Le décryptage du
chiffre des maçons n'avait produit qu'une grille de lettres incompréhensibles.

Le chaos.

S	O	E	U
A	T	U	N
C	S	A	S
V	U	N	J

Langdon examina les lettres pendant un bon moment
à la recherche d'un indice – mots cachés, anagrammes,
n'importe quoi... Rien.

— La Pyramide maçonnique, expliqua Warren Bellamy, dissimule ses secrets derrière de nombreux voiles.
Chaque fois que vous en écartez un, un autre vous

attend. Vous avez découvert ces lettres, mais elles ne vous diront rien tant que vous n'aurez pas soulevé le voile suivant. Seul celui qui possède la pierre de faîte connaît la manière d'y parvenir. Je suis prêt à parier que la petite pyramide porte elle aussi une inscription, qui vous permettra de déchiffrer celle-ci.

Langdon jeta un coup d'œil au paquet sur le bureau. Si Bellamy avait raison, cela signifiait que les deux pyramides formaient un code segmenté – une clé brisée en plusieurs morceaux. Les cryptographes modernes avaient souvent recours aux codes fragmentés, bien que leur origine remonte à la Grèce antique. Lorsqu'ils voulaient protéger une information secrète, les Grecs l'inscrivaient sur une tablette en argile qu'ils cassaient ensuite en morceaux. Ce n'était qu'en réunissant les fragments conservés dans des endroits distincts que l'on pouvait lire le code. Le mot « symbole » était d'ailleurs dérivé du nom de ces tablettes en argile, *symbolon*.

— La pyramide et sa coiffe sont restées séparées pendant des générations afin de protéger le secret, dit Bellamy, avant de continuer d'une voix solennelle : Ce soir, ces deux pièces sont dangereusement proches l'une de l'autre. Il va sans dire que nous avons le devoir d'empêcher quiconque d'assembler la Pyramide complète.

Langdon trouvait l'attitude mélodramatique de Bellamy un peu exagérée. *On dirait qu'il parle d'une bombe atomique et de son détonateur.*

— En admettant qu'il s'agisse bel et bien de la Pyramide maçonnique et que cette inscription révèle l'emplacement d'un savoir ancien, ça ne me dit toujours pas pourquoi cette connaissance est si dangereuse...

— Peter m'a confié que vous ne vous laissiez pas persuader facilement. Un esprit scientifique qui préfère les preuves à la spéculation.

— Parce que vous y croyez, vous ? retorqua Langdon qui sentait l'impatience le gagner. Sauf votre respect, vous êtes un homme moderne et cultivé. Comment pouvez-vous avaler tout ça ?

Bellamy lui adressa un sourire indulgent.

— La pratique de la franc-maçonnerie m'a inculqué un profond respect de tout ce qui transcende la compréhension humaine. J'ai appris à ne jamais fermer mon esprit à une idée simplement parce qu'elle semble relever du miracle.

54.

Le garde qui faisait sa ronde autour des réserves du Smithsonian remonta en courant le chemin de gravier qui longeait le bâtiment. L'un de ses collègues à l'intérieur venait de l'appeler pour lui dire que la serrure électronique de l'Unité 5 avait été sabotée et que, d'après le panneau de sécurité, la porte latérale de l'entrepôt était ouverte.

Que se passait-il ?

Arrivé au quai de déchargement, il trouva effectivement la porte entrouverte sur une cinquantaine de centimètres. Il décrocha la lampe torche de sa ceinture et la pointa sur l'ouverture noire. Rien. N'ayant aucune intention de s'aventurer dans l'inconnu, il s'avança jusqu'au seuil et introduisit l'extrémité de la lampe, promenant la lumière d'abord sur la droite, puis sur la...

Des mains puissantes se refermèrent sur son poignet et l'attirèrent dans les ténèbres. Happé par une force invisible, retourné comme un pantin, il sentit une odeur d'éthanol juste avant que la torche ne lui échappe des mains. Il eut à peine le temps de comprendre ce qui lui arrivait qu'un coup de massue le frappa en plein sternum. Il s'effondra sur le sol en béton avec un grognement de douleur tandis qu'une imposante silhouette noire s'écartait de lui.

Prostré sur le flanc, le garde ahanait péniblement en essayant de reprendre son souffle. Le faisceau de la lampe torche tombée non loin de là éclairait un petit bidon qui contenait, d'après l'étiquette, un produit inflammable.

Un briquet s'alluma dans l'obscurité. La flamme orange éclaira un individu qui semblait à peine humain. Le garde avait tout juste posé les yeux sur lui que l'homme au torse nu s'accroupit et approcha la flamme du sol.

Aussitôt, une langue de feu se matérialisa et s'éloigna rapidement dans l'obscurité. Le garde se retourna vers son agresseur, mais celui-ci était déjà en train de se faufiler par l'ouverture.

Il parvint à se redresser, grimaçant de douleur, tandis qu'un fin ruban de flammes poursuivait sa course dans le noir. Les flammes étaient trop basses pour causer des dégâts sérieux, mais bientôt, il vit quelque chose de terrifiant. Le feu n'éclairait plus seulement les ténèbres de l'entrepôt : il avait atteint le mur du fond et illuminait à présent un grand bloc en béton. Bien qu'il ne fût pas autorisé à pénétrer dans l'Unité 5, le garde savait exactement ce qu'était cette structure.

Le Cube.

Le laboratoire de Katherine Solomon.

La colonne de feu fila droit vers l'entrée du laboratoire. Le garde se remit debout, conscient que la traînée d'huile continuait sûrement son chemin sous la porte et allait déclencher un incendie à l'intérieur. Alors qu'il se retournait pour s'enfuir et aller chercher de l'aide, il sentit soudain un puissant appel d'air.

L'Unité 5 s'illumina.

Le garde ne vit pas l'éruption d'hydrogène, ni la boule de feu qui déchira le toit de l'entrepôt et s'éleva à plusieurs dizaines de mètres dans les airs. Il ne vit pas non plus la pluie de titane déchiqueté, les fragments de matériel électronique, les gouttelettes de silicone fondu des lecteurs holographiques qui tombaient du ciel.

*

Katherine Solomon roulait vers le nord quand un éclair brilla soudain dans son rétroviseur, accompagné d'un coup de tonnerre qui la fit sursauter.

Des feux d'artifice ? Y avait-il un spectacle prévu à la mi-temps du match ?

Elle se concentra à nouveau sur la route. Elle pensa au coup de téléphone qu'elle venait de passer de la cabine d'une station-service déserte.

Elle avait réussi à convaincre l'opératrice des urgences d'envoyer la police aux réserves du musée pour chercher l'individu tatoué qui l'avait attaquée et, espérait-elle, trouver son assistante Trish encore en vie. Elle avait également insisté pour que le central envoie quelqu'un à l'adresse de Christopher Abaddon à Kalorama Heights, où elle pensait que Peter était séquestré.

Malheureusement, elle n'avait pas réussi à joindre Robert Langdon. Ne voyant aucune autre option, elle roulait à présent vers la Bibliothèque du Congrès, où Langdon lui avait dit qu'il se trouverait.

La révélation terrifiante de l'identité d'Abaddon changeait tout. Katherine ne savait plus quoi penser. Elle n'avait qu'une certitude : l'homme qui avait assassiné sa mère et son neveu tant d'années auparavant avait enlevé son frère et tenté de la tuer, elle. Qui est ce monstre ? se demandait-elle. Que veut-il ? La seule réponse qui lui vint à l'esprit n'avait aucun sens. Une pyramide ? Tout aussi mystérieuse était la raison pour laquelle il était venu au laboratoire. S'il voulait la tuer, pourquoi ne pas le faire dans l'après-midi, quand elle lui avait rendu visite chez lui ? Pourquoi se donner tant de mal et prendre tous ces risques ?

Inexplicablement, les feux d'artifice dans son rétroviseur gagnèrent en intensité ; le premier flash fut bientôt suivi par la vision surprenante d'une boule de feu orange s'élevant au-dessus des arbres. Que se passait-il ? Une colonne de fumée noire accompagna les flammes dans le ciel – et le stade des Redskins ne se trouvait absolument pas dans cette direction. Un accident industriel ? Katherine essaya de déterminer ce qu'il y avait derrière ces arbres... juste au sud-est de la voie rapide.

Et la vérité s'imposa brutalement.

55.

Warren Bellamy écrasait impatiemment les touches de son portable, essayant à nouveau de contacter l'homme susceptible de les aider.

Langdon le regardait faire en pensant à autre chose : Peter... Comment le retrouver ?

Déchiffrez l'inscription, avait ordonné le ravisseur. Elle vous indiquera le plus grand trésor de l'humanité... Rejoignons-nous à l'emplacement désigné, où nous procéderons à l'échange.

Bellamy raccrocha, l'air sombre. Toujours pas de réponse.

— Il y a une chose que j'aimerais bien saisir, dit Langdon. Même si j'arrivais à admettre que cet extraordinaire savoir existe, et que cette pyramide indique d'une manière ou d'une autre... qu'est-ce qu'on cherche, au juste ? Une cave ? Un bunker ?

Bellamy prit un long moment pour réfléchir. Enfin, il soupira et parla prudemment, presque à contrecœur.

— D'après ce que j'ai entendu au fil des années, la pyramide mène à l'entrée d'un grand escalier.

— Un escalier.

— Oui. Un escalier qui s'enfonce dans la terre à des dizaines, voire des centaines de mètres de profondeur.

Langdon n'en croyait pas ses oreilles.

— Et j'ai entendu dire, continua Bellamy, que les Mystères anciens sont enterrés au pied des marches.

Langdon se leva et se mit à faire les cent pas. Un escalier qui s'enfonce à plusieurs dizaines de mètres de profondeur sous la surface de Washington...

— Et personne ne l'a jamais vu ?

— L'entrée serait dissimulée par une énorme pierre.

Langdon poussa un soupir. L'image du tombeau recouvert d'une grosse pierre évoquait immédiatement la description biblique de la sépulture de Jésus. Un archétype éculé.

— Warren, est-ce que, personnellement, vous croyez que cet escalier souterrain existe ?

— Bien que je ne l'aie pas vu, certains maçons plus âgés que moi jurent qu'il existe. C'est justement l'un d'entre eux que j'essayais de joindre à l'instant.

Langdon continua d'arpenter la salle, ne sachant que dire.

— Robert, vous m'imposez une tâche peu enviable en ce qui concerne cette pyramide. (Le regard de l'Architecte se durcit dans la lumière douce de la lampe de lecture.) Je ne connais aucun moyen d'obliger un homme à croire ce qu'il refuse de croire. J'espère cependant que vous comprenez vos obligations vis-à-vis de Peter Solomon.

Oui, j'ai l'obligation de le *sauver*, songea Langdon.

— Peu importe que vous croyiez au pouvoir que cette pyramide peut révéler, peu importe que vous croyiez à l'escalier auquel elle est censée mener. Mais il y a une chose que vous devez croire : vous êtes moralement obligé de protéger ce secret, quoi qu'il représente pour vous. (Bellamy désigna le petit paquet cubique.) Peter vous a confié la coiffe parce qu'il comptait sur vous pour respecter sa volonté et garder cet objet caché. Et maintenant, c'est exactement ce que vous devez faire. Quitte à sacrifier la vie de Peter.

— Quoi ? s'exclama Langdon.

L'air affligé mais résolu, Bellamy ne cilla pas.

— C'est ce qu'il voudrait. Vous devez oublier Peter. Il est parti. Il a fait son travail en protégeant au mieux la pyramide. Maintenant, à nous de faire le nôtre pour honorer ses efforts.

— Comment pouvez-vous dire une chose pareille ? s'emporta Langdon. Même si vous avez raison au sujet de la pyramide, Peter est votre frère maçonnique. Vous avez juré de le protéger par-dessus tout, même votre pays !

— Non, Robert. Un maçon doit protéger ses frères par-dessus tout... sauf une chose : le grand secret que notre confrérie préserve pour l'humanité. Que je croie ou pas au potentiel extraordinaire de ce savoir perdu, j'ai fait le serment de ne jamais laisser des êtres indignes s'en emparer. Et je ne l'abandonnerai à personne, pas même en échange de la vie de Peter.

— Je connais beaucoup de francs-maçons, y compris dans les plus hauts grades, et je suis foutrement sûr que ces hommes n'ont jamais accepté de sacrifier leurs vies pour un bloc de granite. Tout comme je suis sûr qu'aucun d'entre eux ne croit à votre escalier secret qui mène à un trésor caché dans les entrailles de la terre.

— Même à l'intérieur du cercle suprême, il y a des cercles encore plus confidentiels. Tout le monde ne sait pas tout, Robert.

Langdon inspira lentement, s'efforçant de maîtriser ses émotions. Ce n'était pas la première fois qu'il entendait parler de cercles d'élite au sein de la franc-maçonnerie. Qu'ils existent vraiment ou non ne changeait rien à la situation.

— Warren, si cette pyramide révèle réellement le secret maçonnique ultime, pourquoi Peter m'a-t-il impliqué, moi ? Je ne suis même pas maçon, et encore moins membre d'un quelconque cercle privilégié.

— Non, en effet, et je crois que c'est précisément pour cela que Peter vous a choisi. Certains ont tenté de s'emparer de la pyramide par le passé – nous avons eu nos loups déguisés en brebis. Peter a fait un choix judicieux en décidant de cacher la pierre de faîte en dehors de la confrérie.

— Vous le saviez ?

— Non. Il n'y a qu'une seule personne à qui Peter aurait pu en parler. (Bellamy prit son téléphone et rappela le dernier numéro.) Et jusqu'à présent, je n'ai pas réussi à la joindre. On dirait que nous sommes seuls pour le moment, vous et moi. Et nous avons une décision à prendre

Langdon consulta sa montre Mickey. 21 h 42.

— Vous vous rendez compte que le ravisseur de Peter ne m'a laissé que quelques heures pour déchiffrer cette inscription et lui communiquer le résultat.

L'Architecte se rembrunit.

— De grands hommes à travers l'Histoire ont fait des sacrifices personnels considérables pour protéger les Mystères anciens. Il nous incombe de suivre leur exemple, dit-il en se levant. Nous ne pouvons pas rester ici. Tôt ou tard, Sato nous retrouvera.

— Et Katherine ? objecta Langdon, qui n'avait aucune envie de partir. Elle n'a pas téléphoné et elle ne répond pas.

— Il a dû lui arriver quelque chose.

— Nous ne pouvons pas l'abandonner !

— Oubliez Katherine ! décréta Bellamy avec autorité. Oubliez-la, oubliez Peter, oubliez tout le monde ! Ne comprenez-vous donc pas que vous êtes investi d'une mission qui nous dépasse tous – vous, moi, Peter, Katherine ? Il faut trouver un endroit sûr où cacher la pyramide, loin de...

Un gros bruit métallique retentit alors dans le grand hall.

La peur dans les yeux, Bellamy se tourna vers l'entrée.

— Déjà ?

Langdon regarda la porte. C'était sûrement le seau en fer que Bellamy avait posé en équilibre sur l'échelle qui bloquait le tunnel. Ils arrivent...

Puis, curieusement, le bruit se répéta.

Encore.

Et encore.

*

Le sans-abri allongé sur le banc en face de la Bibliothèque du Congrès se frotta les yeux et regarda la scène étrange qui se déroulait devant lui.

Une Volvo blanche avait bondi sur le trottoir, traversé la passerelle pour piétons et s'était arrêtée dans un crissement de pneus au pied de l'entrée principale. Une jolie femme aux cheveux bruns en était sortie. Elle avait regardé nerveusement autour d'elle et, repérant le sans-abri, lui avait crié :

— Vous avez un téléphone ?

Ma petite dame, je n'ai même pas de chaussure gauche !

Comprenant son erreur, la femme grimpa les marches qui montaient vers la Bibliothèque. Elle essaya d'ouvrir chacune des trois portes massives en secouant désespérément les poignées.

— La bibli est fermée ! cria le SDF.

Elle ne semblait pas s'en soucier. S'emparant d'un des gros heurtoirs, elle le souleva et l'abattit lourdement contre la porte. Puis elle recommença. Encore. Et encore.

Dis donc, pensa l'homme sur le banc, elle a drôlement envie de lire, la petite dame.

56.

Quand la porte en bronze de la Bibliothèque du Congrès s'ouvrit devant elle, Katherine Solomon eut l'impression qu'un barrage cédait en elle. Toutes les émotions qu'elle avait ravalées jusque-là – la peur, la confusion – se déversèrent d'un coup.

L'homme qui se tenait là était Warren Bellamy, l'ami et le confident de son frère. Mais c'était surtout l'homme debout dans l'ombre derrière l'Architecte que Katherine était si heureuse de voir. Le sentiment était apparemment réciproque, car les yeux de Robert Langdon exprimaient un profond soulagement quand elle se précipita dans la Bibliothèque, tout droit dans ses bras.

— Tout va bien, murmura-t-il en la serrant contre lui. Tout va bien.

Parce que vous m'avez sauvée ! avait-elle envie de dire. Il a détruit mon laboratoire. Tout mon travail. Des années de recherches... parties en fumée. Elle voulait tout lui raconter, mais elle arrivait à peine à respirer.

— Nous allons retrouver Peter, promit Langdon, sa voix réconfortante résonnant contre la poitrine de Katherine. Je vous le promets.

Je connais le coupable ! voulait-elle crier. C'est l'homme qui a tué ma mère et Zachary ! Mais, avant qu'elle puisse s'expliquer, un fracas de métal brisa le silence de la bibliothèque.

L'écho se perdit dans le hall. Cela venait d'en dessous – un objet en fer était tombé sur du carrelage. Katherine sentit aussitôt les muscles de Langdon se crisper.

Bellamy s'approcha, une expression lugubre sur le visage.

— Il faut y aller. Vite !

Désorientée, Katherine suivit Langdon et l'Archıtecte au pas de course à travers le grand hall, en direction de la célèbre salle de lecture qui était éclairée comme en plein jour. Bellamy ferma les deux séries de portes à clé derrière eux.

Katherine se laissa entraîner vers le milieu de la pièce sans trop comprendre ce qui lui arrivait. Ils s'arrêtèrent devant une table sur laquelle était posé un sac en cuir. Il y avait également un petit paquet scellé que Bellamy s'empressa de ranger. Et dans le sac...

Katherine ouvrit de grands yeux. Une pyramide ?

Même sans l'avoir jamais vue auparavant, elle la reconnut. Un mouvement de recul incontrôlable agita son corps tout entier. Au fond d'elle-même, elle savait la vérité. Katherine Solomon se trouvait face à l'objet qui avait ruiné sa vie. La pyramide !

Bellamy remonta la fermeture Éclair du sac, qu'il tendit à Langdon.

— Ne vous en séparez pas une seule seconde.

Une explosion secoua les portes externes de la salle, suivie du tintement d'une pluie de verre.

— Par ici !

Visiblement effrayé, Bellamy les poussa précipitamment vers l'îlot central – huit comptoirs de prêt autour d'une énorme console octogonale. Les faisant passer derrière, il tendit le bras vers une ouverture dans le meuble.

— Entrez là-dedans !

— Là ? fit Langdon. Ils vont nous trouver !

— Faites-moi confiance, c'est plus grand que vous ne le croyez.

57.

La limousine de Mal'akh roulait à toute vitesse vers le nord. Kalorama Heights. L'explosion du laboratoire de Katherine avait été plus violente que prévu ; il avait eu de la chance de s'en sortir indemne. Heureusement, le chaos entraîné par la déflagration lui avait permis de s'enfuir sans que personne ne tente de l'arrêter. Il avait traversé le poste de sécurité devant un garde trop occupé à hurler dans son téléphone.

Je dois quitter la route. Même si Katherine n'avait pas déjà appelé la police, l'explosion avait sûrement attiré leur attention. Et un homme torse nu au volant d'une limousine, c'était difficile à rater.

Après tant d'années de préparation, il avait peine à croire que le moment était enfin arrivé. Le chemin jusqu'à cette nuit avait été long et ardu.

Ce qui a débuté il y a des années dans le malheur... se terminera ce soir dans la gloire.

Le jour où tout avait commencé, il ne s'appelait pas Mal'akh. Non, le jour où tout avait commencé, il ne portait même pas de nom. Prisonnier 37. Comme la plupart des détenus du terrible pénitencier de Soganlik, aux portes d'Istanbul, Prisonnier 37 avait été arrêté pour une affaire de drogue.

Il était allongé sur son lit dans un cachot en béton, affamé et transi de froid dans l'obscurité, se demandant combien de temps il allait passer derrière les barreaux. Son nouveau compagnon de cellule, qu'il avait rencontré la veille, dormait sur la couchette du haut. Le directeur de la prison, un alcoolique obèse qui haïssait son métier et se passait les nerfs sur les détenus, venait d'éteindre les lumières pour la nuit.

Il était presque 22 heures quand Prisonnier 37 entendit la conversation qui filtrait à travers les conduits de ventilation. La première voix était d'une clarté impeccable : c'était l'accent perçant et hargneux du directeur, qui n'appréciait guère d'être réveillé par un visiteur nocturne.

— Oui, vous venez de très loin, disait-il, mais les visites sont interdites pendant le premier mois. C'est la loi. Pas d'exception.

La voix qui répondit, polie et raffinée, était brisée par le chagrin.

— Mon fils est-il en sécurité ?

— C'est un toxicomane.

— Est-ce que vous le traitez bien ?

— Assez bien. Ce n'est pas un hôtel, ici.

La tension était perceptible.

— Vous vous rendez compte que le Département d'État américain va demander son extradition.

— Oui, oui, comme d'habitude. Et elle sera accordée, même si les formalités risquent de prendre quinze jours... peut-être même un mois... Ça dépend.

— Ça dépend de quoi ?

— Vous savez, nous manquons de personnel. Bien sûr, il arrive que des personnes inquiètes comme vous fassent des dons aux employés de la prison pour nous aider à accélérer les choses.

Le visiteur garda le silence.

— Monsieur Solomon, continua le directeur à voix basse, pour un homme tel que vous, qui n'a pas de problèmes d'argent, il y a toujours une alternative. Je connais des gens au gouvernement. Si vous et moi travaillons ensemble, nous pourrions faire libérer votre fils... dès demain. Tous les chefs d'accusation seraient retirés. Il n'aurait même pas à être jugé aux États-Unis.

La réponse fusa, immédiate :

— Sans même parler de l'illégalité de votre proposition, je refuse de montrer à mon fils que l'argent résout tous les problèmes ou que l'on peut échapper aux conséquences de ses actes, surtout dans une affaire aussi grave que celle-ci.

— Vous voulez le laisser ici ?

— Je veux lui parler. Tout de suite.

— Comme je vous l'ai dit, nous avons des règles. Vous ne pouvez pas voir votre fils… sauf si vous souhaitez négocier sa libération immédiate.

Un silence glacial se prolongea pendant quelques secondes.

— Le Département d'État vous contactera très bientôt. Assurez-vous qu'il n'arrive rien à Zachary. Il sera dans un avion pour les États-Unis d'ici la fin de la semaine. Bonne nuit.

La porte claqua.

Prisonnier 37 n'en croyait pas ses oreilles. Quel genre de père était capable d'abandonner son fils dans cet enfer pour lui donner une leçon ? Il aurait même pu le récupérer avec un casier judiciaire vierge !

Ce n'est que plus tard cette nuit-là que Prisonnier 37, toujours éveillé sur sa couchette, trouva comment il allait sortir de Soganlik. Si l'argent était la seule chose qui faisait obstacle à sa liberté, alors il était pour ainsi dire déjà libre. Si Peter Solomon rechignait à se séparer de son argent, quiconque lisait les tabloïds savait que son fils Zachary possédait lui aussi une petite fortune. Le lendemain, Prisonnier 37 eut un entretien privé avec le directeur et lui exposa son plan – un stratagème audacieux et ingénieux qui allait leur apporter à tous les deux exactement ce qu'ils désiraient.

— Pour que cela fonctionne, Zachary Solomon doit mourir, expliqua Prisonnier 37. Mais nous disparaîtrons aussitôt. Vous pourriez prendre votre retraite dans les îles grecques. Vous n'auriez plus jamais à mettre les pieds dans cet endroit.

Après quelques mises au point, ils se serrèrent la main.

Zachary Solomon n'en a plus pour longtemps, pensa Prisonnier 37. La simplicité de l'affaire le fit sourire.

Deux jours plus tard, le Département d'État téléphona à la famille Solomon pour leur annoncer la terrible nouvelle. Les photos de la prison montraient le cadavre sanglant de leur fils, recroquevillé par terre dans sa cellule. Sa tête avait été défoncée à coups de barre en fer, le reste de son corps avait été battu avec une sauvagerie inhumaine. On l'avait apparemment torturé avant de l'achever. Le principal suspect était le directeur de la prison, qui avait disparu – probablement avec tout l'argent du garçon assassiné. Zachary avait signé des ordres de transfert de sa fortune sur un compte privé numéroté qui avait été soldé juste après sa mort. Impossible de retrouver la moindre trace de l'argent.

Peter Solomon retourna en Turquie en avion privé pour récupérer le cercueil de son fils, qui fut enterré dans le caveau familial des Solomon. Le directeur de la prison ne refit jamais surface, et pour cause : le corps adipeux du Turc gisait au fond de la mer de Marmara, où il nourrissait les crabes bleus qui migraient à travers le détroit du Bosphore. La vaste fortune de Zachary Solomon avait été déposée sur un autre compte privé. Prisonnier 37 était libre à nouveau – libre et très riche.

Les îles grecques étaient un véritable paradis. Le soleil. La mer. Les femmes.

L'argent pouvait tout acheter : de nouvelles identités, de nouveaux passeports, un nouvel espoir. Il opta pour un nom grec, Andros Dareios, le « guerrier riche ». Se rappelant avec terreur ses sinistres nuits en prison, Andros se jura de ne jamais y retourner. Il tondit ses cheveux hirsutes et abandonna le monde de la drogue pour de bon. Il recommença sa vie à zéro, explora des plaisirs sensoriels qu'il n'avait jamais imaginés. La sérénité des promenades solitaires en bateau sur les eaux bleu encre de la mer Égée remplaça le vertige de l'héroïne ; le plaisir sensuel des *souvlaki* d'agneau tendres dévorés à même la broche lui fit oublier l'ecstasy ; l'excitation des plongeons du haut des falaises dans les criques pleines d'écume de Mykonos valait toute la cocaïne du monde.

Je suis ressuscité.

Andros acheta une immense villa sur l'île de Syros et s'installa parmi la *bella gente* de la ville de Possidonia. Ce nouveau monde était bâti sur un idéal commun de richesse, de culture et de perfection physique. Ses voisins entretenaient la fierté du corps et de l'esprit. Presque malgré lui, le nouveau venu commença à courir régulièrement sur la plage, à prendre le soleil, à lire. L'*Odyssée* d'Homère et les puissants guerriers qui se battaient sur ces îles le fascinèrent. Il se mit aussitôt à pratiquer la musculation et fut étonné par la vitesse à laquelle son torse et ses bras se développèrent. Bientôt il sentit le regard des femmes qui se posait sur lui ; leur admiration l'excitait. Il voulut devenir encore plus fort. Et il y parvint. Grâce à des injections régulières de stéroïdes mélangés à des hormones de croissance achetées au marché noir et en passant des heures à soulever des poids, Andros se transforma en un être qu'il n'aurait jamais cru pouvoir devenir un jour : un géant, un demi-dieu. Il gagna en taille et en musculature, développa des pectoraux irréprochables et des jambes athlétiques et musclées dont il entretenait méticuleusement le bronzage.

À présent, tout le monde le regardait.

Comme on le lui avait dit, les stéroïdes et les hormones modifièrent non seulement son corps, mais également sa voix ; il se mit à parler dans un murmure rauque et léger qui lui donnait un air énigmatique. Son timbre à la douceur étrange, son corps, sa richesse et le passé mystérieux dont il refusait de parler agissaient comme un aimant. Les femmes s'offraient volontiers à lui – mannequins en séjour sur l'île pour une séance photo, jeunes étudiantes américaines en vacances, épouses négligées de ses voisins. Il les satisfaisait toutes... et parfois ajoutait à son tableau de chasse un éphèbe. Personne ne lui résistait.

Je suis un chef-d'œuvre.

Avec les années, toutefois, les aventures sexuelles d'Andros commencèrent à perdre leur attrait. Ainsi que tout le reste. La gastronomie de l'île s'affadit, les livres ne le captivaient plus et même les crépuscules éblouissants qu'il voyait depuis sa villa lui paraissaient ternes. Comment était-ce possible ? Il n'avait pas trente ans et déjà il se sentait vieux. Qu'y avait-il d'autre dans la vie ? Il avait sculpté son corps pour en faire une œuvre d'art ; il s'était cultivé, avait nourri son esprit ; il vivait dans un paradis terrestre ; il avait l'amour de tous ceux qu'il désirait.

Et malgré tout cela, il se sentait toujours aussi vide que dans cette prison en Turquie.

Qu'est-ce qui lui manquait ?

La réponse lui parvint plusieurs mois plus tard. Il était chez lui, en train de zapper d'une chaîne à l'autre en pleine nuit, quand il tomba sur un documentaire sur les secrets de la franc-maçonnerie. Malgré la pauvreté du programme qui posait plus de questions qu'il n'apportait de réponses, Andros fut intrigué par la pléthore de sombres théories qui entouraient la confrérie. Le narrateur décrivait une légende après l'autre.

Les francs-maçons et le nouvel ordre mondial.

Le Grand Sceau maçonnique des États-Unis.

La loge P2.

Le secret perdu de la franc-maçonnerie.

La Pyramide maçonnique.

Andros sursauta. La pyramide ? Le narrateur raconta l'histoire d'une mystérieuse pyramide de pierre gravée d'une inscription censée révéler le chemin vers un savoir perdu, un pouvoir incommensurable. Malgré sa vraisemblance douteuse, l'histoire éveilla un lointain souvenir dans l'esprit d'Andros, un souvenir vague d'une période beaucoup plus sombre de sa vie. Zachary Solomon avait entendu son père parler d'une telle chose.

Se pourrait-il que... ? Il avait du mal à se rappeler les détails

À la fin du documentaire, il sortit sur le balcon pour s'éclaircir les idées dans la brise nocturne. À mesure que les souvenirs revenaient, de plus en plus nets, il commença à pressentir qu'il y avait peut-être du vrai dans cette légende. Et si c'était le cas, Zachary Solomon, bien qu'il fût mort depuis longtemps, avait encore quelque chose à offrir.

Qu'avait-il à perdre ?

Trois semaines plus tard, ayant soigneusement choisi son moment, Andros patientait dans le froid glacial à l'extérieur de la véranda des Solomon, dans leur propriété de Potomac. À travers les vitres, il voyait Peter et sa sœur Katherine en train de rire et bavarder.

Ils semblent n'avoir eu aucun mal à oublier Zachary !

Avant de rabattre la cagoule sur son visage, Andros sniffa un peu de cocaïne pour la première fois depuis une éternité. La vague familière l'envahit, il n'avait plus peur de rien. Pistolet à la main, il utilisa une vieille clé pour ouvrir la porte et entra.

— Salut les Solomon !

La soirée ne se déroula malheureusement pas comme prévu. Au lieu d'obtenir la pyramide qu'il était venu chercher, il se retrouva criblé de plombs de chasse, courant sur une pelouse enneigée en direction de la forêt. À sa grande surprise, Peter Solomon s'était lancé à ses trousses, ramassant son propre pistolet ! Andros fonça dans les bois et emprunta un chemin qui longeait un ravin profond. Loin en contrebas, le bruit d'une cascade résonnait dans l'air frais de l'hiver. Il passa devant une futaie de chênes et suivit la sente qui virait à gauche. L'instant d'après, il s'arrêta en dérapant sur le sol glacé, échappant de peu à la mort.

Malédiction !

Quelques centimètres à peine devant lui, le sol plongeait abruptement vers la rivière qui coulait tout au fond du ravin. Un gros rocher sur le côté portait une inscription gravée par la main mal assurée d'un enfant :

Pont de Zach

Le chemin continuait de l'autre côté du précipice. *Il est où, ce pont ?* L'effet de la cocaïne était retombé.

Je suis pris au piège ! Quand Andros, paniqué, se retourna pour s'enfuir dans l'autre sens, il se trouva nez à nez avec Peter Solomon, essoufflé mais armé.

Voyant le pistolet, Andros recula d'un pas. Le gouffre derrière lui faisait au moins quinze mètres. Au fond, la rivière était gelée. La brume qui s'élevait de la cascade en amont flottait autour d'eux tel un manteau glacé qui pénétrait jusqu'aux os.

— Le Pont de Zach s'est effondré il y a longtemps, dit Solomon en haletant. Personne d'autre que lui ne venait jusqu'ici. (Il tenait le pistolet d'une main remarquablement sûre.) Pourquoi avez-vous tué mon fils ?

— Il n'était rien. Un drogué. Je lui ai rendu service.

Solomon avança, l'arme pointée sur le cœur d'Andros.

— Peut-être devrais-je vous rendre le même service, dit-il avec une férocité surprenante. Vous avez tabassé mon fils à mort ! Quel genre de monstre est capable de faire une chose pareille ?

— Les hommes sont capables de tout quand ils sont au pied du mur.

— Vous avez assassiné mon fils !

— Non ! se rebella Andros. C'est vous qui l'avez tué. Quel père indigne abandonne son fils en prison quand il a la possibilité de le faire sortir ? C'est vous qui l'avez tué, pas moi.

— Vous ne savez rien ! hurla Solomon d'une voix déformée par le chagrin.

Vous avez tort, pensa Andros. Je sais tout.

Peter Solomon approcha encore, il était à moins de cinq mètres, le pistolet braqué sur lui. Les poumons en feu, Andros sentait qu'il saignait abondamment. Le sang chaud coulait sur son ventre. Il jeta un coup d'œil par-dessus son épaule. Impossible. Il se retourna vers Solomon.

— Je vous connais mieux que vous ne l'imaginez, murmura-t-il. Et je sais que vous n'êtes pas le type d'homme à tuer de sang-froid.

Solomon avança d'un pas et le mit en joue.

— Je vous préviens, dit Andros. Si vous pressez la détente, je vous hanterai à tout jamais.

— Vous me hanterez quoi que je fasse.

Et sur ces mots, Peter Solomon tira.

*

Au volant de sa limousine qui roulait à tombeau ouvert vers Kalorama Heights, l'homme qui se nommait désormais Mal'akh repensait aux événements miraculeux qui l'avaient sauvé d'une mort certaine au bord de ce ravin glacé. Il en avait été transformé à tout jamais. Le coup de feu avait retenti pendant un instant à peine, mais l'écho avait été long, et avait influencé sa vie pendant dix ans. Le corps de Mal'akh, autrefois parfait et hâlé, portait les cicatrices de cette nuit-là – des cicatrices qu'il cachait sous les symboles tatoués de sa nouvelle identité.

Je suis Mal'akh.

J'accomplis un destin qui était le mien depuis le début.

Il avait traversé les flammes, avait été réduit en cendres, mais il émergeait à nouveau, transformé. Ce soir, il allait franchir la dernière étape de son long et merveilleux chemin.

58.

L'explosif surnommé coquettement « Clé 4 » avait été développé par les Forces spéciales américaines pour ouvrir des portes verrouillées avec un minimum de dégâts collatéraux. Constitué principalement de cyclo-triméthylènetrinitramine associé à de l'adipate de diéthylhexyle comme agent plastifiant, il s'agissait en fait d'un morceau de C-4 présenté en feuilles très fines qui pouvaient être insérées dans les montants de portes. Il avait fonctionné à merveille sur la salle de lecture de la Bibliothèque du Congrès.

L'agent Turner Simkins, responsable de l'opération, enjamba les débris de bois et balaya la pièce octogonale du regard en guettant le moindre mouvement. Rien.

— Éteignez les lumières.

Un autre agent trouva le panneau électrique et actionna l'interrupteur, plongeant la salle dans les ténèbres. Les quatre hommes rabattirent les lunettes à vision nocturne de leurs casques et les ajustèrent sur leurs yeux. Immobiles, ils continuèrent d'examiner la salle, qui leur apparaissait à présent dans un camaïeu de verts.

La scène resta inchangée.

Pas de suspect profitant de l'obscurité pour essayer de s'enfuir.

Bien que les fugitifs ne fussent probablement pas armés, l'équipe d'intervention était entrée dans la salle, l'arme au poing. Dans le noir, les pistolets projetaient quatre faisceaux rouges menaçants. Les hommes promenèrent leurs lasers dans toutes les directions, sur le sol, les murs, les balcons, fouillant le moindre recoin. Souvent, la seule vue de ces rayons rouges dans un local sombre suffisait à obtenir une reddition immédiate.

Apparemment, pas ce soir.

Toujours aucun mouvement.

L'agent Simkins leva la main, faisant signe à son équipe d'occuper l'espace. Les hommes se déployèrent en éventail. Remontant prudemment l'allée centrale, Simkins porta la main à son casque pour activer la dernière innovation de l'arsenal de la CIA. La thermographie était une technologie éprouvée depuis des années, mais les avancées récentes en matière de miniaturisation, sensibilité différentielle et intégration double-source avaient rendu possible une nouvelle génération de lunettes qui donnaient aux agents de terrain une vision quasiment surhumaine.

Nous voyons dans le noir. Nous voyons à travers les murs. Et maintenant, nous voyons dans le temps, songea-t-il.

Le matériel d'imagerie thermique était devenu tellement sensible aux variations de température qu'il était désormais possible de déterminer non seulement l'emplacement d'une personne, mais ses emplacements précédents. Cette capacité à voir dans le passé était souvent un atout déterminant. Et ce soir, une fois de plus, elle se révélait indispensable. Simkins avait repéré une signature thermique à l'une des tables de lecture. À travers ses lunettes, deux chaises brillaient d'une teinte rouge-violet, indiquant que ces chaises étaient plus chaudes que les autres. La lampe de bureau était orange. Les fugitifs s'étaient assis là. La question était maintenant de savoir par où ils s'étaient enfuis.

Il trouva la réponse sur le gros comptoir central qui entourait la console en bois au centre de la pièce. Une empreinte de main fantomatique de couleur rouge.

Le doigt sur la détente, Simkins s'approcha, le faisceau laser pointé sur la surface. Il fit le tour de la console et aperçut une ouverture sur un côté. Ils se sont vraiment cachés dans un trou sans issue ? En examinant les bords du compartiment, il remarqua une autre empreinte. Quelqu'un s'était retenu au cadre en s'accroupissant pour entrer dans la cachette.

L'heure n'était plus à la discrétion.

— Signature thermique ! cria-t-il, le bras tendu vers l'ouverture. Aile gauche, aile droite, convergez !

Les deux hommes qui couvraient les flancs de la salle se précipitèrent vers l'îlot central : les fugitifs étaient cernés.

Simkins s'avança. À trois mètres de l'ouverture, il détecta une faible lueur.

— Lumière dans la console ! cria-t-il en espérant que le son de sa voix pousserait Warren Bellamy et Robert Langdon à sortir les mains en l'air.

Personne ne bougea.

Très bien, si vous préférez la manière forte...

À chaque pas qui le rapprochait de l'ouverture, il entendait de plus en plus distinctement un ronronnement inattendu qui provenait de l'intérieur. On aurait dit des machines. Il s'arrêta, essayant d'imaginer ce qui pouvait produire ce genre de bruit dans un si petit espace. Approchant encore de quelques centimètres, il entendit des voix mêlées au ronflement des machines. À l'instant même où il atteignait enfin le compartiment, la lumière à l'intérieur s'éteignit.

Merci, pensa-t-il en ajustant ses jumelles à vision nocturne. *Avantage, CIA.*

Il passa la tête dans l'ouverture. Ce qu'il vit alors était pour le moins surprenant. La console octogonale n'était pas tant un meuble de rangement qu'un chapeau au-dessus d'un escalier qui descendait dans une autre salle au niveau inférieur. L'arme pointée devant lui, il commença à descendre les marches. Le bruit des machines allait s'intensifiant.

Qu'est-ce que c'est que cet endroit ?

Il déboucha dans un petit espace qui ressemblait à une salle des machines. Il ignorait si elles tournaient parce que Bellamy et Langdon les avaient activées, ou si elles fonctionnaient vingt-quatre heures sur vingt-quatre. De toute manière, cela ne changeait pas la donne. Les fugitifs avaient laissé leurs signatures thermiques sur la seule issue de la pièce, une lourde porte en acier dont le pavé numérique de contrôle portait quatre traces de doigts clairement visibles. Un fil orange courait sur tout le pourtour, ce qui signifiait que la lumière était allumée de l'autre côté.

— Fais-la sauter, ordonna Simkins à l'un de ses hommes. Ils se sont enfuis par là.

À peine huit secondes furent nécessaires pour insérer et faire exploser une feuille de C-4 sous la porte. Après la dissipation de la fumée, les agents découvrirent au-delà du seuil un étrange univers souterrain que les employés appelait « les rayons ».

La Bibliothèque du Congrès abritait des kilomètres d'étagères, la plupart d'entre elles sous terre. Les rangées infinies de livres ressemblaient à ces illusions optiques que l'on crée en mettant deux miroirs face à face.

Un panneau annonçait :

Environnement à température contrôlée
La porte doit rester fermée à toute heure

Simkins poussa la porte éventrée. Il fut accueilli de l'autre côté par un courant d'air frais. Il ne put s'empêcher de sourire. Ça devenait vraiment trop facile. Dans un environnement à basse température, les signatures thermiques apparaissaient comme des éruptions solaires. Il voyait déjà une empreinte écarlate sur une rampe que Langdon ou Bellamy avait dû attraper en courant.

— Vous pouvez courir, murmura-t-il, mais vous ne pouvez pas nous échapper.

En progressant dans le dédale des rayons, il découvrit que la situation était encore une fois à son avantage. Il n'avait même pas besoin de lunettes de vision nocturne pour traquer ses proies. En d'autres circonstances, les étagères auraient fourni d'excellentes cachettes, mais la Bibliothèque du Congrès était équipée de détecteurs de mouvement qui allumaient et éteignaient les lumières automatiquement afin d'économiser l'énergie. Le chemin des fugitifs était donc éclairé comme une piste d'atterrissage. Un fin ruban lumineux s'étirait au loin, tournant et serpentant entre les rangées.

Les quatre agents surentraînés ôtèrent leurs lunettes et bondirent à la poursuite de la traînée lumineuse, courant en zigzag dans un labyrinthe de livres qui paraissait sans fin. Les lumières se rapprochaient de plus en plus. On gagne du terrain, pensa Simkins. Il s'élança de plus belle, et bientôt il entendit des bruits de pas et une respiration hachée devant lui. L'instant d'après, il aperçut la cible.

— Contact ! cria-t-il.

Il reconnut la silhouette élancée d'un Noir au style vestimentaire recherché : Warren Bellamy. C'était donc lui qui fermait la marche. Il titubait entre les rayons, visiblement essoufflé. *Ne te fatigue pas, vieil homme.*

— Monsieur Bellamy, ne bougez plus ! ordonna Simkins.

Le fuyard poursuivit sa course en changeant de direction à chaque croisement, mais l'éclairage automatique trahissait chacun de ses mouvements.

Arrivés à une quinzaine de mètres, les agents lui crièrent à nouveau d'arrêter. Il les ignora.

— Abattez-le ! commanda Simkins.

L'agent muni du fusil incapacitant épaula et tira. Le projectile qui fusa dans les airs et s'enroula autour des jambes de Bellamy portait le surnom facétieux de « serpentin », mais il n'avait rien de festif. C'était une technologie militaire inventée par les laboratoires Sandia : le projectile relâchait un fil de polyuréthane visqueux qui durcissait instantanément au moment de l'impact, créant ainsi une toile de plastique rigide derrière les genoux de la victime. L'effet sur un individu en train de courir était le même que celui d'un bâton dans les roues d'un vélo. Les jambes de Bellamy s'immobilisèrent à mi-foulée et l'homme chuta tête la première. Il glissa sur trois mètres avant de s'arrêter, tandis qu'au-dessus de sa tête les lumières s'allumèrent sans cérémonie.

— Je m'occupe de Bellamy ! cria **Simkins**. Attrapez Langdon ! Il doit être un peu plus...

Il s'interrompit, remarquant que le reste de la salle était plongé dans l'obscurité *Il n'y avait personne devant Bellamy. Il est seul ?*

Le prisonnier gisait face contre terre, respirant laborieusement, jambes et chevilles ligotées par des fils de plastique durci. Du bout du pied, Simkins **le** retourna sur le dos sans ménagement.

— Où est-il ?

Bellamy s'était ouvert la lèvre en tombant.

— Où est qui ?

L'agent de la CIA coinça sous sa botte la cravate en soie immaculée de Bellamy. Puis, il se pencha en avant en pesant de tout son poids sur sa jambe.

— Croyez-moi, monsieur Bellamy, vous n'allez pas jouer à ce jeu-là avec moi.

59.

Robert Langdon avait l'impression d'être mort.

Il était couché sur le dos dans l'obscurité totale, les mains repliées sur la poitrine, confiné dans un espace particulièrement étroit. Katherine était allongée près de sa tête dans une position semblable à la sienne, même s'il ne la voyait pas. Il serrait obstinément les paupières, ce qui l'aidait à nier la réalité cauchemardesque de sa situation.

La cachette était petite.

Toute petite.

Soixante secondes plus tôt, lorsque les portes de la salle de lecture avaient sauté, lui et Katherine avaient suivi Bellamy dans la console octogonale, les escaliers et la salle étonnante au bas des marches. Langdon avait tout de suite compris où ils se trouvaient. Le cœur du système de circulation de la Bibliothèque. La pièce ressemblait à un centre de distribution des bagages miniaturisé. Elle accueillait de nombreux tapis roulants qui allaient et venaient dans toutes les directions. Étant donné que la Bibliothèque du Congrès occupait trois bâtiments distincts, les livres demandés dans la salle de lecture devaient parfois parcourir de très grandes distances à l'aide de tapis roulants qui circulaient dans un réseau de tunnels souterrains.

Bellamy traversa la salle jusqu'à une porte en acier. Après avoir inséré sa carte dans le verrou électronique et composé un code d'accès, il l'ouvrit. L'allumage automatique des lumières dissipa aussitôt l'obscurité qui régnait derrière.

Quand Langdon vit le paysage qui s'étendait sous ses yeux, il comprit que Bellamy les avait emmenés dans un lieu que bien peu de gens voyaient. Les rayons de la Bibliothèque du Congrès. Le plan de Bellamy était encourageant : quel meilleur endroit pour se cacher qu'un labyrinthe géant ?

Or, l'Architecte ne les guida pas vers les étagères. Au lieu de cela, il coinça un livre entre la porte et le cadre pour l'empêcher de se refermer et se retourna vers eux.

— J'espérais pouvoir vous expliquer beaucoup plus de choses, mais nous n'avons plus le temps, dit-il en donnant sa carte magnétique à Langdon. Tenez, vous en aurez besoin.

— Vous ne venez pas avec nous ?

Le vieil homme secoua la tête.

— Nous devons nous séparer. Vous n'y arriverez jamais autrement. Le plus important, c'est que vous mettiez la pyramide et sa coiffe en sécurité.

Ne voyant pas d'autre issue à part celle par laquelle ils étaient arrivés, Langdon demanda :

— Où comptez-vous aller ?

— Je vais les attirer dans les rayons, loin de vous. C'est tout ce que je peux faire pour vous aider à vous enfuir.

Avant que Langdon puisse demander où lui et Katherine étaient censés aller, Bellamy ôta une caisse de livres de l'un des tapis.

— Allongez-vous là-dessus, mains le long du corps.

Langdon lui lança un regard incrédule. *C'est une blague !* Le tapis s'enfonçait dans le mur quelques mètres plus loin. Le trou sombre paraissait assez large pour laisser passer une caisse de livres, mais guère plus. Langdon regarda avec envie les rangées d'étagères.

— N'y pensez même pas, le dissuada Bellamy. Vous ne pourriez pas vous cacher avec les détecteurs de mouvements.

— Signature thermique ! cria une voix à l'étage supérieur. Aile gauche, aile droite, convergez !

Katherine n'eut pas besoin d'en entendre plus. Elle grimpa sur le tapis et s'allongea dessus, la tête à quelques centimètres du trou dans le mur. Elle croisa les mains sur sa poitrine comme une momie dans son sarcophage.

Langdon était pétrifié.

— Robert, le pressa Bellamy, si vous ne pouvez pas faire ça pour moi, faites-le pour Peter.

Les voix se rapprochaient.

Dans un état second, Langdon se baissa vers le tapis roulant. Après avoir hissé son sac dessus, il se coucha à son tour, la tête près des pieds de Katherine. La surface en caoutchouc était froide et dure. Les yeux fixés sur le plafond, il avait l'impression d'être un patient à l'hôpital qui se préparait à entrer la tête la première dans une machine IRM.

— Gardez votre téléphone allumé. Quelqu'un vous appellera bientôt pour vous offrir son aide. Faites-lui confiance.

Probablement l'homme que Bellamy avait tenté vainement de joindre dans la salle de lecture, tombant systématiquement sur le répondeur. Quelques instants plus tôt, dans les escaliers, Bellamy avait essayé une dernière fois. Son ami avait enfin répondu ; ils avaient échangé quelques mots rapides à voix basse avant de raccrocher.

— Restez sur le tapis jusqu'au bout et descendez lorsqu'il commence à faire une boucle pour revenir en arrière. Utilisez ma clé pour sortir.

— Pour sortir d'où ? demanda Langdon.

Mais Bellamy était déjà en train d'actionner des leviers. Tous les tapis de la salle s'animèrent en ronronnant. Celui de Langdon et Katherine démarra brusquement ; le plafond commença à défiler au-dessus de leurs têtes.

Jésus-Marie-Joseph...

Avant de s'engouffrer dans le trou, Langdon jeta un dernier coup d'œil en arrière et vit Warren Bellamy s'élancer en refermant la porte derrière lui. Puis Langdon glissa dans la nuit, englouti par la Bibliothèque, alors que le spot rouge d'un faisceau laser descendait l'escalier.

60.

L'employée sous-payée de Premium Sécurité vérifia à deux fois l'adresse de Kalorama Heights sur son calepin. Il doit y avoir une erreur, pensa-t-elle en regardant le portail et l'allée, menant à l'une des propriétés les plus grandes et calmes du quartier. Il était surprenant que quelqu'un ait signalé une urgence à cette adresse.

Comme d'habitude avec les appels non confirmés, le central avait contacté la société qui avait installé l'alarme avant de déranger la police locale. La jeune femme se disait souvent que la devise de Premium Sécurité, « Votre sérénité est notre priorité », aurait pu tout aussi bien être : « Fausses alertes, canulars, animaux perdus et voisins paranoïaques. »

Comme d'habitude, on ne lui avait fourni aucun détail sur la nature du problème. *Je ne suis pas assez haut placée pour ça.* Son boulot se limitait à se rendre à l'adresse indiquée avec son gyrophare jaune, jeter un coup d'œil aux alentours et signaler d'éventuelles activités suspectes. La plupart du temps, c'était quelque chose d'insignifiant qui avait déclenché l'alarme et il lui suffisait de la réinitialiser avec une clé spéciale. Or, cette maison-là était silencieuse. Pas d'alarme. Lumières éteintes. Depuis la route, tout semblait paisible.

N'obtenant aucune réponse à l'interphone, elle composa le code d'urgence pour ouvrir le portail et se gara dans l'allée. Laissant le moteur et le gyrophare allumés, elle marcha jusqu'à l'entrée et appuya sur la sonnette. Toujours pas de réponse. Aucune lumière, aucun mouvement.

Se conformant à contrecœur à la procédure, elle alluma sa lampe et commença sa ronde autour de la maison afin de vérifier que les portes et fenêtres ne portaient aucun signe d'effraction. Elle allait contourner l'angle quand une limousine noire passa dans la rue, ralentit un instant avant de repartir. Des curieux, sans doute.

Elle fit le tour de l'habitation sans rien remarquer d'anormal. La propriété était plus grande qu'elle ne l'avait imaginée et, le temps qu'elle termine sa patrouille dans le jardin, elle grelottait de froid. De toute évidence, il n'y avait personne.

— Central ? appela-t-elle avec sa radio. Je suis à Kalorama Heights. Les propriétaires sont absents. Rien d'inhabituel. J'ai terminé ma ronde. Aucun signe d'intrusion. Fausse alerte.

— Message reçu. Bonne fin de soirée.

Après avoir rangé la radio dans son étui, l'agent de sécurité rebroussa chemin, pressée de retrouver la chaleur de son véhicule. Cependant, elle remarqua un détail qui lui avait échappé à l'aller : une infime tache de lumière bleuâtre à l'arrière de la maison.

Fronçant les sourcils, elle s'en approcha pour en déterminer la source : une lucarne à hauteur du sol, qui donnait probablement sur le sous-sol. La vitre de la petite fenêtre était recouverte à l'intérieur d'une peinture opaque. Une chambre noire, peut-être ? La tache bleuâtre provenait d'un point minuscule où la peinture s'était écaillée.

Elle s'accroupit pour essayer de regarder à travers ; le trou était trop petit pour distinguer quoi que ce soit. Elle tapa à la vitre, songeant qu'il y avait peut-être quelqu'un en train de travailler.

— Excusez-moi ? cria-t-elle.

Elle ne reçut aucune réponse, mais ses coups répétés contre la vitre finirent de décrocher l'écaille de peinture, qui se détacha, lui permettant de voir beaucoup mieux. Elle se pencha, le visage presque collé à la vitre pour scruter le sous-sol. Elle le regretta aussitôt.

Qu'est-ce que c'est que cette horreur ?

Hypnotisée, elle resta clouée sur place un bon moment, les yeux fixés sur la scène abjecte qui s'offrait à elle. Finalement, elle tendit une main tremblante vers sa radio.

Elle n'eut pas le temps de l'attraper.

Les dents grésillantes d'un Taser s'enfoncèrent dans sa nuque, envoyant un éclair de douleur foudroyante dans son corps. Ses muscles se contractèrent violemment et elle bascula en avant, incapable de fermer les paupières avant que son visage ne frappe le sol glacé.

61.

Ce n'était pas la première fois que Warren Bellamy avait les yeux bandés. À l'instar de tous ses frères maçonniques, il était « passé sous le bandeau » au cours de son initiation. Il était, alors, entouré d'amis. Ce soir, l'épreuve était tout autre. Ces hommes brutaux l'avaient ligoté, lui avaient enfoncé un sac sur la tête et le poussaient sans ménagement entre les rangées de livres.

Ils l'avaient menacé physiquement, avaient exigé qu'il leur dise où se trouvait Robert Langdon. Conscient que son corps âgé ne pouvait plus encaisser trop de coups, il avait récité son mensonge rapidement.

— Langdon n'est pas descendu avec moi ! lâcha-t-il en avalant une goulée d'air. Je lui ai dit de se cacher sur le balcon, derrière la statue de Moïse. Je ne sais pas où il est maintenant !

Son histoire avait été assez convaincante pour que deux agents remontent en courant dans la salle de lecture.

Son seul réconfort était de savoir que Langdon et Katherine s'éloignaient rapidement avec la pyramide. Bientôt, un homme allait contacter Langdon pour lui offrir son secours.

Faites-lui confiance, lui avait-il dit.

Cet homme en savait long sur la Pyramide maçonnique et le secret qu'elle renfermait. Bellamy était enfin parvenu à le joindre alors qu'ils s'enfuyaient de la salle de lecture. Il ne doutait pas que son interlocuteur avait parfaitement compris.

Se déplaçant dans une obscurité totale, Bellamy revit la pyramide et la pierre de faîte dans le sac de Langdon.

Cela faisait tellement longtemps qu'elles n'avaient pas été réunies...

L'Architecte n'oublierait jamais cette soirée de chagrin. La première d'une longue série pour Peter. Bellamy avait été invité chez les Solomon dans leur propriété de Potomac pour le dix-huitième anniversaire de Zachary. Malgré son tempérament rebelle, le garçon n'en était pas moins un Solomon, ce qui signifiait que ce soir, comme le voulait la tradition, il allait recevoir sa part d'héritage. Bellamy, l'un des plus proches amis de Peter et son frère maçonnique, avait été convié pour servir de témoin. Ce n'était pas seulement au transfert de fonds qu'il devait assister. L'enjeu était beaucoup plus crucial.

Arrivé en avance, Bellamy attendit dans le bureau de Peter. La pièce accueillante sentait bon le vieux cuir, le feu de bois et le thé. Warren était assis quand Peter entra avec son fils Zachary. En apercevant Bellamy, le jeune homme efflanqué grimaça.

— Qu'est-ce que vous faites là ?

— Je suis ici comme témoin. Joyeux anniversaire, Zachary.

Le garçon détourna le regard en maugréant.

— Assieds-toi, Zach, dit son père.

Le garçon se laissa tomber sur la chaise qui faisait face à l'imposant bureau en bois. Peter poussa le loquet de la porte, Bellamy s'installa dans un fauteuil sur le côté.

Solomon s'adressa à son fils d'une voix grave.

— Sais-tu pourquoi tu es là ?

— Je crois.

Solomon inspira profondément.

— Cela fait assez longtemps que nous ne voyons plus les choses du même œil, toi et moi, mais j'ai fait de mon mieux pour être un bon père et te préparer pour ce moment.

Zachary écoutait en silence.

— Comme tu le sais, lorsqu'un Solomon atteint l'âge adulte, il se voit attribuer un héritage, une portion de la fortune familiale qui lui est présentée comme une graine... une graine à nourrir, à faire grandir et à utiliser pour aider l'humanité.

Solomon se dirigea vers un coffre-fort mural. Après l'avoir ouvert, il en tira un classeur noir volumineux.

— Fils, ce dossier contient tous les documents dont tu auras besoin pour transférer l'héritage à ton nom. Mon espoir, c'est que tu te serves de cet argent pour te construire une vie riche, pleine d'accomplissements et dévouée au bien commun.

— Merci, dit Zachary en tendant la main vers le classeur.

— Un instant, l'arrêta son père. Il y a autre chose.

Zachary soupira avec agacement et s'avachit sur sa chaise.

— Il existe une partie de l'héritage des Solomon que tu ne connais pas encore. (Peter regardait le garçon droit dans les yeux.) Tu es mon fils unique, Zachary. Cela signifie qu'il t'incombe de faire un choix.

Le jeune homme se redressa, intrigué.

— C'est un choix qui risque d'être déterminant pour ton avenir, je ne saurais trop t'exhorter à réfléchir soigneusement.

— Quel choix ?

Peter Salomon prit une longue inspiration avant de répondre.

— Le choix... entre la richesse et la sagesse.

Zachary le regarda, le visage sans expression.

— Richesse ou sagesse ? Je ne comprends pas.

Solomon retourna au coffre-fort, d'où il tira une lourde pyramide de pierre gravée de symboles maçonniques. Il la posa sur le bureau à côté du dossier noir.

— Cette pyramide fut sculptée il y a très longtemps. Notre famille la protège depuis des générations.

— Une pyramide ? répéta Zachary, guère impressionné.

— C'est une carte qui révèle l'emplacement d'un des trésors perdus les plus précieux du monde. Cette pyramide fut créée pour qu'on puisse un jour le redécouvrir, expliqua Peter avec fierté. Et ce soir, selon la tradition, je suis autorisé à te l'offrir – sous certaines conditions.

Zachary considéra la pyramide d'un air soupçonneux.

— C'est quoi, le trésor ?

Bellamy devina aisément que Peter avait espéré une autre réaction, mais il n'en laissa rien paraître.

— C'est difficile à expliquer sans entrer dans une multitude de détails. Le trésor, pour faire simple, c'est ce que nous appelons les Mystères anciens.

Zachary s'esclaffa, croyant à une plaisanterie.

Bellamy remarqua la mélancolie envahissant peu à peu les yeux de Peter.

— C'est très difficile à décrire, Zach. Traditionnellement, quand un Solomon atteint l'âge de dix-huit ans, c'est le moment où il entame ses années d'éducation supérieure dans...

— Je te l'ai dit mille fois, l'interrompit Zachary : l'université, ça ne m'intéresse pas !

— Je ne te parle pas d'université, répondit calmement Peter. Je te parle de la confrérie des francs-maçons. Je te parle d'une éducation aux mystères de la science humaine. Si tu avais l'intention de me rejoindre dans la franc-maçonnerie, tu serais sur le point de recevoir l'enseignement nécessaire pour comprendre l'importance de ta décision ce soir.

Zachary leva les yeux au ciel.

— Épargne-moi le laïus sur les maçons. Je sais que je suis le premier Solomon qui refuse d'être initié, et alors ? Tu ne comprends pas ? Je n'ai aucune envie de me déguiser avec un tas de vioques !

Peter observa un long silence. Bellamy repéra les rides légères qui avaient commencé à se creuser aux coins de ses yeux.

— Si, je comprends, reprit finalement Solomon. Les temps ont changé. La maçonnerie est probablement une chose étrange et même ennuyeuse à tes yeux. Mais je tiens à ce que tu saches une chose : cette porte restera ouverte si tu décides un jour de l'emprunter.

— Tu peux toujours courir, marmonna Zachary.

— Ça suffit ! s'énerva Peter, excédé, en se levant. Je sais que ta vie a été tourmentée jusqu'ici, mais je ne suis pas ton seul point de repère. Il y a des hommes valeureux qui t'attendent, qui t'accueilleront au sein de la confrérie maçonnique et te montreront ton véritable potentiel.

Zachary jeta un coup d'œil à Bellamy en ricanant.

— C'est pour ça que vous êtes là, monsieur Bellamy ? Deux maçons valent mieux qu'un pour m'endoctriner, c'est ça ?

Au lieu de répondre, Bellamy adressa un regard respectueux à Peter Solomon – une manière de rappeler à Zachary qui détenait le pouvoir dans ce bureau.

Le garçon se retourna vers son père.

— Mon fils, reprit Peter, cette conversation ne mène nulle part, alors je me contenterai de te dire ceci : que tu comprennes ou pas la responsabilité que je t'offre ce soir, c'est mon obligation familiale que de te la présenter. Protéger cet objet est un privilège rare, dit-il en montrant la pyramide. Je t'encourage vivement, avant de prendre ta décision, à réfléchir pendant quelques jours à la chance qui t'est offerte.

— Une chance ? Faire du babysitting pour une pierre ?

— Ce monde contient des mystères inouïs, Zach. Des secrets qui transcendent tes rêves les plus fous. Cette pyramide protège ces secrets. Plus important encore, le moment viendra, probablement au cours de ton existence, où cette inscription sera enfin déchiffrée et ses secrets révélés. Ce sera un moment de transformation pour l'humanité – un moment dans lequel tu as la chance de pouvoir jouer un rôle. Je te demande d'y réfléchir très longuement. La richesse est ordinaire, la sagesse est très rare, dit-il en désignant tour à tour la pyramide et le classeur. Rappelle-toi : richesse sans sagesse se termine souvent en désastre.

Zachary regarda son père comme s'il était fou à lier.

— Tu peux dire ce que tu veux, mais je ne vais sûrement pas abandonner mon héritage pour un caillou.

Peter joignit les mains sur son bureau.

— Si tu décides d'accepter cette responsabilité, je garderai l'argent et la pyramide pour toi jusqu'au jour où tu auras terminé ton éducation parmi les maçons. Cela prendra des années, mais tu en émergeras avec la maturité nécessaire pour recevoir à la fois l'héritage et la pyramide. La richesse et la sagesse réunies, l'alliance la plus puissante.

Zachary se leva brusquement.

— Nom de Dieu ! Laisse tomber, à la fin ! Tu ne vois pas que je m'en fous de tes francs-maçons, de tes pyramides et de tes mystères ? (Il agrippa le dossier noir et l'agita sous les yeux de son père.) Voilà ! Ça, c'est mon héritage ! Pareil que tous les Solomon avant moi ! Je n'arrive pas à croire que tu essaies de me voler mon fric avec des foutaises sur une vieille carte au trésor.

Le classeur glissé sous le bras, il passa devant Bellamy et se dirigea vers la porte qui donnait sur le patio.

— Zach, attends ! (Peter courut derrière son fils, qui s'éloignait à grands pas dans la nuit.) Quoi que tu fasses, tu ne dois parler de cette pyramide à personne ! Personne, tu entends ? Personne ! répéta-t-il d'une voix brisée.

Zachary l'ignora et disparut dans l'obscurité.

Les yeux gris de Peter Solomon étaient pleins d'amertume quand il regagna son bureau. Assis dans son fauteuil, il resta silencieux un moment, puis il regarda son ami, un sourire forcé sur les lèvres.

— Comme sur des roulettes.

Bellamy compatissait sincèrement.

— Peter, je ne voudrais pas remuer le couteau dans la plaie, mais... tu lui fais confiance ?

Solomon avait les yeux perdus dans le vague.

— Pour garder le secret à propos de la pyramide, renchérit-il.

Le visage de Peter était vide de toute expression.

— Je ne sais pas quoi te dire, Warren. J'ai l'impression de ne plus le connaître du tout.

Bellamy se leva et se mit à arpenter lentement la pièce.

— Peter, tu as accompli ton devoir familial, mais vu ce qui vient de se passer, nous ferions mieux de prendre des précautions supplémentaires. Il serait plus judicieux que je te rende la coiffe de la pyramide afin que tu lui trouves une nouvelle maison. Ailleurs que chez moi.

— Pourquoi ?

— Si Zachary parle de la pyramide à quelqu'un... s'il mentionne ma présence ici ce soir...

— Il ne sait absolument rien sur la pierre de faîte et il est trop immature pour comprendre que la pyramide a une signification bien réelle. Je vais la garder dans mon coffre-fort, et toi, tu vas conserver la coiffe là où tu la ranges habituellement. Comme nous avons toujours fait.

C'est six ans plus tard, à Noël, alors que les cicatrices de la mort de Zachary ne s'étaient pas encore refermées, que l'homme qui prétendait l'avoir tué en prison avait pénétré dans la résidence des Solomon. L'intrus était venu chercher la pyramide... il avait pris la vie d'Isabel Solomon.

Quelques jours plus tard, Peter demanda à Bellamy de le retrouver chez lui. Ils se rendirent dans son bureau où, après avoir fermé la porte à clé, Solomon sortit la pyramide du coffre-fort.

— J'aurais dû t'écouter.

Bellamy sentit que son ami était dévoré par la culpabilité.

— Cela n'aurait rien changé, Peter.

Solomon poussa un profond soupir.

— Tu as la coiffe ?

Bellamy sortit un paquet cubique de sa poche. Le papier brun défraîchi, attaché avec une ficelle, portait le sceau de la bague de Solomon. En le posant sur le bureau, il se dit que les deux parties de la Pyramide maçonnique étaient dangereusement proches ce soir.

— Trouve quelqu'un d'autre pour garder la pierre de faîte. Et ne me dis pas qui.

Peter hocha la tête.

— Quant à la pyramide, je sais où la cacher. (Bellamy lui parla du second sous-sol du Capitole.) C'est l'endroit le plus sûr de Washington.

L'Architecte se rappelait que Peter avait aimé l'idée pour sa portée symbolique : cacher la pyramide dans le cœur même de la Nation.

Solomon tout craché, avait-il songé. Idéaliste même en temps de crise.

Dix ans plus tard, Warren Bellamy marchait sous escorte dans les couloirs de la Bibliothèque du Congrès, menotté, les yeux bandés, conscient que cette crise-là était loin d'être terminée. Désormais, il connaissait également l'identité de celui que Solomon avait choisi pour protéger la pierre de faîte – et il pria Dieu pour que Robert Langdon soit à la hauteur.

62.

Je suis sous la 2ᵉ Rue.

Au milieu des ténèbres, Langdon gardait les yeux fermés tandis que le tapis roulant l'emportait dans un grondement vers l'Adams Building, le second bâtiment de la Bibliothèque du Congrès. Il s'efforçait de ne pas penser aux tonnes de terre au-dessus de sa tête et à l'étroitesse du conduit où il se trouvait. Il entendait la respiration irrégulière de Katherine, quelques mètres devant lui. Mais elle n'avait pas articulé un mot.

Elle est sous le choc, songea-t-il.

Langdon redoutait le moment où il devrait lui parler de la main coupée de son frère...

— Katherine ? appela-t-il sans ouvrir les yeux. Ça va ?

Une voix chevrotante résonna au-dessus de sa tête, désincarnée.

— Robert ? Cette pyramide que vous transportez... C'est celle de Peter, n'est-ce pas ?

— Oui.

Il y eut un long silence.

— C'est à cause de cette pyramide... que ma mère est morte.

Langdon savait qu'Isabel Solomon avait été assassinée dix ans plus tôt, mais il ignorait les détails du drame ; Peter n'avait jamais mentionné l'existence de cette pyramide.

— Comment ça ?

La voix vibrante d'émotion, Katherine se mit à narrer les événements de cette nuit cauchemardesque, comment l'homme tatoué avait fait irruption chez eux...

— Cela fait longtemps, mais je me souviens très bien qu'il voulait récupérer une pyramide. Il avait appris son existence en prison, de la bouche de mon neveu Zachary... Juste avant de le tuer.

Langdon écoutait, pétrifié. La tragédie de la famille Solomon dépassait l'entendement. Katherine poursuivait son récit ; elle avait cru que l'agresseur était mort cette nuit-là, jusqu'à aujourd'hui du moins... L'homme avait réapparu, se faisant passer pour le thérapeute de Peter, et l'avait attirée chez lui.

— Il connaissait des **détails** intimes sur mon frère, les circonstances exactes **de la mort** de ma mère, il savait même sur quoi portaient mes recherches... des informations qu'il ne pouvait avoir apprises que par Peter. Je l'ai cru... Voilà comment il a pu entrer dans les réserves du musée.

Katherine prit une longue inspiration avant de préciser que l'homme venait de détruire tout son laboratoire.

C'était une triste nouvelle. Pendant un long moment, ils restèrent silencieux, chacun sur sa portion de tapis roulant. Langdon devait raconter à Katherine tout ce qui s'était passé ce soir, tout ce qu'il savait... Il commença par le moins douloureux : son frère, voilà plusieurs années, lui avait confié un petit paquet ; et lui-même avait apporté cet objet ce soir dans son sac. Puis, il lui révéla que la main coupée, retrouvée dans la Rotonde du Capitole, était celle de son frère.

Katherine demeura muette. Son silence sonnait comme un cri.

Langdon aurait aimé la prendre dans ses bras, la réconforter, mais il lui était impossible de s'approcher d'elle dans ce boyau étroit.

— Peter va bien. Il est en vie et nous allons le tirer de là, voulut la rassurer Langdon. Katherine... le ravisseur m'a promis qu'il ne tuerait pas votre frère, à condition que je déchiffre pour lui la pyramide.

Katherine ne disait toujours rien.

Langdon continua de soliloquer. Il lui parla de la pyramide de pierre, du code maçonnique, de la pierre de faîte dans son paquet scellé, et lui révéla que Bellamy pensait que cette pyramide était la fameuse Pyramide maçonnique de la légende... une carte qui indiquait l'emplacement d'un grand escalier en colimaçon s'enfonçant dans les profondeurs de la terre, menant à un trésor mythique, enterré sous Washington voilà des lustres.

Enfin, Katherine parla ; mais sa voix était éteinte, monocorde :

— Robert, ouvrez les yeux...

Ouvrir les yeux ? Langdon ne voulait surtout pas voir à quel point le conduit où il se trouvait était exigu.

— Ouvrez les yeux, je vous dis ! On est arrivés !

Langdon souleva les paupières au moment où il émergeait dans une salle comparable à celle où avait débuté leur périple. Katherine sautait déjà à terre. Elle récupéra le sac ; Langdon descendit, *in extremis*, du tapis roulant, juste avant que le ruban de caoutchouc n'entame son trajet retour. L'endroit ressemblait comme deux gouttes d'eau à la salle de tri qu'il venait de quitter. Un panneau indiquait : ADAMS BUILDING. ZONE N° 3.

Langdon avait l'impression de sortir à l'air libre, après un voyage dans une matrice obscure. Une seconde naissance !

— Katherine ?

Les yeux de son amie étaient rouges. Visiblement, elle avait pleuré, mais elle hocha la tête avec stoïcisme. Sans un mot, elle emporta le sac de Langdon à l'autre bout de la pièce et le posa sur un bureau encombré de papiers. Elle alluma la lampe, ouvrit la fermeture Éclair et écarta les pans du sac.

La pyramide de granite paraissait d'une simplicité austère, dans le halo blanc de la lampe halogène. Katherine passa ses doigts sur les symboles. Elle sortit ensuite le coffret cubique et l'approcha de la lumière pour l'examiner.

— Comme vous le voyez, expliqua Langdon, le sceau de cire a été réalisé avec la bague de Peter. Il m'a dit qu'il datait de plus d'un siècle.

Katherine se taisait, en proie à une grande émotion.

— Lorsque votre frère m'a remis ce paquet, il m'a affirmé que cet objet permettait de faire naître l'ordre à partir du chaos. Je ne suis pas bien sûr d'avoir compris, mais je suppose que la pierre de faîte doit révéler quelque chose d'important, parce que Peter a spécifié qu'il ne fallait pas qu'elle tombe entre de mauvaises mains. Bellamy vient de me dire la même chose, en me pressant de cacher cette pyramide et d'empêcher quiconque d'ouvrir la boîte.

Katherine se tourna vers lui, furieuse :

— Bellamy vous a demandé de ne pas l'ouvrir ?

— Oui, il a bien insisté sur ce point.

— Mais la pierre de faîte recèle bien la clé pour décrypter l'inscription sur la pyramide ?

— C'est fort probable.

— Or, décrypter ce code est justement ce que l'on attend de vous ? C'est la seule manière de sauver Peter, n'est-ce pas ? demanda sèchement Katherine.

Langdon acquiesça.

— Dans ce cas, Robert, ouvrons tout de suite cette boîte et déchiffrons ces inscriptions...

Langdon ne savait que répondre.

— Katherine, j'ai eu la **même** réaction que vous. Mais, pour Bellamy, protéger le secret de cette pyramide semble plus important que tout... plus important encore que la vie de votre frère.

Le joli visage de Katherine se durcit. Agacée, elle coinça une mèche de cheveux rebelle derrière son oreille.

— Cette pyramide, quoi qu'elle puisse représenter, a décimé ma famille ! D'abord mon neveu, puis ma mère, et maintenant mon frère ! Et ç'aurait été mon tour, ce soir, si vous ne m'aviez pas mise en garde...

Langdon était tiraillé entre la logique imparable de Katherine et les vœux de Bellamy.

— Je suis peut-être une scientifique, poursuivit-elle, mais j'appartiens à une famille de francs-maçons ! Je sais parfaitement ce que l'on raconte sur cette pyramide et sa promesse d'un trésor légendaire qui illuminera toute l'humanité. Sincèrement, j'ai du mal à croire qu'un tel miracle existe. Mais s'il existe... peut-être est-il temps de le révéler au monde ?

Katherine glissa un doigt sous la ficelle protégeant le paquet.

— Katherine, non ! Attendez !

Elle arrêta son geste, mais son index resta en position.

— Robert, je ne laisserai pas mon frère mourir pour cette chose. Quoi qu'elle puisse révéler... quels que soient les trésors perdus qu'elle puisse exhumer... ce soir, il n'y a plus de secrets qui tiennent.

À ces mots, Katherine tira sur la ficelle, et le sceau de cire se brisa.

63.

Dans un quartier tranquille, à côté du secteur des ambassades, il existe un jardin clos médiéval dont, dit-on, les roses proviennent de plants du XIIe siècle. Le kiosque de pierre, surnommé « la Maison de l'ombre », se dresse avec élégance au milieu d'un entrelacs de chemins bucoliques, pavés de dalles extraites de la carrière privée de George Washington.

Ce soir-là, la sérénité des lieux fut troublée par l'irruption d'un jeune homme.

— Hé ho ? Vous êtes là ? appela-t-il en ouvrant le portail de bois.

La voix qui lui répondit était faible, à peine audible :

— Dans le kiosque... je prends l'air.

Le jeune homme découvrit son supérieur assis sur un banc, emmitouflé dans une couverture. Le vieillard était de petite taille, avec un visage émacié de lutin. Le poids des années l'avait courbé en deux et avait eu raison de sa vue, mais son âme restait vive et impétueuse.

— Je viens de recevoir un appel..., expliqua le jeune homme en reprenant son souffle. C'était votre ami... Warren Bellamy.

— Warren ? répéta le vieil homme en redressant la tête. À quel sujet ?

— Il ne l'a pas précisé, mais il paraissait très pressé. Il m'a dit qu'il avait laissé un message sur votre répondeur. C'est urgent.

— C'est tout ?

— Presque. Il m'a demandé aussi de vous poser une question assez curieuse. Et il a besoin de connaître votre réponse au plus vite.

— De quoi s'agit-il ?

À la réponse du jeune homme, le vieillard pâlit. Un effet visible même sous le clair de lune. Dans la seconde, il rejeta sa couverture et se leva de son siège.

— Aidez-moi à rentrer. Vite !

64.

Plus de secrets, songea Katherine Solomon.

Sur la table, le sceau de cire, inviolé depuis des générations, gisait en miettes. Elle acheva de retirer le papier brun qui enveloppait le précieux paquet. À côté d'elle, Robert Langdon semblait mal à l'aise.

De l'emballage, Katherine sortit un petit coffret – une sorte de cube de granite poli sans charnières ni couvercle apparent. Cela lui rappelait ces coffres chinois impossibles à ouvrir.

— On dirait un objet plein, murmura-t-elle en passant ses doigts sur les arêtes. Vous êtes certain qu'il paraît creux aux rayons X ? Et qu'il s'agit seulement de la pointe d'une pyramide ?

— Absolument certain, répondit Langdon.

Ils examinèrent le cube étrange sous tous les angles, à la recherche d'une ouverture...

— Là ! lança soudain Katherine en désignant une fine fente le long d'une paroi.

Elle posa la boîte sur le bureau et souleva avec précaution la partie supérieure qui pivota sur des gonds invisibles.

Lorsqu'elle fut complètement ouverte, Langdon et Katherine eurent un hoquet de stupeur. Le contenu semblait dégager une lumière intérieure, un rayonnement presque surnaturel. Katherine n'avait jamais vu un objet en or aussi gros ; il lui fallut quelques instants pour comprendre que cette lueur provenait simplement de la réflexion du métal.

— Impressionnant ! souffla-t-elle.

Après des décennies enfermée dans les ténèbres d'un coffret de pierre, la coiffe de la pyramide avait gardé tout son éclat.

L'or résiste à l'entropie ; voilà pourquoi les Anciens prêtaient à ce métal des pouvoirs magiques.

Katherine sentit son pouls s'accélérer quand elle s'approcha de l'objet.

— Il y a une inscription.

Langdon s'avança à son tour. Leurs épaules se touchaient. Les yeux bleus de Langdon étincelèrent de curiosité. Il avait expliqué à Katherine que les Grecs de l'Antiquité avaient souvent recours au *symbolon* – un code en plusieurs morceaux – et que cette pierre de faîte, séparée depuis un siècle de sa base, recelait, selon toute vraisemblance, la clé pour déchiffrer la pyramide. Ils avaient donc, sous les yeux, l'inscription qui était censée apporter l'ordre dans le chaos.

Katherine approcha le coffret de la lampe et observa le tétraèdre.

Malgré sa petite taille, l'inscription était parfaitement visible sur l'une des faces – trois lignes gravées, d'une calligraphie élégante. Sept mots. Katherine les lut une fois.

Puis deux.

— Non, lança-t-elle. C'est impossible !

*

À cent mètres de là, Inoue Sato descendait d'un pas vif la longue allée devant le Capitole, pour se rendre à son rendez-vous sur la 1re Rue. Les dernières nouvelles de son équipe étaient catastrophiques. Ils n'avaient ni Langdon, ni la pyramide. Certes, ils avaient attrapé Bellamy, mais ce dernier ne se montrait pas coopératif. Du moins pour le moment.

Je saurai le faire parler, se promit-elle.

Elle jeta un coup d'œil derrière son épaule, pour contempler le dôme du Capitole qui se dressait au-dessus du tout nouveau Centre d'accueil pour les visiteurs. La coupole illuminée lui rappelait ce qui était en jeu ce soir.

Le monde courait un grand danger.

Son téléphone sonna. Elle vit s'afficher la photo de Nola, son analyste.

Enfin !

— Alors ? Qu'avez-vous trouvé ?

Nola Kaye n'était pas satisfaite. L'inscription sur l'extrémité de la pyramide était trop fine pour être lisible aux rayons X. Et les filtres d'optimisation de rendu étaient sans effet.

Merde ! Sato se mordilla la lèvre.

— Et pour la grille de seize lettres ?

— Je suis encore dessus. Pour l'instant, je n'ai trouvé aucun mode de cryptage secondaire qui puisse coller. J'ai lancé un programme pour essayer toutes les combinaisons de lettres possibles, mais il y a plus de vingt milliards de possibilités...

— Continuez ! Et tenez-moi au courant.

Sato raccrocha, agacée. Elle avait espéré pouvoir déchiffrer le code de la pyramide en se contentant d'une photo de la grille et du cliché de la coiffe aux rayons X. Mais c'était un doux rêve.

Il me faut ces deux objets... et le temps presse.

Sato déboucha sur la 1re Rue au moment où un 4 × 4 Escalade noir, avec des vitres teintées, franchissait la ligne jaune pour s'immobiliser devant elle dans un crissement de pneus. Un agent descendit de voiture.

— Des nouvelles de Langdon ? demanda-t-elle.

— C'est imminent, déclara l'homme d'un ton parfaitement neutre. Les renforts sont arrivés. Toutes les sorties de la Bibliothèque sont couvertes. On a même un soutien aérien. On va le gazer aux lacrymos et il ne pourra pas nous échapper.

— Et Bellamy ?

— À l'arrière. Attaché à la banquette.

Très bien !

Son épaule était encore douloureuse...

L'agent lui tendit un sac en plastique contenant un téléphone portable, des clés et un portefeuille.

— Bellamy avait ça sur lui.

— Rien d'autre ?

— Non, madame. La pyramide et le coffret doivent être dans le sac de Langdon.

— Bellamy en sait bien plus long qu'il ne le dit. Je veux l'interroger personnellement.

— Entendu. Où ça ? Au QG de Langley ?

Inoue Sato prit une profonde inspiration et fit les cent pas devant le véhicule. Il y avait des procédures très strictes pour l'interrogatoire de citoyens américains. Il ne pouvait avoir lieu qu'au siège de la CIA, sous surveillance vidéo, et en présence d'un bataillon de témoins et d'avocats...

— Non. Pas à Langley...

Il lui fallait un lieu plus proche, plus tranquille...

L'agent resta silencieux, à côté du 4 × 4, attendant ses instructions.

Sato alluma une cigarette, tira une longue bouffée et contempla les effets personnels de Bellamy dans la pochette transparente. Son trousseau de clés était équipé d'un écusson estampillé de quatre lettres : USBG. Sato savait ce que ces clés ouvraient. Le bâtiment était à côté et à cette heure très... tranquille.

Elle esquissa un sourire.

Parfait.

Contre toute attente, l'agent n'afficha aucune surprise quand elle lui annonça où elle voulait emmener le prisonnier. Il se contenta de hocher la tête avant d'ouvrir la porte côté passager pour l'inviter à monter à bord. Dans ses yeux, une absence totale d'émotion.

Sato aimait travailler avec de vrais professionnels...

*

Langdon, dans les sous-sols de l'Adams Building, observait la délicate inscription sur la coiffe dorée.

C'est tout ?

À ses côtés, Katherine secouait la tête, incrédule.

— Il doit y avoir autre chose, insista-t-elle. C'est ça que mon frère a protégé toutes ces années ?

Langdon était déçu, lui aussi. Aux dires de Peter et Bellamy, cette pierre de faîte devait les aider à déchiffrer la pyramide. Il s'attendait donc à quelque chose de plus explicite, de plus... utile. Il lut à nouveau les sept mots gravés sur le tétraèdre :

L e

s e c r e t   e s t

à   l ' i n t é r i e u r   d e   l ' O r d r e

Le secret est à l'intérieur de l'Ordre ?

À première vue, le message était d'une évidence confondante ; les lettres de la pyramide n'étaient pas rangées dans « l'ordre » et, pour connaître le secret, il fallait les agencer selon la bonne séquence. Non seulement cette interprétation était d'une simplicité suspecte... mais un détail ne collait pas :

— Le mot « ordre » est écrit avec une majuscule.

Katherine hocha la tête.

— J'ai vu.

Le secret est à l'intérieur de l'Ordre. Langdon ne voyait qu'une explication :

— Le mot « Ordre » fait référence à l'Ordre maçonnique.

— Sans doute. Mais on est toujours dans une impasse. Cela ne nous apprend rien.

Langdon était effectivement de cet avis. Ils savaient déjà que la légende de la pyramide gravitait autour d'un secret caché au sein des francs-maçons.

— Mon frère vous a pourtant certifié que cet objet vous donnerait le pouvoir de voir l'ordre là où les autres ne voient que le chaos...

Il soupira de frustration. Pour la seconde fois de la soirée, Robert Langdon se sentait indigne de sa mission.

65.

Lorsque Mal'akh eut terminé de s'occuper de son visiteur imprévu – une employée de la compagnie Premium Sécurité –, il fit un raccord de peinture pour boucher le trou par lequel celle-ci avait vu son Grand Œuvre en gestation.

Il quitta le bleu azur de son sous-sol pour rejoindre le salon par une porte dérobée. Admirant son tableau des Trois Grâces, il savoura les odeurs et les sons familiers de la demeure.

Bientôt, je partirai pour toujours. Mal'akh ne reviendra plus. Ce soir, pensa-t-il avec un sourire aux lèvres, je n'aurai plus besoin de maison.

Il se demandait si Robert Langdon avait saisi le véritable pouvoir de la pyramide... ou l'importance du rôle que le destin lui avait imposé. Mal'akh consulta son répondeur.

Langdon ne l'avait pas encore appelé...

22 h 02.

Il lui restait moins de deux heures.

Mal'akh se rendit à l'étage, dans la salle de bains dallée de marbre délicat d'Italie, et brancha son bain de vapeur. Pendant que la cabine chauffait, il se déshabilla méthodiquement ; il était impatient de commencer ses ablutions rituelles.

Il but deux verres d'eau pour apaiser ses crampes d'estomac. Puis, il se posta devant le grand miroir et examina son corps nu. Ses deux jours de jeûne avaient fait ressortir sa musculature. Il ne pouvait s'empêcher d'admirer l'homme qu'il était devenu.

À l'aube, je serai bien plus encore.

66.

— On doit filer ! annonça Langdon. Il ne leur faudra pas longtemps pour comprendre où nous sommes.

Pourvu que Bellamy ait pu leur échapper !

Katherine avait sorti la coiffe dorée de son coffret, l'avait minutieusement observée, encore troublée par cette inscription obscure. À contrecœur, elle la remit en place.

Le secret est à l'intérieur de l'Ordre, songea Langdon. *Limpide !*

Peter avait peut-être été mal informé ? La pyramide et sa coiffe avaient été fabriquées longtemps avant sa naissance... Peter répétait simplement les dires de ses aïeux et protégeait un secret qui lui était tout aussi mystérieux.

Qu'espérais-je au juste ?

Plus il en apprenait sur la légende de la Pyramide maçonnique, moins elle lui paraissait plausible. Un escalier, caché sous une grosse pierre ? Cela ressemblait de plus en plus à une chasse au dahu ! Toutefois, décrypter cette pyramide demeurait le meilleur moyen de sauver Peter.

— Robert, que vous inspire l'année 1514 ?

Mille cinq cent quatorze ? Pourquoi posait-elle cette question ?

— Rien de particulier. Pourquoi ?

Katherine lui tendit le boîtier de pierre.

— Regardez. Il y a une date. Approchez-vous de la lumière...

Langdon s'assit pour examiner le coffret de très près. Katherine posa une main sur son épaule et se pencha pour lui montrer la minuscule inscription sur la partie externe de la boîte, tout près d'un coin inférieur.

— Mille cinq cent quatorze AD, annonça-t-elle, en montrant les caractères.

Effectivement, le chiffre 1514 était inscrit, suivi des lettres A et D, mais dans une calligraphie inhabituelle.

1514 🜨

— Cette date..., fit Katherine, c'est peut-être l'indice qui nous manquait ? Cette boîte ressemble beaucoup à une pierre angulaire maçonnique, vous ne trouvez pas ? Peut-être désigne-t-elle une véritable pierre ? Appartenant à un bâtiment édifié en 1514 ?

Langdon l'écoutait à peine. Ses pensées étaient ailleurs.

Mille cinq cent quatorze AD n'était pas une date.

Le symbole 🜨, comme le savait tout spécialiste de l'Histoire médiévale, était un monogramme utilisé en guise de signature. Nombre de philosophes et d'artistes anciens signaient par un emblème plutôt que par leur nom. Cette pratique nimbait l'œuvre de mystère et protégeait son auteur d'éventuelles persécutions si elle n'était pas du goût du suzerain.

Dans le cas présent, ce monogramme, les lettres **A** et **D** entrelacées, ne signifiait pas *Anno Domini*, pour « Après Jésus-Christ »... Ce n'était pas du latin, mais de l'allemand...

Les pièces du puzzle se mirent immédiatement en place. Langdon savait désormais comment déchiffrer la pyramide...

— Katherine, vous avez trouvé ! lança-t-il en rangeant le coffret dans le sac. Nous avons tout ce qu'il nous faut ! Allons-nous-en, je vous expliquerai en chemin !

— La date 1514 AD vous dit finalement quelque chose ?

Langdon lui lança un clin d'œil et se dirigea vers la porte.

— AD n'est pas une date, Katherine. C'est une personne.

67.

Le silence était retombé dans le jardin médiéval aux roses vieilles de plusieurs siècles. De l'autre côté, vers l'entrée principale du domaine, le jeune homme aidait son supérieur voûté à traverser une grande pelouse parfaitement taillée.

D'ordinaire, le vieil aveugle refusait toute assistance, préférant trouver son chemin de mémoire dans le dédale de son sanctuaire. Ce soir, toutefois, il semblait pressé de rentrer dans l'édifice et de répondre à l'appel de Warren Bellamy.

— Merci, déclara le vieillard en pénétrant dans le bâtiment. Je saurai rejoindre mon bureau tout seul.

— Si vous avez besoin de quoi que ce soit, je peux rester avec vous et...

— Ce sera tout pour ce soir, répliqua l'homme en repoussant le bras de son guide avant de s'enfoncer à petits pas rapides dans les ténèbres. Bonne nuit.

Le jeune homme fit demi-tour et prit la direction de son modeste logis en bordure de la propriété. Le temps d'arriver chez lui, la curiosité l'avait gagné. La question de M. Bellamy avait manifestement inquiété le vieil homme... et pourtant celle-ci était étrange, pour ne pas dire totalement obscure :

N'y a-t-il aucune aide pour le fils de la veuve ?

Malgré tous ses efforts, il n'en comprenait pas le sens. Troublé, il s'installa derrière son ordinateur et entra la phrase dans la fenêtre de recherche.

À sa grande surprise, de nombreuses pages conte-nant exactement cette phrase s'affichèrent. Warren Bel-lamy n'était pas la première personne au monde à poser cette question saugrenue. Ces mêmes mots avaient été prononcés par le roi Salomon en personne alors qu'il pleurait un ami assassiné. Aujourd'hui, cette phrase était, paraît-il, employée par les francs-maçons. Une sorte de SOS codé. Warren Bellamy avait envoyé un appel de détresse à l'un de ses frères.

68.

Albrecht Dürer ?

Katherine tentait, à son tour, d'assembler les pièces du puzzle tout en suivant au petit trot Robert Langdon dans les sous-sols de l'Adams Building.

AD, les initiales d'Albrecht Dürer ?

Le célèbre peintre et graveur allemand du xviᵉ siècle était l'un des artistes préférés de son frère. Katherine connaissait quelques-unes de ses œuvres. Mais elle ne voyait pas comment Dürer pouvait leur être d'un quelconque secours. Il était mort depuis quatre cents ans !

— Dürer est un symbole idéal, expliqua Langdon en suivant les panneaux « SORTIE ». Il représente la quintessence de l'esprit de la Renaissance – peintre, philosophe, alchimiste, et grand connaisseur des Mystères anciens qu'il n'a eu de cesse d'étudier sa vie durant. Aujourd'hui encore, on n'a pas décodé tous les messages dissimulés dans ses œuvres.

— Peut-être… mais je ne vois pas comment « 1514 Albrecht Dürer » pourrait nous aider à décrypter cette pyramide.

Ils arrivèrent devant une porte fermée. Langdon passa la carte de Bellamy dans la serrure électronique.

— Le nombre 1514, reprit Langdon en s'élançant dans l'escalier, fait référence à une œuvre de Dürer en particulier.

En haut des marches, ils débouchèrent dans un gigantesque couloir. Langdon prit le temps de se repérer.

— Par ici ! lança-t-il en s'engageant d'un pas vif sur la gauche. Dürer y a caché cette date. L'œuvre en question s'appelle *La Mélancolie* – une gravure des plus mystérieuses qui soient et qu'il a achevée justement en 1514. Selon les historiens d'art, cette pièce a inspiré toute la Renaissance.

Un jour, Peter avait montré à Katherine cette gravure, dans un livre traitant d'ésotérisme, mais elle n'avait aucun souvenir du nombre 1514.

— Comme vous le savez peut-être, *La Mélancolie* décrit le combat de l'humanité pour comprendre les Mystères anciens, expliqua Langdon, bouillant d'impatience. Le symbolisme de Dürer dans *La Mélancolie* est si complexe que celui de Léonard de Vinci, à côté, fait figure de rébus pour enfant !

Katherine s'arrêta net.

— Robert, *La Mélancolie* est ici, à Washington ! À la National Gallery.

— Je sais, répondit-il avec un sourire, et mon petit doigt me dit que ce n'est pas une coïncidence. Elle est fermée à cette heure, mais je connais le conservateur et...

— Laissez tomber, Robert. Je sais ce qui arrive quand vous mettez les pieds dans un musée !

Katherine se dirigea vers une alcôve, équipée d'un ordinateur où Langdon la suivit, à contrecœur.

— Il y a beaucoup plus simple...

Le professeur Langdon, grand amateur d'art, trouvait aberrant, voire insultant, de passer par Internet pour examiner une œuvre dont l'original était exposé à deux pas. Katherine s'installa derrière la console et alluma l'appareil.

— Où est Google ? demanda-t-elle quand l'écran s'éclaira.

— C'est un réseau interne. Essayez là..., proposa Langdon en désignant une icône sur l'écran.

Katherine cliqua sur COLLECTIONS NUMÉRIQUES. L'ordinateur afficha une nouvelle fenêtre et Langdon indiqua un autre bouton. Katherine s'exécuta et ouvrit COLLECTION BEAUX-ARTS. Une fenêtre de recherche apparut.

— Entrez « Albrecht Dürer ».

En quelques secondes, l'écran afficha une série de gravures, présentées en vignettes. Toutes étaient d'un style semblable – des traits intriqués, une facture complexe. Dürer, apparemment, en avait réalisé des dizaines.

Katherine parcourut la liste des œuvres, classées par ordre alphabétique.

Adam et Ève
La Cène
La Grande Passion
L'Arrestation du Christ
Les Quatre Cavaliers de l'Apocalypse

À la vue de ces titres bibliques, Katherine se rappela que Dürer était un adepte du christianisme mystique, une fusion du christianisme primitif, de l'alchimie, de l'astrologie et de la science.

La science...

L'image de son laboratoire en flammes flotta devant ses yeux. Elle n'osait envisager toutes les conséquences de cette destruction ; pour l'heure, elle ne pensait qu'à son assistante, Trish.

J'espère qu'elle est saine et sauve, se dit-elle.

Langdon parlait de la façon dont Dürer avait traité *La Cène*, mais Katherine avait la tête ailleurs. Elle venait de trouver le lien pour *La Mélancolie*.

Elle cliqua sur le titre et tomba sur une page d'information générale :

La Mélancolie, 1514
Albrecht Dürer
(gravure sur papier vergé)
Collection Rosenwald
National Gallery of Art
Washington, DC

Quand elle fit défiler la page, un cliché en haute définition du chef-d'œuvre apparut dans toute sa splendeur.

Katherine écarquilla les yeux ; elle avait oublié à quel point cette gravure était étrange.

— Je vous avais prévenue, lâcha Langdon avec un petit rire, c'est plutôt mystérieux.

La Mélancolie représentait un personnage maussade, avec de grandes ailes dans le dos, assis sur un banc de pierre, entouré d'une collection d'objets disparates – des instruments de mesure, un chien efflanqué, des outils de charpentier, une clepsydre, des solides de formes géométriques, une cloche suspendue, un angelot, une sorte de grand couteau, une échelle...

Peter avait expliqué à Katherine que le personnage ailé représentait le « génie humain » – un penseur se tenant le menton, l'air abattu, encore incapable d'atteindre l'illumination. Le génie était entouré de tous les symboles de l'esprit humain – des objets incarnant la science, les mathématiques, la philosophie, la nature, la géométrie, et même la charpenterie – et pourtant, il ne pouvait gravir l'échelle, à côté de lui, menant à la vraie lumière.

« Même le génie a du mal à comprendre les Mystères anciens », avait précisé Peter.

— Cette gravure, reprit Langdon, symbolise l'incapacité de l'homme à transformer sa raison en puissance divine. Les alchimistes décrivent cette même idée quand ils évoquent notre impuissance à transmuer le plomb en or.

— Ce n'est pas très encourageant comme message. En quoi cela peut-il nous aider ?

Elle ne voyait nulle part le nombre 1514 dont avait parlé Langdon.

— L'ordre à partir du chaos, répéta Langdon avec un sourire en coin. Comme l'a promis votre frère. (Il sortit de sa poche le tableau de lettres qu'il avait dressé grâce au code maçonnique.) Pour l'instant cette grille n'a aucun sens.

Il étala le papier devant eux.

S	O	E	U
A	T	U	N
C	S	A	S
V	U	N	J

Perplexe, Katherine regarda le tableau.

— Mais Dürer va la transformer...

— Et comment ?

— Alchimie linguistique ! répondit Langdon en désignant l'écran. Observez attentivement. Caché dans cette œuvre, il y a un outil qui va nous permettre de tirer un sens de ces seize lettres. (Il attendit un peu.) Vous ne le voyez pas ? Cherchez le nombre 1514...

Katherine n'était pas d'humeur à jouer aux devinettes.

— Robert, je ne trouve rien... une sphère, une échelle, un couteau, un polyèdre, une règle... Je donne ma langue au chat !

— Regardez mieux ! Là, en arrière-plan... sculpté dans le mur, derrière le personnage, juste sous la cloche... Vous voyez ce tableau rempli de chiffres...

Katherine l'aperçut et repéra aussitôt le nombre 1514 dans la ligne du bas.

— Ce tableau est la clé pour déchiffrer le code de la pyramide !

Elle le considéra avec des yeux ronds.

— Il ne s'agit pas d'une simple grille avec des chiffres, poursuivit-il, en souriant de satisfaction. Ceci, madame Solomon, est un carré magique !

69.

Où m'emmènent-ils ? se demandait Bellamy.

Attaché à l'arrière du 4 × 4, l'Architecte avait toujours les yeux bandés. Après une petite halte quelque part à proximité de la Bibliothèque du Congrès, le véhicule avait repris sa route pour un court trajet. L'Escalade s'arrêta une nouvelle fois, après une centaine de mètres.

Bellamy entendait des voix assourdies.

— Désolé, mais c'est impossible, disait quelqu'un avec autorité. C'est fermé à cette heure.

Le chauffeur répondit avec la même morgue :

— Enquête de la CIA... sécurité nationale !

Apparemment ces quelques mots, et sans doute la vue d'une plaque officielle, suffirent à convaincre l'interlocuteur.

— Oui... Tout de suite... l'entrée de service... (Il y eut un long grincement semblable à celui d'une porte qui coulissait.) Vous voulez que je vous accompagne ? reprit l'homme. Une fois à l'intérieur, vous ne pourrez passer les...

— Inutile. Nous avons accès partout.

Le garde n'eut pas le temps de manifester sa surprise. Le véhicule repartait déjà. Il roula sur une cinquantaine de mètres. La lourde porte se referma derrière eux dans un grondement de métal.

Puis ce fut le silence.

Bellamy s'aperçut qu'il tremblait.

Avec un bruit sec, le hayon arrière s'ouvrit. Une douleur vive lui transperça l'épaule au moment où quelqu'un le sortait sans ménagement du véhicule. Sans un mot, on le fit avancer. Une odeur étrange flottait dans l'air, une odeur de terre. D'autres pas résonnaient à côté de lui, en plus de ceux de son geôlier. Mais cette tierce personne n'avait pas encore ouvert la bouche.

Ils s'immobilisèrent devant une porte et Bellamy entendit le bip électronique d'une serrure. On lui fit traverser alors une enfilade de couloirs. Plus ils progressaient, plus l'air devenait moite et humide. Une piscine intérieure, peut-être ? Non. Il ne sentait pas le moindre relent de chlore. C'était une senteur beaucoup plus primale, plus élémentaire, qui l'enveloppait.

Où sommes-nous ?

Ils étaient pourtant tout près du Capitole... Ils stoppèrent de nouveau. Encore un bip électronique. Cette fois le battant s'ouvrit dans un chuintement discret. Quand on lui fit franchir le seuil, il identifia enfin cette odeur.

Il savait où il se trouvait. Seigneur ! Il venait souvent ici, mais jamais par l'entrée de service ! Ce magnifique bâtiment de verre se dressait à moins de trois cents mètres du Capitole – juridiquement, il faisait même partie du Congrès.

Ils sont sur mes terres !

C'était grâce à sa clé personnelle qu'ils étaient entrés.

Des bras puissants le poussèrent en direction d'un passage circulaire qu'il connaissait bien. D'ordinaire, cette chaleur capiteuse le rassurait. Mais, aujourd'hui, elle lui donnait des sueurs froides.

On l'immobilisa brusquement, pour l'asseoir sur un banc. L'homme aux bras musclés détacha un court instant les menottes pour les refermer au montant dans son dos.

— Qu'est-ce que vous attendez de moi ? demanda Bellamy, le cœur battant.

Pour toute réponse, il entendit des bruits de pas s'éloigner. Le chuintement de la porte vitrée.

Puis le silence encore.

Un silence de mort.

Ils vont me laisser ici ?

La sueur glacée perlait dans sa nuque. Impossible de se débarrasser de ces menottes.

Je ne peux même pas retirer ce bandeau !

— À l'aide ! cria-t-il. Il y a quelqu'un ?

Évidemment, personne ne pouvait l'entendre... Cette grande salle vitrée, baptisée la Jungle, était totalement hermétique une fois les portes fermées.

Ils m'ont abandonné dans la Jungle ! Personne ne me trouvera avant demain matin !

Un bruit se fit entendre.

À peine audible, mais terrifiant... un bruit à vous glacer le sang.

C'était une respiration. Toute proche.

Il n'était pas seul sur le banc !

On gratta une allumette, si près que Bellamy sentit un souffle d'air chaud lui frôler la joue. Instinctivement, il voulut reculer et ses menottes lui mordirent les poignets.

Soudain, une main se posa sur son visage et lui retira le bandeau.

Une flamme dansa devant lui, puis se refléta dans les prunelles noires d'Inoue Sato quand elle l'approcha pour allumer sa cigarette.

Elle le regardait fixement, sous le clair de lune qui nimbait la voûte vitrée, ravie de lire la peur chez son captif.

— Alors, monsieur Bellamy..., dit-elle en secouant son allumette. Par quoi allons-nous commencer ?

70.

Un carré magique.

Katherine dodelina lentement de la tête en observant la grille que Dürer avait incluse dans sa gravure. Le commun des mortels aurait pris Langdon pour un fou, mais Katherine s'était aperçue qu'il disait vrai.

Un « carré magique » n'était pas un objet ésotérique mais mathématique. C'était le nom que l'on donnait à un tableau de chiffres organisés de telle façon que la somme des nombres de chaque colonne, de chaque ligne et de chaque diagonale soit toujours identique. Inventés voilà quatre millénaires par des mathématiciens égyptiens et indiens, les carrés magiques, aux yeux de certaines personnes, recelaient des pouvoirs surnaturels. Katherine avait lu que, de nos jours encore, des hindous dévots traçaient des carrés de trois par trois, appelés Kubera Kolam, sur leur autel à pûjâ. Mais pour l'essentiel, l'homme moderne les considérait comme de simples jeux mathématiques, et nombre de gens prenaient plaisir à trouver de nouvelles configurations « magiques ». Du sudoku pour génies !

Katherine analysa rapidement celui de Dürer, ajoutant les nombres des colonnes et des lignes.

16	3	2	13
5	10	11	8
9	6	7	12
4	15	14	1

— Trente-quatre, déclara-t-elle. Toutes les sommes donnent trente-quatre dans les trois directions.

— Exact. Mais savez-vous que ce carré magique est célèbre pour une autre raison – un tour de force que Dürer a réalisé et qui tient réellement du prodige ?

Langdon montra rapidement à Katherine que non seulement la somme des nombres suivant les diagonales, les lignes et les colonnes était trente-quatre, mais que c'était le cas également pour les nombres des quatre quadrants extérieurs et du carré du milieu.

— Le plus étonnant, reprit-il, c'est que Dürer a trouvé le moyen de positionner les nombres 15 et 14 côte à côte, pour indiquer la date à laquelle il a réussi cette merveille mathématique !

Katherine observa les nombres, saisie par toutes ces combinaisons cachées.

L'excitation faisait trembler la voix de Langdon.

— Avec *La Mélancolie*, c'est la toute première fois qu'un carré magique apparaît dans une œuvre d'art européenne. Certains historiens pensent que c'était une façon cryptée pour Dürer d'indiquer que les Mystères anciens avaient quitté les murs des écoles ésotériques d'Égypte et étaient désormais détenus par des sociétés secrètes en Occident. Ce qui nous ramène à... ceci, conclut-il en désignant le morceau de papier où il avait recopie les lettres de la pyramide.

S	O	E	U
A	T	U	N
C	S	A	S
V	U	N	J

— Je suppose que la disposition vous saute aux yeux ?

— Un carré de quatre par quatre.

Langdon prit son stylo et recopia le carré magique de Dürer juste à côté de la grille de lettres. Ça allait être un jeu d'enfant, comprit-elle. Langdon se tenait au-dessus de la feuille, le crayon entre les doigts, et pourtant... il hésitait.

— Robert ?

Il se tourna vers elle, l'air inquiet.

— Vous êtes bien décidée ? Peter a dit clairement de ne pas...

— Robert, si vous ne voulez pas déchiffrer ces inscriptions, je vais le faire.

Elle tendit la main pour lui prendre le stylo.

Langdon comprit qu'elle ne changerait pas d'avis. Il acquiesça et reporta son attention sur la pyramide. Avec précaution, il superposa le carré magique sur la grille de la pyramide et assigna à chaque lettre le nombre qui lui correspondait. Puis il dressa un nouveau tableau, en plaçant les lettres du code maçonnique dans le nouvel ordre indiqué par les nombres du carré magique.

Langdon et Katherine observèrent la **transcription** achevée :

J	E	O	V
A	S	A	N
C	T	U	S
U	N	U	S

— C'est toujours du charabia, déclara Katherine en fronçant les sourcils.

Langdon resta silencieux un moment.

— Non, Katherine, au contraire c'est parfaitement compréhensible, fit-il, les yeux brillant d'excitation. C'est du latin.

*

Dans un long couloir noyé d'ombres, un vieil homme aveugle avançait lentement vers son bureau. Quand il y arriva, il se laissa tomber dans son fauteuil, son corps demandant grâce après cet effort. Son répondeur émettait de petits bips indiquant la présence de messages. Il enfonça le bouton « lecture » et tendit l'oreille.

— C'est Warren Bellamy, souffla la voix de son ami et frère franc-maçon. J'ai de mauvaises nouvelles...

*

Katherine Solomon se pencha sur la nouvelle grille, pour examiner le texte. Un mot latin se matérialisa sous ses yeux. *Jeova*.

J	E	O	V
A	S	A	N
C	T	U	S
U	N	U	S

Katherine n'avait pas étudié le latin, mais ce mot lui était familier. On le retrouvait dans beaucoup d'anciens textes hébreux. *Jeova. Jehovah.* Elle poursuivit sa lecture, lisant chaque ligne comme celle d'un livre. Le texte entier était effectivement limpide.

Jeova Sanctus Unus.

Elle en saisit aussitôt le sens. Cette phrase était récurrente dans toutes les traductions modernes des Écritures. Dans la Torah, le Dieu des Hébreux portait plusieurs noms – *Jeova, Jehovah, Jeshua, Yahweh, la Source, Elohim* – mais, dans de nombreuses traductions latines, cette nomenclature confuse avait été contractée en une seule locution : *Jeova Sanctus Unus.*

— Un seul vrai Dieu, murmura-t-elle.

Comment cette phrase pouvait-elle les aider à sauver son frère ?

— C'est ça le secret de la pyramide ? reprit-elle. Un seul vrai Dieu ? Je croyais qu'il s'agissait d'une carte...

Langdon était tout aussi perplexe. Dans ses yeux, toute lueur d'excitation avait disparu.

— Le décodage est correct, mais...

— Le ravisseur veut un lieu ! s'exclama-t-elle, agacée. Notre trouvaille ne va pas le transporter de joie.

— C'est bien ce que je redoutais... Toute cette soirée, j'ai eu le sentiment que nous faisions fausse route.

Nous avons pris cet ensemble de mythes et d'allégories au pied de la lettre. Peut-être cette inscription désigne-t-elle un lieu métaphorique ? Peut-être veut-on nous dire que le véritable potentiel humain ne peut être révélé que par la foi en un seul vrai Dieu ?

— Mais cela n'a aucun sens ! répliqua Katherine en serrant les dents de frustration. Ma famille a protégé cette pyramide pendant des générations ! Un seul vrai Dieu ? C'est ça le grand secret ? Et la CIA juge que la sécurité nationale est en péril ? Soit ils mentent comme des arracheurs de dents, soit on a raté quelque chose.

Langdon acquiesça.

C'est alors que son téléphone se mit à sonner...

*

Dans le bureau tapissé de livres anciens, le vieil aveugle serrait, dans sa main déformée par l'arthrose, le combiné d'un téléphone.

À l'autre bout du fil, ça sonnait. Encore et encore.

— Allô ? répondit enfin une voix grave.

— On m'a dit que vous aviez besoin d'un refuge, murmura le vieillard.

Son interlocuteur eut un hoquet de surprise.

— Qui est à l'appareil ? Est-ce que Warren Bell...

— Pas de nom, s'il vous plaît. Avez-vous pu protéger la carte qui vous a été confiée ?

Un nouveau moment de surprise.

— Oui, mais je crains que cela n'ait pas une grande importance. Ça ne dit pas grand-chose. Si c'est une carte, cela ressemble plus à une parabole que...

— Non. La pyramide est une véritable carte, je vous le certifie. Elle désigne un lieu bien réel. Il faut la protéger à tout prix. Je ne saurais vous dire à quel point cet objet est d'une importance cruciale. Vous êtes poursuivis, mais si vous parvenez jusque chez moi, je vous offrirai un sanctuaire et... des réponses.

L'homme hésitait encore.

— Mon ami, articula le vieil aveugle, en choisissant soigneusement ses mots. Il existe un refuge à Rome, au nord du Tibre, où se trouvent dix pierres provenant du mont Sinaï, une autre tombée directement des cieux, et une autre encore à l'effigie du sinistre père de Luc. Là est ma demeure. Avez-vous deviné l'endroit où j'habite ?

Après un long silence, Langdon répondit :

— Oui. J'ai trouvé.

Je n'en attendais pas moins de vous, professeur, songea le vieillard en souriant.

— Alors rejoignez-moi au plus vite. Et veillez à ce que personne ne vous suive.

71.

Mal'akh se tenait nu dans les volutes de vapeur. Plus la moindre odeur d'éthanol ; il se sentait à nouveau pur. Les effluves chauds parfumés à l'eucalyptus pénétraient sa peau, ouvraient ses pores. Il pouvait commencer son rituel.

D'abord, il enduisit son corps tatoué et son cuir chevelu de crème épilatoire.

Imberbes étaient les dieux des sept îles du soleil !

Ensuite il passa de l'huile d'Abramelin sur son épiderme ainsi préparé.

L'onguent sacré du grand mage !

Puis il tourna à fond la manette du mitigeur sur la gauche, pour faire couler de l'eau glacée. Il resta sous le jet froid pendant une minute entière, le temps que ses pores se referment et captent la chaleur et l'énergie jusqu'au tréfonds de lui-même. Le froid lui rappelait la rivière gelée où sa métamorphose avait débuté...

Lorsqu'il sortit de la cabine, il frissonnait, mais en quelques instants la chaleur accumulée rayonna dans toute sa chair et le réchauffa. Ses entrailles étaient des braises brûlantes. Il s'arrêta de nouveau devant le miroir pour admirer ses formes... c'était sans doute la dernière fois qu'il contemplait son enveloppe de mortel.

Ses talons étaient devenus des serres d'aigle. Ses jambes – Boaz et Jakin – représentaient les anciennes colonnes de la sagesse. Ses hanches et son bas-ventre formaient un portail flamboyant protégeant une puissance mystique. Sous l'arche majestueuse, son pénis volumineux était couvert de symboles annonçant sa destinée. Dans une autre vie, ce gourdin de chair avait été une grande source de plaisir. Mais ce temps était révolu.

J'ai été purifié.

Comme les eunuques du monastère de Kathara, Mal'akh s'était tranché les testicules. Il avait sacrifié sa virilité pour jouir d'une puissance bien supérieure.

Après avoir partagé les faiblesses de sa condition humaine, et connu ses appétits, Mal'akh était devenu comme Ouranos, Attis, Sporus et les grands magiciens castrats de la légende arthurienne.

Toute métamorphose spirituelle est précédée d'une métamorphose physique.

Telle était la leçon de tous les grands dieux, d'Osiris à Tammuz, de Jésus à Shiva, jusqu'à Bouddha lui-même.

Je dois me défaire de l'homme qui me revêt.

Avec détermination, Mal'akh fit courir son regard sur le phœnix à deux têtes qui ornait sa poitrine, puis sur l'assemblage d'anciens sceaux décorant son visage, pour fixer des yeux le sommet de son crâne. Il inclina la tête vers le miroir, et contempla le cercle de peau nue qui attendait de recevoir son offrande. Cet endroit était sacré. La fontanelle ; la seule partie du crâne humain ouverte à la naissance.

L'oculus du cerveau !

Même si ce portail se refermait après quelques mois, il demeurait une relique symbolique de la dernière connexion entre le monde intérieur et extérieur.

Mal'akh examina la parcelle de peau immaculée, entourée par le cercle d'un ouroboros – le serpent mythique qui se mordait la queue. Ce cercle de peau nue était un œil blanc et fixe... un œil plein de promesses.

Robert Langdon allait bientôt découvrir le grand trésor. Lorsque Mal'akh serait en sa possession, ce vide au sommet de son crâne serait comblé, et il serait enfin prêt pour sa métamorphose finale.

Il traversa sa chambre et sortit de la commode une longue écharpe de soie. Comme il l'avait fait maintes fois, il l'enroula sur ses hanches pour couvrir son sexe et ses fesses, et descendit au rez-de-chaussée.

Dans son bureau, un e-mail l'attendait sur son ordinateur.

En provenance de son espion.

Ce que vous avez demandé est presque accompli.
Je vous contacte dans une heure. Patience.

Mal'akh esquissa un sourire. Il était temps de se préparer pour le grand soir.

72.

L'agent de la CIA était d'une humeur de dogue en quittant le balcon de la salle de lecture.

Bellamy nous a menti, se dit-il.

Il n'avait vu aucune trace de chaleur résiduelle avec ses lunettes à vision infrarouge, ni à côté de la statue de Moïse, ni nulle part à l'étage...

Où diable se trouvait Langdon ?

L'agent rebroussait chemin, pour revenir au dernier endroit où il avait repéré des traces tangibles de présence – au centre de la salle de tri de la Bibliothèque. Il redescendit donc les escaliers, passa sous la console octogonale. Le bruit des tapis roulant était agaçant. Il chaussa de nouveau ses lunettes et examina la pièce. Rien. Il avança vers les piles de livres, là où la porte détruite gardait les stigmates de l'explosion. Hormis ces traces, il ne voyait rien qui...

Nom de Dieu !

L'agent sursauta au moment où une tache luminescente passait dans son champ de vision. Comme une double empreinte ectoplasmique, les formes de deux corps humains venaient de jaillir du mur, sur un des tapis roulants. Une signature thermique !

Saisi, l'agent regarda les deux apparitions faire le tour de la pièce, sur la boucle du tapis, puis disparaître, tête la première, dans l'épaisseur du mur.

L'agent comprit brusquement que non seulement Langdon leur avait filé entre les mains, mais qu'une nouvelle difficulté se présentait : il n'était plus seul.

Il s'apprêtait à allumer sa radio pour contacter son chef quand la voix de celui-ci résonna dans ses écouteurs :

— À tous les hommes, on a repéré une Volvo abandonnée sur le parvis de la Bibliothèque. Elle appartient à Katherine Solomon. D'après un témoin, elle vient d'entrer dans le bâtiment. Il est probable qu'elle ait rejoint Langdon. Sato exige que l'on retrouve ces deux individus, immédiatement.

— J'ai leurs deux signatures infrarouges, s'écria l'agent dans la salle de tri.

Il fit rapidement son rapport.

— Nom de Dieu ! Où va ce tapis roulant ?

L'agent consultait déjà les plans sur le panneau d'affichage.

— Le bâtiment de l'autre côté de la rue, répondit-il.

— Rassemblement ! Tout le monde à l'Adams Building !

73.

Un sanctuaire. Des réponses...

Les mots résonnaient dans la tête de Langdon, alors qu'il sortait avec Katherine de l'Adams Building par une porte de service. La nuit était froide au-dehors. Leur sauveur mystérieux au téléphone avait décrit l'endroit d'une façon cryptée, mais Langdon avait résolu l'énigme.

— Le lieu idéal pour trouver le Seul Vrai Dieu ! avait répliqué Katherine quand il lui eut annoncé leur destination.

Restait à savoir comment s'y rendre...

Langdon jeta un regard alentour pour se repérer. Il faisait sombre, mais heureusement le ciel était dégagé. Ils étaient dans une petite cour. Le dôme du Capitole brillait dans la nuit, curieusement lointain. C'était la première fois que Langdon retrouvait l'air libre depuis son arrivée à la Rotonde, plusieurs heures auparavant.

Adieu ma conférence ! songea-t-il, amusé.

— Robert, regardez ! lança Katherine en pointant le doigt vers le bâtiment principal de la Bibliothèque. Le Jefferson Building, de l'autre côté de la rue.

Langdon eut un choc. Le Jefferson Building bourdonnait d'activité – des fourgons et des voitures y convergeaient, des hommes criaient. Un projecteur perça la nuit...

— Venez. Vite ! lança Langdon en saisissant la main de Katherine.

Ils coururent vers l'extrémité nord-est de la cour et disparurent derrière un joli immeuble en forme de « U ». La Folger Shakespeare Library. Cet édifice semblait être une cachette tout appropriée ce soir... La bibliothèque renfermait le manuscrit original en latin de Francis Bacon, *La Nouvelle Atlantide,* ce texte utopique qui avait inspiré, disait-on, les pères fondateurs pour créer un nouveau monde fondé sur la connaissance. Mais Langdon ne ralentit pas pour autant sa course.

Il nous faut un taxi !

Ils débouchèrent à l'angle de la 3ᵉ Rue et de East Capitole. La circulation était clairsemée. Avec angoisse, il scruta l'avenue. Aucun taxi en vue. Ils piquèrent un sprint sur le boulevard, pour s'éloigner au plus vite de la Bibliothèque du Congrès. Au bout de cent mètres d'une course effrénée, Langdon repéra enfin un taxi qui tournait au coin de la rue. Il lui fit de grands signes. Le chauffeur s'arrêta.

L'autoradio diffusait de la musique orientale. Le jeune conducteur arabe leur lança un grand sourire.

— Vous allez où ? leur demanda-t-il alors que Katherine et Langdon s'engouffraient dans l'habitacle.

— Nous allons à la...

— Au nord-ouest ! l'interrompit Katherine, en désignant le bout de la rue, à l'opposé de la Bibliothèque. Prenez la direction de la gare, puis continuez sur Massachusetts Avenue. On vous dira quand vous arrêter.

Le chauffeur haussa les épaules, referma le panneau de Plexiglas et monta le volume de sa musique.

Katherine lança un regard entendu à Langdon. Pas de trace ! Elle désigna un hélicoptère noir qui approchait, à basse altitude. Merde ! Sato ne plaisantait pas ! Elle tenait vraiment beaucoup à cette pyramide.

En voyant l'appareil atterrir entre le Jefferson Building et l'Adams Building, Katherine se tourna vers Langdon, visiblement très inquiète :

— Je peux avoir votre téléphone ?

Langdon lui tendit aussitôt son portable.

— Peter m'a dit que vous aviez une mémoire photographique hors pair, poursuivit-elle en baissant la vitre. Que vous pouviez vous souvenir de tous les numéros que vous avez composés au cours de votre existence. C'est vrai ?

— Certes mais...

Katherine jeta l'appareil par la fenêtre. Langdon regarda le téléphone voler en éclats sur le macadam, dans le sillage de la voiture.

— Pourquoi avez-vous fait ça ?

— Il faut être invisibles. Notre seul espoir de sauver Peter, c'est cette pyramide. Et je ne veux pas que la CIA puisse nous la prendre.

*

Derrière le volant, Omar Amirana fredonnait et balançait la tête au rythme de la musique. La soirée avait été très tranquille. Il était bien content d'avoir enfin une course... Il passait devant Stanton Park quand la voix familière de la standardiste du PC grésilla dans sa radio :

— Ici le central. Appel à toutes les voitures se trouvant dans le secteur du Mall. On vient de recevoir un avis des autorités concernant deux fugitifs à proximité de l'Adams Building.

Omar écarquilla les yeux lorsque sa collègue décrivit précisément le couple qu'il venait de charger. Il jeta un coup d'œil furtif dans son rétroviseur. La tête du gars lui disait quelque chose...

Où ai-je vu sa trombine ? Dans le fichier des personnes les plus recherchées du pays ?

Discrètement, Omar prit son micro.

— Allô le central ? souffla-t-il dans l'appareil. Ici la voiture un-trois-quatre. Les deux personnes que vous cherchez... elles sont dans mon taxi en ce moment même.

La standardiste indiqua aussitôt à Omar la marche à suivre. Les mains du chauffeur tremblaient quand il composa le numéro de téléphone que lui avait donné le central. La voix qui répondit, à l'autre bout du fil, était sèche et autoritaire. Une voix de soldat.

— Ici l'agent Turner Simkins, Centre des opérations de la CIA. Qui est à l'appareil ?

— Euh... je suis chauffeur de taxi. J'appelle pour les deux..

— Les suspects sont en ce moment dans votre taxi ? Répondez simplement par « oui » ou par « non ».

— Oui.

— Peuvent-ils entendre notre conversation ? Oui ou non ?

— Non. La glace est...

— Où les emmenez-vous ?

— On roule vers le nord-ouest, sur Massachusetts.

— Quelle destination ?

— Ils ne l'ont pas dit.

L'agent hésita.

— L'homme a-t-il un sac, avec lui ?

Omar regarda un court instant dans le rétroviseur et ouvrit de grands yeux.

— Oui ! Ne me dites pas qu'il y a une bombe dedans !

— Écoutez-moi attentivement. Vous ne courez aucun danger si vous suivez mes instructions à la lettre. C'est clair ?

— Oui, monsieur.

— Quel est votre nom ?

— Omar...

La sueur lui dégoulinait dans le dos.

— Vous vous en sortez très bien, Omar, reprit son interlocuteur d'une voix calme. Maintenant, je veux que vous rouliez le plus lentement possible pour que je puisse poster mon équipe avant votre arrivée à destination. Vous avez compris ?

— Oui, monsieur.

— Y a-t-il, dans votre voiture, un interphone qui permet de communiquer avec vos clients à l'arrière ?

— Oui, monsieur.

— Parfait. Voilà ce que vous allez faire...

74.

La Jungle est un haut lieu touristique de l'USBC (United States Botanic Garden) – le jardin botanique du Congrès. À deux pas du Capitole, sous une immense serre, prospère une forêt équatoriale en miniature, avec ses hévéas élancés, ses figuiers étrangleurs, et sa canopée inextricable que les touristes les plus téméraires peuvent visiter depuis une haute passerelle.

Bellamy connaissait bien l'endroit, mais cette nuit, sous le simple clair de lune, la Jungle était terrifiante. Il transpirait, grimaçait de douleur sous la meurtrissure des menottes et luttait contre l'ankylose qui gagnait ses bras.

Sato faisait les cent pas devant lui, fumant tranquillement sa cigarette – une véritable bombe chimique dans cet environnement clos à l'équilibre artificiel si fragile ! Dans les volutes de fumée qui scintillaient sous la lune, son visage avait quelque chose de démoniaque.

— Donc, poursuivit-elle, lorsque vous êtes arrivé au Capitole ce soir et avez découvert que j'étais déjà dans les lieux, vous avez pris une décision. Plutôt que de me faire savoir votre présence, vous êtes descendu en catimini au sous-sol, et, au péril de votre vie, vous avez attaqué Anderson, le chef de la sécurité, et moi-même. Tout ça, pour aider Langdon à s'échapper avec la pyramide et le coffret... Curieux choix.

Un choix que je ferais encore, songea Bellamy.

— Où est Peter ? demanda-t-il.

— Je n'en ai aucune idée, répondit Inoue Sato.

— Vous semblez pourtant savoir bien des choses ! rétorqua Bellamy, suspicieux. Vous êtes allée tout droit au Capitole. Vous saviez, visiblement, que vous y trouveriez Robert Langdon. Et, comme par hasard, vous avez demandé à voir la photo du sac prise par le détecteur aux rayons X... et avez découvert l'existence de la pierre de faîte. À l'évidence, quelqu'un vous a donné des informations.

Sato lâcha un rire sinistre et fit un pas vers lui.

— Monsieur Bellamy, c'est pour cette raison que vous m'avez agressée ? Vous me prenez pour une ennemie ? Vous pensez que je veux voler votre précieuse pyramide ? (Inoue Sato tira une longue bouffée sur sa cigarette et chassa la fumée par le nez.) Personne ne sait mieux que moi combien il peut être vital de protéger des secrets. Je crois, comme vous, que l'on doit cacher au peuple certaines informations. Mais ce soir, un grand danger nous menace. L'homme qui a kidnappé Peter Solomon détient un énorme pouvoir... un pouvoir dont, visiblement, vous n'avez pas encore saisi la portée. Croyez-moi, cet homme est une bombe à retardement. Son explosion va provoquer une réaction en chaîne qui pourrait bouleverser les fondations mêmes de notre monde.

— Je ne comprends pas.

Bellamy remua sur son banc. Les menottes lui faisaient souffrir le martyre.

— Je ne vous demande pas de comprendre. Je vous demande d'obéir. Pour l'heure, le seul moyen d'éviter une catastrophe majeure est de coopérer avec cet individu... et de lui donner exactement ce qu'il veut. Autrement dit, vous allez appeler M. Langdon, le convaincre d'arrêter sa cavale et de nous remettre les deux morceaux de la pyramide. Lorsque Langdon sera chez nous, il décryptera les inscriptions, déchiffrera je ne sais quel message que notre homme espère, et lui donnera toutes les informations nécessaires.

Lui dire où se trouve l'escalier qui mène aux Mystères anciens ?

— Je ne peux pas. J'ai fait le serment de protéger le secret.

— Je me fiche de votre serment ! Obéissez ou je vous colle au trou pour...

— Proférez toutes les menaces possibles. Je ne vous aiderai pas.

Elle prit une profonde inspiration.

— Monsieur Bellamy..., commença-t-elle d'un ton menaçant. Vous n'avez aucune idée de ce qui se joue cette nuit, n'est-ce pas ? Pas la moindre ?

Il y eut un long silence. Un silence de plomb, rompu par la sonnerie du téléphone de Sato Agacée, elle sortit l'appareil de sa poche.

— Du nouveau ? (Elle écouta avec attention le rapport de son interlocuteur.) Où est le taxi en ce moment ?... Combien de temps ?... D'accord. Parfait. Amenez-les au Jardin botanique. Par l'entrée de service. Et avec les deux morceaux de la pyramide !

Sato raccrocha et se tourna vers Bellamy avec un sourire narquois.

— Il semble que vous ne m'êtes plus d'aucune utilité...

75.

Robert Langdon regardait au loin, les yeux dans le vague, trop fatigué pour dire au chauffeur d'appuyer un peu plus sur l'accélérateur. Katherine était également silencieuse. Comme lui, elle était agacée par leur impuissance. Pourquoi cette pyramide était-elle aussi importante ? Ils avaient examiné toutes les possibilités, recoupé toutes les informations dont ils disposaient, revu cent fois la chronologie des événements de la soirée. En vain. Ils ne voyaient toujours pas en quoi cette pyramide pouvait être une carte.

Jeova Sanctus Unus ? Le secret est à l'intérieur de l'Ordre ?

Leur mystérieux ange gardien leur avait promis des réponses s'ils parvenaient à le rejoindre... « Un refuge à Rome, au nord du Tibre. » Les pères fondateurs avaient baptisé Washington « la Nouvelle Rome », et il subsistait des vestiges de ce rêve utopique : les eaux d'un Tibre se jetaient encore dans le Potomac, les sénateurs se rassemblaient sous une réplique de la coupole de la basilique Saint-Pierre, Vulcain et Minerve veillaient encore sur la flamme, aujourd'hui disparue, au centre de la Rotonde du Capitole.

Les réponses tant espérées les attendaient... à quelques kilomètres de là.

Au nord-ouest, sur Massachusetts Avenue.

Leur destination était effectivement un refuge, au nord de Tiber Creek, le « Tibre » de Washington.

Pourquoi ce taxi roulait-il si lentement !

Brusquement, Katherine se redressa sur la banquette, semblant prise d'une illumination :

— Robert ! (Elle se tourna vers lui, le visage blanc comme un linge.) On roule dans la mauvaise direction !

— Je vous assure, répondit Langdon. C'est bien au nord-ouest sur Massachu...

— Non ! Ce n'est pas le bon endroit !

Langdon était perdu. Il avait expliqué à Katherine comment il avait résolu l'énigme. Dix pierres du mont Sinaï... une provenant des cieux... et une autre à l'effigie du sinistre père de Luc. Il n'existait qu'un seul édifice au monde ayant toutes ces caractéristiques. Et c'était exactement là où les emmenait le taxi.

— Katherine, écoutez-moi. Je suis sûr que c'est la bonne destination.

— Non ! Nous n'avons plus besoin d'aller là-bas ! Plus maintenant ! J'ai décodé la pyramide et la coiffe ! J'ai enfin compris !

Langdon écarquillait les yeux.

— Vous avez compris ?

— Oui ! Il faut aller à la Freedom Plaza ! Tout de suite !

Langdon était abasourdi. La Freedom Plaza, quoique relativement proche, était une destination totalement saugrenue.

— *Jeova Sanctus Unus !* insistait Katherine. Le Seul Vrai Dieu des Hébreux. Le symbole sacré hébraïque est l'étoile de David, le sceau de Salomon, un symbole important des francs-maçons ! Donnez-moi votre stylo, ordonna-t-elle en sortant un billet de un dollar.

Langdon s'exécuta, ne comprenant toujours pas où elle voulait en venir.

— Regardez ! (Elle étala le billet sur sa cuisse, côté verso.) Si vous superposez le sceau de Salomon sur le Grand Sceau des États-Unis, expliqua-t-elle en dessinant l'étoile juive sur la pyramide. Regardez ce que vous obtenez !

Langdon scruta tour à tour le billet et Katherine, comme si elle avait perdu l'esprit.

— Robert, concentrez-vous ! Vous ne voyez donc pas ?

Il reporta son attention sur le dessin.

Où voulait-elle en venir ?

Langdon connaissait bien ce tracé. C'était la grande preuve que brandissaient les partisans de la théorie du complot, celle qui prouvait que les maçons tiraient les rênes du pouvoir. Quand on dessinait une étoile à six branches sur le Grand Sceau des États-Unis, le triangle supérieur de l'étoile se superposait parfaitement à l'Œil qui voit tout, le symbole maçonnique... et, curieusement, les cinq autres extrémités de l'étoile pointaient sur les lettres M, A, S, O, N[1].

— Katherine, ce n'est qu'une coïncidence. Et je ne vois toujours pas le rapport avec la Freedom Plaza.

— Regardez encore ! s'écria-t-elle, presque avec colère. Ce que je vous montre ! Là. Juste là ! Vous voyez ?

Et Langdon vit enfin.

*

---

1. MAÇON en anglais *(N.d.T.)*

L'agent Turner Simkins se tenait devant l'Adams Building, son téléphone rivé à l'oreille, tentant d'entendre la conversation qui avait lieu à l'arrière du taxi.

Il se passe quelque chose...

Son équipe était prête à embarquer dans l'hélicoptère – un Faucon noir spécialement conçu pour la CIA – et filer au nord-ouest pour installer un barrage... mais de toute évidence la donne venait de changer.

Quelques secondes plus tôt, Katherine Solomon avait déclaré qu'ils s'étaient trompés de destination. Son explication – un lien entre le billet de un dollar et l'étoile juive – lui était restée obscure, comme pour Robert Langdon. Du moins jusqu'à présent... Apparemment, Langdon venait d'avoir une illumination...

— Seigneur, vous avez raison ! bredouillait le professeur. Je n'avais pas vu !

L'agent Simkins perçut des coups sur la paroi de Plexiglas. La glace s'ouvrit.

— Changement de programme ! cria la femme au chauffeur. On va à Freedom Plaza ! Tournez à gauche ! À gauche ! Là !

Simkins entendit les pneus du taxi crisser à un carrefour. La femme parlait de nouveau à Langdon, dans un grand état d'agitation. Elle lui expliquait quelque chose à propos de la réplique en bronze du Grand Sceau qui se trouvait sur l'esplanade.

— Madame ? Juste pour être sûr..., l'interrompit le chauffeur, d'une voix chevrotante. On va maintenant à Freedom Plaza, à l'angle de Pennsylvanie et de la 13e ?

— Oui ! répondit Katherine Solomon. Vite !

Simkins esquissa un sourire.

Bien joué, Omar...

L'agent embarqua en toute hâte dans l'hélicoptère.

— On les tient ! À Freedom Plaza !

76.

La Freedom Plaza est une carte.

Couverte d'une grande dalle, elle reproduit le plan de la ville de Washington, telle que l'avait conçue, à l'origine, Pierre L'Enfant. Haut lieu touristique, non seulement parce qu'il est amusant de marcher sur les rues de la carte géante, mais également parce que c'était à cet endroit que Martin Luther King avait rédigé son fameux discours « *I Have a Dream* », avant de le prononcer à l'hôtel Willard tout proche. La place a d'ailleurs été rebaptisée Freedom Plaza – la place de la liberté – en l'honneur du pasteur.

Omar Amirana emmenait souvent des clients là-bas, mais ce soir ses deux passagers n'avaient rien de touristes en vacances.

Ils avaient la CIA aux trousses !

À peine le chauffeur s'était-il arrêté qu'ils sautaient de son taxi.

— Restez ici ! lança l'homme avec la veste de tweed. On revient tout de suite !

Omar regarda le couple s'élancer sur la place où se trouvait l'immense carte. Ils se mirent à examiner le plan, désignant des rues, des bâtiments, l'air excité. Omar prit son téléphone sur le tableau de bord.

— Monsieur, vous êtes toujours là ?

— Oui, Omar ! cria une voix, à peine audible derrière un bruit de moteur. Où êtes-vous en ce moment ?

— Devant la carte. Ils semblent chercher quelque chose.

— Ne les perdez pas de vue, cria l'agent. On arrive !

Omar observa les deux silhouettes. Ils avaient trouvé la réplique du Grand Sceau – l'un des plus grands médaillons de bronze jamais forgés. Le couple l'examina un moment, puis la femme pointa le doigt vers le sud-ouest. L'homme revint en courant vers le taxi. Omar reposa vite son téléphone.

— Quelle direction pour Alexandria ? demanda l'homme, hors d'haleine.

— Alexandria ? Par là.

Omar tendit le bras vers le sud-ouest, la même direction qu'indiquait le couple quelques instants plus tôt.

— Je le savais ! murmura l'homme. Vous aviez raison. C'est à Alexandria ! dit-il à celle qui l'accompagnait.

La femme désigna une bouche de métro, de l'autre côté de la place.

— La Blue Line, Robert. Elle y va directement ! On descendra à King Street !

Omar eut une bouffée de panique.

Oh non...

L'homme se retourna vers Omar et lui tendit plus qu'il n'en fallait pour payer la course.

— Merci. On s'arrête ici.

Il ramassa son sac et partit en courant.

— Attendez ! Je peux vous y conduire. J'y vais tout le temps !

Mais il était trop tard. Le couple était déjà de l'autre côté de l'esplanade. Ils disparurent dans la bouche de métro.

Omar saisit son téléphone.

— Monsieur ! Ils sont dans le métro ! Je n'ai pas pu les en empêcher ! Ils ont pris la Blue Line pour Alexandria !

— Restez où vous êtes ! cria l'agent On sera sur zone dans quinze secondes !

Omar regarda la poignée de billets que l'homme lui avait donnée. Le billet du dessus portait une inscription. C'était le billet où la femme avait dessiné. Il y avait une étoile juive tracée sur le Grand Sceau. Les extrémités pointaient sur des lettres, formant le mot MASON.

Tout à coup, il y eut un bruit assourdissant, comme si un camion fou fonçait sur le taxi. Omar regarda la rue. Déserte. Le bruit grandit encore. Et soudain un hélicoptère, comme un monstre noir et luisant, descendit du ciel et atterrit au milieu de la place.

Un groupe en tenue de combat jaillit de l'appareil. Le gros de la troupe fonça droit sur la station de métro, mais un homme accourut vers le taxi. Il ouvrit la portière côté passager.

— Vous êtes Omar ?

Le chauffeur hocha la tête, pas rassuré du tout.

— Ils ont dit où ils allaient ?

— À Alexandria ! Station King Street... J'ai proposé de les y conduire mais...

— Où ça à Alexandria ? Ils l'ont dit ?

— Non. Ils ont examiné le médaillon au milieu de la place, puis ils ont parlé d'Alexandria. Et ils m'ont payé... avec ça.

Il montra le billet griffonné. Alors que l'agent examinait le curieux dessin, Omar comprit soudain.

Les maçons, Alexandria...

L'un des monuments les plus célèbres de la franc-maçonnerie se trouvait à Alexandria.

— J'ai trouvé ! lança-t-il. Ils vont au Mémorial maçonnique George Washington ! C'est juste en face de King Street !

— Oui, vous avez raison, répliqua l'agent de la CIA qui venait lui aussi de comprendre.

Les hommes sortaient de la station au pas de course.

— On les a ratés ! cria l'un des soldats. La rame vient de partir. Il n'y a plus personne sur le quai !

L'agent Simkins consulta sa montre et se tourna vers Omar.

— Combien de temps, en métro, jusqu'à Alexandria ?

— Dix minutes. Au moins.

— Omar, vous avez fait du bon boulot Je vous remercie.

— Il y a pas de quoi. Que se passe-t-il au juste ?

Mais l'agent Simkins ne lui répondit pas ; il courait déjà vers l'hélicoptère.

— À la station King Sreet ! criait-il. Il faut y être avant eux !

Interdit, Omar regarda la grande bête noire décoller. Elle vira au-dessus de Pennsylvania Avenue dans un vrombissement, et disparut dans la nuit.

*

Sous les pieds du chauffeur de taxi, une rame quittait la Freedom Plaza. À son bord, Robert Langdon et Katherine Solomon étaient assis sur une banquette, haletants, pétrifiés, se laissant emporter vers leur destination.

77.

Le souvenir commençait toujours de la même manière.

Une chute... à la renverse... vertigineuse... vers la rivière couverte de glace qui coulait au fond du ravin. Au-dessus de lui, les yeux froids et gris de Peter Solomon le fixaient derrière la gueule noire du pistolet. Au fil de sa chute, le monde reculait et disparaissait, avalé par le nuage de brume qui montait de la cataracte.

Pendant un instant, tout devint blanc, blanc comme le paradis.

Puis, il heurta la glace.

Le froid. Le noir. La douleur.

Il était emporté, tourneboulé par une main invisible qui le projetait sur les rochers, englouti dans un vide d'une froideur inconcevable. Ses poumons réclamaient de l'air, mais ses muscles, tétanisés, ne lui répondaient plus.

Je suis sous la glace...

La couche près de la chute d'eau était moins épaisse, à cause des turbulences. Et Andros était passé au travers. Mais, à présent, il était entraîné par le courant, piégé sous un plafond blanc. Il griffait la face interne de la glace, tentant de la percer, mais il n'avait aucun point d'appui. Le feu dans son épaule, causé par la balle du pistolet, avait disparu, comme celui dans sa poitrine, pourtant criblée de plombs... tout s'évanouissait dans cette pulsation glacée où s'égarait son corps.

Le courant s'accéléra soudain, et il fut emporté par la force centrifuge comme un caillou dans une fronde. Tout son corps hurlait. De l'air ! Brusquement, il se retrouva pris dans des branchages. Un arbre... un arbre tombé dans l'eau... Réfléchis ! Il attrapa une branche, et se hissa lentement vers la surface, jusqu'à l'endroit où le bois traversait la glace. Du bout des doigts, il trouva le minuscule espace d'eau libre sur le pourtour de l'écorce. Il tira sur le bord, de toutes ses forces, tentant d'élargir l'interstice, une fois, deux fois. Le trou s'agrandit. Quelques centimètres.

En se cramponnant à la branche, il plaqua sa bouche dans l'ouverture. L'air froid de l'hiver lui parut bouillant dans ses poumons. Le soudain influx d'oxygène lui redonna espoir. Il plaça ses pieds sur le tronc et s'arc-bouta pour faire pression, avec ses épaules, sur le couvercle translucide. La couche, percée en divers endroits par les branches et les débris, était déjà fragilisée. Après une dernière poussée sur ses jambes, sa tête traversa la glace et trouva l'air libre. L'air emplit ses poumons. Toujours prisonnier de la rivière gelée, il se tortilla comme un diable pour se hisser à la surface, battant des pieds et des bras avec l'énergie du désespoir. Enfin, il se retrouva libre, gisant sur la glace.

Andros retira sa cagoule et la rangea dans sa poche. Il scruta les rives en amont, cherchant à repérer Peter Solomon. Le coude de la rivière lui bouchait la vue. La douleur revenait dans sa poitrine, dans son épaule. Un feu ardent... Sans bruit, il posa des branchages sur le trou pour le dissimuler. Demain, tout serait de nouveau gelé.

Quand Andros s'enfonça dans les bois, il se mit à neiger. Il continua de marcher, perdant toute notion du temps. Puis il déboucha sur le bas-côté d'une route. Il délirait, en état d'hypothermie. Les flocons tombaient dru ; au loin des phares solitaires approchaient. Andros fit de grands signes. Un pick-up. Le véhicule s'arrêta aussitôt. Il était immatriculé dans le Vermont. Un vieil homme, avec une chemise rouge de bûcheron, sortit de l'habitacle.

Andros s'approcha en titubant, montrant sa poitrine ensanglantée.

— Un chasseur... il m'a tiré dessus. Je dois aller à l'hôpital.

Sans hésitation, le vieux aida Andros à monter à bord et poussa à fond le chauffage.

— Où est l'hôpital le plus proche ? demanda le conducteur.

Andros n'en avait aucune idée, mais il tendit le doigt vers le sud.

— La prochaine sortie...

Nous n'irons pas à l'hôpital.

Le vieil homme fut porté disparu le lendemain, mais personne ne savait où le chercher. La route est longue depuis le Vermont. Personne ne savait où il s'était volatilisé au cours de son voyage par cette nuit de blizzard. Personne non plus ne fit le lien entre cette disparition et le fait divers qui défraya la chronique – le meurtre d'Isabel Solomon.

Lorsque Andros s'éveilla, il était étendu dans la chambre d'un motel miteux, fermé pour la saison. Il se souvenait avoir forcé la porte, et pansé ses plaies avec des bouts de draps. Et s'être pelotonné sous une pile de couvertures à l'odeur de moisi. À présent, il était affamé.

Il se traîna vers la salle de bains. Dans le lavabo, il découvrit un tas de plombs de chasse vermillon. Il avait le vague souvenir de les avoir extraits un à un de son torse. Il s'approcha du miroir poussiéreux et, guère rassuré, il retira ses bandages pour mesurer l'étendue des dégâts. Les muscles du torse et de l'abdomen avaient empêché les plombs de pénétrer trop profondément dans sa chair. La balle, tirée par Peter Solomon, était apparemment ressortie, laissant un grand cratère cramoisi dans l'omoplate.

Mais il y avait plus grave... Andros avait failli à sa mission, celle pour laquelle il avait fait tout ce voyage : récupérer la pyramide. Son estomac grogna. Il claudiqua jusqu'à la camionnette du vieil homme, espérant trouver de la nourriture dans l'habitacle. Le pick-up était à présent couvert d'une belle couche de neige... Combien de temps avait-il dormi dans ce motel ?

Dieu merci, il s'était réveillé.

Il n'y avait rien à manger dans le véhicule, mais il trouva dans la boîte à gants des antidouleurs contre l'arthrite. Il en avala une dizaine avec une poignée de neige.

Il faut que je mange..., se dit-il.

Quelques heures plus tard, le pick-up qui quitta le motel ne ressemblait en rien à celui qui y était entré deux jours auparavant. La bâche avait disparu, comme les enjoliveurs, les autocollants et toutes les fioritures. Les plaques du Vermont s'étaient volatilisées aussi, remplacées par celles d'un vieux camion qu'Andros avait découvert derrière le motel, à côté des poubelles, là où il s'était débarrassé de ses bandages, des plombs et autres indices.

Andros n'avait pas abandonné sa quête de la pyramide, mais il lui faudrait remettre ce projet à plus tard. Il devait se cacher, se soigner et, surtout, manger. Il dénicha un petit restaurant de routiers. Il s'empiffra : œufs bacon, galettes de pomme de terre et trois grands jus d'orange. À la fin, il commanda un autre plat à emporter. De retour sur la route, Andros écouta les informations sur l'autoradio. Il n'avait pas vu une télévision ni un journal depuis trois jours. Il fut saisi par les nouvelles que rapportait la radio locale de Potomac.

— Les enquêteurs du FBI, annonçait le présentateur, continuent de chercher l'assassin d'Isabel Solomon. Il semblerait que le meurtrier, après sa chute dans la rivière gelée, se soit noyé et ait été emporté vers l'océan.

L'assassin d'Isabel Solomon ?

Il continua de rouler, abasourdi.

Il était temps de partir... très loin.

*

L'appartement d'Upper West Side offrait un panorama magnifique sur Central Park. Andros l'avait choisi parce que la vue de cette étendue émeraude lui rappelait la mer Adriatique. Il aurait dû se réjouir d'être en vie. Mais il n'y parvenait pas. Son échec était encore douloureux, une blessure béante. Il n'avait pu récupérer la pyramide de Peter Solomon.

Andros avait passé de longues heures à étudier la légende de la Pyramide maçonnique ; même si personne ne savait si elle était réelle ou métaphorique, tous s'accordaient à dire qu'elle représentait la promesse d'un grand pouvoir et d'une grande sagesse.

La Pyramide maçonnique est réelle. Mes sources sont irréfutables !

Le destin avait placé la pyramide à sa portée. Ne pas en profiter, cela revenait à avoir un billet de loterie gagnant dans les mains et ne jamais aller l'encaisser.

Je suis le seul non-maçon vivant à savoir que la pyramide existe... et à connaître l'identité de son gardien.

Les mois passèrent. Même s'il s'était remis de ses blessures, Andros n'était plus l'Apollon qu'il avait été en Grèce. Il avait cessé ses exercices, cessé aussi de s'admirer dans la glace. Il avait l'impression de sentir dans sa chair les premiers signes de l'âge. Sa peau, autrefois parfaite, était un patchwork de cicatrices. Et cela le déprimait un peu plus chaque jour. Il avait encore besoin des antalgiques qui avaient facilité sa convalescence. Insensiblement, il se sentait glisser à nouveau vers le mode de vie qui l'avait conduit à la prison de Soganlik. Aucune importance.

Simple exigence du corps.

Une nuit, à Greenwich Village, alors qu'il achetait ses médicaments, il remarqua un tatouage sur le bras de son vendeur – un grand éclair en zigzag. Andros voulut en savoir davantage. L'homme lui répondit que ce dessin dissimulait une cicatrice, séquelle d'un accident de voiture.

— Chaque fois que je voyais cette balafre, cela me rappelait le drame. Alors je l'ai recouverte d'un tatouage. Avec un symbole de puissance. Et depuis j'ai repris les rênes de ma vie.

Ce soir-là, défoncé aux antalgiques, Andros entra dans l'échoppe d'un tatoueur et retira sa chemise.

— Je veux cacher ces cicatrices, annonça-t-il.

Je veux reprendre les rênes.

— Les cacher ? demanda le tatoueur en examinant les balafres. Avec quoi ?

— Avec des tatouages.

— D'accord... mais avec quels motifs ?

Andros haussa les épaules. Tout ce qu'il voulait, c'était ne plus voir ces preuves de son échec.

— Je ne sais pas. Choisissez pour moi.

Le tatoueur secoua la tête et lui sortit une tirade sur les traditions ancestrales et sacrées de l'art corporel.

— Revenez me voir quand vous serez prêt.

Andros découvrit alors que la bibliothèque de New York possédait cinquante-trois ouvrages traitant du tatouage ; en deux semaines, il les avait dévorés. Retrouvant sa passion pour la lecture, il commença à emprunter des livres par dizaines ; il les lisait avec un appétit insatiable sur son balcon surplombant Central Park.

Ces livres sur les tatouages ouvrirent une porte vers un monde étrange dont Andros ne soupçonnait pas l'existence – un monde de symboles, de mythes, empreint de légendes et de magie. Plus il se documentait, plus il s'apercevait à quel point il avait été aveugle. Il se mit à consigner ses idées, ses rêves étranges. Quand il eut épuisé le stock de la bibliothèque, il engagea un spécialiste des livres rares pour qu'il lui trouve les grimoires ésotériques qu'il recherchait.

De Praestigiis Daemonum, le *Lemegeton*, l'*Ars Almadel*, le *Grimorium Verum*, l'*Ars Notaria*, et tant d'autres... Il les dévora tous, de plus en plus convaincu que le monde recelait encore bien des trésors.

Il existe des secrets qui transcendent l'entendement humain.

C'est ainsi qu'il découvrit les écrits d'Aleister Crowley – un mystique visionnaire du début du XXe siècle –, « l'homme le plus démoniaque que la terre ait porté » aux yeux de l'Église.

Le faible d'esprit craint toujours le génie !

Andros apprit la puissance des rituels, des incantations, et les mots sacrés ; ceux qui, prononcés dans les conditions *ad hoc*, étaient les clés vers d'autres mondes.

Un univers d'ombres se trouve derrière le nôtre... un monde où puiser de grands pouvoirs.

Malgré son impatience, Andros savait qu'il y avait d'abord un enseignement à suivre, des exercices à accomplir.

« Transcendez-vous, écrivait Crowley. Faites de votre personne une entité sacrée. »

L'ancien rite permettant de « créer le sacré » était monnaie courante autrefois sur Terre. Depuis les premiers Hébreux qui brûlaient des offrandes au Temple, les Mayas qui décapitaient des humains au sommet des pyramides de Chichén Itzá et Jésus-Christ offrant son corps sur la croix, les Anciens savaient que le divin exigeait le sacrifice. Rituel par lequel l'humain s'attirait les faveurs des dieux et devenait sacré.

Sacra : sacré.

Facere : créer.

Même si le sacrifice avait été abandonné depuis longtemps, il demeurait un rite puissant. Quelques mystiques modernes, dont Aleister Crowley, qui pratiquaient le Grand Art, en réalisaient quelquefois et parvenaient, peu à peu, à se transformer en êtres supérieurs. Andros brûlait de connaître une telle métamorphose. Mais pour atteindre cette *terra incognita*, il devait emprunter un chemin périlleux.

C'est le sang qui sépare la lumière de l'ombre.

Un soir, un corbeau entra par la fenêtre ouverte de sa salle de bains et se retrouva piégé dans l'appartement.

L'oiseau voleta un moment, puis finit par se poser, acceptant son impuissance. C'était un signe.

On me demande d'aller plus loin.

Tenant le corbeau d'une main sur l'autel qu'il s'était fabriqué dans sa cuisine, il brandit un couteau en psalmodiant ses premières incantations.

— Camiach, Eomiahe, Emial, Macbal, Emoii, Zazean... par le saint nom des anges du Sefer Ha-Shamayim, je vous conjure de m'assister dans cette opération, par le pouvoir du Seul Vrai Dieu.

Andros abaissa son couteau et trancha méticuleusement la grosse veine irriguant l'aile droite de l'oiseau paniqué. Le corbeau se mit à saigner. Andros contempla le flot vermillon qui s'écoulait dans la coupe de métal posée sur l'autel. L'air dans la pièce se fit soudainement plus froid. Il frissonna, mais poursuivit :

— Adonaï Tout-Puissant, Arathron, Ashaï, Elohim, Elohi, Elion, Ehiè Asher Ehiè, Shaddaï... venez-moi en aide, afin que ce sang m'apporte puissance et réussite en tout ce que je souhaite, et en tout ce que je demande.

Cette nuit-là, il rêva d'oiseaux... un grand phœnix s'élevant des flammes. Le lendemain matin, il s'éveilla avec une énergie qu'il n'avait plus ressentie depuis l'enfance. Il partit pour un jogging dans le parc. Jamais il n'avait couru aussi vite et aussi longtemps. Quand ses jambes demandèrent grâce, il se mit à faire des exercices au sol, des tractions, des pompes. Malgré tous ses efforts, il bouillait toujours.

La nuit suivante, encore, il rêva du phœnix.

*

L'automne revint sur Central Park ; les bêtes se dépêchaient de faire des réserves pour l'hiver. Andros détestait le froid, mais les pièges qu'il posait attrapaient désormais des rats et des écureuils en pagaille. Il rapportait son butin dans son appartement pour accomplir des rituels d'une complexité grandissante.

Emanuel, Massiach, Yod, El, Vau... rendez-moi meilleur.

Les rites de sang décuplaient sa vitalité. Andros se sentait rajeunir encore et encore. Il continuait à lire jour et nuit – des anciens textes ésotériques, des poèmes épiques médiévaux, des traités écrits par les premiers philosophes. Plus il découvrait la véritable essence des choses, plus il s'apercevait que tout espoir était perdu pour l'humanité.

Ils sont aveugles... ils errent sans but dans un monde qu'ils ne comprendront jamais.

Andros était encore un homme, mais il évoluait vers autre chose... quelque chose de plus grand, de divin. Son corps massif sortait d'hibernation, plus fort que jamais. Il comprenait enfin...

Mon corps n'est que le vaisseau pour mon trésor le plus précieux : mon esprit.

Andros savait que son véritable potentiel n'avait pas encore été révélé. Alors il poursuivit son exploration – plus loin, plus profond.

Quelle est ma destinée ?

Tous les textes anciens parlaient du bien et du mal, expliquant que l'homme devait choisir entre les deux.

J'ai fait mon choix, il y a longtemps.

Et il n'en éprouvait aucun remords.

Qu'est-ce que le mal, sinon une loi naturelle ?

La nuit succédait à la lumière. Le chaos succédait à l'ordre. L'entropie était l'essence de l'univers. Tout était voué à la putréfaction. Le cristal, à la structure parfaite, finissait, lui aussi, en poussière.

Il y a ceux qui créent... et ceux qui détruisent.

C'est en lisant *Le Paradis perdu*, de John Milton, qu'Andros comprit la finalité de son existence. Le grand ange déchu... le démon qui combat la lumière... le preux héros... le grand Moloch !

Moloch marchait sur terre comme un dieu.

En langue ancienne, Moloch, découvrit plus tard Andros, s'écrivait Mal'akh.

Qu'il en soit ainsi.

Comme toutes les grandes transformations, celle-ci devait débuter par un sacrifice... mais les offrandes ne seraient ni un rat ni un oiseau, cette fois. Cette métamorphose nécessitait un vrai sacrifice.

Il n'existe qu'un seul vrai sacrifice...

Soudain, tout s'illumina. Jamais, il n'avait vu son destin avec une telle clarté. Le sens de toute son existence s'offrait à lui. Pendant trois jours, il dessina sans relâche, noircissant une gigantesque feuille de papier. À la fin de ce travail extatique, il avait le plan de l'être supérieur qu'il allait devenir.

Je suis un chef-d'œuvre.

Le lendemain, il porta son dessin au tatoueur.

Il était prêt...

78.

Le Mémorial George Washington se dresse au sommet de Shuter's Hill à Alexandria. Édifié, de bas en haut, selon trois unités architecturales distinctes – dorique, ionique et corinthienne –, le monument représente l'ascension intellectuelle de l'homme. Inspirée du mythique phare d'Alexandrie, la tour est surmontée d'une coiffe pyramidale, décorée d'un faîteau en forme de flamme.

Dans le grand hall, dallé de marbre, trône une statue monumentale de George Washington, vêtu de ses habits maçonniques, tenant une truelle avec laquelle il a posé la pierre angulaire du Capitole. Au-dessus, se dressent neuf étages aux noms évocateurs tels que la Grotte, la salle de la Crypte, la Chapelle des Templiers. Parmi les merveilles que renferme cet édifice, on trouve une bibliothèque de plus de vingt mille ouvrages maçonniques, une réplique étonnante de l'Arche d'Alliance, et même une reproduction, grandeur nature, de la salle du trône du temple du roi Salomon.

L'agent Simkins consulta sa montre pendant que le Faucon noir survolait le Potomac à basse altitude.

La rame arrive dans six minutes...

Il poussa un soupir et contempla le mémorial maçonnique qui se profilait à l'horizon. Cette tour, dans son écrin de projecteurs, était aussi impressionnante que les monuments du Mall. Simkins ne l'avait jamais visitée. Et ce ne serait pas encore pour ce soir... Si tout se déroulait comme prévu, Robert Langdon et Katherine Solomon ne sortiraient jamais du métro.

— Là-bas ! cria-t-il au pilote en désignant la station King Street en face du mémorial.

Le pilote obliqua et posa l'appareil sur une pelouse au pied de Shuter's Hill.

Les piétons, surpris, regardèrent le groupe d'intervention sauter au sol et s'engouffrer dans la bouche de métro. Dans l'escalier, les voyageurs s'écartèrent en toute hâte, se plaquant aux murs pour laisser passer les hommes en treillis noirs.

King Street était plus vaste que ne l'imaginait Simkins. Plusieurs lignes s'y croisaient : la Blue Line, la Yellow Line, ainsi que des trains de banlieue. Il courut vers le plan de métro mural, repéra le quai où s'arrêtaient les rames en provenance de Freedom Plaza.

— La Blue Line, correspondance Sud ! cria-t-il à ses hommes. Foncez là-bas et faites sortir tout le monde !

Simkins se précipita vers le guichet et montra sa plaque à l'employée.

— La prochaine rame en provenance du centre-ville... À quelle heure arrive-t-elle ?

La femme pâlit.

— Je ne sais pas trop. Elles se succèdent toutes les onze minutes environ. Il n'y a pas d'horaire précis.

— Quand est passée la dernière rame ?

— Cinq minutes... six, peut-être. Pas plus.

Simkins fit un rapide calcul.

Parfait. Langdon était dans la prochaine...

*

Dans le wagon, Katherine s'agita sur son siège inconfortable. L'éclairage fluorescent lui faisait mal aux yeux ; ses paupières étaient lourdes. Les garder ouvertes devenait un combat de chaque instant. Langdon était assis à côté d'elle. La voiture était déserte. Les yeux dans le vague, il regardait sa sacoche posé à ses pieds. Bercé par le roulis, lui aussi luttait contre le sommeil.

Katherine songeait aux deux étranges objets que contenait ce sac.

Pourquoi la CIA s'intéressait-elle à cette pyramide ?

Au dire de Bellamy, Inoue Sato connaissait le grand pouvoir de la Pyramide maçonnique. Même si cet objet révélait effectivement l'endroit où était caché un savoir mystique et ancestral, Katherine ne parvenait pas à comprendre en quoi la découverte d'un tel secret obsédait tant l'Agence.

Certes, la CIA avait dirigé incognito divers programmes dans le domaine de la parapsychologie ou du paranormal, des recherches qui flirtaient avec la magie ancienne et l'ésotérisme. Elle se souvenait du scandale « Stargate/Scannate », en 1995, où la CIA tentait de mettre au point une technologie appelée « la vision à distance » – une sorte de téléportation de l'esprit, permettant au sujet d'observer et d'espionner n'importe quel endroit sur la terre, sans s'y trouver physiquement. Les hermétistes parlaient de projection astrale, les yogis d'expérience hors du corps. Malheureusement, le contribuable moyen jugea le projet absurde et le programme fut arrêté. Officiellement, du moins.

Ironie du destin, il y avait un lien saisissant entre les travaux avortés de la CIA et les découvertes récentes de Katherine dans son domaine de la noétique.

Katherine brûlait d'appeler la police pour savoir s'ils avaient trouvé Peter à Kalorama Heights, mais ni Langdon ni elle n'avaient plus de téléphone. En outre, joindre les autorités aurait été une grosse erreur, inutile de signaler leur position.

Patience...

Dans quelques minutes, ils seraient à l'abri, chez quelqu'un qui leur apporterait des réponses. Et celles-ci, espérait-elle, les aideraient à sauver son frère.

— Robert ? murmura-t-elle en regardant le plan de la ligne. On descend au prochain arrêt.

Langdon émergea lentement de sa rêverie et ramassa ses affaires. Alors que le train arrivait à la station, il regarda Katherine, guère rassuré.

— Espérons que nous n'aurons pas d'autres mauvaises surprises.

*

Lorsque Turner Simkins rejoignit son équipe, le quai avait été évacué et les hommes s'étaient positionnés derrière les piliers. Au loin, le grondement de la rame enflait. Simkins sentit la bouffée d'air chaud fouetter son visage.

Vous êtes fait comme un rat, Langdon ! songea-t-il.

Simkins se tourna vers les deux agents qui l'accompagnaient.

— Sortez vos plaques et vos armes. Les rames sont automatiques, mais il y a un machiniste à l'intérieur pour ouvrir les portes. Trouvez-le !

Les feux de la voiture de tête apparurent dans le tunnel. Le crissement des freins retentit. Tandis que le train jaillissait dans la station et commençait à ralentir, Simkins et ses deux hommes d'escorte brandirent leur plaque, pour attirer l'attention du machiniste.

Ce dernier se trouvait dans la troisième voiture ; il avait l'air étonné. Pourquoi trois types en treillis agitaient-ils les bras comme ça ? Simkins courut derrière la rame qui était sur le point de s'arrêter.

— CIA ! N'ouvrez pas ! (Il rattrapa la voiture où se trouvait le machiniste et lui mit sa plaque sous le nez.) N'ouvrez pas les portes ! Vous avez compris ?

La rame s'immobilisa. L'employé hocha la tête.

— Que se passe-t-il ? demanda-t-il par la fenêtre de sa cabine.

— Bloquez la rame. Et n'ouvrez pas ! répéta Simkins.

— D'accord.

— Vous pouvez nous faire entrer par la tête du train ?

L'homme acquiesça. Guère rassuré, il descendit sur le quai, referma la porte derrière lui et accompagna les trois agents jusqu'à la première voiture, qu'il ouvrit manuellement.

— Refermez derrière nous ! ordonna Simkins en sortant son arme.

Le premier wagon ne contenait que quatre passagers – trois adolescents et une vieille femme. Tous sursautèrent en voyant surgir les trois hommes armés.

— Pas de panique ! lança Simkins en montrant sa plaque. Restez assis.

Les agents poursuivirent leur progression vers la queue du train, passant au crible les voitures aux portes verrouillées, continuant de « presser le tube de dentifrice », comme on disait à la « Ferme », le centre d'entraînement de la CIA. Il n'y avait pas grand monde. Parvenus au milieu de la rame, ils n'avaient toujours pas trouvé Langdon ou Katherine Solomon. Mais Simkins restait confiant. Une rame de métro était une souricière. Aucune cachette possible. Pas de toilettes, pas de soute, pas d'issues de secours. Même si le couple les avait aperçus sur le quai et avait fui vers l'extrémité du train, il n'avait aucun moyen de s'enfuir. Il était quasiment impossible de forcer une porte et, de plus, ses hommes étaient postés à l'extérieur.

Patience donc...

Mais, arrivé à l'avant-dernière voiture, Simkins commença à avoir des doutes. Un seul passager – un Chinois. Ils reprirent leur fouille, regardant sous chaque siège. Personne.

— C'est la dernière voiture, souffla Simkins en agrippant son arme.

Sitôt entrés, les trois hommes s'immobilisèrent.

Personne...

Simkins parcourut à grands pas le wagon désert et, furieux, se retourna vers ses hommes.

— Mais où sont-ils passés ?

79.

À dix kilomètres de là, au nord d'Alexandria, le couple traversait tranquillement une grande pelouse blanchie par le givre.

— Vous auriez dû être actrice, commenta Langdon, étonné par les talents d'improvisation de son amie.

— Vous n'étiez pas mal non plus.

Au début, il n'avait pas compris où Katherine voulait en venir. Brusquement, elle avait demandé au chauffeur de taxi de les emmener à Freedom Plaza, après une soudaine illumination concernant l'étoile de David et le Grand Sceau des États-Unis. Elle avait tracé sur un billet de un dollar le schéma éculé des adeptes de la théorie du complot, en insistant pour qu'il suive... son doigt.

Il avait fallu un moment à Langdon pour s'apercevoir que Katherine ne lui montrait pas le billet mais une petite lumière sur le dossier du siège du conducteur. La diode était tellement couverte de crasse qu'il ne l'avait pas remarquée. Mais oui, elle était bien allumée, une petite lueur rouge. C'est alors qu'il avait découvert le petit écriteau :

INTERPHONE.

Langdon avait fixé Katherine. Elle remuait les yeux, lui intimant de regarder vers le tableau de bord. Il avait jeté un coup d'œil furtif à travers la vitre. Le téléphone du chauffeur était allumé, posé à l'envers sur le haut-parleur de l'interphone. Alors il avait compris.

Ils savent que nous sommes dans ce taxi... Ils nous écoutent...

Combien de temps leur restait-il avant d'être rattrapés par la CIA ? Il fallait agir vite. Langdon était aussitôt entré dans le jeu de Katherine. Son envie subite de se rendre à Freedom Plaza n'avait rien à voir avec la pyramide ; ce qui l'intéressait, c'était sa station de métro. Metro Center, une grosse station où se croisaient trois lignes – la Red Line, la Blue Line et l'Orange Line – susceptibles de les emmener dans six directions différentes.

Avant de s'engouffrer dans la bouche de métro, Langdon avait improvisé à son tour, pour attirer les autorités sur une fausse piste : le mémorial maçonnique à Alexandria. Une fois dans la station, ils n'avaient pas pris la Blue Line, mais la Red Line, dans la direction opposée.

Six arrêts plus au nord, ils avaient rejoint un quartier calme et huppé... Leur destination, la plus haute construction à des kilomètres à la ronde, se profilait dans le ciel, sur Massachusetts Avenue, au milieu d'une grande pelouse soignée.

Assurés d'être « invisibles », pour reprendre l'expression de Katherine, ils traversaient à présent l'herbe humide. Sur leur droite, s'ouvrait le jardin médiéval, célèbre pour ses rosiers et son élégant kiosque. Devant eux, s'élevait le magnifique édifice où les attendait leur sauveur.

Un refuge abritant dix pierres du mont Sinaï, une autre provenant des cieux mêmes, et une autre encore à l'effigie du père de Luc.

— Je ne suis jamais venue ici la nuit, souffla Katherine. C'est impressionnant.

Langdon avait oublié à quel point ce lieu était magique. Ce chef-d'œuvre néo-gothique se dressait au nord du quartier des ambassades. Cela faisait des années qu'il n'y était pas venu. La dernière fois, c'était pour écrire un article destiné à un magazine pour enfants ; il voulait leur donner envie de venir admirer cet endroit étonnant. Son article, intitulé : *Moïse, Pierre de Lune et* Stars Wars, s'était retrouvé dans tous les guides touristiques.

La vue de la Cathédrale nationale de Washington lui réchauffait le cœur.

Le lieu idéal pour parler du Seul Vrai Dieu.

— Cette cathédrale renferme réellement des pierres du mont Sinaï ? s'enquit Katherine en admirant les flèches.

— Oui. Près de l'autel. Elles symbolisent les Dix Commandements confiés à Moïse.

— Et une pierre de lune ?

— Oui. L'un des vitraux s'appelle la fenêtre de l'espace. Il y a un fragment de pierre lunaire enchâssé dans un carreau.

— D'accord... Mais pour le dernier point, c'est une plaisanterie ? *Star Wars ?* demanda-t-elle, suspicieuse. Ne me dites pas qu'il y a ici une statue de Dark Vador ?

— Le père sinistre de... Luke ! gloussa Langdon. Luke Skywalker ! Absolument. La gargouille du seigneur sith est l'une des grandes attractions du lieu. (Il désigna le haut de la tour ouest.) Il fait trop sombre pour la voir, mais Vador est bel et bien là ; je vous l'assure.

— Qu'est-ce qu'il fabrique dans une cathédrale ?

— Un jeu-concours. Des enfants devaient choisir une gargouille représentant le mieux le mal. Dark Vador a gagné haut la main.

Ils atteignirent le grand escalier devant l'entrée principale, abrité sous une arche monumentale. Tandis qu'ils grimpaient les marches, Langdon s'interrogeait sur l'identité de leur mystérieux ange gardien.

Pas de nom, s'il vous plaît. Avez-vous pu protéger la carte qui vous a été confiée ?

La sangle du sac alourdi par la pyramide lui sciait l'épaule. Il avait hâte de poser son fardeau.

Un sanctuaire et des réponses...

Ils débouchèrent devant deux portes gigantesques.

— Qu'est-ce qu'on est censé faire ? Toquer ?

Langdon se posait la même question lorsqu'une des portes s'entrouvrit.

— Qui est là ? demanda une voix frêle.

Le visage d'un vieillard apparut dans l'interstice. Il portait une soutane et ses yeux étaient voilés par la cataracte.

— Je suis Robert Langdon... Et voici Katherine Solomon. Nous cherchons un refuge.

Le vieil aveugle lâcha un grand soupir.

— Dieu soit loué, vous êtes arrivés !

80.

Une bouffée d'espoir gagna Warren Bellamy.

Inoue Sato venait de recevoir de mauvaises nouvelles – un appel téléphonique d'un agent de terrain sur qui elle avait passé sa colère.

— Vous avez intérêt à le retrouver, nom de Dieu ! Nous n'avons plus beaucoup de temps !

Elle avait raccroché, furieuse, et faisait à présent les cent pas devant Bellamy, ne sachant plus quoi faire.

Finalement, elle se planta devant lui :

— Monsieur Bellamy, je vais vous le demander une fois... une seule fois, pas une de plus. Avez-vous, oui ou non, la moindre idée de l'endroit où a pu aller Robert Langdon ?

Bellamy en avait, en fait, une idée extrêmement précise, mais il secoua la tête.

— Pas la moindre.

Les yeux de la petite femme restaient rivés aux siens.

— Malheureusement pour vous, je sais d'instinct quand les gens me mentent. Déformation professionnelle.

Bellamy détourna le regard.

— Désolé, je ne peux vous aider.

— Monsieur l'Architecte, ce soir, un peu après 19 heures, vous dîniez dans un restaurant à l'extérieur de la ville quand vous avez reçu un coup de fil.. un homme qui vous a annoncé avoir kidnappé Peter Solomon...

Un frisson traversa Bellamy, qui leva les yeux vers Sato.

Comment sait-elle ?

— Cet homme vous a dit qu'il avait envoyé Langdon au Capitole pour accomplir une certaine mission. Une mission qui exigeait votre concours actif. Si Langdon échouait, votre ami Peter Solomon mourrait. Pris de panique, vous avez appelé Solomon à tous ses numéros, mais vous n'avez pu le joindre. Alors, vous avez foncé au Capitole.

Comment la CIA pouvait-elle être au courant ?

— Plus tard, en quittant le bâtiment, vous avez envoyé un texto au ravisseur, pour lui assurer que Langdon et vous-même aviez récupéré la Pyramide maçonnique, continua Sato en tirant sur sa cigarette.

Comment savait-elle ? Même Langdon n'avait rien vu.

En arrivant dans le tunnel de la Bibliothèque, Bellamy s'était rendu dans le local de service pour allumer les lumières. Il avait profité de cet instant pour adresser un message à l'inconnu. Il lui avait appris l'intervention d'Inoue Sato, mais avait certifié que Langdon et lui avaient bien la pyramide et étaient prêts à exécuter toutes ses instructions. Ce dernier point était un mensonge évidemment, mais Bellamy voulait rassurer le ravisseur et gagner du temps, pour avoir une chance de sauver Peter Solomon et de mettre la pyramide à l'abri.

— Qui vous a dit pour le texto ?

Sato posa le portable de Bellamy sur le banc.

— Un jeu d'enfant...

Les agents lui avaient confisqué son téléphone et ses clés quand ils l'avaient arrêté...

— Quant à la façon dont j'ai obtenu les autres informations, la nouvelle loi antiterroriste m'autorise à mettre sur écoute quiconque représente un danger pour la sécurité nationale. Et, hier soir, j'ai estimé que Peter Solomon était une menace.

Bellamy n'en croyait pas ses oreilles.

— Vous avez piraté le téléphone de Peter Solomon ?

— Exact. C'est ainsi que je sais que le ravisseur vous a appelé au restaurant. Vous avez laissé un message affolé sur le répondeur de Solomon juste après.

C'était la vérité.

— Nous avons également intercepté un appel de Robert Langdon... Il expliquait à Solomon qu'on lui avait tendu un piège pour l'attirer au Capitole. Je me suis rendue aussitôt sur place, vous précédant de peu. Quant à l'idée de regarder les images du sac de Langdon prises par la machine aux rayons X... c'est très simple ! Quand j'ai su que Langdon était impliqué dans cette histoire, j'ai sommé mon équipe de réécouter la conversation téléphonique que Langdon avait eue, à l'aube, avec le ravisseur de Solomon, qui s'était fait passer pour son assistant ; il lui demandait de venir faire une conférence et d'apporter avec lui un paquet que lui avait confié son patron. Voyant que Langdon ne m'en parlait pas, j'ai voulu voir les clichés.

Bellamy était abasourdi. Les explications d'Inoue Sato tenaient debout, pourtant quelque chose clochait.

— Mais en quoi Peter Solomon constitue-t-il une menace pour la nation ?

— Croyez-moi sur parole, Peter Solomon représente une menace majeure ! aboya-t-elle. Et pour tout vous dire, monsieur Bellamy, vous aussi !

L'Architecte du Capitole frémit d'indignation. Les menottes lui scièrent les poignets.

— Je vous demande pardon ?

Elle se força à sourire.

— Vous autres, maçons, vous jouez avec le feu. Vous gardez un secret dangereux. Très dangereux.

De quoi parlait-elle ? Des Mystères anciens ?

— Dieu merci, vous êtes, depuis toujours, plutôt adroits pour garder des secrets. Malheureusement, ces derniers temps, vous avez été négligents. Et ce soir, votre secret le plus précieux est sur le point d'être révélé au monde. Et je vous assure que, si cela se produit, les conséquences seront tragiques.

Bellamy la regardait, bouche bée.

— Si vous aviez coopéré tout à l'heure, au lieu de vous lancer dans ce stupide baroud d'honneur, continua Inoue Sato, vous auriez compris que, tous les deux, nous sommes dans le même camp.

Le même camp... Ces mots firent naître en lui un doute.

Inoue Sato ferait-elle partie de l'Étoile orientale ?

L'ordre de l'Étoile orientale – un ordre mixte paramaçonnique – partageait le même souci du secret que leurs frères maçons, la même philosophie de bienveillance, de tolérance et d'ouverture spirituelle.

Le même camp ? C'est moi qui ai les menottes ! s'indigna-t-il. Et elle a mis le téléphone de Peter sur écoute !

— Vous allez m'aider à arrêter cet homme, insista Sato. Il a le pouvoir de déclencher un cataclysme dont le pays ne se remettra pas.

— Pourquoi ne le pourchassez-vous pas, lui ? Pourquoi tous les autres sauf lui ?

Incrédule, Sato secoua la tête.

— J'essaie, figurez-vous ! Le contact avec le portable de Solomon a été interrompu avant que nous n'ayons pu le localiser. Et l'autre téléphone dont il se sert est un mobile jetable – c'est-à-dire quasiment intraçable. La compagnie de jets privés nous a précisé que le vol avait été réservé par l'assistant de Solomon. La transaction s'est faite par téléphone, avec le mobile de Solomon, et a été payée avec sa carte Marquis Jet. Aucune trace. Mais cela n'a plus guère d'importance, à présent. Même si nous découvrons où se trouve le ravisseur, on ne prendra pas le risque d'intervenir.

— Pourquoi ?

— Je préfère ne pas vous le dire. Cette information est classée secret défense, répliqua Inoue Sato, sa patience fondant comme neige au soleil. Mais vous pouvez me croire sur parole !

— Il se trouve, justement, que je ne vous crois pas.

Elle le fixa de ses yeux de glace, puis se retourna brusquement.

— Agent Hartmann ! Apportez la valise !

Bellamy entendit la porte s'ouvrir dans un chuintement et l'agent pénétra dans la Jungle. Il portait une fine mallette en titane. Il la déposa au pied de sa patronne.

— C'est bon. Laissez-nous !

L'agent s'en alla. La porte chuinta à nouveau, puis ce fut le silence. Un long silence.

Sato ramassa la mallette, la posa sur ses genoux et ouvrit les serrures. Elle leva lentement les yeux vers Bellamy.

— J'aurais préféré éviter ça, mais le temps presse... vous ne me laissez pas le choix.

Bellamy observait l'étrange valise. Une onde de peur le traversa.

Va-t-elle me torturer ? se dit-il.

Il tira sur ses menottes.

— Qu'y a-t-il là-dedans ? demanda-t-il, angoissé.

Inoue Sato eut un sourire sinistre.

— De quoi vous faire changer d'avis.

81.

La pièce souterraine où Mal'akh pratiquait le Grand Art était ingénieusement dissimulée. Le sous-sol de la maison paraissait tout à fait ordinaire pour un visiteur : une chaufferie, une armoire électrique, un stère de bois et des piles de cartons divers. Mais ce n'était que la partie émergée de l'iceberg. Une grande section avait été murée, pour y accueillir ses pratiques clandestines.

L'espace secret de Mal'akh était composé d'une série de petites pièces, chacune dévolue à une activité précise. On y parvenait par une rampe pentue, accessible uniquement depuis le salon, ce qui rendait l'endroit encore plus difficile à détecter.

Ce soir, alors que Mal'akh se dirigeait vers son antre, les signes et les symboles sur sa chair semblaient luire d'une aura mystérieuse sous l'éclairage bleu qu'il avait installé. Nimbé de ce halo monochrome, il passa devant plusieurs portes pour se rendre directement dans la pièce principale, au bout du corridor.

Son « *sanctum sanctorum* », comme aimait l'appeler Mal'akh, était un carré parfait de douze pieds de côté.

Douze, le nombre de signes du zodiaque. Douze, le nombre des heures du jour. Douze, le nombre des portes du Paradis.

Au centre de la pièce se trouvait un autel de pierre – un carré de sept pieds de côté.

Sept, le nombre de sceaux de la Révélation. Sept, le nombre de marches du Temple.

Au-dessus de l'autel, une source de lumière colorée projetait une succession de teintes soigneusement calibrées selon un cycle de six heures, conformément à la table sacrée des Heures planétaires.

L'heure de Yanor est bleue. L'heure de Nasnia est rouge. L'heure de Salam est blanche.

C'était à présent l'heure de Caerra, l'ambiance lumineuse était donc pourpre. Vêtu de son pagne de soie, Mal'akh commença ses préparatifs.

Il mélangea avec soin les produits de fumigation dont il se servirait plus tard pour sanctifier l'air. Il plia la toge de soie qu'il enfilerait à la place de son pagne. Il purifia ensuite une fiole d'eau pour l'onction de l'offrande. Enfin, il plaça tous ses ingrédients sur une desserte.

Il prit une petite boîte en ivoire sur une étagère et la disposa avec les autres objets. Il ne put s'empêcher d'ouvrir le couvercle pour admirer son trésor.

Le couteau.

Niché dans son écrin de velours noir, luisait le couteau sacrificiel que Mal'akh avait réservé pour cette nuit. Il l'avait acheté un million et demi de dollars, l'année précédente, sur le marché noir des antiquités égyptiennes.

Le couteau le plus célèbre de l'histoire.

D'un âge immémorial, ce couteau inestimable, que l'on croyait perdu à jamais, possédait une lame de fer et une poignée en os. Au fil du temps, il avait orné la ceinture des puissants de ce monde. Ces dernières décennies, toutefois, il avait disparu de la circulation et végétait au secret d'une collection privée. Mal'akh avait retourné ciel et terre pour le retrouver. Ce couteau, disait-on, n'avait pas versé le sang depuis des dizaines d'années... Peut-être depuis des siècles. Cette nuit, ce poignard allait goûter de nouveau à l'ivresse du sacrifice, rôle pour lequel il avait été forgé.

Mal'akh sortit l'arme de son écrin et, respectueusement, il lustra la lame à l'aide d'un morceau de soie imbibé d'eau purifiée. Ses talents s'étaient accrus depuis ses premières expériences à New York. L'Art occulte, que pratiquait Mal'akh, était désigné par de nombreux noms, dans de nombreuses langues, mais il n'en restait pas moins une science exacte. La technologie des premiers âges avait autrefois détenu la clé des portes menant au grand pouvoir, mais elle avait été interdite, reléguée dans les ombres de l'occultisme et de la magie. Les rares personnes qui pratiquaient encore l'Art passaient pour des fous. Grossière erreur...

Ce n'est pas une œuvre pour les simples d'esprit.

L'Art ancien, comme la science moderne, exigeait des formules précises, des ingrédients spécifiques, et un chronométrage méticuleux.

Cet Art n'avait rien à voir avec la vaine magie noire d'aujourd'hui, à laquelle s'adonnaient des amateurs sans grande conviction. L'Art, comme la physique nucléaire, pouvait libérer des forces incommensurables. Les mises en garde étaient sinistres : le novice pouvait être frappé par un retour d'énergie et périr foudroyé.

Mal'akh posa sa précieuse lame et porta son attention sur le parchemin étalé sur l'autel. Il l'avait fabriqué lui-même, avec la peau d'un agneau. Comme l'exigeaient les grands maîtres, la bête était pure. Il avait placé, à côté du parchemin, une plume confectionnée dans une penne d'aile de corbeau, une soucoupe d'argent, et trois chandelles – disposées en cercle autour d'un bol de cuivre. Le bol contenait un liquide rouge et épais.

Le sang de Peter Solomon.

Le sang est la teinture de l'éternité.

Mal'akh trempa la plume dans le bol, posa sa main gauche à plat sur le parchemin et, soigneusement, il dessina le contour de sa paume et ses doigts. Une fois la silhouette terminée, il ajouta, sur le dessin, les cinq symboles des Mystères anciens – un à chaque extrémité.

La couronne... pour le roi que je vais devenir.

L'étoile... pour les cieux qui ont orchestré ma destinée.

Le soleil... pour l'illumination de mon âme.

La lanterne... pour la faible lumière de la compréhension humaine.

Et la clé... pour la pièce manquante, celle que je vais enfin posséder ce soir.

Mal'akh acheva son œuvre et l'admira à la lumière des trois chandelles. Il attendit que le sang sèche, puis il plia l'épais document en trois parties égales. Tout en psalmodiant une incantation ancestrale, Mal'akh approcha son dessin de la troisième bougie et l'enflamma. Il déposa le parchemin en feu dans la soucoupe d'argent et le laissa brûler. La peau tannée se transforma en une poudre noire. Quand les derniers restes furent consumés, Mal'akh versa les cendres dans le bol contenant le sang, puis il mélangea la mixture avec la plume de corbeau.

Le liquide se colora d'un pourpre sombre, presque noir.

Tenant le bol dans ses deux mains en coupe, il leva le récipient au-dessus de sa tête et entonna l'*eukharistos*, la communion au sang des Anciens. Puis, avec grand soin, il versa le liquide sombre dans un flacon de verre et le boucha. Ce serait l'encre avec laquelle il tatouerait l'ultime partie de peau vierge sur le sommet de son crâne pour terminer son chef-d'œuvre.

82.

La Cathédrale nationale de Washington est la sixième plus grande cathédrale du monde et ses flèches s'élèvent comme deux gratte-ciel de trente étages. Avec ses deux cents vitraux, son carillon de cinquante-trois cloches et son orgue de plus de mille tuyaux, cet édifice majestueux peut accueillir plus de trois mille fidèles.

Ce soir, toutefois, la grande nef était déserte.

Le révérend Colin Galloway – doyen de la cathédrale – semblait sans âge. Tout voûté et fripé, il portait une simple soutane noire. D'un mouvement de tête, il leur fit signe d'entrer. Langdon et Katherine suivirent le vieillard en silence dans la vaste allée centrale. Arrivé à la croisée du transept, le doyen leur fit traverser le jubé, la barrière symbolique séparant la nef du chœur liturgique.

Une odeur d'encens flottait dans l'air. L'alcôve sacrée était plongée dans la pénombre, éclairée seulement par les réflexions des vitraux. Les drapeaux des cinquante États étaient suspendus au sommet des colonnes, et des retables, narrant des épisodes bibliques, fermaient le sanctuaire. Le prêtre aveugle continua d'avancer, connaissant apparemment les lieux par cœur. Un moment, Langdon crut qu'il allait se diriger vers le grand autel, où étaient enchâssées les dix pierres du mont Sinaï, mais leur guide obliqua sur la gauche vers une porte dérobée, menant aux annexes.

Ils empruntèrent un petit couloir pour déboucher devant une porte, estampillée :

RÉVÉREND COLIN GALLOWAY
DOYEN

Le révérend Galloway ouvrit la porte et, par cour-toisie pour ses hôtes, alluma la lumière. Il leur fit signe d'entrer et referma derrière eux.

Le bureau était petit, mais élégant : des rayonnages de livres, un secrétaire, une armoire ancienne, et une salle de bains privative. Les murs étaient décorés de tapisseries du xvie siècle et de peintures d'inspiration religieuse. Le vieil aveugle les invita à s'asseoir en désignant deux sièges de cuir devant son bureau. Langdon fut soulagé de pouvoir enfin poser son sac.

Un sanctuaire et des réponses, songeait Langdon, en regardant autour de lui.

Le vieil homme fit le tour du bureau et s'assit dans son grand fauteuil. Puis, avec un long soupir, il leva la tête et posa son regard laiteux sur le couple.

— Nous ne nous sommes jamais rencontrés, déclara le vieillard d'une voix étonnamment claire, mais j'ai l'impression de vous connaître, l'un et l'autre. (Il sortit un mouchoir et se tamponna la bouche.) Profes-seur Langdon, j'ai lu vos écrits... dont, évidemment, cet article érudit sur le symbolisme de cette cathédrale. Quant à vous, madame Solomon, je connais bien votre frère Peter. Nous sommes frères aussi... depuis des années.

— Peter est en danger ! bredouilla Katherine.

— C'est ce que j'ai appris. Et je vais faire tout ce qui est en mon pouvoir pour vous aider.

Langdon ne vit aucune bague maçonnique au doigt du doyen. Nombre de francs-maçons, en particulier ceux issus du clergé, préféraient dissimuler leur appartenance à l'ordre.

Au fil de leur conversation, il apparut que Bellamy avait raconté dans le détail leur aventure de la soirée. Quand Langdon et Katherine lui apprirent les derniers événements, le doyen parut plus inquiet encore.

— Et cet homme qui détient notre cher frère exige le décryptage de la pyramide ?

— C'est exact, répondit Langdon. Selon lui, la pyramide est une carte qui permet de trouver la cachette des Mystères anciens.

Le doyen tourna ses yeux morts vers Langdon.

— Au ton de votre voix, j'en déduis que vous n'y croyez pas.

Langdon ne voulait pas entrer dans ce débat. Le temps pressait.

— Peu importe ce que je crois ou non. Il faut sauver Peter. Malheureusement, nous avons déchiffré la pyramide, et elle n'indique aucun lieu.

— Vous avez déchiffré la pyramide ? s'inquiéta le vieil homme en se redressant.

Katherine vint à la rescousse de Langdon, expliquant que, malgré les mises en garde de Warren Bellamy et les souhaits de Peter, c'était elle qui avait ouvert la boîte, parce qu'à ses yeux, sauver son frère passait avant tout. Elle parla de la coiffe en or, du carré magique d'Albrecht Dürer, et raconta comment ils avaient décrypté le code maçonnique et trouvé la phrase *Jeova Sanctus Unus.*

— C'est tout ? s'étonna le doyen. Un Seul Vrai Dieu ?

— Oui, répliqua Langdon. Apparemment la pyramide est une carte plus métaphorique que réelle.

— Faites-moi voir, demanda le vieillard en tendant les mains.

Langdon ouvrit le sac et sortit l'objet. Il le posa avec précaution sur le bureau.

Les doigts frêles du vieil homme explorèrent chaque centimètre de la pyramide... La face gravée, la base toute lisse, le sommet tronqué. Quand il eut terminé son auscultation, il tendit de nouveau les mains :

— La coiffe aussi...

Langdon posa le coffret sur le bureau et souleva le couvercle. Il sortit le tétraèdre doré et le plaça entre les doigts de l'aveugle. Le doyen examina cette nouvelle pièce de la même manière tactile, s'arrêtant sur l'inscription gravée.

— Le secret est à l'intérieur de l'Ordre, précisa Langdon. Ordre avec un « O » majuscule.

Le visage complètement fermé, le prêtre posa la coiffe sur le sommet de la pyramide tronquée, en ajustant soigneusement les deux pièces au toucher. Il s'immobilisa un moment, comme s'il priait, puis, avec une timidité empreinte de respect, il caressa la pyramide reconstituée. Il poussa un soupir et approcha les mains du coffret cubique, explorant ses faces du bout des doigts.

Puis il se laissa aller au fond de son siège.

— Dites-moi donc, professeur, reprit-il avec une sécheresse soudaine. Pourquoi êtes-vous venus me trouver ?

Langdon fut pris de court.

— Parce que c'est vous qui nous l'avez demandé. Et aussi parce que M. Bellamy nous a assuré que l'on pouvait vous faire confiance.

— Et pourtant, vous n'avez pas confiance en lui...

— Pardon ?

Les yeux blancs de l'aveugle se plantèrent dans ceux de Langdon.

— Le coffret contenant la coiffe était scellé. M. Bellamy vous a demandé de ne pas l'ouvrir, mais vous l'avez fait. Et Peter Solomon vous avait recommandé la même chose en vous remettant cet objet... Vous n'avez écouté ni l'un ni l'autre.

— Révérend, intervint Katherine, nous voulions aider Peter. L'homme exige que nous décryptions la pyramide pour...

— J'entends bien, répliqua le doyen. Et qu'avez-vous obtenu en ouvrant cette boîte ? Rien. Le ravisseur de Peter cherche un lieu, et il ne va pas se satisfaire de *Jeova Sanctus Unus*.

— Vous avez raison, répondit Langdon. Mais c'est tout ce qu'il y a d'inscrit sur cette pyramide. La carte est plus abstraite que...

— Détrompez-vous, professeur. La Pyramide maçonnique est une véritable carte. Et elle désigne un emplacement tout ce qu'il y a de réel. La vérité, c'est que vous n'avez pas déchiffré la pyramide dans son entier. Vous en êtes même très loin.

Langdon et Katherine se regardèrent, médusés.

Le doyen posa à nouveau ses mains sur la pyramide.

— Cette carte, tout comme les Mystères anciens, a plusieurs niveaux d'interprétation. Son véritable secret vous reste inaccessible.

— Nous avons exploré chaque centimètre carré de ces deux objets. Il n'y a rien d'autre, déclara Langdon.

— Rien dans leur état actuel. Mais la matière se transforme.

— Comment ça ?

— Professeur, comme vous le savez, cette pyramide recèle la promesse d'une transformation miraculeuse. La légende dit que cet objet peut changer d'apparence, altérer sa forme pour révéler son secret. Comme le rocher qui a libéré Excalibur dans les mains du roi Arthur, la Pyramide maçonnique peut se modifier si elle le décide... et offrir son secret à celui qui en sera digne.

Avec l'âge, les facultés intellectuelles de l'ecclésiastique ont peut-être périclité, songea Langdon.

— Je ne vous saisis pas, révérend. Vous dites qu'un objet en pierre peut se transformer ? Physiquement ?

— Professeur, si je posais la main sur ce cube et le métamorphosais devant vous, accepteriez-vous de croire ce que vos yeux auront vu ?

Langdon ne savait trop que répondre.

— Je suppose que oui. Je n'aurais pas le choix.

— Parfait. C'est donc ce que je vais faire dans un instant, dit-il en s'essuyant de nouveau la bouche.

Avant, toutefois, j'aimerais vous rappeler qu'à une certaine époque les esprits les plus brillants considéraient que la Terre était plate. Si la Terre était ronde, tous les océans se seraient déversés dans le cosmos ! – telle était l'opinion générale. Imaginez les moqueries que vous auriez essuyées si vous aviez prétendu que non seulement la Terre était une sphère, mais qu'en outre une force invisible et occulte retenait toute chose à sa surface !

— Il y a une différence entre l'existence de la gravité et la capacité d'un objet à se transformer au contact d'une main.

— Vous trouvez ? Sommes-nous donc encore en ces âges obscurs, à nier l'existence d'une force « occulte » sous prétexte qu'elle dépasse notre compréhension ? Les idées qui nous paraissent farfelues aujourd'hui deviennent un jour des vérités inaliénables. C'est la grande leçon – la seule peut-être – qu'il faut retenir de l'Histoire... Si je prétends que je peux transformer cette pyramide sans la toucher, aussitôt vous mettez en question ma santé mentale. J'attendais mieux de la part d'un historien. L'Histoire regorge de grands esprits qui, tous, proclament la même chose... Des grands esprits qui affirment que l'homme possède un pouvoir mystique dont il n'a nulle conscience.

Le doyen disait vrai. Le célèbre aphorisme ésotérique, « Ne savez-vous pas que vous êtes des dieux ? » était l'un des fondements des Mystères anciens. « Ce qui est en haut est en bas » ; « Dieu a créé l'homme à Son image » ; « l'Apothéose »... Cette idée du caractère divin de l'homme, de son potentiel occulte, était un thème récurrent dans les textes anciens de nombreuses nations. Même la Bible le criait haut et fort dans le psaume 82-6 : « Vous êtes des Dieux ! »

— Professeur... je sais bien que vous, comme beaucoup d'autres intellectuels, êtes pris entre deux mondes, un pied dans le spirituel, l'autre dans le rationnel. Votre cœur veut croire, mais votre raison l'en empêche. En homme de savoir, il serait judicieux d'entendre ce que disent les grands esprits depuis la nuit des temps. (Le prêtre marqua un silence, puis s'éclaircit la gorge.) Si j'ai bonne mémoire, l'un de nos plus grands penseurs qu'ait portés cette terre a proclamé : « Ce qui nous est impénétrable existe vraiment. La vénération pour cette force au-delà de tout ce que nous pouvons comprendre constitue ma religion. »

— Qui a dit ça ? Gandhi ?

— Non, intervint Katherine. C'est Albert Einstein.

*

Katherine Solomon avait lu tous les écrits d'Einstein, et avait été surprise par son profond respect pour la mystique, et par sa prédiction : « La religion du futur, disait-il, sera une religion cosmique. Elle devra transcender l'idée d'un Dieu existant en personne et éviter le dogme et la théologie. »

Robert Langdon avait du mal à accepter cette idée. Katherine comprenait son agacement et sa frustration. Ils étaient venus jusqu'ici pour avoir des réponses... Au lieu de quoi un vieil aveugle leur soutenait qu'il pouvait transformer la matière par l'imposition des mains... Cependant, cette passion pour les forces occultes lui rappelait celle de son frère.

— Révérend Galloway, insista Katherine. Peter est en danger. La CIA nous traque. Et Warren Bellamy nous a envoyés vers vous pour que vous nous aidiez. J'ignore ce que dit cette pyramide, et le lieu qu'elle désigne, mais si résoudre cette énigme peut sauver Peter, il faut le faire. M. Bellamy préfère peut-être le sacrifier pour protéger cette pyramide, mais ma famille a suffisamment souffert à cause de cet objet. Quel que soit son secret, ce soir il doit être dévoilé.

— Vous avez raison, répondit le vieil homme d'un ton sinistre. Ce soir, c'est la fin... à cause de vous... (Il eut un long soupir.) Madame Solomon, quand vous avez brisé ce sceau sur le coffret, vous avez déclenché une série d'événements irréversibles. Des forces qui dépassent votre entendement ont été libérées et sont désormais à l'œuvre. Il n'y a plus de marche arrière possible.

Katherine regarda le prêtre sans comprendre. Son ton était grave, comme si elle avait brisé les sept sceaux de la boîte de Pandore et déclenché l'Apocalypse.

— Sauf votre respect, révérend, intervint Langdon, je ne vois pas comment une pyramide de pierre pourrait libérer quoi que ce soit.

— Parce que vous êtes encore aveugle. (Le vieil homme le scruta de ses globes laiteux.) Vous n'avez pas encore d'yeux pour voir.

83.

Dans la touffeur de la Jungle, l'Architecte du Capitole sentait la sueur couler dans sa nuque. Ses poignets menottés étaient en feu, mais toute son attention était captée par cette mallette en titane.

Dans cette valise, il y a de quoi vous faire changer d'avis, avait-elle promis.

Inoue Sato venait de l'ouvrir à l'abri du regard de Bellamy. Il ignorait encore ce qu'elle contenait, mais son imagination allait bon train. Sato tripotait quelque chose à l'intérieur. Elle allait en sortir une collection de scalpels et de lames de rasoir !

Brusquement, une lueur s'échappa de la valise, puis s'amplifia, illuminant le visage de la femme par en dessous. Les mains de Sato continuaient de papillonner ; la lumière changea de couleur. Quelques instants plus tard, elle attrapa la mallette et la tourna vers Bellamy.

L'Architecte découvrit une sorte d'ordinateur portable futuriste équipé d'un téléphone, de deux antennes et d'un double-clavier. Son soulagement se mua rapidement en confusion.

L'écran affichait le logo de la CIA, accompagné du texte suivant :

CONNEXION SÉCURISÉE
UTILISATEUR : INOUE SATO
NIVEAU DE SÉCURITÉ : 5

Plus bas sur l'écran, une barre de progression avançait :

PATIENTEZ SVP...
DÉCRYPTAGE DU FICHIER...

Inoue Sato gardait les yeux rivés sur l'écran.

— Je ne voulais pas vous montrer ça. Mais vous ne me laissez pas le choix.

L'appareil clignota à nouveau. Le fichier s'ouvrit, en mode « plein écran ».

Bellamy contempla un moment l'image, tentant de saisir ce qu'il voyait. Peu à peu, il comprit. Son sang se glaça, son visage pâlit sous le choc :

— Mais c'est... impossible ! Comment ?...

Sato avait un air sinistre.

— C'est à vous de me le dire, monsieur Bellamy. J'attends.

L'Architecte du Capitole mesurait les conséquences de ce qu'il avait sous les yeux ; le monde était effectivement au bord de l'abîme.

Seigneur ! Je me suis trompé ! J'ai commis une terrible erreur !

84.

Le révérend Galloway se sentait plein d'énergie.

Comme tout mortel, il savait que son heure approchait – l'heure de quitter son enveloppe corporelle –

mais ce ne serait pas pour ce soir. Son cœur de chair et de sang battait fort et clair, son esprit était alerte.

J'ai une mission à accomplir !

Il passa ses mains percluses d'arthrite sur les faces de la pyramide ; il avait du mal à croire ce qu'il sentait sous ses doigts.

Jamais il n'aurait imaginé vivre ce moment !

Pendant des générations, les pièces de la carte avaient été séparées et gardées à l'abri. Elles étaient aujourd'hui réunies. Le doyen se demandait si ce n'était pas trop tôt.

Curieusement, le destin avait choisi deux non-maçons pour assembler la pyramide. Finalement, il y avait une logique...

Les Mystères sortent des cercles occultes, passent de l'ombre... à la lumière.

— Professeur..., articula-t-il en tournant la tête vers Langdon dont il percevait la respiration. Peter vous a-t-il expliqué pourquoi il vous a confié ce coffret ?

— Il disait que des gens puissants voulaient le lui voler.

Le vieil homme hocha la tête.

— Oui. C'est ce que m'a expliqué Peter.

— Il vous en a parlé ? s'exclama Katherine sur sa gauche. Vous avez parlé avec mon frère de cette pyramide ?

— Bien entendu. Votre frère et moi avons discuté de bien des choses. J'ai été autrefois le Grand Commandeur de la Maison du Temple. Il s'entretenait souvent avec moi. Il y a environ un an, il est venu me trouver, l'air très préoccupé. Il était assis exactement à votre place, et il m'a demandé si je croyais aux prémonitions.

— Aux prémonitions ? répéta Katherine. Vous voulez dire comme des... visions ?

— Pas exactement. C'était plus réel que cela. Peter sentait planer une force obscure au-dessus de sa vie. Une chose qui l'observait, qui attendait tapie... prête à fondre sur lui.

— À l'évidence, il avait vu juste, répliqua Katherine. Quand on sait que l'homme qui a tué notre mère et le fils de Peter est venu à Washington, qu'il est parvenu à entrer dans la loge de Peter...

— Certes, intervint Langdon, mais cela n'explique pas l'implication de la CIA.

— Les hommes de pouvoir sont toujours intéressés par le pouvoir, se contenta de dire Galloway.

— De là à ce que la CIA s'en mêle..., insista Langdon guère convaincu. Tout ça pour des secrets ésotériques ? Ça ne colle pas.

— Mais si ! rétorqua Katherine. La CIA s'est toujours intéressée de très près aux sciences parallèles – la perception extrasensorielle, la vision à distance, la privation sensorielle, les produits développant les états de transes. Tout vise le même objectif : utiliser les capacités invisibles du cerveau humain. Peter m'a appris une chose : la science et le mysticisme sont étroitement liés, et ne se distinguent que par leur approche. Même but... mais méthodes différentes.

— Je sais, par votre frère, reprit le révérend Galloway, que votre domaine de recherche est une sorte de science ésotérique moderne.

— La noétique, précisa Katherine. Et nous sommes en train de prouver que l'homme a des facultés inouïes. (Elle désigna un vitrail représentant l'image habituelle du « Christ lumineux », celui de Jésus auréolé de rayons jaillissant de sa tête et de ses mains.) Dernièrement, avec un détecteur à transfert de charge couplé à un système de refroidissement à ultra-basse température, j'ai photographié les mains d'un guérisseur en plein travail. Sur les images, on aurait dit votre Jésus du vitrail.... Des flots d'énergie jaillissaient de ses doigts.

Un cerveau bien entraîné, songea le prêtre. Comment croyez-vous que le Christ soignait les malades ?

— Je sais que la médecine moderne, poursuivit Katherine, se moque des guérisseurs et des chamanes, mais j'ai vu le phénomène de mes propres yeux. Les photos prises avec mon appareil montrent que cet homme émet un champ d'énergie par l'extrémité de ses doigts, des ondes qui transforment réellement la structure cellulaire de son patient. Si ce n'est pas un pouvoir divin, qu'est-ce que c'est ?

Le révérend Galloway esquissa un sourire. Katherine était animée de la même flamme que son frère...

— Un jour, reprit-il, Peter a comparé les chercheurs en noétique aux premiers explorateurs, ces pionniers qui étaient la risée générale parce qu'ils croyaient à la rotondité de la Terre – théorie jugée hérétique. Quasiment du jour au lendemain, ces mêmes explorateurs qu'on traitait de fous furent encensés et portés au pinacle, parce qu'ils avaient découvert des territoires inconnus et élargi l'horizon de tous les hommes. Peter pense que vous allez connaître la même gloire. Il fonde d'immenses espoirs en votre travail. Après tout, les grandes avancées philosophiques de l'histoire ont vu le jour parce que quelqu'un, quelque part, ne pensait pas comme les autres et a bousculé la fourmilière.

Pour Galloway, nul besoin d'aller dans un laboratoire pour vérifier la véracité de cette nouvelle idée – à savoir que l'esprit humain n'avait pas livré tout son potentiel. Au sein de cette cathédrale, des gens se réunissaient afin de prier pour la guérison d'un proche, et souvent les résultats étaient étonnants, pour ne pas dire miraculeux, avec des transformations physiques dûment constatées par les médecins. La question n'était pas de savoir si Dieu avait donné à l'homme de grands pouvoirs, mais plutôt de lui apprendre à les libérer.

Le vieil homme posa les mains avec déférence sur les flancs de la pyramide et parla à voix basse :

— Mes amis, je ne sais pas quel endroit exact indique cette carte mais un fait est certain : il y a un grand trésor pour l'esprit humain enterré quelque part... Un trésor qui attend dans l'ombre depuis des générations. Je crois qu'il s'agit d'un catalyseur, susceptible d'initier la transformation de notre monde. (Il effleura la pierre de faîte.) Et maintenant que cette pyramide est reconstruite... l'heure de la révélation approche. C'est, au fond, dans l'ordre des choses. La promesse d'une grande illumination est, depuis la nuit des temps, dans toutes les prophéties.

— Révérend, lança Langdon d'un ton de défi, nous connaissons tous la révélation de saint Jean et le sens littéral de l'Apocalypse, mais les prophéties bibliques ne semblent guère...

— Le livre de la Révélation est un grand foutoir ! lâcha le doyen. Personne ne sait comment l'interpréter. Je vous parle d'esprits clairs, s'exprimant dans un langage clair, je vous parle des prédictions de saint Augustin, de sir Francis Bacon, de Newton, d'Einstein... la liste est encore longue ! Tous prévoient ce moment de transformation transcendantale. Même Jésus en parle : « Car il n'est rien de caché qui ne doive être découvert, rien de secret qui ne doive être connu et mis au jour. »

— C'est une prédiction facile, railla Langdon. La connaissance grandit de façon exponentielle. Plus on en sait, plus on accroît notre capacité à apprendre, et plus vite grandit notre savoir.

— Oui, renchérit Katherine. Ce phénomène est constant dans le domaine de la science. Chaque technologie nouvelle devient un outil pour en inventer une autre. C'est un effet boule de neige, la raison pour laquelle la science a avancé plus vite ces cinq dernières années que les cinq millénaires précédents. Accroissement exponentiel. Avec le temps, la courbe du progrès devient quasiment verticale. C'est mathématique. Les découvertes se succèdent à un rythme effréné.

Le silence tomba dans le bureau. Galloway observa Langdon et Katherine. À l'évidence, ils ne pouvaient toujours pas concevoir que cette pyramide puisse les aider à découvrir quoi que ce soit.

C'est pour cette raison que le destin les a mis sur mon chemin. C'est là mon rôle.

Pendant des années, le révérend Colin Galloway, avec ses frères maçons, avait protégé le secret. Mais aujourd'hui, les rôles avaient changé.

Je ne suis plus le gardien... je suis le guide.

— Professeur Langdon ? fit le révérend Galloway en tendant le bras par-dessus le bureau. Prenez ma main, s'il vous plaît.

*

Langdon hésita devant la main tendue du doyen. Allaient-ils prier ?

Par politesse, Langdon prit la main fripée du vieil homme. Galloway la saisit mais ne se mit pas à psalmodier. Il chercha l'index de Langdon et le dirigea vers le coffret qui contenait la coiffe de la pyramide.

— Vos yeux vous aveuglent. Si vous aviez regardé avec vos doigts, vous auriez compris que cette boîte avait un secret à vous révéler.

Obéissant, Langdon effleura lentement l'intérieur du réceptacle cubique. Les faces internes paraissaient parfaitement lisses.

— Regardez mieux.

Finalement, Langdon sentit un relief – un minuscule cercle au fond du boîtier. Il ouvrit les yeux. Le petit cercle était quasiment invisible à l'œil nu.

— Vous reconnaissez ce symbole ? demanda le vieillard.

— Un symbole ? J'arrive à peine à le distinguer.

— Appuyez dessus.

Langdon s'exécuta et pressa sur le cercle.

Qu'espérait le doyen ?

— Laissez votre doigt dessus. Appuyez bien.

Langdon regarda furtivement Katherine ; elle ramena d'une main fébrile ses cheveux derrière ses oreilles.

Au bout de quelques secondes, le vieil homme hocha la tête.

— Parfait, vous pouvez retirer votre main, maintenant. L'alchimie est achevée.

L'alchimie ?

Langdon ôta sa main et observa le boîtier. Aucun changement.

— Il ne s'est rien passé, marmonna Langdon.

— Regardez votre doigt.

Langdon examina l'extrémité de son index, mais le seul changement visible c'était une petite empreinte sur sa peau – un petit cercle avec un point à l'intérieur.

— Vous reconnaissez ce symbole à présent ?

Langdon le connaissait, évidemment. Comment le vieil homme avait-il pu repérer cette minuscule inscription ? Ce don de voir avec le bout des doigts était réellement impressionnant.

— C'est un idéogramme alchimique, annonça Katherine en approchant sa chaise pour examiner l'empreinte. C'est le symbole ancien de l'or.

— En effet. (Le doyen sourit et tapota la boîte.) Félicitations, professeur. Vous venez de réaliser ce qu'ont cherché tous les alchimistes de l'histoire. D'un corps vulgaire, vous avez créé de l'or.

Langdon eut une moue dubitative. Ce petit tour n'allait pas les aider à sauver Peter.

— Le concept est intéressant, mais je crains que ce symbole n'ait des dizaines de significations. C'est ce qu'on appelle un cercle pointé et c'est l'un des symboles les plus utilisés de tous les temps.

— Je ne vous suis pas, déclara le doyen, sceptique.

Langdon était étonné. Comment un franc-maçon pouvait-il ignorer l'importance spirituelle de ce symbole ?

— Le cercle pointé a d'innombrables significations. Dans l'Égypte ancienne, c'était le symbole de Râ – le dieu soleil – et dans l'astronomie moderne, on utilise encore ce pictogramme pour représenter cette étoile. Dans la philosophie orientale, il représente la vision spirituelle du « Troisième Œil », l'élévation divine, l'illumination. Les Kabbalistes l'utilisent pour désigner kéther, la première des Sefiroth nommée dans le Zohar « la plus cachée des choses cachées ». Les anciens mystiques l'appelaient l'œil de Dieu, et les pères fondateurs s'en sont inspirés pour « l'Œil qui voit tout » du Grand Sceau. Les Pythagoriciens utilisaient le cercle pointé comme symbole de la Monade, c'est-à-dire la vérité divine, la *Prisca Sapientia*, la communion de l'âme et de l'esprit, et le...

— Stop ! lança Galloway avec un petit rire. Nous avons bien compris, professeur. Tout ce que vous dites est parfaitement exact...

Langdon s'aperçut que le vieil ecclésiastique s'était joué de lui.

— Le cercle pointé, reprit Galloway en souriant intérieurement, est à l'origine le grand symbole des Mystères anciens. C'est la raison pour laquelle j'en conclus que sa présence au fond de ce coffret n'est pas une simple coïncidence. Les détails les plus infimes corroborent.

— J'entends bien, intervint Katherine, mais même si ce symbole a été placé là sciemment, cela ne nous aide guère à décrypter la carte...

— Vous avez dit plus tôt que le sceau de cire sur l'emballage du coffret portait l'empreinte de la bague de Peter, n'est-ce pas ?

— C'est exact.

Langdon plongea la main dans sa poche et en sortit la bague.

Galloway prit le bijou et l'explora du bout des doigts.

— Cette bague unique a été forgée en même temps que la Pyramide maçonnique. Par tradition, elle est portée par le franc-maçon qui doit protéger la pyramide. Ce soir, quand j'ai senti le minuscule cercle pointé au fond du coffret, j'ai compris que la bague était une partie du *symbolon*.

— Ah bon ?

— J'en suis certain. Peter est mon ami le plus cher ; il porte cette bague depuis des années. Je la connais jusqu'aux moindres détails. (Il rendit le bijou à Langdon.) Examinez-la.

Langdon obéit et passa ses doigts sur le phœnix à deux têtes, le nombre 33, les mots ORDO AB CHAO, la maxime : « Tout est révélé au trente-troisième degré. » Il ne voyait là aucun indice utile. Puis, alors qu'il effleurait le pourtour de la bague, il se figea. Il la retourna et l'approcha de ses yeux.

— Vous avez trouvé ? s'enquit Galloway.

— Je crois que oui...

Katherine se pencha vers le bijou.

— De quoi parlez-vous ?

— Le signe du degré sur l'anneau, lui montra Langdon. C'est si petit qu'on le voit à peine à l'œil nu. Mais au toucher, il est immanquable... une sorte d'incision circulaire.

Le signe du degré était gravé sous la bague... il ressemblait étrangement au symbole au fond du coffret.

— Ils sont de la même taille ? souffla Katherine.

— Il n'y a qu'une seule façon de le savoir, répondit Langdon en posant la bague sur l'inscription au fond du coffret.

Au moment où il appuya, le cercle en relief du coffret disparut dans l'empreinte en creux de la bague, et il y eut un petit déclic.

Tout le monde sursauta.

Langdon attendit, mais rien ne se passa.

— C'était quoi ce bruit ? questionna le prêtre.

— Rien, répliqua Katherine. La bague s'est mise en place dans son logement, mais il ne se passe plus rien.

— Pas de grande transformation ? s'étonna le doyen.

Ce n'est pas fini, comprit Langdon en regardant le motif sommital de la chevalière – un phœnix à deux têtes décoré du nombre 33.

Tout est révélé au trente-troisième degré...

Il songea à Pythagore, à la géométrie sacrée, aux angles... Et s'il fallait prendre les degrés au sens mathématique ?

Lentement, le cœur battant, il referma les doigts sur la bague enchâssée dans le fond du cube. Puis il la fit tourner sur la droite.

Tout est révélé au trente-troisième degré...

Il tourna la chevalière de dix degrés... vingt degrés... trente...

Et l'inimaginable se produisit...

85.

Une transformation...

Le doyen entendit tout. Il n'avait pas besoin de ses yeux.

Devant lui, Langdon et Katherine étaient muets, contemplant avec stupeur la métamorphose du cube.

Galloway esquissa un sourire. Il s'attendait à ce coup de théâtre. Même s'il ignorait en quoi cette transformation allait pouvoir les aider à décrypter la pyramide, il savourait cet instant... Ce n'était pas tous les jours qu'on pouvait donner une leçon sur les symboles anciens à un professeur en symbologie d'Harvard.

— Monsieur Langdon, peu de gens savent que les maçons vénèrent la forme du cube – c'est l'hexaidie du compagnon – parce qu'il représente en trois dimensions un autre symbole... un symbole beaucoup plus ancien, qui lui s'inscrit dans un plan.

Galloway n'avait nul besoin de demander à Langdon s'il avait reconnu la forme ancestrale qu'il avait sous les yeux. C'était l'un des symboles les plus connus de l'Histoire...

*

Robert Langdon regardait fixement le cube qui s'était transformé sous ses yeux. Les pensées se bousculaient dans sa tête.

Il avait approché sa main et tourné la bague, enchâssée dans son logement, au fond du coffret. Au moment où la rotation de la chevalière avait atteint un angle de trente-trois degrés, le cube avait soudain changé de forme. Les faces carrées qui en composaient les parois s'étaient écartées, pivotant sur des charnières invisibles. Toute la boîte s'était effondrée, ses faces retombant à plat sur le bureau dans un staccato.

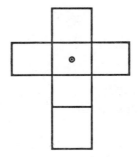

Le cube est devenu une croix, songea Langdon. De l'alchimie symbolique !

— La Pyramide maçonnique fait référence au christianisme ? bredouilla Katherine, stupéfaite.

Pendant un moment, Langdon s'était posé la même question. Le crucifix des chrétiens était un symbole respecté en franc-maçonnerie, et il existait nombre de maçons catholiques ou protestants. Mais il y avait aussi dans la Fraternité des maçons des juifs, des musulmans, des bouddhistes, des hindous et bien d'autres croyants dont la religion n'avait pas de nom. La présence d'un signe exclusivement chrétien semblait bien trop restrictive... La véritable signification de ce symbole lui apparut alors.

— Ce n'est pas un crucifix ! lança Langdon en se levant brusquement. Cette croix avec un cercle pointé au milieu est un symbole binaire : deux symboles fusionnés pour n'en former qu'un.

— Comment ça ? s'enquit Katherine en le regardant faire les cent pas.

— La croix n'est devenue un symbole chrétien qu'à partir du IVe siècle. Bien avant, les Égyptiens l'utilisaient pour représenter l'intersection de deux dimensions, l'humain et le céleste. Ce qui est en haut est en bas. C'est une représentation visuelle de la jonction où l'homme et Dieu ne font qu'un.

— Je vois.

— Le cercle pointé, comme nous le savons, a de multiples significations. La plus ésotérique étant « la rose », le symbole alchimique pour la perfection. Mais quand on place une rose au centre d'une croix, on obtient un symbole entièrement différent : la Rose-Croix.

Galloway se laissa aller au fond de son siège, souriant de satisfaction.

— Enfin... vous vous réveillez.

— Mais de quoi parlez-vous ? demanda Katherine en se levant à son tour.

— La Rose-Croix, expliqua Langdon, est un symbole maçonnique courant. Précisément, celui d'un degré du rite écossais appelé « chevalier Rose-Croix », en l'honneur des premiers rosicruciens qui ont contribué à façonner la philosophie mystique des francs-maçons. Peter vous a peut-être parlé des rosicruciens. On comptait dans leur rang d'éminents savants – John Dee, Elias Ashmole, Robert Fludd...

— Je suis au courant ! J'ai lu tous les manifestes rosicruciens pour mes recherches.

C'est ce que tout scientifique digne de ce nom devrait faire, songea Langdon. L'Ordre de la Rose-Croix, ou plus formellement l'*Antiquus Mysticusque Ordo Rosae Crucis*, avait grandement influencé les sciences et son passé mystérieux montrait d'étranges parallèles avec la légende des Mystères anciens... Les premiers sages de l'Ordre détenaient un savoir secret transmis de génération en génération, un savoir qui n'était étudié que par les plus grands esprits de l'époque. Les anciens rosicruciens comptaient dans leurs rangs la fine fleur des Lumières : Paracelse, Bacon, Fludd, Descartes, Pascal, Spinoza, Newton, Leibniz.

Selon la doctrine rosicrucienne, l'Ordre était fondé sur « les vérités ésotériques des temps anciens », des vérités qui devaient être cachées au peuple et qui ouvraient des portes sur « le royaume spirituel ». Le symbole de l'Ordre était devenu, au fil du temps, une fleur magnifique s'épanouissant sur une croix ouvragée. Mais, au tout début, ce n'était qu'un simple cercle avec un point, au milieu d'une croix sommaire.

— Peter et moi avons souvent parlé de la philosophie rosicrucienne, expliqua Galloway.

Pendant que le doyen exposait les liens entre la franc-maçonnerie et l'Ordre de la Rose-Croix, Langdon songea de nouveau à l'énigme qui le tracassait depuis le début de la soirée...

Jeova Sanctus Unus. Cette phrase était liée à l'alchimie. Mais comment ?

Il ne se rappelait plus exactement ce que lui avait dit Peter à propos de cette maxime, mais l'évocation de la Rose-Croix trouvait d'étranges échos dans sa mémoire.

Allez ! Creuse-toi les méninges..., se répétait-il.

— Le fondateur de l'Ordre de la Rose-Croix, poursuivait le révérend Galloway, serait un mystique allemand appelé Christian Rosenkreuz – un pseudonyme, évidemment –, alias peut-être Francis Bacon. Car certains historiens pensent que c'est lui le fondateur de l'Ordre, même s'il n'existe aucune preuve que...

— Un pseudonyme ! s'écria Langdon. C'est ça. *Jeova Sanctus Unus* est un pseudonyme !

— Comment ça ? s'enquit Katherine.

Langdon sentait son cœur tambouriner dans sa poitrine.

— Toute cette nuit, j'ai tenté de me souvenir de ce que m'avait dit Peter sur *Jeova Sanctus Unus* et sur son lien avec l'alchimie. Ça me revient enfin ! Cela n'a pas de rapport avec l'alchimie, mais avec un alchimiste ! Un alchimiste connu du monde entier !

Galloway eut un petit rire.

— Il était temps, professeur. Son nom a été cité deux fois : une fois par vous, une autre par mes soins... Et j'ai employé volontairement le mot « pseudonyme »...

Langdon le regarda avec des yeux ronds.

— Vous étiez au courant ?

— Je m'en suis douté quand vous avez dit que l'inscription était *Jeova Sanctus Unus* et que vous l'aviez décryptée grâce au carré magique de Dürer. Mais quand vous avez trouvé le signe de la Rose-Croix, c'est devenu une évidence. Comme vous le savez, on a découvert parmi les documents personnels du savant en question un exemplaire des manifestes de la Rose-Croix, annotés de sa main.

— Mais de qui parlez-vous ? s'impatienta Katherine.

— D'un des plus grands esprits de l'Histoire, répondit Langdon. Il était alchimiste, membre de la Société royale de Londres, rosicrucien, et il signait ses écrits les plus secrets par le pseudonyme *Jeova Sanctus Unus* !

— « Un seul vrai Dieu » ? s'étonna Katherine. Un type modeste !

— C'était un authentique génie, précisa Galloway. Il signait de cette manière parce que, à l'instar des anciens adeptes, il se considérait réellement divin. En outre, les seize lettres de *Jeova Sanctus Unus* pouvaient, ordonnées autrement, former son nom en latin. C'était donc le pseudonyme idéal.

— *Jeova Sanctus Unus*, répéta Katherine en fronçant les sourcils, est l'anagramme du nom, en latin, d'un alchimiste célèbre ?

Langdon prit une feuille de papier et un stylo et se mit à écrire tout en parlant.

— En latin la lettre « I » remplace le « I » et le « V » le « U ». Voilà pourquoi, avec *Jeova Sanctus Unus*, on peut écrire son nom.

Langdon inscrivit les seize lettres : *Isaacus Neutonuus*, et tendit le papier à Katherine.

— Je crois que vous le connaissez.

— Isaac Newton ? dit Katherine. C'est ça qui est écrit sur la pyramide ?

Pendant un moment Langdon se revit à l'abbaye de Westminster, devant la tombe du savant illustre, où il avait connu une révélation similaire.

Et ce soir, voilà que Newton réapparaissait !

Ce n'était pas une coïncidence, évidemment. Les pyramides, les mystères, la science, les arts occultes... tout était entremêlé. Le nom du savant avait toujours été un jalon pour ceux qui se lançaient dans les courses aux connaissances cachées.

— Isaac Newton, ajouta Galloway, doit être un indice pour déchiffrer la pyramide. J'ignore ce que c'est, mais...

— Avec l'aide d'un génie ! s'exclama Katherine. Voilà comment on transforme la pyramide !

— Vous avez trouvé ? demanda Langdon.

— Oui ! Comment avons-nous pu être aussi aveugles ! C'est là, sous notre nez ! Un procédé alchimique élémentaire. On peut transformer cette pyramide par de la mécanique classique ! De la simple physique new-tonnienne !

Langdon se raidit, tentant de comprendre.

— Révérend, expliqua Katherine, il suffit de lire la bague. Il est écrit que...

— Stop ! l'interrompit Galloway en levant son doigt pour lui faire signe de se taire. (Il inclina la tête sur le côté en tendant l'oreille.) Mes amis, reprit-il en se levant, cette pyramide a de toute évidence encore bien des secrets à révéler. J'ignore ce qu'a compris Mme Solo-mon, mais si elle connaît l'étape suivante sur le chemin, cela signifie que j'ai rempli mon rôle. Remballez ces objets et ne me dites plus rien. Laissez-moi dans l'obscu-rité pour le moment. Je préfère n'avoir aucune informa-tion à donner aux visiteurs qui approchent.

— Des visiteurs ? répéta Katherine. Je n'entends rien.

— Ce n'est qu'une question de secondes, répondit le doyen en se dirigeant vers la porte. Vite ! Partez !

86.

Dans la lumière pourpre de la cave, Mal'akh pour-suivait ses préparatifs devant l'autel. Son estomac criait famine. Aucune importance. Ses années de servitude tiraient à sa fin. Il allait se libérer du joug de la chair.

La transformation exige le sacrifice.

Comme beaucoup d'hommes d'exception, Mal'akh avait, sur son chemin de la spiritualité, fait le plus noble des sacrifices de chair. La castration s'était révélée moins douloureuse que prévu, et beaucoup plus courante qu'il l'avait supposé. Tous les ans, des milliers d'hommes subissaient à l'hôpital une orchidectomie – c'était le nom de l'intervention chirurgicale – pour changer de sexe, refréner leur appétit sexuel ou renforcer leurs croyances. Les raisons de Mal'akh étaient, quant à elles, d'une nature bien supérieure. Comme Attis, qui s'était castré lui-même, Mal'akh savait que, pour atteindre l'immortalité, il fallait effectuer une coupure nette avec le monde terrestre des hommes et des femmes.

L'androgyne est Un.

Aujourd'hui, les eunuques se cachaient, mais les Anciens connaissaient la puissance de ce sacrifice de transmutation. Même les premiers chrétiens avaient entendu Jésus en personne vanter ses vertus ; dans *Mat thieu*, 19-12, on pouvait lire : « ... Il y a ceux qui se sont faits eux-mêmes eunuques pour le royaume des Cieux Que celui qui peut accepter cet enseignement l'accepte. »

Peter Solomon avait, lui aussi, consenti à un sacrifice de chair, même si l'ablation d'une main était une peccadille dans le Grand Œuvre. Mais, avant la fin de la nuit, Solomon paierait un bien plus lourd tribut.

Pour créer, il faut détruire.

Telle était l'essence de la dualité.

Peter Solomon, certes, méritait le funeste destin qui l'attendait. Ce serait une conclusion idéale. Il avait, des années plus tôt, mis brutalement un terme à l'ancienne vie de Mal'akh ; il était normal, donc, que Solomon joue encore un rôle central pour son ultime métamorphose. Les horreurs et les souffrances que Solomon allait endurer ce soir étaient justes ! Peter Solomon n'était pas le saint homme que l'on imaginait

Il avait sacrifié son propre fils !

Solomon avait soumis son fils, Zachary, à un choix impossible : la richesse ou la sagesse ?

Zachary avait fait le mauvais choix.

Et cette décision l'avait entraîné dans une spirale infernale.

Jusque dans les geôles de Soganlik.

Zachary Solomon était mort dans cette prison turque. Le monde entier connaissait cette histoire... mais ce qu'on ignorait, c'était que Peter Solomon aurait pu sauver son fils.

J'étais là, songea Mal'akh. J'ai tout entendu.

Cette nuit s'était gravée à jamais dans sa mémoire. La décision inhumaine de Peter Solomon avait conduit à la mort de son fils, Zach, mais aussi à la naissance de Mal'akh.

Certains doivent périr pour que d'autres vivent.

L'ambiance lumineuse changea de couleur. Il était tard... Mal'akh acheva ses préparatifs à la cave et remonta au salon. L'heure était venue de s'occuper des affaires du monde des mortels.

87.

Tout est révélé au trente-troisième degré ! songeait Katherine. Je sais comment transformer la pyramide !

Pendant qu'elle courait, cette pensée tournait en boucle dans sa tête...

La réponse était sous leurs yeux depuis le début.

Katherine et Langdon étaient désormais livrés à eux-mêmes ; ils traversaient l'annexe de la cathédrale au pas de course, en suivant les panneaux « cour intérieure », comme le leur avait conseillé le doyen.

Ils débouchèrent dans un jardin pentagonal, agrémenté d'une fontaine contemporaine en bronze. Les jets d'eau faisaient un vacarme assourdissant dans la caisse de résonnance des hauts murs. Puis Katherine s'aperçut que ce n'était pas la fontaine qui faisait ce chahut...

— Un hélicoptère ! s'écria-t-elle alors qu'un faisceau de lumière perçait la nuit. Vite. Sous les arches !

Le projecteur aveuglant fouilla la cour au moment où Langdon et Katherine s'engouffraient dans un passage voûté qui menait à la pelouse nord. Ils attendirent, tapis dans l'ombre, tandis que l'appareil amorçait un grand cercle au-dessus de la cathédrale.

— Galloway avait raison pour les visiteurs ! constata Katherine.

Mauvaise vue, ouïe fine.

Dans ses propres oreilles, elle n'entendait plus que le battement étourdissant de son sang.

— Par ici ! lança Langdon, en avançant dans le passage.

Le révérend Galloway leur avait donné une clé et décrit leur voie de retraite. Malheureusement, la route était coupée. L'hélicoptère éclairait la grande pelouse qui les séparait de leur destination finale.

— On ne peut pas traverser, s'inquiéta Katherine.

— Regardez... Là !

Langdon désigna une ombre informe qui peu à peu venait dans leur direction, de plus en plus vite, en s'étirant. Le motif était à présent immanquable : le fronton gigantesque de la cathédrale, flanqué de ses deux tours.

— Le bâtiment coupe le faisceau...

— Ils atterrissent de l'autre côté !

Langdon saisit la main de Katherine.

— Courez ! Courez !

*

À l'intérieur de la cathédrale, le doyen Galloway se sentait léger et alerte. Cela ne lui était pas arrivé depuis des lustres. Il rejoignit le transept et descendit la nef.

L'hélicoptère se posait sur le parvis ; il imaginait la lumière de ses projecteurs traverser la rosace de la façade, éclairant de mille feux son sanctuaire. Il se souvenait du temps où il voyait encore les couleurs.

Curieusement, les ténèbres dans lesquelles il vivait désormais avaient éclairé bien des choses...

Je vois mieux à présent.

Galloway avait été appelé à Dieu jeune homme et, durant toute sa vie, il avait aimé son Église de tout son cœur. Comme nombre de ses frères prêtres qui avaient consacré leur vie entière à Dieu, Galloway était las. Toute cette existence à tenter de se faire entendre dans le tumulte de l'ignorance.

Qu'espérais-je ?

Des croisades à la politique américaine, le nom de Jésus avait été bafoué, perverti, trahi, pour mener toutes sortes de guerres iniques. Depuis la nuit des temps, l'ignorant avait toujours crié le plus fort, conduisant les masses, les soumettant à sa volonté. Les puissants justifiaient leurs désirs mégalomaniaques en citant les Écritures, sans en comprendre un traître mot. On prônait l'intolérance pour montrer la force de ses convictions. Et maintenant, après toutes ces années, l'humanité était parvenue à souiller tout ce qui était beau dans la parole de Jésus.

Ce soir, voir le signe de la Rose-Croix lui avait redonné espoir ; cela ravivait en lui le souvenir des manifestes rosicruciens qui l'avaient accompagné sa vie durant.

Chapitre I : Jéhovah sauvera l'humanité en révélant aux hommes les secrets qu'il avait, jusqu'alors, réservés pour ses élus.

Chapitre IV : Le monde entier deviendra comme un livre ouvert ; il n'y aura plus aucune contradiction entre la science et la théologie.

Chapitre VII : Avant la fin du monde, Dieu fera jaillir un grand flot de lumière spirituelle pour alléger les souffrances de l'humanité.

Chapitre VIII : Mais avant que cette révélation soit possible, le monde devra se débarrasser des intoxications de son calice empoisonné, empli du vin frelaté de la fausse théologie.

L'Église s'était égarée depuis longtemps ; Galloway avait passé sa vie à tenter de la remettre dans le droit chemin. Et voilà que ce moment tant attendu était sur le point de se produire.

Les ténèbres, avant l'aube, sont toujours les plus épaisses.

*

L'agent Turner Simkins, perché sur le patin de l'hélicoptère, attendait que l'appareil se pose sur l'herbe couverte de givre. Il sauta au sol, aussitôt rejoint par ses hommes, et fit signe au Faucon noir de remonter pour surveiller les issues.

Personne ne sortira de ce bâtiment ! se promit-il.

Alors que l'hélicoptère reprenait de l'altitude, Simkins et son escouade montèrent au pas de charge l'escalier de la cathédrale. Au moment où les soldats s'apprêtaient à tambouriner à la porte, l'un des battants s'ouvrit.

— Oui ? fit une voix calme dans l'ombre.

Simkins distinguait une vague silhouette, **toute** chétive et courbée. Il remarqua la soutane.

— Vous êtes le doyen Colin Galloway ?

— C'est exact.

— Je cherche Robert Langdon. Vous l'avez vu ?

Le vieil homme s'avança d'un pas, montrant à Simkins ses yeux laiteux.

— Cela tiendrait du miracle...

88.

Le temps presse !

L'analyste Nola Kaye avait déjà les nerfs en pelote. À son troisième café, elle eut l'impression que tout son corps était chargé d'électricité.

Aucune nouvelle de Sato !

Enfin, son téléphone sonna.

— Ici Nola ! annonça-t-elle en décrochant en toute hâte.

— Nola, c'est Rick Parrish de la Sécurité réseau.

Nola s'effondra dans son siège. Ce n'était pas Sato.

— Salut, Rick. Tu as un problème ?

— Non. Je voulais te donner une piste. Au service, on a des informations qui **pourraient** t'être utiles pour tes recherches.

Nola posa son café.

Comment savait-il sur quoi elle travaillait ?

— Quelles recherches ?

— Ça va, ne monte pas sur tes grands chevaux. C'est la nouvelle IC... Elle est en phase de test et le programme n'arrête pas de m'afficher le numéro de ton terminal.

Nola se souvint alors que l'Agence mettait en place un nouveau logiciel d'« intégration collaborative », un système essaimant des alertes dans les nombreux services de la CIA quand ils travaillaient simultanément sur des données connexes. À une époque où l'on vivait sous la menace terroriste, une catastrophe pouvait souvent être évitée si on vous prévenait que votre collègue au bout du couloir avait justement les infos qui vous manquaient... Pour l'instant, l'IC avait été plus une nuisance qu'une aide – Nola l'avait surnommée « l'Interruption Constante ».

— C'est vrai. J'avais oublié. Qu'est-ce que tu as pour moi ?

Personne à Langley n'était au courant de l'opération de ce soir. Par conséquent, personne ne travaillait sur le même sujet qu'elle. Les seules recherches qu'avait effectuées Nola sur ordinateur étaient pour Sato : une compilation des sujets ésotériques étudiés par les francs-maçons. Mais, face à Rick Parrish, Nola était forcée de jouer le jeu.

— C'est sans doute pas grand-chose, commença Parrish, mais on a arrêté un hacker ce soir. Et l'IC nous demande de partager l'info avec toi.

Un hacker ?

Nola but une gorgée de café.

— Vas-y. Je t'écoute.

— Il y a environ une heure, on a attrapé un type – un dénommé Zoubianis. Il essayait d'accéder à un fichier appartenant à l'une de nos bases de données internes. Il a dit que c'était une commande mais qu'il ignorait totalement pourquoi il devait accéder à ce fichier et qu'il était loin de se douter qu'il était sur un serveur de la CIA...

— D'accord.

— On a fini de l'interroger. Il a dit la vérité. Mais il y a un truc bizarre : ce même fichier, un peu plus tôt dans la soirée, a fait l'objet d'une requête. À en croire notre moteur de recherche interne, quelqu'un s'est branché sur notre réseau avec une série de mots clés et le système a généré un caviardage automatique. La suite de mots clés était vraiment étrange. Il y en a un en particulier que l'IC a placé au sommet de la liste de nos données communes. On trouve ce mot uniquement dans les historiques de nos deux ordis. Tu sais ce que c'est qu'un... symbolon ?

Nola fit un bond et renversa son café sur son bureau.

— Les autres mots clés sont tout aussi saugrenus, poursuivit Parrish. Pyramide... Ancienne porte...

— Rapplique ici ! lança Nola, en épongeant son plan de travail. Et amène-moi tout ce que tu as !

— Sans blague, ces mots te disent quelque chose ?

— Viens, je te dis !

89.

Le Collège de la cathédrale est un édifice élégant aux airs de manoir anglais, situé à une centaine de mètres au nord de la Cathédrale nationale. L'établissement – de son vrai nom, le *College of Preachers* – a été construit à la demande du premier évêque de Washington, pour le perfectionnement des prêtres après leur ordination. Aujourd'hui, on peut y suivre des cours de théologie, de droit, de médecine et de spiritualité.

Langdon et Katherine avaient piqué un sprint sur la pelouse. Grâce à la clé du doyen, ils étaient parvenus à entrer dans le bâtiment juste avant que l'hélicoptère ne s'élève à nouveau au-dessus de la cathédrale, éclairant la nuit de ses projecteurs. À présent, ils étaient dans le hall, haletants, et surveillaient les alentours. Les fenêtres laissaient filtrer suffisamment de lumière ; inutile d'allumer les lampes et de courir le risque que le Faucon noir ne les repère. Ils longèrent le couloir principal, passant devant des amphithéâtres, des salles de cours et des espaces de détente. L'endroit rappelait à Langdon les bâtiments néo-gothiques de l'université de Yale – magnifiques à l'extérieur et strictement pratiques à l'intérieur, la décoration d'antan ayant été adaptée aux contingences de la vie moderne.

— Par ici ! lança Katherine en désignant l'extrémité du couloir.

Langdon ne comprenait toujours pas l'illumination de son amie concernant la pyramide, mais, de toute évidence, Isaacus Neutonuus avait été l'étincelle. Elle lui avait simplement dit, en traversant la pelouse, que la transformation de la pyramide pouvait être réalisée au moyen d'un procédé tout à fait élémentaire. Et elle était certaine de trouver ce qu'il lui fallait dans ce bâtiment. Langdon ne voyait pas du tout comment Katherine comptait réaliser la transmutation d'un bloc de granite ou d'un tétraèdre d'or, mais après avoir été témoin de la métamorphose d'un cube en symbole rosicrucien, il s'attendait à tout.

Arrivée au bout du couloir, Katherine fronça les sourcils, contrariée.

— Vous disiez que ce bâtiment avait des chambres ?

— Oui, pour les participants aux séminaires.

— Il y a forcément une cuisine quelque part...

— Vous avez faim ?

— Non. Il me faut un labo, répliqua-t-elle, impatiente.

Bien sûr, où avais-je la tête ?

Langdon repéra un escalier qui menait au sous-sol. Au-dessus du chevêtre un symbole plein de promesses.

Le pictogramme préféré des Américains...

La cuisine était gigantesque – plats, ustensiles, plan de travail ; tout était en inox – et conçue pour rassasier de nombreux convives. La pièce ne disposant pas de fenêtre, Katherine ferma la porte et alluma la lumière. Les ventilateurs des hottes se mirent automatiquement en marche.

Elle commença à fouiller les placards.

— Robert, ordonna-t-elle, posez la pyramide sur l'îlot central.

Se sentant comme un jeune marmiton aux ordres d'un grand chef, Langdon s'empressa d'obéir. Tandis qu'il sortait la pyramide et plaçait la coiffe dorée dessus, Katherine remplissait un faitout d'eau chaude.

— Vous voulez bien mettre ça sur la cuisinière ?

Langdon installa le grand récipient sur les feux, pendant que Katherine ouvrait le gaz et craquait une allumette.

— On va faire cuire des homards ?

— Très drôle ! Non, nous allons faire un peu d'alchimie élémentaire. Et pour votre culture personnelle, c'est un cuit-pâtes, ça sert, comme son nom l'indique, à faire cuire des pâtes, pas des homards, dit-elle en désignant la passoire qu'elle avait retirée du faitout et placée à côté de la pyramide.

Que je suis bête...

— Et faire cuire des pâtes va nous aider à décrypter cette pyramide ?

Katherine l'ignora et poursuivit avec un sérieux indéfectible :

— Comme vous le savez sûrement, ce n'est pas un hasard si les maçons ont choisi de faire du trente-troisième degré le grade le plus élevé de leur ordre. Il y a une raison historique et symbolique.

— Bien sûr, répondit Langdon.

Du temps de Pythagore, six cents ans avant Jésus-Christ, la numérologie plaçait le nombre trente-trois au premier rang des Nombres Maîtres. C'était le chiffre le plus sacré, représentant la vérité divine. La tradition s'est perpétuée chez les francs-maçons... Et aussi ailleurs. Ce n'était pas une coïncidence si on racontait aux chrétiens que Jésus avait été crucifié à trente-trois ans, même si personne ne connaissait réellement l'âge du Christ. Ni une coïncidence, non plus, lorsqu'on prétendait que Joseph avait épousé Marie à trente-trois ans, que Jésus avait accompli trente-trois miracles, que le nom de Dieu est mentionné trente-trois fois dans la *Genèse*, ou que, dans l'islam, tous les habitants du Paradis ont éternellement trente-trois ans.

— Le nombre trente-trois est sacré dans de nombreuses traditions mystiques.

— Exact, confirma Langdon ne voyant toujours pas le rapport avec le cuit-pâtes.

— Vous ne trouverez donc rien de surprenant à ce qu'un savant, alchimiste, rosicrucien, et mystique comme Isaac Newton accorde une importance spéciale à ce nombre.

— Au contraire, c'est l'évidence même. Newton était un adepte de la numérologie, de la divination et de l'astrologie, mais je ne vois pas le...

— Tout est révélé au trente-troisième degré.

Langdon sortit de sa poche la bague de Peter, puis regarda à nouveau le faitout.

— Je suis désolé. Je ne vous suis pas.

— Robert, tout à l'heure, on supposait vous comme moi que l'expression « trente-troisième degré » faisait référence aux degrés maçonniques, et pourtant, quand vous avez tourné la bague de trente-trois degrés, le cube s'est transformé en croix. À cet instant, on a compris que le mot « degré » pouvait revêtir un autre sens.

— Oui. Des degrés d'angle.

— Exact. Mais il existe une troisième sorte de degrés...

Langdon se tourna vers le récipient posé sur la cuisinière.

— La température.

— Tout juste ! C'était sous nos yeux toute la soirée. « Tout est révélé au trente-troisième degré. » Si nous portons cette pyramide à la température de trente-trois degrés... elle nous révélera peut-être quelque chose.

Katherine était d'une grande intelligence, et pourtant elle omettait un détail, et un gros.

— Si je ne m'abuse, trente-trois degrés Fahrenheit, c'est quasiment zéro degré Celsius. On devrait plutôt mettre cette pyramide au congélateur, non ?

Katherine esquissa un sourire.

— Pas si on suit la recette du grand *Jeova Sanctus Unus.*

Isaacus Neutonuus a écrit des recettes de cuisine ?

— Robert, la température est le catalyseur fondamental des réactions alchimiques, et elle n'est pas toujours mesurée en degrés Fahrenheit ou Celsius. Il existe des échelles de température plus anciennes, dont une inventée par notre ami...

— L'échelle de Newton !

— Oui ! Isaac Newton a inventé un système de quantification de la température fondé sur des phénomènes naturels. La température de la neige qui fond en était la base, il appelait ça « le zéro degré de chaleur ». J'imagine que vous devinez quel degré il a attribué à la température de l'eau en ébullition – le plus grand solvant alchimique.

— Le trente-troisième.

— Oui. Le trente-troisième degré. Sur l'échelle de Newton, la température de l'eau qui bout est de trente-trois degrés. Je me souviens avoir demandé à mon frère pourquoi Newton avait choisi ce nombre. Cela paraissait un drôle de choix. L'ébullition est le procédé fondamental

de l'alchimie et il choisit le nombre trente-trois ? Pourquoi pas cent ? Ou quelque chose de plus parlant, de
plus élégant ? Peter m'a alors expliqué que, pour un
hermétiste comme Isaac Newton, il n'y avait pas de
nombre plus noble que trente-trois.

Tout est révélé au trente-troisième degré.

Langdon regarda tour à tour le faitout et la pyramide.

— Katherine, la pyramide est en granite et la coiffe
en or massif. De l'eau en ébullition, ce n'est pas assez
chaud pour les transformer.

À voir le sourire malicieux de Katherine, elle ne lui
avait pas tout dit. Elle s'approcha de l'îlot central avec
assurance, et déposa la pyramide et la coiffe dans la
passoire. Puis elle plongea le panier dans l'eau
bouillante.

— C'est ce qu'on va voir...

*

Au-dessus de la Cathédrale nationale, l'agent de la
CIA mit son hélicoptère en pilote automatique et
observa les abords de l'édifice. Tout était immobile. Sa
caméra thermique ne pouvait percer les murs de
l'église, ce qui l'empêchait de savoir ce qui se passait à
l'intérieur. Mais si quiconque s'avisait d'en sortir, il le
repérerait aussitôt.

Soixante secondes plus tard, le capteur infrarouge
embarqué dans le Faucon noir émit un bip. Fonction-
nant sur le même principe que les systèmes d'alarme
domestiques, le détecteur avait identifié un fort diffé-
rentiel de température. D'ordinaire, cela signifiait
qu'une forme humaine se déplaçait à travers une zone
plus froide... Mais l'image qui apparut à l'écran était
une sorte de halo thermique, un nuage d'air chaud glis-
sant sur la pelouse. Le pilote trouva rapidement l'explication du phénomène : un extracteur tournait au
Collège de la cathédrale.

Ce genre de perturbation thermique était fréquent.
Sans doute quelqu'un faisait-il la cuisine ou la lessive.

Le pilote allait reprendre sa vigie quand un détail le frappa. Il n'y avait aucune voiture sur le parking, et aucune lumière dans le bâtiment.

Pendant un long moment, il fixa des yeux l'écran de la caméra infrarouge. Puis il appela son supérieur par radio :

— Simkins, c'est probablement rien, mais...

*

— Des repères incandescents de température ! s'exclama Langdon, reconnaissant que l'idée était astucieuse.

— De la science élémentaire, reprit Katherine. Les corps entrent en incandescence à différentes températures. On appelle ça des marqueurs thermiques. La science s'en sert constamment...

Langdon observa les deux morceaux de la pyramide immergés dans l'eau. Des volutes de vapeur commençaient à s'élever de la surface. Mais Langdon restait inquiet. Il consulta sa montre et son cœur tressauta. 23 h 45 !

— Vous croyez que quelque chose va devenir luminescent dans l'eau ?

— Pas luminescent, Robert. Incandescent. Il y a une grande différence. L'incandescence est provoquée par la chaleur et elle se produit à une température précise et spécifique pour chaque corps. Par exemple, dans les aciéries, lorsqu'on chauffe les poutrelles avant la trempe, les ouvriers déposent sur les faces un sprav invisible qui va entrer en incandescence à la température de chauffe voulue. Quand ça se met à briller, c'est le signal pour eux que la poutrelle est prête pour la trempe. Pensez aussi aux « bagues d'humeur ». À votre doigt, elles changent de couleur selon la température de votre corps.

— Katherine, cette pyramide a été forgée au début du XIXe siècle ! Je veux bien croire que l'artisan de l'époque soit parvenu à dissimuler les charnières, mais de là à appliquer un revêtement thermosensible invisible...

— C'est parfaitement crédible, répondit-elle en regardant pleine d'espoir le bain bouillonnant. Les premiers alchimistes utilisaient du phosphore organique comme marqueur thermique. Les Chinois savaient fabriquer des feux d'artifice colorés, et les Égyptiens faisaient même des...

Katherine s'interrompit brusquement, les yeux rivés sur le récipient.

— Que se passe-t-il ?

Langdon regarda l'eau en ébullition, sans rien noter de particulier.

Elle se pencha pour examiner de plus près la surface agitée. Brusquement, elle courut vers la porte de la cuisine.

— Où allez-vous ?

Elle s'arrêta dans une glissade devant l'interrupteur et éteignit la lumière. Le ventilateur de la hotte cessa de tourner. La pièce fut plongée dans les ténèbres et le silence. Langdon s'approcha pour observer la pyramide immergée. Lorsque Katherine le rejoignit, il était bouche bée.

Comme son amie l'avait prévu, une petite portion de la coiffe luisait dans l'eau. Des lettres commençaient à apparaître et devenaient de plus en plus brillantes avec la chaleur.

— Un texte ! murmura-t-elle.

Langdon secoua la tête, médusé. Des lettres s'étaient matérialisées juste sous l'inscription. Trois mots, apparemment. Encore illisibles... Était-ce enfin la clé du mystère ?

La pyramide est une véritable carte, leur avait dit Galloway. Et elle désigne un lieu réel.

Quand les lettres étincelèrent de tout leur éclat, Katherine ferma le gaz. L'eau cessa de bouillir, les bulles disparurent, et la coiffe apparut sous la surface immobile.

Les trois mots étaient parfaitement lisibles.

90.

Dans la pénombre du Collège de la cathédrale, Langdon et Katherine se tenaient au-dessus des volutes de vapeur, contemplant la pierre de faîte qui s'était transformée au fond de l'eau. Sur l'une des faces du tétraèdre, un message incandescent s'était affiché.

Langdon lut le texte. Il croyait avoir la berlue ! La pyramide indiquait un lieu réel, mais il ne pensait pas que ce serait aussi précis !

H u i t F r a n k l i n S q u a r e

— Une adresse..., souffla-t-il.
— Vous connaissez l'endroit ? demanda Katherine tout aussi surprise.

Langdon secoua la tête. Franklin Square était un vieux quartier de Washington, mais le « Huit Franklin Square » ne lui disait rien. Il relut toute l'inscription, en commençant par le haut de la pyramide :

L e

s e c r e t e s t

à l ' i n t é r i e u r d e l ' O r d r e

H u i t F r a n k l i n S q u a r e

Un Ordre siégerait au Huit Franklin Square ?

Un bâtiment dissimulerait l'entrée d'un grand escalier s'enfonçant sous terre ?

Peu importait ce qu'il y avait exactement à cette adresse. L'essentiel, c'était que Katherine ait décrypté la pyramide ; ils avaient désormais l'information qu'on leur réclamait en échange de la libération de Peter.

Il était temps...

Langdon consulta sa montre. Il leur restait moins de dix minutes.

— Appelez-le, ordonna Katherine en désignant un téléphone mural dans la cuisine. Vite !

— Vous pensez que c'est la meilleure chose à faire ? hésita Langdon.

— Absolument.

— Je ne veux rien lui dire tant que Peter n'est pas en sécurité.

— Bien sûr. Vous vous souvenez du numéro ?

Langdon acquiesça. Il se dirigea vers l'appareil, décrocha le combiné et composa le numéro du ravisseur. Katherine plaqua son oreille sur l'écouteur pour entendre la conversation. La ligne sonnait... Langdon allait encore entendre cette désagréable voix rauque.

Enfin, le ravisseur prit l'appel.

Pas de bonjour, ni paroles. Juste une respiration.

Langdon attendit un peu, puis se décida à parler :

— J'ai l'information que vous voulez, mais pour la récupérer, il faut nous rendre Peter.

— Qui est à l'appareil ? s'enquit une voix de femme à l'autre bout du fil.

— Robert Langdon, répondit-il machinalement, pris de court. Et vous, qui êtes-vous ?

Peut-être avait-il fait un faux numéro ?

— Vous êtes Robert Langdon ? (La femme aussi paraissait surprise.) Il y a quelqu'un ici qui voudrait vous parler.

Quoi ?

— Mais qui êtes-vous *?*

— L'agent de sécurité Paige Montgomery de la société Premium Sécurité. Peut-être pourrez-vous nous renseigner ? Il y a une heure environ, ma collègue a répondu à un appel d'urgence pour Kalorama Heights, pour un enlèvement avec séquestration. J'ai perdu le contact avec elle, alors j'ai appelé la police et me suis rendue sur les lieux. On a retrouvé ma collègue morte derrière la maison. Le propriétaire étant absent, nous avons forcé la porte. Un téléphone portable s'est mis à sonner sur la desserte du salon, alors j'ai...

— Vous êtes à l'intérieur ?

— Oui. Et l'appel n'était pas un canular ! s'écria la femme. Veuillez m'excuser, mais je suis encore sous le choc... Ma collègue est morte et on a trouvé un homme prisonnier. Il est dans un sale état mais nous nous occupons de lui. Il a demandé à parler à deux personnes : M. Langdon et Mme Solomon.

— C'est mon frère ! lança Katherine dans l'appareil, en plaquant sa tête contre celle de Langdon. C'est moi qui ai appelé le centre d'appel des urgences ! Comment va-t-il ?

— Pour tout vous dire, pas très bien, voire pas bien du tout. On lui a coupé la main droite.

— Passez-le-moi, je veux lui parler.

— On est en train de le soigner. Il est plus ou moins inconscient. Si vous êtes dans le secteur, il vaut mieux que vous veniez. Il veut vous voir.

— Nous arrivons dans cinq minutes...

— Dépêchez-vous. (Il y eut un bruit étouffé en arrière-fond.) Je suis désolée, reprit la femme. Ils ont besoin de moi. Je vous raconterai tout à votre arrivée.

Et elle raccrocha.

91.

Langdon et Katherine grimpèrent quatre à quatre l'escalier et foncèrent vers la sortie du Collège de la cathédrale. Ils n'entendaient plus le bruit de l'hélicoptère. Ils allaient pouvoir s'enfuir et se rendre à Kalorama Heights.

Ils ont trouvé Peter ! Il est vivant ! se réjouissaient-ils.

Sitôt après avoir raccroché, Katherine avait sorti de l'eau la pyramide et l'avait remise dans le sac, toute dégoulinante. Langdon sentait sa chaleur contre sa hanche.

La joie de savoir Peter vivant avait interrompu leur débat sur le message de la coiffe – Huit Franklin Square. Ils auraient tout le temps d'y réfléchir en compagnie de Peter.

Alors qu'ils atteignaient les portes, Katherine s'immobilisa et indiqua une salle d'attente située de l'autre côté du couloir. Par la baie vitrée, ils pouvaient voir la silhouette noire de l'hélicoptère, posé sur la pelouse. Le pilote se tenait devant. Il leur tournait le dos et parlait dans sa radio. Une Cadillac Escalade, aux vitres teintées, était garée à côté.

Restant dans l'ombre, Katherine et Langdon s'approchèrent de la fenêtre pour tenter de repérer où était le reste de la troupe. La chance était de leur côté : la vaste pelouse était déserte.

— Ils doivent être dans la cathédrale, supposa Langdon.

— Vous avez tout faux, répondit une grosse voix derrière eux.

Langdon et Katherine se retournèrent en sursautant. Sur le seuil, deux silhouettes en tenue de combat noire les mettaient en joue avec leur fusil à visée laser. Langdon voyait un point lumineux danser sur sa poitrine.

— Ravie de vous revoir, professeur ! lança une autre voix qui lui était familière. (Les agents s'écartèrent pour laisser passer la minuscule Inoue Sato.) Vous avez fait tous les mauvais choix possibles, cette nuit.

— La police a retrouvé Peter Solomon ! répliqua Langdon. Il est blessé, mais encore en vie. Tout est terminé.

Sato ne montra aucun signe de surprise. Elle vint se planter sous le nez de Langdon.

— Professeur, je peux vous assurer qu'on est loin d'en avoir fini. Et si la police est désormais impliquée, cela va encore aggraver la situation. Comme je vous l'ai dit plus tôt, c'est une affaire extrêmement délicate. Vous n'auriez jamais dû vous enfuir avec cette pyramide.

— Madame, bredouilla Katherine. Il faut que je voie mon frère. Prenez la pyramide, si vous y tenez, mais vous devez...

— Des ordres, maintenant ? rétorqua Inoue Sato en pivotant vers Katherine. Madame Solomon, je suppose ? (Elle lui jeta un regard noir avant de reporter son attention sur Langdon.) Posez votre sac sur la table.

Langdon observa la paire de points lumineux sur son torse. Il obéit. Un agent s'approcha, ouvrit la fermeture Éclair avec précaution, et sépara les deux morceaux de la pyramide. Des volutes de vapeur montèrent vers son visage. Méfiant, il examina un long moment l'intérieur de la poche avec sa lampe électrique, puis fit signe à Sato de le rejoindre.

La femme s'approcha et contempla la pyramide et sa coiffe qui luisaient dans le faisceau de la torche. Elle se pencha pour regarder de plus près le tétraèdre doré.

C'est vrai qu'elle ne l'a vu qu'aux rayons X, se souvint Langdon.

— Cette inscription..., demanda-t-elle. Vous savez ce qu'elle signifie ? Le secret est à l'intérieur de l'Ordre ?

— Nous n'en sommes pas absolument certains.

— Pourquoi la pyramide est-elle brûlante ?

— Nous l'avons plongée dans l'eau bouillante, répondit Katherine sans hésiter. Cela faisait partie du processus de décryptage. On vous racontera tout, mais je vous en prie, laissez-moi voir mon frère. Il a vécu un...

— Vous avez fait cuire la pyramide ?

— Éteignez la lampe et regardez la coiffe, suggéra Katherine. C'est peut-être encore visible...

L'agent obéit et Sato s'agenouilla devant le tétraèdre. Malgré la distance, Langdon constata que les lettres luisaient encore.

— Huit Franklin Square ? lut-elle avec étonnement.

— Oui, madame. Ce texte a été écrit avec un vernis ou une laque entrant en incandescence à une certaine température. Le trente-troisième degré signifiait en fait...

— Et cette adresse ? C'est ça que veut ce type ?

— Oui, répondit Langdon. Il pense que la pyramide est une carte indiquant l'emplacement d'un grand trésor – la clé pour ouvrir les Mystères anciens.

Sato contempla à nouveau la coiffe d'or, incrédule.

— Dites-moi…, s'enquit-elle, la voix chargée d'anxiété. Avez-vous déjà contacté cet homme ? Lui avez-vous donné cette adresse ?

Langdon lui expliqua ce qui s'était produit quand il avait appelé le ravisseur sur son portable.

Sato écouta ce récit avec attention, en passant sa langue sur ses dents jaunies par le tabac. Sa colère était sensible.

Elle se tourna vers l'un de ses hommes.

— Faites-le venir ici…, articula-t-elle d'un ton glacial. Il est dans l'Escalade.

L'agent acquiesça et lança aussitôt un appel dans sa radio.

— De qui parlez-vous ? demanda Langdon.

— De la seule personne qui puisse réparer les dégâts que vous venez de causer !

— Quels dégâts ? Maintenant que Peter est sauvé, tout est…

— Peter Solomon est le cadet de mes soucis ! s'emporta Sato. C'est ce que j'ai essayé de vous dire au Capitole, mais vous avez choisi de jouer contre moi ! Et vous avez fichu un sacré bordel ! En détruisant votre téléphone portable, que nous avions mis sur écoute, vous nous avez ôté tout espoir de localiser cet individu. Maintenant, écoutez-moi bien ! Cette adresse que vous avez découverte… c'est notre dernière chance de coincer ce dingue. Alors vous allez coopérer avec lui, vous allez lui donner cette putain d'info et, dès qu'il montrera son nez là-bas, nous lui tomberons dessus !

Avant que Langdon ne puisse répondre, Inoue Sato lâcha le reste de son courroux sur Katherine.

— Quant à vous, madame Solomon ! Vous saviez où habitait ce dingue ! Pourquoi ne nous avez-vous rien dit ? On aurait pu le coincer chez lui… mais non ! Au lieu de ça, vous envoyez là-bas la pauvre employée d'une société de surveillance ! Votre frère est en vie, très bien, mais je vous le répète, nous sommes face à un problème ce soir qui dépasse largement le cadre de votre famille. Les conséquences vont être planétaires. L'homme qui a kidnappé votre frère détient un pouvoir énorme, et nous devons l'empêcher de nuire par tous les moyens.

Au moment où elle terminait sa tirade, la silhouette élégante de Warren Bellamy sortit de l'ombre. Il avait une mine de déterré... comme s'il avait vu l'enfer.

— Warren ? s'écria Langdon. Vous allez bien ?

— Pas vraiment.

— Vous savez la nouvelle ? Peter est en vie !

Bellamy acquiesça, le regard vague, comme si plus rien ne l'intéressait ici-bas.

— Oui, j'ai entendu votre conversation. Je suis content pour lui.

— Warren ? Que se passe-t-il ?

— Tout va s'éclairer sous peu, intervint Inoue Sato. Pour l'instant, M. Bellamy va contacter ce dingue et lui donner des informations. Comme il l'a fait toute la soirée.

Langdon était perdu.

— Warren, donnant des informations ? Mais c'est absurde, le ravisseur ne connaît même pas son existence !

Sato se tourna vers Bellamy et lui fit signe de parler.

— Robert..., commença l'Architecte dans un soupir. Je n'ai pas été tout à fait honnête avec vous.

Langdon en resta sans voix.

— Je pensais bien faire... Je suis désolé.

— Maintenant, vous allez pouvoir vous rattraper ! lança Sato. Et prions pour que ça marche !

Comme pour souligner la gravité de ces paroles, l'horloge de la cheminée sonna les douze coups de minuit.

Sato sortit de sa poche un sachet en plastique.

— Voici vos affaires, monsieur Bellamy..., déclara-t-elle en lui lançant la pochette. Votre portable est-il équipé d'un appareil photo ?

— Oui, madame.
— Parfait. Tenez-moi la pierre de faîte.

*

Le contact de Mal'akh – Warren Bellamy, le franc-maçon qu'il avait envoyé au Capitole pour prêter main-forte à Langdon – venait de lui faire parvenir un message.

Des nouvelles, enfin !

De : Warren Bellamy

Ai été séparé de Langdon
Mais finalement j'ai l'info que
vous demandez. Preuve ci-jointe
Appelez pour avoir le morceau manquant
WB.

1 pièce jointe (jpeg) –

Quel morceau manquant ?

La pièce jointe était une photographie.

En découvrant le cliché, Mal'akh eut un hoquet de stupeur. Son cœur se mit à cogner dans sa poitrine. Il avait sous les yeux, en gros plan, une petite pyramide dorée. La coiffe de la légende ! L'inscription sur l'une des faces était prometteuse : le secret est à l'intérieur de l'Ordre.

Mal'akh remarqua un détail étonnant : sous les caractères finement gravés, il y avait une autre inscription. Des lettres incandescentes, comme s'il y avait du feu à l'intérieur de la pyramide. Incrédule, il lut le texte. La légende disait vrai...

La Pyramide maçonnique se transformera pour révéler son secret à celui qui en sera digne !

Comment cette métamorphose avait-elle pu s'accomplir ? Mal'akh n'en savait rien et s'en fichait. Le texte lumineux indiquait visiblement un endroit précis à Washington, comme dans la prophétie ! Franklin Square. Malheureusement, il y avait aussi, sur la photo,

l'index de Bellamy qui occultait un élément important
de l'information :

Le

secret est

à l'intérieur de l'Ordre

■■■■ Franklin Square

« Appelez pour avoir le morceau manquant. »
Maintenant Mal'akh comprenait où Bellamy voulait en
venir.

Jusqu'à présent, l'Architecte du Capitole s'était
montré très coopératif mais, à l'évidence, il avait désormais décidé de jouer un jeu dangereux.

92.

Sous la garde des hommes armés de la CIA, Katherine, Langdon et Bellamy, ainsi que Sato, attendaient
que le ravisseur appelle. Sur la table basse, la coiffe de
la pyramide brillait dans le sac ouvert de Langdon. Les
mots « Huit Franklin Square » s'étaient effacés, sans
laisser la moindre trace.

Katherine avait supplié Inoue Sato de la laisser voir
son frère, mais la petite femme était restée inflexible.
Elle ne quittait pas des yeux le téléphone de Bellamy.

Pourquoi Warren ne m'a-t-il pas dit la vérité ?
s'interrogeait Langdon. Apparemment, l'Architecte avait
été en contact avec le ravisseur toute la nuit, lui assu-
rant que Langdon progressait dans le décryptage de la
pyramide. C'était un moyen de gagner du temps. En
réalité, Bellamy avait tout fait pour empêcher quiconque

de percer le mystère de la Pyramide maçonnique. Mais à présent Bellamy avait changé son fusil d'épaule. Sato et lui étaient prêts à livrer le secret pour arrêter cet individu.

— Lâchez-moi ! clamait la voix d'un vieillard dans le couloir. Je suis aveugle, pas impotent ! Je connais le chemin !

Le doyen Galloway pestait toujours quand il arriva dans la pièce, sous l'escorte d'un agent de la CIA qui le força à s'asseoir.

— Qui est là ? demanda le vieil homme, ses yeux blancs scrutant l'air devant lui. J'ai l'impression que vous êtes nombreux. Combien êtes-vous pour surveiller un vieillard ?

— Nous sommes sept, répondit Sato. Dont Robert Langdon, Katherine Solomon et votre frère maçon Warren Bellamy.

À cette nouvelle, Galloway se ratatina sur son siège.

— Tout va bien, lui dit Langdon. Nous venons d'apprendre que Peter est sauvé. Il est blessé, mais la police est avec lui.

— Dieu merci. Et la...

Un bruit fit sursauter tout le monde. C'était le téléphone de Bellamy qui vibrait sur la table basse. Tous se turent.

— Allez-y, monsieur Bellamy, souffla Sato. Et ne vous plantez pas. Vous connaissez l'enjeu.

Bellamy prit une profonde inspiration et alluma le haut-parleur.

— Allô ? fit-il, en haussant le ton vers le téléphone posé sur la table.

La voix dans le haut-parleur était parfaitement reconnaissable – un souffle rauque. On avait l'impression qu'il appelait d'une voiture.

— Il est minuit, monsieur Bellamy. J'étais sur le point d'abréger les souffrances de Peter Solomon.

Il y eut un silence dans la pièce.

— Je veux lui parler.

— Impossible. Je suis en voiture. Solomon est dans le coffre.

Langdon et Katherine échangèrent un regard, avant de secouer la tête.

Il bluffe ! Il n'a plus Peter !

Par signes, Sato demanda à Bellamy de continuer à lui mettre la pression.

— Fournissez-moi une preuve que Peter est bien vivant. Je ne vous donnerai le reste que si...

— Votre grand commandeur a besoin d'un médecin d'urgence. Ne perdez pas de temps à marchander. Dites-moi le numéro sur Franklin Square et je vous rendrai Peter Solomon là-bas.

— Je vous dis que je veux une...

— Assez ! cria l'homme. Si vous continuez, je me gare et j'en finis tout de suite avec votre ami !

— Écoutez-moi bien..., répliqua Bellamy sans se démonter. Si vous voulez le reste de l'inscription, vous allez devoir suivre mes règles du jeu. Retrouvons-nous à Franklin Square. Une fois que vous m'aurez rendu Peter en vie, je vous communiquerai le numéro.

— Qu'est-ce qui me prouve que vous n'avez pas alerté les autorités ?

— Le risque est trop grand. La vie de Peter n'est pas votre seule carte. Je sais ce qui est en jeu cette nuit.

— Vous comprenez donc, reprit l'homme au téléphone, que si, en arrivant à Franklin Square, je sens le moindre piège, je passerai mon chemin et vous pourrez dire adieu à jamais à votre cher Peter...

— Je viendrai seul, répondit Bellamy avec solennité. Quand vous me rendrez Peter, je vous donnerai tout ce qui vous manque.

— Attendez-moi dans le parc. Il va me falloir vingt bonnes minutes pour m'y rendre. Je vous conseille d'être patient.

Il coupa la communication.

Aussitôt, il y eut une grande agitation. Inoue Sato cria ses ordres. Des agents saisirent leur radio et partirent à toutes jambes vers la sortie.

Dans le chaos, Langdon regarda Bellamy, espérant une explication, mais les agents entraînaient déjà l'Architecte vers la porte.

— Je veux voir mon frère ! s'écria Katherine. Laissez-nous partir !

Sato marcha vers Katherine et la regarda droit dans les yeux.

— Madame Solomon, ma priorité est d'arrêter ce malade à Franklin Square. Et vous allez rester ici avec l'un de mes hommes jusqu'à ce que j'en aie terminé. Alors seulement, vous pourrez aller retrouver votre frère.

— Vous oubliez un détail ! Je sais exactement où se trouve la maison de ce dingue. C'est à cinq minutes d'ici, juste en haut de Kalorama Heights, il y a, là-bas, des indices qui peuvent vous être très utiles. Vous voulez en plus que cette affaire reste secrète... allez savoir ce que Peter risque de raconter aux flics quand il aura repris connaissance ?

Sato se renfrogna, Katherine avait marqué un point. Dehors, les pales de l'hélicoptère commençaient à fendre l'air. Elle s'adressa à l'un de ses hommes :

— Hartmann, prenez l'Escalade. Emmenez Mme Solomon et M. Langdon à Kalorama Heights. Peter Solomon ne doit parler à personne ? Compris ?

— Oui, madame.

— Appelez-moi dès que vous serez sur place. Dites-moi ce que vous aurez trouvé. Et ne quittez pas des yeux ces deux-là !

L'agent Hartmann claqua des talons, prit les clés du 4 × 4 et se dirigea vers la porte.

Katherine lui emboîta le pas.

Sato se tourna vers Langdon.

— On se revoit tout à l'heure, professeur. Vous pensez que je suis votre ennemie, je le sais, mais je vous assure que ce n'est pas le cas. Allez récupérer Solomon. Mais c'est loin d'être fini.

À côté de Langdon, le doyen Galloway s'était approché de la table basse ; il avait trouvé la pyramide dans le sac. Le vieil homme faisait courir ses doigts sur ses faces encore chaudes.

— Vous venez avec nous, révérend ?

— Je risque de vous retarder. (Galloway retira sa main et referma la sacoche.) Je vais rester ici et prier pour Peter. On se parlera plus tard. Mais quand vous lui montrerez la pyramide, vous voudrez bien lui passer un message de ma part ?

— Bien sûr, répondit Langdon en chargeant une fois de plus son sac sur l'épaule.

— Dites à Peter... (Galloway s'éclaircit la gorge.) Dites-lui que la Pyramide maçonnique a toujours protégé ses secrets... sincèrement.

— Je ne saisis pas.

Le vieil homme lui fit un clin d'œil.

— Dites-lui simplement ces mots. Il comprendra.

Sur ce, le révérend baissa la tête et se mit à prier.

Perplexe, Langdon abandonna le vieil homme et sortit en toute hâte du bâtiment. Katherine était déjà installée sur le siège passager de l'Escalade, et indiquait la route à l'agent. Langdon grimpa à l'arrière. À peine eut-il fermé la portière que le véhicule démarrait, traversant la pelouse pour filer au nord, vers Kalorama Heights.

93.

Franklin Square est situé dans le quart nord-ouest de Washington, encadré par la Rue K et la 13e Rue. Ce quartier historique abrite nombre de constructions remarquables, dont la célèbre Franklin School – le bâtiment duquel Alexander Graham Bell, en 1880, envoya le premier message sans fil du monde.

Au-dessus de Franklin Square, un Faucon noir arrivait par l'ouest, en provenance de la Cathédrale nationale. Il n'avait fallu à l'oiseau de métal que quelques minutes pour faire le trajet.

Nous sommes largement dans les temps, constata Inoue Sato, en observant le parc en contrebas. Ses hommes devaient se mettre en position avant l'apparition de leur cible.

Il a dit qu'il lui fallait vingt minutes.

À son ordre, le pilote descendit vers le toit du plus haut édifice bordant le parc, le Un Franklin Square – un immeuble de bureaux surmonté de deux magnifiques flèches dorées. L'atterrissage était illégal, mais le Faucon ne se posa que quelques secondes, et ses patins touchèrent à peine la terrasse du bâtiment. Dès que tout le monde eut sauté de l'appareil, le pilote décolla et reprit de l'altitude pour ne pas être repéré et offrir un soutien tactique à l'équipe.

Pendant que ses hommes rassemblaient leur matériel, Inoue Sato prépara Bellamy pour sa mission. L'Architecte était toujours sous le choc, après avoir vu le fichier sur l'ordinateur.

Une question de sécurité nationale..., avait dit Sato.

Bellamy avait enfin compris ce que cela signifiait et, à présent, il ne demandait qu'à coopérer.

— Tout est prêt, madame, annonça l'agent Simkins.

Les hommes entraînèrent Bellamy vers un escalier, pour descendre et prendre position.

Sato s'approcha du bord de la terrasse. Elle contempla le grand parc rectangulaire en contrebas.

Il y a une myriade de cachettes possibles, songea-t-elle.

Ses hommes savaient que rapidité et discrétion étaient primordiales dans cette opération. Si leur cible soupçonnait leur présence, elle filerait... Une éventualité que Sato refusait d'envisager.

Le vent, à cette hauteur, était froid et violent. Sato s'emmitoufla dans sa veste et écarta les pieds pour éviter de perdre l'équilibre et de tomber dans le vide. De son poste d'observation, Franklin Square paraissait plus petit que dans son souvenir. Quelques bâtiments entouraient le parc. Lequel d'entre eux était le numéro huit ?

C'était l'information que devait lui donner Nola d'un instant à l'autre.

Bellamy et ses hommes apparurent au pied de l'immeuble – des petites fourmis s'égaillant dans les ténèbres du parc. Simkins posta Bellamy sur une pelouse, au milieu du parc désert. Puis l'agent et ses hommes se cachèrent à proximité, profitant du couvert de la végétation. En quelques secondes, Bellamy se retrouva seul, frissonnant, faisant les cent pas sous la lueur blafarde d'un réverbère.

Inoue Sato n'éprouvait pour lui aucune compas-sion.

Elle alluma une cigarette et tira une longue bouf-fée, savourant l'influx d'air chaud dans ses poumons. Maintenant que le piège était en place, elle s'écarta de l'abîme pour attendre ses deux coups de fil – l'un de son analyste Nola, l'autre de l'agent Hartmann qu'elle avait envoyé à Kalorama Heights.

94.

Langdon s'accrocha à la banquette quand l'Esca-lade prit un virage sur les chapeaux de roues. Soit l'agent Hartmann voulait impressionner Katherine, soit il tenait à arriver avant que Peter Solomon ne se mette à parler à la police.

Ils avaient brûlé tous les feux rouges et traversé, pied au plancher, le quartier des ambassades. Et main-tenant le chauffeur se lançait dans un gymkhana dans le méandre des rues de Kalorama Heights. Katherine jouait les copilotes, puisqu'elle s'était rendue chez le ravisseur quelques heures plus tôt.

À chaque tournant, le sac valdinguait aux pieds de Langdon ; il entendait le tintement métallique de la coiffe qui avait été détachée de sa base. Craignant qu'elle ne s'abîme, il s'en saisit. Elle était encore chaude, mais il ne restait plus que l'inscription d'origine :

Le secret est à l'intérieur de l'Ordre.

Alors qu'il s'apprêtait à glisser la coiffe dans une poche latérale du sac, il remarqua que ses faces étaient couvertes de petites particules blanches. Il frotta l'objet pour les retirer, mais elles étaient collées au métal et dures au toucher – comme des morceaux de plastique.

Qu'est-ce que c'est ?

La pyramide de pierre, découvrit-il, était également recouverte de ces mêmes particules. Avec son ongle, il en décolla une et la fit rouler entre ses doigts.

— De la cire ? articula-t-il.

Katherine se retourna vers lui.

— Quoi ?

— C'est étrange, il y a des morceaux de cire sur la pyramide et la coiffe. D'où ça peut venir ?

— De votre sac, peut-être ?

— Ça m'étonnerait.

Au moment où ils débouchaient dans une autre rue, Katherine tendit le doigt.

— C'est là ! Nous y sommes.

Langdon releva la tête et aperçut des gyrophares, éclairant la façade d'une grande maison. Le portail était ouvert. L'agent pénétra en trombe dans la propriété.

La demeure avait des airs de manoir. Toutes les lumières étaient allumées aux fenêtres, et la porte d'entrée béait dans la nuit, grande ouverte. Cinq ou six voitures étaient garées un peu partout dans l'allée et sur la pelouse. Le moteur de certains véhicules tournait encore, leurs phares braqués sur la maison. Mais un véhicule, ayant fait un tête-à-queue, les éblouissait.

Hartmann s'arrêta brutalement sur la pelouse, à côté de la voiture aux gyrophares : une berline blanche arborant le logo PREMIUM SÉCURITÉ, à peine visible dans le halo aveuglant des lumières.

Katherine sauta au sol et fonça vers la bâtisse. Langdon passa son sac en bandoulière, sans prendre le temps de le fermer convenablement, et courut dans le sillage de son amie. Des voix résonnaient à l'intérieur. Derrière Langdon, l'Escalade émit un bip sonore ; Hartmann venait de verrouiller les portes et leur emboîtait le pas.

Katherine monta quatre à quatre les marches du perron et disparut dans le hall d'entrée. Franchissant le seuil à son tour, Langdon la vit se précipiter dans un couloir, en direction des voix. Tout au bout, on apercevait une salle à manger. Une femme en uniforme de vigile était assise à la table, dos à eux.

— Où est Peter ? cria Katherine.

Langdon courut derrière elle, mais un mouvement sur sa gauche attira son regard. Par la fenêtre du salon, il vit le portail se refermer.

Étrange.

Et, dans le même instant, un autre détail le troubla. Il ne l'avait pas remarqué à son arrivée, à cause du halo aveuglant des phares. Les véhicules garés en tout sens devant la demeure ne ressemblaient pas à des voitures de police, ni à des ambulances.

Une Mercedes ? Un Hummer ? Un Roadster Tesla ?

Langdon s'aperçut alors que les voix provenaient d'un poste de télévision.

Langdon se retourna, saisi par l'angoisse.

— Katherine ! Attendez !

Mais Katherine ne courait plus. Elle volait dans les airs.

95.

Katherine Solomon sentit qu'elle tombait, sans précisément savoir pourquoi.

Alors qu'elle courait vers l'agent de sécurité assis dans la salle à manger, ses pieds avaient rencontre un obstacle invisible. Elle avait alors été projetée en l'air.

Et maintenant, elle amorçait sa chute... vers le plancher.

Katherine retomba à plat ventre. Le choc lui coupa la respiration. Au-dessus d'elle, un grand portemanteau vacilla et s'abattit juste à côté de son visage. Elle releva la tête, le souffle coupé ; la femme sur sa chaise n'avait pas bougé. Plus étrange encore, un fil de nylon était attaché au pied du portemanteau, un fil qui avait été tendu en travers du couloir.

Pourquoi est-ce que quelqu'un...

— Katherine ! appelait Langdon.

Elle pivota vers lui et son sang se figea dans ses veines.

Robert ! Derrière vous !

Elle voulut crier pour le prévenir, mais elle manquait d'air. Impuissante, elle regarda Langdon, comme dans une scène au ralenti, courir vers elle, inconscient de ce qui se passait dans son dos. Sur le seuil de la porte, l'agent Hartmann titubait. les mains refermées sur sa gorge. Du sang s'écoulait entre ses doigts alors qu'il tentait de retirer un tournevis fiché dans son cou...

Puis il s'écroula, et son agresseur apparut derrière lui.

Non !

Il devait s'être caché dans le hall... L'homme était entièrement nu, à l'exception d'une curieuse écharpe qui ceignait ses hanches ; son corps musclé était recouvert de tatouages. Il referma la porte d'entrée et se rua sur Langdon.

L'agent toucha le sol au moment où la porte claquait. Surpris par le bruit, Langdon se retourna et tenta de s'enfuir, mais son assaillant était déjà sur lui, et lui plantait quelque chose dans les reins. Il y eut un éclair, une décharge électrique, et Langdon s'immobilisa, pétrifié. Les yeux exorbités, il s'écroula comme une masse sur son sac. La pyramide roula au sol.

Sans lui accorder un regard, l'homme tatoué enjamba Langdon et marcha vers Katherine. Terrifiée, elle se traîna à reculons, mais son dos heurta une chaise – la chaise où se trouvait la vigile. Le corps de la femme s'écroula sous le choc. Les yeux sans vie de l'agent de sécurité étaient écarquillés d'horreur. Dans sa bouche, il y avait un gros morceau de tissu.

L'homme avait déjà rattrapé Katherine. Il la souleva de terre avec une force surhumaine. Son visage, qui n'était plus caché par le fond de teint, était terrifiant. D'un mouvement de bras, il la retourna sur le ventre, enfonçant un genou dans sa colonne vertébrale. Un instant, elle crut qu'il voulait lui casser l'échine... mais il lui saisit les bras et les ramena dans son dos.

La tête plaquée sur le tapis, elle apercevait Langdon dans le couloir. Son corps était parcouru de spasmes. Derrière, dans l'entrée, l'agent Hartmann gisait, immobile.

Quelque chose de métallique lui serra les poignets. Il l'attachait avec du fil de fer. Elle tenta de tirer sur ses liens, mais aussitôt la douleur fut insupportable.

— Plus vous bougerez, plus le fil vous coupera, annonça l'homme, en commençant à lier les chevilles de Katherine avec le même procédé.

Elle tenta de lui donner un coup de pied. Mais il frappa du poing une zone à l'arrière de la cuisse pour paralyser sa jambe. En quelques instants, ses pieds étaient ficelés.

— Robert ! parvint-elle à crier.

Langdon gémissait par terre, étendu sur son sac, la pyramide gisant à côté de sa tête.

La pyramide... leur dernier espoir...

— Nous avons déchiffré la pyramide ! s'écria-t-elle. Je vous dirai tout.

— Vous n'avez pas le choix.

L'homme retira le bâillon de la vigile et l'enfonça dans la bouche de Katherine.

Le goût de la mort.

*

Langdon n'était plus maître de son corps. Il gisait au sol, engourdi, la joue plaquée sur le plancher froid du couloir. Il connaissait les effets des fameux Taser ; leur décharge provoquait une « rupture électro-musculaire », comme on disait. Mais il aurait pu être frappé par la foudre, c'eût été pour lui du pareil au même ! L'onde de choc semblait avoir bouleversé toutes les cellules de son corps. Malgré sa bonne volonté, ses muscles refusaient de lui obéir.

Debout !

À plat ventre, Langdon respirait par petites goulées, avec difficulté. Son agresseur avait disparu de son champ de vision, mais Langdon pouvait voir dans le hall d'entrée l'agent Hartmann qui baignait dans son sang. Il avait entendu Katherine se débattre, puis tenter de négocier. Depuis un moment, cependant, il ne percevait plus que des borborygmes étouffés.

Debout, Robert ! Il faut que tu ailles l'aider !

Il avait désormais des fourmis dans les jambes, des myriades voraces. La connexion nerveuse revenait. Mais ses membres refusaient encore d'exécuter les ordres de son cerveau.

Bouge-toi !

Ses bras tressautaient tandis que l'influx nerveux revenait dans ses muscles. Il commençait à sentir de nouveau son cou, son visage. Au prix d'un grand effort, il parvint à tourner la tête, en faisant racler sa joue contre le plancher, pour regarder ce qui se passait dans la salle à manger.

Mais sa vue était bouchée par la pyramide qui avait été éjectée de son sac et reposait à présent sur le flanc, sa base à quelques centimètres de son visage.

Pendant un moment, il ne comprit pas ce que ses yeux voyaient… c'était bien la base de la pyramide, mais elle était différente. Très différente. C'était toujours un carré, un carré de granite, sauf qu'il n'était plus lisse et plat, mais couvert d'inscriptions !

Comment était-ce possible ?

Est-ce une hallucination ? se demanda-t-il. *J'ai examiné la base de cette pyramide des dizaines de fois… il n'y avait rien…*

Puis il comprit.

Sa stupeur réveilla soudain son diaphragme. Dans un hoquet, Langdon recommença à respirer normalement. La Pyramide maçonnique avait donc encore des secrets à livrer.

Une autre transformation !

Les dernières paroles de Galloway lui revinrent à l'esprit : « Dites à Peter que la Pyramide maçonnique a toujours protégé ses secrets... sincèrement. » Cette remarque lui avait paru étrange sur le coup, mais, à présent, tout s'éclairait. Galloway envoyait un code à Peter. Le même code qui, par un effet facétieux du hasard, avait été utilisé dans un livre policier médiocre que Langdon avait lu quelques années plutôt.

Sin-cère.

Depuis Michel-Ange, les sculpteurs dissimulaient les défauts de leurs œuvres avec de la cire : ils comblaient les fissures et éclats avec de la cire chaude, qu'ils recouvraient ensuite de poussière de pierre. C'était considéré comme une duperie de la part de l'artiste et, *a contrario*, une sculpture « sans cire » – littéralement *sine cera* – signifiait une œuvre « sincère ». L'expression s'était perpétuée jusqu'à nos jours. Terminer nos lettres par « sincèrement », c'est dire que nous avons écrit « sans cire », que nous avons dit la vérité.

L'inscription sous la pyramide avait été cachée par le même procédé. Lorsque Katherine avait suivi la consigne sur la bague et fait « bouillir » la pyramide, la cire avait fondu et révélé l'inscription. Un peu plus tôt, Galloway avait passé ses doigts sur la pyramide... il avait dû sentir les caractères gravés sur sa face inférieure.

Pendant quelques secondes, Langdon oublia leur situation périlleuse. Il regardait, extatique, la suite de symboles gravés dans le granite. Il n'avait aucune idée de leur signification... et encore moins ce qu'ils pouvaient révéler, mais il avait une certitude :

La Pyramide maçonnique n'avait pas délivré tous ses secrets... Huit Franklin Square n'était pas le dernier indice.

Soudain, Langdon se sentit de nouveau maître de ses mouvements – un effet de l'influx d'adrénaline qu'avait provoqué cette découverte ? Ou simplement le résultat de ces quelques instants de repos supplémentaire ? Peu importait.

Il avança le bras et écarta la pyramide qui lui bouchait la vue.

Avec effroi, il découvrit Katherine ligotée, un gros morceau de tissu enfoncé dans sa bouche. Rassemblant toute son énergie, Langdon replia les jambes et tenta de se relever sur les genoux, mais il se figea aussitôt : dans l'encadrement de la porte de la salle à manger, venait d'apparaître une silhouette digne d'un film d'horreur.

C'est quoi ça ? Un être humain ?

Langdon roula sur le côté, battit des pieds dans l'espoir de ramper, de s'échapper, mais l'homme tatoué l'attrapa, le retourna sur le dos et s'assit à califourchon sur son torse. Plantant ses genoux sur les biceps de Langdon, il le cloua au sol. L'homme avait un grand phœnix à deux têtes tatoué sur le poitrail. Son cou, son visage, son crâne rasé étaient recouverts d'un entrelacs de symboles – des sigils, reconnut Langdon – utilisés lors des rituels de magie noire.

Mais ses observations s'arrêtèrent là. Le géant prit Langdon par les oreilles, lui souleva la tête et l'écrasa violemment contre le plancher.

Ce fut le trou noir.

96.

Mal'akh contemplait la scène. Sa maison ressemblait à un champ de bataille.

Robert Langdon était étendu à ses pieds, inconscient.

Katherine Solomon était attachée et bâillonnée dans la salle à manger.

Le cadavre de l'agent de sécurité gisait par terre, après être tombé de sa chaise. L'employée, pressée de retrouver la liberté, s'était montrée parfaitement docile. Avec la pointe d'un couteau sous la gorge, elle avait répondu au coup de fil sur le portable de Mal'akh et avait récité le mensonge destiné à attirer Langdon et Katherine.

Elle n'avait pas de collègue et Peter Solomon n'allait pas bien du tout.

La prestation de la femme terminée, Mal'akh l'avait étranglée.

Pour parfaire l'illusion, il avait appelé Bellamy depuis le téléphone d'un de ses véhicules.

Je suis en voiture..., avait-il dit à l'Architecte et à ceux qui l'écoutaient. *Solomon est dans le coffre.*

En fait, Mal'akh n'avait fait, au volant, que de courts trajets de son garage à la pelouse, pour sortir quelques spécimens de sa collection et préparer sa petite mise en scène.

La supercherie avait parfaitement fonctionné.

Ou presque.

Le seul petit accroc, c'était ce soldat, gisant dans son sang, avec un tournevis planté dans le cou. Quand Mal'akh fouilla le cadavre, il trouva une radio et un téléphone portable au logo de la CIA. Il ne put s'empêcher de lâcher un petit rire.

Apparemment, même eux sont conscients de mon pouvoir !

Il retira les batteries avant d'écraser les deux appareils avec le marteau de la porte.

Il devait agir vite, maintenant que la CIA était de la partie. Il revint vers Langdon, toujours dans les vapes ; il le resterait un bon moment. Avec émotion, Mal'akh contempla la pyramide qui gisait au sol, à côté du sac. Il sentit son cœur s'affoler.

J'ai attendu si longtemps...

Ses mains tremblaient quand il ramassa l'objet maçonnique. Il effleura les inscriptions, percevant la force de leurs promesses occultes. Il lui fallait garder la tête froide... Il rangea donc la pyramide et la coiffe dans le sac.

Je l'assemblerai bientôt, dans un sanctuaire bien plus sûr.

Mal'akh glissa la sangle de la sacoche sur son épaule et tenta de soulever Langdon. Il était plus lourd que prévu. Passant ses bras sous les aisselles du professeur, Mal'akh le traîna sur le sol.

Il ne va pas aimer l'endroit où je l'emmène...

Dans la cuisine, la télévision était encore allumée, le volume poussé à fond pour sa mise en scène. La chaîne diffusait le prêche d'un télévangéliste, exhortant ses ouailles à prononcer un Notre-Père enfiévré.

Pas un seul de ces moutons ne sait d'où vient réellement cette prière.

— ... sur la terre comme au ciel, psalmodiait l'assemblée.

Exact, railla Mal'akh. *Ce qui est en haut est en bas !*

— ... ne nous soumets pas à la tentation...

Aide-nous à surmonter les faiblesses de notre chair !

— ... délivre-nous du mal...

Ça risque d'être difficile ! songea Mal'akh avec un sourire. *La noirceur grandit partout.* Mais il reconnaissait à ces gens un certain courage. Des humains qui parlaient à des forces invisibles et imploraient leur secours, c'était de nos jours une incongruité.

Mal'akh tirait Langdon dans le salon lorsque la foule cria à l'unisson : « Amen ! »

Amon ! corrigea Mal'akh. *L'Égypte est le berceau de votre religion. Le dieu Amon a été le modèle pour Zeus, pour Jupiter, et autres versions modernes de Dieu. Aujourd'hui, dans toutes les religions sur terre, on scande son nom. Amen ! Amin ! Aum !*

Le prêcheur se mit à citer des versets de la Bible, détaillant la hiérarchie des anges, démons et esprits régnant au paradis et aux enfers.

— Protégez vos âmes contre les forces du mal ! vitupérait le télévangéliste. Laissez parler vos cœurs dans la prière ! Dieu et les anges vous entendront !

Ils entendront, c'est vrai. Mais les démons aussi...

Mal'akh savait, depuis longtemps, qu'en exerçant les bonnes incantations un adepte du Grand Art pouvait ouvrir la porte du royaume de l'esprit. Les puissances invisibles qui régnaient là-bas, à l'image de l'homme, se manifestaient sous diverses formes, en bien ou en mal. Les puissances de la lumière soignaient, protégeaient, cherchant à apporter un ordre dans l'univers. Celles de l'ombre opéraient à l'inverse, semant la destruction et le chaos.

Correctement invoquées, ces forces invisibles pouvaient exaucer les vœux d'un adepte sur terre... et lui donner ainsi des pouvoirs apparemment surnaturels. En échange de ce concours, ces puissances exigeaient des offrandes – des prières pour les forces de la Lumière, du sang pour celles de l'Ombre.

Plus le sacrifice est grand, plus grand est le pouvoir conféré.

Mal'akh avait commencé par d'innocentes immolations d'animaux. Avec le temps, ses sacrifices étaient devenus plus conséquents.

Cette nuit, c'est le dernier pas !

— Prenez garde ! criait le télévangéliste, en parlant de l'Apocalypse. La bataille finale pour le salut des âmes va bientôt commencer !

C'est la vérité, songea Mal'akh. L'Apocalypse arrive... Et je serai son plus grand guerrier.

La bataille avait débuté depuis fort longtemps. Dans l'Égypte ancienne, ceux qui pratiquaient le Grand Art étaient devenus de puissants mages, s'élevant au-dessus du commun des mortels pour se transformer en véritables adeptes de la Lumière. Des dieux sur terre ! Dans les grands temples d'initiation qu'ils avaient construits, des novices venus des quatre coins du monde écoutaient leur sagesse. Ainsi naquit une race d'hommes éclairés. Pendant une courte période de l'Histoire, l'humanité fut sur le point de s'élever et de transcender ses liens terrestres.

L'âge d'or des Mystères anciens.

Mais l'homme, être de chair, était sujet à la vanité, la haine, l'impatience et la convoitise. Au fil du temps, le Grand Art fut corrompu. On utilisa son pouvoir à des fins personnelles. Certains, qui se mirent à l'exercer uniquement pour convoquer ses forces sombres, le dénaturèrent. Un nouvel Art naquit de cette perversion... un art plus spectaculaire, plus immédiat, et d'un attrait irrésistible.

Tel est mon Art.

Tel est mon Grand Œuvre.

Les adeptes éclairés et leurs fraternités ésotériques virent le mal s'élever, et l'homme user de cette nouvelle connaissance contre le bien de ses semblables. C'est alors qu'ils choisirent de cacher leur savoir, le mettant hors de portée des êtres indignes. Et finalement, ce savoir se perdit.

Ce fut la grande chute de l'homme.

Et avec elle, vint la longue nuit.

Les nobles descendants de ces sages s'étaient regroupés en communautés secrètes et étaient parvenus à survivre à travers les âges, cherchant à retrouver la Lumière, le savoir perdu de leurs aïeux, luttant contre l'ombre et la noirceur du monde. C'étaient des prêtres et des prêtresses d'églises, de temples, de sanctuaires, issus de toutes les religions. Mais le temps avait effacé les souvenirs. Il avait coupé l'homme de sa propre histoire. La Source à laquelle la sagesse des Anciens s'abreuvait était tarie. Lorsqu'on demandait à ces érudits de parler des mystères divins de leurs ancêtres, les nouveaux chevaliers de la foi hurlaient au blasphème et les condamnaient pour hérésie.

Tout s'était-il perdu ? Mal'akh n'en était pas si sûr.

Les échos de l'Art ancien résonnaient encore de par le monde, dans l'étude mystique de la Kabbale comme dans le soufisme ésotérique de l'islam. On en trouvait aussi des vestiges dans les rites chrétiens – que ce soit dans l'Eucharistie où l'on mangeait le corps du Christ, dans la hiérarchie des saints, des anges et des démons, dans ses chants et ses incantations, dans son calendrier reposant sur l'astrologie, dans ses tenues et objets liturgiques, comme dans sa promesse récurrente en une vie éternelle. Aujourd'hui encore, les prêtres chassaient les mauvais esprits en agitant des encensoirs, en faisant sonner des cloches et en répandant de l'eau bénite. Les chrétiens perpétuaient les rites surnaturels d'exorcisme – une pratique ancienne qui exigeait de savoir non seulement chasser les démons, mais aussi les invoquer.

Et cependant, ils restent aveugles. Ils refusent de regarder le passé !

Le passé mystique de l'Église, pourtant, n'était nulle part aussi évident qu'à son épicentre : au Vatican ! Au cœur de la place Saint-Pierre se dressait un grand obélisque... Taillé mille trois cents ans avant la naissance de Jésus, ce monolithe mystérieux n'avait aucun lien, de près ou de loin, avec le christianisme moderne. Et pourtant, il se dressait au milieu de la place. Au saint des saints des terres de l'Église. Un phare de pierre, projetant ses signaux invisibles. Un mémorial pour les quelques sages qui se souvenaient encore où tout avait commencé. Cette Église, née de la matrice des Mystères anciens, avait hérité de ses rites et de ses symboles.

D'un symbole, en particulier.

On le trouvait partout – sur les autels, les habits, les clochers. C'était l'icône même de la chrétienté : l'image du sacrifice d'un être humain. Le christianisme, plus que toute autre religion, avait compris le pouvoir de transformation inhérent au sacrifice. Et aujourd'hui, pour honorer celui de Jésus, ses fidèles reproduisaient de misérables expiations... le jeûne, le carême, les dîmes...

Toutes ces offrandes sont vaines, évidemment. Pour un vrai sacrifice, il faut que le sang coule !

Les forces des ténèbres avaient depuis longtemps adopté les sacrifices de sang et, ce faisant, étaient devenues si puissantes que les forces du bien ne parvenaient plus à les contenir. Bientôt, toute lumière aurait disparu de la terre et les adeptes de l'ombre pourraient gouverner librement l'esprit des hommes.

97.

— Le Huit Franklin Square existe forcément ! pesta Sato. Regardez encore !

Nola Kaye ajusta son écouteur.

— Madame, j'ai regardé partout. Cette adresse n'existe pas à Washington.

— Mais je suis sur le toit du Un Franklin Square ! Il doit y avoir un numéro Huit !

Sur un toit ? Inoue Sato ?

— Attendez une seconde, s'il vous plaît…

Nola lança une nouvelle recherche. Devait-elle parler à sa chef du hacker ? Ce n'était peut-être pas le meilleur moment, Sato était obnubilée par le Huit Franklin Square. Et Nola ne parvenait pas à trouver l'information.

— Je vois le problème, reprit Nola en regardant son écran. Le Un Franklin Square est le nom de l'immeuble… pas une adresse. L'adresse de l'immeuble, en l'occurrence, c'est le 1301 Rue K.

Sato vacilla sous le coup.

— Je n'ai pas le temps de vous expliquer… mais la pyramide donne clairement l'adresse : Huit Franklin Square.

Nola sursauta.

La pyramide désignait un lieu ?

— L'inscription indique : *Le secret est à l'intérieur de l'Ordre – Huit Franklin Square*.

Nola n'en croyait pas ses oreilles.

— Un ordre comme celui des francs-maçons, par exemple ?

— Je suppose.

L'analyste réfléchit un moment, puis tapa de nouvelles instructions sur son clavier.

— Le nom des rues a peut-être changé au cours des siècles ? Si cette pyramide est aussi ancienne que le prétend la légende, alors les numéros sur Franklin Square n'étaient sans doute pas les mêmes à l'époque ?

Je vais lancer une recherche sans le numéro huit avec les mots « ordre », « Franklin Square » et « Washington ». De cette façon, on saura s'il y a...

Nola s'interrompit.

— Quoi ? Qu'est-ce que vous avez trouvé ? s'impatienta Sato.

Nola contemplait le premier résultat donné par le moteur de recherche : une photo de la majestueuse pyramide de Khéops – cette image servait de fond d'écran à un site consacré à un bâtiment de Franklin Square. Une construction qui ne ressemblait en rien aux autres immeubles du quartier.

Ni à aucun bâtiment de la ville, d'ailleurs.

Ce qui troublait Nola, ce n'était pas l'architecture unique de cet édifice, mais plutôt sa fonction... à en croire le site, il s'agissait d'une sorte de temple... d'un sanctuaire pour un ancien ordre secret.

98.

Saisi d'un violent mal de crâne, Robert Langdon reprit connaissance.

Où suis-je ?

Autour de lui, c'était l'obscurité. Il se trouvait dans une cave, profonde et silencieuse.

Il était étendu sur le dos, les bras le long du corps. Encore engourdi, il tenta de bouger ses doigts et ses orteils. Magnifique ! Ses muscles lui obéissaient de nouveau !

Que s'était-il passé ?

À l'exception de sa céphalée et de l'obscurité épaisse, tout paraissait à peu près normal.

Enfin, presque.

Il était couché sur une surface dure et étonnamment lisse, comme une plaque de verre. Plus étrange encore, il sentait ce contact froid partout sur sa peau – ses épaules, son dos, ses fesses, ses cuisses, ses mollets.

Je suis tout nu ?

Inquiet, il passa les mains sur son corps.

Où étaient ses vêtements ?

Des bribes de souvenirs lui revenaient en mémoire, par flashes... Des images terrifiantes. Un agent de la CIA baignant dans son sang. Le visage d'un démon tatoué. Sa propre tête heurtant le sol... Les scènes se succédaient de plus en plus vite. Il se rappela tout à coup que Katherine était ligotée et bâillonnée dans la salle à manger.

Langdon voulut s'asseoir mais sa tête heurta violemment un obstacle, juste au-dessus de lui. Une onde de douleur lui traversa le crâne, manquant de le faire tourner de l'œil. Sonné, il leva les mains, sondant l'espace. Ce qu'il découvrit le laissa pantois. Le plafond de la pièce se trouvait à trente centimètres de sa tête !

Où suis-je ?

Il voulut écarter les bras, mais il rencontra deux parois.

Lentement, la vérité lui apparut. Il n'était pas dans une pièce, mais dans une boîte !

Il commença à cogner du poing contre le couvercle.

Je suis dans un cercueil !

Il se mit à appeler au secours. La terreur enfla, un poids écrasant, intolérable.

On m'a enterré vivant !

Le couvercle de son étrange sarcophage refusait de bouger, même si Langdon faisait pression de toutes ses forces avec ses bras et ses jambes. Apparemment, le réceptacle était en fibre de verre. Étanche, hermétique, et incassable.

Il allait mourir asphyxié !

Il se revit dans ce puits où il était tombé enfant... Cette nuit de terreur passée dans l'eau glacée, au fond de ce trou noir...

Et ce soir-là, enterré vivant, Robert Langdon connaissait son pire cauchemar.

*

Katherine Solomon tremblait sur le sol de la salle à manger. Le fil de fer avait entaillé ses chevilles et ses poignets, et au moindre mouvement, elle avait l'impression que ses liens se resserraient.

Le monstre tatoué avait assommé Langdon et emporté son corps ainsi que le sac avec la pyramide. Où l'avait-il emmené ? L'agent de la CIA était mort. Tout était silencieux depuis plusieurs minutes. Était-elle seule dans la maison ? Elle avait tenté d'appeler à l'aide mais, à chaque essai, la boule de tissu s'enfonçait dangereusement dans sa gorge.

Elle sentit des vibrations de pas. Elle tourna la tête, dans le fol espoir de voir arriver des secours, mais c'est la silhouette du démon qui apparut dans le couloir. Katherine se recroquevilla, terrifiée. La même silhouette qui avait fait irruption dans la maison de ses parents, dix ans plus tôt.

Il a tué les miens.

L'homme marcha vers elle, l'attrapa par la taille et la chargea sur son épaule. Les fils de fer s'enfoncèrent dans sa chair, le bâillon étouffa ses cris de douleur. Il l'emporta dans le salon, où, **plus** tôt dans la journée, elle avait pris le thé avec lui.

Où m'emmène-t-il ?

Il traversa la pièce et s'arrêta devant le tableau des Trois Grâces qu'elle avait admiré l'après-midi.

— Vous m'avez dit que vous aimiez cette œuvre, murmura l'homme, sa bouche effleurant son oreille. Profitez-en. C'est sans doute la dernière chose agréable à regarder que vous verrez.

Il appuya sur le bord droit du tableau et la gigantesque peinture pivota, comme une porte.

Un passage secret !

Katherine tenta de se libérer, mais l'homme la tenait fermement. Il passa dans l'ouverture. Lorsque les Trois Grâces reprirent leur place, Katherine vit que l'arrière du tableau était doublé d'un matériau isolant. Personne ne l'entendrait crier.

Le passage était étroit, un petit corridor. Au bout, il ouvrit une lourde porte de métal qui menait à un petit palier. De là, une rampe conduisait au sous-sol. Elle voulut prendre une grande inspiration pour hurler, mais la boule de tissu la fit suffoquer.

Le boyau était en pente raide. Une lumière bleue venue du bas nimbait les parois de ciment. Dans l'air chaud et âcre flottait un mélange d'odeurs... méli-mélo de produits chimiques, de parfums d'encens, de sueur humaine et dessous, pénétrant, l'effluve animal et viscéral de la peur.

— Je dois reconnaître, madame Solomon, que votre science noétique m'a impressionné, souffla l'homme en arrivant au pied de la rampe. J'espère que ma science à moi vous fera le même effet.

99.

L'agent Simkins était tapi dans les ténèbres du parc Franklin, les yeux rivés sur Warren Bellamy. Jusqu'ici, personne n'avait mordu à l'appât, mais il était encore tôt.

Sa radio clignota. Il prit l'appel, espérant que l'un de ses hommes avait repéré leur cible. C'était Sato, elle avait du nouveau.

Simkins écouta, en hochant la tête.

— Attendez, je vais essayer d'aller voir.

Il se faufila dans les buissons pour s'approcher de l'entrée du parc. Après quelques contorsions, il parvint à avoir un bon angle de vue.

Nom de Dieu...

Le bâtiment qu'il observait ressemblait à une mosquée. Nichée entre deux immeubles, la façade mauresque était couverte de carreaux de faïence, dessinant des motifs intriqués. Au-dessus des trois grosses portes, de hautes fenêtres, comme des meurtrières, semblaient dissimuler des archers arabes prêts à décocher leurs flèches sur le premier infidèle.

— Je le vois, annonça Simkins.

— Il y a de l'activité ?

— Aucune.

— Parfait ! Prenez position autour de cet édifice. C'est l'Almas Shrine Temple – le siège d'un ordre mystique.

Simkins travaillait à Washington depuis longtemps, mais il ignorait l'existence de ce temple, tout comme la présence d'une communauté mystique à Franklin Square.

— Ce bâtiment appartient à un groupe appelé l'« Ordre arabe ancien des nobles du sanctuaire mystique ».

— Jamais entendu parler.

— Mais si... Il s'agit d'un groupe paramaçonnique, communément appelé les Shriners.

Simkins fronça les sourcils en contemplant les délicates colonnades.

Les Shriners ? Je croyais que ces types construisaient des hôpitaux pour enfants ?

Il ne voyait pas plus inoffensifs qu'une fraternité de philanthropes portant des fez rouges et défilant dans les rues en jouant des flonflons.

Les craintes de Sato étaient pourtant logiques.

— Madame, si notre cible s'aperçoit que ce bâtiment est en fait le siège de l'Ordre de Franklin Square, il n'aura plus besoin de l'adresse. Il fera l'impasse sur le rendez-vous et se rendra directement là-bas.

— Vous lisez dans mes pensées, agent Simkins ! Alors surveillez bien l'entrée.

— À vos ordres, madame.

— Des nouvelles de Hartmann à Kalorama Heights ?

— Non. Aucune. Vous lui avez demandé de vous appeler personnellement.

— Il ne l'a pas fait.

Bizarre, songea Simkins en consultant sa montre. Qu'est-ce qu'il fabrique ?

100.

Nu et abandonné dans l'obscurité, Robert Langdon frissonnait. Paralysé par la peur, il avait cessé de cogner aux parois et n'appelait plus à l'aide. Les yeux fermés, il s'efforçait de calmer les battements de son cœur et de retrouver une respiration normale.

Tu es étendu sous la grande voûte étoilée du ciel... au-dessus de toi, c'est l'espace, l'infini, tenta-t-il de se persuader.

Cette image apaisante (associée à trois cachets de Valium) lui avait permis de supporter récemment un examen IRM... Mais ce soir, cette vision mentale était sans effet.

*

Dans la bouche de Katherine, le tissu s'était enfoncé, menaçant d'obstruer sa trachée. Son ravisseur l'avait conduite dans une cave. Au bout du couloir, elle avait entrevu une pièce baignant dans une étrange lumière rouge indigo. Mais son tortionnaire s'était arrêté avant. Il l'avait emmenée dans un réduit annexe pour l'installer sur une chaise, en lui coinçant les bras derrière le dossier.

Le fil de fer s'était encore enfoncé dans ses poignets. Mais la douleur n'était rien comparée à sa terreur de mourir asphyxiée. Le tissu avait encore glissé dans sa gorge. Elle était prise de spasmes, commençait à suffoquer. Sa vue se voilait.

Derrière elle, le géant tatoué referma la porte et alluma la lumière. Les yeux de Katherine, emplis de larmes, n'y voyaient plus. Tout autour, ce n'était qu'un brouillard liquide.

Une forme confuse et bariolée se planta devant elle. Le monde tanguait. Katherine se sentait tourner de l'œil. Un bras couvert d'écailles s'avança vers son visage et arracha le bâillon.

Katherine hoqueta et fut prise d'une quinte de toux lorsque l'air frais s'engouffra dans ses poumons. Lentement sa vue s'éclaircit. La face du démon était sous ses yeux. Un visage à peine humain. Un entrelacs de symboles couvrait son cou, ses joues, son front et son crâne rasé. À l'exception d'un petit cercle de peau nue au sommet du crâne, tout son corps était couvert de dessins. Un grand phœnix bicéphale ornait sa poitrine, dont chaque œil, autour des tétons. l'observait avec l'avidité d'un oiseau de proie.

— Ouvrez la bouche.

Elle le regarda avec dégoût.

Quoi ?

— Ouvrez la bouche, ou je vous remets le bâillon.

Tremblante, Katherine obéit. L'homme approcha son index et l'enfonça entre les lèvres de la femme. Lorsqu'il toucha sa langue, elle eut un haut-le-cœur. Il retira son doigt mouillé et le posa au sommet de sa tête rasée. Puis, il ferma les yeux et enduisit de salive le disque de peau nue.

Katherine détourna la tête.

La pièce était éclairée par des tubes fluorescents ; il y avait une sorte de chaudière dans un coin ; des tuyaux couraient le long des murs, en émettant des gargouillements. Son regard s'arrêta soudain sur un tas de vêtements posés au sol – une veste de tweed, un col roulé, des mocassins, une montre Mickey.

— Mon Dieu ! Qu'avez-vous fait de Robert ?

— Chut ! Il va vous entendre...

Il s'écarta d'un pas et fit un geste derrière lui.

Langdon n'était pas là. L'homme lui montrait un caisson noir en fibre de verre. L'objet ressemblait à ces conteneurs dans lesquels on ramenait les soldats morts au champ d'honneur. Deux grosses ferrures fermaient le couvercle.

— Il est... là-dedans ? bredouilla Katherine. Mais il va mourir étouffé !

— Aucun risque, rétorqua l'homme en montrant les tuyaux. Mais peut-être aurait-il préféré cette fin.

*

Dans l'obscurité totale, Langdon percevait des vibrations, des sons étouffés. Des voix ? Il se mit à tambouriner sur les parois en hurlant à pleins poumons :

— Au secours ! Il y a quelqu'un ?

Loin, à peine audible, une voix répondit :

— Robert ! Oh mon Dieu ! Non !

C'était Katherine. Elle avait l'air terrifié. Mais la savoir tout près lui mit du baume au cœur. Il gonfla ses poumons pour l'appeler à nouveau, mais il s'arrêta net. Il y avait quelque chose sous son cou. Une sorte de courant d'air.

Comment est-ce possible ? Il s'immobilisa, tous les sens en alerte...

Oui, c'est bien ça !

Il sentait ses poils se hérisser sur sa nuque.

Par réflexe, Langdon fouilla à tâtons le fond de la caisse, à la recherche de la source d'air. C'était une minuscule buse ! On eût dit la bonde d'un évier ou d'une baignoire, sauf que de l'air s'en échappait.

Il m'envoie de quoi respirer ! Finalement, il ne veut pas me faire mourir d'asphyxie.

Mais sa joie fut de courte durée. Un gargouillis sinistre monta de la buse. Un liquide se déversait !

*

Katherine regarda avec effroi le liquide transparent descendre dans l'un des tuyaux en direction du conteneur où se trouvait Langdon. Elle avait l'impression d'assister à un tour de magie – une parodie sinistre.

Le fou allait remplir le caisson d'eau !

Elle tirait sur ses liens, ignorant la morsure du fil de fer. Totalement impuissante, elle ne pouvait qu'assister, horrifiée, à la mort de Langdon. Elle l'entendait cogner contre les parois avec l'énergie du désespoir, pendant que le réceptacle se remplissait. Soudain, les coups cessèrent. Un grand silence, pétri d'horreur. Puis, les tambourinements reprirent de plus belle.

— Sortez-le de là ! Je vous en supplie. Ne faites pas ça...

— La noyade est une mort horrible. (L'homme parlait calmement, en tournant à pas lents autour d'elle.) Votre assistante, Trish, en sait quelque chose.

Lorsque Katherine entendit ces paroles, son cerveau eut du mal à traiter l'information.

— Je vous rappelle que, moi-même, j'ai failli mourir noyé. Dans votre maison de Potomac. Votre frère m'a tiré dessus au bord du ravin, près du Pont de Zach, et je suis tombé dans la rivière gelée.

Katherine lui retourna un regard haineux.

— La nuit où vous avez tué ma mère !

— Les dieux m'ont protégé ce jour-là. Ils m'ont montré le chemin... le chemin pour devenir l'un d'eux.

*

L'eau qui gargouillait autour de Langdon était chaude... exactement à la température corporelle. Elle remplissait le caisson sur plus de vingt centimètres et recouvrait déjà son ventre. Quand il vit le liquide monter le long de sa cage thoracique, il comprit qu'il n'en avait plus pour longtemps.

C'est la fin.

Dans un nouvel accès de panique, il se remit à cogner aux parois.

101.

— Libérez-le, je vous en supplie ! implorait Katherine en larmes. Nous ferons tout ce que vous voudrez !

Elle entendait les coups de poing frénétiques de Langdon.

Le démon tatoué lui retourna un sourire.

— Vous êtes moins revêche que votre frère. Quand je pense à tout ce que j'ai dû lui faire subir pour lui arracher ses secrets...

— Où est-il ? Où est Peter ! Dites-le-moi ! Nous avons fait exactement ce que vous souhaitiez ! On a déchiffré la pyramide et...

— Non. Vous ne l'avez pas déchiffrée. Vous avez joué à un jeu dangereux. Vous avez fait de la rétention d'information et attiré les autorités chez moi ! Je ne vois pas en quoi ce comportement mérite la moindre récompense.

— On n'a pas eu le choix ! répliqua-t-elle, en ravalant ses sanglots. La CIA nous est tombée dessus, nous forçant à venir escortés. Je vais vous dire tout ce que je sais. Mais, par pitié, libérez Robert.

Katherine entendait Langdon crier et cogner dans le caisson, elle voyait l'eau couler dans le tuyau. Il fallait agir vite.

Devant elle, Mal'akh se frotta le menton d'un air pensif.

— Je suppose que des agents m'attendent à Franklin Square ?

Katherine ne répondit pas. L'homme, de ses grosses mains, saisit ses épaules et les tira lentement vers lui. La douleur fut fulgurante ; Katherine eut la sensation que ses bras allaient se disloquer.

— Oui, hurla-t-elle. Il y a des agents à Franklin Square !

Il tira encore plus fort.

— Quelle est l'adresse sur la coiffe ?

Le feu dans ses poignets et ses épaules était insupportable, mais Katherine resta silencieuse.

— Vous feriez mieux de me le dire, madame Solomon, ou je vous arrache les bras avant de vous reposer la question.

— Huit ! hoqueta-t-elle. C'est le mot manquant, « Huit » ! C'est écrit : Le secret est à l'intérieur de l'Ordre – Huit Franklin Square ! C'est la vérité, je vous le jure ! C'est tout ce que je sais. C'est Huit Franklin Square !

L'homme tirait toujours sur ses épaules.

— C'est tout ce que je sais, répéta-t-elle. C'est l'adresse ! Lâchez-moi. Et sortez Robert de ce caisson !

— Ce serait avec plaisir... Mais un problème subsiste. Je ne peux aller au Huit Franklin Square sans me faire prendre. Alors dites-moi... qu'y a-t-il à cette adresse ?

— Je n'en sais rien.

— Et les symboles sous la pyramide ? Sur sa face inférieure ? Vous savez ce qu'ils signifient ?

— Quels symboles ? fit Katherine, déconcertée. Il n'y a rien sous la pyramide. Rien du tout !

Apparemment sourd aux appels à l'aide de Langdon, l'homme tatoué ouvrit tranquillement le sac et sortit la pyramide de granite. Il la coucha à l'horizontale pour que Katherine puisse voir sa base.

En découvrant les symboles gravés, elle eut un hoquet de stupeur.

Mais... c'est impossible !

La face interne de la pyramide était couverte d'inscriptions.

Il n'y avait rien tout à l'heure ! J'en suis certaine !

Katherine ignorait, évidemment, leur signification. La collection de symboles semblait recouvrir toutes les traditions mystiques, dont beaucoup lui étaient inconnues.

Le chaos.

— Je... je ne sais pas ce que ça veut dire.

— Moi non plus. Par chance, nous avons un spécialiste parmi nous... Pourquoi ne pas lui poser la question.

Muni de la pyramide, l'homme tatoué se dirigea vers le caisson.

Pendant un instant, Katherine espéra qu'il ouvrirait le couvercle. Mais il s'assit sur le conteneur, et tira un petit volet, révélant un hublot de Plexiglas au sommet du caisson.

*

De la lumière !

Langdon cligna des paupières. À peine ses yeux se furent-ils acclimatés que son fol espoir s'éteignit, ne laissant place qu'à la perplexité. Une sorte de fenêtre s'était matérialisée au-dessus de lui ; derrière la vitre, il y avait un plafond blanc, éclairé par des tubes fluorescents.

Soudain, le visage tatoué du monstre apparut au hublot, le fixant de ses yeux perçants.

— Où est Katherine ? cria Langdon. Laissez-moi sortir !

— Votre amie est ici, avec moi, répondit l'homme avec un sourire. Vous pouvez lui sauver la vie. Et la vôtre aussi. Mais il va falloir faire vite. Alors je vous conseille de m'écouter attentivement.

Langdon avait du mal à l'entendre derrière la paroi de Plexiglas. Et l'eau montait toujours. À présent, elle lui recouvrait toute la poitrine.

— Vous saviez qu'il y avait des symboles sous la pyramide, n'est-ce pas ?

— Oui ! Mais je ne connais pas leur signification ! Il faut aller au Huit Franklin Square ! La réponse est là ! C'est écrit sur la coiffe...

— Professeur, vous savez, comme moi, que la CIA m'attend là-bas. En outre, je n'ai nul besoin du numéro de la rue. Il n'y a qu'un seul bâtiment qui puisse être digne d'intérêt à Franklin Square. C'est l'Almas Shrine Temple. Le siège de l'Ordre arabe ancien des nobles du sanctuaire mystique.

Langdon n'en revenait pas. L'Almas Temple, évidemment, mais il avait oublié qu'il se trouvait sur Franklin Square !

Alors les Shriners seraient... « l'Ordre » ? Leur temple se trouverait au-dessus d'un escalier secret ? D'un point de vue historique, c'était une incongruité, mais il n'était pas en mesure de se lancer dans un débat de fond.

— Oui ! cria-t-il. Ce doit être là ! Le secret est à l'intérieur de l'Ordre !

— Vous connaissez les lieux ?

— Bien sûr ! (Langdon devait se contorsionner pour garder ses oreilles hors de l'eau.) Je peux être votre guide ! Faites-moi sortir !

— Vous pensez pouvoir m'expliquer le rapport entre ce temple et cette suite de symboles sous la pyramide ?

— Oui ! Montrez-les-moi !

— Entendu. Voyons ce que vous allez trouver...

Vite !

Quasiment englouti par le liquide chaud, Langdon poussa sur le couvercle, pour inciter l'homme à l'ouvrir.

Je vous en prie ! Vite !

Mais le panneau resta en place. Derrière le hublot, la face inférieure de la pyramide apparut.

Langdon écarquilla les yeux, pris de panique.

— Vous êtes assez près pour voir. (L'homme tenait la pyramide dans ses grosses mains tatouées.) Dépêchez-vous, professeur ! Réfléchissez vite et bien. Je pense qu'il vous reste un peu moins d'une minute.

102.

On dit qu'un animal, acculé, peut décupler ses forces pour se sauver. Mais Langdon eut beau user de toute son énergie pour soulever le couvercle, celui-ci ne bougea pas d'un pouce. Autour de lui, le liquide continuait de monter. Il lui restait à peine quinze centimètres d'air pour respirer. Il avait désormais le visage plaqué contre le hublot de Plexiglas ; juste de l'autre côté, la base de la pyramide et son message codé flottaient devant ses yeux.

Je ne sais pas ce que cela veut dire !

Caché pendant un siècle sous une couche de cire, le dernier indice de la Pyramide maçonnique s'offrait à son regard. Les inscriptions formaient un carré parfait de symboles, appartenant à toutes les traditions ésotériques – l'alchimie, l'astrologie, l'héraldique, la magie, la numérologie –, des sigils, des symboles grecs, latins... Un mélimélo de signes, comme des pâtes alphabet flottant à la surface d'un bol de soupe. appartenant à des dizaines d'écritures, des centaines de cultures et autant d'époques.

Un chaos total.

Langdon, expert en symboles, avait beau se creuser les méninges, chercher les interprétations les plus folles, il ne voyait absolument pas comment déchiffrer cette grille.

Trouver l'ordre dans ce chaos ? Impossible !

Le liquide recouvrait sa pomme d'Adam à présent. Et sa terreur augmentait avec le niveau de l'eau. Langdon recommença à cogner aux parois. La pyramide le regardait de son œil implacable.

Dans un réflexe de survie, Langdon concentra toute son énergie mentale sur le damier de symboles.

Un sens... une signification...

Mais l'assortiment de signes était tellement disparate. Par où commencer ?

Ils ne sont pas de la même époque ! songea-t-il, découragé.

De l'autre côté du caisson, il entendait les suppliques de Katherine, implorant le ravisseur de lui sauver la vie. Même s'il n'entrevoyait pas l'once d'une solution, l'imminence de la mort mobilisait toutes les cellules de son corps pour accomplir cette tâche. Son esprit se découvrit une nouvelle acuité. Ses capacités mentales étaient décuplées.

Réfléchis ! Vite !

Il examina encore une fois la grille, cherchant un indice – un modèle, un mot caché, une icône clé, n'importe quoi. Mais cela restait un ensemble aléatoire.

Un pur chaos...

À chaque seconde qui passait, un étrange engourdissement le gagnait – son corps se préparait à protéger son esprit, à amoindrir la douleur lorsque la vie le quitterait. L'eau atteignait à présent ses oreilles. Langdon se souleva au maximum, écrasant son visage contre le hublot. Des images d'horreur défilèrent devant ses yeux : Un enfant, en Nouvelle-Angleterre, se débattant dans l'eau, au fond d'un puits... Un homme, à Rome, coincé sous un squelette, prisonnier d'un sarcophage...

Terrifiée, Katherine tentait encore de sauver Langdon. Elle hurlait qu'il ne pouvait déchiffrer la pyramide sans aller à l'Almas Temple...

Comment espérait-elle faire entendre raison à un fou ?

— Il y a là-bas la pièce manquante du puzzle !
Robert a besoin de toutes les informations !

Ses efforts étaient louables, mais Langdon était
convaincu que Huit Franklin Square ne désignait pas
l'Almas Temple.

Il y a une impossibilité chronologique.

Selon la légende, la Pyramide maçonnique avait été
fabriquée au milieu du XIXe siècle, des décennies avant
que les Shriners n'existent. Avant même que le quartier
s'appelle Franklin Square. La coiffe ne pouvait indiquer
un immeuble inexistant à l'époque, qui plus est à une
adresse inconnue. Quoi que puisse désigner « Huit
Franklin Square », cette chose devait exister en 1850...

Malheureusement, Langdon était dans une impasse.

Il fouillait sa mémoire, à la recherche d'un indice.
Huit Franklin Square ? Un lieu qui existait en 1850 ?
Rien ne lui venait. Le liquide s'engouffrait dans ses
oreilles. Luttant contre la peur, il se concentra encore
sur la grille de symboles de l'autre côté du hublot. Il ne
voyait pas le lien... Dans un sursaut désespéré, son esprit
s'efforçait d'étudier toutes les associations possibles.

Huit Franklin Square... *Square*, un carré... cette
grille de symboles est carrée... Le carré, comme
l'équerre, est un symbole maçonnique... Les autels des
francs-maçons sont carrés... Les carrés ont des angles à
quatre-vingt-dix degrés...

L'eau montait toujours, mais Langdon l'ignora.

Huit Franklin Square... Le chiffre huit... La grille a
huit colonnes et huit lignes... Il y a huit lettres dans le
mot Franklin... Le 8, une fois tourné de quatre-vingt-
dix degrés, donne le symbole ∞ de l'infini... Huit est le
nombre de la destruction en numérologie...

Toujours aucune idée...

Au-dehors, Katherine suppliait leur tortionnaire,
mais les gargouillis de l'eau dans ses oreilles emportaient les mots...

— ... il ne peut pas sans... le message sur la coiffe
est évident... le secret est à l'intérieur...

Puis il n'entendit plus rien.

L'eau avait totalement submergé ses tympans. Un silence, comme dans le ventre d'une matrice, l'enveloppa. Langdon comprit. C'était la fin.

Le secret est à l'intérieur...

Les derniers mots de Katherine résonnaient dans son tombeau.

Le secret est à l'intérieur...

Langdon avait déjà entendu cette phrase. Mot pour mot... Le souvenir lui revint soudain.

Le secret est... à l'intérieur.

Même, en ses ultimes instants, les Mystères anciens le narguaient. « Le secret est à l'intérieur »... C'était l'enseignement clé des mystères. Ils exhortaient l'homme à chercher Dieu non pas au Paradis, au-dessus, mais « en son cœur » – au fond de lui ! C'était le message de tous les grands maîtres.

« Le royaume de Dieu est au-dedans de vous », disait Jésus.

« Connais-toi toi-même », disait Pythagore.

« Ne savez-vous pas que vous êtes des dieux ? » disait Hermès Trismégiste.

Et la liste était sans fin.

Toutes les écoles mystiques à travers les âges avaient tenté de transmettre cette idée. Le secret est en soi... Et pourtant, l'humanité continuait de chercher Dieu au ciel.

Cette découverte, à ce moment précis, était le dernier pied de nez que lui faisait le destin. Les yeux tournés vers les cieux, comme tous les aveugles avant lui, Robert Langdon vit enfin la lumière.

Elle le frappa tel un faisceau tombant du ciel :

l e

secret est

à l'intérieur de l'Ordre

Huit Franklin Square

L'illumination !

Le message sur la coiffe devint soudain limpide comme du cristal. Sa signification brillait comme un phare dans la nuit. À l'image de tous les textes maçonniques, l'inscription était un symbolon – un code en plusieurs morceaux –, un message fractionné. Le sens du message camouflé était si simple... Comment avait-il pu lui échapper ?

Plus étonnant encore, Langdon se rendait compte à présent que la coiffe donnait effectivement la clé pour décoder la grille de symboles. C'était élémentaire. Comme l'avait dit Peter Solomon, le sommet de la pyramide était un talisman puissant, capable de faire naître l'ordre du chaos.

Langdon tambourina sur le couvercle.

— J'ai trouvé ! J'ai trouvé !

Au-dessus de lui, la pyramide disparut. Le visage tatoué lui succéda. L'homme le regarda fixement.

— J'ai résolu l'énigme ! cria Langdon. Laissez-moi sortir !

Lorsque l'homme répondit, Langdon n'entendait plus rien. Mais il put lire sur les lèvres : « Parlez. »

— Oui ! Je vais vous le dire ! hurla Langdon, l'eau lui recouvrant les yeux. Sortez-moi de là ! Je vais tout vous expliquer !

C'était si simple !

Les lèvres du géant remuèrent encore : « Parlez... ou mourez. »

L'eau grignotait ses derniers centimètres cubes d'air. Langdon renversa sa tête en arrière, pour garder la bouche au-dessus de la surface. Il ne voyait plus rien. En se cabrant, il plaqua ses lèvres sur la vitre de Plexiglas.

Il consuma ses dernières secondes d'air pour expliquer comment on déchiffrait la Pyramide maçonnique.

Sitôt qu'il eut fini, l'eau s'engouffra dans sa gorge. Par réflexe, il prit une dernière inspiration et ferma la bouche. Un instant plus tard, il était entièrement submergé. Le liquide avait complètement envahi le caisson.

*

Il a réussi ! pensa Mal'akh. Langdon avait percé le secret de la pyramide.

La solution était effectivement évidente.

Derrière le hublot, Robert Langdon l'implorait du regard.

Mal'akh secoua la tête et articula doucement, pour que Langdon puisse lire sur ses lèvres :

— Merci, professeur. Bon voyage dans l'au-delà.

103.

Comme tout bon nageur, Langdon s'était souvent demandé ce qu'éprouvaient les gens qui se noyaient. Maintenant, il était aux premières loges ! Même s'il pouvait retenir sa respiration plus longtemps que la moyenne, il sentait déjà les effets du manque d'oxygène dans son corps. Le dioxyde de carbone s'accumulait dans son sang, tous ses voyants internes passaient au rouge, réveillant son instinct de survie..

Retiens-toi !

L'envie de respirer devenait chaque seconde plus irrépressible. Il approchait du point de rupture – ce moment où l'on ne peut plus lutter contre le réflexe.

Ouvrez le couvercle !

Langdon brûlait de cogner à la paroi, mais mieux valait économiser l'oxygène. Immobile, il fixait des yeux le hublot dans le brouillard liquide, tentant de croire en sa bonne étoile. Le monde extérieur n'était plus qu'une tache de lumière derrière le Plexiglas. Ses muscles étaient en feu... premiers signes de l'hypoxie.

Soudain, un beau visage apparut au-dessus de lui, flottant dans l'air, tel celui d'un ange. C'était Katherine. Ses yeux se posèrent sur lui. Langdon eut

une bouffée d'espoir. Elle allait le sauver. Katherine !
Mais il l'entendit crier d'horreur. Son ravisseur l'avait
amenée là uniquement pour qu'elle assiste à son supplice.

Katherine, je suis désolé...

Dans ce caisson obscur, noyé d'eau, Langdon vivait
ses derniers moments. Il allait cesser d'exister...
d'être... ce qu'il était... ce qu'il avait été... ce qu'il aurait
pu être... Tout s'arrêtait là. Quand son cerveau mourrait, tous ses souvenirs, toutes ses connaissances chère-
ment acquises se dissoudraient dans un raz de marée
chimique.

Langdon mesurait son insignifiance. Une particule
dans l'univers. Jamais il n'avait ressenti cette solitude,
cette humilité. Comme une délivrance, le point de rupture arriva.

Le réflexe de survie qui allait mettre fin à ses jours.

Ses poumons expulsèrent soudain leur air vicié, se
comprimant pour l'inspiration. Mais Langdon résista
encore. Son dernier instant. L'ultime. Puis il abandonna la partie.

Le réflexe contre la raison.

Sa bouche s'ouvrit.

Ses poumons aussi.

Et le liquide entra en lui.

La douleur dans sa poitrine fut plus vive qu'il ne le
supposait. Le liquide emplit ses poumons, comme de la
lave. Un violent éclair lui traversa le crâne ; il avait
l'impression que sa tête était écrasée dans un étau. Un
bourdonnement assourdissant retentit dans ses oreilles.
Et, derrière, les hurlements de Katherine.

Puis un grand flash de lumière.

Puis les ténèbres.

Et ce fut la fin.

104.

Robert est mort.

Katherine s'était arrêtée de crier. La vision de Langdon, noyé dans le caisson, la paralysait d'effroi.

Derrière le hublot, les yeux de son ami étaient écarquillés, le regard vide. Son visage était figé en un masque de douleur et de regret. D'ultimes petites bulles d'air montaient de sa bouche, puis, lentement, comme si l'âme acceptait de quitter le corps, le cadavre s'enfonça dans l'eau, disparaissant de sa vue.

C'était fini.

Implacable, Mal'akh referma le panneau du hublot, abandonnant la dépouille de Langdon dans son cercueil.

Puis il se tourna vers Katherine avec un grand sourire :

— On y va ?

Sans attendre sa réponse, l'homme la chargea sur son épaule, éteignit la lumière et sortit de la pièce. En quelques enjambées vigoureuses, il emporta sa prisonnière dans la salle où régnait la lumière pourpre. Une forte odeur d'encens y planait. Comme un vulgaire sac, il lâcha Katherine sur une table carrée au centre de la pièce. Le choc lui coupa le souffle. Dans son dos, la surface était froide et rêche. De la pierre ?

Ne lui laissant pas le temps de récupérer, il lui retira les fils de fer qui entravaient ses poignets et ses chevilles. Par réflexe, elle tenta de se sauver, mais ses membres ankylosés ne lui obéissaient plus. Il l'attacha aussitôt sur la table avec de larges sangles, une passée sur ses jambes, et une autre sur sa taille qui emprisonnait ses bras. Il en plaça une dernière sur sa poitrine, juste au-dessus des seins.

En quelques minutes, Katherine fut de nouveau immobilisée. Le sang revenait peu à peu dans ses membres.

— Ouvrez la bouche, chuchota l'homme en passant sa langue sur ses lèvres.

Katherine serra les dents de dégoût.

Il approcha de nouveau son index. Le contact de ce doigt courant sur ses lèvres donna à Katherine la chair de poule. Elle serra davantage les dents. Son tortionnaire lâcha un petit rire. De son autre main, il trouva un point de compression dans la nuque et pressa d'un coup. Les mâchoires de Katherine s'ouvrirent soudain. À nouveau, l'index pénétra dans sa bouche, s'enroula à sa langue. Elle hoqueta, et tenta de le mordre, mais l'homme avait déjà retiré son doigt. D'un air satisfait, il observa son index humide. Puis il ferma les paupières et, à nouveau, il enduisit de salive le sommet de son crâne.

L'homme poussa un long soupir et ouvrit les yeux. Tranquillement, il tourna alors les talons et quitta la pièce.

Dans le silence, Katherine entendait les battements de son cœur. Juste au-dessus d'elle, un assemblage curieux de lampes semblait moduler la lumière dans la pièce, passant de l'ambiance lumineuse pourpre à un indigo profond. Quand elle découvrit le plafond, elle s'immobilisa de surprise : il était couvert de dessins – une sorte de carte ésotérique du ciel, avec les étoiles, les planètes, les constellations, entremêlées de symboles astrologiques, de signes kabbalistiques et de formules magiques. Des lignes matérialisaient les orbites elliptiques, des tableaux d'angles indiquaient l'ascension droite et la déclinaison des astres, ornés de créatures du zodiaque qui la regardaient fixement. La chapelle Sixtine d'un fou.

En tournant la tête, Katherine découvrit que le mur à sa gauche était du même acabit. Des chandelles sur un bougeoir ancien éclairaient de leur lueur vacillante une paroi couverte de textes, de photos et de dessins. Certaines feuilles ressemblaient à des papyrus, ou à des parchemins issus de vieux grimoires. D'autres étaient plus récentes. Le tout était mélangé à des croquis, des schémas, des cartes, et des photographies. Chaque élément avait été positionné avec soin et collé au mur, tandis qu'un entrelacs arachnéen de lignes avait été tracé par-dessus, reliant diverses pièces du collage en un réseau vertigineux.

Katherine détourna la tête pour chasser cette image de son esprit.

Mais de l'autre côté, la vision était plus terrifiante encore...

Près de la table de pierre où elle était sanglée, une petite desserte avait été installée, qui ressemblait aux tables d'instruments des blocs opératoires. Sur le plateau, on avait disposé une seringue, un flacon empli d'un liquide sombre et... un grand couteau avec un manche en os. La lame effilée avait été lustrée avec minutie, et luisait dans la pénombre.

Seigneur... que va-t-il me faire ?

105.

Rick Parrish, l'expert en sécurité réseau de la CIA, arriva dans le bureau de Nola Kaye muni d'une simple feuille.

— Tu en as mis un temps ! Je t'ai demandé de venir tout de suite !

— Désolé, répondit-il en relevant des grosses lunettes de myope. J'ai voulu rassembler d'autres informations pour toi, mais...

— Montre-moi déjà ce que tu as.

Parrish tendit le papier.

— C'est caviardé, mais tu as l'essentiel, dit-il.

Nola examina la note, perplexe.

— Je ne sais toujours pas comment le hacker est entré, déclara Parrish. Toujours est-il qu'il est parvenu à lancer un robot d'indexation dans notre moteur de recherche et...

— Peu importe ! Pourquoi la CIA a-t-elle un fichier secret sur les pyramides, les portes anciennes et les symbolons gravés ? C'est ça la vraie question !

— C'est précisément ce qui m'a retardé. J'ai tenté de savoir quel document exactement était visé par l'attaque. J'ai donc fait une recherche sur l'arborescence du fichier et... (Parrish s'éclaircit la gorge :) Apparemment, le document en question appartient à un espace privé, réservé au... directeur de la CIA en personne.

Nola le regarda, incrédule.

Le grand patron avait un dossier sur la Pyramide maçonnique ? Certes, le directeur actuel, comme nombre de hauts responsables de l'Agence, était franc-maçon, mais de là à garder des secrets de l'Ordre dans les ordinateurs de la CIA...

Toutefois, vu les derniers événements de la nuit, tout était possible.

*

L'agent Simkins était embusqué derrière un buisson, dans le parc de Franklin Square. Il surveillait l'entrée à colonnades de l'Almas Temple. Rien. Aucune lumière à l'intérieur. Pas âme qui vive. Il se retourna pour regarder Bellamy, qui faisait toujours les cent pas au milieu de la pelouse. Il avait l'air d'avoir froid. Très froid. Malgré la distance, Simkins le voyait frissonner.

Son téléphone vibra. C'était Inoue Sato.

— La cible devrait être là, non ?

— Il a dit qu'il en avait pour vingt minutes, répondit-il en consultant sa montre. Cela fait quarante minutes qu'on attend. Ce n'est pas normal.

— C'est fini, il ne viendra plus.

Sato avait raison.

— Vous avez eu des nouvelles d'Hartmann ?

— Aucune. Et je n'arrive pas à le joindre.

Simkins se raidit. Ça non plus, ce n'était pas normal.

— Je viens d'appeler le PC logistique, poursuivit Sato. Ils ont perdu le contact aussi.

Nom de Dieu !

— Ils ont la localisation GPS de l'Escalade ?

— Oui. Une adresse à Kalorama Heights, répliqua Sato. Rassemblez vos hommes, on y va !

*

Inoue Sato coupa la communication et contempla la capitale qui s'offrait à son regard. Un vent glacé soulevait les pans de sa veste. Elle croisa les bras sur sa poitrine pour se réchauffer. La chef du Bureau de sécurité de la CIA avait rarement froid. Et rarement peur. Mais cette nuit, elle tremblait.

106.

Mal'akh, vêtu de son pagne, remonta rapidement dans son salon par le passage secret caché derrière le tableau.

Il faut que je me prépare. Le temps presse ! Il jeta un coup d'œil vers le cadavre de l'agent dans l'entrée. La maison n'était plus sûre.

La pyramide de pierre à la main, il fila dans son bureau du rez-de-chaussée et s'installa derrière son ordinateur. Tandis que l'appareil démarrait, Mal'akh songea à Langdon dans son caisson. Dans combien de jours, combien de semaines découvrirait-on son corps ? Aucune importance. Mal'akh serait déjà loin, alors.

Le professeur avait joué son rôle avec brio.

Non seulement il avait réuni les deux morceaux de la pyramide, mais il avait trouvé la clé pour décrypter la grille sous la base. Au premier abord, ce tableau de symboles semblait totalement indéchiffrable. Pourtant la solution était simple, juste sous leur nez.

L'ordinateur de Mal'akh s'éveilla et afficha l'e-mail qu'il avait reçu plus tôt, avec la photo de la coiffe partiellement cachée par l'index de Bellamy.

l e

s e c r e t   e s t

à   l ' i n t é r i e u r   d e   l ' O r d r e

█████   F r a n k l i n   S q u a r e

Huit, Franklin Square, lui avait révélé Katherine Solomon. Elle lui avait aussi appris que des agents de la CIA avaient pris position là-bas, dans l'espoir de le capturer et de découvrir à quel ordre la pyramide faisait référence. Les francs-maçons ? Les Shriners ? Les rosicruciens ?

Aucun des trois ! Mal'akh connaissait à présent la réponse. Grâce à Langdon.

Quelques minutes plus tôt, alors que le liquide le submergeait, le professeur d'Harvard lui avait donné le sésame. « Ordre Huit Franklin Square ! » avait-il crié, les yeux emplis de terreur. « Ordre Huit ! »

Mal'akh n'avait pas compris tout de suite.

— Ce n'est pas une adresse ! hurlait Langdon, la bouche plaquée contre le hublot. C'est le nom d'un carré magique !

Il avait alors parlé d'Albrecht Dürer et expliqué que le chiffrement de la première énigme était un indice pour résoudre la dernière.

Mal'akh connaissait évidemment les carrés magiques – les *kameas,* comme les appelaient les hermétistes. L'ancien texte *De Occulta Philosophia* décrivait, en détail, le pouvoir occulte de ces grilles, ainsi que la méthode pour tracer de puissants sigils à partir de ces tableaux. Et voilà que Langdon lui disait qu'un tel carré était la clé pour déchiffrer l'ultime secret de la pyramide.

— Il vous en faut un de huit par huit ! criait le professeur, dont seule la bouche émergeait du liquide qui montait. Les carrés magiques sont classés par « ordre » ! Un carré de trois par trois est un carré d'ordre trois ! Un carré de quatre par quatre, un ordre quatre. Il vous faut un carré d'ordre huit !

Le liquide était sur le point de recouvrir entièrement Langdon. Il avait pris une dernière inspiration et crié quelque chose à propos d'un franc-maçon célèbre, l'un des pères fondateurs de la nation – scientifique, kabbaliste, mathématicien, inventeur, et auteur du *kamea* magique qui portait aujourd'hui son nom.

Franklin.

Tout s'illumina.

Franklin Square... le carré de Franklin !

Et maintenant, Mal'akh, le cœur battant, lançait une recherche sur Internet. Devant les dizaines de résultats, il en ouvrit un au hasard :

LE CARRÉ DE FRANKLIN D'ORDRE HUIT

L'un des plus célèbres carrés magiques de l'histoire est le carré d'ordre huit créé en 1769 par le scientifique américain Benjamin Franklin – sa particularité étant que la constante magique est également restituée selon des « diagonales pliées ». L'attrait de Franklin pour cet art mystique a sans doute été nourri par les relations intimes qu'il entretenait avec des alchimistes et des hermétistes de renom, ainsi que par sa croyance en l'astrologie, que l'on retrouve dans les prédictions de l'Almanach du pauvre Richard.

52	61	4	13	20	29	36	45
14	3	62	51	46	35	30	19
53	60	5	12	21	28	37	44
11	6	59	54	43	38	27	22
55	58	7	10	23	26	39	42
9	8	57	56	41	40	25	24
50	63	2	15	18	31	34	47
16	1	64	49	48	33	32	17

Mal'akh examina le fameux tableau de Benjamin Franklin, un arrangement unique des nombres 1 à 64, dont la somme suivant chaque ligne, chaque colonne, et selon des « diagonales pliées » et autres combinaisons géométriques, donnait la même constante magique. Le carré de Franklin d'ordre huit.

Mal'akh sourit. Tremblant d'excitation, il saisit la pyramide de granite et la retourna pour examiner sa face intérieure.

Ces soixante-quatre symboles devaient être réorganisés, rangés dans un ordre différent, selon une séquence donnée par les nombres du carré magique de Franklin. Même s'il ne voyait pas comment cette grille chaotique de signes pouvait avoir un sens, il avait la foi, la foi dans la promesse des Mystères anciens.

Ordo ab chao.

Il prit une feuille de papier et traça rapidement un tableau de huit par huit. Puis il inscrivit un à un les symboles dans les cases, selon le rang donné par les nombres. Et, à son grand étonnement, la signification apparut.

L'ordre issu du chaos !

Il acheva de remplir la grille et contempla, incrédule, le résultat final. L'image avait pris forme. La grille désordonnée avait été transformée, réorganisée. Mal'akh ne comprenait pas encore la totalité du message, mais le sens général était clair. Il savait désormais où il devait se rendre.

La pyramide me montre le chemin !

La grille désignait l'un des hauts lieux du mysticisme. Et c'était précisément à cet endroit que Mal'akh rêvait de terminer sa quête.

Un signe du destin.

107.

La table de pierre était glacée dans le dos de Katherine Solomon.

Elle revoyait la mort de Robert. Des images atroces. Elle pensait à son frère... Avait-il péri lui aussi ? L'étrange couteau sur la desserte luisait d'une façon sinistre, augure du sort qui l'attendait.

Tout espoir était-il perdu ?

Curieusement, ses pensées se tournèrent vers ses recherches, vers la noétique et ses récentes découvertes. Tout avait été détruit, tout était parti en fumée ! Jamais elle ne pourrait faire connaître au monde tout ce qu'elle avait appris. Sa découverte la plus saisissante datait seulement de quelques mois, et cela pouvait modifier de manière absolue le regard que l'homme portait sur la mort. Et maintenant, elle se sentait si isolée... si seule...

Enfant, Katherine s'était beaucoup interrogée sur la vie après la mort. Est-ce que le Paradis existe ? Que se passe-t-il quand nous mourons ? Ses études scientifiques lui avaient rapidement ôté de la tête les notions fantaisistes de Paradis, d'Enfer ou d'au-delà. L'idée de « la vie après la mort » était une invention humaine, une chimère destinée à nous faire supporter notre nature mortelle.

C'est du moins ce que je croyais...

Un an plus tôt, Katherine et son frère avaient discuté d'un sujet hautement philosophique : la sempiternelle question de l'existence de l'âme. La conscience des hommes survivait-elle au trépas ? Pouvait-elle continuer à vivre à l'extérieur du corps ?

Cette « âme » à laquelle ils faisaient référence devait être une réalité, s'accordaient-ils à dire. Les philosophes de l'Antiquité étaient formels sur ce point et les enseignements bouddhistes, brahmaniques parlaient de la métempsychose – la migration de l'âme, après la mort, dans un autre corps. Pour les disciples de Platon, le corps était une prison de laquelle l'âme s'échappait. Quant aux stoïciens, ils appelaient l'âme *apospasma tou theou*, une particule de Dieu, et pensaient qu'elle était rappelée par le Très-Haut après la mort.

L'existence de l'âme humaine, précisait Katherine avec une certaine frustration, ne sera jamais scientifiquement établie. Prouver que la conscience survivait hors du corps revenait à espérer retrouver un nuage de fumée cent ans après sa dissolution dans l'air.

Leur discussion lui avait donné une curieuse idée. Son frère avait cité le *Livre de la Genèse*, où l'âme était décrite comme la Neshamah – une sorte d'« intelligence » spirituelle séparée du corps. Le mot « intelligence » laissait supposer l'existence de pensées. La science noétique présageait que les pensées avaient une masse. En toute logique, donc, l'âme devait avoir aussi une masse.

Et si je pesais l'âme humaine ?

L'idée paraissait impossible, pour ne pas dire absurde.

Trois jours plus tard, Katherine s'était réveillée brusquement en pleine nuit. Elle avait sauté dans ses vêtements et foncé au laboratoire, pour préparer une

expérience qui lui semblait à la fois élémentaire et...
très osée.

Dans le doute, elle avait décidé de ne rien dire à
Peter tant qu'elle n'avait pas obtenu de résultats probants. Quatre mois plus tard, elle l'avait convié dans
son laboratoire. Elle avait sorti de sa cachette un gros
appareil monté sur roulettes.

— Je l'ai conçu et construit moi-même, déclara-
t-elle. Devine ce que c'est ?

Peter contemplait l'étrange machine.

— Un incubateur ? suggéra-t-il.

Katherine secoua la tête en riant, même si ce
n'était pas idiot, car l'appareil ressemblait effectivement
à ces couveuses où l'on maintenait en vie les bébés prématurés. Mais vu sa taille, ç'aurait été une couveuse
pour adultes. L'élément central était une grande capsule transparente et étanche. comme ces caissons
d'hibernation qu'on voyait dans les films de science-
fiction. Dessous, il y avait tout un appareillage électronique.

— Voyons si ceci te met sur la voie...

Katherine alluma la machine : des chiffres se
mirent à danser sur un écran alphanumérique. Après
quelques réglages, l'affichage se stabilisa.

0,0000000000 kg

— C'est une balance ?
— Pas une simple balance.

Katherine prit un minuscule bout de papier et le
déposa doucement sur le caisson. Les chiffres s'affolè-
rent, puis s'immobilisèrent à nouveau :

0,0008194325 kg

— Une balance à haute précision, expliqua-t-elle.
Une résolution au microgramme.

— Tu as fabriqué un pèse-personne donnant le
poids au microgramme près ? demanda Peter, perplexe.

— Tout juste, fit-elle en soulevant le capot transparent. Quand je place une personne dans cette capsule, et que je referme le couvercle, le sujet se trouve dans un système parfaitement clos. Rien n'entre ni ne sort. Aucun gaz, aucun liquide, aucun grain de poussière. Rien ne s'en échappe, pas même les gaz émis par la respiration, ni la vapeur de la sudation ou les fluides corporels. Rien.

Peter passa sa main dans ses épais cheveux argentés – le même tic que Katherine quand il était nerveux.

— On ne doit pas tenir longtemps là-dedans. Combien de temps avant de mourir asphyxié ?

— Six minutes, en gros. Tout dépend de la fréquence respiratoire.

— Je ne te suis pas très bien, déclara-t-il.

— Tu vas voir.

Katherine entraîna Peter dans la salle de contrôle du Cube et le fit asseoir devant l'écran mural. Elle pianota sur un clavier et lança des enregistrements vidéo archivés sur les disques holographiques. L'écran s'illumina et afficha des images tournées avec un simple caméscope.

La scène se déroulait dans une chambre modeste. On apercevait un lit défait, une potence de perfusion, un respirateur, un moniteur cardiaque. Puis la caméra pivota pour filmer, au milieu de la pièce, la machine de Katherine.

Peter fronça les sourcils.

— Mais qu'est-ce que...

Le couvercle de la capsule était ouvert. Un vieil homme avec un masque à oxygène était étendu à l'intérieur. Une femme âgée, son épouse, sans doute, et un infirmier se tenaient à côté de l'appareil. La respiration du vieillard était sifflante. Ses yeux étaient clos.

— L'homme dans la capsule était l'un de mes anciens professeurs à Yale, expliqua Katherine. Nous sommes toujours restés en contact. Il est tombé malade. Très malade. Je savais qu'il voulait donner son corps à la science... Alors quand je lui ai expliqué le but de mon expérience, il a accepté tout de suite.

Sidéré, Peter regardait les images sans rien dire.

L'infirmier se tourna vers la vieille femme.

— C'est le moment. Il n'en a plus pour longtemps.

La femme épongea ses yeux brillants de larmes et hocha calmement la tête.

— D'accord.

Doucement, l'infirmier passa les mains dans la capsule et retira le masque à oxygène. Le moribond bougea légèrement, mais garda les yeux fermés. L'infirmier alla ranger contre le mur le respirateur artificiel et les autres appareils, laissant la machine de Katherine au centre de la pièce.

La femme du mourant s'approcha de la capsule, se pencha et déposa un baiser sur le front de son mari. L'homme n'ouvrit pas les yeux, mais ses lèvres se retroussèrent imperceptiblement, formant un faible sourire.

Privé d'oxygène, l'homme avait de plus en plus de mal à respirer. La fin était imminente. Avec un grand courage, la femme referma le couvercle et le verrouilla soigneusement.

Peter se raidit.

— Katherine...

— Pas de panique ! souffla-t-elle. Il y a plein d'air dans la capsule.

Elle avait visionné cet enregistrement des dizaines de fois, mais son cœur battit plus fort malgré tout. Elle désigna le cadran sous la capsule où se trouvait le mourant. Les chiffres indiquaient :

51,4534644 kg.

— C'est le poids du corps.

Le souffle du vieillard était de plus en plus faible. Peter se pencha vers l'écran, fasciné.

— C'est ce qu'il voulait, murmura Katherine. Regarde bien maintenant.

L'épouse avait reculé et s'était assise sur le lit, à côté de l'infirmier. Ils attendaient.

Durant les soixante secondes suivantes, la respiration sifflante du moribond s'accéléra et tout à coup, comme si le vieillard l'avait décidé, il expira son dernier souffle.

C'était fini.

La femme et l'infirmier restèrent assis, enlacés.

Il ne se passa plus rien d'autre.

Après quelques instants, Peter se tourna vers Katherine, l'air interrogateur.

Elle fit signe à son frère de regarder le cadran sous la capsule, qui affichait le poids de l'homme.

Et cela se produisit.

Quand Peter vit le phénomène, il fit un bond, manquant de tomber de sa chaise.

— Non ! Ce n'est pas..., balbutia-t-il, plaquant sa main sur la bouche. Non...

Il était rare de voir le grand Peter Solomon bouche bée. Katherine avait eu la même réaction au début.

Quelques secondes après la mort de l'homme, les chiffres avaient soudain bougé pour afficher un nombre inférieur. L'homme était devenu plus léger. D'une façon infime, mais... mesurable. Et les implications de cette découverte étaient abyssales.

Katherine se revoyait consigner ses notes, d'une main tremblante. « Il semble exister une "matière" invisible dans le corps humain qui s'en échappe au moment de la mort. Cette matière a une masse mais elle traverse toutes les barrières physiques. Je ne peux qu'en conclure qu'elle s'échappe dans une dimension qu'on ne peut encore percevoir. »

À voir son frère blanc comme un linge, elle sut que lui aussi mesurait l'importance de cette expérience.

— Katherine..., commença-t-il en battant des paupières pour être sûr qu'il ne rêvait pas. Tu viens de peser l'âme humaine.

Ils observèrent un long silence.

Peter réfléchissait aux ramifications vertigineuses de cette nouvelle avancée dans la connaissance.

Cela prendra du temps, songea Katherine. Mais le processus est en marche...

S'ils n'avaient pas eu la berlue, si l'explication était bien celle qu'il supposait – à savoir que l'âme ou la conscience, ou la vie, pouvait sortir de la prison du corps –, alors nombre de questionnements mystiques s'éclairaient : la transmigration, la conscience cosmique, l'expérience de mort imminente, la projection astrale, la vision à distance, le rêve éveillé... Les rapports médicaux regorgeaient de cas de patients, morts sur le bloc opératoire, qui avaient vu leur corps du dessus, avant de revenir à la vie.

Peter était silencieux. Il y avait des larmes dans ses yeux. Katherine avait pleuré aussi la première fois. Tous deux avaient perdu des êtres chers, et comme pour tous leurs semblables, l'idée que l'esprit puisse survivre après la mort les emplissait d'un indicible espoir.

Il pense à Zach, songea Katherine, reconnaissant la tristesse dans les yeux de son frère. Depuis des années, Peter portait son fardeau : la culpabilité de la mort de son fils. Maintes fois, il avait dit à Katherine que laisser Zachary en prison avait été la pire erreur de sa vie et que jamais il ne se le pardonnerait.

Une porte claqua, l'arrachant à ses souvenirs. Elle était de retour dans la cave, allongée sur la table de pierre glacée. C'était la porte métallique en haut de la rampe qui annonçait le retour de son bourreau. Elle l'entendit ouvrir une porte dans le couloir, s'activer dans la pièce, puis ressortir. Quand il entra, elle vit qu'il poussait quelque chose devant lui... quelque chose de lourd... sur des roues. Quand il passa dans la lumière, elle écarquilla les yeux de surprise. Le géant tatoué poussait quelqu'un dans un fauteuil roulant.

Sa raison reconnut l'homme dans le fauteuil, mais son cœur s'y refusait.

Peter ?

Devait-elle se réjouir de savoir son frère en vie ou en être horrifiée ? Le corps de Peter avait été entièrement rasé : ses cheveux gris avaient disparu, ainsi que ses sourcils ; sa peau glabre luisait comme si on l'avait enduite d'huile. Il portait une tunique noire en soie. À la place de sa main droite saillait un moignon enveloppé d'un bandage. Il releva la tête, la regarda. Ses yeux étaient chargés de tristesse, de douleur et de regret.

— Peter ! gémit-elle.

Son frère voulut parler, mais il n'y eut que des sons gutturaux. Il était attaché à son fauteuil et bâillonné.

L'homme tatoué se baissa et caressa doucement le crâne lisse de son prisonnier.

— J'ai préparé votre frère pour le rôle qu'il va jouer cette nuit. C'est un grand honneur que je lui fais.

Tout le corps de Katherine se révoltait.

— Peter et moi allons partir bientôt, mais peut-être souhaitez-vous lui faire vos adieux.

— Où l'emmenez-vous ?

— En voyage, répondit l'homme avec un sourire. Un voyage vers une montagne sacrée. Là où se trouve le trésor. La Pyramide maçonnique a révélé son emplacement. Votre ami le professeur m'a été d'un grand secours.

Katherine tourna la tête vers son frère.

— Il a tué Robert !

Peter Solomon se crispa et secoua la tête violemment de droite à gauche, comme s'il ne pouvait endurer cette douleur supplémentaire.

— Du calme, Peter. Du calme, murmura le tortionnaire en lui caressant à nouveau le crâne. Ne gâchez pas ce moment. Dites au revoir à votre petite sœur. C'est votre dernière réunion de famille.

— Pourquoi nous infligez-vous ça ? s'écria Katherine avec désespoir. Qu'est-ce qu'on vous a fait ? Pourquoi nous haïssez-vous à ce point ?

L'homme tatoué se pencha sur elle, plaquant sa bouche dans le creux de son oreille.

— J'ai mes raisons, Katherine. (Ramassant le grand couteau sur la desserte, il revint vers elle et passa la lame étincelante sur ses joues.) C'est véritablement le couteau le plus extraordinaire de l'Histoire.

Katherine ignorait qu'il existât des couteaux célèbres. Mais celui-ci paraissait effectivement aussi ancien que sinistre. La lame semblait tranchante comme un rasoir.

— Ne craignez rien. Je n'ai pas l'intention de gâcher son précieux pouvoir sur vous. Je le garde pour un sacrifice beaucoup plus élevé... et dans un lieu très sacré. (Il se tourna vers son prisonnier.) Mais vous, Peter, vous reconnaissez ce couteau, n'est-ce pas ?

Les yeux de Peter Solomon s'agrandirent, dans un mélange de terreur et de stupéfaction.

— Oui, Peter... cet instrument a traversé les âges. Et je l'ai retrouvé. Il m'a coûté une fortune, et je l'ai gardé pour vous. Enfin, nous allons pouvoir terminer notre douloureux chemin, ensemble.

Il enveloppa le couteau dans un tissu, avec ses autres accessoires : l'encens, les fioles, des coupons de satin et autres objets cérémoniels. Il glissa le tout dans le sac de Langdon, avec la pyramide et la coiffe. Puis il referma la glissière et se tourna vers Peter Solomon :

— Voulez-vous bien porter ça, Peter ?

Il posa le sac sur les cuisses de son prisonnier. Il ouvrit ensuite un tiroir et farfouilla dedans. On entendit tinter des instruments métalliques. Se retournant vers Katherine, il lui saisit le bras droit. Elle ne pouvait voir ce que le fou lui faisait... mais Peter écarquilla les yeux d'horreur et se mit à ruer dans son fauteuil.

Elle sentit une piqûre dans le creux de son coude, puis son bras sembla chauffer. Peter poussait des borborygmes affolés, tentant en vain de se lever. Katherine sentait ses doigts, puis son avant-bras, s'engourdir.

Quand l'homme recula, elle comprit l'agitation désespérée de son frère. Le démon avait inséré une aiguille dans sa veine, mais l'autre côté n'était relié à aucun cathéter. Son sang s'écoulait d'elle, ruisselant sur son bras, puis sur la table.

— Une clepsydre humaine... Tout à l'heure, Peter, quand je vous demanderai de jouer votre rôle, il faudra vous souvenir de Katherine, agonisant dans l'obscurité.

Le visage de Peter Solomon n'exprimait plus que la souffrance.

— Il ne lui reste qu'une heure. Si vous vous montrez prompt et coopératif, j'aurai le temps de la sauver. Bien sûr, si vous résistez... votre sœur périra seule dans les ténèbres.

Peter marmonna quelque chose derrière son bâillon.

— Je sais, je sais, répondit l'homme en lui tapotant l'épaule. C'est douloureux. Mais vous devriez être habitué, ce n'est pas la première fois que vous abandonnez un membre de votre famille. (Le géant se pencha vers l'oreille de Peter Solomon.) Je fais allusion à votre fils, évidemment. Pauvre Zachary, tout seul dans sa prison de Soganlik.

Le prisonnier tira sur ses liens et poussa un cri étouffé par le bâillon.

— Ça suffit ! cria Katherine.

— Je me souviens très bien de cette nuit, insista l'homme en finissant de ramasser ses affaires. J'ai tout entendu. Le directeur vous a proposé de le relâcher, mais vous avez choisi de lui donner une leçon en l'abandonnant. Votre fils a bien appris sa leçon, n'est-ce pas ? Et plutôt deux fois qu'une fit-il en souriant. Sa mort a fait ma gloire.

L'homme ramassa un morceau de tissu et l'enfonça dans la bouche de Katherine.

— La mort, chuchota-t-il, doit venir dans le silence.

Peter se débattit avec fureur. Sans ajouter un mot, le démon tatoué fit sortir. à reculons, le fauteuil roulant. Peter regardait sa sœur, ne la quittant pas des yeux.

Ils se disaient adieu.

Puis il fut emporté.

Katherine les entendit remonter la rampe, franchir la porte de métal. Il y eut un bruit de verrou. Quelques minutes plus tard, une voiture démarra et sortit de la propriété.

Le silence tomba sur la maison.

Seule dans le noir, Katherine se vidait de son sang.

108.

L'esprit de Robert Langdon dérivait dans un abîme sans fin.

Pas de lumière, pas de son, pas de sensation.

Seulement un vide infini. Le silence.

Le calme.

L'apesanteur.

Son corps l'avait quitté. Il était délivré.

Le monde physique n'existait plus. Le temps aussi avait disparu.

Il était une simple conscience à présent... Une entité immatérielle dans le vide d'un vaste univers.

109.

Le Faucon noir survolait les demeures luxueuses de Kalorama Heights, se dirigeant vers la zone indiquée par le PC. L'agent Simkins fut le premier à repérer l'Escalade garée en travers de la pelouse. Le portail de la propriété était fermé, et la maison plongée dans l'obscurité.

Sato fit signe au pilote d'atterrir.

L'hélicoptère se posa rapidement devant la bâtisse, au milieu d'autres véhicules garés en désordre. Parmi eux, ils repérèrent la voiture d'une société de surveillance.

Simkins et ses hommes sautèrent au sol, leurs armes à la main, et coururent vers la maison. La porte d'entrée était fermée. Simkins s'approcha d'une fenêtre et aperçut une forme noire gisant dans le hall.

— Merde ! C'est Hartmann.

L'un des agents prit un fauteuil du perron et le lança dans la baie vitrée. Le bruit du verre se brisant sous l'impact fut à peine audible derrière le vacarme de la turbine. Quelques secondes plus tard, l'escouade pénétrait dans la maison. Simkins courut dans le hall et s'agenouilla auprès d'Hartmann pour vérifier son pouls. Rien. Il y avait du sang partout. Puis il vit le tournevis planté dans le cou du cadavre.

Nom de Dieu... Il se releva et fit signe à ses hommes de fouiller la maison.

Les agents s'éparpillèrent dans les pièces du rez-de-chaussée, striant les ombres de leurs rayons laser. Ils ne trouvèrent rien dans le salon, ni dans le bureau, mais dans la salle à manger ils découvrirent l'employée de Premium Sécurité, étranglée. L'espoir de retrouver Robert Langdon et Katherine Solomon vivants s'amenuisait. Le tueur leur avait visiblement tendu un piège... et s'il était parvenu à tuer un soldat de la CIA, ainsi qu'un agent de sécurité, alors un professeur et une scientifique n'avaient aucune chance.

Une fois le rez-de-chaussée sécurisé, Simkins envoya deux hommes fouiller l'étage. Pendant ce temps, il poursuivit ses recherches et trouva, dans la cuisine, un escalier qui descendait au sous-sol. Il s'y engagea. Au bas des marches, il alluma la lumière. Spacieux, l'endroit luisait d'une propreté immaculée, comme si le propriétaire n'y mettait jamais les pieds. Une chaudière, des murs en ciment, quelques cartons. Rien d'intéressant. Simkins retourna dans la cuisine. Ses hommes l'y attendaient. Ils n'avaient rien trouvé non plus.

Il n'y avait personne dans la maison.

Simkins appela Inoue Sato pour lui faire son rapport.

Quand il revint dans le hall d'entrée, Sato montait les marches du perron. Warren Bellamy était resté dans l'hélicoptère, l'air atterré, avec la mallette en titane à ses pieds. Le portable qui se trouvait à l'intérieur donnait accès aux systèmes informatiques de surveillance de la CIA via une liaison satellite cryptée. Plus tôt dans la soirée, Inoue Sato s'en était servie pour lui présenter un document qui l'avait engagé à se montrer coopératif. Simkins ignorait ce que l'Architecte avait vu. Mais, à l'évidence, cela lui avait causé un choc.

En entrant dans le hall, Inoue Sato contempla un moment le cadavre d'Hartmann. Puis elle releva les yeux et se tourna vers Simkins :

— Des nouvelles de Langdon et de Mme Solomon ? Ou de Peter Solomon ?

Simkins secoua la tête.

— S'ils sont encore en vie, il les a emmenés avec lui.

— Il y a un ordinateur dans la maison ?

— Oui, madame. Dans le bureau.

— Montrez-le-moi.

Simkins ouvrit la voie. Ils traversèrent le hall pour gagner le salon où les hommes de Simkins avaient cassé une fenêtre pour pénétrer dans la maison. L'épaisse moquette était jonchée de morceaux de verre. Ils passèrent devant une grande cheminée, un tableau gigantesque, des rayonnages de livres, et gagnèrent la porte du bureau. La pièce, de l'autre côté, était lambrissée d'acajou : un grand moniteur trônait sur un secrétaire ancien. Sato s'installa au bureau et observa l'écran.

— Nom de Dieu, souffla-t-elle, le visage fermé.

Simkins la rejoignit et regarda à son tour le moniteur. Il était tout noir.

— Que se passe-t-il ?

Sato désigna un socle métallique à côté de l'écran – une station d'accueil pour ordinateur.

— Il a un portable ! Il l'a pris avec lui.

Simkins ne comprenait pas l'inquiétude de sa supérieure.

— Il a des informations que vous vouliez voir ?

— Non, répliqua Sato avec gravité. Il a des informations que personne ne doit voir.

*

À la cave, Katherine Solomon avait entendu le bruit de l'hélicoptère, puis un fracas de vitre brisée. Il y avait eu des pas au-dessus. Elle avait tenté d'appeler au secours, mais son bâillon l'en empêchait. Des sons étouffés sortaient de sa bouche. Plus elle s'efforçait de crier, plus son sang s'écoulait vite.

Elle commençait à suffoquer, la tête lui tournait.

Elle devait se calmer. *Sers-toi de tes neurones ! Réfléchis !*

Elle ferma les yeux, et avec une volonté inflexible, elle parvint à faire le silence en elle.

*

L'esprit de Robert Langdon flottait dans le néant. Son regard s'égarait dans le vide infini, cherchant des points de repère, des phares dans la nuit. Mais il n'y avait rien.

Les ténèbres absolues. Le silence. La paix.

Il n'y avait plus de gravité pour le renseigner sur ses mouvements.

Son corps était parti.

C'était donc ça la mort ?

Le temps semblait onduler, une alternance de compression et de détente, comme si son cours s'égarait dans des méandres invisibles.

Depuis combien de temps Langdon dérivait-il dans ce néant ?

Dix secondes ? Dix minutes ? Dix jours ?

Mais, brusquement, des souvenirs resurgirent, comme des explosions d'astres lointains, propageant leur onde de choc à travers l'espace.

Tout lui revint en mémoire, d'un coup. Les images le transpercèrent comme des lances, brutales, atroces. Un visage tatoué dansait devant ses yeux. Deux mains implacables lui saisissaient la tête et la fracassaient au sol.

La douleur... l'obscurité...

Puis une lumière grise.

Une pulsation dans son crâne.

D'autres souvenirs encore... fugaces, évanescents. On le traînait par terre. On l'emmenait quelque part, sous terre. Son ravisseur psalmodiait quelque chose.

Verbum significatum.... Verbum omnificum... verbum perdo...

110.

Dans le bureau, Inoue Sato attendait que la CIA lui envoie l'information qu'elle avait demandée. L'un des avantages de travailler à Washington était la couverture satellite de la ville. Avec un peu de chance, l'un de ces mouchards en orbite avait peut-être « vu » le véhicule quitter la propriété.

— Je regrette, madame, répondit finalement le technicien. On n'a aucune couverture de ces coordonnées cette nuit. Vous voulez qu'on repositionne un satellite ?

— Non. C'est trop tard.

Sato raccrocha dans un soupir. Où donc était partie leur cible ? Elle retourna dans le hall alors que ses hommes emportaient la dépouille de Hartmann vers l'hélicoptère. Elle avait demandé à l'escouade de retourner à Langley, mais elle découvrit Simkins dans le salon, à quatre pattes.

— Ça ne va pas ? s'enquit Sato.

Il releva la tête, l'air perplexe.

— Vous avez vu ça ? demanda-t-il en désignant le sol.

Sato s'approcha et contempla l'épaisse moquette. Elle ne voyait rien.

— Baissez-vous, insista Simkins. Placez les yeux au ras du sol.

Elle s'exécuta. Les boucles de la moquette étaient écrasées, formant deux sentes parallèles qui traversaient la pièce.

— Ce qui est curieux, c'est l'endroit où se terminent ces traces, expliqua Simkins.

Sato suivit les empreintes. Elles semblaient s'arrêter devant le grand tableau à côté de la cheminée, un tableau qui couvrait tout le mur, du sol au plafond.

Simkins s'approcha et tenta de le décrocher, mais la peinture ne bougea pas d'un millimètre.

— Il est vissé au mur, dit-il en faisant courir ses doigts sur le cadre. Attendez, il y a quelque chose.

Son doigt avait trouvé un petit levier. Il l'actionna et entendit un déclic.

Sato recula tandis que Simkins achevait de faire pivoter le tableau.

Il leva sa lampe torche pour éclairer le conduit de l'autre côté.

Bingo ! songea Sato.

Devant eux, se dressait une porte métallique.

*

La vague de souvenirs qui avait déferlé dans l'esprit de Langdon s'était retirée, laissant juste un essaim de points lumineux... Et cette voix, semblant provenir d'outre-tombe, qui continuait à psalmodier.

Verbum significatum.... Verbum omnificum... verbum perdo...

On eût dit un cantique médiéval.

Verbum significatum.... Verbum omnificum... Les mots se perdirent à leur tour dans le néant, faisant naître d'autres échos, d'autres voix.

Apocalypse... Franklin... Apocalypse... *Verbum...* Apocalypse...

Soudain, une cloche sonna au loin. Un glas lugubre. Le son approchait et les tintements se faisaient plus pressants, comme pour attirer l'attention de Langdon. Le signal du départ ?

111.

La cloche dans la tour sonna pendant trois minutes entières, faisant vibrer les larmes de cristal du lustre suspendu au-dessus de Langdon. Des dizaines d'années plus tôt, il avait suivi des cours magistraux dans cette salle élégante de la Phillips Exeter Academy. Aujourd'hui, toutefois, il était venu écouter un ami qui allait donner une conférence devant un parterre d'étudiants. Au moment où les lumières diminuaient, Langdon s'installa au fond sous les tableaux des illustres maîtres de l'université.

Le silence tomba dans la salle.

Dans le noir total, une silhouette longiligne monta sur le podium.

— Bonjour à tous, chuchota l'ombre chinoise dans le micro.

Tout le monde tendit le cou, dans l'espoir de voir le visage du conférencier.

Un projecteur de diapositives s'alluma et une photographie sépia s'afficha derrière le pupitre : un grand château fait de grès, ceint de tours carrées et décoré d'ogives.

L'homme dissimulé dans l'ombre reprit :

— Qui sait où se trouve cette construction ?

— En Angleterre, s'écria une fille dans l'assistance. La façade est un mélange d'architecture gothique et romane. C'est un château normand typique du XIIe siècle !

— Je vois que nous avons une spécialiste parmi nous, constata l'orateur. (De petits rires résonnèrent dans la salle.) Malheureusement, vous vous trompez de cinq mille kilomètres et d'un demi-millénaire.

Une rumeur d'étonnement parcourut la salle.

Une nouvelle image apparut à l'écran. La même photographie, mais cette fois, en couleur. Derrière les imposantes tours de grès rouge, on apercevait en arrière-plan, tout près, le dôme blanc du Capitole.

— Attendez, s'exclama la fille. Il y a un château normand à Washington ?

— Depuis 1855, répondit le conférencier. C'est d'ailleurs à cette date qu'a été pris le cliché suivant.

Une photographie apparut. En noir et blanc, elle montrait une grande salle de bal, encombrée de squelettes d'animaux, de vitrines, de bocaux d'échantillons, et de moulages de reptiles préhistoriques.

— Ce magnifique château, continua la voix dans l'obscurité, a été le premier musée d'histoire naturelle des États-Unis. C'est un don d'un richissime scientifique anglais qui, comme nos pères fondateurs, rêvait que notre jeune nation devienne le pays des lumières. Il leur a légué une fortune colossale pour qu'ils construisent au cœur de notre nation « une institution pour l'accroissement et la diffusion du savoir ». (Il marqua une pause.) Quelqu'un sait-il qui est ce généreux donateur ?

— James Smithson ? avança une voix timide.

Il y eut des murmures d'approbation dans l'assistance.

— Smithson, en effet. (L'homme s'avança alors dans la lumière. C'était Peter Solomon, dont les yeux gris étincelaient de malice.) Bonjour. Je suis Peter Solomon, le secrétaire de l'Institut Smithsonian.

Il y eut un tonnerre d'applaudissements.

Au fond de la salle, Langdon admirait la façon dont Peter Solomon savait captiver son auditoire ; il avait préparé une visite en images du Smithsonian des premiers âges. La projection commença par le « château », avec ses laboratoires en sous-sol, ses couloirs chargés de vitrines, sa salle des mollusques et même un portrait des deux pensionnaires les plus célèbres : *Accroissement* et *Diffusion,* un couple de hiboux qui avait élu domicile dans la tour ouest. Le diaporama d'une demi-heure se termina par une photo du National Mall, prise par satellite, aujourd'hui bordé par les nombreux musées du Smithsonian.

— Comme je l'ai dit en introduction, annonça-t-il pour clore sa conférence, James Smithson et nos pères fondateurs voulaient faire de notre nation une terre de connaissances. Je crois qu'ils seraient satisfaits aujourd'hui. Le grand Institut Smithsonian est un symbole de la science et du savoir au cœur même de notre capitale. Il est le témoignage vivant du grand rêve qu'avaient conçu les pères de la nation : un pays construit sur le savoir, la sagesse et la science.

Peter Solomon avait éteint le projecteur sous les acclamations du public. Les lumières de la salle s'étaient rallumées et des dizaines d'étudiants levèrent la main, mille questions leur brûlant les lèvres.

Il désigna un garçon roux au dixième rang.

— Monsieur Solomon, vous dites que les pères fondateurs ont fui l'oppression religieuse en Europe pour fonder un pays dont le seul credo serait celui du progrès scientifique.

— C'est exact.

— Pourtant, j'ai cru comprendre que les premiers présidents étaient des hommes extrêmement religieux, et qu'ils entendaient faire de l'Amérique une nation chrétienne.

Solomon esquissa **un sourire**.

— Jeunes gens, ne me faites **pas dire** ce que je n'ai pas dit. Nos pères de la nation **étaient** très pieux, mais ils étaient déistes : des hommes croyant en Dieu, mais dans un esprit d'universalité, sans nul dogmatisme. Leur seule religion était la liberté. (Il prit le micro et s'avança au bord de l'estrade.) Les pères de l'Amérique rêvaient d'un pays spirituellement éclairé, dans lequel la liberté de penser, l'instruction du peuple et la science remplaceraient les vieilles superstitions religieuses.

Une fille blonde leva la main.

— Oui ?

— Je viens de faire des recherches sur vous... et d'après Wikipedia vous êtes franc-maçon, fit-elle en désignant son portable.

Solomon agita sa bague maçonnique.

— Vous auriez gagné du temps en me le demandant.

L'assistance rit.

— D'accord, poursuivit la jeune femme en hésitant. Vous venez de parler de « superstitions religieuses ». Et pourtant, il me semble que, si une organisation se complaît dans de vieilles superstitions, c'est bien la franc-maçonnerie.

Solomon resta impassible.

— Ah bon ? Comment ça ?

— Eh bien, j'ai lu beaucoup d'ouvrages sur les maçons, et je sais que vous pratiquez des rituels anciens et avez des croyances bizarres. On dit sur Wikipedia que vous pensez qu'une sorte de savoir magique ancien serait capable d'élever l'homme au niveau des dieux.

Tout le monde regarda la fille blonde comme si elle était demeurée.

— En réalité, ce qu'elle avance est entièrement vrai.

Les étudiants écarquillèrent les yeux.

Solomon se tourna vers son interlocutrice.

— Et que nous explique Wikipedia sur ce savoir magique ?

Mal à l'aise, la fille reporta son attention sur son téléphone et parcourut le reste de l'article.

— Pour éviter que cette connaissance ne tombe entre de mauvaises mains, les anciens disciples l'ont cryptée, dissimulant sa puissance derrière des métaphores, des symboles, des mythes et des allégories. Aujourd'hui, ce savoir codé nous entoure, caché dans la mythologie, les arts et les textes ésotériques d'antan. Malheureusement, l'homme moderne ne sait plus comment déchiffrer cet ensemble complexe de symboles, et la grande vérité a été perdue à jamais.

— C'est tout ?

— En fait, il y a encore quelques lignes.

— J'espère bien. Je vous en prie, continuez.

La jeune femme s'éclaircit la voix et reprit :

— Selon la légende, les sages auraient crypté les Mystères anciens au moyen d'une sorte de clé, un mot de passe qui permettrait de libérer les secrets. Ce mot magique – appelé *verbum significatum* – est censé chasser les ténèbres et dévoiler les Mystères, les ouvrir à la compréhension humaine.

Solomon esquissa un sourire chargé de regret.

— Oui... le fameux *verbum significatum*. (Son regard s'égara un moment, puis il baissa de nouveau les yeux vers la fille.) Et où se trouve ce « mot magique » aujourd'hui, aux dires des nouveaux sages d'Internet ?

L'étudiante regrettait d'avoir défié le conférencier, mais elle poursuivit sa lecture avec courage :

— D'après la légende le *verbum significatum* est enterré quelque part, et il attend le bon moment, un tournant de l'Histoire – le moment où l'humanité ne pourra plus survivre sans que cette vérité, ce savoir datant de la nuit des temps, ne lui soit révélé.

La fille éteignit son portable et se rassit.

Après un long silence, un autre étudiant leva la main.

— Monsieur, vous ne croyez pas réellement à tout ça ?

Peter Solomon sourit.

— Pourquoi pas ? Nos mythologies fourmillent de mots magiques censés nous donner des pouvoirs divins. Aujourd'hui encore, les enfants crient « abracadabra » dans l'espoir de faire apparaître quelque chose du néant. Bien sûr, nous avons tous oublié que ce terme n'a rien d'enfantin : il provient d'une ancienne formule magique araméenne – *Avrah Ka Dabra* – qui signifie « je crée en parlant ».

Silence.

— Mais, monsieur, insista l'étudiant, vous ne pouvez pas croire qu'un simple mot, ce *verbum significatum,* ou je ne sais quoi, ait le pouvoir de libérer un savoir ancien et d'éclairer le monde entier.

Peter Solomon resta de marbre.

— Mes croyances n'intéressent que moi. Ce qui devrait en revanche vous intriguer, c'est que cette prophétie de la venue de l'illumination est annoncée dans quasiment toutes les religions de la planète. Les hindous parlent du Krita Youga, les astrologues de l'Ère du Verseau, les juifs décrivent la venue du Messie, les théosophes l'appellent le Nouvel Âge, les cosmologues se réfèrent à une Convergence Harmonique et donnent même la date de l'événement.

— Le 21 décembre 2012 ! cria quelqu'un.

— Oui. Quasiment demain, si on en croit les calculs des Mayas.

Langdon gloussa en sourdine, se rappelant que, dix ans plus tôt, Peter Solomon avait prévu la folie qui s'était emparée aujourd'hui des médias. Tous les jours, une émission évoquait la fin du monde et cette date fatidique en 2012.

— Que ce soit pour demain ou pour plus tard, reprit Solomon, je trouve remarquable qu'au cours de l'histoire humaine toutes les religions, toutes les croyances fassent référence à cet événement particulier : la venue de la grande illumination. Dans toutes les cultures, quelle que soit l'époque ou la région du globe, l'aspiration ultime des individus s'est portée sur un seul et même concept : l'apothéose de l'homme, la transformation de l'esprit humain qui révélera sa véritable puissance. (Un grand sourire anima son visage.) Comment expliquer une telle synchronicité ? Qu'est-ce qui peut la justifier ?

— Le souvenir, répondit quelqu'un dans la salle.

Solomon se redressa.

— Qui a dit ça ?

Le bras qui se leva appartenait à un jeune Asiatique – tibétain ou népalais, à en juger par ses traits.

— Il existe peut-être une vérité universelle enfouie dans les âmes de chaque individu. Peut-être avons-nous la même histoire enfouie et cachée en chacun de nous, comme une séquence récurrente dans notre ADN. Cette illumination ne doit peut-être pas être découverte, mais remémorée, ravivée, puisqu'elle est déjà à l'intérieur de nous.

Il n'y avait plus un bruit dans l'assistance.

Solomon aussi resta silencieux un long moment.

— Mais pour révéler cette vérité, reprit-il, le chemin sera difficile. Dans toute l'Histoire, les périodes d'illumination ont toujours été accompagnées par les ténèbres, tirant l'humanité de l'autre côté. Telle est la loi de la nature et de l'équilibre. Si nous voyons aujourd'hui les ténèbres s'étendre sur notre monde, c'est parce que la lumière grandit dans les mêmes proportions. Nous sommes à l'aube d'un grand âge, et nous tous, vous comme moi, avons le grand privilège de vivre ce moment charnière de l'histoire. De tous les peuples qui nous ont précédés, nous sommes les premiers à pénétrer dans ce minuscule intervalle de temps durant lequel l'homme va être témoin de son ultime renaissance. Après des millénaires d'obscurité, nos sciences, nos esprits, et même nos religions sont sur le point d'exhumer la vérité.

Un tonnerre d'applaudissements s'éleva, mais Solomon leva les bras pour l'arrêter.

— Mademoiselle ? dit-il en se tournant vers la fille blonde. Je sais que vous et moi sommes en désaccord sur bien des points, mais je tiens à vous remercier. Votre passion est un catalyseur important pour le changement qui se prépare. L'obscurité nous plonge dans l'apathie... la conviction est notre meilleur antidote. Continuez à entretenir votre foi. Étudiez la Bible, en particulier les dernières pages.

— L'Apocalypse ? demanda l'étudiante.

— Précisément. Le *Livre de la Révélation* est un exemple lumineux de cette vérité que nous partageons. Le dernier livre de la Bible nous raconte une histoire que l'on retrouve dans toutes les religions. Toutes annoncent la venue de la révélation d'un grand savoir.

— Mais l'Apocalypse c'est la fin du monde, lança quelqu'un. L'Antéchrist, l'Armageddon, la bataille finale du bien contre le mal.

Solomon lâcha un petit rire.

— Y a-t-il des hellénistes dans la salle ?

Plusieurs mains se levèrent.

— Que signifie exactement le mot « apocalypse » ?

— Cela veut dire, commença un jeune homme, avant de s'interrompre, surpris lui-même par ce qu'il allait répondre, « dévoiler » ou « faire apparaître ».

Solomon hocha la tête.

— Exactement. L'Apocalypse c'est la révélation, dans son sens propre « laisser voir ». Dans ses dernières pages, la Bible prévoit l'apparition d'une grande vérité et d'un savoir incommensurable. L'Apocalypse n'est pas la fin du monde, mais la fin d'un monde – celui que nous connaissons. La prophétie de l'Apocalypse n'est qu'un des grands messages d'espoir de la Bible qui a été déformé au cours de l'Histoire. (Peter Solomon s'approcha de son auditoire.) Croyez-moi, l'Apocalypse arrive... et elle n'aura rien à voir avec ce qu'on nous a raconté.

Au-dessus de sa tête, la cloche se mit à sonner.

Les étudiants se levèrent pour applaudir le conférencier.

112.

Katherine Solomon allait s'évanouir lorsqu'elle entendit une déflagration.

Quelques instants plus tard, elle sentit de la fumée.

Ses oreilles sifflaient à cause de l'onde de choc.

Des voix étouffées se firent entendre, lointaines. Des cris. Des bruits de pas. Et soudain, de l'air frais s'engouffra dans ses poumons. On lui avait retiré son bâillon !

— Tout va bien, lui murmurait une voix d'homme. Ne bougez pas.

Elle s'attendait à ce qu'il lui enlève l'aiguille mais l'homme lança des ordres :

— Apportez la trousse médicale, placez une perf sur l'aiguille avec une poche de solution de Ringer et prenez sa tension. (Tout en vérifiant son pouls, l'homme lui demanda :) Madame Solomon, la personne qui vous a fait ça... Où est-elle partie ?

Katherine n'arrivait plus à parler.

— Madame Solomon ? insista la voix. Où ?

Elle voulut ouvrir les yeux, en vain. Elle avait si sommeil.

— Il faut à tout prix que nous sachions où il est parti !

Katherine parvint à murmurer trois mots... Trois mots qui ne voulaient rien dire :

— La... montagne... sacrée.

*

Inoue Sato franchit la porte de métal tordue et descendit la rampe qui menait à la cache. Un agent l'attendait en bas, dans le petit couloir.

— Il faut que vous voyiez ça !

Elle suivit l'homme dans une petite pièce latérale – une pièce nue, à l'exception d'un tas de vêtements abandonnés au sol. Elle reconnut la veste et les chaussures de Langdon.

L'agent désigna, au bout de la pièce, une sorte de caisson en forme de cercueil.

Qu'est-ce que c'est ?

Inoue Sato vit que le conteneur était alimenté par un tuyau. S'approchant avec précaution, elle découvrit un volet sur le couvercle. Elle fit glisser le panneau et trouva un hublot.

Elle sursauta.

Derrière la vitre de Plexiglas, flottant entre deux eaux, elle avait vu le visage figé de Robert Langdon.

*

De la lumière !

Un soleil aveuglant venait de percer le néant. Des rayons déchiraient les ténèbres.

De la lumière, partout !

Brusquement, dans le halo blanc au-dessus de lui, Langdon aperçut une silhouette, un visage, brouillé et évanescent. Deux yeux qui le fixaient de l'autre côté du cosmos. Le visage était auréolé de lumière. Était-ce le visage de Dieu ?

*

Sato regardait par le hublot. Langdon savait-il ce qui lui était arrivé ? Sans doute pas. Après tout, la perte de repères était l'effet recherché.

Les caissons d'isolation sensorielle étaient connus depuis les années 1950 et demeuraient un système de relaxation prisé par les riches adeptes du New Age. La « flottaison » », comme l'appelaient ses amateurs, offrait un retour transcendantal à la matrice originale ; c'était une aide active à la méditation, car l'esprit se trouvait apaisé puisqu'on supprimait tous les stimuli extérieurs : lumière, sons, contact, et même l'effet de la gravité. Dans les caissons traditionnels, la personne flottait sur le dos dans une solution saline qui maintenait le corps au-dessus de l'eau, de sorte que l'utilisateur puisse respirer.

Ces dernières années, cependant, ces caissons avaient fait un bond technologique.

Les hydrocarbures perfluorés.

Cette nouvelle technique, connue sous le nom de « ventilation liquidienne », paraissait tellement contre-nature que peu de gens croyaient à son existence.

Un liquide respirable !

Les fluides respiratoires étaient une réalité depuis 1966, lorsque Leland C. Clark avait maintenu en vie une souris immergée pendant plusieurs heures dans une solution d'hydrocarbures perfluorés saturée en oxygène. En 1989, la respiration liquidienne a été connue du grand public grâce au film *Abyss* même si peu de spectateurs soupçonnaient qu'il s'agissait d'une technique existante.

La ventilation liquidienne était née de la recherche médicale pour aider les bébés prématurés à respirer, en couveuse, comme dans le ventre de leur mère. Les poumons humains, ayant connu l'environnement amniotique pendant neuf mois, n'étaient pas totalement étrangers au milieu liquide. Les hydrocarbures perfluorés étaient autrefois trop visqueux pour être utilisables par les bronches, mais récemment on avait mis au point des solutions respirables.

Le département Science & Technologie de la CIA – les « sorciers de Langley » comme on les surnommait – avait beaucoup travaillé sur ces liquides, pour le compte de l'armée. Les plongeurs d'élite de la Marine préféraient, pour leurs missions à grandes profondeurs, utiliser ces liquides, plutôt que les mélanges gazeux habituels, tels que l'héliox ou le trimix, car le risque de narcose était moindre. De la même manière, la NASA et l'US Air Force avaient découvert que les pilotes équipés de ces systèmes à ventilation liquidienne supportaient des accélérations beaucoup plus fortes, car le fluide répartissait mieux dans l'organisme les écarts de « g ».

Sato savait qu'il existait des « salons d'expériences extrêmes », où l'on pouvait essayer la respiration liquidienne dans des caissons qu'on appelait « machines de méditation ». L'hôte des lieux avait sans doute acheté cet exemplaire pour son usage personnel, mais la présence des serrures sur le couvercle prouvait que la machine avait été utilisée à des fins plus redoutables, copie conforme d'une torture à laquelle la CIA avait recours pour délier la langue des suspects les plus rétifs.

L'infâme technique de la « baignoire » était déjà terriblement efficace, car le sujet croyait réellement se noyer. Mais Sato avait eu vent de plusieurs opérations secrètes où le sujet avait été plongé dans un caisson d'isolation sensorielle pour accentuer cet « effet de noyade ». La victime, d'ailleurs, se noyait au sens propre du terme. Dans sa panique à l'idée de mourir, le sujet, d'ordinaire, ne remarquait pas que le liquide était respirable. Quand le fluide pénétrait dans ses poumons, il s'évanouissait de terreur et se réveillait plus tard, dans le *nec plus ultra* des cellules d'isolement.

Des paralysants et des produits hallucinogènes étaient mélangés au liquide oxygéné et le prisonnier était alors persuadé qu'il avait quitté son corps. Quand il commandait à ses membres de bouger, rien ne se passait. Cette « expérience de la mort » était terrifiante, mais l'impression d'une « seconde naissance » était plus déstabilisante encore – un traumatisme renforcé par des lumières vives, les sons assourdissants et les jets d'air froid. Après une série de noyades et de renaissances, le sujet était si désorienté qu'il ne savait plus s'il était mort ou vivant... Il était prêt alors à répondre à toutes les questions.

Inoue Sato ne pouvait attendre qu'une équipe médicale sorte Langdon du caisson. Chaque minute comptait.

Il me faut des réponses.

—Éteignez la lumière et allez me chercher des couvertures.

*

Le soleil aveuglant s'évanouit.

Le visage aussi.

Les ténèbres étaient revenues, mais Langdon entendait des murmures au loin, provenant des confins de l'espace. Des voix étouffées, des mots inintelligibles, des craquements aussi... Comme si l'univers s'écroulait sur lui-même.

Et soudain, le néant s'ouvrit en deux. Une faille dantesque, comme si l'espace se déchirait. Une brume grise s'insinua dans le trou.

Puis une vision de cauchemar.

Deux mains descendirent vers lui, attrapèrent son corps, et l'arrachèrent à son monde.

Non ! Il tenta de se débattre, mais il n'avait plus de bras... plus de poings. Dans un sursaut primal, il sentit son corps se souder à nouveau à son esprit. Sa chair était revenue, et des mains gigantesques le soulevaient. *Non ! Par pitié !*

Mais il était trop tard.

Les mains l'arrachèrent au caisson. Sa poitrine était en feu, ses poumons semblaient emplis de sable. *Je ne peux pas respirer !* s'affola-t-il.

On le posa brusquement sur une surface dure, horriblement dure et glacée. Quelque chose heurtait sa poitrine comme un pilon, des secousses de plus en plus fortes. Pourquoi ? Il sentait toute sa chaleur s'écouler de lui.

Je veux retourner là-bas !

Il était un enfant arraché du ventre de sa mère.

Il convulsait, crachait du liquide. Des flammes dévoraient sa poitrine, sa gorge. Une douleur atroce. Des gens parlaient, tentant de chuchoter, sans comprendre qu'ils hurlaient. Sa vue était brouillée, il ne distinguait que des formes floues. Sa peau était raide et morte, comme du cuir, et sa poitrine semblait écrasée par un poids immense... La pression de l'air ! *Je ne peux pas respirer !*

Il cracha encore du liquide. Un nouveau spasme le déchira de l'intérieur et il inspira. L'air glacé s'engouffra dans ses poumons. Il était un nouveau-né venant de prendre sa première respiration à l'air libre. Ce monde n'était que douleur. Il voulait retourner dans le ventre chaud.

*

Robert Langdon avait perdu la notion du temps. Il était à présent allongé sur le flanc, enveloppé dans des couvertures, sur quelque chose de dur – le sol ? Un visage familier flottait au-dessus de lui, mais la lumière merveilleuse s'en était allée. Les échos de psalmodies lointaines résonnaient encore en lui.

Verbum significatum... Verbum omnificum...

— Professeur Langdon, murmura quelqu'un. Savez-vous où vous vous trouvez ?

Langdon acquiesça, avant d'être pris d'une nouvelle quinte de toux.

Le pire... c'est qu'il commençait à comprendre...

113.

Emmitouflé dans les couvertures, les jambes vacillantes, Langdon contemplait le conteneur empli de liquide. Il avait récupéré son corps, mais cela n'avait rien d'agréable. Sa gorge et ses poumons étaient en feu. Le monde extérieur paraissait si... brutal.

Inoue Sato lui avait expliqué le principe du caisson d'isolation sensorielle... Si elle ne l'avait pas sorti de là, il serait mort d'inanition, ou pire encore. Peter avait dû subir le même sort. « Peter est dans l'entre-deux, lui avait dit le ravisseur. Il est au purgatoire... dans l'Hamêstagan. » Si Peter avait vécu plusieurs fois cette « renaissance », il était probable qu'il avait dit à son tortionnaire tout ce qu'il voulait savoir.

Sato lui fit signe de la suivre. Il marcha à petits pas dans un couloir, s'enfonçant plus profond dans ce repaire en sous-sol. Ils pénétrèrent dans une salle carrée, baignée d'une lumière étrange. En apercevant Katherine, Langdon poussa un soupir de soulagement. même si la scène était plutôt inquiétante.

Elle était allongée sur un autel de pierre. Des serviettes imprégnées de sang jonchaient le sol. Un agent de la CIA tenait une poche à perfusion au-dessus d'elle, le cathéter était relié à son bras.

Elle sanglotait.

— Katherine ? articula Langdon d'une voix rauque.

Elle tourna la tête et ouvrit de grands yeux.

— Robert ? Mais je vous ai cru mort.

Il s'approcha d'elle.

Son amie se redressa et s'assit sur la table, oubliant la perfusion à son bras et les objections de l'agent. Elle prit Langdon dans ses bras.

— Dieu soit loué ! fit-elle en l'embrassant à plusieurs reprises, le serrant fort contre elle comme si elle craignait de rêver. Je ne comprends pas... comment est-ce possible ?

Sato commença à lui parler de la ventilation liquidienne, mais Katherine ne l'écoutait pas. Elle continuait à étreindre Langdon de toutes ses forces.

— Robert... Peter est vivant !

Elle lui narra, d'une voix tremblante d'émotion,
ses retrouvailles avec son frère. Elle lui décrivit son
état, le fauteuil roulant, le couteau étrange, l'imminence
d'un « sacrifice », et comment l'homme tatoué avait fait
d'elle une clepsydre vivante pour forcer Peter à coopérer.

— Vous savez où ils sont partis ? bredouilla-t-il.

— Il a emmené Peter sur la montagne sacrée.

Langdon s'écarta et la regarda fixement.

— Il a dit qu'il avait déchiffré la grille sous la base,
poursuivit-elle avec des larmes dans les yeux, et qu'il
devait se rendre à la montagne sacrée.

— Professeur, demanda Sato, cela vous dit quelque
chose ?

Langdon secoua la tête.

— Rien du tout. Mais s'il a eu l'information, nous
pouvons l'avoir aussi...

C'est moi qui lui ai donné la clé ! songea-t-il amère-
ment.

— La pyramide n'est plus là, répliqua Sato. Nous
avons cherché partout.

Langdon resta silencieux un moment, fermant les
yeux dans l'espoir de se remémorer la grille de symboles. Cela avait été sa dernière image avant de se noyer.
Et les traumatismes avaient tendance à enfouir les souvenirs au tréfonds de l'esprit. Il se rappelait certains
signes, mais pas tous, loin s'en fallait.

— Je me souviens de quelques symboles, lança-t-il,
mais il faudrait que je fasse une recherche sur Internet.

Sato sortit son BlackBerry.

— Faites une recherche pour « Carre de Franklin
d'ordre huit ».

Sato lui lança un regard perplexe, mais elle pianota
sur le petit clavier sans poser de questions.

Langdon avait encore la vue brouillée. Il découvrait
à présent les détails de la pièce. La table de pierre où

était étendue Katherine était maculée de sang ; le mur à sa droite était couvert de textes, de photographies, de cartes et de dessins, et un réseau complexe de lignes reliaient les divers éléments, comme autant de pièces d'un puzzle.

Qu'est-ce que c'est ? se demanda-t-il en s'approchant du mur, toujours emmitouflé dans les couvertures. C'était une collection réellement bizarre : des extraits de textes anciens, allant des traités de magie noire aux Évangiles, des symboles, des sigils, des articles portant sur la théorie du complot, des photos de Washington, prises par satellite, constellées de notes et de points d'interrogation. Sur une feuille était inscrite une longue liste de mots, dans diverses langues. Langdon y reconnut des termes sacrés de la franc-maçonnerie, des mots de magie ancienne, et d'autres provenant d'incantations.

C'était donc ça qu'il cherchait ?

Un seul mot ?

Si l'existence de la Pyramide maçonnique lui avait paru, jusqu'à présent, si improbable, c'était à cause de la nature même du secret qu'elle était censée garder : l'emplacement des Mystères anciens. L'endroit en question devait être un immense caveau empli de milliers d'ouvrages, provenant de bibliothèques mythiques aujourd'hui disparues... Impossible ! Un sanctuaire de cette taille ? se dit-il. Sous Washington ? Mais le souvenir de la conférence de Peter à la Phillips Exeter Academy, associé à cette liste de mots ésotériques, ouvrait une nouvelle piste...

Langdon ne croyait toujours pas que ces mots eussent un quelconque pouvoir surnaturel, mais l'homme tatoué, lui, en était persuadé. Son pouls s'accéléra quand il examina à nouveau les pièces du puzzle mural.

Il y avait un dénominateur commun, un thème récurrent.

Mon dieu, il cherchait le *verbum significatum*... Le « mot perdu » !

Langdon laissa cette idée prendre forme dans son esprit, se remémorant des passages de la conférence de Peter.

Voilà l'objet de sa quête : le mot perdu. Et il pensait qu'il était enterré quelque part à Washington...

— C'est ça que vous vouliez voir ? demanda Sato en lui montrant l'écran de son BlackBerry.

— Exactement, répondit Langdon en découvrant le carré numérique de huit par huit. Il me faut un stylo.

Sato lui en tendit un.

— Dépêchez-vous.

*

Dans son petit bureau en sous-sol, Nola Kaye examinait encore une fois le document que lui avait apporté son collègue de la Sécurité réseau.

Pourquoi le directeur de la CIA a-t-il un fichier sur des pyramides anciennes et des cachettes secrètes ?

Elle prit son téléphone et composa un numéro.

Inoue Sato décrocha immédiatement.

— Nola, j'allais justement vous appeler, fit-elle d'une voix tendue.

— J'ai du nouveau. Je ne sais pas trop comment ça s'articule avec le reste, mais j'ai découvert un document qui...

— Oubliez ça. On n'a plus le temps. On a raté la cible et j'ai toutes les raisons de croire qu'il va mettre sa menace à exécution.

Nola eut un frisson.

— La bonne nouvelle, c'est que nous savons exactement où il va, et la mauvaise, c'est qu'il a un ordinateur portable avec lui !

114.

À dix kilomètres de là, Mal'akh se garait sur un parking désert éclairé par la lune. Il étendit une couverture sur Peter Solomon et, poussant devant lui le fauteuil roulant, s'approcha du grand édifice. La construction avait exactement trente-trois colonnes extérieures, chacune mesurant précisément trente-trois pieds de haut. Le bâtiment était désert à cette heure, personne ne le verrait. Cela n'avait guère d'importance d'ailleurs. De loin, personne ne prêterait attention à un homme promenant un invalide.

Lorsqu'ils atteignirent l'entrée de service, derrière le bâtiment, Mal'akh approcha le fauteuil du clavier mural. Peter Solomon regarda le ravisseur d'un air de défi. Il n'avait aucune intention de composer le code.

Mal'akh lâcha un rire.

— Vous pensez que j'ai besoin de vous pour entrer ? Avez-vous oublié que je suis l'un de vos frères ?

Il se pencha et tapa la combinaison qu'on lui avait révélée après son initiation au trente-troisième degré.

La lourde porte s'ouvrit.

Solomon grogna et remua dans son fauteuil.

— Peter, Peter... songez à Katherine et mettez-y du vôtre, ou elle mourra. Vous pouvez la sauver. Je vous en donne ma parole.

Mal'akh poussa son captif à l'intérieur et referma la porte, le cœur battant d'impatience. Il emprunta quelques couloirs pour rejoindre l'ascenseur. Les portes s'ouvrirent et Mal'akh entra dans la cabine à reculons, en tirant avec lui le fauteuil roulant. D'un geste théâtral, il appuya sur le bouton du dernier étage.

Le visage de Peter Solomon se crispa.

— Allons allons, murmura Mal'akh en caressant le crâne rasé de son prisonnier. Vous le savez bien... L'important, ce n'est pas la mort, mais le chemin.

*

Il m'en manque plein !

Langdon avait les yeux fermés, dans l'espoir de se remémorer la position de chaque symbole sur la grille, mais sa mémoire photographique avait ses limites. Il écrivit les quelques signes dont il se souvenait. en les plaçant dans la case indiquée par le carré de Franklin.

Mais le tableau était bien trop incomplet :

	ε	ρ	ε		ο	μ	
	♂						
		Σ					ⵔ
			†				
		𓂀			♀		
						⬠	
			⌐		♋		
	♏						♓

— Regardez ! s'exclama Katherine. Vous devez être sur la bonne voie. La première ligne est composée exclusivement de lettres grecques. Les symboles sont classés par famille !

Langdon avait remarqué cette particularité, mais il ne trouvait aucun mot grec avec les lettres dans cet ordre.

Il me faut le premier caractère !

Il examina à nouveau le carré magique, espérant raviver ses souvenirs. La case du nombre « 1 », c'était en bas à gauche.

Réfléchis ! s'intima-t-il en fouillant sa mémoire.

La dernière ligne, juste avant le coin gauche... Quelle lettre était dans cette case ? Quelle lettre ?

Langdon se revit dans le caisson, submergé de terreur, les yeux rivés sur la grille de la pyramide, de l'autre côté du hublot.

Et soudain, il apparut. Il rouvrit les yeux dans un sursaut :

— « H » ! c'est un « H » !

Il se tourna vers le papier et inscrivit la lettre « H » dans la première case. Le mot était toujours incomplet, mais il en savait assez :

Ηερεδομ !

Retenant son souffle, Langdon lança une nouvelle recherche sur le BlackBerry. Il entra l'équivalent français de ce mot grec très connu. Le premier résultat était donné par une encyclopédie en ligne. En lisant l'article, il sut qu'il avait mis dans le mille.

HEREDOM n c : mot clé des « hauts grades » de la franc-maçonnerie, provenant des rites français de la Rose-Croix, où ce nom fait référence à une montagne mythique d'Écosse, site légendaire du tout premier chapitre de l'Ordre. Emprunté du grec Heredom, contraction de Hieros-domos, « la maison sacrée ».

— C'est ça ! lança Langdon, incrédule. C'est là qu'ils sont allés !

Sato lut l'article par-dessus son épaule.

— Où ça ? En Écosse ?

Langdon secoua la tête.

— Non, dans un bâtiment à Washington dont le nom secret est Heredom.

115.

La Maison du Temple, ou Heredom pour les membres de la fraternité, accueillait le Suprême conseil et était le joyau du Rite écossais aux États-Unis. Avec son toit pyramidal, on lui avait donné le nom d'une montagne imaginaire d'Écosse. Mais le trésor qui était caché à l'intérieur, lui, était bien réel – Mal'akh en était certain.

La Pyramide maçonnique avait désigné le lieu.

Pendant que l'ascenseur montait lentement au troisième étage, Mal'akh sortit le bout de papier sur lequel il avait écrit la nouvelle grille de symboles, suivant les indications du carré de Franklin. Toutes les lettres grecques occupaient désormais la première ligne, à côté d'un signe élémentaire :

| H | ε | ρ | ε | δ | o | μ | ↓ |

Le message était limpide.

Sous la Maison du Temple.

Heredom↓

Le Mot perdu est ici caché quelque part.

Mal'akh ignorait l'endroit exact, mais il était confiant. La réponse se trouvait dans les autres symboles du tableau. Une fois dans ce sanctuaire, personne n'était mieux qualifié que Peter Solomon, le Grand Commandeur en personne, pour percer les derniers secrets de la Pyramide maçonnique.

Peter continuait à s'agiter dans son fauteuil roulant, en poussant des grognements malgré son bâillon.

— Je sais que vous vous inquiétez pour Katherine. Mais nous en avons presque fini.

Cette « fin » avait été si soudaine, si paradoxale... Après toutes ces années de souffrance, de recherches, d'attente... le moment fatidique était arrivé.

La cabine commença à ralentir. Mal'akh eut une montée d'adrénaline.

Enfin !

L'ascenseur s'immobilisa dans une secousse.

Les portes s'ouvrirent et la magnifique loge du Suprême conseil s'offrit à son regard. Les murs étaient décorés de symboles, baignés par le clair de lune qui tombait de l'oculus au sommet du toit.

La boucle est bouclée !

La salle du Temple... L'endroit même où ses frères du trente-troisième degré, en toute innocence, l'avaient accueilli dans leurs rangs. Et maintenant, le plus grand secret de l'Ordre – un secret que la plupart des membres de la confrérie mettaient en doute – allait être exhumé.

*

— Il ne trouvera rien, lança Langdon encore sonné par son séjour dans le caisson. (Il suivait Sato et son escouade sur la rampe qui menait au salon.) Ce mot magique n'existe pas. C'est encore une métaphore... un symbole des Mystères anciens.

Katherine était derrière, soutenue par deux agents.

Tandis que le groupe se frayait un chemin parmi les débris de la porte de métal, Langdon expliqua à Sato que le Mot perdu était l'un des plus vieux concepts de la franc-maçonnerie : un mot unique, écrit dans une langue ancienne, que personne ne pouvait comprendre. Le Mot, comme les Mystères, promettait de révéler son pouvoir secret aux seuls hommes suffisamment « éclairés » pour le décrypter.

— On dit, continuait Langdon, que celui qui trouvera et comprendra le Mot perdu verra les Mystères anciens s'ouvrir à lui.

— Vous pensez donc que cet homme cherche un simple mot ?

Cela paraissait absurde de prime abord, mais expliquait bien des choses...

— Je ne suis pas un spécialiste en magie occulte, mais à en juger par ces documents collés sur le mur dans la cave, et par ce cercle de peau nue que le ravisseur garde au sommet de son crâne, tout laisse penser qu'il espère trouver le Mot perdu et l'inscrire sur son corps.

Sato entraîna le groupe vers la salle à manger. Audehors, l'hélicoptère vrombissait, ses pales tournant de plus en plus vite.

Langdon poursuivait le fil de sa pensée :

— Si ce type croit réellement être sur le point de libérer la puissance des Mystères, alors le symbole le plus important à ses yeux est le Mot perdu. S'il parvient à le trouver et à l'écrire sur le haut de son crâne, zone sacrée pour tous les hermétistes, alors il jugera son corps définitivement paré pour le sacrifice et il pourra...

Langdon s'interrompit, voyant Katherine pâlir.

— Mais Robert, cela signifie qu'il reste de l'espoir, n'est-ce pas ? articula-t-elle d'une voix faible, à peine audible derrière le bruit de l'hélicoptère. S'il veut inscrire ce signe sur sa tête, cela nous laisse un peu de temps. Il ne tuera pas mon frère tant qu'il ne l'aura pas récupéré. Et s'il n'y a pas de mot, il ne...

Langdon s'efforça de lui sourire, attendant que les agents installent Katherine sur une chaise.

— Malheureusement, Peter croit que vous vous videz de votre sang et que le seul moyen de vous sauver est de coopérer avec ce dingue... Il va sans doute l'aider à trouver le Mot perdu.

— Et alors ? Puisqu'il n'existe pas...

— Katherine, insista-t-il en la regardant droit dans les yeux, si j'étais à sa place, si je vous pensais mourante et que quelqu'un me promette de vous sauver en échange du Mot perdu, alors je donnerais un mot à cet homme, n'importe lequel, en priant Dieu pour qu'il tienne sa promesse.

— Venez voir ! cria quelqu'un à l'étage.

Sato quitta la salle à manger. Un agent descendait l'escalier, une perruque blonde à la main.

— C'est un postiche, expliqua-t-il. Je l'ai trouvé dans le dressing.

La perruque était curieusement lourde. La calotte interne était enduite d'une substance épaisse et poisseuse. Un fil sortait à l'arrière.

— Une batterie gel qui épouse la forme du crâne, expliqua l'agent. Ça alimente une caméra à fibre optique cachée dans les cheveux.

— Quoi ? (Sato explora la perruque et trouva le minuscule objectif niché dans les mèches blondes.) Ce truc est une caméra ?

— Oui, les images sont enregistrées sur une microcarte mémoire, précisa-t-il en désignant le carré de plastique de la taille d'un timbre-poste enchâssé dans le faux cuir chevelu.

Voilà comment il avait procédé !

Cette version améliorée de la « caméra en boutonnière » avait joué un rôle crucial. Inoue Sato contempla un long moment cet objet par lequel le « mal » était arrivé et le rendit à l'agent.

— Continuez à fouiller la maison. Je veux un maximum d'informations sur ce type. Nous savons qu'il a emporté son ordinateur, mais je veux savoir précisément comment il se connecte quand il est à l'extérieur. Étudiez ses modes d'emploi, ses câbles, tout ce qui pourra nous renseigner.

— À vos ordres ! répondit l'agent avant de filer.

Il était temps d'y aller. Le bruit des pales devenait infernal. Sato revint au pas de charge dans la salle à manger. Simkins était allé chercher Warren Bellamy dans l'hélicoptère. L'Architecte lui détaillait la topographie du lieu où ils allaient se rendre.

La Maison du Temple.

— Les portes d'entrée sont verrouillées de l'intérieur, expliquait Bellamy, toujours enveloppé d'une couverture de survie. (Visiblement, il avait pris froid dans le parc de Franklin Square.) L'accès se fait par l'arrière. Il y a un digicode. La combinaison est connue uniquement des frères.

— C'est quoi ce code ? demanda Simkins en prenant des notes.

Bellamy s'assit. Il n'avait plus la force de tenir debout. En claquant des dents, il donna le sésame.

— C'est au 1733 sur la 16ᵉ Rue. Il faut passer par-derrière. Par le parking. C'est plutôt difficile à trouver, mais...

— Je connais l'endroit, intervint Langdon. Je vous montrerai le chemin.

Simkins secoua la tête.

— Vous ne venez pas, professeur. C'est une opération militaire et...

— Je viens ! Peter est là-bas ! Et ce bâtiment est un vrai labyrinthe ! Sans guide, vous allez mettre dix minutes à rejoindre la loge !

— Il a raison ! renchérit Bellamy. C'est un dédale. Il y a un ascenseur, mais il est vieux et bruyant. De plus, il donne directement dans la salle. Si vous voulez arriver discrètement, il faut prendre les escaliers.

— Vous n'y parviendrez jamais à temps, insista Langdon. Quand on entre par-derrière, il faut traverser la salle des insignes, le couloir d'honneur, le palier, puis l'atrium, le grand escalier...

— C'est bon ! s'écria Sato. Langdon, vous venez avec nous !

116.

L'énergie grandissait.

Tandis qu'il poussait Peter Solomon vers le centre de la loge, Mal'akh la sentait croître en lui, traverser son corps par vagues.

Je vais sortir de ce bâtiment infiniment plus fort que lorsque j'y suis entré !

Il suffisait de trouver le dernier ingrédient.

— *Verbum significatum*, murmura-t-il pour lui-même. *Verbum omnificum.*

Mal'akh installa le fauteuil roulant à côté de l'autel et ouvrit le sac placé sur les jambes de son prisonnier. Il en sortit la pyramide de pierre, la leva sous le clair de lune, juste devant Solomon, et l'inclina pour lui montrer la grille de symboles sous sa base.

— Toutes ces années passées à garder cette pyramide, sans avoir jamais découvert comment elle cachait ses secrets, railla-t-il. Ce doit être rageant... (Mal'akh posa l'objet avec précaution au coin de l'autel et plongea de nouveau la main dans le sac.) Et ce talisman, reprit-il en sortant la coiffe d'or, permet effectivement de faire jaillir l'ordre du chaos, exactement comme vous le disiez. (Il ajusta la coiffe sur le corps de la pyramide et recula pour observer Solomon.) Regardez votre symbolon est réuni.

Le franc-maçon s'agitait, essayant de parler, en vain.

— Parfait. Je vois que vous avez quelque chose à me dire.

Mal'akh arracha le bâillon. Peter Solomon toussa : il lui fallut quelques secondes pour reprendre son souffle et articuler un mot.

— Katherine...

— Son temps est compté. Si vous voulez la sauver, il va falloir vous montrer très docile.

En vérité Mal'akh la pensait déjà morte, ou quasiment. Peu importait. Elle pouvait s'estimer heureuse d'avoir pu dire adieu à son cher frère.

— Je vous en prie, bredouillait Solomon d'une voix éraillée. Envoyez une ambulance là-bas...

— C'est précisément ce que je vais faire. Mais d'abord, vous devez me dire comment on accède à l'escalier secret.

— Quel escalier ?

— L'escalier ! La légende parle d'un grand escalier menant à l'endroit où le Mot perdu est enterré.

Solomon se figea, incrédule.

— Vous connaissez la légende, insista Mal'akh. Un escalier secret caché sous une pierre.

Il désigna l'autel, un gros bloc de granite portant l'inscription en hébreu : « DIEU A DIT, QUE LA LUMIÈRE SOIT ET LA LUMIÈRE FUT. »

— À l'évidence, nous sommes au bon endroit. L'entrée de l'escalier doit se trouver quelque part sous nos pieds.

— Il n'y a pas d'escalier secret dans ce bâtiment !

— Cet édifice est en forme de pyramide, dit-il en désignant le toit dont les quatre faces rejoignaient la verrière carrée au sommet.

— Oui, la Maison du Temple est une pyramide, mais je ne vois pas le...

— Peter, j'ai toute la nuit devant moi, fit Mal'akh en lissant sa tunique blanche sur son corps parfait. Mais pas Katherine. Si vous voulez qu'elle vive, dites-moi comment on y accède.

— Je vous le répète. Il n'y a pas d'escalier secret ici !

— Ah non ? s'étonna Mal'akh en sortant le papier sur lequel il avait tracé la nouvelle grille de symboles. Le dernier message de la Pyramide maçonnique, c'est votre ami Robert Langdon qui m'a aidé à le déchiffrer.

Mal'akh agita le document sous le nez de Solomon. Le Grand Commandeur eut un hoquet de stupeur. Non seulement les soixante-quatre symboles avaient été réorganisés en unités cohérentes, mais formaient, à eux tous, une image, née du chaos.

Et cette image était un escalier, sous une pyramide.

*

Stupéfait, Solomon regardait la grille. La Pyramide maçonnique avait gardé son secret pendant des générations. Et voilà que son mystère était percé. Un grand frisson le parcourut.

Le dernier code de la pyramide !

Le sens de ces symboles demeurait obscur, mais Peter Solomon comprenait pourquoi ce monstre était venu ici.

Il pense qu'il y a un escalier caché sous la pyramide appelée Heredom.

Il interprète mal ces symboles.

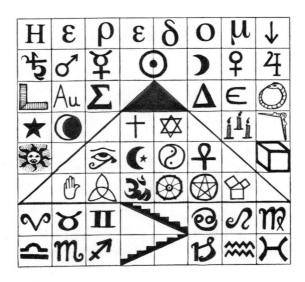

— Où est-il ? s'impatientait le ravisseur. Dites-moi où le trouver et Katherine aura la vie sauve.

Je ne demande que ça, songea Solomon. Mais l'escalier n'existe pas.

Cet escalier mythique était purement symbolique, l'une des grandes allégories de la franc-maçonnerie. L'Escalier apparaît sur le tableau de loge du second degré. Il représente l'ascension de l'esprit humain vers la Divine vérité. Comme l'échelle de Jacob, c'est le symbole du chemin vers le paradis, le voyage de l'homme vers Dieu, le lien entre le monde terrestre et spirituel. Chaque marche représente les vertus nécessaires à l'esprit pour y accéder.

Il devrait le savoir, remarqua Solomon. Il a passé tous les rites d'initiation.

Tout franc-maçon apprenait la signification de cet escalier symbolique qu'il devait gravir, pour lui permettre de « participer aux mystères de la science humaine ». La franc-maçonnerie, comme la noétique et les Mystères anciens, vénérait le potentiel encore inutilisé de l'intellect humain, et de nombreux symboles maçonniques y faisaient référence.

L'esprit est comme cette coiffe d'or sur sa base de pierre. La pierre philosophale ! L'homme a en lui aussi cet escalier : la colonne vertébrale, par laquelle monte et descend l'énergie, reliant l'esprit divin au corps terrestre.

Ce n'était pas une coïncidence si la colonne vertébrale était composée de trente-trois vertèbres exactement. La base de la colonne, appelée le *sacrum*, signifiait littéralement « l'os sacré ».

Le corps est un temple !

La science, que magnifiaient les maçons, devait montrer à l'homme comment utiliser ce temple pour sa finalité la plus noble.

Malheureusement, expliquer la vérité à cet homme ne sauverait pas Katherine. Solomon regarda de nouveau la grille de symboles et poussa un long soupir.

— Il existe bel et bien un escalier secret sous ce bâtiment. Dès que vous aurez envoyé des secours pour Katherine, je vous y emmènerai.

Le géant tatoué le fixa intensément.

Solomon soutint son regard, d'un air de défi.

— Soit vous sauvez ma sœur et je vous révèle ce secret, soit vous nous tuez tous les deux et vous ne saurez jamais où il se trouve.

L'homme baissa lentement le papier et secoua la tête

— Vous me décevez beaucoup, Peter. Vous avez échoué à l'épreuve. Vous me prenez encore pour un idiot. Vous croyez que j'ignore la véritable nature de ce que je cherche ? Que je n'ai pas conscience de mon propre potentiel ?

À ces mots, l'homme se tourna et ôta sa tunique. Quand le tissu tomba au sol, Solomon découvrit le grand tatouage qui ornait son épine dorsale.

Seigneur...

Un grand escalier en spirale traversait son dos musclé, chaque marche arrimée à une vertèbre. Le souffle coupé, Solomon suivit des yeux l'hélice qui montait jusqu'à la base du crâne.

Puis le géant pencha sa tête en arrière, révélant le cercle de peau nue au sommet de la calotte. Le pourtour de la zone blanchâtre était orné d'un serpent se mordant la queue, se dévorant lui-même.

La Communion !

Lentement, l'homme se retourna vers Solomon. Le grand phœnix bicéphale, sur sa large poitrine, le contemplait de ses yeux morts.

— Je cherche le Mot perdu, déclara le géant. Allez-vous m'aider à le trouver... ou laisser mourir votre sœur ?

*

Il sait comment le trouver, songea Mal'akh. Il sait quelque chose qu'il refuse de me dire...

Peter Solomon avait révélé bien des secrets dans le caisson, bien plus que le vieil homme n'en gardait dans son souvenir. Les allers et retours entre la mort et la vie l'avaient rendu délirant et coopératif. Et curieusement tout ce qu'il avait dit avait trait à la légende du Mot perdu...

Le Mot perdu n'est pas une métaphore : il existe. Écrit dans une langue ancienne, il est gardé secret depuis des temps immémoriaux. Le Mot est capable de donner une puissance incommensurable à celui qui saura en percer le sens. Le Mot est resté caché jusqu'à aujourd'hui, et la Pyramide maçonnique a le pouvoir de l'exhumer.

— Peter..., reprit Mal'akh en fixant son prisonnier. Quand vous avez regardé cette grille de symboles, vous y avez vu un motif et vous avez eu une révélation. Cette grille a un sens caché pour vous. Je veux savoir lequel.

— Je ne vous le dirai que lorsque vous aurez envoyé une ambulance pour Katherine !

— Allons, allons, fit Mal'akh avec un grand sourire, je sais que la mort de votre sœur est en ce moment le cadet de vos soucis.

Sans un mot, il récupéra le sac de Langdon et sortit les objets cérémoniels qu'il avait emportés. Avec un soin méticuleux, il les disposa sur l'autel.

Un carré de soie, d'un blanc immaculé.

Un encensoir d'argent. De la myrrhe d'Égypte.

Un flacon empli du sang de Peter, mélangé à de la cendre.

Une plume noire de corbeau. Son stylet sacré.

Et le couteau sacrificiel, forgé dans le fer d'une météorite tombée dans le désert de Canaan.

— Vous pensez que j'ai peur de mourir ? s'écria Peter Solomon. Si Katherine meurt, plus rien ne me retient ici ! Vous avez tué toute ma famille ! Vous m'avez tout pris !

— Pas tout, répliqua Mal'akh. Pas encore.

Plongeant sa main dans la sacoche, il en sortit son ordinateur portable. Il l'alluma et releva la tête vers son captif.

— Je crains que vous n'ayez pas encore mesuré le véritable enjeu de ce soir.

117.

Langdon eut l'impression qu'une main invisible lui arrachait l'estomac lorsque le Faucon noir décolla, vira à quatre-vingt-dix degrés, et partit en trombe vers le temple maçonnique. Jamais il n'aurait cru qu'un hélicoptère pouvait aller à une telle allure. Katherine et Bellamy, durement éprouvés, étaient restés dans la maison avec un agent en attendant le retour de l'équipe d'intervention.

Au moment du départ, Katherine avait embrassé Langdon sur la joue avec tendresse.

— Soyez prudent, Robert, lui avait-elle murmuré à l'oreille.

À présent, Langdon était au bord de la syncope. Heureusement, le pilote, ayant pris sa vitesse de croisière, diminua les gaz.

Sato, assise à côté de lui, donnait ses ordres :

— Allez à Dupont Circle ! On atterrira là-bas !

— Dupont Circle ? s'exclama Langdon. C'est à cinq cents mètres de la Maison du Temple ! Pourquoi ne pas atterrir sur le parking ?

— Il faut arriver discrètement. Si le ravisseur nous entend, il...

— On n'a pas le temps ! Ce dingue va tuer Peter ! Le bruit de l'hélicoptère peut l'effrayer et le faire fuir...

Inoue Sato le fusilla du regard.

— Comme je vous l'ai dit, la vie de Peter Solomon n'est pas ma priorité. Je croyais avoir été claire sur ce point.

Langdon n'était pas d'humeur à entendre un nouveau laïus sur la sécurité nationale.

— Et moi, je suis le seul ici à pouvoir vous guider dans ce bâtiment et donc je...

— Baissez d'un ton, professeur ! Vous êtes un membre de mon équipe désormais, et j'attends de mes hommes une obéissance totale. Il est peut-être temps que je vous explique la gravité réelle de la situation.

Elle passa le bras sous son siège pour récupérer la mallette en titane. Elle l'ouvrit et alluma l'ordinateur qui se trouvait à l'intérieur. Le logo de la CIA s'afficha.

— Vous vous souvenez de cette perruque que l'on a trouvée tout à l'heure ?

— Oui.

— Il y avait une caméra à fibre optique cachée dans les cheveux.

— Une caméra ? Pour quoi faire ?

— Vous allez comprendre..., fit-elle en ouvrant un fichier.

PATIENTEZ SVP...
DÉCRYPTAGE EN COURS...

Une fenêtre vidéo s'ouvrit. Sato posa la mallette sur les genoux de Langdon, pour qu'il soit aux premières loges.

Une scène étrange apparut à l'écran.

Langdon sursauta.

On voyait un homme avec un bandeau sur les yeux. Une image sinistre. On eût dit un condamné qu'on menait au gibet – une corde autour du cou, la jambe gauche de son pantalon était relevée, ainsi que la manche droite de sa chemise, dont les pans étaient ouverts, laissant apparaître son torse nu.

Langdon écarquilla les yeux. Il avait lu suffisamment de livres sur les rituels maçonniques pour reconnaître celui-ci du premier coup d'œil.

La cérémonie d'initiation...

L'homme était très grand et musclé. Il avait la peau cuivrée et des cheveux blonds... La perruque ! Langdon reconnut immédiatement les traits de l'individu dont les tatouages étaient dissimulés par un épais fond de teint ! L'homme se tenait devant un grand miroir et filmait son reflet dans la glace.

Mais... pourquoi ?

L'écran devint noir.

Une nouvelle image apparut. Une petite pièce rectangulaire, faiblement éclairée. Le sol était dallé de carreaux noirs et blancs, formant un grand damier. Un autel de bois, flanqué de trois colonnes et décoré de bougies allumées, trônait au milieu.

Langdon sentit son ventre se nouer d'appréhension.

Avec le mouvement saccadé des prises de vue amateur, la caméra décrivit un panoramique pour montrer un groupe d'hommes au fond de la salle, qui observaient l'initié. Ils portaient tous la tenue maçonnique. Langdon ne pouvait distinguer leur visage dans la pénombre, mais il savait où se déroulait cette cérémonie.

Le décorum était traditionnel, le même que dans toutes les loges du monde, mais le fronton bleu roi au-dessus du fauteuil du maître était unique en son genre. Cette cérémonie se déroulait dans la plus ancienne loge de Washington : la loge Potomac n° 5 – berceau des pères fondateurs francs-maçons qui avaient posé les pierres angulaires de la Maison Blanche et du Capitole.

La loge était toujours active aujourd'hui

Peter Solomon, en plus de diriger la Maison du Temple, était le Vénérable Maître de cette loge. C'était là qu'un franc-maçon commençait son voyage initiatique, en passant les trois degrés fondamentaux de la franc-maçonnerie.

— Mes frères, déclara la voix familière de Peter Solomon, au nom du Grand Architecte de l'univers, j'ouvre cette loge pour la cérémonie d'initiation du premier degré.

Il y eut un coup de maillet.

Langdon regarda, stupéfait, la suite où l'on voyait Peter Solomon accomplir le rituel, dont certains passages étaient particulièrement sinistres :

Il plaquait un couteau sur la poitrine nue du candidat, le menaçant de mort s'il révélait les « Mystères de la franc-maçonnerie », expliquant que les carreaux noirs et blancs du sol représentaient « les vivants et les morts », décrivant en détail le châtiment réservé au parjure – à savoir qu'il aurait la gorge tranchée, la langue arrachée et que son corps serait « enterré dans les sables de la mer ».

Je suis témoin de ça ?

Langdon n'en revenait pas. Les rites d'initiation maçonniques étaient restés secrets depuis des siècles. Les seules descriptions que l'on pouvait trouver provenaient d'une poignée de frères exclus de l'Ordre. Langdon avait lu ces documents, bien entendu, mais il n'avait jamais vu une initiation de ses propres yeux. Et la cérémonie était plutôt saisissante.

Surtout, présentée de cette façon...

Cette vidéo était mensongère, un montage dans la pure tradition anti-maçonnique, occultant les aspects les plus nobles de l'initiation pour ne montrer que le plus troublant. Si elle était diffusée sur le Net, elle allait faire le tour du monde. Les adeptes du complot judéo-maçonnique allaient se précipiter dessus comme des requins affamés. La franc-maçonnerie ainsi que Peter Solomon se retrouveraient emportés dans une tempête médiatique qui leur ferait beaucoup de mal, même si ce rituel était innocent et purement symbolique.

Curieusement, le Vénérable Maître citait, à un moment, un passage de la Bible qui faisait référence au sacrifice humain... « Tel Abraham offrant son fils unique Isaac en holocauste, pour montrer sa soumission à l'Être suprême. » Langdon songea à Peter. Cet hélicoptère ne pouvait-il avancer plus vite !

D'autres images s'affichèrent.

La même loge, une autre nuit. Un groupe de maçons plus nombreux. Peter Solomon se tenait dans son fauteuil de Vénérable Maître. C'était le passage au second degré, la cérémonie de réception. Un rituel plus intense. Le candidat était agenouillé devant l'autel, jurait de ne jamais révéler « les arts cachés de la franc-maçonnerie », demandait, s'il ne tenait pas sa parole, à avoir « son sein ouvert et son cœur, battant encore, jeté en offrande aux corbeaux ».

Le propre cœur de Langdon manqua de s'arrêter quand apparut la séquence suivante. Même lieu. Autre nuit. Une foule plus nombreuse encore. Un cercueil était dessiné sur le tapis de la loge.

Le troisième degré ! La cérémonie d'élévation.

Il assistait au rituel de la mort : le degré le plus difficile de la franc-maçonnerie, celui où l'initié devait affronter son propre trépas. Même si Langdon connaissait la teneur de ce rituel, y assister de visu lui causa un choc.

Il s'agit d'un meurtre...

À travers des images entrecoupées, la vidéo montrait, de façon subjective, le meurtre rituel de l'initié. Le novice recevait des coups sur la tête – simulés –, dont un avec un maillet maçonnique. Pendant ce temps, quelqu'un récitait, d'une voix lugubre, l'histoire du « fils de la veuve » : Hiram Abiff, l'architecte du temple de

Salomon, qui avait préféré mourir plutôt que de révéler ses secrets.

L'assaut était mimé, bien sûr, mais l'image restait terrifiante. Après le coup fatal, l'initié, désormais « mort pour son ancien Moi », était porté dans son cercueil symbolique. On fermait ses paupières, croisait ses bras sur sa poitrine, comme on le fait pour un cadavre. Les frères francs-maçons se levaient et se mettaient en cercle autour du mort, pendant qu'un orgue entonnait une marche funèbre.

La scène macabre était profondément troublante.

Mais le pire restait à venir.

Grâce à la caméra cachée dans les cheveux de l'initié, on voyait tous les visages des maçons disposés en cercle autour de leur frère mort. Peter Solomon n'était pas la seule figure connue de l'assistance. L'un d'entre eux passait quasiment tous les jours à la télévision.

Il s'agissait d'un sénateur célèbre.

Seigneur...

Une nouvelle scène : dehors cette fois, la nuit... Les mêmes images saccadées apparaissaient sur l'écran. L'homme marchait dans une rue, ses mèches blondes dansant devant l'objectif. Un carrefour, une autre rue : la caméra pivotait vers la main, qui tenait un billet de un dollar. Gros plan sur le Grand Sceau, l'Œil qui voit tout, la Pyramide inachevée... Soudain, la caméra se redressait pour montrer une forme similaire à l'horizon, un gros bâtiment pyramidal, les faces triangulaires s'élevant vers un sommet tronqué.

La Maison du Temple !

La caméra recommençait à bouger. L'homme marchait à pas vifs vers l'édifice, montait les escaliers, se dirigeait vers les grandes portes de bronze et passait entre les deux grands sphinx qui gardaient l'entrée.

Un novice pénétrant dans la pyramide initiatique.

Puis l'écran devint tout noir.

Un orgue jouait au loin... Une nouvelle image se matérialisa.

La salle du Temple !

La gorge de Langdon se serra.

Il régnait dans la loge une atmosphère étrange.

L'autel brillait sous la lumière de la lune tombant de l'oculus. Le Suprême conseil des maçons du trente-troisième degré avait pris place sur les sièges en noyer capitonnés de cuir, pour assister à la cérémonie. La caméra s'attardait volontairement sur les visages.

Langdon écarquilla les yeux de stupeur.

Il aurait pourtant dû s'y attendre... Dans une capitale comme Washington, il était logique de trouver, aux plus hauts grades de la franc-maçonnerie, des gens célèbres et influents. Et c'était le cas ! Cette assemblée, réunie autour de l'autel, parée de gants blancs, de tabliers et d'insignes maçonniques, comptait dans ses rangs des hommes parmi les plus puissants du pays.

Deux juges de la Cour suprême.

Le Secrétaire d'État à la Défense.

Le porte-parole de la Chambre des Représentants.

Langdon en avait le tournis. Et ça continuait : Trois sénateurs, dont le chef de la majorité actuelle...

Le secrétaire du Département de la sécurité intérieure.

Et...

Le directeur de la CIA, en personne.

Malgré son effroi, Langdon ne pouvait détacher les yeux de l'écran. Le danger était immense. Cette vidéo était une bombe à retardement. Voilà pourquoi Sato était sur la brèche.

Une dernière image apparut. Une vision d'horreur.

Un crâne humain – empli d'un liquide rouge –, le célèbre *caput mortuum* qu'on présentait à l'initié. Langdon reconnut les mains qui tenaient cette coupe macabre, des mains fines, ornées d'une bague qui étincelait à la lueur des bougies. C'étaient celles de Peter Solomon. Le crâne contenait du vin... mais celui-ci avait l'éclat du sang.

La cinquième libation, comprit Langdon qui avait lu les écrits anti-maçonniques de John Quincy Adams. Mais voir ce rituel de ses propres yeux, accompli devant quelques-unes des personnes les plus influentes des États-Unis... Le spectacle était réellement saisissant.

L'initié prit le crâne dans ses mains, son visage se reflétait à la surface du liquide. « Puisse ce vin que je bois maintenant se muer en poison mortel si jamais je trahis sciemment et volontairement mon serment de loyauté », déclara-t-il.

À l'évidence, le candidat n'avait aucune intention d'être fidèle à ses frères...

Langdon imaginait sans mal les conséquences qu'engendrerait la publication de cette vidéo. L'opinion tout entière serait choquée. Le gouvernement traverserait une crise sans précédent. Dans tous les médias, les groupes anti-maçonniques, fondamentalistes, et les apôtres de la théorie du complot déverseraient leur haine. La chasse aux sorcières reprendrait.

La vérité serait déformée. Comme toujours, dans le cas de la franc-maçonnerie.

Si la confrérie se concentrait sur la mort, c'était pour mieux célébrer la vie. Le rituel visait à réveiller l'homme qui sommeille, le sortir de son cercueil d'ignorance, l'élever vers la lumière et lui donner des yeux pour voir. C'était seulement par l'expérience de la mort que l'homme pouvait appréhender la vie. C'était par la compréhension intime que ses jours étaient comptés sur terre que l'individu parvenait à saisir l'importance de vivre une vie d'honneur, d'intégrité et dévouée à son prochain.

Les initiations maçonniques devaient frapper les esprits parce qu'elles voulaient induire une transformation de l'être. Les vœux du franc-maçon étaient inaliénables car il s'agissait de rappeler à l'initié que son honneur et sa parole étaient ses seules richesses. L'enseignement maçonnique était ésotérique parce qu'il se voulait universel. Il se référait donc à des symboles, à des métaphores qui transcendaient les religions, les cultures et les races, afin de créer une conscience planétaire, un amour fraternel chez les hommes.

Pendant un court instant, Langdon eut une lueur d'espoir. Il voulut se rassurer. Si cette vidéo était diffusée, le public se montrerait ouvert d'esprit et tolérant, il comprendrait que tous les rituels, quelles que soient les religions, contenaient des parties effrayantes sorties de leur contexte : les reconstitutions de la crucifixion, la circoncision et les Kaparot chez les juifs, les « baptêmes pour les morts » des Mormons, le *niqab* islamique, les transes chamaniques, la communion chrétienne...

Un doux rêve ! La vidéo créerait le chaos.

Il suffisait d'imaginer la réaction des gens s'ils voyaient des dirigeants de Russie ou du monde islamique plaquer des couteaux sur des poitrines nues, prononcer des serments macabres, accomplir des simulacres de meurtres, s'allonger dans des cercueils symboliques et boire du vin dans des crânes humains... Mêmes images, mêmes réflexes.

Toute la communauté internationale allait pousser les hauts cris. Un tollé planétaire !

À l'écran, l'initié portait la coupe à ses lèvres. Il pencha la tête en arrière, le liquide rouge sang se mit à couler... Le serment était scellé. Puis il baissa le crâne et regarda longuement l'assistance – toutes ces hautes figures de l'Amérique qui hochaient la tête d'un air satisfait.

— Bienvenue, frère, déclara Peter Solomon.

Au moment où un fondu au noir clôturait la séquence, Langdon s'aperçut qu'il retenait toujours son souffle.

Sato reprit la mallette et la referma. Langdon se tourna vers elle, mais il ne put articuler un mot. Peu importe. Son effarement se lisait sur son visage. Sato avait raison. Ce soir, la nation était en danger. Elle était même au bord de l'implosion.

118.

Vêtu de son pagne, Mal'akh marchait lentement devant Peter Solomon sanglé dans le fauteuil roulant.

— Je ne vous ai pas tout pris, Peter, murmura-t-il, se délectant de la terreur de son prisonnier. Vous oubliez votre seconde famille, vos frères maçons. Eux aussi seront détruits... à moins que vous ne m'aidiez.

Solomon fixa l'ordinateur portable posé sur ses cuisses.

— Je vous en prie, si vous diffusez cette vidéo...

— Si ? répéta Mal'akh en riant. Si ? (Il montra la petite clé 3G branchée sur le côté de l'appareil.) Mais je suis déjà connecté au monde entier.

— Vous n'allez pas faire ça...

Mal'akh savourait sa victoire.

— Vous avez le pouvoir de m'en empêcher. Il suffit de me dire ce que vous savez. Le Mot perdu est caché quelque part, Peter, et je sais que la grille révèle son emplacement exact.

Peter regarda à nouveau le tableau de symboles, sans réaction apparente.

— Peut-être ceci va-t-il vous éclaircir l'esprit ?

Mal'akh se pencha par-dessus l'épaule de son prisonnier et pianota sur le clavier. Un programme de courrier électronique apparut à l'écran. Solomon se raidit. Un e-mail était prêt à l'envoi, avec le document vidéo en pièce jointe, adressé à tous les grands médias du pays.

Mal'akh esquissa un sourire.

— Je pense qu'il est temps de partager nos connaissances, vous ne trouvez pas ?

— Non, ne faites pas ça !

Mal'akh appuya sur l'icône d'envoi. Peter se contorsionna, tirant sur ses liens, dans l'espoir de faire tomber l'ordinateur par terre. Mais ses efforts furent vains.

— Du calme, Peter. C'est un gros fichier. Cela va prendre quelques minutes.

Il montra la barre de progression :

ENVOI DU MESSAGE : 2 %

— Si vous me révélez ce que je veux savoir, j'interromps l'envoi. Et personne ne verra jamais ces images...

Peter regardait la barre progresser de plus en plus

ENVOI DU MESSAGE : 4 %

Mal'akh récupéra l'ordinateur, le posa sur l'un des fauteuils où prenait place le Suprême conseil, et tourna l'écran vers Solomon. Puis, il revint vers lui et mit la grille de symboles sur ses genoux.

— La légende dit que la Pyramide maçonnique dévoile le Mot perdu. C'est son ultime message codé. Je suis persuadé que vous pouvez le décrypter.

Il désigna l'écran.

ENVOI DU MESSAGE : 8 %

Mal'akh reporta son attention sur Peter Solomon qui le fixait. Un regard empli de haine.

La haine, parfait ! songea Mal'akh. Plus grande est la haine, plus grand sera mon pouvoir quand le rite sera accompli.

*

Au siège de la CIA à Langley, Nola Kaye plaquait son téléphone contre son oreille, ayant toutes les peines du monde à entendre Inoue Sato derrière le bruit de la turbine.

— Ils disent qu'il est impossible d'empêcher le transfert ! cria Nola. Il faut une heure pour couper un FAI et, s'il passe par un réseau sans fil, cela ne servira à rien de neutraliser les installations filaires.

Aujourd'hui, il était quasiment impossible d'arrêter le flot de données qui circulaient sur le Web. Il y avait trop d'accès possibles, entre les lignes classiques, les hotspots WiFi, les clés 3G, les téléphones satellite, les smartphones, les PDA avec messagerie intégrée... La seule façon d'empêcher un transfert de données, c'était de détruire l'appareil source.

— J'ai inspecté l'équipement de votre hélicoptère, reprit Nola. Apparemment, vous avez un EMP à bord.

Les fusils à EMP, *electromagnetic-pulse*, étaient un équipement classique des forces d'intervention, ces armes permettant d'arrêter une voiture à distance. En projetant une puissante onde électromagnétique, un fusil EMP pouvait effectivement mettre hors service tous les appareils électroniques : voitures, téléphones, ou ordinateurs. Au dire de Nola, le Faucon noir était équipé d'un magnétron à visée laser capable d'envoyer une décharge de dix gigawatts. L'onde pouvait griller la carte-mère de l'ordinateur et effacer tout le disque dur.

— Impossible de s'en servir, répondit Sato. La cible est à l'intérieur d'un bâtiment de pierre. Aucune ouverture dans la structure et les murs absorberont l'onde. Vous savez si la vidéo est passée ?

Nola regarda un autre écran, qui faisait une recherche en boucle sur toutes les nouvelles entrées concernant la franc-maçonnerie.

— Rien pour le moment. Mais si ça sort, on le saura en quelques secondes.

— Tenez-moi au courant.

*

Quand l'hélicoptère amorça sa descente vers Dupont Circle, Langdon retint son souffle. Quelques piétons surpris s'écartèrent lorsque l'appareil se posa brutalement sur la pelouse, juste à côté de la célèbre fontaine dessinée par les deux architectes qui avaient également conçu le Mémorial Lincoln.

Trente secondes plus tard, Langdon était à bord d'une Lexus, fonçant sur New Hampshire Avenue, en direction de la Maison du Temple.

*

Peter Solomon ne savait que faire. Katherine, se vidant de son sang, occupait toutes ses pensées... et cette vidéo aussi. Il tourna lentement la tête vers l'ordinateur.

ENVOI DU MESSAGE : 29 %

L'homme tatoué tournait autour de l'autel, agitant un encensoir et psalmodiant. De grosses volutes de fumée blanche montaient vers la verrière. Les yeux écarquillés, il semblait être entré en transe. Solomon regarda le vieux couteau, posé sur un carré de soie blanche.

Il allait mourir ce soir. C'était une évidence. La question était d'emprunter le meilleur chemin. Trouverait-il le moyen de sauver sa sœur et ses frères ? Ou sa mort serait-elle totalement vaine ?

Il observa de nouveau la grille de symboles. La première fois, la stupeur l'avait aveuglé... l'empêchant de voir, par-delà le voile du chaos, la vérité flamboyante. Mais, à présent, la signification de ces signes était claire comme de l'eau de roche. Le tableau s'offrait à lui sous un jour entièrement nouveau.

Maintenant, il savait quoi faire...

Il prit une profonde inspiration, leva la tête vers la lune qui brillait derrière les vitres de l'oculus et se mit à parler.

*

Les grandes vérités sont toujours les plus simples.

Mal'akh l'avait compris depuis longtemps.

Et la solution que Peter Solomon lui présentait était si élégante, si pure... Le dernier secret de la pyramide était beaucoup plus limpide qu'il ne l'imaginait.

Le Mot perdu était juste sous ses yeux.

Dans l'instant, un rai de lumière éclaira les mythes et les allégories entourant le Mot perdu. Comme promis, il était effectivement écrit dans une langue ancienne et portait en lui la force mystique de toutes les religions et les sciences passées et à venir : l'alchimie, l'astrologie, la kabbalistique, le christianisme, les rose-croix, la franc-maçonnerie, l'astronomie, la physique, la noétique...

Et maintenant, Mal'akh se trouvait dans la loge du Suprême conseil, au sommet de la grande pyramide d'Heredom, et il contemplait la merveille qu'il avait convoitée depuis tant d'années.

Ma préparation est parachevée
Bientôt, je serai entièrement prêt.
Le Mot perdu est exhumé.

*

À Kalorama Heights, l'agent en faction contemplait le tas d'immondices qu'il avait répandu dans le garage.

— Mademoiselle Kaye, annonça-t-il par téléphone à l'analyste. C'était une bonne idée de fouiller dans les poubelles. J'ai effectivement trouvé quelque chose.

*

Dans la maison, Katherine Solomon recouvrait ses forces. La perfusion de Ringer avait fait remonter sa pression artérielle et apaisé son mal de tête. Installée dans la salle à manger, on lui avait demandé expressément de ne pas bouger. Mais ses nerfs étaient à vif. Et elle s'inquiétait de plus en plus pour son frère.

Où étaient-ils tous passés ?

L'équipe médicale de la CIA n'était pas encore arrivée ; l'agent, son chaperon, était de nouveau parti fouiller la maison ; Bellamy aussi avait disparu. Emmitouflé dans sa couverture, il s'était mis en quête d'informations qui auraient pu aider la CIA à sauver Peter.

Ne tenant plus en place, Katherine se leva. D'un pas chancelant, elle se dirigea vers le salon. Elle aperçut

Bellamy dans le bureau. Il se tenait dos à elle et contemplait le contenu d'un tiroir ouvert devant lui. Il ne l'avait pas entendue arriver.

— Warren ?

Le vieil homme se retourna et referma vite le casier d'un coup de hanche. Il était tout pâle et des larmes coulaient sur son visage.

— Que se passe-t-il ? demanda-t-elle en désignant le tiroir. Qu'est-ce que c'est ?

Bellamy n'arrivait pas à parler.

— Qu'y a-t-il là-dedans ?

Bellamy la regarda un long moment avec une profonde tristesse.

— Vous et moi... Nous nous demandions pourquoi... Pourquoi cet homme hait tant votre famille.

Katherine fronça les sourcils.

— Oui ?

— Je viens de trouver la réponse.

119.

Au dernier étage de la Maison du Temple, Mal'akh se tenait devant le grand autel et massait doucement sa parcelle de peau nue au sommet de son crâne. *Verbum significatum*, psalmodiait-il. *Verbum omnificum.* Il possédait enfin l'ingrédient ultime.

Les trésors les plus précieux étaient souvent les plus humbles.

Au-dessus de l'autel flottaient des volutes odorantes, libérées par l'encensoir. Les fumigations brillaient dans le clair de lune, formant un tunnel lumineux qui s'élevait vers le ciel, prêt à emporter une âme enfin délivrée.

L'heure était venue.

Mal'akh déboucha la fiole contenant le sang de Solomon. Sous le regard inquiet de son prisonnier, il plongea sa plume de corbeau dans la mixture pourpre et l'approcha du cercle blanc en haut de sa tête. Il suspendit son geste, savourant l'instant. Il avait attendu si longtemps... Sa grande transformation était enfin à portée de main.

Quand le Mot perdu aura pénétré l'esprit humain, l'homme sera alors prêt à recevoir un pouvoir qui dépassera l'entendement.

Telle était l'ancienne promesse de l'apothéose. Jusqu'à présent, l'humanité avait été incapable d'accéder à cette révélation et Mal'akh avait œuvré pour qu'il en soit ainsi longtemps encore.

D'un geste assuré, il approcha la main de la zone vierge. Il n'avait nul besoin de miroir, ni d'assistance : son sens du toucher lui suffisait, ainsi que son troisième œil – l'œil de l'esprit. Méticuleusement, il inscrivit le Mot perdu à l'intérieur de l'ouroboros, le serpent qui se mord la queue.

Solomon le regardait avec une expression de dégoût.

Quand Mal'akh eut terminé, il ferma les yeux, posa la plume et poussa un long soupir, pour vider tout l'air de ses poumons. Une paix profonde le gagnait. Jamais il n'avait ressenti une telle félicité.

Je suis complet.

Mal'akh avait travaillé pendant des années sur son corps, pour en faire un objet rituel, un talisman. Maintenant qu'il était proche de sa transformation finale, il sentait palpiter chaque ligne, chaque trait inscrit dans sa chair.

Je suis un chef-d'œuvre. Une perfection. Une merveille absolue.

— Je vous ai donné ce que vous vouliez, lança Solomon, rompant la magie de l'instant. Appelez les secours pour Katherine. Et arrêtez l'envoi de ce fichier !

Mal'akh ouvrit les yeux et esquissa un sourire.

— Nous n'en avons pas tout à fait terminé, tous les deux.

Sur l'autel, il ramassa le couteau sacrificiel et passa les doigts sur la lame étincelante.

— Ce couteau vénérable a été commandé par Dieu pour accomplir des sacrifices humains. Vous l'avez reconnu, n'est-ce pas ?

Les yeux gris de Solomon étaient froids comme la pierre.

— Il est unique... Et je connais la légende.

— La légende ? C'est écrit dans les Saintes Écritures. Vous pensez que c'est une invention ?

Peter Solomon resta muet.

Mal'akh avait dépensé une fortune pour récupérer cet objet. C'était le couteau de l'Aqéda. Forgé voilà trois mille ans à partir d'une météorite – « le fer du ciel » comme disaient les anciens hermétistes –, Abraham l'avait utilisé lors de l'Aqéda, le sacrifice de son fils Isaac sur le mont Moriah, interrompu par Dieu et décrit dans la Genèse. Le couteau avait eu une histoire étonnante et appartenu, au fil des âges, à des papes, des mages nazis, des alchimistes, et des collectionneurs privés.

Tous l'ont protégé et admiré, songea Mal'akh, mais aucun n'a osé libérer son véritable pouvoir en l'utilisant pour la seule fonction pour laquelle il a été conçu. Ce soir, le couteau allait remplir son rôle originel.

L'Aqéda était un épisode sacré chez les francs-maçons. Lors du premier degré, les maçons le célébraient comme « le plus beau don que l'on puisse offrir à Dieu, la soumission d'Abraham aux volontés de l'Être suprême, qui était prêt à lui offrir Isaac, son fils unique ».

Sentir le poids de l'arme dans ses mains transportait Mal'akh d'allégresse. Il s'accroupit derrière le fauteuil roulant et trancha les liens, avec la lame aiguisée comme un rasoir.

Peter Solomon grimaça de douleur en remuant ses membres endoloris.

— Pourquoi vous acharnez-vous sur moi ? Qu'espérez-vous accomplir ?

— Vous, mieux que quiconque, devriez le savoir. Vous avez étudié les textes anciens. Vous savez que le pouvoir des Mystères est lié au sacrifice, à la libération de l'âme de sa prison de chair. Il en est ainsi depuis l'aube des temps.

— Vous ignorez tout du sacrifice ! répliqua Solomon, d'une voix rendue sifflante par la douleur.

Parfait, se réjouit Mal'akh. Nourrissez votre haine. Cela me facilitera la tâche.

Son estomac vide grogna.

— Verser le sang humain octroie un pouvoir immense. Tout le monde le sait, depuis les Égyptiens aux druides celtes, des Chinois aux Aztèques. Le sacrifice humain est un talisman magique, mais l'homme moderne est devenu trop faible, trop couard pour faire de telles offrandes, pour donner une vie en échange d'une transformation spirituelle. Les textes des sages sont pourtant clairs sur ce point. Ce n'est qu'en offrant ce qu'il y a de plus sacré que l'homme peut accéder au pouvoir ultime.

— Vous me considérez comme une offrande ?

Mal'akh éclata de rire.

— Vous n'avez toujours rien compris...

Peter fronça les sourcils.

— Savez-vous pourquoi j'ai, chez moi, un caisson d'isolation sensorielle ? demanda Mal'akh en faisant jouer les muscles de son corps. Pour m'entraîner, me préparer, en prévision du grand jour, celui où je vais quitter cette enveloppe charnelle, où je vais donner aux dieux ce corps sublime.

Peter Solomon resta bouche bée.

— Oui, Peter, un homme doit offrir aux dieux ce qu'il a de plus cher. Sa plus belle colombe, celle qui a le plus de prix. Vous n'avez aucune valeur à mes yeux. Vous n'êtes pas une offrande digne de ce nom.

» Ce n'est pas vous l'holocauste... c'est moi. C'est ma chair. Je me suis préparé, je me suis rendu digne... Digne d'accomplir mon dernier voyage. C'est moi le don !

Peter Solomon était sans voix.

— L'important, ce n'est pas la mort... mais le chemin, reprit Mal'akh. Les maçons le savent bien. Vous vénérez les anciens savoirs et, pourtant, vous n'êtes que des lâches. Vous savez le pouvoir du sacrifice, mais vous vous tenez à distance respectueuse de la mort, vous accomplissez vos parodies de meurtres, vos rituels macabres sans verser une goutte de sang. Mais ce soir, votre autel symbolique va retrouver sa vraie puissance... et sa véritable fonction.

Mal'akh attrapa la main gauche de Solomon et plaqua dans sa paume le couteau de l'Aqéda.

C'est la main gauche qui sert les ténèbres.

Cela aussi avait été planifié.

Peter Solomon n'aurait pas le choix. Il ne lui restait plus que cette main ! Il n'y avait pas de sacrifice plus puissant et symbolique que celui qu'allait perpétrer cet homme, sur cet autel, quand il plongerait cette lame dans le cœur de ce corps parfait couvert, tel un cadeau précieux, d'une enveloppe de symboles mystiques.

En s'offrant à l'immolation, Mal'akh mériterait sa place dans la hiérarchie des démons. Dans les ténèbres et le sang reposait le vrai pouvoir. Les Anciens n'étaient pas dupes ; ils choisissaient leur camp selon leur véritable nature. Mal'akh avait soigneusement choisi le sien. Le chaos était la loi naturelle de l'univers. L'indifférence était le moteur de l'entropie. L'apathie de l'homme était le terreau où les forces sombres pouvaient semer leur graine.

J'ai servi fidèlement mes maîtres, et ils vont m'accueillir tel un dieu.

Solomon, pétrifié, ne pouvait détacher son regard du couteau dans sa main.

— Je le veux, insista Mal'akh. Je suis une offrande volontaire. C'est votre rôle. Vous allez me transformer, me libérer de mon corps. Si vous refusez, vous pouvez dire adieu à votre sœur et à vos frères maçons. Vous serez seul. (Il se tut et regarda son prisonnier avec un sourire.) Ce que je vous demande là, c'est finalement votre dernière punition.

Peter Solomon releva la tête.

— Vous tuer ? Une punition ? Vous croyez que je vais **hésiter** ? **Vous avez** assassiné mon fils. Ma mère. Tous les **miens** !

— Non ! cria Mal'akh avec une véhémence qui le surprit lui-même. C'est faux ! Ce n'est pas moi qui les ai tués, c'est vous ! C'est vous qui avez choisi d'abandonner Zachary dans sa geôle ! Et, à partir de là, la roue du destin s'est mise en branle ! C'est vous l'assassin, pas moi !

Plein de rage, Solomon serra le couteau dans sa main. Ses doigts pâlirent sur la poignée.

— Vous ne savez pas pourquoi j'ai laissé Zachary en prison. Vous ne savez rien !

— Au contraire, je sais tout ! J'étais là. Vous prétendiez que c'était pour son bien, pour l'aider. Et lui avoir demandé de choisir entre la sagesse et la richesse, c'était aussi pour son bien ? Et cet ultimatum où vous lui ordonniez de rejoindre la franc-maçonnerie, c'était pour son bien encore ? Quel père forcerait son fils à décider entre « sagesse ou richesse » ? Comment pouvait-il faire ce choix impossible ? Quel père laisserait son propre fils en prison au lieu de le ramener chez lui ?

Mal'akh s'accroupit devant le fauteuil roulant, et approcha son visage tatoué à quelques centimètres de celui de Solomon.

— Mais, plus important encore... Quel père pourrait avoir son fils sous les yeux, même après toutes ces années... et ne pas le reconnaître ?

Ces derniers mots résonnèrent dans la grande salle.

Puis le silence tomba.

Peter Solomon semblait avoir reçu une décharge électrique. Il ouvrait de grands yeux incrédules.

Oui, père, c'est moi !

Mal'akh attendait ce moment depuis si longtemps. Il pouvait enfin prendre sa revanche sur cet homme qui l'avait abandonné... le regarder dans les yeux et lui révéler cette vérité qu'il avait tue toutes ces années. Le moment était venu...

Il parla lentement, savourant l'instant, regardant chaque mot transpercer le cœur de Peter Solomon comme autant de flèches.

— Tu devrais être content. Le fils prodigue est revenu.

Peter Solomon était d'une pâleur cadavérique.

— Mon propre père a pris la décision de me laisser en prison. À cet instant, j'ai décidé que ce serait la dernière fois qu'il me rejetterait. Désormais, je ne serais plus son fils. Zachary Solomon avait cessé d'exister.

Deux larmes perlèrent dans les yeux du père. Mal'akh exultait. C'était sa plus belle récompense.

Peter Solomon regarda Mal'akh comme s'il le voyait pour la première fois.

— Tout ce que voulait le directeur de la prison, poursuivit Mal'akh, c'était de l'argent. Tu ne t'es jamais dit que mon argent était aussi tentant que le tien ? Le directeur se fichait de savoir d'où venaient les billets. Quand je lui ai proposé une somme rondelette, il a choisi un détenu de ma corpulence, l'a vêtu de mes vêtements, et l'a bastonné à mort pour qu'il soit méconnaissable. Sur les photos, dans le cercueil que tu as mis en terre, ce n'était pas moi, mais un inconnu.

À présent, le visage de Peter Solomon était encore plus pâle que celui d'un cadavre.

— Oh mon Dieu... Zachary...

— Je ne suis plus Zachary. Quand Zachary est sorti de prison, il était transformé.

Son physique d'adolescent, son visage enfantin, tout cela avait été gommé par les hormones de croissance et les stéroïdes. Même sa voix avait changé pour prendre ce timbre rauque et éraillé.

Zachary était devenu Andros.

Andros était devenu Mal'akh.

Et ce soir... Mal'akh allait connaître une nouvelle métamorphose, la plus importante de toutes.

*

Pendant ce temps, Katherine, à Kalorama Heights, se tenait devant le tiroir ouvert et contemplait son contenu : une collection de reliques, composée d'anciennes coupures de journaux et de photographies.

— Je ne comprends pas, murmura-t-elle. Ce dingue est obsédé par ma famille, mais je ne...

— Regardez encore, insista Bellamy en s'asseyant sur une chaise, trop ébranlé pour rester debout.

Katherine examina un à un les articles. Tous parlaient du clan Solomon : les succès de Peter, les recherches de Katherine, la mort tragique de sa mère Isabel, la vie de débauche de Zachary, son incarcération, puis sa mort atroce dans une prison turque.

Cette fascination pour sa famille frôlait le fanatisme, mais Katherine n'en comprenait pas encore les raisons.

Puis elle regarda les clichés. Sur le premier, on voyait Zachary au bord de la mer, une eau turquoise, une plage bordée de petites maisons blanches. La Grèce ? Le portrait devait dater de l'époque où Zachary sillonnait l'Europe, de défonce en défonce ; pourtant, il avait l'air en forme. Rien à voir avec les photos des paparazzi qui sortaient alors dans la presse à scandale. Ce n'était pas le jeune homme maigre et émacié qu'elle connaissait. Il paraissait plus musclé, plus mûr.

Troublée, elle regarda la date du tirage, tamponnée derrière.

C'est impossible !

Apparemment, cette photo avait été prise un an après la mort de Zachary **en prison**.

Katherine examina les **autres** clichés, fébrile. Sur tous, on voyait Zachary, de plus en plus vieux. Ils formaient une sorte de biographie en images, témoignant d'une lente métamorphose. Plus on avançait dans le temps, plus les transformations étaient saisissantes. Le corps de Zachary mutait, ses muscles enflaient, son visage se modifiait sous l'effet des stéroïdes. Son corps doublait en volume, et une férocité nouvelle brillait dans ses yeux.

Il est méconnaissable !

Cet homme n'avait plus rien de commun avec son neveu.

Quand elle découvrit un tirage sur lequel on le voyait avec le crâne rasé, Katherine se sentit défaillir. Puis elle vit son corps nu, orné de ses premiers tatouages.

Son cœur cessa de battre.

Oh non...

120.

— À droite ! lança Langdon dans la Lexus.

Simkins tourna dans la Rue S et traversa à toute vitesse un quartier résidentiel. Au carrefour de la 16ᵉ Rue, la silhouette de la Maison du Temple se dressait, aussi imposante qu'une montagne.

Simkins observa l'édifice. On eût dit le Panthéon de Rome surmonté d'une pyramide égyptienne. L'agent se prépara à prendre à droite pour se garer devant le bâtiment.

— Ne tournez pas. Allez tout droit !

Simkins obéit.

— Tournez sur la 15ᵉ Rue ! ordonna Langdon.

Simkins suivit les indications de son copilote. Quelques instants plus tard, il lui indiqua une allée, quasiment invisible, qui menait à l'arrière du temple. Simkins s'y engagea en trombe.

— Regardez ! s'exclama l'agent en montrant un véhicule sur le parking, près de l'entrée. Ils sont ici !

Simkins s'arrêta et coupa le moteur. Sans bruit, ils descendirent de voiture. L'agent contempla la grande construction.

— Vous dites que la loge est tout en haut ?

Langdon acquiesça.

— La partie tronquée au sommet est en fait une verrière.

— Il y a une verrière dans la loge ?

— Bien sûr, répondit Langdon ne comprenant pas l'étonnement de Simkins. Un oculus vers le ciel... juste au-dessus de l'autel.

*

Le Faucon noir tournait au ralenti sur la pelouse de Dupont Circle.

Dans le cockpit, Inoue Sato se rongeait les ongles, attendant des nouvelles de son équipe.

Enfin, la voix de Simkins grésilla à la radio :

— J'écoute !

— Nous sommes dans le bâtiment, mais j'ai une nouvelle info...

— Allez-y.

— M. Langdon vient de m'apprendre qu'il y a une grande verrière dans la salle où se trouve la cible.

Sato assimila aussitôt l'information.

— Compris. Merci.

Simkins coupa la communication.

Sato cracha un bout d'ongle et se tourna vers le pilote.

— On décolle !

121.

Comme tout père ayant perdu un enfant, Peter Solomon avait souvent pensé à ce que serait devenu son fils en grandissant, à quoi il aurait ressemblé, quel homme il aurait pu être.

À présent, il le savait.

La créature tatouée avait commencé sa vie sous la forme d'un petit garçon chéri, bébé Zach pelotonné dans son berceau, faisant ses premiers pas dans le bureau de Peter, articulant ses premiers mots. Comment un enfant innocent, entouré d'amour, pouvait-il se métamorphoser en démon ? C'était l'un des paradoxes de l'âme humaine. Très vite, Peter avait dû accepter que, même si son sang coulait dans les veines de son fils, le cœur qui le faisait circuler était exclusivement celui de Zachary. Unique et singulier, comme issu d'une loterie mystérieuse de l'univers.

Mon fils...

Qui avait tué sa mère, son ami Robert Langdon, et peut-être aussi sa sœur.

Il fouilla les yeux de son fils, mais n'y trouva que de la glace. Du même gris que les siens, c'était les yeux d'un étranger, empli de haine et de désir de vengeance.

— Seras-tu assez fort ? demanda Mal'akh en désignant le couteau dans la main de son père. Auras-tu le courage de terminer ce que tu as commencé il y a des années ?

— Mon fils..., articula Solomon malgré lui, comme si sa chair était mue d'une volonté propre. Je t'aime...

— Par deux fois, tu as essayé de me tuer. Tu m'as abandonné en prison. Et tu m'as tiré dessus, au Pont de Zach. Maintenant, il faut conclure.

Solomon avait l'impression de flotter hors de son propre corps. Il ne se reconnaissait plus. Il lui manquait une main, il avait le crâne rasé, était vêtu d'une grande tunique noire, assis dans un fauteuil roulant, et avait à la main un antique couteau sacrificiel.

— Termine ton œuvre ! cria Mal'akh, les tatouages se déformant sur sa poitrine. Me tuer est la seule façon de sauver Katherine... la seule façon de sauver tes frères !

Solomon tourna la tête vers l'ordinateur.

ENVOI DU MESSAGE : 92 %

Le sort de Katherine occupait toutes ses pensées... celui de ses frères aussi.

— C'est le moment, murmura le géant. Tu sais que c'est la seule solution. Délivre-moi de mon enveloppe mortelle.

— Je t'en prie... Ne me demande pas ça...

— Fais-le ! Tu as imposé à ton fils un choix impossible ! Tu te souviens de ce soir-là ? La sagesse ou la richesse ? C'est ce jour-là que tu m'as chassé pour toujours. Mais je suis revenu, père. Ce soir, c'est à ton tour de faire un choix. Zachary ou Katherine ? Alors ? lequel des deux ? Tueras-tu le fils pour sauver la sœur ? Tueras-tu ton fils pour sauver tes frères ? Pour sauver ton pays ? Ou vas-tu attendre qu'il soit trop tard ? Attendre que Katherine soit morte, que la vidéo soit rendue publique, et vivre jusqu'à la fin de tes jours dans le remords, parce que tu n'auras rien fait pour empêcher cette tragédie ? Le temps est venu. Tu le sais.

Le cœur de Peter cessa de battre.

Tu n'es pas Zachary... Zachary est mort il y a long-temps. Qui que tu sois, d'où que tu viennes, tu n'es pas de ma chair ! se dit Peter Solomon sans y croire.

Il devait choisir. Choisir !

Le temps était venu.

*

Trouve le grand escalier ! Vite !

Robert Langdon courait dans les couloirs sombres, s'enfonçant plus profond dans le bâtiment. Turner Simkins suivait juste derrière lui. Comme Langdon l'espé-rait, ils débouchèrent dans l'atrium.

Ceint de huit colonnes doriques en granite vert, l'atrium avait des allures de tombeau antique, avec ses statues de marbre, ses lustres en forme de vasques, ses croix teutoniques, ses phœnix à deux têtes et ses appli-ques décorées de têtes d'Hermès.

Langdon s'élança vers l'escalier au fond de la pièce.

— Ça mène directement à la loge, chuchota-t-il en montant les marches avec Simkins.

Sur le palier du premier étage, ils tombèrent nez à nez avec le buste d'Albert Pike orné de sa fameuse phrase : « CE QUE NOUS AVONS FAIT POUR NOUS-MÊMES MEURT AVEC NOUS. CE QUE NOUS AVONS FAIT POUR LES AUTRES ET LE MONDE EST ET DEMEURE IMMORTEL. »

*

Mal'akh sentit un changement palpable dans l'atmosphère de la grande salle, comme si toute la frustration de Peter Solomon, longtemps contenue, se concentrait sur Mal'akh tel un rayon laser.

Oui, l'heure est venue...

Peter Solomon s'était levé, le couteau dans sa main.

— Sauve Katherine ! l'encouragea Mal'akh, en entraînant son père vers l'autel. (Il s'allongea sur le suaire blanc qu'il y avait étendu.) Fais ce que tu dois faire.

Comme un automate, Peter Solomon s'approcha encore.

Mal'akh était à présent étendu de tout son long sur la pierre, il fixait des yeux la lune, au-dessus de lui, qui brillait derrière l'oculus.

L'important, ce n'est pas la mort... mais le chemin !

Le moment était idéal. L'instant parfait.

Décoré du Mot perdu depuis la nuit des temps, j'offre ma vie à la main gauche de mon père !

Mal'akh prit une profonde inspiration.

Recevez-moi en votre sein, démons, car voici mon corps dont je vous fais don !

Debout devant Mal'akh, Solomon tremblait. Dans ses yeux brillaient le désespoir, l'indécision, le tourment. Il regarda une dernière fois l'ordinateur qui tournait.

— Vas-y, murmura Mal'akh. Délivre-moi de ma chair. Dieu le veut, et toi aussi.

Mal'akh étendit ses bras le long de ses flancs et gonfla sa poitrine, offrant son grand phœnix au couteau.

Aide-moi à arracher ce corps qui enveloppe mon âme !

Les yeux du père, emplis de larmes, semblaient contempler quelque chose au-delà de Mal'akh.

— J'ai tué ta mère ! J'ai tué Robert Langdon ! Je m'apprête à tuer ta sœur ! À détruire ta chère confrérie ! Fais ce que tu as à faire !

Le visage de Peter Solomon était déformé par le regret, un chagrin absolu. Il rejeta sa tête en arrière et poussa un hurlement de rage, en levant son couteau.

*

Robert Langdon et l'agent Simkins arrivèrent hors d'haleine devant la loge, au moment où retentissait un hurlement. C'était Peter ! Langdon en était certain.

C'était un cri déchirant. Un cri de douleur.

J'arrive trop tard !

Ignorant Simkins, Langdon ouvrit les portes. La scène qu'il découvrit confirma ses craintes. Au milieu de la salle faiblement éclairée, la silhouette d'un homme au crâne rasé se tenait devant l'autel. Il portait une longue tunique noire et dans sa main brillait un couteau.

Avant que Langdon n'ait pu faire un geste, l'homme abattit le couteau vers le corps qui était étendu sur l'autel.

*

Mal'akh ferma les yeux.

Une merveille. Une perfection...

La lame du couteau mythique avait scintillé sous le clair de lune, en s'élevant au-dessus de lui. Des volutes d'encens glissaient dans l'air, s'enroulaient en spirale, préparant l'ascension de son âme. Le cri de désespoir de son sacrificateur tintait encore dans la grande salle alors que la lame décrivait son arc flamboyant.

Je suis souillé du sang des holocaustes humains et des larmes de mes parents.

Mal'akh se prépara à l'impact magistral.

Sa transformation finale...

Contre toute attente, il ne ressentit aucune douleur.

Une vibration mystérieuse traversa sa chair, assourdissante, irrépressible. L'immense pièce se mit à trembler, et une lumière aveuglante perça les ténèbres au-dessus de lui. Les cieux se déchiraient dans un rugissement.

C'était fait.

Exactement comme il l'avait prévu.

*

Un trou noir. Langdon ne se rappelait pas s'être élancé vers l'autel à l'instant où l'hélicoptère était apparu au-dessus du toit. Pas plus avoir plongé sur l'homme en tunique noire pour l'empêcher de frapper une seconde fois. Au moment où il retombait sur l'homme au couteau, une grande lumière avait traversé la verrière et illuminé l'autel. Il s'attendait à voir le corps sanglant de Peter Solomon sur la table de pierre, mais la poitrine nue qui était apparue dans le faisceau ne portait aucune trace de sang... mais un enchevêtrement de tatouages. Le couteau gisait brisé, à côté de lui, ayant été apparemment abattu sur la pierre plutôt que dans la chair.

Tandis qu'il s'écroulait au sol avec l'homme en tunique, Langdon aperçut le bandage au moignon du bras droit ; il comprit alors qu'il venait de sauter sur Peter Solomon.

Les feux de l'hélicoptère se rapprochaient tandis que les corps des deux hommes s'immobilisaient sur les dalles de marbre. Le Faucon noir descendait encore, ses serres de métal effleurant l'oculus de verre.

Sur le nez de l'appareil, un étrange canon pivota, pour s'orienter vers la verrière. Le faisceau rouge du système de visée laser glissa au sol, tout près de Langdon et de Solomon.

Non !

Mais il n'y eut aucune déflagration... juste le son assourdissant des pales.

Langdon sentit une onde d'énergie le traverser. Derrière lui, l'ordinateur de Mal'akh, posé sur un siège, émit un étrange sifflement. L'écran passa au noir dans un dernier soubresaut de lumière. Malheureusement, le dernier message affiché était clair :

ENVOI DU MESSAGE : 100 %

— Remonte ! Remonte ! criait le pilote de l'hélicoptère qui poussait les gaz à fond, tâchant d'empêcher ses patins de toucher les vitres.

Il savait que la poussée de trois tonnes du rotor mettait déjà à rude épreuve les carreaux de l'oculus. Malheureusement, les plans inclinés de la pyramide dispersaient l'effet de sustentation des pales.

Le pilote bascula le nez de l'appareil, espérant éviter l'impact, mais l'extrémité du patin droit effleura la verrière. Un court instant suffit.

Le grand oculus de la loge explosa, déversant une pluie tintinnabulante d'éclats... un déluge de verre étincelant.

*

Des étoiles... Des étoiles qui tombaient du ciel !

Mal'akh contemplait la magnifique lumière et vit des cordes scintillantes et féeriques fondre sur lui, de plus en plus vite, comme des traits d'argent saluant sa gloire.

Et soudain, ce fut la douleur.

Partout.

Des coups de couteau transperçant sa peau, déchiquetant sa chair, sa poitrine, son cou, ses cuisses, son visage. Son corps se raidit sous les centaines d'impacts. Sa bouche pleine de sang s'ouvrit pour pousser un hurlement alors que la douleur arrachait Mal'akh de son extase. La lumière blanche se transforma, et soudain, comme par magie, un hélicoptère noir apparut au-dessus de lui, dans le vacarme de ses pales, soufflant un vent glacé dans la grande salle, un vent qui gelait Mal'akh jusqu'au tréfonds et chassait les volutes d'encens.

Il tourna la tête et vit le couteau de l'Aqéda brisé sur l'autel, au milieu d'une myriade de débris de verre.

Il a refusé de verser mon sang !

Terrifié, Mal'akh redressa la tête et contempla son corps. Son talisman vivant, son chef-d'œuvre, son offrande sacrée... Mais son corps était brisé, déchiré ; il baignait dans son sang, hérissé de grandes épines de verre.

Mal'akh reposa la tête sur l'autel et regarda l'ouverture béante dans le toit. L'hélicoptère avait disparu. Il y avait là-haut un grand silence, et la lune solitaire dans l'hiver.

Les yeux écarquillés, Mal'akh suffoquait, cloué sur le grand autel.

122.

L'important, ce n'est pas la mort... mais le chemin.

Mal'akh savait qu'il avait échoué. Il n'y avait pas eu de lumière divine. Pas de réception grandiose. Seulement les ténèbres et la douleur. Même dans ses yeux, c'était la nuit. Il n'y voyait plus mais il percevait des mouvements alentour. Des voix aussi, dont celle de Robert Langdon !

Comment est-ce possible ?

— Elle va bien, Peter, répétait-il. Katherine va bien. Votre sœur est en vie.

Non ! Katherine était morte ! Morte !

Mal'akh était aveugle, il ne savait même plus si ses yeux étaient ouverts ou fermés. L'hélicoptère était parti. Un calme étrange régnait dans la loge. Il sentait les rythmes de la terre perdre de leur régularité... comme si les marées des océans étaient perturbées par une tempête invisible.

Chao ab ordo.

Des voix inconnues retentirent soudain, demandant à Langdon des précisions, sur l'ordinateur, le fichier vidéo.

C'est trop tard. Le mal est fait.

Les images se propageaient sur la planète comme un feu de brousse, sonnant la fin de la confrérie.

Les grands gardiens de la sagesse allaient périr sous la bêtise !

L'ignorance de l'humanité était le grand allié du chaos. L'absence de lumière sur terre nourrissait les ténèbres qui allaient accueillir Mal'akh.

J'ai réalisé de grandes choses, je serai accueilli comme un roi.

Mal'akh sentit quelqu'un approcher. Il savait qui c'était, reconnaissant l'odeur des huiles sacrées.

— Je ne sais pas si tu peux m'entendre, murmura Peter Solomon. Mais je veux que tu saches quelque chose. (Il posa le doigt sur le cercle précieux au sommet de sa tête.) Ce que tu as inscrit là... ce n'est pas le Mot perdu.

Bien sûr que si ! À ta réaction, ça ne fait aucun doute.

Selon la légende, le Mot perdu était écrit dans une langue si ancienne, si secrète que plus personne sur terre ne pouvait la comprendre. Cette langue mystérieuse, lui avait dit Peter Solomon, est la langue la plus ancienne de l'humanité.

La langue des symboles.

Et dans cette langue, un signe régnait sur tous les autres. Le plus ancien, le plus universel... ce symbole maître réunissait toutes les traditions en un seul et même signe. Il représentait l'illumination du dieu soleil égyptien, le triomphe de l'or alchimique, la sagesse de la pierre philosophale, la pureté de la rose des rosicruciens, l'instant de la Création, l'Unique, l'influence solaire des astrologues, et même l'Œil qui voit tout sur-montant la pyramide tronquée.

Le point cerclé ! Le symbole de la Source. L'origine de toute chose.

C'était ce que lui avait dit son père quelques minu-tes plus tôt. Au début, Mal'akh était sceptique, mais quand il avait regardé la grille, il s'était aperçu que l'image de la pyramide pointait précisément sur ce sym-bole.

La Pyramide maçonnique est une carte, s'était-il souvenu. Elle désigne le Mot perdu.

Son père devait dire la vérité.

Les grandes vérités sont toujours les plus simples.

Le Mot perdu n'était pas un « mot », mais un sym-bole.

Le cœur battant, il avait dessiné le point cerclé au sommet de son crâne. Et il avait senti une grande force le gagner.

Mon chef-d'œuvre, mon holocauste, tout est prêt !

Les puissances des ténèbres étaient prêtes à le rece-voir. Mal'akh allait enfin être récompensé de ses efforts C'était son moment de gloire.

Mais au dernier instant, tout avait mal tourné.

Et à présent, derrière lui, son père continuait à lui parler, à lui murmurer des paroles incompréhensi-bles...

— Je t'ai menti. Tu ne m'as pas laissé le choix. Si je t'avais révélé le véritable Mot perdu, tu ne m'aurais pas cru.

Le Mot perdu n'était pas le cercle pointé ?

— La vérité est plus simple, poursuivait son père Le Mot perdu est connu de tous, mais n'est compris que de quelques-uns.

Ces paroles se perdirent en écho dans l'esprit de Mal'akh.

— Tu es resté incomplet, souffla son père en posant doucement sa main sur le crâne de son fils. Ton travail n'est pas encore terminé. Mais où que tu ailles, je veux que tu saches que... tu étais aimé.

Curieusement, cette main posée sur sa tête le brûlait, comme si ce contact déclenchait une réaction dans sa chair. Soudain, il sentit une grande vague de chaleur traverser son enveloppe mortelle, chaque cellule de son corps semblant s'embraser dans une combustion spontanée.

La seconde suivante, toute souffrance s'évaporait.

La transformation, enfin. Ma gloire...

*

Je me regarde, un tas de chair sanglant sur l'autel de granite. Mon père est agenouillé derrière moi, il tient ma tête morte, de son unique main.

Je sens monter la rage, la confusion...

L'heure n'est pas à la compassion, mais à la vengeance, à ma transformation ! Mon père refuse de se soumettre, d'accomplir son rôle, de faire passer son chagrin et sa colère par cette lame de couteau et de me l'enfoncer dans le cœur.

Je suis piégé ici, à flotter dans le vide, attaché à ma dépouille.

Mon père passe doucement sa main sur mon visage pour me fermer les yeux.

Je sens mes liens se relâcher.

Un voile se matérialise autour de moi ; il ondule, s'épaissit, assombrit la lumière et occulte le monde. Soudain le temps s'accélère. Je suis plongé dans un abysse de ténèbres, des ténèbres plus noires que tout ce que j'ai pu imaginer. Et là, dans ce vide absolu, j'entends un murmure... Je sens une force qui grandit. Qui grandit encore, de plus en plus vite... ça m'entoure. C'est puissant, malveillant. Sombre. Impérieux.

Je ne suis pas seul ici !

C'est mon triomphe. Ma grande réception. Et pourtant, j'ignore pourquoi, je ne suis pas empli de joie, mais de peur – d'une peur sans limite.

Ce n'est pas ce que j'attendais. Pas du tout !

La puissance gronde à présent, bouillonne, avec une force implacable, menaçant de me déchirer. Soudain, l'obscurité se rassemble pour former un monstre préhistorique ; il se dresse devant moi.

Je suis face à toutes les âmes noires qui m'ont précédé !

Je hurle. Une terreur indicible... et elles m'engloutissent.

123.

Dans la cathédrale, le doyen Galloway perçut un curieux changement dans l'air. Il eut l'impression qu'une ombre malveillante s'était évaporée, comme si le monde avait été soulagé d'un poids, très loin d'ici et en même temps tout près.

Seul dans son bureau, il resta pensif. Longtemps. Il avait perdu toute notion du temps quand la sonnerie du téléphone brisa le silence. C'était Warren Bellamy.

— Peter est vivant, lui dit son frère maçon. Je viens de l'apprendre. J'ai voulu te prévenir tout de suite. Il va s'en sortir.

— Dieu soit loué ! Où est-il ?

Bellamy lui raconta les événements depuis que Langdon et Katherine avaient quitté le Collège de la cathédrale.

— Vous allez tous bien ?

— Un peu secoués, mais on récupère, répondit Bellamy. Il y a un problème, cependant...

— Lequel ?

— La Pyramide... je crois que Langdon l'a décryptée.

Galloway ne put s'empêcher de sourire. C'était couru d'avance !

— Et a-t-elle tenu ses promesses ? Révèle-t-elle le secret ?

— Je ne sais pas encore.

Bien sûr que oui ! songea Galloway.

— Repose-toi.

— Toi aussi.

Non, moi, je dois prier !

124.

Lorsque les portes de l'ascenseur s'ouvrirent, la loge était entièrement illuminée.

Encore chancelante, Katherine Solomon s'élança dans la salle à la recherche de son frère. L'air était froid, il y flottait une odeur d'encens. La scène qui s'offrit à son regard l'arrêta net.

Au milieu de la salle, sur l'autel, gisait un corps ensanglanté, couvert de tatouages, transpercé de morceaux de verre comme autant d'épieux. Dans les hauteurs du plafond, un trou béant s'ouvrait sur le ciel.

Katherine jeta un regard circulaire dans la pièce, essayant de repérer Peter. Elle l'aperçut assis à l'autre bout ; il parlait à Langdon et Inoue Sato, pendant qu'un médecin le soignait.

— Peter ! cria-t-elle en courant vers lui.

Son frère tourna la tête vers elle. Le soulagement se lisait sur son visage. Vêtu d'une simple chemise blanche et d'un pantalon de toile – des vêtements que quelqu'un avait dû dénicher dans son bureau au rez-de-chaussée –, il se leva et marcha vers elle. Ils s'enlacèrent maladroitement à cause de son bras droit en écharpe, mais Katherine ne remarqua rien, tant elle était heureuse. Elle retrouvait son cocon, comme dans son enfance, quand son grand frère était là pour veiller sur elle.

Ils restèrent un long moment serrés l'un contre l'autre.

Finalement Katherine murmura :

— Comment vas-tu ? Tu tiens le coup, je veux dire ? (Elle le lâcha et contempla son bras mutilé. Les larmes perlèrent dans ses yeux.) Je suis tellement... tellement désolée.

Peter haussa les épaules comme si ce n'était pas si grave.

— La chair est mortelle. Les corps ne durent pas éternellement. L'essentiel, c'est que tu sois vivante.

Le ton léger de Peter acheva de la faire fondre en larmes, lui rappelant toutes les raisons pour lesquelles elle l'aimait tant. Elle lui caressa la tête, savourant les liens indissolubles de la famille, ce même sang qui coulait dans leurs veines.

Elle savait qu'il y avait un troisième Solomon dans la pièce. Elle regarda le cadavre gisant sur l'autel. Elle frissonna, tentant de chasser de sa mémoire les photos qu'elle avait vues dans le tiroir.

Alors qu'elle détournait les yeux, son regard s'arrêta sur Langdon. Son visage était empreint de compassion et de compréhension, comme s'il lisait dans ses pensées.

Peter sait !

Un tourbillon d'émotions la submergeait : le soulagement, l'empathie, le désespoir. Peter tremblait comme un petit enfant. C'était la première fois que cela lui arrivait.

— Vas-y, murmura-t-elle dans son oreille. Laisse sortir tout ça.

Les tremblements s'accentuèrent.

Elle le prit à nouveau dans ses bras, lui caressant la nuque.

— Tu as toujours été la force de notre famille... Tu as toujours été là pour moi. Aujourd'hui, je suis là pour toi. Je suis là...

Et, contre l'épaule de Katherine, le grand Peter Solomon se mit à pleurer.

*

Inoue s'écarta du groupe pour prendre l'appel.

C'était Nola Kaye. Elle avait, pour une fois, de bonnes nouvelles...

— Toujours aucun signe de diffusion. Je pense qu'on aurait eu des retours à présent. Il semble que vous soyez arrivée à temps.

Grâce à vous, Nola, se dit Sato en regardant l'ordinateur d'où le message avait été envoyé. Il s'en est fallu de peu !

Sur les conseils de Nola Kaye, l'agent à Kalorama Heights avait fouillé les poubelles et découvert l'emballage tout neuf d'une clé 3G. Grâce au numéro exact du modèle, Nola avait pu rechercher les serveurs et réseaux compatibles, et ainsi repérer le point de connexion le plus probable pour l'ordinateur, à savoir un petit transmetteur au coin de la 16e Rue et de Corcoran, à trois cents mètres de la Maison du Temple.

Nola avait aussitôt donné l'information à Sato. En chemin pour le temple maçonnique, le pilote avait survolé le relais et expédié une décharge électromagnétique pour le neutraliser. *In extremis.* Quelques secondes plus tard, le fichier était envoyé.

— Vous avez fait du bon travail, ce soir, lança Sato. Allez vous reposer. Vous l'avez bien mérité.

— Merci, madame… (Elle eut un moment d'hésitation.) Je voulais vous dire…

— Oui ? Il y a autre chose ?

Nola resta silencieuse un moment, se demandant si elle devait parler ou non.

— Non, rien d'important. Ça attendra demain. Bonne nuit.

125.

Dans la salle de bains luxueuse, au rez-de-chaussée de la Maison du Temple, Robert Langdon se regardait dans le miroir, pendant que l'eau coulait dans le lavabo.

Même sous cet éclairage tamisé, il avait une tête de déterré.

Son sac en bandoulière, ne contenant plus que ses notes pour la conférence et ses effets personnels, était désormais beaucoup plus léger. Il lâcha malgré lui un petit rire. Son passage à Washington avait été beaucoup plus mouvementé que prévu.

Heureusement, Peter était vivant.

Et la vidéo n'avait pas été diffusée.

L'eau chaude sur son visage lui fit du bien. Il revenait à la vie. Sa vue était encore brouillée, mais l'adrénaline dans son corps s'était enfin dissipée. Il se sentait de nouveau calme et serein. Après s'être séché les mains, il consulta sa montre Mickey.

Déjà ?!

Langdon sortit et emprunta le couloir d'honneur, admirant sur les murs courbes les portraits des grands maçons. Y figuraient des présidents des États-Unis, des philanthropes, des savants, et autres personnalités illustres du pays. Il s'arrêta devant le tableau de Harry S. Truman, le trente-troisième président, tentant d'imaginer cet homme accomplissant les rites et le travail de recherche laborieux pour devenir franc-maçon.

Il y a un monde caché derrière celui que nous voyons.

—Vous nous avez faussé compagnie ! lança Katherine.

Malgré l'enfer qu'elle avait connu cette nuit, elle rayonnait de bonheur... comme si elle avait rajeuni de dix ans.

Langdon esquissa un sourire fatigué.

— Comment va-t-il ?

Katherine le prit dans ses bras.

— Comment pourrais-je vous remercier ?

— Oh je n'ai rien fait du tout !

— Peter va s'en sortir..., le rassura-t-elle en s'écartant pour le regarder. Et il vient de me dire quelque chose d'incroyable... d'absolument merveilleux. (Sa voix tremblait d'excitation.) Il faut que j'aille voir ça de mes propres yeux. Je reviens tout de suite.

— Mais où allez-vous ?

— Je n'en ai pas pour longtemps. Au fait, Peter veut vous parler, en tête à tête. Il vous attend dans la bibliothèque.

— Il vous a dit pourquoi ?

Katherine eut un petit rire.

— Peter et ses secrets...

— Mais...

— À tout à l'heure, ajouta-t-elle en s'éloignant.

Langdon soupira. Il avait eu son compte de mystères pour la soirée. Des questions restaient sans réponse, certes, entre autres la Pyramide maçonnique et le Mot perdu, mais ces réponses, si elles existaient, ne le concernaient pas.

Je ne suis pas franc-maçon.

Rassemblant ce qui lui restait d'énergie, Langdon se rendit dans la bibliothèque. Peter l'attendait, assis à une table devant la pyramide.

— Robert ? demanda-t-il en lui faisant signe d'approcher. J'aimerais vous dire un mot.

Langdon sourit.

— Oui, j'ai cru comprendre que vous en aviez perdu un.

126.

La bibliothèque de la Maison du Temple a été la première bibliothèque de Washington ouverte au public. Ses élégants rayonnages renfermaient deux cent cinquante mille volumes, dont le rarissime *Ahiman Rezon* – « l'Aide à un frère ». Dans des vitrines étaient exposés des bijoux maçonniques, des objets cérémoniels et un exemplaire de la première édition américaine des « constitutions d'Anderson » publiée par Benjamin Franklin.

Cependant la plus grande merveille de la bibliothè-que, aux yeux de Langdon, n'était pas un livre.

Mais une illusion.

Solomon, un jour, la lui avait montrée. Si on se plaçait à un endroit précis du salon principal, la table de lecture et la lampe dorée, qui l'éclairait, formaient, par un effet de perspective, une pyramide... la réplique exacte de la Pyramide maçonnique avec sa coiffe d'or. Pour Solomon, cette illusion d'optique rappelait à tous que les mystères de la franc-maçonnerie étaient visibles à quiconque regardait dans la bonne direction.

Ce soir, toutefois, les secrets de l'Ordre se trou-vaient devant lui, bien réels. Langdon s'assit en face du Grand Commandeur et des deux morceaux de la Pyra-mide maçonnique.

Peter souriait.

— Le « mot » auquel vous faites référence, Robert, n'est pas une légende. Il existe.

Langdon resta un moment silencieux.

— Je ne comprends pas... Comment est-ce possible ?

— Qu'est-ce qui est si difficile à accepter ?

Tout ! avait envie de rétorquer Langdon, en scru-tant les yeux de Peter.

— Vous prétendez que le Mot perdu existe et qu'il a réellement le pouvoir qu'on lui prête ?

— Un pouvoir gigantesque. Il peut transformer l'humanité en révélant les Mystères anciens.

— Un simple mot, Peter ? Comment un mot pourrait-il...

— Vous allez vous en rendre compte.

Langon regarda encore son ami sans rien dire.

— Comme vous le savez, poursuivit Solomon en se levant pour faire le tour de la table, c'est une très ancienne prophétie. Il est dit qu'un jour le Mot perdu sera exhumé, et que l'humanité aura de nouveau accès à un pouvoir oublié.

Langdon se souvenait de la conférence de Peter sur l'Apocalypse. Même si beaucoup de gens, à tort, croyaient que l'Apocalypse était une fin du monde cata-clysmique, le sens littéral du terme était « révélation » – la révélation, selon les Anciens, à une sagesse transcendantale. L'avènement de l'ère de la lumière. Toutefois, Langdon avait du mal à imaginer qu'un tel bouleversement puisse être initié par... un mot.

Peter s'assit à côté de lui et désigna les deux tétraèdres.

— La Pyramide maçonnique, le symbolon de la légende, est ce soir complète et décryptée.

D'un geste empreint de respect, il posa la coiffe sur la base de pierre. La pointe dorée prit sa place dans un tintement métallique.

— Ce soir, mon ami, vous avez réalisé ce que personne n'avait pu accomplir. Vous avez assemblé la pyramide, déchiffré tous ses codes, et finalement révélé... ceci.

Peter sortit une feuille de papier qu'il posa sur la table. Langdon reconnut la grille de symboles qui avait été réorganisée grâce au carré magique de Franklin. Il l'avait étudiée rapidement, un peu plus tôt dans la loge.

— Je suis curieux de savoir si vous pouvez « lire » cette suite de signes. Après tout, c'est vous le spécialiste.

Langdon examina la grille.

Heredom, point cerclé, pyramide, escalier...

Langdon soupira.

— C'est, à l'évidence, un pictogramme allégorique. Sa signification est davantage métaphorique, symbolique, que littérale.

Solomon sourit.

— Les spécialistes ne savent pas répondre par oui ou non... Dites-moi simplement ce que vous voyez.

Peter veut-il réellement le savoir ?

— J'y ai jeté un coup d'œil tout à l'heure. Pour moi, cette grille est une image... une représentation du monde terrestre et du Paradis.

Solomon fronça les sourcils, étonné.

— Ah oui ?

— Absolument. En haut, on a le mot *Heredom* : la maison sacrée. Ce que j'interprète comme la maison de Dieu, ou le Paradis.

— Ça se tient.

— La flèche vers le bas, après le mot *Heredom*, indique que le reste du pictogramme se situe au-dessous, autrement dit, sur terre. (Langdon baissa les yeux vers la base de la grille.) Les deux lignes inférieures, celles qui sont sous la pyramide, représentent la terre elle-même, la *terra firma*, le niveau le plus bas. Ce n'est pas un hasard si l'on trouve à ces deux niveaux les douze anciens signes astrologiques, puisqu'ils représentent la religion des premiers hommes qui voyaient, dans les mouvements des astres et des planètes, la manifestation d'une main divine.

Solomon approcha sa chaise pour étudier à son tour la grille.

— D'accord. Quoi d'autre ?

— Sur ces fondations astrologiques, se dresse la grande pyramide, s'élevant vers les cieux, le symbole d'une sagesse perdue. Elle est remplie par les symboles des grandes cultures et religions de l'Histoire : un florilège de signes égyptiens, grecs, bouddhistes, hindous, musulmans, juifs, chrétiens, et j'en passe... Le tout décrivant un mouvement ascendant, se rassemblant, fusionnant dans l'entonnoir de la pyramide, pour se fondre en une seule et unique philosophie. (Langdon

marqua un temps d'arrêt.) Pour former une seule conscience universelle, une vision de Dieu partagée par
toute l'humanité, représentée par ce symbole ancien qui
flotte au-dessus du sommet de la pyramide.

— Le point cerclé. Le symbole universel de Dieu.

— Exact. De tous temps, ce symbole a été au centre
de la vie des hommes. C'est le dieu Râ des Égyptiens,
l'or des alchimistes, l'Œil qui voit tout, la singularité
avant le Big Bang, et le...

— Et le Grand Architecte de l'univers.

Langdon acquiesça. C'était sans doute avec ce raisonnement qu'il avait vendu à Mal'akh l'idée que le
point cerclé était le Mot perdu.

— Et l'escalier ? demanda Solomon.

Langdon examina le pictogramme sous la pyramide.

— Vous savez mieux que quiconque de quoi il
s'agit. Cela symbolise l'escalier maçonnique : celui qui
s'élève des ténèbres terrestres vers la lumière, comme
l'échelle de Jacob menant au paradis, ou la colonne vertébrale reliant le corps mortel à l'esprit éternel. (Langdon marqua une nouvelle pause.) Pour le reste des
symboles, ils semblent former un ensemble cosmogoni-
que, maçonnique et scientifique, destiné à accréditer
l'existence des Mystères anciens.

— Voilà une interprétation élégante, commenta
Solomon en se frottant le menton. Je reconnais, évidemment, que cette grille peut être vue sous un angle
allégorique, toutefois... (Ses yeux s'illuminèrent.) Cet
ensemble de symboles peut être lu d'une autre façon. Et
ce qu'ils nous révèlent alors est beaucoup plus explicite.

— Ah bon ?

Solomon se leva et marcha dans la pièce.

— Cette nuit, dans la salle du Temple, quand j'ai
cru que j'allais mourir, j'ai examiné cette grille et je suis
parvenu à voir par-delà la métaphore, par-delà l'allégo-
rie, pour contempler le cœur même du secret. (Il
s'arrêta et se retourna brusquement vers Langdon.) Ces
symboles donnent le lieu exact où est enterré le Mot
perdu !

— Ça recommence ?

Langdon remua sur sa chaise, mal à l'aise, craignant que les événements de la soirée n'aient troublé l'esprit de Solomon.

— Robert, la légende a toujours dit que la Pyramide maçonnique était une carte, une carte tout à fait précise, pouvant révéler, à celui qui sera digne de la lire, l'emplacement où est caché le Mot perdu. (Solomon posa le doigt sur la grille de symboles.) Je puis vous assurer que ces signes sont conformes à la légende. Il s'agit bel et bien d'une carte. Un schéma qui indique l'emplacement de l'escalier conduisant au Mot perdu.

Langdon eut un petit rire, mais, en son for intérieur, il n'en menait pas large.

— Même si je veux bien croire à la légende de la Pyramide maçonnique, je ne vois pas comment ces symboles pourraient désigner un lieu géographique. Regardez donc. Cela ressemble à tout sauf à une carte.

Solomon esquissa un sourire.

— Parfois, il suffit d'un infime changement de perspectives pour découvrir une image totalement différente.

Langdon examina de nouveau le papier, en vain.

— Une simple question, Robert... Lorsque les francs-maçons posent une pierre angulaire, savez-vous pourquoi c'est toujours celle du coin nord-est du futur édifice ?

— Parce que c'est là que frappent les premiers rayons du soleil. C'est la représentation du pouvoir de l'architecture, celui de s'élever de la terre pour se rapprocher de la lumière.

— Exact. Vous devriez peut-être alors chercher à cet endroit. Là où commence l'illumination, l'incita-t-il en désignant la grille. Dans l'angle nord-est.

Langdon observa donc le coin supérieur droit, le nord-est sur une carte. Le symbole dans la case était « ↓ ».

— Une flèche pointant vers le bas, répondit Langdon, tâchant de comprendre où voulait en venir Solomon. Ce qui signifie « sous *Heredom* ».

— Non, Robert, pas « sous ». Réfléchissez. Cette grille n'est pas un labyrinthe allégorique. C'est une carte. Et sur une carte, une flèche vers le bas indique...

— Le sud !

— Précisément ! répliqua Solomon, le regard brillant d'excitation. Plein sud ! Et sur une carte un mot n'est jamais une métaphore, mais un lieu précis. Heredom donc ne représente pas le paradis, il indique...

— La Maison du Temple ? Vous pensez que la carte indique un lieu au sud de ce bâtiment ?

— Gloire à Dieu ! La lumière enfin !

Langdon étudia de nouveau la grille.

— Peter... même si vous avez raison, « au sud de la Maison du Temple » cela peut être n'importe où sur une longitude de vingt mille kilomètres.

— Non, Robert. Vous oubliez encore ce que dit la légende. Le Mot perdu est enterré à Washington, ce qui limite ostensiblement le champ de recherche. En outre, il est précisé aussi qu'une grosse pierre repose au-dessus de l'escalier... et que, sur cette pierre, est gravé un message dans une langue ancienne... une sorte de repère pour aider le preux chevalier dans sa quête.

Langdon avait du mal à prendre tout ça au sérieux. Il ne connaissait pas parfaitement Washington, mais il était presque certain qu'il n'y avait pas de mégalithe cachant un escalier souterrain, dans cette ville.

— Le message écrit sur cette pierre, poursuivait Peter Solomon, est là, sous vos yeux. (Il désigna la troisième ligne du tableau.) C'est l'inscription, Robert ! Vous avez résolu l'énigme !

Incrédule, il observa les sept symboles alignés :

J'ai résolu l'énigme ? Langdon n'avait pas la moindre idée de la signification de ces signes ; et il était convaincu qu'ils n'étaient gravés nulle part dans la capitale...

Encore moins sur une grosse pierre bouchant l'entrée d'un escalier.

— Peter, je ne vois pas en quoi cela éclaire quoi que ce soit. Il n'y a aucune pierre à Washington portant cette inscription.

Solomon lui tapota l'épaule.

— Vous êtes passé mille fois devant sans la voir, comme nous tous. Elle est à la vue de tout le monde, comme les Mystères anciens. Et cette nuit, quand j'ai découvert ces sept symboles, j'ai compris que la légende disait vrai. Le Mot perdu est bien enterré à Washington... et il repose au fond d'un grand escalier, lui-même caché sous une très grosse pierre gravée.

Langdon restait interdit.

— Robert, après ce que vous avez fait ce soir, vous méritez de connaître la vérité...

— Vous allez me dire où se trouve le Mot perdu ?

— Mieux que ça, répondit Solomon. Je vais vous le montrer.

*

Cinq minutes plus tard, Langdon, à côté de Peter Solomon, bouclait sa ceinture à l'arrière de l'Escalade. Simkins s'installait au volant, lorsque Sato s'approcha.

— Monsieur Solomon ! lança-t-elle en allumant une cigarette. J'ai passé le coup de téléphone, comme vous me l'avez demandé.

— Alors ?

— C'est d'accord. Ils vont vous laisser entrer.

— Merci.

Inoue Sato le regarda d'un air perplexe.

— Je dois dire que c'est une requête plutôt inhabituelle.

Solomon se contenta de répondre d'un haussement d'épaules.

Sato fit le tour de la voiture et toqua à la fenêtre de Langdon.

— Professeur, lâcha-t-elle d'un ton froid, votre assistance ce soir, bien que tardive, a été cruciale. Et

pour cela, je vous remercie. (Elle tira une longue bouffée sur sa cigarette et la souffla au-dessus d'elle.) J'ai un
bon conseil à vous donner. La prochaine fois qu'un responsable de la CIA vous dit que la sécurité nationale est
en péril... (Ses yeux étincelèrent de colère.) Coopérez !
Ne jouez pas à l'intellectuel révolté contre le pouvoir.
Gardez ces conneries pour Harvard !

Langdon voulut contester cette version des faits
mais Sato avait déjà tourné les talons et se dirigeait
vers l'hélicoptère.

Simkins pivota vers les deux hommes.

— Vous êtes prêts, messieurs ?

— Excusez-moi, répondit Solomon. Juste un moment.
(Il sortit de sa poche un morceau d'étoffe et le tendit à
Langdon.) J'aimerais que vous mettiez ça, Robert.

Étonné, Langdon regarda le tissu. C'était en velours
noir. Quand il le déplia, il reconnut la forme. Un bandeau ! Celui que devait porter l'apprenti lors de la cérémonie d'initiation au premier degré.

— Mais...

— Je préfère que vous ne sachiez pas où nous allons.

— Vous allez me bander les yeux pendant tout le
trajet ?

Solomon esquissa un sourire.

— Mon secret. Mes règles.

127.

Un vent froid soufflait entre les piliers du QG de la
CIA. Nola Kaye, en frissonnant, emboîta le pas à Rick
Parrish, son collègue de la Sécurité réseau. Le parvis
était éclairé par la lune.

Où m'emmène-t-il ?

La bombe vidéo avait été désamorcée, mais Nola était encore inquiète. Le fichier caviardé qu'avait récupéré Rick demeurait un mystère. Qu'y avait-il exactement sur le document original ? Pourquoi se trouvait-il dans l'espace personnel du directeur de la CIA ? Il faudrait qu'elle en parle demain matin à Sato. Il y avait encore trop de zones d'ombres à son goût.

Tout en suivant Rick qui tenait à lui montrer quelque chose dehors, Nola n'arrivait pas à chasser les étranges phrases de son esprit :

... lieu secret SOUTERRAIN où... quelque part à WASHINGTON, les coordonnées... découvert une ANCIENNE PORTE qui menait... prévenant que la PYRAMIDE possède un dangereux... déchiffrer ce SYMBOLON GRAVÉ pour révéler...

— Toi comme moi, expliquait Parrish tout en marchant, on sait que le pirate cherchait à son insu des informations sur la Pyramide maçonnique.

C'est évident ! se dit Nola.

— Or, le pirate est tombé sur une facette des secrets maçonniques totalement imprévue.

— Comment ça ?

— Nola, tu sais que le big boss a mis en place un forum où les employés de la maison peuvent échanger leurs idées, et débattre sur toutes sortes de sujets...

— Certes.

Ce forum interne permettait au personnel de la CIA de discuter sur un espace sécurisé et au directeur de l'Agence de savoir ce qui se disait dans son dos.

— Le forum est hébergé sur l'espace personnel du grand patron, mais pour que l'employé lambda puisse y avoir accès, il est placé juste avant le pare-feu protégeant les documents top-secret du patron.

— Où veux-tu en venir ? s'impatienta Nola alors qu'ils dépassaient la cafeteria.

— En un mot, fit Parrish en tendant le doigt devant lui. À ça.

Nola releva les yeux. De l'autre côté du parvis, une sculpture métallique se profilait sous le clair de lune.

Dans une agence qui se vantait de posséder plus de cinq cents œuvres d'art, cette sculpture, appelée *Kryptos*, était de loin le clou de la collection. *Kryptos* – qui signifiait « caché » en grec – était l'œuvre de l'artiste James Sanborn, et alimentait bien des rumeurs ici à la CIA.

Composée d'une épaisse plaque de cuivre en « S », la sculpture reposait sur la tranche, tel un mur vertical sinueux. Plus de deux mille lettres étaient gravées sur sa surface... rangées selon un code inconnu. Pour renforcer l'aspect énigmatique de cette paroi, d'autres pièces mystérieuses étaient disposées autour de l'œuvre : une dalle stratifiée de granite à demi enterrée dans le sol, une boussole gravée, une pierre magnétique et même un message en morse, faisant référence à une « mémoire lumineuse » et à des « forces de l'ombre ». Beaucoup de gens pensaient que ces éléments étaient des indices pour décrypter les inscriptions sur la plaque.

Kryptos était une œuvre d'art, mais aussi une énigme.

Déchiffrer la sculpture était devenu une obsession pour nombre de cryptologues – et pas seulement pour ceux de la CIA. Quelques années auparavant, finalement, une portion du code avait été percée. Cela avait fait la Une des journaux, même si la majeure partie de l'inscription gardait son secret. Les zones décodées étaient si étranges qu'elles rendaient la sculpture plus énigmatique encore. Les phrases faisaient référence à des cachettes souterraines, des portes menant à des tombes anciennes, des longitudes, des latitudes...

Nola se souvenait de certains passages : « L'information a été rassemblée et transmise vers un lieu souterrain inconnu... c'était totalement invisible... comment est-ce possible ?... ils ont utilisé le champ magnétique terrestre... »

Elle n'avait jamais prêté une grande attention à cette sculpture. Peu importait le sens de ses inscriptions. Mais ce soir, elle voulait des réponses :

— Pourquoi me montres-tu *Kryptos* ?

Parrish esquissa un sourire en coin et sortit, d'un geste théâtral, une feuille de sa poche.

— Et voilà ! Ce document caviardé qui te préoccupait tant... J'ai trouvé le texte original !

Nola fit un bond.

— Tu es entré dans l'espace privé du directeur ?

— Pas du tout. C'est justement ce que je viens de découvrir. Regarde, dit-il en lui tendant le papier.

Nola prit la feuille. Quand elle aperçut l'en-tête classique de la CIA, ses sourcils se soulevèrent de surprise.

Ce document n'était pas classé secret-défense. Il n'était même pas confidentiel.

SUJET : KRYPTOS

FICHIERS COMPRESSÉS

FIL DE LA DISCUSSION n° 245628.5

Nola découvrit une série de messages qui avaient été compressés sur une seule page pour gagner de la place.

— Ton document avec tes mots clés, annonça Parrish, ça provient d'une discussion d'allumés sur le forum à propos de *Kryptos*.

Nola parcourut le document, jusqu'à repérer une phrase contenant un passage qui lui était familier :

Jim, la sculpture dit que ça a été transmis dans un <u>lieu secret</u> <u>SOUTERRAIN</u> où l'info a été cachée.

— Ce texte provient du forum interne, expliqua Parrish. Il a été ouvert voilà des années. Il y a des dizaines de milliers de posts. Je ne serais pas surpris que l'un d'entre eux contienne à lui seul tous tes mots clés.

Nola continuait d'examiner le document, repérant un nouveau post comportant un autre passage familier.

Même si Mark disait que le code donne la lat et la long d'un endroit <u>quelque part à WASHINGTON, les coordonnées</u> qu'il utilise sont fausses. Kryptos se désigne lui-même.

Parrish s'approcha de la sculpture et passa la main sur les lettres.

— La plus grande partie attend encore d'être déchiffrée : une foule de gens pensent que le reste du message se réfère aux anciens secrets maçonniques.

Nola se rappelait des rumeurs, un prétendu lien entre *Kryptos* et la franc-maçonnerie, mais elle n'y avait guère prêté attention. Toutefois, en regardant les morceaux disséminés de l'œuvre, Nola comprit qu'elle avait sous les yeux un code en plusieurs morceaux, un symbolon, comme la Pyramide de la légende.

Étrange...

Elle vit alors en *Kryptos* une version moderne de la Pyramide maçonnique : un code fragmenté, fait de divers éléments, chacun ayant son importance pour la compréhension de l'ensemble.

— Tu crois que *Kryptos* et la Pyramide maçonnique pourraient cacher le même secret ?

— Va savoir ? répliqua Parrish en regardant la sculpture, agacé. Je pense que personne ne la décodera en entier. À moins de convaincre le big boss d'ouvrir son coffre pour aller jeter un coup d'œil sur la *soluce*.

Nola acquiesça. Les souvenirs lui revenaient à présent en mémoire. Quand *Kryptos* avait été installée, l'auteur avait remis une enveloppe scellée, renfermant le décryptage complet du texte. La solution avait été enfermée dans le coffre du directeur de l'époque, William Webster. Le document, disait-on, s'y trouvait toujours.

Curieusement, le nom de Webster raviva un autre souvenir : le décryptage d'une autre portion de la sculpture.

IL EST ENTERRÉ QUELQUE PART ;
QUI CONNAÎT L'ENDROIT EXACT ?
SEUL WW.

Personne ne savait ce qui était enterré, mais beaucoup pensaient que WW étaient les initiales de William Webster. On disait aussi que ces lettres faisaient référence à un certain William Whiston, un théologien de la Société royale.

Parrish soliloquait toujours :

— Je le reconnais, je ne suis pas très calé en art, mais ce Sanborn, c'est tout de même un génie ! J'ai regardé sur le net son autre sculpture qui projette un message crypté en cyrillique. C'est un extrait d'un texte du KGB parlant du contrôle mental. Ça fiche les jetons !

Nola n'écoutait plus Parrish. Elle examinait le document ; elle avait trouvé un troisième post, avec une autre de ses phrases clés :

D'accord, cette partie est tirée mot pour mot du journal d'un archéologue, quand il raconte le moment où il a découvert une ANCIENNE PORTE qui menait à la tombe de Toutan-khamon.

L'archéologue, dont l'un des écrits était repris sur *Kryptos*, était le célèbre égyptologue Howard Carter. Le post suivant, d'ailleurs, citait son nom :

Je viens d'éplucher le reste du journal de Carter, et apparemment il aurait trouvé une tablette d'argile prévenant que la PYRAMIDE possède un dangereux pouvoir et se vengera sur ceux qui oseront troubler le repos du pharaon. Une malédiction ! Faut-il s'affoler ?

Nola fronça les sourcils.

— Rick, cette référence à la pyramide est fausse ! Toutankhamon n'a pas été enterré dans une pyramide. Mais dans la Vallée des Rois. Les cryptologues ne regardent pas Discovery Channel !

— Ils ne décollent pas le nez de leurs claviers !

Nola repéra les derniers mots clés :

Les gars, vous savez que je verse pas dans la théorie du complot, mais Jim et Dave feraient bien de se dépêcher de déchiffrer ce SYMBOLON GRAVÉ pour révéler son secret avant la fin du monde en 2012 !... Ciao à tous !

— Bref, concluait Parrish, je pensais qu'il valait mieux que je te parle de ce forum avant d'accuser le directeur de la CIA de détenir des documents secrets sur une vieille légende maçonnique. En outre, je doute qu'un type débordé comme le grand patron ait le temps de s'intéresser à ce genre de peccadilles.

Nola songea à la vidéo sur les francs-maçons, où l'on voyait tous ces gens importants participer à un rite ancestral.

Pauvre Rick, s'il savait...

Nola ignorait ce que *Kryptos* finirait par révéler, mais les bribes de messages avaient un fort parfum d'ésotérisme. Elle contempla l'œuvre d'art, ce code en trois dimensions, érigé au sein de la plus grande agence d'espionnage de la nation. Livrerait-elle un jour son secret ?

Au moment où Nola et Rick Parrish retournaient dans le bâtiment, la jeune femme souriait intérieurement.

« Il est enterré quelque part. »

128.

C'est de la folie !

Avec son bandeau, Langdon ne voyait rien ! L'Escalade filait à toute vitesse vers le sud, dans les rues désertes. Peter Solomon, assis à côté de lui, restait muet.

Où m'emmène-t-il ? s'impatienta Langdon.

Langdon était aussi intrigué qu'inquiet... Ses pensées se bousculaient dans sa tête ; il essayait désespérément de mettre en place toutes les pièces du puzzle.

Le Mot perdu ? Enterré au pied d'un escalier couvert d'une grosse pierre gravée ?

Cela paraissait impossible.

Un monolithe avec une inscription... Il avait parfaitement en mémoire la série des sept symboles, mais elle restait toujours aussi obscure.

L'équerre des francs-maçons : le symbole de l'honnêteté et de la « droiture » d'esprit.

Les lettres « Au » : le symbole chimique pour l'élément Or.

Le Sigma : la lettre « S » des Grecs, symbole mathématique de la somme de toutes les parties.

La Pyramide : le symbole égyptien représentant l'ascension de l'homme vers le ciel.

Le Delta : la lettre « D » des Grecs, symbole mathématique des écarts et des transformations.

Mercure : la planète désignée par son ancien symbole alchimique.

L'Ouroboros : le symbole du tout et de la communion.

Solomon prétendait que ces sept signes constituaient un message. Si c'était le cas, Langdon ne savait pas le lire.

L'Escalade ralentit et vira à droite, ils s'engagèrent sur une voie différente, une sorte d'allée ou de rampe d'accès... Langdon tendit l'oreille, pour tenter de deviner où ils se trouvaient. Ils avaient roulé pendant à peine dix minutes. Langdon avait essayé de suivre le trajet mentalement, mais il avait perdu le fil. Ils auraient très bien pu faire une boucle complète et revenir à la Maison du Temple.

La voiture s'arrêta. Langdon entendit la vitre côté conducteur se baisser.

— Agent Simkins, CIA. On vous a prévenu, je crois, de notre arrivée.

— Affirmatif ! répondit une voix martiale. Votre responsable nous a téléphoné. Un moment, s'il vous plaît... j'enlève la barrière.

Langdon était perdu. Il entrait sur une base militaire ? L'Escalade redémarra, roulant sur un revêtement curieusement lisse.

— Où sommes-nous, Peter ?

— Ne retirez pas votre bandeau.

Après un court trajet, le véhicule stoppa de nouveau. Simkins coupa le moteur. Il entendit d'autres militaires. Quelqu'un demanda à voir la plaque de Simkins. L'agent sortit de l'habitacle et alla parler aux soldats à voix basse.

La portière de Langdon s'ouvrit brusquement, des mains puissantes l'aidèrent à descendre de voiture. Dehors soufflait un vent froid.

— Robert, annonça Solomon, laissez l'agent Simkins vous conduire à l'intérieur.

Il entendit une serrure cliqueter, puis le grincement d'une lourde porte de métal.

C'était quoi ? Une écoutille ? Où était-il ?

Simkins l'aida à franchir la porte.

— Tout droit, professeur.

Le silence tomba d'un coup. Un silence de mort L'air à l'intérieur semblait aseptisé.

Simkins et Solomon l'entouraient, l'entraînant dans un couloir où les sons résonnaient curieusement. Le sol, sous ses chaussures, semblait être en pierre.

Derrière eux, la porte de métal se referma brutalement, et le bruit le fit sursauter. Les verrous furent remis en place. Transpirant sous son bandeau, Langdon brûlait de l'arracher.

Ils s'arrêtèrent à nouveau.

Simkins lâcha le bras de Langdon. Il y eut une série de bips électroniques, suivis d'un grondement... sans doute une porte blindée roulant sur ses rails.

— Monsieur Solomon et vous, professeur Langdon, allez continuer tout seuls. Je vous attends ici. Prenez ma lampe torche.

— Merci, répondit Solomon. Nous n'en avons pas pour longtemps.

Une lampe torche ? Langdon sentit son cœur s'affoler dans sa poitrine.

Son ami lui prit le bras et avança.

— Venez, Robert. Suivez-moi.

Ils franchirent le seuil et la porte métallique se referma derrière eux.

Solomon s'immobilisa.

— Tout va bien, Robert ?

Langdon chancela soudain sur ses jambes, en proie au tournis.

— Il faut vraiment que j'enlève ce bandeau.

— Encore un peu de patience. Nous sommes presque arrivés.

— Arrivés *où* ? demanda Langdon qui sentait une main invisible tordre son estomac.

— Je vous l'ai dit. À l'escalier qui mène au Mot perdu.

— Peter, ce n'est pas drôle.

— Je suis très sérieux. Je veux vous ouvrir l'esprit, Robert, vous montrer que le monde recèle encore bien des mystères dont vous ne soupçonnez pas l'existence. Et avant que nous franchissions le dernier pas, j'ai une dernière requête à vous faire : je vous demande de croire, ne serait-ce qu'un instant, à la légende. Croire que vous êtes sur le point de découvrir un grand escalier, menant, une centaine de mètres plus bas, au plus grand trésor de l'humanité.

Langdon fut pris de vertige. Même pour faire plaisir à son ami, il ne pouvait « croire » sur commande.

— C'est encore loin ?

Son bandeau était trempé de sueur.

— Non. Une dernière porte à ouvrir...

Solomon le lâcha un instant. Langdon chancela une nouvelle fois. Il écarta les mains pour retrouver son équilibre. Peter revint près de lui et une autre porte coulissante s'ouvrit dans un grondement. Peter prit Langdon par le bras et lui fit franchir le seuil.

— Par ici.

La porte se referma derrière eux.

Puis ce fut le silence.

Langdon sentit que ce lieu était totalement différent des endroits qu'ils venaient de traverser. L'air était humide et froid, comme dans une tombe. L'acoustique était étrange, comme si les parois étaient toutes proches. Aussitôt sa vieille claustrophobie se réveilla.

— Encore quelques pas... (Solomon lui fit passer un angle de mur et l'arrêta.) Maintenant, vous pouvez enlever votre bandeau.

Langdon ne se fit pas prier. Il regarda autour de lui, tentant de se repérer. Mais il n'y voyait toujours rien. Il se frotta les yeux. Définitivement rien !

— Peter, il fait noir !

— Je le sais. Tendez le bras devant vous. Il y a une rambarde. Attrapez-la.

Langdon avança la main et repéra une barre en fer.

— Et maintenant... regardez !

Peter alluma la torche électrique et la lumière perça brusquement l'obscurité. Avant que Langdon ait eu le temps de savoir où il se trouvait, Peter passa le bras au-dessus de la rambarde et braqua le faisceau vers le bas.

Un puits sans fond apparut sous les yeux de Langdon... un escalier en spirale qui plongeait dans les profondeurs de la terre.

Seigneur...

Ses genoux se mirent à trembler ; il s'agrippa au garde-fou. C'était un escalier en spirale de section carrée. Il distinguait au moins trente étages avant que la lumière ne s'égare.

Je n'en vois même pas le bout !

— Peter... où sommes-nous ?

— Je vais vous emmener tout en bas dans un moment. Mais, avant, je veux vous montrer quelque chose.

Peter lui fit lâcher la rambarde et traverser le petit espace. Peter gardait le faisceau de sa torche braqué sur les dalles, empêchant Langdon de se repérer.

Une minuscule pièce en pierre.

Ils atteignirent rapidement le mur opposé, percé d'une petite ouverture. Sans doute une fenêtre donnant dans une salle voisine, songea Langdon... Mais derrière, il n'y avait que l'obscurité.

— Approchez-vous, dit Peter. Allez jeter un coup d'œil.

— Qu'y a-t-il là-dedans ?

Langdon se souvenait du cabinet de réflexion dans le sous-sol du Capitole. Un instant, il avait cru découvrir une porte donnant dans une immense caverne.

— Allez-y vous verrez bien, fit Solomon en le poussant doucement. Et accrochez-vous, parce que ça va vous faire un choc.

Ne sachant à quoi s'attendre, Langdon marcha vers la vitre. Peter éteignit sa lampe, plongeant la pièce dans l'obscurité totale.

Langdon chercha à tâtons le mur, la fenêtre... Il s'approcha encore.

Du noir. Rien que du noir.

Il avança encore, plaquant son visage contre la vitre...

Et tout lui apparut.

La confusion traversa le corps de Langdon, comme une grande vague, tourneboulant ses sens. Il faillit tomber à la renverse, incapable de garder l'équilibre, son esprit ne parvenant pas à intégrer l'image que ses yeux lui transmettaient. Un choc, effectivement, comme le disait Peter. Jamais Langdon n'aurait imaginé découvrir ce spectacle.

Un spectacle à couper le souffle.

Dans les ténèbres, une lumière brillait tel un joyau.

Tout se mit en place : la barricade, les gardes à l'entrée, la porte de métal, les portes coulissantes, cette sensation dans son estomac, cette impression de vertige, et maintenant cette pièce minuscule...

— Robert, murmura Peter derrière lui, parfois un simple changement de perspective suffit à tout illuminer.

Bouche bée, Langdon continuait à regarder l'inconcevable. Par-delà un abîme noir, deux kilomètres de vide et de ténèbres, brillait, magnifique, immaculé, le dôme d'albâtre du Capitole.

Langdon n'avait jamais vu le bâtiment du Congrès de ce point de vue : à près de cent soixante-dix mètres de hauteur, du haut du grand obélisque américain. Ce soir, pour la première fois de sa vie, Langdon avait pris l'ascenseur qui menait au minuscule belvédère, caché au sommet du Washington Monument.

129.

Robert Langdon restait plaqué contre le hublot, pétrifié. Sans s'en rendre compte, il s'était élevé à près de deux cents mètres du sol et admirait à présent un panorama à couper le souffle.

Le dôme brillant du Capitole se dressait comme une montagne au bout du National Mall. De part et d'autre du bâtiment, deux traits de lumières s'étiraient vers lui : les façades illuminées des musées du Smithsonian, temples dédiés à l'art, à l'histoire, à la science, à la culture.

Tout ce qu'avait dit Peter était vrai.

Il existe un escalier, descendant sur des centaines de mètres, sous une grande pierre.

La coiffe gigantesque de l'obélisque se trouvait juste au-dessus de sa tête. Un détail lui revint en mémoire : la coiffe qui chapeautait le Washington Monument pesait exactement trois mille trois cents livres.

Encore le nombre 33...

Plus surprenant encore, l'extrémité de cette pierre de faîte était couverte d'aluminium, un métal aussi précieux que l'or à l'époque. Ce tétraèdre brillant au sommet de l'édifice mesurait un pied de haut, la même taille que la Pyramide maçonnique. Et cette coiffe de métal était gravée de la célèbre inscription : *Laus Deo.* Langdon eut soudain une illumination.

C'est le message inscrit sous la pyramide maçonnique !

Les sept symboles étaient une simple transcription !

Le plus élémentaire des codes.

Chaque symbole était une lettre.

> *L'équerre des francs-maçons* : L
> *L'élément Or* : AU
> *Le sigma grec* : S
> *Le delta grec* : D
> *Le symbole alchimique de Mercure* : E
> *L'Ouroboros* : O

— *Laus Deo*, murmura Langdon.

La phrase latine bien connue, *Gloire à Dieu*, était inscrite au sommet de l'obélisque, en petites lettres de trois centimètres de haut.

En évidence et pourtant... invisible de tous.

Laus Deo

— Gloire à Dieu ! souffla Peter dans son dos, en allumant les lumières dans la petite salle. Le dernier code de la Pyramide.

Langdon se retourna. Son ami le regardait avec un grand sourire. Peter avait prononcé ces mots exacts, « Gloire à Dieu », un peu plus tôt dans la bibliothèque, se rappela-t-il.

Et il n'avait pas relevé.

Un frisson parcourut Langdon. La Pyramide maçonnique l'avait mené ici, au grand obélisque américain, le symbole de l'ancienne sagesse, qui se dressait vers les cieux au cœur même de la nation.

Émerveillé, Langdon se dirigea vers l'autre fenêtre d'observation, sur le mur à sa gauche, la face nord.

Il aperçut la silhouette familière de la Maison Blanche. Il leva les yeux vers l'horizon, là où la 16e Rue, telle une ligne de lumière, filait vers la Maison du Temple.

Je suis au sud d'Heredom.

Il passa à la fenêtre suivante, en continuant son exploration dans le sens inverse des aiguilles d'une montre. À l'ouest, derrière les eaux miroitantes du grand bassin rectangulaire, se dressait le Mémorial Lincoln, dont l'architecture s'inspirait du Parthénon d'Athènes, le temple dédié à Athéna, la protectrice des projets héroïques.

Annuit coeptis, songea Langdon. « Dieu approuve nos entreprises. »

Par le dernier hublot, celui qui donnait vers le sud, Langdon contempla le Mémorial Jefferson qui se mirait dans les eaux du Tidal Bassin. La coupole était une copie de celui du Panthéon, la demeure des dieux romains.

Maintenant qu'il avait admiré le panorama sur trois cent soixante degrés, Langdon se rappela les photos aériennes du Mall, avec ses quatre bras partant de l'obélisque et s'étirant aux quatre points cardinaux.

Je me trouve au cœur même de la nation, à la croisée des chemins.

Langdon revint vers Peter. Le visage de son mentor rayonnait de malice.

— Oui, Robert, le Mot perdu est ici. Sous terre. C'est là que nous a conduits la Pyramide maçonnique.

Langdon sursauta. Le Mot perdu ! Subjugué par la magie de cet instant, il avait oublié pourquoi Peter l'avait amené ici.

— Robert, personne n'est plus digne que vous de connaître ce secret. Après ce que vous avez accompli cette nuit, vous le méritez amplement. Comme le dit la légende, le Mot perdu est enterré au pied d'un grand escalier.

Il s'approcha des marches qui s'enfonçaient dans le tréfonds de l'obélisque. Langdon le regarda, perplexe.

— Vous vous souvenez de ceci ? demanda Solomon en sortant de sa poche un petit objet.

Langdon reconnut le coffret en pierre que lui avait confié autrefois son ami.

— Oui, je n'ai pas été un très bon gardien.

Solomon lâcha un petit rire et lui donna la boîte.

— L'heure est peut-être venue de la montrer au grand jour...

Langdon observa le cube, ne comprenant pas où Peter voulait en venir.

— Que vous évoque cet objet ? questionna Solomon.

Langdon aperçut l'inscription 1514 𐤀. Il se rappela sa première intuition lorsque Katherine avait sorti le coffret de son emballage.

— Une pierre d'angle.

— Exactement ! Peut-être ignorez-vous quelques détails concernant les pierres angulaires. D'abord, la cérémonie où l'on pose ces pierres provient de l'Ancien Testament.

Langdon acquiesça :

— Du *Livre des Psaumes*.

— Oui. Et une véritable pierre angulaire est toujours enterrée – toujours ! Car elle symbolise la toute première étape de la naissance de l'édifice qui va sortir du sol pour s'élever vers le ciel.

Langdon contempla le Capitole, se rappelant que sa pierre angulaire était enfouie si profond dans les fondations que personne, jusqu'à aujourd'hui, n'avait pu l'exhumer.

— Et enfin, poursuivit Solomon, comme ce cube que vous avez dans les mains, nombre de pierres angulaires sont creuses. Elles renferment des trésors cachés, des talismans, si vous préférez, des symboles d'espoir, des porte-bonheur pour le bâtiment qui va être construit.

Langdon connaissait cette tradition. Aujourd'hui encore, les francs-maçons plaçaient dans ces pierres des objets symboliques : des photos, des textes sacrés, parfois même les cendres de personnages importants.

— Vous saisissez pourquoi je vous raconte tout ça, n'est-ce pas ?

— Vous pensez que le Mot perdu est caché dans la pierre angulaire du Washington Monument.

— Je le sais, Robert ! C'est une certitude historique. Le Mot perdu a été enfoui avec la pierre angulaire de

cet obélisque le 4 juillet 1848, lors d'une grande cérémonie maçonnique.

Langdon écarquilla les yeux.

— Nos pères fondateurs francs-maçons ont enseveli
un mot ce jour-là ?

Peter hocha la tête.

— Exactement. Et ils connaissaient parfaitement le
pouvoir de ce qu'ils enterraient.

Toute la soirée, Langdon avait jonglé avec des
concepts éthérés : les Mystères anciens, le Mot perdu,
les secrets ésotériques. À présent, il voulait du solide.
Même si Peter y croyait dur comme fer, Langdon avait
du mal à accepter que la clé se trouvait enfouie dans
une pierre d'angle, cent soixante-dix mètres plus bas.

Des gens passent leur vie à étudier les Mystères et
ils sont incapables d'aller chercher ce grand pouvoir
qui, selon eux, est enterré ici même ?

Langdon songea à *La Mélancolie* de Dürer, l'image
du sage tenu en échec, morose, entouré de tous ses
outils, comme autant de témoins de ses efforts infruc-
tueux dans la quête des mystères de l'alchimie.

Si les secrets existaient et pouvaient être révélés, ils
ne seraient pas tous réunis au même endroit !

Les réponses, avait toujours pensé Langdon, se trouvaient aux quatre coins du monde, disséminées dans des
ouvrages, dans les écrits codés de Pythagore, Hermès,
Héraclite, Paracelse, et des centaines d'autres génies. Les
réponses étaient cachées dans les grimoires poussiéreux
des alchimistes, des hermétistes, des mages et des philosophes. Elles étaient enfouies dans l'ancienne bibliothèque d'Alexandrie, sur les tablettes d'argile de Sumer,
dans les hiéroglyphes de l'Égypte antique.

— Peter, je suis désolé, souffla Langdon. Il faut une
vie entière pour comprendre les Mystères anciens. Je ne
vois pas comment la clé pourrait être un simple mot.

Solomon posa sa main sur l'épaule de son cadet.

— Robert, le Mot perdu n'est pas un « mot », fit-il
avec un drôle de sourire. On l'appelle ainsi, parce que
les Anciens la nommaient *verbum* : « Au commencement. »

130.

Au commencement était le Verbe.

Le doyen Galloway était agenouillé dans la croisée du transept de la Cathédrale nationale, priant pour le salut de l'Amérique. Il priait pour son cher pays qui allait bientôt découvrir la véritable puissance du Verbe, l'ensemble des textes rédigés par les anciens maîtres, les vérités spirituelles enseignées par les grands sages.

L'histoire avait offert à l'humanité les plus clair-voyants des guides, des hommes touchés par la lumière dont la compréhension des mystères spirituels et mysti-ques dépassait l'entendement humain. Les précieux mots ou la précieuse parole de ces êtres « éclairés », Bouddha, Jésus, Mahomet, Zarathoustra, et tant d'autres, avaient été transmis à travers les âges par les plus anciens vaisseaux de la connaissance.

Les livres.

Toutes les cultures sur terre avaient leur livre sacré, leur propre Verbe, chacun différent et pourtant sembla-ble. Pour les chrétiens, le Verbe était la Bible, pour les musulmans c'était le Coran, pour les juifs la Torah, pour les hindous les Védas...

Le Verbe éclairera le chemin.

Pour les pères francs-maçons de l'Amérique, le Verbe était la Bible.

Et pourtant, rares étaient ceux qui avaient compris son message.

Cette nuit, Galloway, à genoux au milieu du tran-sept, posa les mains sur le Verbe, son vieil exemplaire de la Bible maçonnique. Son précieux livre, comme toutes les bibles maçonniques, contenait l'Ancien Testa-ment, le Nouveau Testament, et une compilation de tex-tes philosophiques de la franc-maçonnerie.

Le vieil homme récitait la préface. Il la connaissait « par cœur », jusqu'au moindre mot. Son glorieux mes-sage avait été lu par des millions de personnes, dans toutes les langues de la terre.

Il était écrit :

LE TEMPS EST UN FLEUVE...
ET LES LIVRES SONT SES VAISSEAUX. BEAUCOUP DE LIVRES
DESCENDENT SON COURS, BEAUCOUP SOMBRENT
ET SE PERDENT DANS SES SABLES. SEULS QUELQUES-UNS
RÉSISTENT AUX ÉPREUVES DU TEMPS ET PARVIENNENT
JUSQU'AUX ÂGES SUIVANTS.

Ce n'est pas un hasard si ces ouvrages ont survécu, alors que les autres ont disparu, songea le doyen Galloway.

En érudit de la foi, il avait toujours jugé étonnant que les anciens écrits ésotériques – les textes les plus étudiés sur terre – restent les plus mal compris.

Caché dans ces pages, repose le secret merveilleux.

Un jour prochain la lumière apparaîtra, l'humanité pourra enfin saisir la parole des Anciens, sa puissance lumineuse de transformation, et faire un saut quantique dans la compréhension de sa propre nature flamboyante.

131.

L'escalier en spirale qui descendait à l'intérieur du Washington Monument, comme une colonne vertébrale, était composé de huit cent quatre-vingt-seize marches, qui s'enroulaient autour de l'ascenseur. Langdon et Solomon s'y enfonçaient. Les dernières révélations de Solomon résonnaient dans la tête de Langdon : « Robert, dans la pierre angulaire de cet obélisque, les pères fondateurs ont caché une copie du Verbe, la Bible. Elle attend dans les ténèbres au pied de cet escalier. »

Au milieu de la descente, Peter s'arrêta brusquement et éclaira un médaillon de pierre enchâssé dans la paroi.

Langdon sursauta en découvrant la pièce sculptée.

Le médaillon représentait un personnage inquiétant vêtu d'un manteau à capuche, tenant une faux, agenouillé à côté d'un sablier. Le personnage avait le bras tendu, et montrait une grande bible ouverte, comme pour dire : « La réponse est là ! »

Langdon se tourna vers Peter Solomon.

Les yeux de son mentor brillaient d'une lueur mystérieuse.

— Je voudrais vous soumettre un sujet de réflexion, Robert. (La voix de Solomon se perdait en écho dans la cage de l'escalier.) Pourquoi pensez-vous que la Bible ait survécu à des millénaires d'une histoire tumultueuse ? Pourquoi est-elle encore de ce monde ? Parce que les événements qu'elle raconte sont très appréciés de ses lecteurs ? Bien sûr que non ! Et pourtant, ce n'est pas un hasard. Il y a une raison. Une raison qui a poussé les moines à consacrer leur vie entière à tenter de déchiffrer les Saintes Écritures, une raison qui a incité les hermétistes juifs et les kabbalistes à analyser chaque phrase de l'Ancien Testament. Et cette raison, Robert, c'est qu'il y a dans ce texte ancien des secrets cachés, des secrets d'une puissance incommensurable, le legs d'un savoir perdu qui attend d'être révélé.

Langdon connaissait cette théorie. Le Livre Saint refermait un sens occulte, un message déguisé derrière les allégories, les symboles et les paraboles.

— Tous les prophètes nous ont avertis, poursuivait Solomon. Le langage dans lequel sont écrits les mystères est codé. L'Évangile de Marc le dit explicitement : « À vous le mystère... mais il sera donné sous forme de paraboles. » Les Proverbes préviennent que le sage parle toujours par énigmes, et les *Corinthiens* évoquent une « sagesse cachée ». L'Évangile de Jean met en garde : « Je vous parlerai par paraboles... et utiliserai les sombres sentences. »

« Les sombres sentences. » On retrouvait cette étrange expression dans les Proverbes comme dans les Psaumes. « Je vais ouvrir ma bouche pour une parabole et énoncer les sombres sentences du passé. » L'expression « sombre sentence » ne faisait pas référence à une condamnation sinistre, mais à une vérité cachée, restée dans l'ombre, conformément au sens ancien.

— Et si vous avez des doutes, ajouta Solomon, dans les *Corinthiens*, il est expliqué que les paraboles ont deux niveaux de signification « le lait pour les bébés et la viande pour les adultes ». Alors que le « lait » est donné en bibe-ron aux esprits infantiles, la « viande » est le vrai message, assimilable seulement par les esprits sages.

Peter leva à nouveau sa lampe, éclairant la sil-houette encapuchonnée qui désignait la Bible.

— Je sais que vous êtes sceptique, Robert, mais prenez le temps de réfléchir. Si la Bible ne renferme pas de sens occulte, pourquoi alors tant de grands his-toriens, dont plusieurs membres éminents de la Société royale, ont mis tellement d'ardeur à la disséquer pour l'étudier dans le menu ? Sir Isaac Newton a écrit de nombreux textes, plus d'un million de mots au total, traitant de la signification secrète des Écritures, dont son célèbre manuscrit de 1704 où il prétendait avoir tiré des enseignements scientifiques de la Bible !

C'est la vérité, dut concéder Langdon.

— Et sir Francis Bacon ! poursuivit Solomon en reprenant sa descente. L'homme des lumières, qui avait été embauché par Jacques Ier pour créer – au sens pro-pre du terme – une bible officielle, la célèbre « Bible du roi Jacques », devint tellement convaincu que les Écri-tures renfermaient des secrets cryptés qu'il s'est mis à créer ses propres codes dont certains sont encore en usage aujourd'hui ! Certes, comme vous le savez, Bacon était rosicrucien et avait rédigé *La Sagesse des Anciens*. (Peter Solomon esquissa un sourire.) Mais même le poète iconoclaste William Blake a laissé entendre qu'il fallait lire la Bible entre les lignes.

Langdon se souvenait du vers en question :

NOUS LISONS TOUS LES DEUX LA BIBLE JOUR ET NUIT
MAIS LÀ OÙ TU LIS NOIR JE LIS BLANC

— Et cela ne se limite pas aux Lumières en Europe, continua Peter Solomon, en accélérant le pas dans l'escalier. Cela s'est passé ici aussi, **au cœur** même de cette jeune nation. Nombre de nos pères fondateurs – John Adams, Benjamin Franklin, Thomas Paine – ont dit qu'il ne fallait pas prendre la Bible au pied de la lettre. Thomas Jefferson était tellement persuadé qu'elle renfermait un sens caché, qu'il a découpé les pages de la Bible pour effectuer un nouveau « montage », destiné, comme il le disait, à « supprimer l'habillage et retrouver les doctrines originales ».

Langdon était au courant de cette étrange tentative. La Bible de Jefferson était encore imprimée aujourd'hui, avec ses nombreuses modifications qui avaient suscité tant de controverses. Il avait, par exemple, coupé l'épisode de l'Immaculée Conception et de la résurrection. Curieusement, c'était sur la Bible de Jefferson que les membres du Congrès avaient prêté serment jusqu'au milieu du XIXe siècle.

— Peter, je trouve ce sujet fascinant, et je conçois à quel point il peut être excitant pour l'esprit d'imaginer que les Écritures renferment une signification secrète, mais cela me semble totalement illogique. Tout professeur digne de ce nom vous le dira. On ne transmet jamais un savoir par code.

— Pardon ?

— Les professeurs enseignent, Peter. Nous parlons « clairement ». Pourquoi les prophètes, les plus grands professeurs de l'Histoire, s'exprimeraient-ils de façon obscure ? S'ils veulent changer le monde, pourquoi délivreraient-ils leur parole de façon **cryptée** ? Pourquoi ne pas utiliser une langue que tout le **monde** comprend ?

Peter regarda Langdon par-dessus son épaule, tout en continuant à descendre les marches. Cette remarque le surprenait.

— Robert, la Bible cache ses secrets, tout comme le faisaient les anciennes écoles des Mystères. Les néophytes devaient être initiés avant de pouvoir connaître les arcanes, les savants du Collège invisible refusaient de divulguer leur savoir... Pourquoi ? Parce que cette connaissance est puissante, Robert. On ne peut crier sur tous les toits la teneur des Mystères. Ils sont une torche enflammée : entre les mains d'un maître, ils éclairent le chemin, entre celles d'un fou, ils réduisent le monde en cendres.

Langdon s'arrêta net.

— Peter, je parle de la Bible ! Pas des Mystères anciens !

— Robert, vous n'avez toujours pas compris ? La Bible et les Mystères anciens sont une seule et même chose.

Langdon ouvrit de grands yeux.

Peter resta silencieux un moment, le temps que Langdon assimile ces paroles.

— La Bible, reprit-il enfin, est l'un des livres grâce auxquels les Mystères ont traversé les millénaires. Ses pages essaient désespérément de nous livrer leur secret. Ouvrez les yeux. Les « sombres sentences » dont parle la Bible sont les murmures **des Anciens**, qui, sans bruit, nous confient leur savoir.

Langdon gardait le silence. Les Mystères anciens étaient, à ses yeux, une sorte de mode d'emploi pour dompter la puissance, encore en sommeil, de l'esprit humain, un livre de recettes pour l'apothéose de chaque individu. Il ne pouvait croire que les Mystères recelaient un réel pouvoir, et encore moins que la Bible en détenait le sésame.

— Peter, la Bible et les Mystères anciens sont totalement antinomiques. Les Mystères parlent d'un Dieu à l'intérieur de soi, estimant que l'homme est Dieu. Et la Bible dit qu'il est au-dessus et que l'homme est un misérable pécheur.

— Oui ! Trois fois oui ! Vous mettez le doigt précisément sur le nœud du problème ! Au moment où l'homme s'est séparé de Dieu, le Verbe a perdu sa signification. Les voix des Anciens ont été noyées, perdues dans le tumulte, dans le brouhaha des nouveaux prêcheurs qui criaient qu'ils étaient les seuls à comprendre le Verbe. Qu'il était écrit dans leur langage et dans nul autre.

Peter reprit sa descente.

— Robert, vous savez comme moi que les Anciens seraient consternés de voir aujourd'hui leurs enseignements dénaturés à ce point, de voir la religion devenir ainsi le péage pour le paradis, ou des guerriers partir en guerre en pensant avoir Dieu de leur côté. Nous avons perdu le Verbe, mais il reste encore à notre portée. Il est là, juste sous nos yeux. Il demeure dans tous les grands textes de l'Histoire, de la Bible à la *Bhagavad-Gîtâ*, de la Torah au Coran. Tous ces textes sont révérés sur l'autel de la franc-maçonnerie, parce que les maçons savent ce que le monde semble avoir oublié... Parce que chacun de ces textes, à sa manière, murmure le même message. (La voix de Solomon vibrait d'émotion.) « Ne savez-vous pas que vous êtes des dieux ? »

Cela faisait plusieurs fois, dans la même soirée, que cet ancien dicton était évoqué – la première fois, curieusement, c'était le doyen de la Cathédrale nationale qui l'avait prononcé.

Solomon baissa la voix :

— Le Bouddha dit : « Tu es toi-même Dieu. » Jésus explique que « le royaume de Dieu est à l'intérieur de vous », il promet : « Ce que j'accomplis, vous pouvez le faire... et mieux encore. » Le premier antipape, Hippolyte de Rome, reprend ce même message, prononcé à l'origine par le gnostique Monoimus l'Arabe : « Abandonnez la recherche de Dieu... prenez plutôt vous-même comme point de départ. »

Langdon se souvint de la Maison du Temple et de l'inscription sur le fauteuil du Tuileur – l'huissier qui gardait les portes de la loge : CONNAIS-TOI TOI-MÊME.

— Un homme éclairé m'a dit un jour, reprit Solomon d'une voix faible et tremblante, « la seule différence entre toi et Dieu, c'est que tu as oublié que tu es divin ».

— Peter, je vous écoute. Attentivement. Et j'aimerais vraiment croire que nous sommes des dieux, mais je ne vois aucun dieu marcher sur terre. Je ne vois aucun surhomme. Vous pouvez citer la Bible, tous les textes anciens... Pour moi, cela reste de vieux contes qui ont été exagérés avec le temps.

— Peut-être... À moins qu'il ne nous faille l'aide de la science pour retrouver le savoir des Anciens. Et par une facétie du destin, je crois bien que les recherches de Katherine vont être l'élément déclencheur.

Langdon se rappela que, plus tôt, Katherine avait quitté en hâte la Maison du Temple.

— Où est-elle allée, au fait ?

— Elle va vite revenir, répondit Peter avec un sourire. Elle est partie voir la bonne surprise que le destin lui a réservée.

*

Une fois dehors, au pied de l'obélisque, l'air frais revigora Peter Solomon. Avec amusement, il regardait Langdon explorer la base du monument, en se grattant la tête, l'air perplexe.

— Robert, la pierre angulaire contenant la Bible est sous terre. On ne peut accéder au livre, mais je vous assure qu'il y est.

— Je vous crois, répondit Langdon, toujours perdu dans ses pensées. C'est juste un détail... un détail bizarre...

Langdon recula et contempla l'esplanade sur laquelle était érigé le monument. L'aire circulaire était couverte de pavés blancs, à l'exception de deux allées de dalles noires, qui formaient deux cercles concentriques autour de l'obélisque.

— Un cercle avec un point... Je n'avais jamais remarqué que le monument se dressait au milieu d'un cercle à l'intérieur d'un autre cercle.

Peter Solomon éclata de rire.

Rien ne lui échappe !

— Oui, le grand cercle pointé. Le symbole universel de Dieu ; au cœur de l'Amérique, à la croisée des points cardinaux. Sans doute une coïncidence..., fit-il en haussant les épaules.

Langdon l'écoutait à peine ; il faisait courir son regard sur l'aiguille de pierre, dont les blocs blancs brillaient contre le ciel.

Solomon l'observait. Langdon commençait à comprendre ce que représentait réellement cet édifice : un rappel silencieux de la sagesse ancienne, un symbole de l'illumination de l'homme. Même si Langdon ne pouvait distinguer la coiffe d'aluminium au sommet, il savait qu'elle était là – l'esprit humain pointant vers les cieux.

Laus Deo.

— Peter ? (Langdon avait les traits tirés, l'expression d'un homme ayant eu une révélation mystique.) J'ai failli oublier... (Il fouilla dans ses poches et sortit la bague maçonnique de Solomon.) Cela fait des heures que je veux vous la rendre.

— Merci, Robert. (Peter tendit sa main gauche et récupéra la chevalière qui se mit à scintiller dans sa paume.) Vous savez, tous les mystères entourant cette bague et la Pyramide maçonnique ont eu une grande influence dans ma vie. Quand j'étais jeune, on m'a confié la pyramide, en me demandant de protéger ses secrets. La simple existence de cet objet a suffi à me convaincre qu'il existait de grands mystères sur cette terre. Elle a éveillé ma curiosité et m'a ouvert l'esprit. (Il sourit et glissa la bague dans sa poche.) À présent, je m'aperçois que le véritable rôle de cette pyramide n'est pas de donner des réponses, mais d'emplir le cœur d'émerveillement.

Les deux hommes restèrent un moment silencieux au pied de l'obélisque.

Quand Langdon reprit la parole ce fut d'un ton grave :

— Peter, j'ai une faveur à vous demander... en tant qu'ami.

— Bien sûr. Tout ce que vous voudrez.

Lorsque Langdon présenta sa requête, Solomon hocha la tête, sachant qu'il avait raison.

— C'est entendu, dit-il.

— Tout de suite, ajouta Langdon en désignant l'Escalade.

— D'accord, mais à une condition...

Langdon leva les yeux au ciel.

— Vous voulez toujours avoir le dernier mot...

— Toujours. Il y a une chose encore que je voudrais que vous et Katherine voyiez...

— À cette heure ?

Langdon regarda sa montre.

Solomon esquissa un sourire.

— C'est le plus beau trésor de Washington... rares sont ceux qui ont pu l'admirer.

132.

Katherine Solomon traversait l'esplanade du Washington Monument, le cœur léger. Elle avait vécu des horreurs cette nuit, mais elle ne pensait qu'à la bonne nouvelle que lui avait révélée son frère. Et elle était partie s'assurer qu'elle ne rêvait pas.

Mes recherches sont sauvées. Tout a été sauvé !

Les disques holographiques contenant ses précieux résultats étaient partis en fumée avec son laboratoire, mais à la Maison du Temple, Peter lui avait avoué qu'il avait fait, en catimini, des sauvegardes de ses recherches et qu'il les gardait dans son bureau du Smithsonian. « J'étais tellement fasciné par tes travaux que je voulais suivre leur avancée sans te déranger. »

— Katherine ? appela une voix.

Elle tourna la tête. Une silhouette solitaire se tenait au pied de l'obélisque.

— Robert !

Elle s'élança vers lui et le serra dans ses bras.

— J'ai appris la bonne nouvelle, murmura Langdon. Vous devez être soulagée.

— C'est un miracle, répondit-elle, d'une voix tremblante d'émotion. Les données qu'a sauvées Peter concernaient une découverte scientifique majeure. Ce sont tous les résultats d'expériences prouvant que la pensée humaine est réelle et a un effet mesurable et quantifiable sur le monde qui l'entoure.

Les travaux de Katherine montraient l'effet de la pensée humaine sur divers corps : cristaux de glace, générateurs d'événements aléatoires, mouvements de particules subatomiques. Les résultats étaient irréfutables. Il y avait là de quoi convaincre les plus sceptiques, et changer la vision des hommes sur toute la Terre.

— Tout va être bouleversé, lança-t-elle. Tout !

— C'est aussi ce que pense Peter.

Katherine chercha son frère des yeux.

— Il est parti à l'hôpital. Je le lui ai demandé comme une faveur personnelle.

— Merci, soupira Katherine, soulagée.

— Il voulait que je vous attende ici.

Katherine acquiesça en contemplant le grand obélisque blanc.

— Peter m'a confié qu'il vous emmenait ici. Il voulait vous parler de *Laus Deo*. Il n'en a pas dit davantage.

Langdon sourit.

— Je ne suis pas sûr d'avoir tout compris. (Il regarda à son tour le sommet du monument.) Votre frère m'a expliqué tant de choses ce soir, que je n'ai pas encore pu tout assimiler.

— Laissez-moi deviner... Les Mystères anciens, la science, et les Saintes Écritures ?

— Bingo.

— Bienvenue à bord ! fit-elle avec un clin d'œil. Peter m'a initiée à tout ça. Cela m'a beaucoup inspirée dans mes recherches.

— Intuitivement, pas mal de points me paraissent sensés. (Langdon secoua la tête.) Mais intellectuellement, je bute contre un mur...

Katherine, en souriant, passa un bras autour de ses épaules.

— Je peux essayer de vous montrer le chemin, Robert.

*

À l'intérieur du Capitole, l'Architecte Warren Bellamy marchait dans un couloir désert.

Un dernier devoir à accomplir...

Quand il arriva dans son bureau, il sortit une très vieille clé d'un tiroir. Elle était en fer, noire, longue et fine, usée par le temps. Il la glissa dans sa poche et se prépara à accueillir ses hôtes.

Robert Langdon et Katherine Solomon étaient en route. À la demande de Peter, Bellamy allait leur montrer la merveille du bâtiment, « un secret, disait le Grand Commandeur, que seul l'Architecte peut dévoiler »...

133.

Guère rassuré, Langdon avançait sur la passerelle qui courait sous le dôme du Capitole. Il jeta un coup d'œil inquiet par-dessus le garde-fou, pour regarder le sol tout en bas. Dix heures plus tôt, c'était là qu'il avait trouvé la main coupée de Peter.

Il vit la petite silhouette de l'Architecte, cinquante mètres en contrebas, quitter la Rotonde. Bellamy avait accompagné Langdon et Katherine jusqu'au balcon, et leur avait expliqué la marche à suivre.

Les instructions de Peter !

Langdon contempla la clé que lui avait laissée Bellamy. Puis il repéra le petit escalier qui menait au-dessus, encore plus haut. Au dire de l'Architecte, ils trouveraient au bout de ce passage une porte de métal... une porte qu'il faudrait ouvrir avec cette clé.

Derrière, avait dit Peter Solomon, se trouvait la merveille en question. Peter ne s'était pas étendu sur le sujet, mais avait insisté pour que cette porte soit ouverte à une heure bien précise.

Ils ne devaient pas la déverrouiller avant. Pourquoi ? se demanda Langdon en consultant de nouveau sa montre.

Il rangea la clé dans sa poche. De l'autre côté de la passerelle circulaire, Katherine se promenait avec nonchalance, ne souffrant manifestement d'aucun vertige. Elle admirait *L'Apothéose de Washington* de Brumidi, juste au-dessus de sa tête. De ce poste d'observation privilégié, les personnages de la fresque, qui décorait le dôme de cinq cents mètres carrés, s'offraient au regard jusque dans leurs plus infimes détails.

Langdon se retourna vers la paroi et murmura tout doucement :

— Katherine, c'est votre conscience qui vous parle... Pourquoi avez-vous lâchement abandonné votre ami Robert ?

Apparemment Katherine connaissait les propriétés acoustiques de la coupole, car elle lui répondit, dans un même murmure :

— Parce que Robert est une poule mouillée. Vous devriez venir vous promener avec moi. Nous avons tout le temps.

Elle avait raison. À contrecœur, Langdon avança vers Katherine, en rasant le mur.

— Ce plafond est étonnant ! s'extasiait-elle, en renversant la tête pour admirer l'œuvre. Des dieux de la mythologie au milieu de savants et de leurs inventions. Et cette image est au centre de notre Capitole.

Langdon leva les yeux vers les silhouettes monumentales de Franklin, Fulton et Morse. Un arc-en-ciel partait de ce groupe pour rejoindre George Washington, posté sur un nuage montant au ciel.

La grande promesse... l'homme devenant Dieu.

— C'est comme si l'essence des Mystères trônait au-dessus de la Rotonde, s'émerveilla Katherine.

Peu de fresques au monde, en effet, mêlaient science et mythologie. Cette image était un message des Mystères, et elle n'était pas ici par hasard. Les pères fondateurs considéraient l'Amérique comme une terre vierge, un terreau fertile où les graines de la sagesse ancienne pouvaient être semées. Aujourd'hui, cette image poignante – le père de la nation montant au ciel – veillait en silence sur les représentants du peuple, les chefs de partis et les présidents... Un rappel, un message pour le futur, l'annonce d'un temps où l'homme atteindra sa maturité spirituelle.

— Robert, souffla Katherine en continuant d'observer le groupe de savants rassemblés autour de Minerve. Cela a quelque chose de prophétique. Aujourd'hui, les dernières inventions technologiques servent à étudier les Mystères. La noétique est peut-être une science toute jeune, mais en même temps, son objet est le plus vieux qui soit : étudier l'esprit humain. Nous avons découvert que les Anciens comprenaient mieux l'homme que nous.

— C'est normal. L'esprit humain était la seule machine qu'ils avaient à leur disposition. Les premiers philosophes n'ont eu de cesse que de l'examiner.

— Exactement ! Les textes anciens ne parlent que de la puissance de l'esprit. Les Védas décrivent les flux de l'énergie mentale. La *Pistis Sophia* détaille la conscience universelle. Le Zohar explore la nature de l'esprit. Les écrits chamaniques décrivent, mille ans avant Einstein, l'« influence à distance » quand ils expliquent leur médecine par ondes mentales. Tout est là ! Et je ne parle pas de la Bible !

— Vous avez donc le même virus que votre frère ? Peter a voulu me convaincre, tout à l'heure, que la Bible est lardée d'informations scientifiques cryptées !

— C'est le cas Et si vous ne croyez pas Peter, reportez-vous donc aux écrits ésotériques de Newton sur la Bible. Quand on commence à décoder les paraboles des Saintes Écritures, on s'aperçoit que c'est un traité complet sur l'esprit humain.

— À l'évidence, il est grand temps que je relise ce livre...

— Quand la Bible nous dit « construisez votre temple », reprit Katherine, n'appréciant guère le scepticisme de Langdon, un temple qu'il s'agit d'édifier « sans outils et sans bruit », de quel temple s'agit-il, selon vous ?

— C'est vrai qu'il est écrit « votre corps est un temple ».

— Oui, dans les *Corinthiens*, 3-16. « Vous êtes le temple de Dieu. » Et l'Évangile de Jean dit exactement la même chose. Les Écritures savent très bien le pouvoir latent qui est en nous. Et on nous exhorte à le dompter, à faire de nos esprits des sanctuaires.

— Malheureusement, de nombreuses religions attendent qu'un véritable temple soit reconstruit. Cela fait partie de la prophétie messianique.

— Certes, mais cela néglige un point important. Le Retour du Christ est en fait l'avènement de l'homme, le moment où l'humanité aura achevé la construction du temple de son esprit.

— Je ne sais pas, répondit Langdon en se frottant le menton. Je ne suis pas un spécialiste de la Bible, mais je suis quasiment certain que les Écritures parlent d'un temple physique, un temple qu'il faut construire pierre par pierre. L'édifice est même décrit : il y a deux parties ; à l'extérieur, le parvis sacré, et à l'intérieur, un sanctuaire, appelé le saint des saints. Et ces deux parties sont séparées par un voile fin.

Katherine lui adressa un grand sourire.

— Pas mal pour un non-spécialiste ! Dites-moi, avez-vous déjà vu, en coupe, un cerveau humain ? Il est constitué de deux parties : la dure-mère et à l'intérieur la pie-mère. Ces deux parties sont séparées par l'arachnoïde, un fin voile membraneux.

Surpris, Langdon leva brusquement la tête.

Doucement, Katherine lui toucha la tempe.

— Vous savez qu'on appelait cette partie du crâne « temple » du temps des Lumières. Ceci est votre temple, Robert.

Langdon se remémora un passage de l'évangile gnostique de Marie : « Là où demeure l'esprit, demeure le trésor. »

— Peut-être avez-vous entendu parler, poursuivit Katherine à voix basse, de ces scanners cérébraux qu'on a pratiqués sur des yogis en train de méditer ? Le cerveau humain, quand le sujet est dans un état de concentration extrême, sécrète une matière blanche et cireuse, par la glande pinéale. Cette substance n'existe nulle part dans le corps. Et elle a des vertus curatives exceptionnelles ; elle régénère littéralement les cellules, ce qui explique pourquoi les yogis vivent si longtemps. Ce sont des faits scientifiques, Robert. Cette substance a des propriétés incroyables et est produite par le cerveau quand la concentration mentale atteint son paroxysme.

— Oui, j'ai lu un article là-dessus, il y a quelques années.

— Et ce sujet n'est pas sans vous rappeler « la manne » biblique ?

Langdon ne voyait pas très bien le rapport.

— Vous parlez de cette matière magique tombant du ciel pour nourrir les affamés ?

— Exactement. On dit que cette manne soigne les malades, offre la vie éternelle et, curieusement, est totalement assimilée par l'organisme, sans produire le moindre déchet. (Katherine marqua un silence, pour laisser à Langdon le soin de tirer les conclusions qui s'imposaient.) Robert ? Une nourriture qui vient du ciel ? Qui soigne les corps comme par magie ? Sans générer de déchets ? Ça ne vous rappelle rien ? Ce sont des phrases codées ! Le « temple », c'est le corps. Le « ciel », c'est l'esprit. « L'échelle de Jacob », c'est la colonne vertébrale. Et la « manne », c'est cette sécrétion du cerveau. Quand vous tombez sur ces mots dans les Écritures, tous vos voyants doivent passer au rouge. Ce sont souvent des indices, annonçant qu'il y a une deuxième lecture possible, un sens caché.

Katherine parlait de plus en plus vite, sous le coup de l'excitation. Elle expliqua que les Mystères anciens évoquaient également cette substance magique – le Nectar des Dieux, l'Élixir de Vie, la Fontaine de Jouvence, la Pierre philosophale, l'ambroisie, la rosée, l'*ojas*, le soma –, que la glande pinéale était l'Œil qui voit tout.

— Dans l'Évangile de Matthieu, il est dit que lorsque l'œil est unique, le corps s'ouvre à la lumière. On retrouve cette idée dans le chakra Ajna et le point que les hindous se placent sur le front, ce qui...

Katherine s'arrêta brusquement, le fard aux joues.

— Excusez-moi. Je m'emporte. C'est l'enthousiasme... Cela fait des années que j'étudie le pouvoir mental dont parlent les Anciens, et aujourd'hui, la technologie nous permet de prouver que ce pouvoir est quantifiable, qu'il a une réalité tangible. Notre cerveau, pour peu qu'on sache l'utiliser, a des capacités proprement surhumaines. La Bible et tous les textes anciens sont des planches anatomiques décrivant la machine la plus fabuleuse jamais construite : l'esprit humain. Et la science ne fait qu'effleurer l'immense champ de connaissance qui s'offre à nous.

— Vos travaux vont marquer une avancée décisive.

— Ou plutôt un grand retour ! Les Anciens savaient nombre de vérités que nous sommes en train de découvrir. En quelques années, l'homme moderne sera contraint d'accepter l'impensable : à savoir que nos esprits peuvent générer une énergie capable de transformer la matière.

» Les particules réagissent à la pensée... cela signifie que notre pensée a la capacité de changer le monde.

Langdon sourit.

— Après mes recherches, vous savez ce que je crois ? demanda-t-elle. Je crois que Dieu est réel, que c'est une énergie mentale qui imprègne toute chose. Et nous, les êtres humains, avons été créés à son image..

— Pardon ? l'interrompit Langdon. Nous aurions été créés à l'image d'une énergie mentale ?

— Exactement. Notre apparence physique a évolué à travers les âges, mais c'est notre esprit qui a été créé à l'image de Dieu. Notre lecture de la Bible est bien trop littérale. Nous avons appris que Dieu nous a faits à son image, mais ce ne sont pas nos corps qui ressemblent à Dieu, ce sont nos esprits.

Langdon resta silencieux, trop troublé pour répondre quelque chose.

— C'est ça le grand don, Robert. Et Dieu attend que nous le comprenions. Aux quatre coins de la planète, les hommes regardent le ciel, attendant la venue de Dieu, et personne ne s'aperçoit que c'est Dieu qui nous attend... Nous sommes les créateurs, et pourtant, nous nous bornons à jouer le rôle des créatures. Nous continuons à nous voir comme de frêles brebis, guidées par le berger qui nous a créés. Nous nous agenouillons comme des enfants terrifiés, demandant de l'aide, implorant la miséricorde, la bonté du destin... mais lorsque nous aurons compris que nous sommes créés à l'image de Dieu, nous découvrirons que, nous aussi, pouvons être des créateurs. Une fois que nous saurons cette vérité, Robert, que nous en aurons la preuve scientifique, les portes de l'ère humaine s'ouvriront toutes grandes.

Une phrase du philosophe Manly P. Hall avait marqué l'esprit de Langdon : « Si l'infini n'avait pas voulu que l'homme soit savant, il ne lui aurait pas donné la faculté d'apprendre. » Langdon contempla à nouveau l'Apothéose de Washington – l'ascension symbolique de l'homme vers le divin. La créature devenant le créateur.

— Le plus merveilleux, ajouta Katherine, c'est que lorsque l'homme aura commencé à dompter son véritable pouvoir, il aura une maîtrise absolue sur le monde. Il sera capable de modeler la réalité plutôt que de s'y plier.

— Cela fait froid dans le dos.

— Bien sûr ! Si l'esprit peut affecter le monde, alors il faut être très vigilant quant à la nature de nos pensées. Des pensées destructrices auront également une influence. Et nous savons tous qu'il est toujours plus facile de détruire que de construire.

Langdon se rappela toutes les mises en garde des Anciens. Le secret ne devait être révélé qu'à ceux qui en seraient dignes et partagé entre gens « éclairés ». Il songea au Collège invisible, et à la requête du grand savant Isaac Newton demandant à Robert Boyle en 1676 un « entier silence » au sujet du savoir qu'ils avaient acquis. « Il ne saurait être communiqué sans immense préjudice pour le monde. »

— C'est un vrai pied de nez du destin ! lança Katherine. Toutes les religions du monde, pendant des siècles, ont demandé à leurs fidèles de « croire » aveuglément.

Et, aujourd'hui, le nouveau champ d'exploration de la science, pour qui la religion n'était que superstition, va être justement la foi, le pouvoir de la conviction et de l'intention sur la matière. Cette même science, qui s'évertuait à éroder notre croyance dans les miracles, va finalement jeter un pont au-dessus du schisme qu'elle a elle-même créé.

Langdon médita un moment ces paroles. Lentement, il leva les yeux vers *L'Apothéose*.

— Je me pose une question... Même si j'accepte, ne serait-ce qu'un instant, que j'ai en moi le pouvoir de changer la matière et de faire apparaître tout ce que je désire... Je n'en vois aucun signe dans ma vie de tous les jours.

— Parce que vous ne regardez pas assez bien.

— Allez, Katherine, je veux une réponse de scientifique, pas de prêtre.

— Vous voulez une réponse ? Très bien. Si je vous donnais un violon et que je vous dise que vous pouvez en tirer une musique merveilleuse, ce ne serait pas un mensonge. Vous en avez effectivement la capacité, mais cela vous demanderait des efforts monstrueux pour y parvenir. C'est la même chose avec l'esprit. Diriger ses pensées nécessite de l'entraînement. Rendre réelle cette intention exige une volonté d'airain, des sens affûtés, et une grande foi. Nous l'avons démontré en laboratoire. Et comme pour le violon, certaines personnes ont davantage de prédispositions que d'autres. Cela s'est passé des dizaines de fois dans l'histoire. Songez à ces êtres « éclairés » qui ont réalisé des miracles.

— Katherine, ne me dites pas que vous croyez aux miracles. Pas sérieusement... Changer l'eau en vin ? Soigner les malades par l'imposition des mains ?

Katherine prit une grande inspiration.

— J'ai vu des gens transformer des cellules cancéreuses en cellules saines uniquement par leur force mentale. J'ai vu des esprits humains exercer une influence sur le monde physique, et ce, de mille manières différentes. Une fois que vous êtes témoin de ce pouvoir, Robert, une fois que vous avez prouvé sa réalité, alors ces « miracles » dont vous parlez ne deviennent rien de plus, à vos yeux, que d'autres manifestations du même pouvoir, pratiqué à un niveau d'expertise plus élevé.

Langdon restait songeur.

— C'est une belle façon de voir le monde, Katherine, mais ne me demandez pas d'y croire. C'est, pour moi, le saut de la foi ! Et comme vous le savez, la foi et moi n'avons jamais fait bon ménage...

— Ne réfléchissez pas en termes de foi. Voyez ça comme un changement de point de vue, acceptez que le monde ne soit pas tel qu'il paraît être. Historiquement, toutes les grandes découvertes scientifiques sont nées d'une idée toute simple allant à l'encontre de tous les dogmes du moment. Celui qui a dit « la Terre est ronde » a été l'objet de moquerie. L'héliocentrisme a été déclaré une hérésie. Les esprits étriqués ont toujours rejeté ce qu'ils ne pouvaient comprendre. Il y a ceux qui créent et ceux qui détruisent. Cette dualité a toujours existé. Mais à la fin, les créateurs trouvent des adeptes, leur nombre grandit jusqu'à atteindre une masse critique et, soudain, le monde est rond, ou le système solaire devient héliocentrique. La perception humaine étant transformée, une nouvelle réalité apparaît.

Langdon hocha la tête, les yeux dans le vague, ses pensées s'égarant...

— Vous faites une drôle de tête, constata Katherine.

— C'est étrange... Un souvenir vient de me revenir en mémoire : je me revois dans un canoë au milieu d'un lac. Il est tard dans la nuit ; je suis allongé au fond du bateau et je pense à ce genre de choses.

Katherine acquiesça.

— On a tous ce même souvenir. Allongés sur le dos, en train de regarder les étoiles, l'esprit ouvert. (Elle leva les yeux vers la fresque.) Donnez-moi votre veste, Robert.

Il la retira et la tendit à Katherine.

Elle la plia en deux, la posa au sol, comme un oreiller.

— Allongez-vous.

Langdon s'étendit sur le dos, et Katherine l'imita. Ils étaient couchés par terre, comme deux enfants, épaule contre épaule, et contemplaient la grande fresque de Brumidi.

— Essayez de retrouver le même état d'esprit que ce jour-là, quand vous étiez dans ce canoë en train de regarder les étoiles... L'esprit ouvert, plein d'émerveillement.

Langdon s'attela à cette tâche, mais la fatigue l'envahit d'un coup. Au moment où sa vue se brouillait, il aperçut une forme au-dessus de sa tête. Le choc le réveilla brusquement.

Comment est-ce possible ?

Comment avait-il pu ne pas le voir ? Les personnages de la fresque étaient rangés selon deux cercles concentriques : un cercle à l'intérieur d'un cercle. *L'Apothéose* était aussi un cercle pointé ! Encore un signe...

— Robert, j'ai quelque chose d'important à vous dire. Il y a une autre pièce au puzzle. J'ai fait une autre découverte, totalement imprévue et étonnante...

Ce n'était pas tout ?

Katherine se dressa sur un coude.

— Si les hommes parviennent à saisir dans leur cœur cette vérité toute simple, le monde entier changera du jour au lendemain. Je vous le certifie.

Toute l'attention de Langdon était tournée vers elle.

— Avant de vous le dire, rappelez-vous les mantras maçonniques... « réunir ce qui est éparpillé », « créer l'ordre à partir du chaos », « se fondre dans le Tout ».

— Continuez...

Katherine esquissa un sourire.

— Nous avons établi, scientifiquement, que la puissance de la pensée humaine croît de façon exponentielle avec le nombre d'esprits partageant cette même pensée.

Langdon resta coi, attendant la suite.

— Autrement dit, deux têtes valent mieux qu'une. Une multitude d'esprits œuvrant à l'unisson amplifient l'effet d'une pensée. La montée en puissance est vertigineuse. C'est le pouvoir inhérent des cercles de prières, des grands rassemblements, chantant et priant ensemble. L'idée d'une conscience universelle n'est pas un concept fumeux New Age. C'est une réalité scientifique, et une telle force, une fois canalisée, peut transformer le monde. C'est l'objet de la science noétique. Et aujourd'hui, c'est ce qui se passe. On le sent partout. La technologie unit les hommes comme jamais cela ne s'est produit dans l'Histoire ; Twitter, Google, Wikipedia, et tant d'autres... Tout cela tisse une toile d'esprits interconnectés. Et je vous garantis que dès que mes travaux seront publiés, l'intérêt pour cette science va lui aussi croître de façon exponentielle ; on lira partout sur Internet « tout savoir sur la noétique ».

Les paupières de Langdon étaient lourdes comme du plomb.

— Vous savez, je ne sais même pas comment mettre en ligne un twitter.

— On dit un « tweet » !

— Un quoi ?

— Laissez tomber. Fermez les yeux. Je vous réveillerai quand ce sera l'heure.

Il avait totalement oublié la raison de leur présence au sommet de la Rotonde. Une nouvelle vague de fatigue le gagna. Langdon ferma les yeux. Flottant dans les ténèbres, il songea à cette idée de conscience universelle, aux écrits de Platon traitant de « l'esprit du monde », de « rassembler Dieu »... à « l'inconscient collectif » de Jung. Cette idée était à la fois élémentaire et étonnante.

Dieu se révèle dans la Multitude plutôt que dans l'Unique.

— Elohim ! s'exclama Langdon en ouvrant les yeux, comme pris d'une illumination subite.

— Quoi ? demanda Katherine qui le regardait encore.

— Elohim... le terme hébreu pour désigner Dieu dans l'Ancien Testament ! Je m'étais toujours demandé pourquoi...

Katherine esquissa un sourire entendu.

— Oui. Le mot est au pluriel.

Exactement ! Langdon n'avait jamais compris pourquoi la Bible parlait de Dieu comme d'un être pluriel. Élohim. Le Dieu tout-puissant de la Genèse n'était pas décrit comme Unique, mais comme Multitude.

— Dieu est pluriel, murmura Katherine, parce que l'esprit humain l'est aussi.

Les pensées de Langdon s'égaraient à nouveau dans une spirale sans fin... Des rêves, des souvenirs, des espoirs, des peurs, des révélations... Tout tourbillonnait dans la coupole au-dessus de lui. Alors que ses paupières se fermaient de nouveau, il contempla les trois mots latins écrits sur l'Apothéose.

E PLURIBUS UNUM

« De plusieurs, un seul. »

Et le sommeil l'emporta.

ÉPILOGUE

Robert Langdon s'éveilla lentement.

Des visages au-dessus de lui, des yeux qui le regardaient...

Où suis-je ?

La mémoire lui revint. Il se redressa, contemplant *L'Apothéose*. Son corps était tout endolori.

Katherine ?

Langdon consulta sa montre.

C'était presque l'heure. Il se releva, et serrant la rambarde, il regarda le vide.

— Katherine ? appela-t-il.

Sa voix se perdit en écho dans la Rotonde déserte et silencieuse.

Il ramassa sa veste de tweed et l'épousseta avant de l'enfiler. Il tâta ses poches. La clé avait disparu !

Il longea la coursive et se dirigea vers le passage que Bellamy leur avait montré – un petit escalier obscur. Plus il montait, plus les marches devenaient hautes.

Encore un effort !

L'escalier devint quasiment une échelle tant il était raide et le conduit de plus en plus étroit. Langdon arriva au terme de son ascension et déboucha sur un petit palier. Une porte en fer se trouvait devant lui. La clé de l'Architecte était dans la serrure et le battant entrouvert. Un air froid s'engouffrait par l'interstice. Quand il franchit le seuil, il se retrouva dans les ténèbres. Il était dehors.

— J'allais venir vous chercher, déclara Katherine. C'est presque l'heure.

Il examina l'endroit où ils se trouvaient. Une toute petite passerelle qui entourait le pinacle du dôme du Capitole. Juste au-dessus de lui, la statue de la Liberté veillait sur la capitale. Elle regardait vers l'est, là où les premières lueurs de l'aube éclairaient l'horizon.

Katherine entraîna Langdon vers le côté ouest, le positionnant juste en face du National Mall. Au loin, la silhouette de l'obélisque se profilait sur le ciel pâlissant. De son poste d'observation en hauteur, le Washington Monument paraissait plus impressionnant encore.

— Quand on l'a construit, il était l'édifice le plus haut de la planète.

Langdon se souvenait des vieilles photographies sépia où l'on voyait les ouvriers sur l'immense échafaudage, perchés à plus de cent cinquante mètres de hauteur, posant les blocs de pierre un par un.

Nous sommes des bâtisseurs, songea-t-il. *Nous sommes des créateurs.*

Depuis la nuit des temps, l'homme avait senti qu'il était différent des autres espèces, qu'il avait quelque chose de plus. Il rêvait de pouvoirs qu'il ne possédait pas. Il voulait voler, soigner son prochain, transformer le monde.

Et c'est ce qu'il avait fait.

Aujourd'hui, les sanctuaires du National Mall abritaient ses prodiges : ses inventions, son art, sa science et les idées de ses grands penseurs. L'Institut Smithsonian rendait compte de l'histoire de l'*homo creans* – des outils de pierre des premiers Amérindiens aux jets et fusées du Musée de l'Air et de l'Espace.

Si nos ancêtres voyaient ce que nous avons accompli, ils nous prendraient pour des dieux, songea-t-il.

Tandis que l'aube nimbait l'enfilade des musées, Langdon contempla à nouveau le grand obélisque. Il imagina l'exemplaire solitaire de la Bible, caché dans la pierre angulaire de l'édifice, comprenant que le Verbe de Dieu était en réalité celui de l'homme

Il songea au grand point cerclé dessiné sur l'esplanade, au pied du monument, à la croisée des points cardinaux. Il revit le petit coffret de pierre que lui avait confié Peter Solomon, ce cube, qui, une fois ouvert, reproduisait exactement le même schéma – une croix avec le point cerclé en son centre.

Même cette petite boîte indiquait l'emplacement !

— Robert, regardez ! lança Katherine en désignant le sommet de l'obélisque.

Langdon observa le monument, mais ne remarqua rien de particulier.

Puis, en plissant les yeux, il vit ce qu'elle lui montrait.

Tout au bout du Mall, une écharde dorée frappait la pointe de l'obélisque. Le point lumineux grandissait, devenait plus puissant, plus étincelant, embrasant le capuchon d'aluminium. L'espace d'un instant, l'obélisque se transforma en un phare miraculeux, rayonnant au-dessus de la cité endormie. Il songea à la minuscule inscription ornant la coiffe… Ainsi, chaque jour, le premier rayon de soleil qui apparaissait dans le ciel de la capitale de la nation, depuis des siècles, illuminait d'abord ces deux mots :

Laus Deo.

— Robert, murmura Katherine. Personne ne monte jamais ici voir le lever du soleil. C'est cela que Peter voulait que nous voyions.

Langdon sentit son pouls s'accélérer, alors que la pyramide, au sommet du monument, s'embrasait entièrement.

— Il pense que c'est la raison pour laquelle les pères fondateurs ont voulu que cet obélisque soit si haut. J'ignore si c'est le cas, mais une chose est sûre : une ancienne loi interdit à toute construction de Washington d'être plus haute que ce monument. Et elle est toujours respectée.

La lumière s'étalait sur la coiffe à mesure que le soleil pointait à l'horizon derrière eux. Langdon eut l'impression, à cet instant, de sentir tous les mouvements des corps célestes, décrivant leurs orbites immémoriales dans le vide de l'espace. Il songeait au Grand Architecte de l'Univers... Peter voulait leur montrer un trésor que seul l'Architecte pouvait dévoiler. Langdon avait cru qu'il parlait de Warren Bellamy. À l'évidence, il se trompait d'Architecte.

Alors que les rayons gagnaient en force, la flaque dorée nimba toute la coiffe de l'obélisque – une pyramide de trois mille trois cents livres... Trente-trois centaines.

L'esprit de l'homme recevant l'illumination !

Puis, la lumière se mit à descendre le long de l'aiguille de pierre, comme chaque matin.

Les cieux descendant vers la terre... Dieu se joignant à l'homme !

Et le phénomène inverse se produisait chaque soir. Les derniers rayons du soleil, en plongeant à l'ouest, montaient vers le sommet de l'édifice, de la terre vers le ciel, dans l'attente du jour prochain.

À côté de lui, Katherine frissonna et se rapprocha de Langdon. Il passa son bras autour de ses épaules. Et tenant son amie contre lui, il songea à tout ce qu'il avait appris au cours de la nuit, à Katherine, qui pensait que le monde entier allait changer, à Peter, qui croyait que la Révélation était imminente... Les paroles d'un grand prophète résonnaient dans sa tête : « Car il n'est rien de caché qui ne doive être découvert, rien de secret qui ne doive venir au grand jour. »

Alors que le soleil déployait ses rayons sur Washington, Langdon leva les yeux vers le ciel, où s'éteignaient les dernières étoiles. La science, la foi, les hommes... Chaque culture, chaque peuple, à tous les âges de l'Histoire, avait eu cette même certitude. L'existence d'un Créateur. Il prenait des noms différents, des visages différents, et des prières différentes lui étaient consacrées, mais Dieu était une constante universelle. Dieu était partagé par tous les êtres humains... Il était le cœur de tous les mystères qui échappaient à l'entendement. Pour les Anciens, il était le symbole de notre pouvoir sans limites, et ce symbole avait été perdu. Jusqu'à aujourd'hui.

Là, au sommet du Capitole, dans la chaleur du soleil, Robert Langdon sentit une force irrépressible l'envahir, inexpugnable, montant du tréfonds de lui-même. Jamais il n'avait ressenti une telle émotion.

Et il connaissait son nom...

L'espoir.

Remerciements

Je tiens à remercier profondément trois amis très chers avec lesquels j'ai la chance de travailler : mon éditeur, Jason Kaufman ; mon agent, Heide Lange ; et mon avocat, Michael Rudell. Mon immense gratitude va également à Doubleday, à mes éditeurs à travers le monde et, bien sûr, à mes lecteurs.

Jamais je n'aurais pu écrire ce roman sans l'aide précieuse des nombreuses personnes qui m'ont généreusement apporté leur savoir et leur expertise. À vous tous, ma reconnaissance la plus sincère.

Composition réalisée par Nord Compo
Impression réalisée par CPI Firmin Didot
à Mesnil-sur-l'Estrée
en novembre 2009

N° d'édition : 57335 – N° d'impression : 97358
Dépôt légal : novembre 2009
Imprimé en France